KB273761

노바디스 걸

노바디스 걸

NOBODY'S GIRL

by Virginia Roberts Giuffre

버지니아 로버츠 주프레 지음 | 김나연 옮김

NOBODY'S
노바디스 걸
GIRL

엡스타인 성폭력 생존자가 남긴
정의와 진실의 기록

Virginia Roberts Giuffre

은행나무

살아남은 모든 자매들에게,

그리고 학대를 겪은 모든 이에게 이 책을 바칩니다.

차례

일러두기

* 이 책에 등장하는 일부 인물의 이름은 관련자와 당사자의 사생활
   보호를 위해 가명으로 처리하였음을 미리 밝힙니다.

버지니아 로버츠 주프레의 회고록에
도움을 준 에디터, 에이미 월러스의 말

누군가와 함께 책을 쓰는 건 늘 그의 사적인 공간으로 들어
가는 일을 수반한다. 지금까지 진행했던 모든 프로젝트에서
나는 어느 순간이 오면 저자에게 상당히 사적인 질문을 던져
야만 했다. 아무리 생생한 기억이라고 해도, 지금까지 알려진
모든 기록을 검토하고 그 사건을 직접 목격했거나 알고 있는
다른 사람과 이야기를 나누며 그 기억을 뒷받침하는 과정을
거쳐야 한다. 그런 의미에서, 버지니아의 이야기를 정확히 담
아내기 위해 그녀와 함께한 여정은 나에게 그리 새로운 길은
아니었다.

그러나 버지니아 주프레의 회고록에는 결정적으로 다른
두 가지가 있었다. 첫째, 그녀가 털어놓아야 했던 이야기는
말로 차마 옮기기 어려울 만큼 참혹했다. 둘째, 그 이야기 속

몇몇 인물들은 세계에서도 손꼽히는 부와 권력을 가진 사람들이었다. 그중 일부는 이미 침묵을 강요하며 버지니아를 협박한 적도 있었다. 처음부터 버지니아와 나는 이 책을 아주 철저히, 신중하게 써야 한다는 데 의견을 같이했다. 정확하게 회고해야 한다는 건 물론이거니와, 무엇보다 그녀가 침묵하길 바랐던 이들로부터 버지니아를 지켜야 했다.

이 책을 시작하기에 앞서 나는 버지니아가 왜 침묵하지 않기로 했는지를 분명히 밝히고 싶다. 그녀에게는 그 편이 훨씬 더 쉬운 길이었을 테다. 그러나 처음부터 그녀는 자신의 이야기가 다른 사람들에게 도움이 될 거라고 믿고 있었다. 엡스타인의 폭력에서 살아남은 이들뿐 아니라, 남녀를 가리지 않고 자신의 의지에 반해 성적 강요를 겪은 모든 이들에게 말이다. 우리가 지난 4년 동안 나눈 수백 번의 통화와 문자, 이메일에서 그녀는 거듭 말했다. 결점까지 포함해, 자신을 있는 그대로 그리길 바란다고. 세상 앞에 진짜 자기 얼굴을 드러내고 싶다고. 회고록을 읽을 또 다른 생존자들이 더 이상 혼자가 아니라는 사실을 깨닫길 바라는 마음에서였다. 그리고 자신의 고통을 숨기지 않고 온전히 드러낸다면, 그녀가 그토록 절실하다고 믿었던 변화를 위해 더 많은 사람이 나서서 싸우리라고 희망했다. 그 가운데 무엇보다도 그녀는 아동 성범죄 공소시효를 폐지하는 법이 반드시 제정되길 간절히 바랐다.

버지니아는 내가 지금껏 만난 사람들 가운데 가장 따뜻하고 너그러운 사람이었다. 그녀는 남편이었던 로비 주프레 Robbie Giuffre와 낳은 세 아이를 무엇보다 소중히 여기며 살았다. 시간이 흐르고 두 사람은 헤어졌지만, 아이들에 관한 그녀의 헌신만큼은 변하지 않았다. 동시에 그녀는 대단히 단단하고 집요한 사람이었다. 그런 단단한 신념이 있었기에, 나는 그녀의 뜻에 따라 그녀의 인생을 처음부터 끝까지 기록할 수 있었다. 그 이야기를 검증하고 확인하고, 끝내 지금 당신이 손에 쥐고 있는 가슴이 벅차면서도 아픈 기록을 완성할 수 있었던 것은 모두 그녀의 힘 덕분이었다.

버지니아가 어린 시절 겪었던 성폭력의 사실관계를 확인하기 위해 나는 그녀의 어린 시절 친구를 찾았다. 그녀 역시 자신이 의붓아버지에게 당했던 성폭행을 숨김없이 털어놓았고, 그 의붓아버지라는 사람이 어린 버지니아도 성적으로 학대했다고 말해주었다. 그는 이후 다른 미성년자를 상대로 범죄를 저질러 유죄 판결을 받았다. 어린 시절 친구의 증언과 따뜻한 배려가 버지니아에게도 큰 위로가 되었다. 이후 전문 팩트체커(사실을 검증하고 확인하는 전문가-옮긴이)와 상의하며, 나는 버지니아의 어머니, 남편, 과거 남자친구, 그리고 버지니아가 아버지와 그 친구에게 학대당한 일을 직접 털어놓았던 두 형제와도 긴 이야기를 나눴다. 또한 버지니아가 가해자로 지목한 그녀의 아버지에게 여러 차례 연락을 시도했으나, 그는 끝내 이를 강하게 부인하는 답변을 보내왔다.*

버지니아 주프레가 제프리 엡스타인Jeffrey Epstein과 길레인 맥스웰Ghislaine Maxwell의 세계 안에서 겪은 일들은 그녀의 선서 증언 조서, 엡스타인의 비행 기록을 포함한 수천 쪽 분량의 공개 법원 문서로도 확인할 수 있었다. 버지니아는 미성년자 시절 여러 남성에게 성적 착취를 당했으며, 그 남성들의 실명도 모두 기록으로 남아 있었다. 모든 내용은 버지니아가 여러 언론 인터뷰를 통해 직접 밝혔고 나는 해당 내용의 사실 여부를 전부 검토하였으며, 〈마이애미 헤럴드〉의 줄리 K. 브라운Julie K. Brown, 버지니아의 전 변호사 브래드 에드워

---

* 그의 답변 전문은 다음과 같다.

"정확히 짚고 넘어가기 위해 밝힌다. 나는 내 딸을 학대한 적이 없고, 내 지인 포리스트 ○○○이 그런 짓을 했다는 것도 몰랐다. 그 사실을 알았다면 나는 당연히 화를 내고 상황을 바로잡았을 것이다. 나는 딸이 원하는 건 무엇이든 해주었고, 성적인 접촉은 일절 없었다. 엡스타인 관련 사건도 인터넷 기사와 언론사의 연락으로 알았을 뿐, 그 전까진 알지 못했다. 또한 언론에서 말하는 많은 부분이 사실이 아니다. 심지어 버지니아의 중간 이름조차 잘못 알려져 있다. 딸의 결혼 전 이름은 버지니아 루이즈 로버츠가 아니라 버지니아 리 로버츠Virginia Lee Roberts이다. 나는 도덕적으로 살려고 노력하는 사람이고, 어린아이를 학대하는 남자는 처벌받아야 마땅하며 나아가 거세해야 한다고 믿는 사람이다. 잘 알지도 못하는 사람들이 내가 아이를 학대했다고 떠드는 것이 견딜 수 없다. 나는 아버지로서 아이들에게 좋은 삶을 주려고 했을 뿐이다.

즈Brad Edwards, 전 뉴욕 남부지검 검사장 제프리 버먼Geoffrey Berman 등이 펴낸 책에서도 다시 한번 확인할 수 있었다. 또한 나는 브래드 에드워즈, 시그리드 맥콜리Sigrid McCawley, 브리타니 헨더슨Brittany Henderson을 포함한 버지니아의 변호인들과도 직접 이야기를 나누었다.

이 책은 여러 번 멈추고 다시 시작하며 완성했다. 버지니아가 건강 문제로 겪었던 어려움도 영향을 주었다. 하지만 그녀는 책이 반드시 나와야 한다고 말했다. 자신의 고통이 무언가를 이루는 데 쓰이길 바랐고, 자신의 경험이 학대를 겪은 어느 한 사람에게라도 도움이 된다면 그 모든 노력이 가치 있다고 했다. 2024년 10월, 그녀는 다시 작업을 시작할 수 있다고 했다. 우리는 최종 원고를 확정하기 위해 다시 만났다. 나는 버지니아를 만나기 위해 2022년에 찾아갔던 호주로 건너갔다. 그녀와 나란히 앉아 모든 원고를 세세하게 검토하기 위해서였다. 우리는 원고를 처음부터 다시 읽었다. 나는 중간중간 잠시 쉬면서 일부 문장을 다듬었고, 다시 돌아와 그녀에게 읽어주었다. 그날 헤어질 무렵에야 그녀는 모든 내용을 승인했다. 그녀가 세상을 떠난 뒤 내가 덧붙이는 이 짧은 글 하나를 제외하고 말이다. 버지니아는 자신의 이야기를 전할 수 있도록 여러 자리에서 힘을 보탠 사람들에게 진심으로 고마워했다.

2025년 1월 9일 밤(호주는 1월 10일 아침이었다), 버지니아는 극도로 괴로운 상태로 내게 전화를 걸었다. 전날 저녁 로비와 말다툼이 있었고 그가 자신을 폭행했다고 말했다. 통화는 꽤 오래 이어졌다. 버지니아는 내게 직접 찍은 얼굴 사진을 보냈다. 얼굴은 얼룩덜룩하게 부어 있었다. 나는 그녀가 안전한 곳에 있는지 확인했고, 어머니와 오빠에게 연락해보겠다고 말한 다음 그녀의 가족에게 연락했다.

버지니아는 폭행 사건을 서호주 경찰에 신고했다. 그러나 경찰은 로비에게 어떤 혐의도 적용하지 않았다. 로비 역시 자기 주장을 펼쳤고, 그 결과 버지니아에게는 아이들과의 접촉을 금지하는 접근금지명령이 내려졌다. 이는 버지니아에게 깊은 상처가 되었다. 그녀는 아이들과 연락이 닿지 않는 상황을 견디기 어려워했다.

그러나 1월의 가정폭력이 처음은 아니었다. 어느 날 버지니아는 2015년 콜로라도에서 일어난 일을 말해주었다. 로비가 그녀를 폭행한 뒤 체포됐다는 것이었다. 나는 당시 사건을 담당했던 보안관보를 찾았다. 그는 사건에 대해 길게 이야기해주었고, 로비가 집에 돌아오지 못하도록 접근금지명령이 내려졌었다고 말했다. 그러나 보안관실에서는 그 사건의 기록은 더 이상 일반에 공개되지 않는다고 했다. 버지니아는 그 일을 단 한 번 있었던 사건이라고 설명했다. 그리고 아이들을 위해서 그 일이 책에 실리는 것을 원하지 않는다고 덧붙였다. 그 시기는 두 사람의 삶에서 긴장감이 극에 달했던 힘든 시절이었다고 회고했다. 그녀는 로비와 그 일을 이겨내기 위해 많은 노력을 기울였다고 했다. 나중에 로비를 만나 이야기할 때, 그 역시 사건을 에둘러 언급하며 비슷한 말을 했다. 나는 가정폭력을 겪은 여성이 침묵을 선택하는 이유가 매우 다양하다는 사실을 알고 있었다. 또 어린 시절 학대를 겪은 사람이 이후 삶에서도 학대의 피해자가 될 가능성이 매우 높다는 사실 역시 알고 있었다. 널리 인용되는 한 연구에 따르면 어린 시절의 학대 피해자가 다시 폭력에 노출될 확률은 다른 사람에 비해 무려 열다섯 배나 높다. 나는 그녀의 뜻을 따랐다.

2025년 3월, 버지니아가 교통사고로 다치면서 상황은 더 나빠졌다. 버지니아와의 마지막 통화는 3월 31일이었다. 그녀는 병원에 있다가 의사의 판단에 동의할 수 없어서 병원을 나왔다고 했다. 나는 제발 병원으로 돌아가라고 간청했다. 그녀는 돌아가겠다고 했다. 하지만 그보다 먼저, 아이들 이야기를 하고 싶다고 말했다. 아이들이 어떻게 지내는지 너무 알고 싶어 했다. 전화를 끊기 직전, 그녀는 이렇게 말했다.

"주님께서 하시는 일이라면 두렵지 않아요. 내가 떠날 때가 왔다면 그 또한 받아들이겠어요. 하지만 책은 반드시 나왔으면 좋겠어요."

나는 다시 한번 병원으로 돌아가서 의사들에게 치료를 받으라고 간청했다.

"버지니아, 내 남은 인생 내내 당신이 곁에 있어주면 좋겠어요."

그녀는 내게 사랑한다고 말했고, 나도 사랑한다고 해주었다.

다음 날인 4월 1일, 버지니아는 나에게, 그리고 그녀와 오랫동안 함께 일한 홍보 담당자 디니 폰 뮈플링에게 이메일을 보냈다. 그녀는 책을 출간하고 싶다는 뜻을 분명히 밝혔다. 다음은 메일 일부를 발췌한 것이다.

제 책《노바디스 걸》과 관련하여 중요한 일을 상의드리고자 연락드립니다. 이 책은 제가 어떤 상황에 놓이더라도 반드시 출간되기를 바라는 마음으로 썼습니다.

이 책의 내용은 꼭 세상에 전해져야 합니다. 이 책을 통해 전 세계 어디든 보호받지 못하는 이들이 인신매매의 대상이 되는 사회 시스템의 결함을 밝히고 싶습니다. 진실은 왜곡 없이 전해져야 하며, 이 비극적 문제를 둘러싼 쟁점들이 정의와 인식 개선을 위해서 꼭 다뤄져야 한다고 믿습니다.

제가 세상을 떠나더라도《노바디스 걸》은 반드시 세상에

나왔으면 합니다. 이 책이 많은 이들의 삶에 영향을 줄 수 있다고 믿습니다. 부조리한 세상에 관한 꼭 필요한 논의를 불러일으킬 수 있다고 생각합니다. 제 바람이 이루어질 수 있게 도와주세요.

그동안 제게 보내주신 지지와 기다림, 그리고 큰 사랑에 깊이 감사드립니다♥♥♥.

2025년 4월 5일, 버지니아는 〈피플〉에 성명을 발표했다. 처음으로 그녀는 남편에게 폭행을 당해왔음을 밝혔다. 그 과정에서 1월 9일 발생한 폭행 사건을 덧붙였다. 버지니아가 당시 밝힌 성명 일부는 다음과 같다.

나는 길레인 맥스웰과 제프리 엡스타인에게 맞서 싸울 수 있었습니다. 그들은 나를 학대하고 팔아넘겼습니다. 하지만 결혼 생활을 지속하며 겪은 가정폭력은 최근에야 벗어날 수 있었습니다. 지난번 폭행 이후, 나는 더는 침묵할 수 없었습니다(로비의 변호인은 현재 법적 절차가 진행 중이라는 이유로 버지니아의 주장에 대해 언급하길 거부했다).

그로부터 3주가 채 지나지 않았을 무렵, 버지니아는 외딴 농장에서 스스로 목숨을 끊은 채 발견되었다.

이 책이 출간되기 전, 버지니아의 두 형제와 그 배우자들은 그녀가 겪은 가정폭력이 이 책에서 충분히 다뤄지지 않았다고 우려를 전했다. 가족들은 결혼을 유지하던 버지니아가 사실 오랫동안 폭력에 시달렸다는 증거를 공개했다. 또 신빙성을 훼손하지 않기 위해, 그녀의 회고록을 더 폭넓은 맥락 속에서 출간하는 것이 중요하다고 강조했다. 동시에 그들은 버지니아의 회고록 출간을 지지하며, 이 책이 가해자들에게 책임을 묻는 데 중요한 역할을 할 것이라고 단언했다.

버지니아가 세상을 떠난 뒤 그녀의 삶을 돌아보면서, 그녀가 이루어낸 것들과 그녀가 겪었던 고통을 생각하면서 나는 그녀가 마지막으로 우리에게 보냈던 세 개의 하트를 계속 떠올리게 된다. 그 하트는 평생 잊지 못할 것이다. 그녀는 말로 다할 수 없는 잔혹한 일들을 겪었음에도 마음을 닫지 않았고, 어떻게든 사랑으로 먼저 다가가려 노력했다. 우리는 버지니아에게 많은 것을 배웠다. 마지막으로 그녀의 이야기를 전하고, 그녀의 흔적을 세상에 남길 수 있도록 돕고, 그녀의 4년을 함께할 수 있어서 진심으로 영광이었다.

2025년 8월

에이미 월러스

삶은 나 혼자만의 것이 아니다. 이야기를 나눌 때 비로소
삶에서 배운 교훈이 쓰임을 갖는다.

-댄 밀먼,《평화로운 전사》

몇 시간 전까지만 해도 루브르 박물관에 가면 기분이 조금
은 나아질 것 같았다. 하지만 지금은 슬픔이 나를 압도한다.
나는 집에서 너무 멀리 와 있다.

2021년 6월, 나는 세계에서 가장 큰 미술관 2층에 서 있다.
사람들에게 둘러싸여 있지만, 그 어느 때보다 외롭다. 파리는
지금 묘한 시기다. 전 세계를 휩쓴 코로나19 이후 국경을 개
방한 지 얼마 되지 않았고, 이제 막 프랑스로 입국이 허용된
관광객들도 아직은 거리에 쉽게 눈에 띄지 않는다. 하지만 나

는 관광객처럼 보인다. 청바지에 플랫슈즈를 신은 금발 미국인 엄마처럼. 그러나 나는 구경하러 파리에 온 게 아니다. 나는 내 일을 하러 왔다. 그게 쉬웠던 적은 한 번도 없다. 나는 나를 해친 사람들에게 맞서야 한다. 내 삶을 되찾아야 한다.

오늘 아침 호텔을 나설 때만 해도 내 마음은 단단했다. 내가 잔뜩 챙겨온 스웨터들을 비웃기라도 하듯 햇빛은 반짝였고 공기는 따뜻했다. 문득 호주에 있는 남편 로비가 떠올랐다. 우리 집에서 그는 지금 우리의 세 아이와 아이들의 세 친구까지 도합 여섯 명이나 되는 아이들을 먹이고 재우고 있을 것이다. 다들 좋아하는 피자집에 전화를 걸어 다 먹지도 못할 만큼 많은 피자를 주문하며 분주해할 모습이 눈에 훤하다.

"당신은 내 작은 전사야."

남편이 내게 자주 하는 말이다. 퍼스에서 파리로 향하는 비행기에 오르기 전에도 그는 그렇게 말했다. 나는 로비가 바라보는, 있는 그대로의 나를 보지 못한다. 하지만 오늘 센 강 쪽으로 걸어가면서는 그의 믿음이 내 안에 또렷하게 살아 있다고 느꼈다.

묵고 있는 호텔이 있는 스크리브 거리에서 나와 오페라 거리까지는 금방 찾아갔다. 나는 루브르를 향해 남쪽으로 걸었다. 이 거리를 걸은 지 벌써 20년이 지났지만 길은 익숙했다. 미술관에 가는 건 내게 주는 작은 선물이었다. 변호사와 그들

들어가며

이 던지는 질문에서 잠시 벗어날 수 있는 몇 시간의 선물. 며칠 동안 그들에게서 질문 공세를 받았고 그 이유도 알고 있었다. 여기서 할 증언의 효과를 최대한 높이려면 마음을 다잡아야 했다. 무슨 일이 닥쳐도 흔들리지 않기 위해 집중했다. 하지만 내게도 숨돌릴 틈은 필요했다. 오늘 아침 잠깐 여유가 생기자 어디로 가야 할지 바로 알 수 있었다. 나는 루브르의 상징인 금속과 유리 피라미드를 향해 곧장 걸어갔다. 표를 찍고 에스컬레이터를 탄 다음 지하로 내려갔다. 계획은 단순했다. 아름다움에 몰두해 내 가장 지독했던 기억들에서 잠시 벗어나는 것. 나는 편안히 걸으며 전시실을 둘러볼 생각이었다.

그곳에서 잠깐이나마 내가 기대했던 시간을 보냈다. 나는 거대한 청동 조각과 대리석 조각들에 빠져들었다. 사슬에 묶인 병사들을 조각한 〈네 명의 포로들〉이나 커다란 뱀과 맞서는 헤라클레스 조각상을 찍어 남편에게 보내고 메시지를 주고받았다. 서두를 필요는 없었다. 천천히 가도 〈모나리자〉는 결국 보게 될 테니까. 하지만 다음 순간 정확히 어디로 가야 할지 모르겠다는 기분이 들었고, 계단을 한 층 올라 모퉁이를 돌다가 그대로 멈춰 섰다. 머릿속에서 내 목소리가 외쳤다. '나, 여기 알아.' 나는 정확히 이 자리, 이 방에 온 적이 있었다. 20년 전, 내가 열일곱 살이었을 때였다.

내가 서 있는 방은 짙은 붉은색으로 칠해져 있고, 한 벽면을 가득 채운 거대한 태피스트리가 공간을 압도하고 있다. 루이 14세의 화려한 침실을 묘사한 작품이다. 제프리 엡스타인과 길레인 맥스웰이 열일곱 살이던 나를 이 방으로 처음 데려왔던 2001년, 두 사람은 몇 달 전부터 나를 성적으로 학대하고 인신매매로 돈을 벌었다. 지금 나는 서른일곱 살이자 누군가의 아내이고 엄마다. 완전한 성인이고 엡스타인이 교도소에서 사망한 지도 2년이 지났다. 그런데도 그가 내 옆에 서서 이 태피스트리를 바라보던 모습이 생생하다. 그는 이 어두운 색채의 작품을 자신의 호화스러운 맨해튼 저택에 그대로 옮겨 장식하고 싶어 했다. 그리고 내 마음속에, 늘 그의 곁에 서 있던 맥스웰도 보인다. 품위 있는 태도와 귀족적 배경을 갖고 태어난 그녀는 자신을 'G-맥스G-Max'라고 부르며 엡스타인이 거느린 미성년 소녀들의 뒤틀린 세계에서 일종의 보호자처럼 굴었다. 나도 그 소녀들 중 하나였다. 나는 그들의 수치스러운 집에서 25개월이 넘는 시간을 보냈다. 수십 년이 지난 지금도, 나는 두 사람이 얼마나 두려웠는지 또렷이 기억한다.

귀에서 이명이 들린다. 이 자리에 서 있는 지금, 이성적으로는 그들이 더는 나를 해칠 수 없다는 걸 알고 있다. 엡스타

들어가며

인의 시신이 감방에서 발견된 지 1년 뒤 맥스웰은 체포되었고, 2021년인 이 순간에도 그녀는 미성년자 성매매를 비롯한 여러 혐의로 재판을 기다리며 구금되어 있다. 그런데도 나는 여전히 허기진 유령들에게 쫓기는 느낌을 받는다. 어지러움을 억누르며 눈앞의 정교한 태피스트리에 시선을 고정했다. 작품 속 젊은 남자가 왕 앞에 무릎을 꿇고 용서를 구한다. 그를 둘러선 사람들이 그 모습을 지켜본다. 나는 시선을 내려 마룻바닥에 붙은 내 발끝을 본다. 숨이 막힌다. 익숙한 공황 발작의 진동이 몸을 타고 지나간다.

어릴 때부터 나는 소란을 피우는 걸 좋아하지 않았다. 소리를 질러 마음을 터뜨렸다가 더 큰 위험을 부를 바에는, 가슴속에 소용돌이를 품은 채 고통을 스스로 감싸 안는 쪽을 택하곤 했다. 그래서 나는 묵묵히 기다렸다. 나 자신을 달래려는 마음으로.

나는 방금 손질한 예쁜 손톱을 내려다본다. 유광 아이보리색 손톱이 반짝인다. 나는 왼 손목에 찬 팔찌를 천천히 읽는다. 소중한 친구가 선물한 것으로, 알파벳 비즈로 'BAD ASS(강하게 맞서 싸워)'라고 적혀 있다. 나는 조심스럽게 한 걸음을 내디디고, 또 한 걸음을 옮긴다. 속이 뒤틀리지만 계속 나아간다.

'제발…. 이 아름다운 곳에서 쓰러지게 하지 마세요.' 나는 소리 없이 애원한다. 벤치를 찾아 앉아 주변에서 출구 표식을 찾는다.

'할 수 있어.'

예전에도 수없이 되뇌었던 그 말을 다시 마음속에서 반복한다. 경험상, 아직은 도망치듯 움직이면 안 된다는 걸 알고 있다.

트라우마는 교묘한 적이다. 그 공포를 견디고 살아남은 우리는, 처음에는 그것이 어찌나 쉽게 사라지는지 깜짝 놀라곤 한다. 안전한 곳에 도착하면 겉으로 드러나는 상처들, 베인 자리와 멍은 아물고 사라진다. 마음도 되살아난다. 깊은 물에서 건져 올려진 사람이 어두운 물을 토해내고 눈을 뜨는 것처럼. 하지만 나처럼 회복 중인 피해자들은 트라우마가 그림자 속에 호시탐탐 도사리고 있다는 사실을 너무 잘 안다. 몇 년이 지나든 몇 사람의 치료사를 만나든 트라우마는 예고 없이 언제 어디서나 떠오를 수 있다. 라디오에서 흘러나오는 노래 한 곡이 당신의 트라우마를 불러낼 수도 있다. 낯선 이의 향수 냄새가 그 기억을 깨울 수도 있다. 루브르의 벽을 채운 거대한 태피스트리로 당신의 트라우마가 깨어날 리는 만무하겠지만, 무엇이 기억을 깨우는지는 아무도 모른다.

나는 엡스타인의 공모자 중 한 명인 모델 에이전트 장 뤽 브루넬과 맞서기 위해 프랑스로 왔다. 모델 업계에서 활동하

들어가며

던 동안 브루넬은 꽤 이름난 스카우터였고, 제리 홀, 밀라 요보비치, 레베카 로미즌, 샤론 스톤, 크리스티 털링턴을 캐스팅해서 모델로 만들었다고 공공연히 자랑하곤 했다. 하지만 그는 자신이 관리하던 젊은 여성들에게 성관계를 요구했다. 현재 브루넬은 구금되어 있으며, 강간과 성희롱, 미성년자 성착취 및 인신매매 혐의로 재판을 기다리고 있다. 그런 그가 재판을 앞둔 최근 몇 달 사이 끊임없이 석방을 요청하고 있었다. 그것이 내가 호주에서 파리까지 온 이유였다. 엡스타인을 위해 수많은 소녀들을 잡아온 브루넬을 계속 구금해두기 위해서다.

이전에도 여러 차례 그랬듯 이번 선서 증언에서도 브루넬이 나를 거듭 강간하고 학대했다는 사실을 밝힐 것이다. 또 파리에 머무는 동안 프랑스 검사들에게 브루넬의 또 다른 피해자들을 연결해줄 것이다. 이 피해자들은 TV와 소셜미디어에서 나를 보고 내게 직접 연락해온 여성들이다. 나는 프랑스 검찰에 브루넬과 엡스타인, 그리고 맥스웰이 나와 다른 이들에게 어떤 일을 저질렀는지 적어둔 내 손글씨 기록도 제출할 것이다. 프랑스 검사들은 내가 중요한 증인이라고 말한다. 엡스타인의 많은 피해자가 한 장소에서 학대당한 것과 달리, 나는 그와 맥스웰과 함께 2년이 넘는 시간을 보내며 세계 곳곳을 이동했기 때문이다. 나는 그들의 잔인한 습성을 알았고,

그들이 나를 넘긴 남자들―브루넬 같은 남자들―의 정체도 전부 알고 있다. 나는 그 남자들을 바로 곁에서 몸으로 겪으며 보았다.

그러니 내가 외상후스트레스장애PTSD로 힘들어하는 게 과연 놀랄 일일까? 하지만 지금처럼 나서서 발언하는 일은 불안 발작이나 미술관에서 숨이 막혀 도망치는 것보다 훨씬 큰 대가를 요구한다. 과거를 밝히기 위해 파리로 건너오면서 나는 현재 내 삶에서 지켜야만 하는 내 자리를 비워두어야 했다.

올해 5학년인 딸 엘리는 이번 주말에 첫 번째 학교 무도회를 앞두고 있다. 내가 집을 비운 틈을 타서 엘리는 머리카락을 짙은 보라색으로 염색했다(로비가 사진을 보내줬는데, 솔직히 꽤 잘 어울렸다). 방금 엘리가 또 문자를 보냈다. '그런지 룩(1990년대 미국 스타일로 오버사이즈 체크 셔츠나 찢어진 청바지, 밴드 티셔츠 등으로 꾸민 어둡고 빈티지한 옷차림-옮긴이)'을 완성하려면 그물 스타킹이 필요하다는 것이다. 시차가 여섯 시간이지만, 허락할지 말지 말해주기 위해 나중에 영상통화를 하기로 약속했다. 10대 시절엔 나도 '그런지' 풍의 음악을 좋아했지만, 5학년에게 그물 스타킹은 조금 이르다는 생각이 든다. 엘리가 먼저 내게 상의해서 천만다행이면서도 이런 대화를 전화로 나눠야 한다는 사실이 마음 아프다. 내가 퍼스에 있었더

26

라면 엘리의 첫 무도회를 기념하려고 사진을 수없이 찍었을 것이다. 대신 나는 지구 반대편의 작은 호텔 방에서 외로움과 시차로 인한 피로를 견디며 앉아 있다.

하지만 나는 이번 파리 여행이 결국 아이들에게 도움이 될 거라고 믿고 싶다. 몇 해 전, 어느 선생님이 아이에게 네 엄마가 무슨 일을 하느냐고 물었다. 로비와 나는 머리를 맞대고 솔직한 설명은 너무 복잡하다는 결론을 내렸다. 그래서 아이는 이렇게 대답했다. "우리 엄마는 나쁜 사람들과 싸워요." 그 뒤 한두 명의 선생님은 내가 경찰이라고 짐작했다. 그러나 나는 경찰도 아니고, 나 스스로 천사라고 말한 적도 없다. 다만 조금이라도 세상에 도움이 되는 일을 해왔다고 믿고 싶다. 나를 침묵시키려 했던 힘 있는 적들은 나를 파산시키겠다고, 심지어 죽이겠다고 위협했다. 그래도 나는 말하기를 멈추지 않았다. 내가 그들의 성노예였을 때는 아무 말도 할 수 없었다. 나는 다시는 그렇게 아무 말도 하지 못하고 무기력한 상황에 빠지지 않겠노라 다짐했다.

그렇다면 오늘, 좋아하는 그림들을 보기도 전에 세계적인 미술관에서 서둘러 빠져나오게 한 것이 내 안에 여전히 생생하게 살아 있는 '악마들'이었을까? 누군가 그렇게 묻는다면, 내 대답은 '그렇다'이다. 도망치듯 호텔로 돌아온 내가 불안한 마음을 가라앉히는 데 가장 효과적인 의식 중 하나인 TV 드라마 〈로 앤 오더〉 몰아보기로 하루를 다 보냈는가 묻는다면 그 또한 사실이다. 하지만 나는 결코 그 악마들이 이기도록 두지 않을 것이다. 사흘 뒤, 나는 다시 루브르로 갈 것이다. 그 으스스한 태피스트리와 마주해, 붉은 벽으로 둘러싸인 그 방을 내 것으로 되찾을 것이다. 나는 오랜 시간 끝에 얻어낸 내 힘으로 나를 단단히 붙들어 맬 것이다. 그다음엔 마침내 〈모나리자〉를 찾아가 그녀에게 짧게나마 인사를 건넬 것이다.

며칠 뒤, 나는 비공개로 진행되는 8시간의 심문에서 브루넬과 마주 앉을 것이다. 그 자리에서 당시 50대 중반이던 그 남자가 열일곱, 열여덟, 열아홉 살이었던 내게 어떤 짓을 저질렀는지 모두 말할 것이다. 당신이 상상할 수 있는 가장 비인간적인 질문에 있는 그대로 답할 것이다.

같은 날 늦은 시간에 나는 NBC 뉴스와의 인터뷰에서 브루넬을 상대로 증언한 이유를 이렇게 설명할 것이다. 그는 더 이상 나를 지배할 힘이 없고 나는 이제 성인이 되었으며, 그가 나와 다른 많은 사람들에게 저지른 일에 대해 책임을 묻기로 했음을 그에게 똑똑히 알리고 싶었다고. 그리고 전 세계로 방송될 그 인터뷰에서 이렇게 호소할 것이다.

"더 많은 증인이 나서주기를 바랍니다. 공소시효가 지났더라도 상관없습니다."

그리고 나는 특정한 날짜에 브루넬이 어디에 있었는지를 확인해주는 작은 정보 하나라도 그의 범죄를 입증하려는 이들에게 큰 도움이 된다고 덧붙일 것이다.

"법원이 귀를 기울이고 있습니다. 당국이, 그리고 저도 듣고 있습니다. 우리는 이 괴물을 갇혀 마땅한 곳에 집어넣어야 합니다. 하지만 그러려면 우리 모두가 함께해야 합니다."

❖

나는 괴물을 잘 알고 있다. 어린 시절부터 나는 친족 성폭력, 부모의 방임, 심각한 폭행과 추행, 강간까지 온갖 종류의 폭력으로 고통받았다. 10대가 되어 제프리 엡스타인과 길레인 맥스웰을 만나기 전부터 나는 다른 소아성애자들에게 성착취를 당했고, 두 사람은 내 고통을 배가시켰다. 그들과 함께 지내는 동안, 그들은 부유하고 권력 있는 수많은 사람들에게 나를 빌려주었다. 나는 반복적으로 이용당하고 모욕당했으며, 목이 졸리거나 구타를 당해 피투성이가 되기도 했다. 나는 그들의 성노예로 죽을지도 모른다고 생각했다. 그러다가 열아홉 번째 생일을 막 넘긴 무렵, 나를 진심으로 걱정해주는 사람을 만났다. 나는 기회를 놓치지 않았고 2002년에 탈출했다.

이 글을 쓰고 있는 지금까지 나는 22년 동안 자유를 누렸다. 그 시간이 언제나 평탄했던 것은 아니지만, 되돌아보면 한순간도 감사하지 않은 적이 없다. 2002년 이후의 내 삶에는 여러 전환점이 있었다. 그중에서도 예기치 않게 부모가 된 일만큼 나를 크게 바꾼 사건은 없었다. 의사들은 임신이 거의 불가능하다고 말했지만, 결과는 달랐다. 먼저 알렉스가, 뒤이어 타일러가 태어났다. 나는 두 아들의 엄마로 살아가는 시간을 깊이 사랑했다. 그러나 로비와 내가 셋째 딸 엘리를 품에 안았을 때, 마음의 방향이 조용히 바뀌기 시작했다. 내가 겪은 일들을 통해 나는 성착취 가해자들은 누군가 막아세우기 전까지 멈추지 않는다는 사실을 누구보다 잘 알았다. 그럼에도 나는 오랫동안 뒤로 물러나 있었다. 누군가 대신 앞장서서 책임을 묻고 정의를 요구해주길 바라는 마음으로 한 발 뒤에 머물러 있었던 것이다. 엘리는 그 멈춤의 시간을 끝냈다. 딸의 눈을 바라보는 순간, 다른 소녀들이 나와 같은 일들을 다시 겪지 않도록 해야 한다는 생각이 또렷하게 떠올랐다. 그 깨달음이 찾아온 뒤 오래지 않아, 나는 마침내 싸우기 시작했다.

가장 먼저 해야 했던 일은 나 자신에게 몇 가지 어려운 질문을 던지는 것이었다. 내가 겪은 학대가 단지 운이 나빠서 벌어진 일이었을까? 우리 가족이 숨겨온 수치스러운 비밀 때

들어가며

문에 비극이 예정되어 있었던 건 아닐까? 아니면 내가 처한 상황을 악화시키는 문화적 요인이 따로 있었던 것일까? 세상에는 늘 악이 존재해왔다. 하지만 인신매매, 그중에서도 강압이나 사기, 협박을 통해 노동이나 성매매를 강요하는 짓은 더더욱 추악하다. 피해자가 미성년자일 경우 그 잔혹함은 이루 말할 것도 없다. 아동 성매매는 제대로 보고되지도 연구되지도 않는다. 많은 사람들이 오해하듯 제3세계 국가에서만 존재하는 일도 아니다. 미국에서는 50개 주 전역에서 사례가 보고되고 있다. 최근 수십 년 동안 인터넷과 소셜미디어는 가해자들이 피해자에게 훨씬 더 쉽게 접근할 수 있는 환경을 만들었다. 미국 실종·착취 아동센터의 자료에 따르면, 가해자들은 코로나19 팬데믹 동안 아이들이 온라인에 머무르는 시간이 길어진 것을 이용했고, 1년 만에 아동 성착취 의심 사례에 대한 사이버 신고가 106퍼센트 늘어났다.

내가 하고 싶은 말은 간단하다. 제프리 엡스타인은 죽었지만, 그와 같은 범죄를 세계 곳곳에서 자행하는 사람들이 여전히 많다는 사실이다. 나처럼 운 좋게 빠져나오지 못한 채 착취당하며 갇혀 사는 피해자들이 셀 수 없이 많다. 최근 연구에 따르면 피해자 소녀와 소년들, 여성과 남성들은 탈출에 성공하기까지 보통 세 번에서 일곱 번의 시도를 거친다고 한다. 그 과정에서 상당수는 도움의 손길을 받지 못한다. 미국 사법기관 중 인신매매를 전담하는 인력이 배치된 곳은 4퍼센트에 불과하여 피해자 대부분은 오로지 자기의 판단력과 운에 의존해 살아남아야 한다.

나는 이 현실을 바꾸고 싶다. 가해자들에게 책임을 묻는 일만으로는 충분하지 않다. 몇 번이고 가해자를 보호해온 사법 체계에도 맞서야 한다. 여러 연구에 따르면, 아동 성폭력 피해자의 상당수는 40대 이후에야 비로소 자신이 겪은 폭력을 털어놓는다고 한다. 내 생각에 성착취, 성학대의 생존자들은 마음이 준비되는 순간, 언제든 정의를 요구할 수 있어야 한다. 그러나 많은 주에서는 공소시효가 그 가능성을 가로막는다. 이런 구조적 문제는 개인이 바꿀 수 없다. 그렇기에 피해자들이 서로를 지지하며 힘을 모으는 일은 무엇보다 중요하다. 2021년 파리에서 NBC와 한 인터뷰에서 내가 했던 말은 여전히 유효하다. 성폭력 피해자들이 아무리 무력하게 길들여졌을지라도, 우리는 손을 맞잡고 함께할 때 더 강해진다.

최근 몇 년 동안 내 이야기는 수많은 책과 팟캐스트, 인터뷰, 기사, 영화와 미니시리즈, TV 특집 프로그램을 통해 잘려 나가고 덧붙여지며 여러 사람의 입을 거쳐 전해졌다. 하지만 지금까지 내 이야기를 온전히 처음부터 끝까지 직접 말한 적은 없었다. 이제야 비로소, 비어 있던 부분을 채우고 부족했던 맥락을 더해 기록을 바로잡을 수 있게 되었다. 소녀들

들어가며

은(그리고 소년들은) 어느 날 갑자기 성착취의 표적이 되지 않는다. 반복적인 성폭력 또한 뜬금없이 시작되지 않는다. 많은 경우 그런 일은 너를 사랑한다고 말하던 사람들에게서 버려지는 순간 시작된다. 내 과거를 밝히는 이유는 단 하나다. 같은 일이 되풀이되지 않도록 하여 누군가에게 조금이라도 도움을 주고 싶어서다.

한때 나는 침묵 속에 머물렀다. 하지만 이제는 내 목소리를 찾았다. 이 책은 그 변화의 결과다. 남편이 말한 대로, 나는 전사가 맞다. 이야기를 품은 전사로서, 마침내 내 이야기를 세상에 전하려 한다.

제1부
딸

> "너는 왜 이 세상이 이토록 나쁘다고 생각하니? (…) 사람들이 자기 일만 생각하고, 억압받는 이들을 위해 나서려 하지 않으며, 잘못을 저지른 이들을 세상 밖으로 끌어내는 수고를 하지 않기 때문이야. (…) 나는 이렇게 믿어. 우리가 잔혹함이나 부정을 보고도 막을 힘이 있으면서 아무것도 하지 않는다면, 그 죄를 함께 짊어지는 것이나 다름없다고 말이야."
>
> ─애나 슈얼, 《블랙 뷰티》

제1장
"꼬마"

한 소녀가 보도블록 턱에 오도카니 앉아 있다. 얼굴에는 마른 눈물자국이 얼룩처럼 남아 있다. 실제 나이는 열다섯이지만 또래보다 말라서인지 더 어려 보인다. 파란 눈과 긴 금발 머리가 예쁘장했을지 몰라도 지금은 다르다. 주근깨 박힌 얼굴은 퉁퉁 부어 있고 목엔 짙푸른 멍 자국이 가득하며, 입안에는 평생 느껴본 적 없는 역한 쇠 비린내가 진동한다. 설마 피가 날 거라고 생각도 못 했던 곳에서 피가 흐르고 몸 곳곳에도 상처가 가득하다. 살면서 다친 적은 있지만, 지금처럼 다친 적은 없었다. 그때 살랑이는 바람이 지나가며 머리 위 야자수 잎이 파라락 흔들린다. 소녀는 피 묻은 입술을 닦으며 생각한다.
'누군가에게 소중한 존재가 되는 건 어떤 느낌일까?'

그때 소녀의 눈에 고급 리무진이 보인다. 영화에서나 보던

딸

차체가 길고 윤이 나는 리무진이다. 검고 반짝이는 차가 미끄러지듯 다가오자, 운전석에 앉은 운전사의 모습이 스치듯 눈에 들어온다. 순간 소녀의 머릿속에 디즈니 만화영화 〈101마리의 달마시안〉 속 리무진이 그려진다. 달마시안 가죽을 찾기 위해 악녀 크루엘라가 타고 런던을 누비던 그 차 말이다. 그 영화를 도대체 몇 번이나 돌려 봤던지. 하지만 만화영화 속 장면이 아니었다. 그건 어린아이들의 이야기였고, 소녀는 오래전부터 자기가 어린아이가 아니라는 걸 알고 있었다. 이건 미국 플로리다주 마이애미의 현실이다. 그리고 그 소녀는 바로 나였다.

이틀 전 팜비치 카운티의 청소년 구금 시설을 빠져나올 때까지만 해도 나는 희망으로 가득했다. 남색 폴로셔츠와 카키색 바지로 이루어진 시설 복장을 입고 있으면 곧바로 경찰에게 붙잡힌다는 걸 경험으로 알고 있었다. 그래서 가장 먼저 마셜스 할인 매장으로 향했다. 새 티셔츠와 청바지로 재빨리 갈아입고, 입고 온 옷을 깔끔하게 정리된 매장 진열대에 상품인 척 개켜 올려두었다. 그리고 계산을 하지 않고 가게를 빠져나와 그대로 델레이 비치로 향했다.

나는 낯선 사람과 능히 대화하는 성격이었다. 그날도 해변에서 한 남자를 만났다. 나보다 나이는 훨씬 많아 보였지만 풍기는 분위기가 여유로웠다. 그는 마리화나를 피우고 있었다. 나란히 앉아 대서양 바다를 바라보고 있다가, 문득 그가 내게 자신이 피우던 마리화나를 건넸다. 이런저런 이야기 끝에 오늘 밤은 노숙을 해야 한다고 하니, 그는 자기 집 소파를 내어줄 수 있다고 했다. 혹시 대가를 바라고 친절을 베푸는 게 아닐까 걱정했지만, 내 예상은 보란 듯이 빗나갔다. 그의 집에 도착한 뒤 우리는 마리화나를 조금 더 나눠 피웠고, 그는 깨끗한 수건을 내게 건네며 샤워도 허락해주었다. 잠자리에 들기 전 그는 내게 이렇게 말했다.

"난 아침 일찍 출근해. 그러니 눈 뜨면 뭉그적거리지 말고 나가. 집 어지럽힐 꿈은 꾸지도 말고. 그리고 앞으로는 제대로 된 선택을 하면서 살아."

그랬다. 모든 남자가 다 괴물은 아니었다.

다음 날 새벽, 나는 집주인이 깨기 전에 그 집을 조용히 떠나야 한다고 생각해 현관문을 살며시 닫고 나와 곧장 기차역으로 갔다. 가진 돈이라고는 주유소 직원에게 구걸해서 얻은 20달러 지폐 한 장이 전부였다. 높이 묶은 머리끈 틈에 꼬깃꼬깃 접어 숨겨 두었던 비상금이었다. 나는 그 돈을 꺼내 마이애미행 편도 승차권을 샀다. 한 시간 반 뒤, 나는 팜비치에서 남쪽으로 50마일(약 80킬로미터-옮긴이) 떨어진 마이애미데이드 역에 도착했다. 셀 수 없이 했던 가출이었지만, 이렇게 멀리까지 도망친 건 처음이었다.

딸

역에서 나와 동쪽으로 걷기 시작했다. 걸어서 한 시간이면 바다에 닿을 것이다. 얼마 뒤 멀지 않은 곳에 분홍색과 주황색이 고루 섞여 빛나는 던킨도너츠 간판이 보였다. 플로리다주 록사해치에 살던 시절 나는 동네 던킨도너츠 앞에서 종종 동전을 구걸하곤 했다. 그래서 김이 모락모락 오르는 커피잔 로고를 보는 순간 괜히 기분이 좋아졌다. 좋은 징조처럼 느껴졌으니까. 나는 매장 안으로 들어가 평소 좋아하던 초콜릿 토핑이 올라간 도넛을 두 개 샀다. 며칠 만에 제대로 음식을 먹으니 자신감이 조금 올라왔다. 갈 곳은 없었지만 어떻게든 잘 지낼 수 있을 것만 같은 느낌이 포만감처럼 몰려왔다.

그렇게 다시 20분쯤 걸었을까, 내 앞으로 하얀 승합차 한 대가 멈춰 섰다.

"태워줄까? 나도 저쪽으로 가는 길인데."

운전석에 앉아 있던 이가 친근하게 물어왔다. 달콤한 빵을 먹어서 그랬는지 나도 모르게 경계심이 누그러졌다. 날씨는 더운 데다가 숨이 턱턱 막히게 습했고, 까만 머리카락의 운전자는 말라빠진 새우처럼 볼품없었다. 나보다 키가 크긴 했어도 솔직히 체격이 그리 차이 나지 않아 보였다. 나는 차에 올라 타 안전벨트를 맸다. 차 주인은 나를 힐끗 한 번 돌아보고는 다시 정면을 응시했다. 30대 후반으로 보였고, 건설 현장에서 일하는 사람 같은 옷차림이었다.

"잠깐 어디 들릴 곳이 있는데." 그가 말했다. 누군가에게 돈을 꿔서 갚으러 가는 길이라고 했다.

"상관없어요." 나는 기세에서 밀리지 않으려고 최대한 개의치 않다는 투로 대답했다. 승합차는 바다에서 멀어지려는 듯 서쪽으로 방향을 틀더니 지저분하고 허름해 보이는 모텔 앞에 멈춰 섰다.

"혼자 있지 말고 같이 올라가자. 돈만 주고 오면 되니까." 공사장 인부처럼 보이는 그 남자가 말했다. 나는 그를 따라 모텔로 올라갔고, 문 하나를 지나 퀴퀴하고 낡아빠진 방으로 들어갔다.

문이 닫히기가 무섭게 남자는 내게 달려들었다. 그 순간 내가 성인 남자의 힘을 얼마나 얕봤는지 처절하게 깨달았다. 그는 내 몸을 손쉽게 제압하더니 침대에 억지로 눕혔고, 한 손으론 내 목을 감싸 졸랐다. 그러고는 권총을 꺼내 내 입안에 밀어 넣었다. 처음엔 정자세로, 두 번째는 엎어놓고 나를 겁탈했다. 윤활제라고는 그가 손바닥에 뱉어 바른 침이 전부였다. 그는 의식을 잃을 때까지 내 목을 졸랐다가 풀어주고, 또 숨을 조금 쉬게 해주다가 다시 조르기를 반복했다. 나는 차갑게 식은 내 육체가 길가 도랑에 버려져 남들에게 발견되는 장면을 상상했다. 그러다가 기적처럼 그의 휴대전화가 울렸고, 그는 전화를 받기 위해 목 조르던 손을 풀었다.

딸

"꼼짝 말고 있어. 도망치면 찾아서 죽여버릴 테니까."

남자는 휴대전화를 향해 몸을 틀더니 밖으로 나갔다. 나는 생각했다. '지금 도망치든 여기 남든, 분명 저 남자는 나를 죽일 거야.' 그의 목소리가 더 이상 들리지 않을 때까지 잠자코 기다렸고, 마침내 사방이 조용해지는 순간 뛰쳐나갔다.

그리하여 나는 지금 뗏국물처럼 눈물이 말라붙은 얼굴로, 텅 빈 해변 주차장 보도블록에 앉아 있다. 고급 리무진이 내 앞에 멈춰 선 건 해가 뉘엿뉘엿 질 무렵이었다. 나를 발견한 리무진은 천천히 정차했고, 뒷좌석의 짙은 창문이 부드럽게 내려가더니 이윽고 60대로 보이는 낯선 남자의 허여멀건 얼굴이 드러났다. 체구가 크고 머리숱이 군데군데 비어 있었다. 그의 시선이 부어오르고 멍든 내 얼굴과 몸을 훑었다.

"무슨 일이 있었구나, 꼬마야." 나이 지긋한 그는 내게 다정히 말했다. 그의 목소리에 걱정과 진심이 묻어났다.

시선을 슬쩍 돌려 차 안을 들여다보니, 그 옆에 붉은색의 짧은 드레스를 입은 예쁘장한 여자애가 보였다. 그 애도 내게 미소를 지어 보였다. 남자는 검은색 정장 바지에 목깃이 단정한 셔츠 차림이었다. 내가 아는 우리 집 남자들은 주로 청바지나 작업복을 입는다. 나는 이 낯선 남자가 옷차림을 넘어 다른 모든 면에서도 그들과는 다르기를 바랐다.

"일단 타. 우리랑 같이 가자꾸나." 그는 내게 말했다. 옆에 앉아 있던 여자애도 고개를 끄덕이며 힘을 보탰다. 나는 하얀 승합차와 내게 총을 들이밀던 남자를 떠올렸다. 근방을 배회하며 쥐 잡듯 나를 찾는 장면이 머릿속에 그려졌다. 다리가 휘청거릴 만큼 온몸이 만신창이였지만, 나는 어떻게든 두 발을 디디고 일어섰다. 그러자 리무진의 문이 열렸고, 남자는 내가 앉을 자리를 내어주려는 듯 몸을 옆으로 물렸다.

나이 든 남자는 리무진 기사에게 목적지를 말한 후 본인을 소개했다. 이름은 론 에핑거이며 '퍼펙트 텐'이라는 모델 에이전시를 운영한다고 했다. 동석한 여자애는 체코에서 온 야나였다. 그는 내게 이 아이처럼 모델이 되고 싶지 않으냐고 덧붙였다. 그는 우선 내 나이를 물었고, 처음엔 열여섯 살이라고 답했다. 그래야 만만해 보이지 않을 것 같았다. 하지만 에핑거는 고개를 저으며 믿지 않는다는 반응을 보였다. 나는 결국 사실대로 털어놓았다. 열다섯 살이라고. 그제야 그가 만족스러운 듯 웃었다.

"다시는 거짓말하지 않는다고 약속하렴. 그럼 내가 널 맡아주마." 그가 말했다.

나는 '그게 무슨 뜻이지?' 하고 생각했지만, 굳이 입 밖으로 꺼내진 않았다. 그사이 투실한 에핑거의 얼굴 위로 슬픔이 지나갔다. 자기에게도 한때 딸이 있었다고 했다. 열다섯 살이었던 수전 마리는 함께 탔던 트럭 운전사가 졸음운전을 하는 바

딸

람에 폼파노 비치에서 전봇대를 들이받아 사망했다. 그는 내게 아직도 딸을 보내지 못했다고 털어놓았다. 잠깐이지만 그가 안쓰럽게 느껴졌다.

그러나 그 찰나, 에핑거는 손을 뻗어 내 머리카락을 쓸어내렸다.

"너만 원한다면, 내가 네 새 아버지가 되어줄 수 있어." 에핑거가 말했다.

정말 순식간이었다. 아빠와 딸 사이의 유대감을 이토록 역겹게 비틀어버리다니. 하지만 나는 이미 그런 수법에 익숙했다. 이젠 통하지도 않는다. 나는 어른들을, 특히 아버지라는 존재를 믿지 않는다. 새 아버지도, 진짜 아버지도 필요 없다. 지금 내게 절실한 건 나를 지키기 위해 버텨내야 하는 이 삶에서 잠시라도 벗어나는 일뿐이다. 여자로 자라난다는 건 어디에나 도사리는 위험을 감수해야 한다는 뜻이다. 나는 그 사실을 내 머리가 기억하는 가장 먼 어린 시절부터 당연하다는 듯 알고 있었다. 불과 몇 시간 전, 하얀 승합차를 몰던 공사장 인부는 내게 더 짙은 어둠을 보여주었다. 집으로 돌아갈 수 없다는 것도 안다. 안전한 곳이라곤 없다. 내 온몸이, 겉과 속이 다 아려온다. 지금 내게 좋은 선택지는 하나도 없다.

에핑거라는 늙은 남자와 모델, 그리고 나는 해변의 가판대에서 테이크아웃 음식을 주문한다. 나는 동물처럼 허겁지겁 먹어 치웠고 이내 우리는 파도 소리를 들으며 멍하니 앉아 있었다. 그러다가 갑자기 에핑거가 쇼핑을 하고 싶다고 말한다. 우리는 근처의 '갭키즈'로 가고, 그는 엉덩이를 반도 못 가릴 만큼 짧은 반바지와 턱없이 작은 상의들 쪽으로 나를 이끈다. 점원의 표정만 봐도 그녀가 무슨 생각을 하는지 분명하다. 이런 옷을 사 주는 사람이 보통의 '할아버지'일 리 없다는 것이다. 그다음으로 우리는 에핑거가 자주 드나드는 게 분명해 보이는 란제리 속옷 가게로 향했다. 영화에서나 보던 어른들이 입는 끈 팬티와 레이스 속옷을 고른 그가 이제 막 성숙하기 시작한 내 몸에 대보며 능글맞게 웃었다. 그러고는 기사에게 집으로 가자고 지시했다.

키 비스케인에 있는 그의 거대한 아파트 안으로 들어서자, 리킨배커 코즈웨이 다리 너머 마이애미의 전경이 훤히 내려다보였다. 에핑거는 손을 휘저으며 나를 다섯 명의 다른 소녀들에게 소개했다. 대부분은 속옷만 걸치고 있거나 거의 아무것도 입지 않은 상태다. 영어를 할 줄 아는 아이는 몇 명 되지 않았다. 그러고 나서 그는 나를 집 안쪽 자신의 방으로 데려갔다. 둥근 침대가 있고 천장에는 거울이 달린 방이었다. 나는 어디에서 자면 되는지 물었다.

"나랑 같이 자야지." 그가 말했다.

내 안의 한 부분이 익숙한 공포를 느낀다. 이제 도망치기에

45

딸

는 너무 늦은 걸까? 하지만 마음속 더 커다란 부분이 재활시설에서 지낸 시간, 위탁가정에서의 생활, 그리고 무엇보다 도망치며 살아야 했던 날들을 떠올린다. 어쩌면 세상의 모든 남자가 이럴지도 모른다. 나는 이제 지쳤다. 아무 감정도 느끼고 싶지 않다. 늙은 남자는 나를 "꼬마Baby"라고 부른다. 그곳에서 내가 가장 어린아이였으니, 별명 자체는 얼핏 맞아떨어지기도 한다. 나는 완전히 다른 사람이 되고 싶었다. 그래서 그 이름을 받아들였다. 이제 나는 "꼬마"가 되었다.

❖

아침 시간이다. 각각 열한 살, 열네 살, 열다섯 살인 아이들이 아침부터 지각이라며 온 집 안을 종종걸음으로 휘젓고 다닌다. 반면 나는 부엌 아일랜드 카운터의 햇빛 잘 드는 쪽 끝에 앉아 완벽한 커피 한 잔을 홀짝이며 이 소란스러움을 사랑스럽게 바라본다. 남편 로비는 미리 싸놓은 점심을 하나씩 건네준다. 세 아이에게 건강한 간식을 챙겨주고, 크기가 남다른 샌드위치를 나눠준다(로비의 가족은 시칠리아 출신인데, 그의 이탈리안 샌드위치는 따라잡을 수 없다).

내 역할은 아이들이 숙제와 허가서, 그리고 방과 후 무술 수업에 가져갈 도복을 챙겼는지 확인하는 일이다. 로비가 아이들을 차 쪽으로 몰아가고, 나는 딸과 두 아들을 꽉 안아준다. 아이들은 몸을 비틀어 빠져나가려 하지만 그저 웃으며 끌어안는다.

"서둘러!" 로비가 외친다. "이러다가 지각이야!"

순간, 나도 같이 가고 싶다는 마음이 든다. 잠옷 차림이지만 앞좌석에 올라탄다. 로비가 집 앞 전동 보안문을 여는 사이, 이토록 평범한 아침 풍경이 내 삶이라는 사실이 새삼 믿기지 않는다.

이따가 나는 필라테스 수업을 들으러 가고, 저녁에는 코코뱅(닭을 레드와인에 졸여 끓이는 프랑스식 스튜—옮긴이)을 만들어 우리 집의 주방장 역할을 도맡아 온 로비에게 오랜만에 휴식을 줄 생각이다. 하지만 그 전에 과거를 들여다보는 일로 돌아가야 한다. 내가 나에게 맡긴 이 일은 결코 즐겁지는 않지만 필요하다. 깨어 있는 시간을 바닷가에서 프렌치 불도그 주노와 산책하거나, 딸 엘리와 귀걸이를 고르러 쇼핑을 가거나, 크리스마스를 앞두고 집을 꾸밀 준비를 하며 보낼 수 있다면 얼마나 좋을까(남편은 매년 투덜거리지만, 나는 크리스마스 장식만큼은 도가 지나치게 꾸미는 편이다). 그러는 편이 훨씬 편하다. 그 쉬운 일들 역시 해야 할 일들이다.

그러나 내 삶을 이루는 모든 조각을 한자리에 모아야 할 때가 왔고, 나는 그러기로 결심했다. 어린 시절의 나는 삶을 하나의 이야기로 정리할 능력이 없었다. 젊은이에게는 지난날을 차분히 되짚을 여유가 없다. 특히 나처럼 위험 속에서 젊은 나날을 보내다 보면 하루하루 버티는 데 모든 힘을 쏟게 마련이다. 지금의 삶은 두 축을 중심으로 굴러간다. 남편과 아이들을 향한 헌신, 나를 상처 입힌 사람들에게 끝까지 책임을 묻겠다는 결심. 마음 한편에서는 현재의 일상으로 이야기를 시작하고 싶은 마음도 있다. 가령 장식용 산타클로스 인형을 정리하거나 반짝이는 장식 끈을 걸어두며 느끼는 소중함을 먼저 말하고 싶다. 그러나 나의 과거는 너무 오랫동안 숨겨져 있었다. 이제는 드러나야 할 시간이다.

그렇다면 나는 어떻게 해서 열다섯의 어린 나이에, 마이애미라는 도시에서 빈손으로, 상처투성이로, 홀로 남게 되었을까. 그 물음에 닿을 수 있는 길은 여러 갈래다. 하지만 1998년에 누군가 그 이유를 물었다면, 모든 사정을 차분하게 풀어낼 여유조차 사치였을 것이다. 그러므로 가장 짧고 간단한 답을 건네지 않았을까.

"도망쳤어요. '그로잉 투게더' 시설에서 도망쳐 나왔어요."

제2장

그로잉 투게더

내가 있던 시설 '그로잉 투게더Growing Together(함께 성장하자는 뜻-옮긴이)'는 나름 '가혹한 훈육과 애정'을 슬로건으로 내세운 치료 센터라고 주장했지만, 애정이라고 부를 만한 요소는 처음부터 빠져 있었다. 에핑거의 리무진에 탈 무렵 나는 거의 1년에 걸쳐 탈출을 시도했다. 애초부터 그곳에 나를 의탁하겠다고 스스로 나선 것이 아니다. 어머니 린이 속임수를 썼다. 안과에 간다고 말하며 나를 유인한 것이다. 그런데 가족이 살던 록사해치에 있는 약 1에이커(약 4,054제곱미터-옮긴이)짜리 농장에서 20마일(약 32킬로미터-옮긴이) 정도 떨어진 높은 파란색 외벽의 건물에 들어서는 순간 제복을 입은 직원들과 팔이 굵은 경비원들 사이에 내가 서 있었다. 엄마는 곧장 몸을 돌려 자리를 떴다. 멀어지는 뒷모습이 지금도 또렷하

49

딸

다. 불꽃처럼 선명한 붉은 머리는 돌아서는 순간에도 단번에 눈에 들어왔다.

그로부터 얼마 전, 엄마는 나를 두고 "통제가 안 되는 아이"라고 단정지었다. 엄마의 말은 대체로 사실이기도 했다. 한때 나는 책 읽기를 좋아하고 성실하게 공부하는 학생이었지만, 어느 순간 화를 잘 내고, 학교를 빼먹고, 감정을 주체하지 못해 쉽게 무너지는 아이가 되어 있었다. 틈만 나면 나이 많은 아이들과 어울리며 술을 마셨고, 손대지 않은 약을 찾기 어려울 정도였다. 그러니 엄마 말이 맞았다. 사춘기 초입의 나는 반항심만 가득한 엉망진창인 아이였다. 다만 내가 왜 반항과 엉망진창 속으로 빠져들었는지, 그 이유를 한 번만 물어봐주었으면 좋았을 텐데.

'그로잉 투게더'의 바나나색 건물은 웨스트 팜비치 남쪽, 레이크워스라는 작은 도시에 자리하고 있었다. 그 이름이 내게는 아이러니하게 느껴졌다. 시설은 그곳에 머무는 서른 명 남짓한 10대 청소년에게 '너는 값어치 없는 존재'라는 감정을 심는 곳이었다. 치유라는 명목 아래, 열세 살에서 열일곱 살의 아이들에게 거울 앞에 서서 자신을 향해 있는 힘껏 모욕적인 말을 쏟아내게 했다. '나는 창녀야. 나는 망해도 싼 쓰레기야. 나는 약쟁이야.'

우리는 서로의 눈이 아니라 거울 속에 비친 자기의 눈을 바라보며 그렇게 외쳤다. 거부라는 선택지는 없었다. 그곳은 작은 요새처럼 보였다. 보안문이 설치되었고 창문에는 쇠창살이 달렸으며, 우리가 저항하면 보내는 특수 감금실도 있었다. 그 방은 '화이트룸'이라고 불렸다. 나는 결국 그 방에서 꽤 많은 시간을 보내게 된다. 화장실도 매트리스도 없고, 이전에 갇혔던 아이들이 남기고 간 오물이 굳어버린 차가운 콘크리트 바닥만 있는 공간이었다. 내가 홀로 갇혀 지낸 가장 긴 기간은 3주였다. 그 이야기는 조금 뒤에 이어진다.

처음에는 '그로잉 투게더'에 그래도 마음을 열어보려고 했다. 낮에 열리는 집단 치료 시간에는 상담사들에게 조금이나마 속 이야기를 꺼내기도 했다. 엄마는 술을 마시기 시작하면 완전히 다른 사람처럼 변하곤 했다. 한순간 목청껏 웃다가도, 곧바로 고함을 질렀다. 커피잔이나 차가운 마카로니 앤 치즈 등 손에 잡히는 것들을 마구잡이로 나와 남동생 스카이디에게 던졌다. 스카이디는 나보다 다섯 살 어렸고, 내가 아끼던 아이였다. 폭력에 집중적으로 노출된 것은 스카이디가 아니라 늘 나였다. 엄마의 파란 눈에 깃드는 특정한 표정이 있었다. 스카이디와 나는 그 표정을 '악마의 눈'이라고 불렀다. 피부를 꿰뚫을 것처럼 날카로웠다. 엄마는 몹시 화가 나면 나를 마당으로 내보내 장미 덤불의 가시 돋은 가지를 꺾어 오라고 시켰다. "꽃나무 가지 하나 꺾어 와." 엄마는 그렇게 말했다.

그러고 나서 주변에 누가 있든 상관하지 않고 바지를 내리라고 했다. 나를 때리기 위해서였다.

'그로잉 투게더'에 있으면서 나는 마음 깊은 곳에 쌓아두었던 일들을 조금씩 꺼내기 시작했다. 오래전부터 나를 둘러싸고 있던 벽을 벗겨내듯, 조심스럽게 이야기를 내놓았다. 몇 달 전 겪은 일도 털어놓았다. 열일곱 살과 열여덟 살이던 두 남자아이가 차 뒷좌석에서 의식을 잃은 나를 성폭행했다고, 술과 마리화나를 하고 쓰러진 뒤 눈을 떴을 때 그 아이들이 번갈아 올라타 있었다고 말했다. 그들의 들뜬 목소리, 얼굴 가까이서 느껴지던 뜨겁고 시큼한 숨결을 잊을 수 없다고. 폭행은 다섯 시간에서 일곱 시간쯤 이어졌다. 이런 이야기를 상담사들에게 털어놓는 일은 쉽지 않았지만, 뜻밖에도 그 과정에서 아주 미세한 안도감이 찾아왔다.

그러나 안도감은 오래 가지 못했다. 시간이 지나면서 '그로잉 투게더'는 결국 '서퍼링 투게더Suffering Together(함께 고통받자는 뜻-옮긴이)'라는 오명을 얻는다. 내가 입소한 지 7년 뒤인 2004년 12월, 〈마을의 소리〉의 자매지 〈뉴 타임스〉라는 주간지에 실린 탐사 보도는 그곳의 실체를 드러냈다. 기사에 따르면 '그로잉 투게더'에 입소한 청소년들은 수년간 "구타, 강압적 제압, 감금, 체계적인 모욕"을 견뎌야 했다. 아이들을 돕기는커녕 더 다치게 했다며 시설을 상대로 소송을 제기한 여러 가족의 사례가 등장했다. 상담사에게 팔이 부러진 소녀, 자살을 시도했지만 심리 상담조차 연결받지 못한 소년의 이야기도 있었다. 어떤 어머니는 이 시설을 "아이들과 부모를 위한 강제수용소 같다"라고 표현했다. 심지어 비영리 시설이었음에도 해마다 기부금과 수업료로 약 100만 달러를 벌어들였다고 한다. 입소자 한 명당 연간 약 1만 4천 달러를 지불했는데, 이 중에는 약물 문제로 법원 출석을 명령받은 청소년들도 포함되어 있었다(우리 부모는 돈이 없었으니, 내 수업료를 누가 냈는지는 지금도 알 수 없다). 보도 18개월 뒤, '그로잉 투게더'는 결국 문을 닫았다. 그러나 문을 닫기까지 20년 동안 그곳은 나 같은 아이들에게 끔찍한 지옥일 뿐이었다.

'그로잉 투게더'의 치료 방식은 알코올중독자협회 프로그램을 절반으로 축소한 것 같았다. 알코올중독 치료가 총 12단계라면, 이곳은 6단계로 이루어진다. 하지만 실제 운영 방식은 전혀 달랐다. 단계, 즉 '레벨'을 올리기 위해 아이들은 서로를 견제하며 경쟁해야 했다. 그게 치료의 중심이었다. 시설에 처음 들어온 아이들은 '신입'이라 불렸다. 목표는 '모범생' 단계에 오르는 것이었고, 그 단계에 도달하면 다른 아이들을 감독하는 권한이 주어졌다. 보상처럼 보이지만 사실상 감시자 역할이었다. 신입은 모범생이 허리띠를 잡고 따라다니지 않으면 시설 어디에도 갈 수 없었다. 화장실과 샤워실도 예외가

딸

아니었다. 사생활이라는 개념 자체가 존재하지 않았다. 신입이 허리띠를 내어주어야 이동할 수 있는 이 규칙은 아이들 사이에 폭력의 씨앗을 심는 수준이 아니라, 폭력이 일어나도록 구조적으로 부추기는 수준이었다.

아이들에게 다른 아이들을 감독하고 붙잡아 두도록 시키는 것은 불법이었지만, 재정적인 측면에서 보면 효율적이었을 것이다. 서로를 감시하게 하면 직원을 많이 고용할 필요가 없기 때문이다. 그 결과 그곳은 《파리대왕》(핵전쟁 중 무인도에 고립된 영국 소년들이 문명에서 야만으로 무너지는 과정을 그린 소설-옮긴이) 같은 분위기가 되었고, 끔찍한 신고식과 신체적·성적 학대가 끊임없이 벌어졌다. 남녀 간 대화는 금한다는 규칙이 있었지만, 나는 크리스라는 마르고 창백한 남자아이와 친구가 되었다. 체격이 크고 나이가 많은 남학생들이 들어오면, 그들은 방 건너편에서 크리스를 곧장 지목했다. 그것은 성폭행을 의미했다. 그들이 크리스를 상대로 할 수 있는 일을 모두 끝내면, 나는 그의 손을 잡고 미안하다고 말했다. 그의 공허한 잿빛의 눈을 보고 있노라면, 이미 그 아이의 일부가 죽어 있는 것 같았다. 오래 버티지 못할 것 같았다. 여자아이들도 똑같이 잔혹했다. 가장 사나운 여자애들 몇 명이 내가 알고 지내던 한 여자아이를 붙잡고 억누른 다음, 어떤 물건으로 성추행을 저질렀다. 나는 기필코 그런 폭력의 희생당하지 않겠노라 다짐하고 또 다짐하며 살았다. 나는 '그로잉 투게더'에 오기 훨씬 전부터 항상 촉각을 곤두세우고 살았고, 이곳에서도 경계심을 버릴 수가 없었다.

위험은 곳곳에 있었다. 직원들은 무력하고 또 잔인했다. 우리가 '집행자'라고 부르던 경비원이 한 명 있었다. 곱슬거리는 금발 머리에 짙게 그을린 피부를 가진 백인이었는데, 그는 아이들을 붙잡아 바닥에 내던지거나 벽에 밀쳐버리는 행동을 서슴지 않았다. 한편 로슬린은 권력에 취한 히스패닉계 여자였다. 그녀는 '집행자'가 가하던 신체적 폭력을 정신적 폭력으로 계승한 '후계자'처럼 우리를 학대했다. 우리를 모욕하며 즐거워했고, 그걸 숨기려 들지도 않았다.

음식은 형편없었다. 저녁 메뉴는 달라지는 법이 없었다. 월요일은 타코, 화요일은 '솔즈베리 스테이크'라고 부르는 고기 요리, 수요일이면 끔찍한 버섯 수프가 나왔다. 나는 버섯을 아주 싫어했지만, 접시를 비우지 않으면 식탁에 억지로 앉아 있어야 한다는 걸 알고 있었기에 꾸역꾸역 먹었다. 다 씹어 삼킬 때까지 자리에서 일어날 수 없었다. 하지만 어느 수요일, 도저히 삼킬 수가 없었다. 묽고 잿빛을 띤 그 수프의 냄새만 맡아도 구역질이 올라왔다.

"먹어!" 로슬린이 소리쳤고, 나는 애써 숟가락을 들었다.

그런데 몇 숟갈 더 넘긴 뒤, 더는 버티지 못하고 그대로 그

55

릇에 토하고 말았다. 그때 로슬린의 얼굴에 잔인한 미소가 떠올랐다.

"좋아, 그럴 수 있지." 그녀가 말했다. "하지만 그릇은 무조건 비워야 해. 그러니 먹어 치워."

또 직원들은 자주 이렇게 말했다.

"이곳에서 일어난 일은 밖으로 새어나가지 않는다."

그곳에서 보낸 시간이 길어질수록, 왜 그런 말을 반복했는지 분명해졌다. 규칙은 숨 막힐 정도로 엄격했다. 남학생들은 머리를 거의 삭발 수준으로 짧게 깎아야 했고, 여학생들은 다리나 겨드랑이를 면도하는 것조차 금지되었다. 우리를 안팎으로 '낙인' 찍어, 겉모습까지 비정상적이어야 한다고 강요하는 느낌이었다. 아이들을 통제하기 위해 직원들은 강제로 신체 검사를 하고 페퍼 스프레이까지 사용했다. 건물은 비위생적이기 짝이 없어, 바퀴벌레와 쥐가 수시로 들락거렸다.

그럼에도 불구하고, 매주 금요일이면 부모들이 밝은 조명 아래 넓은 방에 모였다. 그 방은 시설의 실상을 감쪽같이 감추고 있었다. 금요일은 공개 방문의 날이었고, 그때마다 행정 직원들이 벌이던 과장된 연출이 지금도 생생하다. 연회장 한쪽에는 부모들이 줄지어 서 있고, 다른 쪽에는 '문제가 있는 아이들'이라는 꼬리표를 붙인 우리들이 모두 똑같은 남색과 카키색 유니폼을 입은 채 모여 있었다. 공개 방문 행사가 시작되기 전까지 부모와 아이들은 칸막이로 완전히 분리되어 있다. 하지만 행사가 시작된다는 신호가 떨어지면, 칸막이가 밀리며 확성기에서 요란한 음악이 터져 나왔다. 그리고 우리는 모두 노래를 불러야만 했다. 거부하면 '화이트룸'으로 끌려간다는 사실을 누구나 알고 있었다.

"우리는 약속했어요, 우리에겐 가능성이 있어요." 우리는 목청껏 노래했다. 상처 입고 문제 많은 10대라기보다는, 유치원 아이들이 부르는 노랫소리처럼 까랑까랑하고 무지했다.

"우리는 정말로 약속을 지킬 거예요. 우리에겐 가능성이 있답니다. 우리는 주님의 목소리를 듣고자 공부해요. 올바른 선택을 하려고 애쓰고 있어요. 주님께서 바라시는 무엇이든 될 수 있다고 언제나 약속해요."

이어서 직원들이 부모 한 명에게 마이크를 건넸다. 그러면 그 부모는 아이가 저질렀다는 잘못을 모두, 마치 정해진 목록을 읽듯 줄줄이 읊었다. 약물, 잔돈 훔치기, 주먹다짐, 폭력적인 행동들까지—부모들은 아이가 저질렀다는 잘못만 늘어놓았다. 정작 아이의 문제 행동이 무슨 이유로 시작되었는지, 자신들이 어떤 책임을 져야 하는지는 전혀 돌아보지 않았다. 재판정에서 검사들이 기소 내용을 발표하는 장면과 다르지 않았다. 마이크가 아이에게 넘어오면 상황은 더 가혹했다. 아이에게 변명이나 해명의 기회는 없었다. 주어진 시간은 오직

딸

'고해'를 위해 쓰였다. 그래야만 위계 구조의 더 높은 단계로, 통제하는 사람과 통제당하는 사람 사이의 선을 넘어 올라갈 수 있었다.

낮 동안 시설에서 벌어진 일들이 그런 식이었다면 밤에는 또 다른 학대가 이어졌다. 우리는 '그로잉 투게더'가 지정한 위탁가정으로 흩어져 그곳에서 매일 밤을 보냈다. 대개 프로그램에 자녀를 맡긴 부모의 집이었고, 한 집에 다섯 명 정도가 배정되었다. 이 집들은 모두 '그로잉 투게더'가 정한 기준에 맞게 손질되어 있었다. 벽에 걸린 사진과 거울은 깨질 위험이 있다며 전부 뜯겨 나갔다. 부엌칼은 감춰졌고, 욕실은 세면대와 변기, 욕조만 남겨둔 채 비워졌다. 보통 우리가 잠드는 방의 창문과 문에는 경보 장치가 달려 있었다. 취침 시간은 밤 10시였다. 다음 날 아침까지 방에서 나갈 수 없었다. 화장실에 가는 일도 허락되지 않았다. 참아야 했고, 참지 못하면 양동이에 해결했다.

'그로잉 투게더'에서 내가 받아들일 수 있었던 의식이 하나 있었다. 잠자리에 들기 전마다 적어야 했던 일기였다. 직원들은 이 기록을 '도덕성 확인 일기'라고 불렀다. 우리가 저지른 잘못, 우리가 겪은 고통스러운 경험, 그 일들이 우리에게 남긴 영향을 빠짐없이 적어두라고 했다. 많이 고백할수록 위계 구조의 더 높은 단계로 올라갈 수 있었고, 단계가 올라야만 조금이라도 자유가 주어졌다. 혼자 화장실을 사용할 수 있는 권한이나 시설 밖 학교에 나갈 수 있는 허가 같은 것들이었다. 특히 성적 학대나 미성년자 간의 성관계를 포함한 목록은 많이 적을수록 좋았다. 그러다 보니 이야기를 꾸며 쓰는 아이들도 적지 않았다. 하지만 나는 거짓말을 꾸며낼 필요가 없었다. 내게는 일기에 쓸 끔찍한 경험이 넘쳐났으니까. 처음에는 내 기록을 읽은 직원들이 나를 해친 사람들에게 어떤 조치를 취해줄지도 모른다는 기대를 품었다. 차 뒷좌석에서 나를 강간한 남자아이들에게 책임을 물을 수도 있지 않을까 생각하기도 했다. 그러나 곧 알게 되었다. 이 일기는 그런 용도가 아니었다. 직원들이 원하는 것은 각자의 약점과 비밀이었다. 그 기록은 우리를 돌보기 위한 도구가 아니라, 우리를 통제하기 위한 장치였다.

나는 그 이후로 지금까지, 중간중간 멈추긴 했지만 일기를 써왔다. 때로는 무슨 일이 있었는지, 그 일에 대해 내가 어떤 감정을 느끼는지 기록하는 행위만이 나를 버티게 하는 방법 같았다. 하지만 그 시절, 그 끔찍한 시설에서 나를 무너뜨린 건 바퀴벌레도 버섯 수프도 아니었다. 나를 진짜 무너뜨린 건 일기였다. 하얀 종이에 파란 잉크로 내가 겪은 잔혹한 일 중에 극히 일부라도 적어 내려갔다는 사실, 그리고 그 기록이 아무 변화도 만들어내지 못했다는 사실—그게 나를 산산이

딸

조각냈다. 상담사들은 내가 당한 폭력을 경찰에 알렸다고 말했다. 하지만 그 남자애들은 내가 성관계에 동의했다고 주장했고 기소되지 않은 채 끝났다. 그제야 나는 똑똑히 알 수 있었다. '그로잉 투게더'에서 내가 느낀 고통은, 그 프로그램이 만든 왜곡된 계단을 오르기 위한 일종의 화폐에 불과했다. 그 사실을 깨달은 뒤, 나는 스스로 쌓아 올린 마음의 벽을 다시 단단히 굳혔다.

'봐. 아무 소용 없어.' 나는 자신에게 말했다. '이 세상에 나 같은 걸 신경 쓰는 사람은 아무도 없어.'

나는 도망쳤다. 한 번이 아니라, 반복해서. 가장 쉬운 방법은 '그로잉 투게더'에서 위탁가정으로 이동할 때였다. 차 문이 '딸깍' 하고 열리는 순간, 나는 전력으로 뛰었다. 아니면 단단히 잠긴 위탁가정에서 탈출을 시도했다. 창문과 출입문에는 경보기가 달려 있었지만, 나는 손에 잡히는 날카로운 물건을 목에 들이대며 나를 해치겠다고 위협했다. 그럼 대부분은 그 자리에서 무너졌다. 자신의 부엌에서 10대 아이가 죽어 있는 상황을 감당하고 싶은 사람은 없었다. 결국 그들은 문을 열어젖혔고 나는 밤거리로 달아났다. 그렇게 잠시나마 자유를 얻었다. 붙잡히기 전까지의 자유였다. 도망치는 동안 나는 늘 신분을 속였다. 누군가 이름을 물으면 "레이철"이라고 말했다. 도망칠 때 쓰는 내 가명이었다. 하지만 나를 찾아내는 일은 어렵지 않았다. 직원들은 내가 어디서 시간을 보내고 잔돈을 구걸하는지 알고 있었다. 늘 같은 곳, 동네 던킨도너츠였다. 결국 그들은 나를 찾아내 '화이트룸'으로 끌고 갔다. 그러나 기회만 생기면 나는 다시 도망쳤다.

이건 에핑거를 만나기 전 내 삶의 극히 일부일 뿐이다. 하지만 이것만으로도 내가 왜 처음 만난 늙은이의 리무진에 그토록 거리낌 없이 몸을 실었는지 어느 정도 설명이 될 것이다. 몇 시간 전, 잔혹하게 성폭행을 당하고 가까스로 목숨을 건져 달아난 사실 때문만은 아니었다. 나는 오래전부터 나 자신을 아무런 가치도 없는 존재라고 느꼈다. '그로잉 투게더'에서 상담사들이 우리에게 억지로 말하게 했던 문장들, '나는 더럽고 음탕한 약쟁이다'라는 말이 혹시나 사실일까 두려웠다.

하지만 설령 내가 그런 존재였다고 하더라도, 그것이 내 전부였던 적은 없다. 나는 한때 누군가의 딸이었고, 누군가의 누나였으며, 사랑받는 어린아이였다. 그 시절을 떠올리는 일은 고통스러워 오래도록 피하고 살았다. 그럼에도 지금 돌이켜 보면, 바로 그 기억들이 나를 붙잡아 준 셈이다. 내가 한때 소중한 존재였다는 사실을 마음 한구석에서라도 지니고 있지 않았다면, 나는 일찍이 삶을 포기해버렸을지도 모른다.

제3장
버지니아 리

가장 오래된 기억 속에서 큰아버지 스피드가 나를 번쩍 들어 올려 아끼던 말 등에 앉힌다. 세 살배기인 나는 지면보다 한참 높은 곳에 올라 아찔했고, 균형을 잡으려고 갈기를 한 움큼 움켜쥔다. 높이 올라온 느낌이 너무 좋았다. 하지만 오래 머물지는 못했다. 어머니가 내가 말에서 떨어질까 봐 걱정하며 큰아버지를 다그쳤기 때문이다. 그렇게 첫 승마 경험은 아주 짧게 끝났다. 그러나 그 짧은 순간이 나를 완전히 바꿔놓았다. 그날 이후 나는 동물—특히 말—을 정말 좋아하는 아이가 되었다.

친척들의 이야기를 들어보면 우리 집안은 대대로 운동선수와 카우보이, 전쟁 영웅으로 이루어진 자랑스러운 가족 같다. 아버지는 특히 형제들의 이름이 어떻게 지어졌는지 들려주길 좋아했다. 아버지와 삼촌들의 아버지, 그러니까 내 할아버지 프레드는 제2차 세계대전 당시 무선병이었지만, 무엇보다 하늘에 떠 있는 순간을 사랑한 사람이었다. 영국에 주둔한 미 제8항공군에서 B-17 폭격기의 사수로 복무했고, 1945년 스물여섯 살에 공로 훈장을 받았다. 그 훈장이 모든 걸 결정지었다. 전쟁 후 캘리포니아로 돌아온 할아버지는 데이지라는 이름의 여자와 가정을 꾸린 뒤 할아버지는 아들들의 이름에 자신의 열정을 담겠다고 고집했다. 그렇게 가장 먼저 태어난 아들은 스피드Speed, 다음은 내 아버지 스카이Sky, 막내 삼촌은 젯Jet이라고 이름 지었다(딸들도 있었지만, 딸들에겐 샌디Sandi와 캐럴Carol이라는 평범한 이름을 지어주었다).

아버지와 형제자매가 자란 곳은 1960~1970년대의 새크라멘토였다. 샌프란시스코와 불과 100마일(약 160킬로미터-옮긴이) 정도 떨어져 있지만, 두 도시는 그야말로 다른 세계였다. 헤이트 애시베리(1960년대 히피와 마약 문화의 중심지-옮긴이) 거리에서는 히피들이 염색한 티셔츠를 입고 반전 운동과 '자유로운 사랑'을 외쳤지만, 아버지가 살던 동네 사람들은 랭글러 청바지를 입고 보수적인 가치관을 지키며 성실한 노동을 무엇보다 중시했다. 이를테면 막내 삼촌 젯은 여덟 살에 스퀘어댄스(4쌍의 커플이 한 팀이 되어 콜러의 지시에 따라 추는 춤-옮긴이)를 진행하는 콜러가 되었고, 지금도 그 일을 생업으로 삼

딸

고 있다. 아버지는 손으로 무언가를 고치는 일을 좋아했다. 성격이 너그럽고 쉽게 웃음 지었던 아버지는, 어디를 가든 카우보이 모자를 쓰고 다녔다.

어머니 린은 자유분방한 성격을 지닌 사람이었다. 1960년 린은 외할머니 셸리와 그녀의 두 번째 남편 사이에서 태어났지만, 나는 외할아버지를 한 번도 본 적이 없다. 어머니의 여동생이 태어난 지 얼마 지나지 않아 결혼은 파탄 났고, 셸리는 두 딸을 버지니아 리치먼드에 살던 어머니, 그러니까 내 외증조할머니인 디디에게 맡겼다. 셸리는 바사컬리지 테니스팀 출신으로, 미국에서 가장 이른 시기에 활동한 여성 테니스 프로 중 한 명이었다. 선수 생활을 그만둘 생각은 없었고, 1960년대 후반에는 버지니아비치와 리치먼드의 테니스 클럽에서 헤드 프로 선수로 일하며 두 딸과 가까이 지냈다. 그러다 1970년, 셸리는 어린 시절을 보냈던 시카고로 돌아가 미드타운 테니스 클럽 운영을 맡게 되었고, 그렇게 다시 서쪽으로 800마일(약 1,300킬로미터 - 옮긴이)을 옮겨갔다. 우리 어머니가 그때의 상실감을 완전히 떨쳐냈는지는 지금도 확신할 수 없다.

비록 멀리 떨어져 있었지만, 외할머니 셸리는 두 딸에게 온갖 규칙을 강하게 요구했다. 어머니와 이모(나와 똑같은 이름, 버지니아다)는 항상 단발머리를 유지해야 했는데, 어머니는 단발머리를 무엇보다 싫어했다. 외증조모 디디는 유복한 집안에서 자랐기에 겉모습을 매우 중시했다. 두 손녀를 "예의 바른 남부 아가씨"로 길러내겠다는 집념이 말도 못 하게 컸다.

얼마 지나지 않아 셸리는 세 번째 남편과 재혼했다. 남편은 테니스 선수 버키 월터스 주니어였고, 셸리는 플로리다로 이주해 팜비치 테니스 클럽에서 일하게 되었다. 그 무렵 두 딸을 플로리다로 불러들였지만, 도착하자마자 어머니는 새아버지를 받아들일 생각이 없다는 뜻을 분명히 했다. 더구나 버키에게 이전 결혼에서 낳은 아들이 있었기에, 어머니는 새로운 가족 구성 전체를 거부했다. 어머니와 셸리는 내내 부딪쳤다. 어머니는 원래부터 고집이 셌고, 가정에는 관심조차 두지 않던 외할머니가 갑자기 새로운 가족을 꾸리려는 모습을 도저히 편히 넘길 수 없었다. 결국 어머니는 집을 뛰쳐나가 히치하이크로 샌프란시스코에 다다랐다. 정확히 어떤 여정을 거쳤는지는 모르겠다. 하지만 그 무렵 어머니가 자기를 '히피'라 부르고 붉은 머리를 길고 자유롭게 기르기 시작했다는 사실만은 알고 있다. 열여섯 살이 되었을 때, 어머니는 크레이그라는 군인과 결혼했고 곧 아들 대니를 낳았다. 열일곱 살 무렵에 이혼했고, 다른 싱글맘과 아파트를 빌려 살았다. 삶이 팍팍했음에도 엄마는 어떻게든 고등학교 과정을 마쳤다.

어느 날 오후, 엄마는 '데어리 프리즈' 아이스크림 가게에

딸

서 대니에게 소프트 아이스크림을 사주다가 큼지막한 모자를 쓴 붉은 머리의 귀여운 소년 스카이 로버츠를 만났다. 둘은 첫눈에 반했다고 한다. 스카이는 린의 반짝이는 긴 머리카락과 주근깨 난 피부, 그리고 활짝 피어나는 환한 웃음을 좋아했다. 린은 스카이가 걸을 때 풍기는 느긋한 자신감이 좋았고, 자신에게 아이가 있다는 사실을 꺼리지 않는 점이 마음에 들었다. 나중에 아버지는 배가 나오고 콧방울이 넓고 끝이 동그랗게 부푼, 내가 '로버츠 코'라고 부르는 코를 갖게 되었다. 하지만 그때의 그는 키가 크고 마른 체형이었고, 짧게 정돈한 수염과 콧수염을 하고 있었다. 엄마는 그에게서 눈을 떼지 못했다.

처음부터 아버지는 대니를 친아들처럼 대했다. 아버지는 아이를 더 낳고 싶다고 말했고, 그 한마디는 엄마의 마음을 흔들기에 충분했다. 엄마는 자신이 자라온 뿔뿔이 흩어진 가정과 다른, 좋은 가정을 함께 만들 수 있을 것이라고 기대했다. 1982년 12월, 부모님은 새크라멘토 남쪽의 엘크 그로브에 있는 성 피터 루터 교회에서 결혼식을 올렸다. 여덟 달 뒤, 내가 세상에 태어났다. 이름은 버지니아 리 로버츠^{Virginia Lee Roberts}였고, 모두가 나를 제나^{Jenna}라고 불렀다. 내가 태어나자 외할머니는 멀어졌던 큰딸과 화해하길 원했다. 할머니와 엄마는 몇 차례 장거리 통화로 관계를 회복했고, 곧 아버지와 엄마, 대니, 그리고 나는 값싸게 산 중고 캠핑카에 올라 동쪽, 플로리다로 향했다.

❖

플로리다에 도착해서 가장 먼저 내 눈을 붙잡은 것은 바다였다. 태어나서 바다를 본 적이 없었기 때문에, 짠내가 스민 그 향만으로도 금세 마음을 빼앗겼다. 처음에는 웨스트 팜비치에 있는 외할머니 셸리의 집에서 지냈고, 해변이 가까워 어디서든 바다 냄새가 따라다녔다. 그러면서 자연스럽게 외할머니에 대해 많은 것을 알게 되었다. 우선 외할머니는 우리가 자신을 '할머니'라고 부르는 걸 허락하지 않았다. 나이를 드러내는 말이라고 느낀 탓인지 우리는 셸리를 감마Gamma라고 불러야 했다. 감마는 아침에 눈을 뜨자마자 한 손에는 칵테일 블러디 메리를, 다른 손에는 담배를 들었다. 하루 중 볕이 가장 강한 시간에는 테니스 클럽의 수영장 옆에서 이미 짙게 그을린 피부를 더 태우며 친구들과 보드게임 백개먼을 즐겼다. 감마의 가방에는 항상 베이비 오일이 있었다.

그녀에겐 적지 않은 기벽도 있었다. 감마는 집 안 모든 가구에 비닐을 씌워두고, 내가 머리를 빗을 때면 머리카락이 흩어진다고 차 진입로까지 나가라고 했다. 정에 기대거나 보살핌을 느낄 만한 면은 거의 없었다. 그래도 나는 감마가 자기 방식대로 살아가는 태도만큼은 꽤 멋지다고 생각했다.

감마가 뭐든 자기 통제 아래 두려는 사람이라, 엄마는 처음부터 그 집에서 오래 지낼 생각이 없었다. 곧 부모님은 웨스트 팜비치에서 차로 30분쯤 떨어진 록사해치의 흙길가에 방이 셋 딸린 작은 목장 스타일 오두막집을 하나 찾았다. 지금의 록사해치는 말 사육지로 이름난 곳이지만, 그때만 해도 제멋대로 사는 주민들과 허술한 토지 규제, 낯선 동물들로 더 알려진 동네였다. 한쪽은 감귤류 과수원이 늘어섰고, 다른 한쪽은 북부 에버글레이즈 국립공원에 속하지 않은 습지와 맞닿아 있는 곳이었다. 거친 늪지와 이웃한 탓에 새로 만난 동네 사람들은 집 마당에 고장 난 스쿨버스를 방치하는 건 기본이고 이구아나와 공작, 알파카, 에뮤(타조처럼 날지 못하는 조류-옮긴이)까지 마음 내키는 대로 키웠다. 몇 년 뒤, 어느 이웃은 멸종 위기종인 흑표범 사체를 차고 안 냉동고에 숨겨두기도 했다. 1980년대의 록사해치는 그런 곳이었다. 길들여지지 않은, 세상의 틀에서 완전히 비켜난 동네였다.

새 집은 별 볼 일 없었지만, 부모님은 정성껏 손보며 집을 가꿨다. 엄마는 앞마당에 해바라기와 데이지를 심었고, 아버지는 잔디를 깔고 창고를 세우고 헛간까지 지었다. 나는 낮이면 우리 땅과 맞닿은 숲을 돌아다니며 놀았다.

우리가 사는 플로리다 지역에는 두 종류의 사이프러스 나무가 있었다. 연못가에 자라는 사이프러스와, 겨울이면 잎이 모두 떨어져 앙상해지는 사이프러스였다. 새크라멘토에서 보던 키 큰 이탈리아 사이프러스와는 전혀 다른 모습이었다. 이 나무들은 물이 스미는 땅에서만 자랐다. 이웃이 설명해주길, 겨울에 잎을 모두 떨어뜨린다 하여 '대머리' 사이프러스라는 이름이 붙었다고 했다. 하지만 내게 더 신기한 건 따로 있었다. 홍수가 나면 물속 땅에서부터 특이한 뿌리가 솟아오르는데, 그 뿌리가 물을 뚫고 공기 중까지 올라가 나무 윗부분에 산소를 전달한다는 사실이었다. 모두가 그 뿌리를 '무릎'이라고 불렀다. 몇몇은 600년을 버텼을 만큼 강인한 나무들이었고, 그 점이 무척 마음에 들었다.

우리 집 주변 숲에는 늪지에서 자라는 키 큰 소나무도 있었는데, 나는 그중 가장 높은 나뭇가지까지 단숨에 올라가곤 했다. 높은 가지에 거꾸로 매달려 세상이 뒤집힌 듯한 풍경을 보며 깔깔 웃기도 했다. 나무를 타는 솜씨가 점점 늘자 부모님은 나를 피터 팬이라고 불렀다. 물론 날 수 없었지만, 날 수 있을 것처럼 자신감이 하늘을 찔렀고 겁도 없는 아이였다.

내가 다섯 살이 되고 한 달쯤 지났을 때, 엄마는 나를 헤이버힐 침례교 유치원에 보냈다. 수업은 하루 몇 시간뿐이었고, 아이들이 학교라는 공간에 익숙해지도록 돕는 과정에 가

딸

까웠다. 그때 받았던 성적표는 지금도 가지고 있다. 표지에는 남자아이와 여자아이가 바닥에 나란히 앉아 무릎 위에 책을 펼쳐 둔 채 환하게 웃고 있는 그림이 그려져 있었다. 그해 가을, 글자를 읽어내기 시작하면서 느꼈던 설렘은 아직도 생생하다. 누구나 무료로 책을 빌릴 수 있는 곳, 도서관이라는 공간이 있다는 사실을 처음 알았을 때의 놀라움도 또렷하다.

헤이버힐 유치원에 다닌 지 다섯 달쯤 지난 1989년 2월, 동생 스카이 로켓 로버츠가 태어났다. 나는 그 아이를 스카이디범프, 혹은 스카이디라고 불렀다. 스카이디를 집으로 데려온 뒤 부모님은 아기 침대를 내 방에 두었고, 그래서인지 나는 스카이디를 내 아기처럼 느꼈다. 밤에 울면 내가 먼저 일어나 달래주곤 했다. 나는 스카이디를 무척 아꼈다. 머리는 백금발에 갈색 눈을 가진 잘생긴 동생이 자라나면서 우리 집에는 좋은 일들이 생기기 시작했다. 스카이디가 태어난 뒤 엄마는 잠시 은행 창구 직원으로 일했지만, 은행 강도가 총을 들이민 사건을 겪고 그만두었다. 지금 돌이켜 보면 그 사건이 엄마에게 얼마나 끔찍했을지 짐작할 수 있다. 그러나 당시 어렸던 우리는 엄마가 집에 있어서 오히려 좋았다. 아버지는 유지 보수나 건설 일을 조금씩 맡기 시작했다. 이복오빠 대니는 어딜 가든 들이받고 다니는 성격으로, 장난치다가 앞니 하나를 날려도 크게 개의치 않는 아이였다. 말썽을 달고 살았지만, 그래도 내 오빠였고 늘 나를 챙겨주었다. 시간이 갈수록 엄마와 아버지가 맥주 캔을 들고 있는 일이 잦아졌다. 그래도 나는 행복했고, 우리 가족도 그럴 거라고 믿었다.

그 시절 엄마는 딸이 있어서 너무 좋다고 했다. 엄마가 내게 만들어준 성장 앨범도 아직 갖고 있다. 사진을 너무 많이 붙여서 제대로 닫히지도 않는 앨범이다. 좋아하던 줄무늬 고양이 옆 의자에 앉아 있는 모습, 해변에서 맨발로 모래를 퍼 담는 모습, 핼러윈에 백설공주 옷을 입은 모습까지 한 장면도 빼놓지 않았다. 분홍 리본으로 묶어둔 내 머리카락도 끼워져 있다. 엄마는 매달 나에게 보내는 편지처럼 일기를 적어두었다. "우리 특별한 딸!"이라는 문장도 있다. 내 얼굴에 엄마처럼 주근깨가 돋기 시작하자, 엄마는 "천사의 키스"가 생겼다며 훨씬 예뻐졌다고 칭찬을 아끼지 않았다. 엄마는 스카이디를 돌보는 일도 온전히 나에게 맡겼다.

어느 날, 아버지가 우리를 위해 지어준 나뭇집 아래 모래밭에서 놀고 있을 때였다. 스카이디가 내 티셔츠를 잡아당기며 "누나" 하고 불러 돌아보니, 동생이 기어 오는 뱀을 가리키고 있었다. 나는 파충류를 특별히 무서워하는 편은 아니었다. 한때는 도마뱀을 신발 상자에 넣어 침대 밑에서 키우면서, 매일 밤 병뚜껑에 물을 채워 돌봤던 적도 있었으니까. 그러나 그 순간만큼은 본능적으로 그 뱀이 위험하다고 느꼈다. 나는 스

딸

카이디를 끌어안고 집을 향해 비명을 지르며 달렸다. 그때 엄마는 비명을 내지르며 달려오는 나와 남동생 너머 잔디로 미끄러져 사라지는 맹독성 습지 뱀을 똑똑히 보았다고 했다. 엄마는 그날 내가 스카이디의 생명을 구했다고 말했다.

나는 우리가 살던 동네가 무척 좋았다. 우리는 래클리 가족이 사는 집에서 조금만 더 내려가면 있는, 래클리 로드 왼쪽 두 번째 집에 살았다. 흙길 이름이 그 집안에서 따온 것이라면 가장 좋은 땅을 차지하고 있다고 생각할 수 있지만, 실제로는 그 반대였다. 래클리 가족은 주변의 알짜배기 땅을 죄다 팔아치우고, 정작 자기들은 흙탕물이 고이는 초라한 땅에 살았다. 우리가 이사 왔을 무렵 사람들은 래클리 집안을 거칠고 투박한 시골뜨기라고 불렀다. 개 짖는 소리만 요란했고, 앞마당이라고 부를 만한 것도 없었다.

우리 땅에는 가운데에 작은 섬이 있는 작은 연못이 하나 있었다. 아버지가 섬과 가장 가까운 연못가를 잇는 좁은 나무다리를 만들어준 뒤로, 그 섬은 온전히 내가 머무는 장소가 되었다. 나는 그곳에서 책을 읽고 그림을 그리고, 앞으로 내 인생이 어떻게 펼쳐질지 상상하며 시간을 보내곤 했다. 그러던 어느 날, 멍하니 누워 있다가 연못에서 트럭 타이어만 한 거대한 악어거북 한 마리가 머리를 내미는 것을 보았다. 그렇게 큰 거북은 처음 봤기에 당연히 잡아보고 싶어졌다. 엄마는 래클리 가족에게 물어보라고 했다. "그 집 애들은 이런 건 잘 알아." 엄마 말대로였다. 래클리 집안에는 아이가 많았는데, 쌍둥이를 포함해 여러 형제 중 하나가 고깃덩이를 매단 갈고리를 종이 달린 줄에 묶어 연못에 던졌다. 이틀 뒤 종이 울렸고 래클리 아이들이 피범벅이 된 거대한 거북을 연못에서 끌어 올리는 모습을 숨죽여 바라보았다. 거북이의 턱이 덜컥거리며 위협적으로 열렸다 닫히기를 반복했다. 그리고 그날 밤, 또 다른 래클리 형제가 우리 집 문을 두드렸다. 엄마가 거북이 수프를 끓였는데 맛보고 싶으냐고 물었다. 나는 고맙지만 사양한다고 말했다. 동물을 돌보는 일이 직업이 될 수 있다는 말을 들은 뒤로 수의사가 되고 싶었기 때문에 그걸 먹기가 꺼려졌다. 나는 그저 거북이의 날카로운 부리와 비늘 같은 등껍질을 가까이에서 본 것만으로도 충분히 신이 났다.

우리는 지루할 틈 없이 늘 새로운 모험을 만들었다. 나무판자와 시멘트 블록을 쌓아 급조한 자전거 점프대를 만들어 몸이 붕 뜰 만큼 날아오르곤 했지만, 이상하게도 크게 다치지는 않았다. 록사해치의 땅은 무엇을 내던지든 튼튼하게 버텨냈다. 우리 마을을 향한 자부심이 자연스럽게 샘솟았다. 한번은 아버지가 우리 땅 둘레에 전기 울타리를 설치하자, 누가 그 울타리를 가장 오래 붙잡고 있을 수 있는지 돌아가며 시험하기도 했다. 또 다른 날에는 애초에 올라가면 안 되는 낡은 지

딸

붕에 기어올랐다가 대니가 썩은 부분을 밟고 아래로 떨어져 팔이 부러지기도 했다. 그래도 그때 누가 이곳이 어떠냐고 물었다면 우리는 천국이라고 대답했을 것이다. 엄마와 노스 팜 비치의 주택 단지에 사는 이모네 아이들을 보러 갈 때마다, 우리는 사촌들이 어떻게 그런 따분한 동네에서 살 수 있는지 도저히 이해할 수 없었다. 나는 사촌들이 안쓰럽다는 마음을 들키지 않으려 하면서 "너희는 심심할 때 뭘 하면서 놀아?" 하고 묻곤 했다.

그러나 내 말괄량이 같은 일상은 초등학교에 들어가면서 급격히 달라졌다. 아마도 자기 어린 시절의 영향이었는지, 엄마는 남들 눈에 비치는 '딸의 모습'에 관한 아주 확고한 기준을 갖고 있었다. 언제부터인지 나는 늘 입고 뛰어다니던 청바지를 벗고 마음에 들지 않는 프릴 원피스를 입어야 했다. 아침마다 엄마가 굳이 머리에 묶어주던 형형색색의 리본만큼이나 그 옷들이 싫었다.

그래도 나는 1학년이 좋았다. 내가 가장 좋아한 선생님은 맥거트 선생님이었고, 선생님은 나처럼 농장에서 사는 소녀 펀의 이야기를 담은 《샬럿의 거미줄》을 읽어보라고 권했다. 펀처럼 나도 아침 일찍 일어나 하루를 서둘러 시작하고 싶었다. 우리 집에도 개와 염소, 닭이 있었지만 사랑스러운 윌버 같은 돼지는 없었다. 나는 《샬럿의 거미줄》을 정말 좋아했다.

엄마가 나를 재워주는 날엔《샬럿의 거미줄》을 읽어달라고 했고, 부모님이 술에 취해 스카이디를 내가 눕혀야 하는 날엔 혼자 누워 큰 소리로 책을 읽었다. 특히 마지막 부분은 여러 번 읽었다. 샬럿이 윌버에게 앞으로 살아갈 멋진 삶을 이야기 해주는 장면, "아름다운 세상, 소중한 날들"이라는 말이 나오는 부분이었다. 나는 윌버가 저커먼 아저씨에게 너무도 소중한 존재라서 절대 다치지 않을 거라는 믿음이 마음에 들었다.

이 무렵, 엄마는 여자아이는 치마나 머리 리본만으로는 완벽해질 수 없다고 생각했던 모양이다. 나는 집에서 기르는 동물들을 돌보는 일에 한 번도 싫은 기색을 보인 적이 없었다. 먹이를 주고, 우리를 치우고, 밤마다 제자리에 들여보내는 일까지 기꺼이 도맡았다. 염소 코넬리우스가 뒷다리로 서서 걷는 법을 익히도록 몇 시간씩 가르친 적도 있었다. 그런데 엄마가 어느 날 갑자기 나는 딸이니까 우리 가족을 돌보는 일도 맡아야 한다고 했다. 매일 저녁 식탁을 차린 뒤 치우고, 설거지를 거들고, 일주일에 한 번 집 안 모든 방을 청소기로 밀어야 했다. 오빠나 동생은 한 번도 하지 않아서 왜 나만 해야 하느냐고 물었더니, 엄마는 여자아이는 남자아이와 다르게 배워야 하는 것이 있다고 말했다. "너도 언젠가 결혼할 텐데, 남편을 위해 이런 일을 해야 해." 지금 돌아보면 우습기만 하다. 엄마는 집 안을 잘 정돈된 상태로 유지하는 사람은 아니었기

딸

때문이다. 우리 집은 종종 폭탄이 떨어진 자리처럼 엉망진창이었다. 그래도 엄마가 전하고 싶은 뜻은 분명했다. 우리는 둘 다 여자이고, 엄마가 떠안은 부담을 나도 나눠야 한다는 의미였다.

우리 가족은 늘 같은 방식으로 저녁을 보냈다. 매일 저녁 거실 커피 테이블에 둘러앉아 생선이나 닭 튀김 등 동네 식료품점 팬트리 프라이드에서 그날 할인하는 음식을 저녁으로 먹었다. 텔레비전은 늘 켜져 있었고, 화면에는 내가 질색하던 〈M*A*S*H〉(1972년부터 1983년까지 방영된 미국 전쟁 드라마 겸 블랙 코미디 시리즈-옮긴이)나 좋아하던 〈심슨 가족〉이 나왔다. 아무도 방법을 알려주지 않았지만, 나는 매일 아침 등교 전에 도시락을 쌌고 나중에는 스카이디의 몫까지 함께 챙겼다. 흰 식빵에 포도잼을 듬뿍 발라 갈색 종이봉투에 넣기만 했고, 비닐봉지는 따로 쓰지 않았다. 점심시간이 되면 내 가방에서는 안에서 뭔가 발효되는 듯한 퀴퀴한 냄새가 났다. 따뜻한 점심을 사 먹으라고 점심값을 받아 오는 아이들이 부러웠으나 굳이 물어볼 필요도 없었다. 나에게는 점심값이라는 선택지가 없다는 사실을 알고 있었으니까. 우리 집의 얼마 안 되는 돈은 대개 아버지가 하고 싶은 일에 쓰는 듯했고, 주로 새로 산 픽업트럭이나 그때그때 벌이는 공사에 들어갔다. 아니면 술값이었다.

아버지는 무언가 갖고 싶다고 마음먹은 순간에 곧장 나가서 손에 넣는 사람이었다. 내가 여섯 살쯤이었던 어느 날, 학교 버스에서 내려 길을 건너려던 순간 길 한가운데 서 있는 아버지를 보았다. 아버지는 "너한테 보여줄 게 있다"고 말했고, 얼굴에 번진 웃음이 좋은 일이라는 걸 말해주고 있었다. 아버지는 우리 집 쪽으로 돌아섰고, 나는 바로 뒤를 따랐다. 헛간이 보일 즈음 내 눈에 그녀가 들어왔다. 검은색과 흰색이 섞인 아주 예쁜 말이었다. 아버지는 아침에는 없던 말을 가리키며 "앨리스"라고 말했다. 내 말이 생긴 것이다.

나는 말문이 막혔다. 아버지가 하라는 대로 천천히 다가갔고, 앨리스에게 내 손등을 맞대려고 손을 내밀었다. 커다란 갈색 눈을 들여다보는 순간, 똑똑한 말이라는 게 느껴졌다. 내 말이 생겼다는 사실이 믿기지 않았다.

그때부터 앨리스와 나는 떨어질 수 없는 사이가 되었다. 이름을 새로 지을 수도 있었겠지만, 내가 정말 좋아했던《이상한 나라의 앨리스》를 떠올리게 해서 굳이 바꾸지 않았다. 내가 키우게 된 앨리스는 온순했고 참을성도 있었고 안장을 얹기도 쉬웠지만, 나는 대부분 맨발로 올라탔다. 스카이디는 앨리스를 질투했다. 앨리스가 내 마음을 전부 차지하는 건 아니라고 동생을 달래야 했다. 솔직히 겨우 걸음마를 떼던 동생이 내 세상을 넓혀줄 수는 없었다.

학교 종이 울리면 나는 버스 정류장으로 뛰었고, 버스에서 내려 집에 도착하는 순간까지 남은 시간을 속으로 세었다. 그즈음 집까지 걸어가는 거리가 더 길어졌는데, 우리 흙길 끝에 있는 배수로에서 돼지 농장을 하던 사람이 익사한 사건 때문에 스쿨버스 노선이 바뀐 탓이었다. 자동차가 배수로의 진흙탕 물로 추락해 사망한 사람이 1년 동안에만 네 명이었다. 군 교육청은 학생들이 가득 탄 버스까지 같은 사고에 휘말리는 상황을 원치 않았다. 그래서 원래 내려주던 래클리 로드 끝에서 8분의 1마일, 약 200미터 떨어진 지점에 내리게 되었다. 난 아무래도 좋았다. 나는 집까지 전속력으로 달려가 앨리스 목에 고삐를 걸고 바로 집 밖으로 나왔다.

앨리스는 빠르지도 느리지도 않았다. 완벽했다. 나의 말이었기 때문이다. 나는 특히 앨리스의 등에 올라탄 후에 맡는 냄새를 좋아했고, 목덜미를 빗질하면 내 몸에 감아오는 앨리스의 머리를 쓰다듬었다. 앨리스를 행복하게 해주는 게 좋았다. 마구간을 청소하고 파리약을 뿌리며 즐거움을 느꼈다. 연못에서 수영을 가르치며 우리는 함께 물 위에 떠서 헤엄쳤다. 앨리스도 나와 함께 시원한 물을 즐겼다. 숲으로 향할 때도 앨리스는 결코 놀라거나 뛰지 않았다. 예민하면서도 똑똑했다. 앨리스의 등에 올라타면 나는 키가 크고 강해진 듯했다. 말하지 않아도 내가 앨리스를 이해하고, 앨리스가 나를 이해한다는 것을 느꼈다. 앨리스는 나의 동료이자 보호자였다. 샬럿이 거미로서 윌버를 지켰듯이 말이다. 앨리스와 함께라면 완전히 안전하다고 느꼈다. 아직 두려워해야 할 것이 없었던 순수한 시절이었다.

제4장
아무것도 아닌 것보다 못한

어릴 적 읽고 또 읽었던 소설《블랙 뷰티》에서 애나 슈얼은
말을 이렇게 묘사한다.

사람들은 말을 바보 같은 동물이라고 부르지만, 사실 말
은 느끼는 바를 말로 표현할 수 없다는 점에서만 바보 같을
뿐이다. 말이 말을 할 수 없다고 해서 고통이 덜해지는 것은
아니다.

나는 이 문장을 여러 번 되새겼다. 말로 표현하지 못해도
고통을 느낄 수 있다는 점이 와닿았던 것 같다. 어린 시절의
나는《블랙 뷰티》가 말의 시점에서 쓰였다는 사실이 특히 좋
았다. 말의 눈으로 세상을 바라보며 어미인 '현명한 늙은 말'

의 기억과 그 어미가 바랐던 삶, 친절과 자유 위에 놓인 삶을 따라갈 수 있었기 때문이다. 그 책을 읽으며 힘이 있는 쪽에 서게 된다면 고통을 주는 사람은 되지 않겠다고 마음먹었다. 소설 속 주인공처럼 나 역시 온순하고 선한 사람으로 자라 나쁜 습관이나 방식은 배우지 않겠다고 다짐했다.

사람들은 말이 몸집이 크고 힘이 세 보이지만 본질적으로는 취약한 먹잇감이라는 점을 잘 알지 못한다. 말은 살아남기 위해 달아나는 능력, 즉 포식자를 앞지를 수 있는 속도에 의존한다. 말은 주변의 위험을 알아채기 위해 오랫동안 다듬어진 직관에 의지한다. 나는 처음 만났을 때부터 앨리스와 호흡이 잘 맞는다고 느꼈다. 하지만 그때는 앨리스와 내가 얼마나 많은 공통점을 나눌지 알지 못했다. 늘 경계심을 늦출 수 없다는 것, 그리고 결국에는 그 자리에서 벗어나야만 하는 상황을 마주하게 되리라는 점 말이다.

가족의 일상에 아주 미묘한 변화가 생기면서 문제의 조짐이 나타났다. 스카이디가 부모님 방에서 자기 시작했고, 둘이 함께 쓰던 방에는 매일 밤 나만 남게 되었다. 그동안 거의 매일 밤 목욕을 시키고 머리를 감겨주고 잠옷을 입혀주던 엄마가 어떤 이유에서인지 물러났고, 그 역할을 아버지가 맡기 시작했다. 잠자리에 들 준비가 끝나면 엄마는 짧게 인사를 건넸고, 나를 침대에 눕히고 이야기를 읽어주고 꼭 안아준 사람은

딸

아버지였다. 처음에는 모든 일이 자연스럽고 좋게 느껴졌다. 나는 아버지를 사랑했다. 아버지는 나에게 앨리스를 타는 법을 가르쳐준 사람이었다. 승마 대회에 나갈 때마다 아버지는 누구보다 열렬히 나를 응원했다. 아버지가 대단해 보였다. 무적에 가까운 영웅이었다. 나는 누구보다 아버지를 믿었다.

어느 날 밤 목욕을 하던 중, 아버지가 갑자기 "깨끗한지 확인해야 한다"고 말하며 일어서라고 했다. 그 말이 너무 이상했다. 나는 맨몸을 비누 거품 아래 숨긴 채, 그저 욕조에 몸을 담그고 가만히 숨죽였다. 왜 그런 감정이 드는지 정확히 알 수는 없었지만, 분명 창피함을 느꼈다. "엄마를 불러도 돼?"라고 물었다.

"아니, 엄마는 바쁘잖아." 아버지는 성급했다. 손에는 목욕 타월이 들려 있었다. 내가 일어서자 아버지는 온몸에 비누칠을 시작했고, 특히 내 다리 사이를 더 오래 문질렀다.

그날 밤 내 방에서 아버지는 아무도 해본 적 없는 방식으로 나를 만졌다. 내가 아버지의 가장 특별하고 사랑하는 딸이라며, 이게 바로 자신이 주는 '특별한 사랑'이라고 말했다. 처음엔 손가락을 썼고, 며칠 뒤엔 입을 썼다. 그는 내 민감한 부위를 '티티'라고 불렀고, 자신의 성기는 '피피'라고 불렀다. 얼마 지나지 않아 내게 자신의 성기를 만져보고 싶냐고 물었다. 나는 원하지 않았지만, 아버지는 원했다. 아버지가 원하기에 나는 아버지의 뜻을 따랐다.

더 이상 이런 경험은 그만하고 싶었다.

"이제 밤에 책 읽어주는 거 그만 들을래." 어느 날 나는 선언했다. "안아주는 것도 싫어. 목욕은 나 혼자 할 수 있어. 난 이제 다 컸잖아."

그렇게 잠자리 의식은 끝났지만, 학대는 계속되었다. 밤이 되고 어둠이 깔리면 나는 숨죽여 기다렸다. 아버지가 날마다 내 방을 찾아오는 건 아니었지만, 매일 밤 아버지가 나를 찾아올까 봐 두려웠다. 문이 살짝 열리며 복도에서 빛줄기가 스며들고, 경첩이 삐걱거렸다. 그 삐걱대는 소리는 평생 잊지 못하리라. 그 소리가 들리면 어김없이 아버지가 내 방으로 살며시 들어와 문을 닫았다. 내 싱글 침대로 올라와 나를 만지작거리며 자기 몸을 붙였다. 한동안 나는 침대 아래 좁은 공간에 숨어보려 했지만 소용없었다.

"거기서 나와." 아버지가 말했다. "아니면 앨리스를 팔아버릴 테니까."

차마 상상도 할 수 없는 일이었다. 침대 밑에서 기어 나와야 했다.

이 무렵부터 엄마에게서 이전의 따뜻하고 다정한 모습을 찾아볼 수 없었다. 적어도 나에게만은 차갑게 멀어졌다. 나는 원래부터 남의 마음을 잘 읽는 아이였다. 세 아이를 등교시켜

딸

야 하는 엄마를 돕기 위해 아침 일찍 일어나 침대를 정리하고 어수선한 집안일을 도우려고 했다. 엄마의 사랑을 얻기 위해 더 애썼다. 장을 보러 함께 가겠다고, 무엇이든 하겠다고 나섰다. 아버지와 단둘이 남지 않기 위해서였다. 하지만 엄마는 손이 닿지 않는 사람처럼 느껴졌다. 이때부터 가시가 달린 장미 가지로 날 때리기 시작했다. 맥주를 마시는 일도 늘어났다. 한때 나는 엄마에게 아름답고 축복받은 아이였다. 그러나 이제 엄마는 한 번도 들은 적 없는 이야기를 꺼냈다. 내가 정말 엄마의 딸이 맞는지 늘 의심해왔다는 것이다. 내가 태어난 직후 병원에서 간호사 한 명이 다른 여자아이를 데려와 젖을 물리게 했고, 곧 다른 여자가 들어와 그 아기를 다시 데려갔다고 말했다. 어쩌면 다른 아이와 바뀐 것이 아닐까, 엄마는 그렇게 말했다. 어쩌면 나는 커다란 실수였을지도 모른다고 했다.

나는 혼란스러웠다. 엄마는 왜 내게 화를 냈을까? 아버지가 나에게 무슨 짓을 하는지 엄마는 알고 있을까? 아버지가 나를 덮치던 어느 날 밤, 내 침실 문이 살짝 열리는 소리를 분명 들었다. 그 삐걱대는 소리였다. 엄마였을까, 아니면 엄마이기를 내가 간절히 바랐던 걸까? 나는 엄마의 얼굴을 보지 못했다. 엄마가 이불 속에 아버지와 함께 있던 나를 봤을 수도 있지 않나? 그러나 문은 다시 천천히 닫혔다.

나는 고통스러운 요로감염을 반복해서 앓았다. 엄마는 나를 몇 번이고 병원에 데려갔다. 간호사들은 영문을 몰라 했다. 한 차례 진찰이 끝난 뒤, 의사는 엄마에게 처녀막이 손상되었다고 말했다. 엄마는 망설임 없이 답했다. "말을 맨몸으로 타거든요." 그 설명으로 이야기는 끝났다. 나는 처녀막이 무엇인지조차 알지 못했다.

감염 증세가 심할 때면 소변을 참을 수 없었다. 창피함을 견디며 학교에서는 허리에 스웨터를 묶고 다녔는데, 자리에 앉을 때 새어 나오는 소변을 스웨터가 흡수하길 바랐기 때문이다. 하지만 다른 아이들은 냄새를 알아차렸고, 냄새가 어디서 나는지도 금세 알았다. 아이들은 나에게 "오줌 소녀"라는 별명을 붙였다. 집에서 젖은 속옷을 발견할 때마다 엄마는 격분했고, 엉덩이가 얼얼해질 때까지 매질했다. 그래서 더러운 옷을 숨기려고 애썼다. 침대에 하는 실수는 말할 것도 없었다. 냄새가 심해 항상 들키고 말았지만. 속옷을 하나씩 내놓을 때마다 매를 맞는 것보다는 차라리 더러운 속옷을 모아두었다가 한꺼번에 맞는 편이 낫다고 생각했었다.

이 무렵 오빠 대니는 워싱턴주의 침례교 계열 교정 학교를 다니게 되었다. 아버지는 그 후로 수법을 바꿔 더 노골적으로 나를 노렸다. 엄마가 외출한 날에는 한밤중뿐 아니라 오후에도 그랬다. 나를 건드린 다음에는 영화를 틀고 팝콘을 만들어

딸

먹으며 함께 밤을 새우자고 약속했다. 아버지는 공포 영화를 참 좋아했다. 그는 병적인 행동을 아늑한 유대감과 섞음으로써, 어느 정도 일상처럼 느끼게 만들었다. 나는 여전히 아버지가 하는 일을 혐오했지만, 스스로와 타협하기 시작했다. 역겨운 부분만 빨리 끝내면 삶의 좋은 부분이 계속될 수 있다고 마음속으로 되뇌었다.

그러다 삶에서 더 이상 좋은 순간을 기대할 수 없게 만드는 일이 생겼다. 포리스트는 아버지의 친구였다. 키가 크고 근육질인 그는 군인 같은 몸가짐에 가슴에는 문신이 하나 있었다. 두 가족이 함께 수영장에서 놀거나 맥주 파티를 열기 시작했는데, 그때 포리스트는 자신의 몸을 드러내는 걸 즐겨서 가슴의 문신이 자연스럽게 눈에 들어왔다. 얼마 지나지 않아 조경 일을 하는 포리스트는 우리 집에 자주 드나들기 시작했다. 아버지는 스카이디와 나에게 포리스트를 "삼촌"이라 부르게 했고, 그의 의붓딸 실라와도 친해지라고 말했다. 나 역시 실라와 친해지고 싶었다. 실라는 나보다 아홉 살이나 많은 열여섯 살이어서 내 눈에는 더없이 멋진 존재로 보였다. 하지만 실라는 때로 쉽게 다가오지 않는 사람처럼 느껴졌다. 그 이유는 나중에야 알게 되었다.

. 어느 날 밤 엄마와 아버지, 그리고 나는 포리스트와 실라, 실라의 엄마와 함께 현관에 앉아 있었다. 최근 실라와 이 일

을 두고 연락을 주고받았는데, 실라도 이 장면을 기억하고 있었다. 당시 어린 남동생들은 집 안 어딘가에서 놀고 있었던 것 같고, 늘 그렇듯 맥주를 마시던 어른들은 실라와 나를 두고 "말썽꾸러기"라는 농담을 주고받기 시작했다. 그러자 아버지나 포리스트 삼촌 중 한 사람이 우리를 '바꾸자'고 제안했다. 포리스트 삼촌이 아버지를 흘깃 보며 '하룻밤 바꿔서 재우자'고, '제나가 우리 집에 가서 자고 실라가 여기서 자면 되겠다'라고 말했던 게 기억난다.

그땐 몰랐지만 그 무렵 포리스트 삼촌은 이미 실라를 2년이나 성적으로 학대해왔다. 실라와 내가 다시 연락을 주고받게 된 후 그녀는 결코 양아버지가 자신을 '교환한 적'은 없었다고 말했다. 나는 그렇게 운이 좋은 편은 아니었다. 내가 포리스트에게 처음 맡겨진 정확한 날짜는 영원히 알 수 없을 것이다. 아버지가 허락했던 것만은 기억한다. 욕조에 앉아 있던 기억도 있다. 언제나 포리스트와 그의 아내가 살던 집에서 벌어졌다고 생각했지만, 실라는 포리스트가 관리비를 받고 돌보던 빈 별장 중 한 곳이었을지도 모른다고 했다. 아무튼 그가 욕실로 들어왔다. 나는 혼자 목욕하고 싶다고 말했지만 그는 나가려 하지 않았다. 내 옆 변기에 앉아 마치 세상에서 가장 당연한 일인 양 굴었다. 어른이 남의 어린 딸의 벌거벗은 몸을 문지르는 것이 아무렇지 않은 일이라는 양.

87

"꼼꼼히 씻어야지, 이 더러운 계집애야." 그가 말했다.

그리고 포리스트는 아버지가 했던 짓에 더해, 아버지는 절대 하지 않았던 짓까지 저질렀다. 아버지처럼 내 안에 손가락을 넣을 때면 그는 자기의 행동을 소리 내어 설명했다. 그게 마치 좋은 일이라는 듯, "손가락 하나는 더 넣어도 될 것 같은데"라고 말했다. 가슴은 늘 면도되어 있었고, 그 매끈함에 내가 감탄하길 원했다.

"내 근육을 만져봐. 얼마나 탄탄한지 말해." 그는 명령했다.

포리스트는 내 위에 누워 나를 짓눌렀다. 내게 입 맞추려 했지만 내가 고개를 돌렸다. 그가 내 아래에 입을 대며 내 손목을 꽉 잡았다. 힘이 얼마나 센지, 도망칠 수도 없었다.

❖

지금도 나는 세상을 이해하기 위해 음악에 의지한다. 이른 아침 학교로 향하는 길, 조수석에는 내가, 뒷좌석에는 아이들이 안전벨트를 매고 앉는다. 운전대는 로비가 잡고, 나는 손이 자유로워 아이폰을 음향 시스템에 연결한 뒤 셔플 버튼을 누른다. 2,000곡이 넘는 재생 목록을 넘기다 보면, 아버지와 포리스트에게 얼마나 깊은 상처를 받았는지를 마주하던 시기의 노래에 닿을 가능성이 크다. 좋아하는 곡들 가운데는

제1부

1990년대와 2000년대 초반 음악이 특히 많은데, 음악에 가장 크게 기대고 살았던 시절이기 때문인 듯하다.

트레이시 채프먼의 '기브 미 원 리즌Give Me One Reason'이 흘러나올 수도 있다. "아무도 나를 붙잡지 않았으면 해 / 누군가는 내 삶을 앗아갈지도 모르니까." 매치박스 트웬티의 '브라이트 라이츠Bright Lights'가 시작될 수도 있다. "내 안에는 이제 구멍이 하나 있어 / 말할 수 있는 흉터가 생겼어." 아니면 가스 브룩스의 '더 선더 롤스The Thunder Rolls' 도입부의 천둥소리가 차 안을 채울지도 모른다. 그때 아이들 셋은 일제히 비명을 지른다. 아이들은 호주에서 태어나 자랐고 미국 음악을 좋아하기는 하지만 내 취향만큼은 끔찍하다고 생각한다. "아, 엄마." 아이들은 눈을 굴리며 투덜거린다. "최신 노래 들어요, 우리!" 그래도 모두 이 시간을 즐긴다. 오래된 히트곡 퍼레이드와 아이들의 가차 없는 놀림이 어우러진 시간이다. 그래서 나는 웃으며 볼륨을 조금 더 올린다. 그러다 보면 어린 시절, 워크맨을 부적처럼 쥐고 악한 것으로부터 자신을 지키려 했던 기억 속으로 잠시 빠져든다.

언론을 통해 내가 살아남은 이야기가 여러 차례 보도되며 일종의 '공인'이 된 후로도 나는 어린 시절의 많은 부분을 비밀로 남겨두었다. 이 책을 함께 작업할 작가를 처음 만났을 때조차도, 아버지가 나를 성폭행한 후 다른 남자에게 넘겨 또

딸

다시 성폭행당하도록 만들었다는 사실을 공개적으로 말한 적은 없다. 질문을 받으면 언제나 말을 흐리며, 가족의 지인이 나를 학대했다고만 말했다. 그 말은 사실이었으나, 그 이상으로 차마 꺼내지 못했던 더 끔찍한 일들이 너무도 많았다.

포리스트는 처음으로 내게 성기를 삽입한 남자였다. 얼마 지나지 않아 아버지도 똑같은 짓을 했다. 때론 그들이 내게 한 짓이 너무 비슷해서 서로 이야기를 나눈 게 아닌가 의심스러울 정도였다. 그들은 그런 짓을 하지 않을 때도 나와 함께 시간을 보내는 걸 좋아했다. 두 남자는 언젠가 관 속에 숨겨져 미국으로 밀반입된 남미산 거미에 관한 영화 〈아라크네의 비밀〉을 보러 가자고 고집했다. 어린 나를 데리고 다리가 여덟 개 달린 곤충이 번식하고 살육하는 공포 영화를 보는 게 재미있을 거라고 자기들끼리 떠들던 게 기억난다. 그 후로 지금까지, 나는 거미가 무섭다.

한편 실라는 우리 집에 아예 오지 않게 되었다. 이 책을 쓰면서야 알게 되었는데, 1990년 실라는 플로리다 아동가족부에 포리스트가 그녀를 성추행했다는 정식 고소장을 제출했다. 당시 실라의 어머니는 그 주장을 믿지 않았지만, 주 정부는 달랐다. 같은 해 9월, 실라는 포리스트에 대한 접근금지명령을 받아 친척 집에 살게 되었다. 실라와 내가 맞춰본 정황에 따르면, 그 시점 이후 포리스트의 관심은 내게 집중된 것 같다.

최근 실라는 포리스트가 성추행한 대상이 우리 둘만은 아니었다고 알려주었다. 2000년, 포리스트는 1996년에 노스캐롤라이나에서 또 다른 소녀를 성폭행한 혐의로 유죄 판결을 받았다. 포리스트는 징역 14개월을 살았고, 2001년부터 2011년까지 성범죄자로 등록되어 있었다. 실라의 말에 따르면 시간이 흐르면서 더 많은 소녀가 나서서 포리스트의 성폭력을 고발했지만, 실라의 어머니는 믿지 않았다. 실라의 어머니는 2010년에 포리스트의 컴퓨터에서 음란물을 발견하고 나서야 그를 완전히 내쫓았다.

실라와 다시 서로를 찾게 된 사실에 나는 깊은 감사함을 느낀다. 동시에 실라가 원치 않는 주목을 받지 않도록 애썼다. 많은 생존자가 익명을 택하고, 나는 그 선택을 존중한다. 하지만 실라는 실명을 사용해도 괜찮다고 말했다. 실라는 이메일에 이렇게 썼다.

나는 너무 오랫동안 침묵했어. 이 이야기는 나의 이야기야. 나는 내게 일어난 일을 두려워하지 않을 거야. 부끄러워해야 할 잘못을 저지른 적도 없어. 진실을 피해 숨고 싶지 않아.

딸

나는 실라의 자신감을 사랑했고, 지금도 그 태도에서 힘을
얻는다. 하지만 어린 시절의 나는 그런 본보기를 갖지 못했다.
침대 옆 값싼 트랜지스터 라디오에서는 레드 핫 칠리 페퍼스
의 노래가 흘러나왔다. "밖에 아무도 없다는 걸 믿기 어렵고 /
나 혼자라는 사실을 믿기 어려워." 그 가사는 나를 위해 쓴 것
처럼 느껴졌다. 나는 자주 앨리스를 찾았다. 가족의 일부라는
감각, 어딘가에 속해 있다는 감각을 붙잡으려고 애썼다. 부모
에게서 얻지 못해도, 온전히 나 자신에게서 찾지 못한다고 해
도—앨리스에게서라도, 소나무가 우거진 숲에서라도, 연못
한가운데 있는 섬에서라도 그 감각을 찾고 싶었다. 하지만 날
이 갈수록 소속감은 조금씩 사라졌다.

어떤 밤에는 해가 진 뒤에도 앨리스와 함께 밖에 오래 머물
렀고, 저녁을 굶고 가족과 보내는 시간을 일부러 피해버렸다.
엄마에게 꾸중을 들었지만 상관없었다. 엄마가 눈앞에 놓인
현실을 일부러 외면하고 있다고 느꼈기 때문이다. 활달한 말
괄량이였던 딸은 점점 말수가 줄었고, 늘 A를 받던 학생은 수
업을 빼먹기 시작했다. 더 이상 자신감 넘치던 피터 팬 같은
아이가 아니었다. 아이가 범죄의 표적이 되었을 때 나타나는
변화였다. 엄마는 분명 **무언가** 이상하다는 사실을 알았을 텐
데, 무엇이 문제인지 묻지 않았고 개입하지도 않았다. 심지어
내가 엄마의 남편을 빼앗으려 한다는 뉘앙스를 여러 차례 내

92

비치기도 했다. 어느 날 밤, 아버지와의 목욕 시간을 피하려고 부엌 식탁 아래에 숨어 있었는데 엄마는 빗자루를 가져와 나를 찌르며 밖으로 나오게 했다.

"네가 나를 이렇게 만들잖아!" 엄마는 지금 벌어지고 있는 일이 모두 내 책임이라는 듯 소리쳤다. 그 말에 내가 보인 반응은 반항이었다. 엄마의 남편도, 그의 불쾌한 친구 포리스트도 원한 적이 없었다. 매일 저녁을 굶는 일이 무슨 대수일까. 음식을 버리는 일은 딸을 버리는 일에 비하면 아무것도 아니었다. 그렇다, 엄마는 나를 버렸다.

당연하게도 이 시기의 나는 아무리 사소하더라도 애정의 표시라면 무엇이든 붙잡으려 했다. 심지어 불편하고 왜곡된 방식의 애정에도 매달렸다. 예를 들어 아버지는 나를 성적으로 학대하면서 종종 본인의 행동이 내게 어떤 감정을 불러일으키는지 묻곤 했다. 그는 내 몸의 반응에 집착했고, 때로는 그의 행위에 기분이 좋아질 때도 있었다. 하지만 분명 내가 느낀 쾌감에는 역겨움이 뒤섞여 있었다. 나는 오르가슴이 무엇인지 몰랐지만, 그를 부추기고 싶지 않았다. 그래도 때로 내 몸은 나를 배신하며 그의 손길 아래에 그가 원하는 반응을 보였다. 그럴 때면 아버지는 나를 자랑스러워했다. "이게 바로 우리가 이렇게 함께하는 이유야." 그는 말했다. "내가 너에게 특별한 사랑을 주는 이유가 바로 이거라고." 내 안의 한 부

딸

분은 특별하다는 느낌을 붙잡고 싶어 했다. 특히 엄마가 나를 쓸모없다고 낙인찍은 뒤에는 더 그랬다. 하지만 아버지가 나를 엄마와 비교하며 "너는 내 별이야. 엄마에게는 이런 일을 하지도 않아"라고 말할 때마다, 속이 울렁거릴 만큼 역겨움을 느꼈다.

어쩌면 나를 보호하고자 했던 본능이 내 몸은 내 것이라는 걸 무의식적으로 떠올리고 되찾으려 했던 것 같다. 그 무렵 나는 동네 남자애들과 실험을 시작했다. 당시 가장 친했던 친구 카일은 같은 래클리 로드 쪽에 살았는데, 카일을 샌드백 삼아 때리던 그 애의 아버지 제이디와 모두가 '치킨'이라는 별명으로 부르던 어머니와 함께 살았다. 우리가 여덟아홉 살쯤 되었을 때, 카일이 아버지의 옷장에서 발견한 〈플레이보이〉 잡지를 보여주었다. 우리는 옷을 벗고 수줍게 키스를 시작하며 서로를 살며시 만졌다. 지금 생각해보면 이 안에 담긴 순수함이 선명하게 느껴진다. 우리는 어린아이들이었고, 그때 내 가슴은 카일만큼이나 납작했다. 그래서 둘 다 훔쳐본 〈플레이보이〉 속 여자의 풍만한 가슴에 놀랐던 기억이 난다. 욕망이라기보다는 호기심에 이끌려, 무엇을 하는 줄은 모르지만 기분이 좋다는 건 알았다. 처음엔 내가 주도권을 잡았다. 아버지와 포리스트가 나에게 했던 행동을 흉내 내자, 카일이 당황했다. 하지만 내 친구 역시 호기심이 많았고, 얼마

지나지 않아 우리는 매일 이 놀이를 하게 되었다. 그러다가 엄마에게 들켰고, 그녀는 격분했다. 카일을 우리 집에서 내쫓으며 나에게 "추잡하고 더러운 계집애"라고 했다.

카일과 나는 오랫동안 만날 수 없게 되었다. 두 집을 가르는 울타리 너머로 말을 건네는 일조차 금지되었다. 그때부터 분노가 치밀어 올랐다. 이전까지는 삶이 달라지고 있다는 사실을 의심하면서도 누구를 탓해야 할지 알 수 없어 혼란스러웠다. 이제는 엄마를 원망하기로 마음먹었다. '아버지와 포리스트 삼촌이 나한테 한 짓이 훨씬 심한데, 어떻게 카일과 내가 하는 게 나쁜 짓이라고 말할 수 있지?' 나는 속으로 생각했다.

《샬럿의 거미줄》에서 한 어린 양은 윌버에게 돼지가 자기에게 "아무것도 아닌 것보다 못한 존재"라고 말했다고 전한다. 윌버는 화를 내며 말도 안 되는 말이라고 반박한다. "아무것도 없다는 말은 더 내려갈 수 없는 상태야." 윌버는 이렇게 말한다. "이미 바닥인데, 그보다 아래가 있을 수는 없어. 만약 더 아래가 있다면, 거기에는 아주 조금이라도 무언가가 있는 셈이고, 그러면 그건 이상 아무것도 없는 상태가 아니게 되니까."

매일 밤 침대에 누워, 이제는 익숙해진 문 경첩 소리를 두려워하며 내가 아주 쓸모없진 않았다고 느꼈던 순간을 떠올리려 애썼다. 다시 누군가에게 의미가 있는 사람이 되고 싶었다.

딸

제5장
우리가 승리할 것

가끔 예전에 알던 엄마의 모습을 잠깐씩 엿볼 수 있는 순간
이 있었다. 어느 주말의 기억이다. 아마 아홉 살이나 열 살쯤
이었을 것이다. 잘 알지 못하는 여자아이에게서 하룻밤 파티
에 초대받았다. 그 무렵 나는 가까운 친구가 없었다. 또래 아
이들과 더 이상 같은 존재가 아니라는 느낌 때문에 스스로 벽
을 쌓고 지내고 있었다. 하지만 하룻밤 파티는 집에서 보내지
않아도 되는 밤을 의미했고, 그래서 초대를 받아들였다. 그러
나 곧바로 후회가 밀려왔다. 아이들은 패거리를 이루고 있었
고, 나는 어울리지 못했다. 기회가 생기자 집 밖으로 나와 마
구간으로 발길을 옮겼다. 어둠이 내려앉기 시작했지만, 그곳
에서 잘 수도 있겠다고 생각했다. 마구간 안에서 나는 칸에
갇힌 말과 마주했다. 혼자가 아니라니 오히려 다행처럼 느껴

졌다. 그러나 어둠에 익숙해진 눈으로 바라보니, 말은 제대로 움직이지 못했다. 말은 자기 배설물이 몇 피트(약 30.5센티미터-옮긴이)나 쌓인 바닥 위에 서 있었다. 칸막이 안에 갇힌 채로, 자기 배설물 속에서 가라앉고 있었다.

나 자신은 구할 수 없었을지 모르지만, 말은 그대로 두고 떠날 수는 없었다. 나는 곧장 부엌으로 가서 엄마에게 전화를 걸었다. 엄마가 전화를 받자마자 말했다. "엄마, 말 트레일러(승용차 뒤에 연결해서 끄는 말 운송 전용 트레일러-옮긴이)를 가져와 줘, 지금 당장!"

그리고 놀랍게도, 엄마는 내 말을 믿었다. 얼마 지나지 않아 엄마는 말 트레일러를 집 앞에 세웠다. 하룻밤 파티를 열었던 집의 부모에게 말을 데려갈 거라고 말하던 엄마의 모습을 나는 평생 잊지 못할 것이다. 만약 반대한다면 당국에 신고하겠다고도 했다. 우리는 그 불쌍한 말을 트레일러에 태웠다. 나중에 《정글북》 속 곰의 이름을 따 발루라고 이름을 붙였다. 하지만 나는 갈색 눈 하나와 파란 눈 하나를 가졌다는 이유로 '블루이Blue-y'라고 불렀다. 그렇게 말을 집으로 데려왔고, 나는 자신과 엄마가 자랑스러웠다. 둘이 힘을 합쳐 좋은 일을 해냈다고 느꼈다. 하지만 며칠이 지나자 그 감정은 서서히 뒤틀리기 시작했다. 왜 엄마는 학대당한 동물을 위해서는 싸우면서 나를 위해서는 그러지 않을까. 말을 구해달라

딸

는 내 목소리는 들으면서, 눈앞에 놓인 내 고통은 왜 보지 않을까.

하지만 내 삶에는 나를 뒷전으로 대하지 않은 여성이 한 사람 있었다. 1989년에 처음 만난 루스 메노어는 남편과 아이들과 함께 우리 집 뒤쪽 출입문을 사이에 둔 이웃으로 이사 왔다. 루스의 아들과 딸은 나보다 몇 살 어렸지만, 세 아이는 록사해치에 정착한 이후 거의 내내 함께 어울려 놀았고 나중에는 스카이디도 그 무리에 합류했다. 곧 나는 루스가 내가 태어나기 1년 전에 설립한 빈세레모 치료 승마 센터를 운영하고 있다는 사실을 알게 되었다. 젊은 시절 루스는 말을 통해 장애가 있는 아이들의 삶을 바꾸고 싶다는 꿈을 품었다. 말의 힘으로 타인을 치유하는 공간을 만들겠다는 의지였다. 그 지역에는 그런 곳이 없었기에, 루스는 직접 센터를 열었다. 센터 이름은 "우리는 승리할 것이다^{Vinceremos}"라는 뜻의 스페인어에서 따왔다. 임대한 땅에서 고객 한 명과 말 한 마리로 시작한 빈세레모 센터는 차차 성장했다.

몇 해가 지나자 루스가 운영하던 비영리 단체에는 안정적인 터전이 필요해졌고, 루스는 돈을 어렵게 모아 우리 가족 땅에서 반 마일(약 800미터-옮긴이) 떨어진 곳에 있는 15에이커가량의 부지를 구입했다. 매입 당시 그곳은 상당히 낡아 있었지만, 나는 개의치 않았다. 루스는 나에게 자신의 단거리

경주마인 스프링을 소개했고, 때로는 아라비안 말인 말러키를 타고 래클리 로드의 집까지 돌아가게 해주기도 했다. 루스는 말러키와 유대가 각별하다며 말러키를 자신의 "마음의 말"이라고 불렀다. 말러키가 루스의 마당에 와 있을 때면 루스는 미닫이 유리문을 열어두곤 했고, 그러면 말러키가 집 안으로 다가와 머리를 들이밀었다. 루스는 말러키가 아이들과 함께 만화를 보고 있다고 농담처럼 말했고, 나는 그 말을 그대로 믿었다.

하지만 내 마음을 사로잡은 말은 밀리라는 구조마였다. 밀리는 겨우 세 살이었지만, 이미 끔찍한 학대를 겪은 상태였다. 루스가 밀리를 데려왔을 때, 다리에는 뼈가 보일 만큼 깊은 상처가 있었다. 루스가 치료에 투입하던 말들은 대개 여덟 살 이상이었다. 장애가 있는 아이들과 함께하려면 그 정도의 성숙함이 필요하다고 루스는 말했다. 그런데 밀리는 빈세레모에서 곧바로 일을 시작했다. 루스는 밀리가 자신이 구조되었다는 사실을 알고 있는 것처럼 보인다고 했다. 고마움을 아는 말처럼 행동했기 때문이다. 루스 곁에 있을 때면, 밀리가 느꼈을 감정을 나 역시 정확히 이해할 수 있었다.

부모님의 학대는 계속되었고, 승마 센터와 루스는 나에게 피난처가 되었다. 루스는 붉은 기가 도는 짙은 갈색 머리카락에 따뜻하고 반짝이는 갈색 눈을 가진 사람이었고, 나는 그 단단함과 자신감을 존경했다. 마구간에서 루스가 해내지 못하는 일은 하나도 없어 보였다. 나는 루스에게 무슨 일이든 시켜달라며, 곁에 머물 수만 있다면 어떤 일이라도 하겠다고 말했다. 하지만 내가 겪고 있는 일을 털어놓을 용기는 없었다. 아버지는 이 일에 관해 누군가에게 한마디라도 하면 남동생을 죽여 숲에 묻어버리겠다고 협박했기 때문이다. 그래도 루스는 내가 도움이 필요하다는 사실을 어렴풋이 느낀 듯했고, 친절하게 일을 맡겨주었다. 먼저 사계절 내내 운영되는 농장 활동 클럽인 포에이치4H에 가입하도록 해주었다. 아이들에게 동물을 돌볼 책임을 주고 자신의 행동이 돌보는 동물의 삶에 어떤 차이를 만드는지 알게 하면, 아이들이 유능해지고 자신감을 얻으며 자신을 알아간다는 취지였다.

그 시절에는 포에이치의 네 가지 H가 무엇을 뜻하는지 이해하지 못했다. 머리Head, 마음Heart, 손Hand, 건강Health을 의미한다는 사실보다 중요한 건 루스가 포에이치를 권했고 가입하면 루스와 더 많은 시간을 보낼 수 있다는 점이었다. 앨리스를 통해 말이 얼마나 직관적인 동물인지 알고 있었지만, 루스는 그 이해를 더 넓혀주었다. "말은 등에 파리가 내려앉는 것도 느껴." 루스는 이렇게 말하곤 했다. "사람에게서 느끼는 건 얼마나 많겠니. 네가 마음속으로 생각하는 것도 말은 다 느껴." 말에게 먹이를 주는 법은 알고 있었지만, 다양한 승마 방식과 앨리스를 제대로 손질하는 방법은 그때 새로 배웠다. 그러는 동안 빈세레모에서 셀 수 없이 많은 마구간을 치웠다. 쇠스랑으로 더러워진 톱밥과 건초를 퍼 담아 손수레에 옮기는 일이었다. 무언가를 깨끗하게 씻어내는 느낌이 좋았다.

그 무렵 나는 루스가 돌보던 장애 아동을 돕는 일도 최선을 다해 함께했다. 빈세레모에서는 몇 달에 한 번씩 회원들을 위한 캠프를 열었다. 집을 벗어나고 싶다는 마음이 간절했던 나는 엄마에게 듀퓌 스테이트 리저브로 가는 일정에 보내 달라고 간청했다. 연못과 습지 초원, 에버글레이즈 늪의 흔적이 섞여 있는 2만 2,000에이커(약 8,900만 제곱미터-옮긴이) 규모의 공원이었다. 공식적인 역할은 텐트를 치고 동물을 돌보는 일이었지만, 나는 아이들과도 자연스럽게 가까워졌다. 시각장애와 뇌성마비를 비롯해 다양한 질환을 앓는 아이들이었다. 그중 매디라는 여자아이는 청각장애가 있었다. 어느 날 밤 모닥불 주위에 모여 앉아 있을 때, 매디가 어딘가 어색해 보여서 곁에 앉았다. 제대로 대화를 나눌 수는 없었지만, 장난을 치고 마시멜로를 구워주며 웃게 만들었다. 매디는 텐트에서 자기 싫어했고, 부모가 가져온 미니밴이 있어 둘이 함께 그 안에서 잤다. 길고 좁은 뒷좌석에 침낭을 펴고 나란히 누웠다. 주말을 보내는 동안 매디와 나는 말 없이 통하는 가장

딸

친한 친구가 되었다. 나와 앨리스의 관계와 비슷했다. 루스는 매디에게 조금 더 세심한 보살핌이 필요하다는 사실을 알아차렸다고 나를 칭찬했다. 하지만 나중에는 매디 역시 나에게서 같은 신호를 느꼈던 건 아닐지 생각하게 되었다. 장애는 없었지만 나는 분명히 상처 입은 상태였고, 학대는 끝날 기미가 보이지 않았다.

말이 기수의 감정을 고스란히 드러낸다는 사실을 처음 가르쳐준 사람은 루스였다. 루스는 특히 가장 취약한 아이들과 함께할 때, 이를테면 자기감정을 말로 인식하고 표현하는 데 어려움이 있는 자폐 아동들과 일할 때면 아이들에게 자신이 타고 있는 말의 상태를 유심히 살펴보라고 자주 말했다. "지금 말이 불안해 보이니?" 루스는 이렇게 묻곤 했다. "말이 네가 느끼는 감정을 함께 느끼고 있는 것 같아?"

루스는 말은 잠재적인 위험을 놀라울 만큼 예민하게 감지하지만 두려움을 붙들고 살아가지는 않는다고도 알려주었다. 예컨대 목초지에 퓨마가 나타났다가 사라지면, 말들은 곧바로 다시 고개를 숙이고 평온하게 풀을 뜯는다. 트라우마를 겪은 뒤에도 말은 빠르게 평정을 되찾는다.

내겐 아무도 그런 말을 해주지 않았다는 게 못내 슬펐다. 열 살 무렵부터 나는 사춘기에 접어들지도 않은 몸을 혐오하기 시작했다. 내게 상처를 주는 어른들의 더러운 시선이 내 몸 때문인 것 같았고, 어떻게 해도 학대를 멈출 수 없는 현실이 끔찍했다. 그래서 나는 식사를 거부하기 시작했다. '넌 먹을 자격 없어.' 머릿속에 그런 목소리가 울렸다. 그 시절 스스로에게 유일하게 허락한 탐닉은 디즈니 애니메이션 〈신데렐라〉 비디오테이프였다. 나이에 비해 유치하다는 걸 알면서도, 그 작품은 이상할 만큼 위안이 되었다. 낡은 비디오 플레이어로 수없이 반복해서 보다 보니, 늘 내 곁에 붙어 다니던 스카이디마저 흥미를 잃고 자리를 뜰 정도였다. 오프닝 음악이 흐르며 합창단이 "신데렐라, 이름만큼이나 아름다운 아이"라고 노래하면, 곧 신데렐라가 침대에서 깨어나 긴 금발 머리를 손가락으로 빗어 넘기며 등장했다. "꿈은 깊은 잠에 빠졌을 때 마음이 품는 소망이야." 신데렐라는 주위에 모여든 새와 쥐들에게, 그리고 나에게 그렇게 노래했다. 나는 가족에게 학대당하며 집안일을 도맡는, 사랑받지 못한 딸의 이야기에 깊이 공감했다. 잘생긴 왕자에게 구원받듯 데려가지는 상상도 좋았다. 아무리 슬퍼도, 신데렐라는 믿음을 잃지 않으면 더 나은 삶에 대한 소망이 이루어질 거라고 노래했다. 그래도 마음 한구석에서는 이런 질문이 떠나지 않았다. 정말 그렇게 단순한 일일까.

딸

제6장
소원을 빈다고 다 이루어진다면

열한 살이 되었을 때 초경이 찾아왔다. 오랫동안 어른들은 아이가 알아서는 안 될 일들을 강요해왔고, 나는 "어른스럽다"라는 말을 종종 칭찬처럼 들었다. 하지만 여자아이가 **실제로** 자라면서 겪는 변화에 대해 알려준 사람은 없어서, 어떤 변화를 겪게 될지 전혀 알지 못했다. 부모들이 모닥불을 피워놓고 술을 마시는 파티가 열린 날, 다른 아이들과 밖에서 뛰어다니다가 바지를 내려다보았는데 천천히 번지는 붉은 얼룩을 발견했다. 피를 흘려 죽는 건 아닐까, 그런 생각이 스쳤다. 얼굴이 하얗게 질린 채 엄마를 찾아갔고, 엄마는 피가 묻은 바지를 날카롭게 노려보았다. 그러더니 맥주잔을 내려놓지도 않은 채 집 안으로 들어가 욕실 세면대 아래 수납장을 뒤적였고, 생리대를 하나 꺼내 내밀었다. "알아서 해."

그렇게 말하고는 등을 돌려 나를 혼자 남겨두었다. 나는 문을 잠근 뒤 변기에 앉아 울음을 터뜨렸다.

이 무렵 실라의 엄마가 우리 엄마에게 전화를 걸었고, 그 통화는 집안에 큰 폭풍을 불러왔다. 엄마는 포리스트가 실라를 임신시켰다고 지레짐작했으나 실제로는 아니었다. 실라는 플로리다 법원이 자신을 법적으로 독립시키자 남자친구와 함께 노스캐롤라이나로 갔고, 그 남자와 아이를 임신했었다고 최근에야 내게 털어놓았다. 실라는 열여덟 살에 그 남자와 결혼했고, 두 사람 사이에는 딸이 태어났다. 하지만 이런 사정을 당시 엄마가 알 수는 없었다. 그날 밤 부모님은 몇 시간이나 격렬하게 다퉜고, 스카이디와 나는 서로 몸을 붙인 채 귀를 막았다. 한동안 아버지는 집을 나가 살았다. 하지만 그 전에 나는 캐럴 고모의 집으로 보내졌다. 캐럴 고모는 서쪽으로 3천 마일(약 4,900킬로미터-옮긴이) 떨어진 캘리포니아에 살고 있었다. 엄마는 나를 보호하려는 마음으로 전혀 다른 세상으로 보냈을지도 모르지만, 나는 그렇게 느끼지 않았다. 내 마음속에서 엄마는 또다시 나 대신 아버지를 선택한 사람이 되었다.

펄 잼의 에디 베더는 이어폰 속에서 이렇게 노래했다. "혼자서, 기운 없이 / 텅 빈 방 한가운데 놓인 아침 식탁." 후렴에 이르러 한 소녀가 "나를 딸이라고 부르지 마"라고 거듭 외칠 때면, 나는 목청껏 그 가사에 맞춰 함께 소리쳤다.

딸

몬터레이에서 조금 안쪽으로 들어간 먼지투성이 농업 도시 샐리나스에 도착했을 때, 나는 바짝 마른 채로 완전히 무너진 상태였고 새 학교에 적응하는 일에는 전혀 관심이 없었다. 나는 흑인에게 꼬리가 달려 있고 어릴 때 의사가 그걸 잘라낸다고 말하던 아버지와는 달랐다. 그런 인종차별적 믿음을 가진 사람은 아니었다. 그런 말이 헛소리이며 피부색과 상관없이 남들보다 우월한 존재는 없음을 분명히 알고 있었다. 그래도 라틴계 갱단이 장악한 학교에서 백인 학생이 세 명, 그중 백인 여자아이는 나 하나뿐이라는 현실은 쉽지 않았다. 마음속으로는 분노가 들끓었지만, 나는 뼈만 남은 몸과 움푹 들어간 푸른 눈 때문에 겉모습은 전혀 위협적이지 않았다. 어느 날 반 친구 한 명이 선택지는 둘뿐이라고 말했다.

"갱단에 들어가려면 두들겨 맞거나 쟤들한테 한 번 대주거나, 둘 중 하나야."

그 말을 듣고 나는 한 가지 생각을 떠올렸다. 그날 오후, 캐럴 고모에게 잘못을 폭로하겠다고 협박하며 미용실에 데려가 달라고 했다. "데려가주지 않으면 엄마한테 전화해서 보내준 돈을 나한테 안 쓰고 다른 데 썼다고 이를 거야."

미용실 의자에 앉자마자 나는 미용사에게 머리를 밀어달라고 했다. 허리까지 내려오던 머리카락 때문에 미용사는 망설였지만, 나는 끝까지 고집했다. 머리를 민 모습을 보고 고모는 경악했다. 하지만 계획은 성공했다. 다음 날 학교에서 나는 너무 미쳐 보였고, 덕분에 갱단조차도 가까이 오지 않았다.

종교적인 환경에서 자라지는 않았음에도 그 무렵 캐럴 고모는 열성적인 모르몬교 신자가 되어 있었고, 나는 고모의 전도에 전혀 마음이 가지 않았다. 그런 일들을 겪고 나서 어떻게 주님의 영이 나를 이끌고 있다고 믿을 수 있을까. 고모는 자신의 오빠가 나에게 무슨 짓을 저질렀는지 모를 거라고 생각했다. 그 사실을 알았다면《모르몬경》을 통해 간증하라고 간절히 권하지는 않았을 것이다. 고모의 신앙은 내게 횡설수설처럼 들렸고, 나는 그 상황에 금세 진저리가 났다. 10대 시절 엄마가 샌프란시스코로 가출했다는 이야기가 떠올라 그 기억을 바탕으로 가출 계획을 세웠다. 엄마에게 괜찮았던 곳이라면, 샌프란시스코는 나에게도 괜찮은 곳일지 모른다고 생각했다.

부활절 전날 밤, 나는 창문으로 빠져 나와 북쪽으로 100마일(약 160킬로미터-옮긴이)이 넘는 거리를 히치하이크로 도망쳤다. 하지만 즉시 후회가 밀려왔다. 샌프란시스코가 그렇게 추운 곳인지 몰랐고, 따뜻한 옷도 챙기지 않았기 때문이다. 며칠 뒤 나는 구걸을 하다 경찰에게 붙잡혔다. 캐럴 고모는 아버지에게 전화를 걸어 더는 나를 맡을 수 없다고 말했다.

딸

이야기는 거기서 끝났다. 아버지는 비행기를 타고 와 나를 데리고 플로리다로 돌아갔다.

래클리 로드로 돌아오자마자 내가 가장 먼저 한 일은 비어 있는 마구간으로 달려가는 것이었다. "앨리스는 어디 있어?" 나는 따지듯 물었다. 부모는 내가 캘리포니아로 보내진 사이 앨리스를 팔았다고 말했다. 나는 몇 주 동안 울었고, 앨리스가 어디로 갔는지만이라도 알려달라며 매달렸다. 한 번이라도 찾아가 볼 수는 없을지 물었지만, 엄마도 아버지도 앨리스의 행방을 알려주지 않았다. 둘은 앨리스가 "좋은 집"으로 갔다는 말만 되풀이했다.

'적어도 누군가는 좋은 곳으로 갔네.' 나는 속으로 그렇게 생각했다.

❖

이 시점에, 이유는 끝내 알 수 없지만 성폭행은 멈췄다. 포리스트는 사라졌고, 아버지는 나를 피했다. 물론 안도했지만 그렇다고 삶이 완전히 쉬워졌다고 말할 수는 없었다. 부모와의 관계에는 양쪽으로 흐르는 분노의 강이 남았다. 이 모든 감정은 대륙을 가로질러 새크라멘토 인근으로 떠난 가족여행에서 폭발했다. 서쪽으로 향하는 내내 나는 밴 맨 뒤쪽에

웅크린 채 담요를 뒤집어쓰고, 귀에는 헤드폰을 꽂고 있었다. 그 무렵 나는 엔야의 음악을 알게 되었는데, 뉴에이지풍의 몽환적인 분위기는 낯설면서도 이상하게 좋았다. 엔야는 아일랜드 억양으로 이렇게 노래했다. "나는 순간의 미로를 걷고 / 어디로 향하든 / 새로운 시작은 늘 있지만 / 끝은 좀처럼 보이지 않아." 그 마음이 무엇인지 나는 알 것 같았고, "멀리 떠나. 떠나. 떠나. 떠나"라는 구절이 나오면 따라 불렀다.

가족 모임이 열리던 캠핑장에 도착하자 기분이 조금 나아질 수밖에 없었다. 거대한 삼나무는 플로리다의 나무들과 전혀 달랐고, 매일 저녁 모닥불 곁에 앉아 별을 올려다보는 시간도 좋았다. 그러다 나흘 일정이 끝날 무렵의 밤, 우리 가족만이 아니라 모든 캠퍼가 참여할 수 있는 댄스 파티가 열렸다. 나는 또래 아이들 곁에 있을 수 있어서 좋았고, 무엇보다 나에 대해 아는 사람이 아무도 없다는 사실이 마음에 들었다. 몇 시간 동안 나는 근심이라곤 모르는 소녀가 되어, 사랑받는 집에서 자란 아이인 척했다. 디제이가 마지막 곡을 틀고 파티가 끝난 뒤, 한두 번 함께 춤을 췄던 수줍은 남자아이가 캠핑장까지 바래다주겠다고 했다. 나는 고맙게 그 제안을 받아들였다. 엄마는 늘 내가 방향 감각이 너무 없어 원 안에서도 길을 잃을 사람이라고 말하곤 했고, 그날 밤만큼은 정말로 도움이 필요하다고 느꼈다. 그런데 달빛이 비치는 아스팔트 길 한

딸

가운데를 함께 걷고 있던 순간, 갑자기 아버지의 차가 나타나 끽 소리를 내며 멈춰 섰다. 운전석에서 아버지가 욕설을 퍼부으며 소리쳤고, 날카롭게 갈라진 목소리만으로도 술에 취했음을 알아차릴 수 있었다.

다정하던 나의 에스코트는 혀를 씹은 사람처럼 더듬거렸다.

"죄송해요, 아저씨. 아무 짓도 안 했어요. 그냥 제나를 집으로 데려다주는 중이었어요."

하지만 아버지는 듣지 않았다. "저리 꺼져, 이 개자식." 아버지는 그 애를 위협하며 다가갔다. 그리고 나를 향해 돌아서더니 "이 빌어먹을 창녀"라고 윽박지르며 나를 차 안으로 내던졌다.

캠핑장으로 돌아온 아버지는 계속해서 소리 질렀다. 나더러 더러운 창녀, 배은망덕한 쓰레기라고. 그보다 심한 욕까지 했다. 온갖 말을 다 들으며 자랐지만, 그날 밤은 평소와 달리 폭발했다.

"나를 만질 수 있는 사람이 당신 하나뿐이라고 생각했어?" 나는 목청 높여 내질렀다.

엄마는 캠핑카 안에 있어 들을 수 없었을지 몰라도, 아버지와 맞서려면 적어도 삼촌과 고모들은 들어야 한다고 생각했다.

"이 새끼는 내가 어렸을 때부터 몇 년이나 나를 강간했다고요!" 나는 그들을 향해 외쳤다. "그런데 아무도 도와주지 않았잖아!"

모두가 나를 둘러싸 보호해주었다고 말할 수 있으면 좋았겠지만, 아무도 움직이지 않았다. 놀란 침묵이 흐른 뒤 아버지는 한 손으로 내 목을 움켜쥐고 다른 손으로 내 얼굴을 때렸다. 이어 우리 모두가 잠자던 캠핑카 안으로 나를 밀어넣고 계속 폭행했다. 입술이 터지고 한쪽 눈이 부어 감길 때까지. 스카이디가 나를 도우려고 들어왔지만, 너무 어려서 어찌할 도리가 없었다. 나는 결국 아빠의 사타구니를 발로 차서 몸을 떼어냈고, 그제야 폭행은 멈췄다. 아빠는 나에게 분노를 쏟아내다 제풀에 지쳐 기진맥진해 있었다.

다음 날 아침, 나는 아빠의 학대를 처음으로 소리 내어 드러냈으니 무언가 달라질 거로 기대하며 눈을 떴다. 적어도 누군가는 내가 겪은 일을 인정해주지 않을까. 하지만 플로리다로 돌아가기 위해 출발하기 전까지, 대가족 모두는 아무 일도 없었다는 듯 행동했다. 멍투성이가 된 채 정신을 잃었던 자리에서 비틀거리며 나오자 페기 고모가 물었다. 친척은 아니었지만, 가족과 친한 사이여서 고모라고 불러왔다.

"아침으로 베이컨이랑 달걀 먹을래?" 페기 이모는 진통제 한 알을 건네기도 했다. 곧 가족은 밴에 올라탔고, 나는 뒤쪽으로 가서 담요를 찾았다.

111

딸

록사해치에 도착할 때까지 나는 아버지에게 다시 말을 걸
지 않았다.

❖

몇 주 후, 나는 크레스트우드 중학교에 입학했다. 열세 살
이었다. 이해하기 어려울지도 모르겠지만, 나는 잠시 싸움을
멈추었다. 내 안의 분노가 풍선처럼 커다랗게 부풀었다가 그
안의 공기가 순식간에 빠져나간 듯 공허했다. 한때 샌프란시
스코의 거리를 배회했고, 한동안 먹는 걸 거부하며 굶주림에
인이 박인 나조차도 견디기 힘들 정도의 고통스러운 배고픔
도 견뎌냈다. 아마 내 마음 한구석에서는 익숙한 지붕 아래
다시 살게 되어 기뻤던 것 같다.

그 무렵 학교를 마치고 집에 돌아오자, 포리스트 삼촌이 아
버지와 함께 뒷마당 현관에 앉아 있는 모습을 발견했다.

"포리스트 삼촌이 너에게 할 말이 있단다." 아버지가 말했
고, 아드레날린이 솟구쳤다. 달아나고 싶었지만 발이 움직이
지 않았다. "삼촌은 이제 주님을 믿는 사람이 됐어. 다시 태어
났거든." 아빠는 말을 이었다. "너는 어른을 존중하고, 말은 끝
까지 들어야 해." 포리스트의 입에서 무슨 말을 듣게 될지 나
는 알 수 없었다.

112

‘네 인생을 망치고 강간한 걸 사죄하마’ 같은 말을 기대했던 걸까. 다리는 여전히 말을 듣지 않았다. 나는 그 자리에 선 채 숨을 고르려 애썼다.

다음에 벌어진 일은 끔찍하지만, 그렇지 않았다면 웃지 못할 장면이었을지도 모른다. 포리스트는 자리에서 벌떡 일어서더니 내 어깨를 붙잡고 무릎을 꿇게 했다. 예전에도 수없이 강제로 시켰던 자세였다. 이번엔 옷을 입고 있다는 게 달랐다.

"주님께 네가 네 아버지와 나에게 한 짓을 털어놓고 진심으로 사죄해야 한다!" 그가 고함치듯 외쳤다. 나는 귀를 의심했다. 나 자신을 얼마나 혐오하고 있었든, 아빠와 그의 친구가 저지른 짓은 **전부** 내 잘못 때문이 아님을 마음 한구석에서 알고 있었다. 하지만 내 앞에 선 포리스트는 멈추지 않았다. 반쯤은 소리치고, 반쯤은 설교하듯 말을 쏟아냈다. 그 순간 나는 증오의 맛을 알게 되었다. 입안에 고인 담즙 같은 맛이었다. 쓰디썼고, 이상하게도 갈망을 불러일으켰다. 나는 포리스트가 증오스러웠다. 부모가 증오스러웠다. 록사해치에 존재하는 모든 살아 있는 것이 증오스러웠다.

⟡

그 이후로 분노가 계속 들끓었다. 너무 자주 가출해서 부모

딸

는 창문마다 경보 장치를 달아 나를 붙잡아 두려 했지만, 나는 TV에서 본 맥가이버의 도움으로 늘 빠져나올 방법을 알아냈다. 학교에는 매일 갔지만, 출석한 수업보다 빠진 수업이 많았다. 관중석 아래에 숨어 시간을 보내며 마리화나를 피웠다. 예외는 문학 수업이었다. 문학만큼은 빠지지 않았다. 책을 읽고 다른 사람의 이야기 속으로 도망치는 일이 좋았기 때문이다. 하지만 마음을 붙잡는 수업 하나는 학교에 남아 있을 이유로 충분하지 않았다. 농구부에 속해 있었지만 나중엔 연습도 나가지 않았다. 부모는 스카이디의 경기와 토너먼트에는 빠짐없이 참석하면서도 내 경기에는 한 번도 오지 않았다. 더는 인정받기 위해 애쓰지 않기로 했다.

내가 다니던 중학교는 고등학교와 같은 부지를 썼다. 그래서 나보다 나이 많은 아이들, 문제아로 불리던 아이들, 약물을 하고 사고를 치던 아이들을 쉽게 찾아내 함께 어울릴 수 있었다. 숲속에서 만나 마리화나를 피우고 몰려다니던 무리 중에 이언이라는 소년이 있었다. 그는 고등학교 마지막 학년이었던 것 같고 나는 고등학생도 아니었지만, 나는 우리의 나이 차이를 또래보다 내가 더 성숙하다는 증거로 여기며 합리화했다. 그때까지의 모든 성관계는 내 의지와는 상관없이 벌어졌던 일이었기에, 선택한다는 것 자체가 해방처럼 느껴지기도 했다. 그렇다고 이언이 연인이나 첫사랑 같은 존재였던 건 아니다. 당시의 나는 숲속에서 그와 함께 누워 있는 행동이 삶의 주도권을 되찾는 일이라고 믿었지만, 지금의 나는 다른 모습을 본다. 초라하게도 나는 사람들이 유일하게 관심을 보이던 부분, 내 몸을 거래하면서 정작 마음과 영혼은 외면하고 방치했다.

❖

이 모든 이야기를 받아들이기 쉽지 않다는 걸 안다. 폭력, 방임, 잘못된 선택들, 자기 파괴. 이런 트라우마의 장면들이 필요하면 잠시 덮어두고 숨을 고를 수 있는 책 속 이야기가 아니라 머릿속에서 끊임없이 재생되고 있다고 상상해보라. 그래도 **부디** 읽기를 멈추지는 말아주길. 이 힘든 구간을 견뎌내는 방법을 나는 정확히 안다. 나 자신을 돕는 방식과 같은 방법이다. 지금 이 순간에 집중하는 것.

우리 가족의 저녁 식사 시간이다. 남편 로비는 자신의 특기인 셰퍼드파이(다진 고기 위에 으깬 감자를 얹어 오븐에 구운 요리-옮긴이)를 만들었다. "알렉스타일러엘리!" 로비는 아이들 이름을 한 단어처럼 이어 붙여 주방에서 외친다. 그러자 아이들은 전속력으로 식탁을 향해 달려온다. "내가 찜!" 타일러가 먼저 외친다. 가장 먼저 온 덕에 로비 오른쪽 자리에 앉았다. 로

115
딸

비는 식탁 맨 앞자리에 앉는다. 아이가 찜한 자리는 유일하게 거실 TV가 바로 보이는 자리다. 식사할 때 TV를 켜두는 일은 거의 없지만, 가족만의 전통은 이미 굳어졌다. 식탁에서 가장 좋은 자리는 바로 TV가 보이는 자리이고, 아이들은 매일 밤 그 자리를 차지하려고 경쟁한다.

잠시 모두가 음식을 씹는 데 집중한다. 알렉스만 빼고. 알렉스는 반쯤 잠든 얼굴이다.

"식사할 땐 식사만 해, 알렉스." 로비가 말한다.

"먹고 있어요." 맏아들은 항의하듯 대답한다.

"손은 후드 주머니에 넣고 있잖아. 밥 먹을 땐 먹는 것에 집중해야지."

로비가 지적한다. 그는 알렉스가 너무 마른 건 아닐지 걱정한다. "막대기 인형 같아 보여." 하지만 나는 10대 시절의 내 모습이 떠오른다. 나 역시 그만큼 말랐고, 로비도 그 나이에는 콩나무처럼 가늘었다는 걸 사진으로 봤다. 나는 로비의 무릎 위에 손을 살짝 올린다. 그냥 두라는 신호다.

"아빠, 이 지구에서 가장 똑똑한 종은 뭐예요?" 엘리가 묻는다.

"바로 나지!" 로비가 으스대자, 엘리는 믿을 수 없다는 듯 눈을 굴린다.

하지만 나는 늘 이런 생각을 한다. 로비는 고등교육을 많이 받은 사람은 아니지만, 나와 아이들에게 정말 많은 것을 가르쳐주었다. 우리 아이들은 예의 바르다. 부탁만 하면 곧장 쓰레기통을 마당 밖에 내놓는다. 서로에게 친절하다. 며칠 전 해변에서 엘리가 추워하자, 아무도 시키지 않았는데 타일러가 자기 맨투맨 티셔츠를 건네주었다. 나도 공을 세우고 싶기는 하지만, 이미 상당 부분이 로비의 공이라는 걸 안다. 아이들은 내가 어린 시절에는 몰랐던 사실을 알고 있다. 아버지가 자신들을 지키기 위해서라면 무엇이든 할 사람이라는 점이다. 그 믿음이 아이들을 자라게 한다. 엘리가 기운 없어 보일 때면 로비는 "딸, 괜찮아?" 하고 묻는다. 내 남편은 존재감이 뚜렷한 사람이다. 말을 꺼내게 만든다. 우리 가운데 누군가가 정말 깊은 침체에 빠졌을 때면 "닻을 내리자"라고 제안하는 사람도 늘 로비다.

"배 위에 서 있는 모습을 떠올려 봐." 로비는 이렇게 말한다. "이제 그 무게를 바다로 던져. 지금 진짜 느끼는 감정이 뭐야? 잠깐 멈추고, 중심을 잡고, 무슨 일이 벌어지고 있는지 보자." 우리가 날을 세우거나 분노를 표출할 때면, 분노라는 감정에 낯설지 않은 로비가 앞장서서 우리를 이끈다. 스스로 잘 알고 있듯, 분노 아래에 숨은 상처를 들여다보게 하기 위해서다. 내겐 그런 상처를 충분히 많다.

다만 닻 내리기가 통하지 않을 때도 있다. 그럴 때 로비는

딸

바지를 내려 엉덩이를 내보이기도 한다. 어떤 방법을 써서든 상황을 넘기기 위해서다. 우리를 생각 속에서 끄집어내기 위해서다. 그게 바로 내 남편이다. 절반은 정신적 지도자요, 절반은 바보 그 자체다. 그리고 말로 다 표현할 수 없을 만큼 진심을 다해 나를 도와주는 사람이다.

❖

열세 살 무렵의 나는 주먹다짐을 위해서라면 1킬로미터쯤은 기꺼이 걸어갈 아이였다. 특히 남을 괴롭히는 아이들과 맞서는 일을 좋아했는데, 그 때문에 호세라는 소년과 친구가 되었을 것이다. 그는 스스로 '게이'라고 말하진 않았다. 그 시절에는 그런 말을 쓰지 않았으니까. 하지만 그는 남자를 좋아했고, 그 사실을 숨기지 않았다. 그래서 늘 놀림거리가 되었다. 나는 호세의 유일한 친구였다. 우리는 서로에게 화장도 해주었고, 그가 나에게 어떤 성적인 요구도 하지 않아 안도감을 주었다. 화려한 옷차림에 진한 아이라인을 하고 학교에 나타나는 호세는, 편견을 가진 학교 아이들이 자신을 있는 그대로 받아들이도록 밀어붙이려고 작정한 사람 같았다. 나는 그 계획이 성공하길 바랐다. 하지만 모욕적인 말 한마디에 호세는 곧잘 무너졌다. 그때 나는 곧바로 주먹을 날렸다. 그날 그를 집에 데려다주었고 내가 어떻게 호세를 지켰는지 이야기를 들은 그의 엄마는 언제든지 집에 와도 좋다고 허락해주었다. 얼마 지나지 않아 나는 호세의 소파에서 잠드는 날이 잦아졌다. 하지만 평화는 오래 가지 않았다. 엄마가 나를 찾겠다며 신고했고, 경찰 두 명이 호세의 집 앞으로 찾아온 것이다. 나는 몸을 숨겼지만, 경찰이 돌아간 뒤 호세의 엄마는 이제 다른 곳에서 지내라고 넌지시 말했다. 나는 다시 떠돌기 시작했다.

그러다 나는 같은 학년의 토니 피게로아라는 소년을 만났다. 토니는 이후 몇 년 동안 내 삶에 들었다 나왔다를 반복하며 큰 비중을 차지할 인물이다. 토니의 엄마는 온두라스, 아빠는 칠레 출신이었고 토니는 길고 검은 머리를 가진 아주 아름다운 아이였다. 스스로를 고스족(고스 룩을 입고 고스 문화에 심취한 사람들로 헤비메탈, 블랙메탈 계열의 밴드 음악을 즐겨 듣는다-옮긴이)이라 부르던 토니는 워커를 신고 검은 옷차림을 고수하며 레드 제플린과 메탈리카를 몇 시간씩 듣는 아이였다. 나는 토니가 정말 멋지다고 생각했다. 토니의 방에는 블랙라이트가 있어서 형광 포스터들이 어둠 속에서 빛났다. 방문에는 자물쇠가 달려 있었고, 엄마가 노크하면 문을 열기 전에 내가 침대 밑으로 숨어들 시간을 벌 수 있었다. 집에 가고 싶지 않은 밤이면, 대부분 밤이 그랬지만 토니는 가족 식탁에서 나온

딸

음식을 조금씩 가져다주었다. 마치 영화 〈E.T.〉에서 아이가 옷장에 숨은 외계인에게 몰래 음식을 가져다주는 장면처럼. 나는 토니를 진심으로 좋아했다. 하지만 이 관계 역시 다른 많은 관계들과 마찬가지로 절박함에 물들어 있었다. 처음에는 그냥 친구였지만, 토니의 집에 머물 수 있게 해준 빚을 지고 있다고 느꼈다. 그 무렵의 나는 성관계를 빚을 갚는 가장 기본적인 방식이라고 여기며 살았다. 어느 비 오는 밤, 우리는 토니의 방에 있었고 토니는 스테레오로 더 도어스의 '라이더즈 온 더 스톰Riders on the Storm'을 틀었다. 그리고 관계를 가졌다. 아마 열네 살쯤이었을 것이다. 나중에야 그날이 토니에게는 처음이었다는 사실을 알게 되었다.

❖

그 무렵 나는 집에 들어가는 날이 드물었다. 하지만 부모님은 내가 아예 집을 떠나길 바랐던 것 같다. 바로 이때 엄마가 나를 속여 '그로잉 투게더'에 입소시켰다. 청소년 재활시설에서 내가 겪었던 공포는 앞서 이야기했다. 열다섯 살에 마이애미로 도망쳤던 일과, 하얀 승합차를 몰던 낯선 이의 차를 얻어 탔을 때 벌어진 일도. 총을 가진 남자의 차 말이다. 그 사건이 나를 얼마나 쉬운 먹잇감으로 만들었는지, 그로 인해 검은

120

리무진을 타고 나타난 나이 많은 남자에게 나를 내맡겼던 과정도 설명하려 애썼다. 그는 당시 예순셋이었던 론 에핑거였다. 1998년 12월, 에핑거가 리무진에 나를 태웠을 때 나는 그가 운영한다고 말한 '퍼펙트 텐'이라는 "모델 에이전시"가 사실은 하룻밤에 1,000달러를 받는 에스코트 성매매 서비스를 제공한다는 사실을 알지 못했다. 연방 검사들은 훗날 1997년부터 1999년 사이 에핑거와 체코 출신 공범 두 명이 해외에서 젊은 여성들을 모집해 사우스 플로리다로 보내 콜걸로 일하게 했다는 사실을 입증했다. 길가에 앉아 있던 나를 발견하고 집으로 데려갔던 게 에핑거에겐 예외적인 일이었던 셈이다. 그의 관리 아래 있던 여자 중 미국인은 나뿐이었으니까.

에핑거는 내가 가능한 한 어려 보이길 원했고, 그곳에 도착한 첫날 밤 자신과의 성관계를 요구하기 전부터 내 음모를 면도하고 언제나 그 상태를 유지하라고 지시했다. 강제로 성관계를 하면서도 내게 계속해서 감사함을 느끼라고 요구했다. 그가 내게 소중한 기술을, 남자를 만족시키는 법을 가르쳐주고 있다면서 말이다. 나중에 그는 포르노를 보여주며 "섹스가 무엇인지" 이해하라고 했다. 그는 내가 따라야 할 특정한 '전형적인 미국 소녀'의 이미지를 정해두었다. 원래도 금발이었던 머리를 바비 인형처럼 하얗다시피 밝은 금발로 염색시켰고, 피부를 태우라며 태닝숍에 보냈다. 그는 컨버터블을 몰고

딸

나를 태운 채 돌아다니며 사람들 앞에 드러내 보이는 일을 즐겼다. 함께 드라이브할 때 나는 보통 상의를 벗은 상태여야만 했다.

초반에 에펑거는 비교적 다정해 보였다. 하지만 시간이 흐르면서 폭력적인 성향을 드러냈다. 그는 공격적으로 성관계를 가졌고, 특히 내가 두려워하는 모습을 보일 때 더 집요해졌다. 어느 끔찍한 밤, 그는 내 목덜미를 움켜쥐고 내 얼굴을 자기 사타구니에 강제로 밀어붙였다. 나는 눈을 감고 숫자를 셌다. 하나, 둘, 셋…. 지금 벌어지고 있는 일 따윈 흘려버리고 숫자를 세는 일에 집중하려고 했다. 그가 내 입에 사정하기까지 백이 넘게 숫자를 셌다. 반복되는 강간 속에서 나는 에펑거와 그의 여자들이 건네는 약을 먹기 시작했다. 자낙스(불안장애 및 우울증, 공황장애 완화에 쓰이는 약-옮긴이), 옥시코돈(마약성 진통제-옮긴이), 그 밖에도 고통을 무디게 할 수 있는 것이라면 무엇이든 삼켰다. 어떻게든 이 상황을 끝내고 싶다는 마음이 들었고, 그 무렵부터 자살을 떠올리기 시작했다. '그냥 죽어버리면 훨씬 편할 거야.' 머릿속에서 어떤 목소리가 그렇게 속삭였다.

이 시기의 내 삶을 다룬 일부 보도에서는 내가 에펑거의 세계에 기꺼이 가담한 사람처럼 잘못 묘사했다. 《정의의 왜곡: 제프리 엡스타인 이야기》Perversion of Justice: The Jeffrey Epstein

Story》에서 〈마이애미 헤럴드〉의 줄리 K. 브라운은 에핑거 곁에 있던 다른 여자들에게서 값비싼 옷과 보석 이야기를 들은 뒤 내가 "이 생활 방식이 흥미로울 뿐 아니라, 해볼 만한 생계 수단이라고 생각하기 시작했다"라고 썼다. 전혀 사실이 아니다. 나는 들떠 있지 않았다. 나는 패배감에 짓눌린, 희망을 잃은 아이였다. 옳지 않은 일이 벌어지고 있음을 분명하게 인지했다. 에핑거가 나를 그의 친구들에게까지 넘기기 시작하자, 나는 새 주인이 내게 손찌검만 하지 않기를 바랐다. 한 배에서 태어나 선택당하는 강아지가 된 기분을 알게 되었다. 나는 그저 살아남으려 애썼을 뿐이다.

이 암울했던 시절에서 유일하게 숨통을 튼 순간은, 사법기관이 자신을 추적하고 있다는 낌새를 느낀 에핑거가 나를 플로리다 북부 오칼라에 있는 말 목장으로 보냈을 때였다. 그곳에서도 나는 역겨운 목장 주인에게 성적 서비스를 강요당했다. 하지만 말들 가까이에 머무는 덕분에, 나는 나를 놓지 않을 수 있었다. 말들을 손질하거나 타지는 못했지만, 멀찍이서 지켜볼 수는 있었다. 말들은 함께 서서 꼬리를 흔들고 만족스러운 표정으로 풀을 뜯고 있었다. 나는 그 동물들이 나의 수호천사라고 상상했다.

"소원을 빈다고 다 이루어진다면, 거지도 말을 탈 수 있겠네?"라는 말을 들어본 적 있는가? 무언가를 바라는 마음만으

딸

로는 인생에서 원하는 것을 이룰 수 없고, 그를 위한 행동이 필요하다는 뜻이다. 나는 그 생각이 좋다. 사람은 스스로 자신의 삶을 밀고 나갈 힘을 가지고 있다는 뜻이니까. 하지만 에핑거에게 감금되어 있던 시절의 나는 아무런 힘도 없었다. 나를 구하려고 했다가는 붙잡혀 체벌을 당하거나 그보다 끔찍한 일이 벌어질지도 모른다고 느꼈다. 시간이 흐른 뒤에야 나는 믿게 되었다. 오칼라에서만큼은, 내 소원이 정말로 그 말들처럼 사는 것이었음을. 창밖에 있던 말들은 내가 갖지 못했던 자유, 내가 간절히 원하던 자유 그 자체를 상징했다. 느긋하게 풀을 씹으면서도 위험의 기척을 놓치지 않으려 귀를 세우고 있던 말들을 바라보는 시간 속에서, 언젠가는 내 삶이 나아질지도 모른다고 감히 상상할 수 있었다.

제7장
돌아온 유령

에핑거는 거의 반년이나 나를 가두었다가 친구에게 넘겼다. 말 그대로였다. 중고 자전거나 버려진 장난감처럼, 나를 그냥 버렸다. 에핑거에게 나를 얻은 남자는 50대였고, 포트로더데일의 음습한 나이트클럽 세계와 연결돼 있었다. 그 남자는 자신이 운영한다던 '핫 초콜릿'이라는 가게에 매일 밤 나를 데리고 나가서 만나는 사람마다 여자친구라고 소개했다. 거기 있던 누군가가 내가 너무 어려 보여서 신고했을지도 모르겠다. 1999년 6월의 밝은 아침, 연방수사국[FBI] 요원들과 지역 경찰이 내가 머물고 있던 아파트의 문을 부수고 들이닥쳤다. 발견 당시 나는 침대에 알몸으로 누워 있었고 그 남자와 함께였다.

"수색해!"

딸

검은 제복을 입은 경찰 한 명이 소리치며 안으로 밀고 들어왔다. "머리 위로 손 올려!" 가해자는 방에서 끌려나가며 고함을 쳤다.

"입이라도 뻥끗하면, 그가 어떻게든 널 찾을 거다!" 에핑거를 뜻하는 말이었다. 연방수사국 요원들은 담요로 내 몸을 감싸주고 화장실에 가서 옷을 입게 해주었다. 청바지와 티셔츠가 있었으면 좋겠다고 생각했지만, 가진 옷은 모두 감금한 남자들이 골라준 것뿐이었다. 결국 반짝이는 파란 미니스커트와 가슴을 간신히 가리는 작은 상의를 입었다. 경찰은 나를 브로워드 카운티의 윌턴 매너스 경찰서로 데려갔고, 몇 시간 동안 누가 무엇을 했는지 캐물었다. 조사가 끝나자 그들은 아버지에게 연락했다.

지금도 경찰서로 들어오던 아버지의 얼굴이 또렷하게 떠오른다. 나는 누군가 내어준 회전의자의 팔걸이를 꽉 붙잡고 빙글빙글 돌고 있었다. 그때 나는 열다섯 살 아이가 겪어서는 안 될 일들을 겪었고, 그런 경험들 때문에 또래보다 훨씬 노숙했다. 멀리서 보면 즉석에서 만든 놀이기구를 타며 어지러워 웃고 있는 아이처럼 보였을지도 모른다. 하지만 나는 마음 깊은 곳에서부터 암울하고 기쁨이라곤 모르는 사람이 되어 있었다. 아버지는 경찰서에서 온갖 학대에 시달린 끝에 영혼 없이 공허해져버린 딸을 발견하곤 움찔했다.

"망할 창녀 같은 계집애. 빌어먹을 매춘부 같은 년."

그 후 살면서 처음 보는 광경이 펼쳐졌다. 아버지가 울기 시작한 것이다.

그 기억은 흐릿하다. 무슨 일이 있었는지 윤곽은 그려지고 그때 느꼈던 감정들도 여럿 떠올릴 수 있다. 하지만 정신은 장면을 지나치게 또렷하게 끌어오지 않음으로써 나를 보호한다. 두 손으로 머리를 감싼 채 주저앉은 아버지의 모습은 떠오른다. 엄마는 내가 집으로 돌아오는 걸 원하지 않는다며, 다시 '그로잉 투게더'로 보내겠다고 말했다. 나는 간절하게 매달렸지만, 아버지는 다른 머물 곳을 찾는 데 시간이 필요하다고 했다.

"일주일, 딱 일주일만 지나면 내가 데리러 가마"라고 했다. 그때 경찰관이 내게 수갑을 채우고 순찰차 뒷좌석에 태워 시설로 보냈다. 모두들 내가 도망칠 거라고 믿었다. 하지만 도망칠 힘조차 남아 있지 않았다. 아버지가 요구한 일주일을 기꺼이 받아들이기로 했다. 이번만큼은 그가 약속을 지키길 바랐다.

'그로잉 투게더'로 다시 들어가자 알아볼 수 있는 아이는 몇 명뿐이었다. 한 여자아이가 내 모습을 보고 "지옥에서 돌아온 유령 같다"고 말했다. 정확한 표현 같았다. 어떻게든 버텼지만 하루하루 지날수록 아버지에 대한 믿음은 줄어들었

127

다. 결국 '그로잉 투게더'에서 보호관과 함께 혈액과 소변 검사를 받으러 나갔을 때 틈을 타 달아났다. 쇼핑몰 주차장에서 공중전화를 찾아 부모님 집으로 전화를 걸었다. 전화를 받은 아버지는 변명만 늘어놓았다.

"네 엄마를 설득해서 거기서 널 빼내는 서류에 서명하게 하려는 중이야." 그렇게 말했다.

"됐어요, 그만두세요. 이미 도망쳤으니까." 나는 말했다. "그러니까 당장 여기로 날 데리러 와요. 엄마랑 직접 이야기하고 싶어요."

아버지는 달가워하지 않았지만 내 요구를 들어주었다.

래클리 로드로 돌아오니 엄마는 집에 없었다. 부엌을 둘러보고, 서재로 바꿔버린 내 방도 기웃거렸다. 마지막으로 뒤뜰로 나가자, 녹이 슨 오래된 야외 의자에 앉아 맥주 캔을 들고 담배를 피우는 엄마가 보였다. 나를 보자 그녀가 자리에서 일어나 걸어왔다. 나는 포옹을 기대하지 않았다. 엄마는 내 얼굴을 세게 한 대 때렸고, 곧이어 둘 다 울기 시작했다. 어디에 있었는지는 듣고 싶지 않다고 했다. 그런 생각 자체를 견딜 수 없다고 말했다. 그래도 하룻밤은 머물 수 있다고 했다.

이날을 되돌아볼 때면 부모를 오래 생각할 순 없다. 생각만으로도 너무 끔찍하니까. 대신 스카이디가 떠오른다. 뒷문을 박차고 달려 나와 방충망 문을 쾅 닫으며 내 품으로 뛰어들던 모습. 스카이디는 다른 모든 것이 중요하지 않게 느껴질 만큼 나를 꽉 끌어안았다. 누군가는 나를 진심으로 사랑하고 있었다. 그 사실이 모든 걸 바로잡아 주지는 못했지만, 그날에는 그것으로 만족해야 했다.

부모님 집에 머문 시간은 길지 않았다. 내쫓긴 건 아니었지만, 엄마는 곧 래클리 로드에서 내가 환영받지 못한다는 사실을 분명히 심어주었다. 나는 대신 '그로잉 투게더'에서 알게 된 로나라는 아이의 가족과 함께 살기 시작했다. 하지만 그 생활도 몇 달 만에 끝났다. 로나의 아버지는 내가 자기 딸에게 나쁜 영향을 준다고 생각했다. 나 때문에 로나가 다시 파티에 다닌다고, 그래서 물건을 훔치다 붙잡혔다고 믿었다. 나는 함께 있지 않았다고 항변했지만, 로나의 아버지는 내 말을 들으려 하지 않았다. 전부 그의 탓으로 돌릴 수는 없었다. 내가 로나가 생활을 바로잡도록 돕고 있던 것도 아니었고, 내 가족마저 나를 받아주지 않으니 의심스러웠을 것이다. 하지만 그렇다고 내 앙금이 사라지지는 않았다. 분노는 남았고, 나는 그 분노를 숨기지 않았다. 반복되는 상황이었다. 환영받지 못했고, 그래서 아무도 원하지 않을 아이처럼 굴었다. 오래 갇혀 지내는 동안 자유를 다루는 법을 배우지 못한 채였다.

로나의 의붓오빠인 마이클이 포트로더데일에 있는 자기 집에서 함께 살 수 있다고 말한 건 그 무렵이었다. 마이클은

딸

나보다 두 살 많은, 친절하지만 불안정한 남자였다. 한때 그도 로나의 집에서 함께 살았고, 내가 로나의 집에 드나들며 안면을 익혔다. 나는 그가 나에게 호감을 품고 있다는 걸 느꼈다. 그래서 함께 살자고 제안받았을 때, 그가 무엇을 기대하는지도 짐작했다. 그래도 나는 알겠다고 했다. 다시 한번, 애정이 아니라 절박함이 내 연애를 결정했다. 마이클이 구한 아파트에서 그의 친구 마리오와 함께 살았다. 마이클은 타코벨 매니저로 풀타임 근무를 했고, 나도 그곳에 일자리를 얻도록 도와줬다. 이런저런 일이 이어지다 결국 관계를 갖게 되었다. 하지만 마이클에게 로맨틱한 감정은 없었다. 원하는 게 있는 남자들과 선을 긋는 법을 몰랐을 뿐이다. 2000년 밸런타인데이에 마이클은 할머니의 반지를 내밀며 결혼해달라고 했다. 나는 승낙할 수 없었다. 그때 나는 열여섯 살이었고, 플로리다에서는 부모 동의 없이 결혼하려면 18세가 되어야 했다. 그렇다고 분명히 거절하지도 않았고, 사랑하지 않는다는 진실도 말하지 않았다. 몇 년이 흐른 뒤 마이클은 내가 청혼을 받아들인 줄로만 알았다고 말했다. 그가 왜 그런 오해를 했는지는 이해할 수 있었다. 내게 주어진 상황을 바꾸고 싶다고 생각은 했지만, 나는 마치 그 자리에 박제된 사람처럼 꼼짝도 할 수 없었기 때문이다. 내 길을 직접 선택하는 대신 삶이 흘러가는 대로 나를 내버려 두었다. 나를 통제해야 하거나 옹호해야 할 상황이 닥쳐도, 술이나 약물에 취해버리는 편이 훨씬 쉬운 선택처럼 느껴지곤 했다.

"내 안의 고통을 알아주는 소리를 듣고 싶어." 리처드 애슈크로프트는 더 버브의 '비터 스위트 심포니Bitter Sweet Symphony'에서 이렇게 노래한다. 그해 나는 그 브릿팝 록 밴드의 노래를 천 번쯤 들었을 것이다. 애슈크로프트가 말하듯 "난 바뀔 수 있어, 난 바뀔 수 있어"라는 말을 믿고 싶었지만, 동시에 노래 가사처럼 하루가 다르게 "수백만 명의 다른 사람"이 되어가고 있다는 사실도 알고 있었다. 구구 돌스의 "슬라이드Slide"를 들었을 때도 다시 한번 깨달음으로 인한 통증이 찾아왔다. "아버지는 벽에 부딪히고 / 어머니는 널 버렸지"라고 노래했고, 이어서 "결혼할래? 아니면 도망칠래?"라고 물었다. 답은 알고 있었다. 도망쳐야 했다. 하지만 행동으로 옮기지는 않았다.

마이클과 나는 포트로더데일의 아파트에서 살다가 집세를 내지 못했고, 게다가 야생 짐승처럼 산다는 이유로 쫓겨났다. 아니, 짐승들과 함께 살았다고 해야 할지도 모르겠다. 마이클과 내가 공유하던 몇 안 되는 공통점 중 하나는 동물을 좋아한다는 것이었고, 그래서 개와 고양이는 물론 족제비까지 여러 마리의 동물을 키우고 있었다. 집을 치워보려고 나름 애썼지만, 결국 내쫓길 때 우리 집은 돼지우리나 다름

딸

없는 상태였다.

다시 집 없는 처지가 되자 나는 부모님에게 마이클과 함께 뒤뜰의 말 방목지에 세워둔 여행용 캠핑카 트레일러에서 살아도 되는지 물었다. 트레일러에서는 연못이 내려다보였다. 몇 해 전 내가 작은 섬으로 피신해 숨어 있던, 앨리스에게 수영을 가르쳐주기도 했던 그 연못이었다. 트레일러에는 침대와 욕실, 간이 주방, 작은 거실 공간이 있었고, 한동안 지내기에는 충분한 크기였다. 부모님이 허락해서 며칠 뒤 나는 다시 래클리 로드로 돌아왔다.

지금 돌아보면, 더 나은 길로 들어설 수도 있었던 순간처럼 느껴진다. 운이 따른 덕에 수의사가 되기를 꿈꾸던 아이에게는 더없이 알맞은 일자리를 얻었기 때문이다. 나는 쿠카버라 스 네스트라는 반려동물 가게에서 아침부터 근무했고, 그곳의 조류 사육장을 운영하는 법을 배우고 있었다. 시급도 괜찮았다. 한 시간에 8달러가 넘었고, 희귀한 새들을 번식시키고, 먹이고, 손질하고, 판매하는 일이 마음에 들었다. 나는 노란 볏을 가진 '슈거'라는 이름의 코카투 앵무새가 태어났을 때부터 키웠다. 슈거는 항상 내 어깨에 올라탔다. 목욕을 시킬 때면 '아가'라고 불러 주었고, 그러면 슈거는 행복한 소리를 냈다. 슈거는 아름다운 새였다. 머리의 노란 볏과 귀 옆의 노란 반점, 날갯깃의 노란색을 빼면 온통 흰색이었고, 나는 슈거를 반드시 내 것으로 만들겠다고 마음먹었다. 나는 2주마다 급여에서 돈을 따로 떼어 두었다. 하지만 슈거의 가격인 1,200달러의 절반을 채 모으기 전에, 어느 손님이 내가 직접 키웠고 앞으로도 키우고 싶었던 슈거를 사 갔다.

"손님이 항상 우선이야." 내가 난리를 치자 사장은 그렇게 말했다. 사실 따지고 보면 내게는 또 하나의 입(그게 동물이든 사람이든)을 부양할 여력도 없었다. 그래도 슬픔은 좀처럼 잦아들지 않았다. 슈거를 잃은 것과 앨리스를 잃었을 때가 겹쳐졌다. 그래서 다른 조류 사육장에서 일해보지 않겠느냐는 제안을 받았을 때, 슈거를 팔아버린 그 사장을 골탕 먹이겠다는 마음으로 제안을 받아들였다. 하지만 새 직장은 얼마 지나지 않아 갑작스럽게 문을 닫았다. 나는 또다시 실업자가 됐다.

이 시기 동안 어머니와 아버지, 그리고 나는 위태로운 평화를 이어가고 있었다. 그게 어떻게 가능했는지 의아할 수도 있다. 부모가 나를 가장 상처 주는 방식으로 대할 때조차, 나는 그 상황에 너무 익숙해져 있었다. 오랫동안 그랬기 때문에 그런 대우를 받는 것이 묘하게 편안하기까지 했다. 하지만 그게 전부는 아니었다. 내겐 갈 곳도, 의지할 사람도 없었다. 부모와 다른 사람들에게서 받은 모욕을 잠시 밀어두고 보니, 내 선택이 불러온 결과가 열여섯 살의 나에게도 분명하게 보이기 시작했다.

딸

나는 고등학교를 중퇴한 상태였다. 함께 살고는 있었지만, 미래를 같이 그리고 싶진 않은 남자친구가 있었다. 내가 인식하고 있는 것보다 훨씬 많은 부분이 망가졌고, 그걸 바로잡는 데 필요한 도움과는 한참 떨어져 있었다. 가진 돈은 거의 없었고, 돈을 벌 전망도 요원했다. 그 무렵 쥬얼의 노래가 이어폰 너머로 흘러나왔다.

난 너무 오래 바닥에 있었어 / 이대로 더 길어질 수는 없겠지 / 너무 오래 가라앉아 있었으니 / 끝이 가까워지고 있을 거야.

나는 이제 올라갈 일만 남았다고 생각했다. 그래서 그다음에 벌어진 일은 선물처럼 느껴졌다. 2000년 여름 팜비치에서 당시 도널드 트럼프가 운영하던 마러라고 클럽의 시설 관리 직원으로 일하던 아버지가, 시급 9달러를 받는 라커룸 보조원 일자리를 구해준 것이다.

❖

마러라고의 잘 손질된 부지로 처음으로 걸어 들어가던 순간은 아직도 생생하다. 이른 아침이었다. 아버지는 오전 7시부터 근무했고, 나는 아버지 차를 타고 함께 출근했다. 공기는 무겁고 습했으며, 정성 들여 조성된 20에이커(약 8만 1,000제곱미터-옮긴이)의 잔디와 정원은 아른거리며 빛났다. 마러라고가 자리 해변 부지를 보면 1920년대에 저택이 들어서기 전까지 그곳이 잡목림과 늪지였다는 사실은 상상하기 힘들었다. 적어도 내 눈에는 그렇게 보이지 않았다. 대신 정원사들이 관목과 야자수 하나하나, 풀잎 한 올까지 세심한 손길로 다듬는 모습이 나를 차분하게 만들었다. 이곳은 방치가 용납되지 않는 곳이었다.

아버지는 리조트 객실의 에어컨과 함께 챔피언십용 붉은 클레이 테니스 코트 다섯 개를 관리했다. 그래서 실내든 실외든 이곳을 속속들이 알고 있었다. 채용 담당자에게 나를 데려가기 전, 아버지는 잠깐 시설을 안내해줬다. 약물 검사와 거짓말 탐지기를 모두 통과한 뒤 채용 담당자는 나를 뽑겠다고 했다.

첫날, 유니폼이 지급됐다. 마러라고의 문장이 새겨진 흰색 폴로셔츠와 짧은 흰 치마였다. 대문자로 '제나'라고 적힌 이름표도 받았다. 함께 건네받은 직원 수첩은 무려 65쪽이었다. 수첩에는 유니폼 세탁은 마러라고에서 무료로 해준다는 내용과 함께, 기본적인 위생 수칙부터 세세한 규정들이 빼곡히 나열돼 있었다. 체취는 불쾌감을 준다는 문구부터 귀에 착용

딸

할 수 있는 귀걸이 개수와 크기까지 명시돼 있었다. 한쪽 귀에 하나씩, 크기는 10센트 동전보다 클 수 없었다. 전화 응대 규칙도 있었다. 모든 전화는 세 번 울리기 전에 받아야 한다. 전반적인 행동 지침도 포함돼 있었다. 장난이나 짓궂은 행동은 금지였다.

나는 이런 규칙과 규정이 전혀 불편하지 않았다. 오히려 그 반대였다. 형식이 엄격할수록 기분이 좋아졌다. 이렇게 나를 진지하게 생각해주는 곳에서 일하면, 세상도 나를 조금은 진지하게 대해줄 것만 같았다.

아버지가 직접 트럼프를 소개하고 싶다고 말한 건 일을 시작하고 며칠 지나지 않았을 때였다. 둘이 친구 사이라고 하기는 어려웠다. 하지만 아버지는 일을 성실한 직원이었고 트럼프는 그런 점을 좋아했다. 두 사람이 악수하는 사진도 본 적이 있었다. 어느 날 아버지는 나를 트럼프의 사무실로 데려갔다.

"제 딸입니다." 아버지의 목소리에는 자부심이 담겨 있었다. 트럼프는 더없이 친절했고, 내 방문을 환영한다고 했다.

"아이들은 좋아해?" 트럼프가 물었다. "베이비시터로 일해본 적 있어?" 그는 리조트 옆에 여러 채의 집을 가지고 있고 그걸 친구들에게 빌려주고 있다면서, 그 친구들 가운데에는 아이를 돌봐줄 사람이 필요한 경우가 많다고 했다. 나는 전에 아이를 돌봐준 경험이 있다고 말하면서 마지막으로 아이를 돌봤을 때 꾸중을 들었던 일은 굳이 언급하지 않았다. 맡은 아이들을 즐겁게 해주려고 집 안에 숨겨져 있던 대량의 불꽃놀이를 찾아내 불을 붙였던 적이 있었기 때문이다. 나중에 그 이야기를 빼길 잘했다는 생각이 들었다. 얼마 지나지 않아 나는 일주일에 며칠씩 저녁에 상류층 아이들을 돌보며 추가로 돈을 벌게 됐기 때문이다.

하지만 내게 더 나은 미래를 처음으로 또렷하게 그리게 해준 건 주간 근무였다. 스파는 리조트와 마찬가지로 금빛으로 꾸며져 있었고, 고급 마감재와 흠잡을 데 없이 반짝이는 내부를 갖추고 있었다. 공기에는 백단향과 라벤더향이 은은하게 섞여 있었다. 신이 몸을 담글 법한 거대한 금색 욕조들도 기억나지만, 그보다 인상적이었던 건 그 공간에 있는 사람들 모두가 유난히 평온해 보였다는 점이다. 나는 차를 준비하고, 욕실을 정리하고, 수건을 채워 넣는 일을 맡았다. 마사지실의 주요 공간 주변을 맴도는 역할에 불과했지만, 방을 나서는 고객들의 얼굴에 감도는 느긋함과 편안함을 곁눈질할 수 있었다. 나는 기회가 될 때마다 마사지사들에게 어떤 일을 하는지, 어떻게 그런 기술을 배웠는지 물었다. 제대로 교육만 받는다면 다른 사람들의 긴장을 풀어주는 일로 언젠가 생계를 꾸릴 수 있을지도 모른다는 기대가 머릿속에 자리 잡았다. 어

137
딸

쩌면 남을 치유함으로써 나도 다시 살아갈 힘을 얻을 수 있을지 모른다. 그렇게 내 삶에서 처음으로 아주 작은 희망의 씨앗이 멋대로 싹트는 걸 방임했다. 그동안 겪어온 모든 일을, 폭력에 시달리던 과거를 뒤로하고 마침내 고통에서 벗어날 수 있을지도 모른다고 믿었다.

열일곱 번째 생일을 몇 주 앞둔, 어느 몹시 더운 날이었다. 마러라고 스파로 걸어가던 출근길에, 등 뒤에서 차 한 대가 속도를 늦추며 따라왔다. 악의가 나를 쫓는 기척을 느꼈다고 말할 수 있으면 좋겠지만, 건물로 들어설 때까지도 내가 어떤 위험에 처했는지 전혀 알지 못했다. 그 차 안에는 그때까지는 알지 못했던 두 사람이 타고 있었다. 영국 사교계 인사인 길레인 맥스웰과, 그녀가 늘 "존"이라고 부르라고 고집하던 운전기사 후안 알레시였다. 알레시는 훗날 선서 증언에서, 그날 맥스웰은 긴 금발 머리와 마른 체형, 유난히 '어려 보이는' 외모의 나를 보고 뒷좌석에서 이렇게 외쳤다고 말했다.

"차 세워, 존! 세워!"

알레시는 지시대로 차를 세웠고 차에서 내린 맥스웰이 내 뒤를 따라왔다. 그때는 몰랐지만 또다시 포식자가 내게 다가오고 있었다. 다만 이번 포식자는 이전에 만났던 누구와도 달랐다. 아버지나 포리스트, 론 에핑거, 혹은 에핑거가 떠넘긴 남자와도 달랐다. 맥스웰은 '최상위 포식자apex predator'였다. 겉으로는 아름답고 침착하며 자신감이 넘쳐 보였지만, 속은 그만큼 탐욕스럽고 욕심도 많았다. 다시 말하지만, 나는 맥스웰의 매혹스러운 외면을 꿰뚫어 보았다고 말하고 싶다. 말처럼 본능적으로, 내게 얼마나 큰 위협이 되는 존재인지 알아챘다고 말하고 싶다. 하지만 실제로는 그렇지 않았다. 맥스웰에 대한 첫인상은 마러라고에서 만났던 다른 부유한 손님들을 처음 맞이할 때와 다르지 않았다. 나도 나중에 그녀 같은 사람이 될 수 있다면 좋겠다고 생각했다.

딸

제 2 부
죄수

모든 걸 놓아버리고 싶을 때도(버텨야 해),

이 삶이 너무나 버겁다고 느껴질 때도,

부디 견뎌내기를.

— R.E.M. '에브리바디 허츠Everybody Hurts'

제8장
분홍색 저택

대리석 접수대 뒤에 앉아 있는, 빳빳한 흰색 유니폼 차림의 한 소녀를 그려보자. 소녀는 열여섯 살이고, 가슴에 이름표를 달고 있다. 가냘픈 체구에 아직 아이 같은 주근깨가 남아 있고, 긴 금발 머리는 끈으로 단정하게 묶었다. 마러라고 스파에 새로 들어온 소녀는 보통 라커룸에서 수건 나눠주는 일을 한다. 살을 태울 듯 무더운 오후, 스파는 거의 비어 있고 소녀는 야외 차양 아래 그늘진 접수대를 지키고 있다. 그녀는 도서관에서 빌린 해부학책을 읽는다. 책 읽는 걸 좋아하는 소녀는 이 책을 공부하면서 오랫동안 자신에게 결핍되었던 무언가—삶의 목적을 찾을 수 있길 바란다. 문득, 어떤 특출난 성취를 이룬다는 건 어떤 기분일지 궁금해진다.

순간 소녀가 고개를 들자 짧은 검은 머리를 한 인상적인 여

죄수

자가 성큼성큼 다가오는 모습이 보인다.

"안녕." 여자는 따뜻하게 말한다. 나이는 삼십 대 후반쯤으로 보이고, 영국식 억양은 메리 포핀스를 떠올리게 한다. 어떤 디자이너의 옷을 입은 건지는 모르지만, 들고 있는 가방 값만 해도 아버지의 트럭보다 비쌀 것이 분명하다. 여자는 잘 손질된 손을 내밀어 악수를 청한다.

"길레인 맥스웰."

그녀는 자기 이름을 '길레인'이라고 발음한다. 맞잡은 손아귀에 힘이 느껴진다. 나는 가슴의 이름표를 가리킨다. "제나예요." 나는 배운 대로 미소를 지으며 말한다. 마러라고 직원은 손님이 환영받는다고 느끼게 서비스해야 한다. 여자의 시선이 여기저기 포스트잇을 빽빽하게 붙여둔 해부학책에 머문다.

"마사지에 관심 있나 봐?" 여자가 묻는다. "멋진걸?"

맡은 본분을 떠올리며 눈을 뗄 수 없을 만큼 매력적인 이 여자에게 음료를 권하자, 그녀는 뜨거운 차를 고른다. 차를 내오기 위해 자리를 비웠다가 김이 모락모락 나는 찻잔을 들고 돌아온다. 그걸로 상황이 끝날 줄 알았는데, 여자는 계속해서 대화를 이어간다. 맥스웰은 부유한 남자를 한 명 알고 있다며—그녀의 말로는 오랫동안 마러라고 회원으로 지내온 사람이다—그가 함께 여행하며 마사지를 해줄 치료사를 구하

제2부

는 중이라고 말한다.

"혹시 따로 마사지 일을 하니?" 여자가 묻는다.

"아니요." 나는 혹시라도 오해를 샀을까 걱정하며 대답한다. "정식 교육을 받은 적은 없지만, 언젠가는 배우고 싶어요."

나의 경험 부족 따위는 그녀에게 조금도 문제가 되지 않는 듯하다. "넌 분명 아주 잘 해낼 거야." 여자는 나를 위아래로 훑어보더니 확신에 찬 어조로 덧붙인다. "면접 보러 오지 않을래?"

도서관에서 빌린 책에 실린 근육과 힘줄 그림들을 힐끗 내려다본다. "아직 사람 몸에 대해 충분히 알지 못하는 것 같아요." 내가 난색을 표하며 사양하지만, 맥스웰은 고개를 가로젓는다. 중요한 것은 배우고자 하는 의지라고 그녀는 말한다. 만약 그녀의 친구에게 좋은 인상을 남기기만 하면, 그가 기꺼이 교육비를 대줄 것이라고 덧붙인다. 그 남자는 수학자이자 돈을 버는 데 천부적인 재능을 가진 천재라고 했다.

"그분은 사람 돕는 걸 정말 좋아하거든."

맥스웰은 그 부유한 신사의 집이 바로 여기 팜비치에 있고, 마러라고에서 2마일(약 3킬로미터-옮긴이)도 채 되지 않는다는 사실도 일러준다. "한번 만나 봐." 화사한 미소를 띤 얼굴로 그녀가 말한다. "오늘 일 끝나고 바로 들를래?"

20년이 훌쩍 지난 지금도 그때 느꼈던 설렘이 또렷하다.

죄수

전문 마사지사가 되겠다는 꿈이 이렇게나 빨리 이루어질 수도 있을까? 품위 있고 말씨도 우아한 여자가 나에게 온전히 집중하던 몸짓이며 태도 때문일까? 그런 일이 정말 일어날지도 모른다는 믿음이 생겼다. 먼저 아버지에게 허락받아야 한다고 말했지만, 정말 가고 싶다는 마음도 함께 전했다. 그래서 그녀가 일러준 대로 전화번호와 부유한 친구의 주소를 적었다. 엘 브릴로 웨이 358번지.

"나중에 봐, 꼭 볼 수 있으면 좋겠네." 맥스웰은 손목을 살짝 까딱이며 오른손을 흔들어 보였다. 그러고는 사라졌다.

다음 휴식 시간이 되자마자 테니스 코트로 달려가 아버지에게 인생이 바뀔지도 모를 기회가 찾아왔다고 말했다. 아버지는 일이 끝나면 차로 데려다주겠다고 했다. 스파 접수대 전화로 맥스웰에게 연락해 가겠다고 알렸다.

"좋아. 그럼 곧 봐." 맥스웰은 그렇게 답했다.

몇 시간 뒤, 아버지는 사우스 오션 애비뉴를 따라 엘 브릴로 웨이까지 나를 태워주었다. 그곳은 낮은 생울타리가 늘어선 짧은 막다른 길이었고, 끝은 팜비치 인트라코스털 워터웨이로 맞닿아 있었다. 차로 이동하는 5분 동안 우리는 별다른 대화를 나누지 않았다. 돈 한 푼이라도 버는 일이 얼마나 중요한지, 아버지에게 구태여 설명할 필요는 없었기 때문이다.

358번지 앞의 높은 담장, 그러니까 물가에 다다르기 전 왼쪽 마지막 집 앞에 도착하자 아빠는 초인종을 누르고 인터폰에 말을 건넸다. 보안 게이트가 스르르 열렸다. 야자수가 늘어선 진입로를 따라 천천히 들어가자, 침실이 여섯 개나 딸린 널찍한 2층 저택이 눈앞에 나타났다. 수많은 TV 다큐멘터리에서는 이 집이 몇 년 뒤의 모습처럼 우아한 흰색으로 묘사되곤 한다. 하지만 2000년 여름, 우리가 마주한 집은 유명 위장약처럼 촌스럽고 요란한 분홍색이었다.

약속 시간을 지키고 싶어 차가 완전히 멈추기도 전에 내려서 큰 나무 현관문까지 걸어가 초인종을 눌렀다. 맥스웰이 문을 열고 밖으로 나왔다. 등 뒤로 문은 열어둔 채 맥스웰은 아버지와 악수했다.

"데려다줘서 정말 고마워요." 맥스웰은 싱긋 웃으며 말했지만, 지금 돌아보면 아버지가 빨리 떠나길 바라는 기색이 역력했다.

"제나는 우리가 안전하게 데려다줄게요." 맥스웰은 그렇게 말하며 아버지를 거의 트럭 쪽으로 몰아붙이듯 돌려보낸다. 그러고는 몸을 돌려 나를 나선형 계단과 거대한 별 모양 상들리에가 있는 우아한 현관홀로 이끈다.

"제프리가 널 아까부터 기다리고 있었어. 이쪽으로 와." 맥스웰은 계단을 오르며 말했다.

맥스웰의 뒤를 따라 걸으며, 벽에 빼곡히 걸린 여자들의 누

죄수

드 사진과 그림을 뚫어지게 쳐다보지 않으려 애썼다. 세련된 취향을 가진 부자들은 집을 이렇게 꾸미는 걸까?

'침착해.' 나는 속으로 생각한다. '긴장한 티 내지 마.' 시선은 분홍빛의 폭신한 카펫이 깔린 계단에 고정했다. 이층 층계참에 도착하자 맥스웰은 오른쪽으로 돌아 나를 침실로 이끈다. 킹사이즈 침대를 크게 돌아서 옆에 붙은 방으로 들어간다. 그 방에는 청록색 마사지 테이블이 놓여 있고, 그 위에 한 남자가 접은 팔 위에 고개를 괸 채 알몸으로 엎드려 있다. 우리가 들어오는 소리를 듣자 그가 살짝 고개를 들어 나를 바라보았다. 나는 그의 덥수룩한 눈썹과 깊게 팬 얼굴 주름, 그리고 고양이 같은 미소를 기억한다.

"제프리 엡스타인 씨에게 인사해." 맥스웰이 그렇게 말했다. 하지만 내가 입을 떼기도 전에 남자가 먼저 말을 붙였다. "그냥 제프리라고 불러요." 회색 머리의 낯선 남자가 다시 몸을 뉘는 동안 나는 고개를 끄덕였다. 그는 마흔일곱 살로, 내 나이보다 거의 세 배나 많았다. 엡스타인의 맨 엉덩이를 마주하자, 나는 어떻게 해야 할지 몰라 맥스웰의 지시를 기다리듯 그녀를 바라보았다. 마사지를 받아본 적도 없었고, 누군가에게 해준 적은 더더욱 없었다. 그런데도 속으로는 '원래 시트로 몸을 가려야 하는 거 아닌가?' 하는 의구심이 들었다. 맥스웰의 심드렁한 표정은 알몸인 것이 지극히 정상이라는 듯 보

제2부

였다. '진정하자. 기회를 날려버려선 안 돼.' 나는 스스로를 다독였다. 나는 좋은 학생이 되고 싶었다. 팜비치는 록사해치에서 불과 16마일(약 26킬로미터-옮긴이) 떨어져 있었지만, 경제적 격차 때문에 까마득하게 먼 곳처럼 느껴졌다. 부자들이 어떻게 행동하는지 배워야 했다. 게다가 테이블 위의 남자가 알몸이긴 했어도, 그와 단둘이 있는 것은 아니었다. 여자가 곁에 있다는 사실만으로도 한결 숨쉬기가 편해졌다. 나는 의욕 넘치는 기세를 보여주려 애쓰며, '마무리할 때까지는 그런 척이라도 하자'고 생각했다.

맥스웰이 먼저 나섰다. "먼저 손부터 씻어야 해." 그녀가 일렀다. "뜨거운 물로." 그녀는 사우나와 스팀 샤워까지 갖춘 하얀 대리석 타일 욕실을 가리켰고, 나는 그녀가 시키는 대로 손을 씻었다. 그러고 나서 수업이 시작되었다. 마사지할 때는 상대가 놀라지 않도록 언제나 한쪽 손바닥은 손님의 피부에 닿아 있게 해야 한다고 그녀는 설명했다. "연결성과 흐름이 핵심이야." 그녀는 각종 병이 어지럽게 놓인 화장대로 가서 우리 두 사람의 손에 로션을 짜고, 리듬을 깨지 않고 로션을 보충할 수 있도록 팔뚝 위에 로션을 얹어두는 법을 보여주었다. 이어 그녀는 엡스타인의 발치, 테이블 양쪽으로 자리를 잡고는 손을 빠르게 비빈 뒤 그의 오른발 발가락 위에 손을 얹었다. 그녀는 턱짓으로 왼발 쪽에서 나도 같은 동작을 하라

죄수

고 신호를 보냈다. "내가 하는 대로 따라 해봐."

우리는 발뒤꿈치와 발바닥 아치부터 시작해 몸 위쪽으로 훑어 올라갔다. "다리털 잡아당기지 마." 맥스웰이 주의를 주며, 종아리를 단단히 밀어 올려 혈액을 순환시키는 것이 목적이라고 설명했다. 나는 그녀의 동작을 유심히 살피며 그대로 따라 했고, 어느덧 손길은 허벅지까지 올라갔다. 엉덩이 부위에 이르자 나는 그곳을 미끄러지듯 슬쩍 지나쳐 허리 아래쪽에 손을 올려두려 했다. 하지만 그녀는 내 손 위에 자기 손을 겹치더니, 다시 엉덩이로 내 손을 이끌었다. "몸의 어느 부위도 소홀히 해서는 안 돼." 그녀가 말했다. "여기저기 건너뛰면 피가 제대로 순환하지 않거든."

나중에서야 깨달았지만, 두 사람은 치밀하게 짠 단계 하나하나를 밟아가며 내 방어선을 무너뜨리고 있었다. 불편함이 꿈틀거릴 때마다 맥스웰을 슬쩍 쳐다보면, 그녀의 눈빛은 내가 지나치게 예민하게 굴고 있다고 말해주는 듯했다. 그렇게 약 30분 동안 겉보기에는 제법 그럴듯한 마사지 수업이 계속되었다. 맥스웰이 "이제 요령을 터득하고 있구나!"라며 나를 북돋는 동안, 엡스타인은 내게 여러 질문을 던졌다. "형제자매는 있나?" 나는 남자 형제가 둘 있다고 대답했다. "고등학교는 어디 다니지?" 나는 9학년까지만 다니고 그만두었지만, 이제 열여섯이니 GED(고등학교 졸업 자격시험. 한국의 검정고

시와 유사하다-옮긴이)를 따고 싶다고 말했다. "남자친구는 있고?" 부모님 땅에 세워둔 트레일러에서 나보다 나이가 많은 남자와 함께 살고 있다고 답했다. "피임은 하나?" 엡스타인이 물었다. 취업 면접에서 이런 질문이 가당키나 한 걸까? 하지만 그는 그저 상대를 알아가는 자기만의 방식일 뿐이라고 넌지시 내비쳤다. 어쨌든 조만간 그와 함께 여행을 떠나게 될지도 모르는 일이었으니까. 나는 피임약을 복용 중이라고 말했다.

"아주 잘하고 있어." 맥스웰은 내 손이 자기 손과 같은 리듬으로 움직이는 걸 보며 말했다.

그때 엡스타인이 불쑥 질문을 던졌다. "첫 경험에 대해 말해봐." 나는 망설였다. 지원자에게 첫 경험을 묻는 고용주가 세상에 어디 있겠는가? 하지만 이 일을 간절히 원했기에, 나는 숨을 크게 들이마시고 고단했던 어린 시절을 설명하기 시작했다. 가족끼리 잘 알던 지인에게 학대당했고, 가출 후 거리에서 생활한 적이 있다고 모호하게 얼버무렸다. 엡스타인은 내 과거를 듣고도 움츠러들기는커녕, 오히려 아무 일도 아니라는 듯 나를 '발랑 까진 아이'라며 놀렸다.

"전혀 아니에요." 나는 방어적으로 대꾸했다. "저, 착해요. 그저 매번 좋지 않은 장소에 있었을 뿐이에요."

엡스타인은 고개를 들더니 나를 보며 능글맞게 웃었다. "괜

죄수

찮아. 난 그렇게 발랑 까진 애들이 좋거든."

순간 그가 돌아누웠고, 나는 발기한 그의 물건을 보고 깜짝 놀랐다. 남자의 몸을 본 적 없었던 건 아니지만, 그의 몸을 보게 될 거라고는 생각하지 못했다. 무의식중에 양손을 '멈춰'라고 말하듯 공중에 들었다. 맥스웰을 바라보았지만, 그녀는 아무렇지 않은 얼굴이었다. 그녀는 그의 발기한 성기를 무시하고 양손으로 그의 오른쪽 가슴 근육을 주무르기 시작했다.

"이런 식으로 해." 맥스웰은 아무 일도 아니라는 듯 계속 말한다. "심장에서 멀어지게 피를 밀어내야 해." 내가 놀라는 게 맞는지 아닌지 확신이 서지 않은 채, 다시 맥스웰을 따라 한다. 회색 털이 빽빽한 그의 왼쪽 가슴에 손을 올린다. 엡스타인이 내 얼굴을 보고 있다는 게 느껴졌지만, 원을 그리듯 손가락을 움직이며 시선을 마주치지 않고 내가 해야 할 일이라고 믿은 쪽에만 집중한다.

"원을 그리듯이 하지 마." 맥스웰이 고친다. "압을 실어야 해, 두려워하지 마."

엡스타인은 맥스웰에게 윙크를 보내고, 오른손을 아래로 옮긴다.

"괜찮지?" 엡스타인이 자위를 시작하며 물었다.

내 안에서 무언가가 산산조각으로 부서지는 순간이었다. 그 후의 기억이 왜 날카로운 파편으로 쪼개져 있는지 달리 어

떻게 설명할 수 있을까? 장난기 가득한 표정으로 옷을 벗어
던지는 맥스웰, 내 뒤로 다가와 치마 지퍼를 내리고 마러라고
폴로셔츠를 머리 위로 벗기던 맥스웰. 작은 하트 무늬가 박힌
내 팬티를 보고 비웃던 두 사람. "귀엽군. 아직도 어린애 팬티
를 입다니"라고 말하던 그 남자의 모습마저도. 엡스타인은 전
동 바이브레이터를 집어 들더니 내 허벅지 사이에 강제로 밀
어 넣었고, 맥스웰은 자기 가슴과 내 가슴을 문지르며 동시에
엡스타인의 유두를 꼬집으라고 명령했다.

익숙한 공허가 한꺼번에 밀려왔다. 불과 몇 분 전만 해도
나는 인생의 전환점을 맞을지도 모른다는 기대를 품고 엡스
타인의 저택에 발을 들였다. 하지만 이제는 깨달았다. 그토록
벗어나려 애썼던 그 자리에 정확히 되돌아왔다는 사실을. 사
람을 믿었다가 상처받고 굴욕을 당한 것이 대체 몇 번째였을
까. 이번만큼은 그 실망감이 심장을 도려내는 듯 처참했다.
나는 모든 탓을 자신에게 돌렸다. '사람들이 나에게서 원하는
건 결국 섹스뿐인 걸까?' 내 안의 목소리가 비명을 질렀고, 더
거친 또 다른 목소리가 꾸짖듯 쏘아붙였다. '그래, 이 바보야.
너도 이미 알고 있었잖아.' 입안에서는 아드레날린 특유의 톡
쏘는 금속성 맛이 느껴졌고, 뇌가 작동을 멈추기 시작했다.
내 몸은 이 방을 빠져나갈 수 없었지만, 정신은 이곳을 더는
견뎌내지 못했다. 결국 내 정신은 나를 일종의 자동 조종 상

죄수

태로 전환해버렸다. 그저 살아남겠다는 일념으로, 무조건 복종하는 상태가 된 것이다.

엡스타인이 신음을 터트리자, 맥스웰이 말했다. "더 세게 꼬집어." 말한 대로 했다.

"입으로 해줘." 그녀가 말해서, 그것도 했다.

마침내 맥스웰은 엡스타인이 삽입할 수 있도록 나더러 그의 위에 올라타라고 명령했다. 나는 이번에도 그 지시에 순순히 따랐다. 그가 일을 마치자, 따뜻한 수건 두 개를 가져와 그를 닦아주라는 지시를 받았다. 이어 엡스타인을 따라 한증막 사우나로 향했고, 그곳에서 나는 그의 발을 주물러야 했다. 그의 앞에 무릎을 꿇고 발을 문지르는 동안, 그는 미국 원주민 한증막의 역사와 모공을 열어 독소를 배출하는 원리에 관한 장황한 강의를 늘어놓았다. 건강한 선택을 하는 것이 중요하다며 그가 덧붙였다. "네게 가르쳐 줄 수 있는 게 정말 많단다." 첫 만남부터 엡스타인은 내가 자신을 포식자가 아닌 멘토로 대하길 바랐던 것이다.

다음은 샤워실이었다. 맥스웰은 내게 비누와 샤워 수세미로 엡스타인의 몸을 구석구석 닦으라고 지시했다. 나는 이번에도 복종했다. 엡스타인은 내게 머리를 감기고 두피 마사지를 하라고 시켰다. 나는 시키는 대로 했다.

"이 아이, 물건이네." 그는 내가 그 자리에 없는 사람인 양

나를 훑어보며 맥스웰에게 말했다. 맥스웰이 욕실을 나가자, 엡스타인은 온열 걸이에 걸린 수건을 가져와 자기 몸의 물기를 닦아내라고 했다. 알몸이었던 나는 한기를 느끼며 몸을 살짝 떨면서도 그의 요구를 따랐다. 마침내 그가 트레이닝바지를 껴입자, 나도 마러라고 유니폼을 다시 챙겨 입고는 눈 밑에 번진 마스카라 자국을 닦아냈다.

엡스타인은 나를 데리고 뒷계단을 통해 맥스웰이 기다리는 주방으로 내려갔다. 반짝이던 스테인리스 가전제품들과 흑백의 체커보드 바닥이 지금도 기억에 선하다. 맥스웰이 검은 가죽 더플백을 건네자, 엡스타인은 그 안에서 100달러 지폐 두 장을 꺼내 카운터 너머 내 쪽으로 툭 밀어 놓았다.

"그 스파에서 일주일 내내 일해야 버는 돈이지?"

그가 말했다. 엡스타인과 맥스웰은 아주 재미있는 농담이라도 되는 양 서로를 마주 보며 의미심장한 미소를 지었다.

"아주 잘했어." 맥스웰은 어린아이를 달래듯 상냥하게 속삭였다. 그녀는 내 손아귀 힘이 좋고 감각이 뛰어나며, 엄청난 잠재력을 가졌다고 치켜세웠다. "넌 타고난 재능이 있어. 이 일이 너를 얼마나 대단한 곳으로 데려다줄지 누가 알겠니?" 그녀가 종이와 펜을 집어 들며 물었다. "내일도 다시 올 수 있지?"

맥스웰은 내 휴대폰 번호를 물었지만, 당시 내게는 휴대폰

죄수

이 없었다. 나는 대신 내가 일하는 스파 전화번호를 알려주었다. 그러자 집사 후안 알레시가 나를 진입로까지 안내했다. 그는 맥스웰이 마러라고에서 나를 처음 발견했을 때 차를 몰고 있던 바로 그 남자였다. 나는 반짝이는 검은색 쉐비 서버번의 조수석에 올라탔다.

안전벨트를 조이고서야 비로소 제정신이 돌아오기 시작했다. 목전까지 다가왔던 위협에서 벗어나자 멈췄던 사고가 다시 작동했지만, 머릿속은 온통 비명을 내지르고 싶은 마음뿐이었다. 내륙 록사해치로 향하는 30분 동안 알레시와 나는 한마디도 나누지 않았다. 아버지에게 당한 나와 마찬가지로, 사랑하는 사람에게 학대받은 아이들은 사랑과 고통, 배신과 피해가 늘 한 덩어리로 묶여 있다고 믿어버린다는 것을 10년이지나 상담사가 일러주기 전까지는 전혀 알지 못했다. 부당한처사에 무뎌진 학대 피해자가 위험 신호를 감지하기가 얼마나 어려운지도 당시에는 알 리 없었다. 성폭력이 벌어지는동안 현실에서 도피하고자 자신을 분리하는 대처 방식, 즉순종하는 몸과 벽 뒤로 물러난 마음으로 자신을 쪼개버리는행위에 대해서도 무지했다. 서쪽으로 달리는 검은 차 안에서내가 자각한 사실은 오직 하나, 내 속이 텅 비어버렸다는 것이었다. 누군가 목구멍 깊숙이 손을 집어넣어 은수저로 내장을 전부 긁어낸 것만 같았다.

156

래클리 로드에 도착해 집사가 차를 세워주자 마이클과 함께 쓰는 트레일러가 아닌 부모님 댁으로 발길을 옮겼다. 면접에 대해 워낙 큰 기대를 심어둔 터라 엄마와 아빠가 결과를 몹시 궁금해하리라는 사실을 잘 알았다. 하지만 엉망이 된 몰골로 길게 대화할 수는 없어 말을 아꼈다. 심장에서 멀어지게 피를 밀어내야 한다거나 언제나 따뜻하고 단단한 손길을 유지해야 한다는 등 배운 내용을 하나씩 읊는 동안에도, 당황하면 금세 상기되는 체질 탓에 얼굴과 목이 벌겋게 달아올랐고 엄마가 이를 유심히 살피는 기색이 역력했다. 엄마가 질문을 던지기도 전에 나는 너무 지쳤다며 서둘러 씻으러 들어갔다. 한 시간은 족히 흐른 듯했다. 젖은 타일 바닥에 주저앉아 살결을 거칠게 때리는 뜨거운 물줄기에 몸을 숨기고 무작정 눈물을 쏟아냈다.

세간의 입에 가장 많이 오르내리며 갈기갈기 파헤쳐진 내 삶의 한 대목이 여기서부터 시작된다. 지나온 세월을 되풀이해 말하는 일은 하나도 유쾌하지 않다. 내가 저지른 과오와 내게 가해진 폭력을 곱씹는 과정은 고통스럽기만 하다. 게다가 벌어진 일들을 순서대로 낱낱이 기록하다 보면, 끔찍한 세부 사항들에 매몰되어 자칫 본질을 놓칠까 봐 두렵기도 하다. 분명 나는 성적으로 학대당했다. 내 육체는 나를 철저히 망가뜨리는 방식으로 이용당했다. 하지만 엡스타인과 맥스웰이

죄수

내게 가한 가장 잔인한 폭력은 육체가 아닌 정신을 향했다. 처음부터 두 사람은 나를 교묘히 조종하여 나 자신을 갉아먹는 행위에 가담시켰고, 끝내 현실 감각을 마비시켜 최소한의 방어 기제조차 작동하지 못하게 가로막았다. 애초에 나는 자신을 파멸로 몰아넣는 일에 공범이 되도록 철저히 길들여졌다. 두 사람이 내게 남긴 수많은 상처 중에서도, 강요된 공모야말로 가장 파괴적인 흉터였다.

나는 앞으로 2년이 넘는 시간을 엡스타인과 맥스웰의 궤도 안에서 보내게 된다. 내 역할은 두 사람이 언제 무엇을 요구하든 그대로 따르는 일이었다. 창문에는 쇠창살도 없었고, 문에는 자물쇠도 없었다. 하지만 나는 보이지 않는 감옥에 갇힌 죄수였다.

제9장
뒤틀린 혈관을 바늘로 헤집으며

호주 퍼스에서 저녁 식사를 마치고, 목요일 밤이면 밤늦도록 불을 밝히는 단골 쇼핑몰에서 여유롭게 머물렀다. 열두 살 난 딸 엘리는 벌써 나보다 키가 훌쩍 큰데도 한창 자라는 중이라 새 옷이 절실했다. 엘리는 검은색 카고바지를 치켜들며 물었다. "엄마, 카고바지가 나한테 잘 어울릴까?"

평생 두 오빠의 애정 어린 놀림을 받아내며 자란 엘리는 영락없는 선머슴이었다. 운동 신경이 뛰어나고 매사에 야무진 데다 겁도 없었다. 방금도 쇼핑 카트를 경주용 자동차로 탈바꿈시켰다. 전속력으로 질주해 탄력을 붙이더니, 뒤축에 두 발을 딛고 올라타 쇼핑몰 중앙 광장을 날아가듯 가로지르며 환하게 웃어 보였다.

지금은 열두 살 또래들이 즐겨 찾는 가게 안이다. 들어서자

죄수

마자 어깨끈이 얇거나 목 뒤로 묶는 홀터넥 스타일의 여름용 주황색 선드레스가 한눈에 들어왔고, 엘리에게 찰떡같이 어울릴 예감이 들었다. 하지만 내 말이 떨어지기가 무섭게 아이가 기겁하며 고개를 저어서 더는 밀어붙이지 않았다. 엘리에게는 강요가 통하지 않는다는 걸 잘 알기 때문이다. 슬쩍 다시 돌아와 주황색 드레스를 살피는 아이를 보니 내심 반가운 마음이 들었다. 이미 바지 두 벌과 커다란 건즈 앤 로지스 티셔츠를 골라 쥔 상태였지만, 예쁜 선드레스도 막상 입어보면 나쁘지 않으리라 생각을 고쳐먹은 기색이 역력했다. 엘리는 나를 쳐다보지도 않은 채 주황색 옷을 불어나는 옷 뭉치 위에 무심히 얹고는 다음 행거로 발길을 옮겼다.

몇 분이 더 흐르자 쇼핑 카트는 금세 넘칠 듯이 가득 찼다. "엘리, 다 됐지?" 내가 묻자 아이는 고개를 끄덕이며 계산대로 씩씩하게 앞장섰다. 순간 주황색과 노란색 줄무늬가 큼직하게 들어간 비치타월 진열대가 눈에 들어왔다. 그러면 안 된다는 사실을 알면서도 도저히 지나칠 수 없었다. 집에 돌아가면 남편이 얼마나 질색할지 안 봐도 훤했지만, 수건 여섯 장을 덥석 집어 들고는 계산대로 향했다.

엄마가 되고 나서 바스락거리는 새 침대 시트와 베갯잇, 수건을 사 모으는 일에 중독되다시피 했다. 가족의 보금자리를 정성껏 꾸미고 아이들이 포근함과 사랑을 누리길 바라는 순수한 마음 때문이라고 말할 수도 있다. 하지만 남편 로비는 내 행동 이면에 또 다른 이유가 숨어 있다고 믿는다. 로비가 눈을 굴리며 "제나! 제발! 집에 수건이 군부대 하나는 족히 쓰고도 남을 만큼 많다고!"라고 소리치는데도 멈추지 못하는 강렬한 동기 말이다. 남편이 완강하게 항의할 때마다 "조만간 옷장을 싹 정리할게"라고 약속하며 넘기지만, 로비는 그저 체념한 듯 한숨을 내쉴 뿐이다. 남편의 답답한 마음을 모르는 바는 아니나 도무지 어쩔 도리가 없다. 집 안을 온통 새것과 깨끗한 물건으로 채우려는 끝없는 욕구는 좀처럼 떨칠 수 없는 기분에서 비롯된다. 긴 세월이 흐른 지금까지도 예전에 묻었던 불결함이 생생하게 떠오르기 때문이다. 나를 둘러싼 세상을 정갈하게 다듬기 위해서라면 무엇이든 할 작정이다.

나를 포함한 수많은 젊은 여성이 엡스타인의 본색을 알고도 그의 소굴로 다시 발을 들였다는 이유로 비난의 화살을 맞았다. 엡스타인이 무엇을 노리는지 알면서도 왜 돌아갔느냐는 물음이 늘 뒤따랐다. 마음만 먹으면 얼마든지 멀리할 수 있었는데 어떻게 학대당했다고 호소할 수 있느냐며 냉소적으로 쏘아붙이는 사람도 있었다. 불결한 기분이 싫었다면 그

죄수

저 다시 가지 않으면 그만 아니었냐는 논리였다. 하지만 피해자를 향한 차가운 시선은 엡스타인을 맞닥뜨리기 전 우리가 견뎌온 세월을 간과할뿐더러, 상처 입어 무너진 소녀들을 귀신같이 찾아내는 포식자의 치밀함을 무시하는 처사다. 우리 중 몇몇은 유년 시절 성범죄를 당했고, 상당수는 빈곤에 허덕이거나 당장 머물 곳조차 없었다. 엡스타인의 마수에 걸려들기 전, 어느 피해자는 아버지가 여덟 살 소년을 때려 죽이는 광경을 목격했고, 또 다른 이는 남자친구가 스스로 목숨을 끊는 현장을 지켜봐야 했다. 우리는 누구의 보살핌도 받지 못한 소녀들이었고, 엡스타인은 오직 자신만이 우리를 아끼는 척 교묘히 연기했다. 어떨 때는 엡스타인 자신조차 자기가 진심으로 우리를 위한다고 믿는 듯 보였다. 타인의 욕망을 꿰뚫는 데 능했던 조종의 달인은 벼랑 끝에 몰린 소녀, 가진 것 없는 소녀, 더 나은 삶을 갈망하는 소녀들에게 구명줄처럼 보이는 미끼를 던졌다. 무용수를 꿈꾸는 아이에게는 춤 수업을 제안했다. 배우를 지망하면 배역을 따주겠다며 유혹했다. 그림에만 매진하고 싶다는 간절함에는 캔버스를 사주고 미술계의 유력 인사들을 소개해주었다. 그러고는 마침내 본색을 드러내 소녀들에게 가장 잔혹한 짓을 저질렀다.

열일곱 살 생일을 목전에 두고 엡스타인과 마주했을 당시, 내 유일한 소망은 홀로서기에 필요한 기술을 익히는 것이었다. 적어도 겉으로는 그렇게 스스로를 다독였다. 하지만 어른이 된 지금 반추해보니, 10대 시절의 나는 기술 말고도 갈구하던 무언가가 있었다. 첫날 밤 엡스타인이 내게 건넨 말이 무엇이었던가. '놓치고 싶지 않은' 물건이라고 했다. 누군가에게 소중한 사람으로 인정받기를, 그리하여 나를 가치 있는 존재라 믿을 수 있기를 내가 얼마나 간절히 바라왔는지 이제는 누구나 짐작하리라. 관계 초기 엡스타인의 저택을 방문할 때마다 그와 맥스웰은 검은 더플백에 든 두툼한 돈뭉치에서 100달러 지폐 두세 장을 떼어 건넸다. 하지만 비정상적인 세계로 유인된 이유는 비단 돈뿐만이 아니었다. 내 의사와 상관없이 성적 도구로 취급받고 상대의 비위를 맞추며 간신히 생존을 이어온 오랜 세월 탓이었다. 성인이 되기 직전의 소녀였음에도 나는 타인을 만족시키는 데 급급했고, 설령 나 자신이 만신창이가 될지언정 상대의 기분을 맞추려 애썼다. 지난 10년 동안 내 주변의 남자들은 학대라는 본질을 '사랑'이라는 가짜 껍데기로 교묘히 포장했다. 엡스타인과 맥스웰은 바로 이 뒤틀린 혈관을 바늘로 어떻게 헤집어야 하는지 정확히 꿰뚫고 있었다.

"면접" 다음 날, 맥스웰의 지시에 따라 높은 담장에 둘러싸인 분홍색 저택을 다시 찾았다. 엘 브릴로 웨이에 발을 들인 두 번째 날 역시 맥스웰의 뒤를 따라 분홍색 계단을 오르

죄수

고 킹사이즈 침대를 지나 초록색 마사지 테이블이 놓인 방으로 향했다. 그곳에는 여지없이 엡스타인이 알몸으로 누워 있었다. 맥스웰은 다시 한번 전문 마사지사 실습 과정을 하나씩 일러주었다. 잠시 후, 짙은 회색 머리에 얼굴이 길쭉해 누군가는 패션 디자이너 랄프 로렌을, 또 누군가는 배우 리처드 기어를 떠올린다는 엡스타인이 몸을 뒤척였고, 허울뿐인 '마사지'는 성관계로 이어졌다. 왜 두 사람이 굳이 마사지 수업이라는 뻔한 거짓말을 늘어놓았는지 의아할 수도 있다. 왜 곧장 침실로 데려가지 않았을까. 교묘한 기만극은 나를 혼란에 빠뜨려 평정심을 무너뜨리려는 수작이었다. 기술을 배우고 싶다던 내 욕망을 역이용한 것이다. 게다가 치료를 가장한 학대는 엡스타인이 성性을 바라보는 관점과도 일맥상통했다. 얼마 뒤 엡스타인은 하루에 최소 세 번은 절정에 도달해야 한다고 했다. 숨 쉬고 밥 먹는 일처럼 생물학적으로 필요하다는 논리였다. 엡스타인에게 성은 친밀함이나 사랑과는 무관한, 순전히 신체적인 배출에 불과했다. 엡스타인은 성관계를 하나의 절차처럼 여겼고, 이 기괴한 임무를 나처럼 어린 소녀들이 도맡아 수행하기를 바랐다.

분홍색 저택을 두 번째로 찾았을 때는 첫 방문과 분위기가 확연히 달랐다. 이번에는 맥스웰과 엡스타인이 공식적으로 내 성교육 스승을 자처하고 나섰기 때문이었다. 과거 론 에핑거에게 붙잡혀 있을 때와 마찬가지로, 두 사람도 남자가 무엇을 좋아하는지 배우는 일이 중요하다고 강조하며 본격적인 '견습 기간'의 시작을 알렸다. 가령 내가 엡스타인에게 구강성교를 해줄 때면 그는 내게 속도를 늦추라고 다그쳤다. "남자를 절정에 이르게 해야지, 그냥 사정하게 만드는 게 아니야."

맥스웰은 애무 중에 여자가 말하는 걸 좋아하는 남자는 없다고 주의를 주었다. "이렇게 하는 게 좋으냐고 묻는 정도면 몰라도, 웬만하면 입을 다무는 편이 나아."

이후 맥스웰은 엡스타인과 내가 있는 사우나로 합류했다. 엡스타인은 자신이 성공한 펀드 매니저라고 늘어놓았다. 자신의 천부적인 재능은 최상위 고객들만 누릴 수 있다는 자화자찬을 이어 가는 동안, 맥스웰은 자기 발과 다리를 마사지하라고 명령했다. 나는 맥스웰 앞에 무릎을 꿇고 지시를 따랐다. 보아하니 내가 뒷바라지해야 할 대상은 엡스타인뿐이 아니었다. 맥스웰의 요구까지 충족시켜야 했다.

다음 날 맥스웰이 마러라고로 전화를 걸어왔다. "오늘 밤에도 다시 와." 수화기 너머 목소리는 이전보다 훨씬 쌀쌀맞았다. 포섭에 성공하자마자 맥스웰은 상냥한 태도를 단번에 거둬들였다. 그러겠노라 답하고 몇 시간 뒤 아버지의 차를 타고 저택 앞에 내렸다. 집사를 따라 부엌으로 들어갔더니 음료와

죄수

작은 접시에 정갈하게 담긴 과일이 차려져 있었다. 시장기가 심해 자리에 앉아 막 과일을 한 입 베어 물려는데, 맥스웰이 나타나 차가운 눈총을 보냈다. 몰래 과자 상자에 손을 댔다 들킨 아이처럼 황급히 몸을 일으켰다.

"오늘은 내가 선약이 있으니 네가 알아서 해야 할 거야." 맥스웰이 말했다. "제프리는 위층에서 기다리고 있으니 절대 실망시키지 마."

처음으로 혼자 나선형 계단을 오르며 긴장감으로 온몸에 소름이 돋았다. 맥스웰은 엡스타인에게서 나를 보호해준 적이 없었다. 아니, 오히려 그 반대였다. 하지만 그녀가 없는 지금, 그와 단둘이 있어야 한다는 생각만으로도 두려움이 엄습했다. 온몸의 감각이 예민해졌고 가정부들이 사용한 세제 냄새가 느껴졌다. 해가 지면서 집 안이 황금빛으로 물들었고 나는 벽에 걸린 사진들을 더 자세히 들여다보았다. 벽은 온통 사진이었다. 상의를 벗은 여자들, 하의를 벗은 여자들, 수줍은 표정의 여자들, 뒷모습만 찍힌 여자들, 얼굴을 가린 여자들까지.

마사지실에는 엡스타인이 평소처럼 마사지 테이블 바닥에 얼굴을 대고 누워 있었다. 내가 들어서자 그가 몸을 돌리더니 내게 준비한 옷을 입으라고 했다. 주름치마와 깨끗하게 다린 하얀 셔츠, 무릎까지 올라오는 양말. 여학생들이 입는 교복이었다. "속옷은 벗고." 그가 덧붙였다. 나는 그의 지시에 따라 옷을 입었고, 그가 요구하는 대로 성관계를 가졌다. 그날 그는 계속해서 내 행동을 꾸짖었다.

"그만해, 그만!" 그는 여러 번 그렇게 외쳤다. "우리가 가르쳐준 게 아니잖아. 다시 해."

그는 내가 더 '열정적'으로 굴어야 한다고 다그쳤다. 남자들은 여자가 섹스를 즐기는 것처럼 굴어야 더 좋아한다고도 말했다. 그런 부분에서 나는 더 노력해야만 했다.

"힘 빼." 그가 요구하면 나는 따르려 했다. 30분 후, 우리의 '수업'이 끝나고 나는 다시 두 개의 따뜻한 수건으로 엡스타인의 몸을 구석구석 닦았다.

그 후 엡스타인과 맥스웰이 플로리다를 방문할 때면 나는 엘 브릴로 웨이를 매번 찾아갔다. 엡스타인과 나만 마사지실에 있는 날도, 맥스웰이 합류하는 날도 있었다. 엡스타인의 비서라고 소개한 갈색 머리의 젊은 여자, 사라 켈런이 함께하기도 했다. 엡스타인은 여자들이 함께 뒹굴고 그걸 지켜보는 걸 좋아했기에, 가끔은 내게 맥스웰이나 켈런과 관계를 가지라고 종용했다. 여자와 잔 적은 없었지만, 여성과의 강요된 성관계가 남자와 자는 것보다는 덜 위협적이라는 걸 금방 깨달았다. 딱히 좋은 건 아니었지만, 억지로 삽입당하는 건 아니어서 공포심이 덜했다.

167

조금씩 나는 엡스타인의 소녀들 무리에 받아들여졌다. 어느 날 맥스웰은 평소처럼 나를 위층으로 데려갔지만, 이번에는 마사지실 쪽이 아니라 왼쪽으로 꺾어 노란색 손님방으로 향했다. 금발에 푸른 눈을 한 맥스웰의 개인 비서, 에미 테일러가 머무는 방이었다. 맥스웰이 농담처럼 "노예"라고 부르던 영국인 테일러는 발코니에 서서 담배를 피우고 있었다. 그 무렵은 엡스타인이 담배를 몹시 싫어한다는 사실을 알게 된 참이었다. 엡스타인은 마약이나 술과 마찬가지로 담배를 독으로 여겼고, 자기 집에서는 금지했다. 그런데 테일러는 그곳에 서서 담배 연기를 내뿜고 있었고, 맥스웰도 곧 합류해 담배에 불을 붙이고 길게 한 모금 빨았다. 두 사람이 담배를 권하자 나는 거절하지 못하고 받아 들었다. 어울리고 싶다는 마음이 앞섰다. 담배에 익숙하지 않아 연기를 너무 깊게 들이마셨고, 곧 기침이 터져 나왔다.

"풋내기인가 보네."

맥스웰은 테일러와 함께 키득거리며 나를 놀렸다. 무슨 배짱이 생겼던 건지, 숨을 고르자마자 나도 곧장 받아쳤다.

"만성 기침을 달고 사는 할멈이 되느니 차라리 풋내기로 남을래요."

맥스웰은 누군가 대거리하는 상황에 익숙하지 않았지만, 마지막에 한마디를 보태 기선을 제압할 수만 있다면 그 상황을 즐기기도 했다.

"한 방 먹었군." 맥스웰이 답하며 난간 밖으로 담뱃재를 톡 털어 파티오^{Patio}(실내 공간에서 연장된 작은 안뜰, 테라스, 정원 등의 야외 공간을 일컫는다-옮긴이)에 떨어뜨렸다. 맥스웰에게 대드는 일은 위험했으나 그 순간에는 아슬아슬한 줄타기를 완벽히 해냈다. 한동안 맥스웰과 테일러, 나는 수업을 빼먹고 노는 학생들처럼 수다를 떨며 웃음을 터뜨렸다. 이내 나는 양치하러 간다며 자리를 떴다. 니코틴 흔적을 깡그리 지우려고 이를 닦고 바디 스프레이를 온몸에 뿌렸다. 위층에는 엡스타인이 기다리고 있었다. 처리해야 할 일이 남아 있었다.

엡스타인의 저택을 제집 드나들듯 오가면서, 돈을 매개로 엮인 관계가 내리꽂는 비참함을 피하기란 쉽지 않았다. 가령 엡스타인은 저택 외벽을 분홍색으로 칠한 이유를 떠벌리며 쾌감을 느끼곤 했다. "난 분홍색이 좋아. 계집년들 거기 색깔이거든!" 하지만 여태껏 남자들과 맺어온 관계가 워낙 굴욕으로 점철되었기에, 오히려 나는 이번 만남을 도전처럼 받아들였던 듯하다. 이번만큼은 상황을 내게 유리한 쪽으로 끌고 갈 수 있을지 모른다는 계산이 섰다. 어린 시절부터 품어온 희망들이 얼마나 보잘것없었는지를 떠올리면, 기막힌 자기합리화도 납득할 만한 일이었다. 엡스타인이 비뚤어진 성욕을 해소하려 나를 도구처럼 부리는 동안, 어쩌면 이 포식자

죄수

가 내 삶을 더 나은 방향으로 이끌어줄지도 모른다고 스스로를 속였다. 엡스타인과 맥스웰이 약속대로 나를 전문 마사지사로 키워준다면, 진정한 자유와 안정을 향한 길이 열릴지도 몰랐다. 내심 밑져야 본전이라는 심정으로 위험한 도박에 발을 들였다.

하지만 두 사람을 만난 지 2주쯤 지났을 무렵, 엡스타인은 본격적으로 판돈을 올리기 시작했다.

위층에서 마사지를 한 차례 더 치르고 뒷정리를 하던 중 엡스타인이 자기 사무실로 나를 호출했다.

"마러라고 생활은 정리하고, 아예 내 밑에서 전업으로 일해보는 건 어때?" 엡스타인이 제안했다. 딱히 대꾸할 말이 떠오르지 않아, 낮에는 스파에서 일하고 밤에는 엘 브릴로 웨이를 오가는 이중생활에 몸이 축날 대로 축났다고 털어놓았다. 엡스타인은 고개를 끄덕이더니, 내가 한결 편하게 지내도록 돌봐주고 싶다고 덧붙였다. 다만 몇 가지 조건이 붙었다. 고용인으로서 낮이든 밤이든 지시가 떨어지면 즉각 응해야 했다. 예외는 허용되지 않았다. "뛰어!"라고 명령하면 앞뒤 재지 않고 "얼마나 높이 뛸까요?"라고 반문해야 하는 식이었다. 또 다른 조건도 있었다. 부모님과 함께 지내는 트레일러에서는 더 이상 살 수 없다는 것이었다. 때를 가리지 않고 엡스타인의 집을 드나드는 딸의 모습이 부모의 의심을 살 수 있고, 그는 그런 번거로운 상황을 경계했다. 엡스타인은 족히 2,500달러는 되어 보이는 현금 뭉치를 내밀며, 이 돈으로 따로 지낼 아파트를 구하라고 말했다.

나는 그대로 굳어버렸다. 그토록 큰돈을 손에 쥔 건 생전 처음이었다. 고맙다고 말했지만, 머릿속에는 불길한 예감이 스멀스멀 피어올랐다. 그 무렵 엡스타인의 저택을 스쳐 지나가는 소녀들을 무수히 목격했다. 상당수는 한번 발을 들였다가 영영 자취를 감췄다. 그렇게 쉽게 아이들을 내친다면, 언젠가는 나 역시 버림받을지 모른다는 공포가 엄습했다. 내 생계를 엡스타인에게 전적으로 맡기는 행위는 너무도 무모해 보였다. 엡스타인은 내 주저함을 귀신같이 읽어낸 모양이었다. 엡스타인은 책상 뒤로 돌아서서 흐릿한 사진 한 장을 집어 들더니 내게 건넸다. 사진은 어느 정도 거리를 두고 찍은 것이었으나, 분명 내 동생 스카이디였다. 스카이디는 카메라에서 멀어지는 방향으로 걷고 있었는데, 멘 가방과 옆얼굴의 윤곽이 고스란히 담겨 있었다. 순간 전율이 일었다. 세상에서 가장 사랑하는 동생의 사진을 엡스타인이 왜 가지고 있는지 가늠조차 할 수 없었다.

"네 동생이 어느 학교에 다니는지도 다 알고 있어." 엡스타인은 이 말을 던지고는 잠시 침묵을 지켰다. 내가 그 말의 무게를 온전히 소화하기를 기다렸다가 본론을 꺼냈다. "이 집에

죄수

서 보고 듣는 일은 누구에게도 발설해서는 안 돼." 엡스타인은 웃고 있었지만 속내는 자명했다. 내가 배신할 마음을 품고 당국에 알리는 순간 스카이디에게 손을 대겠다는 경고였다. 나는 엡스타인을 똑바로 응시했다. 엡스타인은 시선을 피하지 않았다. "팜비치 경찰들은 내 손바닥 안에 있거든." 엡스타인은 자신만만하게 덧붙였다. "그러니 아무 일도 일어나지 않을 거야."

며칠이 지나도 그 섬뜩한 협박이 귓가에 맴돌았다. 그런 와중에 엡스타인은 아무렇지 않게 에핑거를 안다고 말했다. 잘 아는 사이는 아니고, 파티에서 한 번 만난 적이 있을 뿐이라고 덧붙였다. 그 말은 내가 막 눈뜨기 시작한 이 추악한 세계의 작동 방식을 다시금 확인시켜주었다. 열일곱 해 남짓한 삶을 살면서, 어떤 성인 남자들은 아이들에게 성관계를 강요하고도 아무런 대가를 치르지 않는다는 사실을 뼈저리게 배웠다. 그렇기에 엡스타인과 에핑거가 연결되어 있다는 사실이 전혀 이상하지 않았다. 세상은 원래 그런 법이었다. 나에게 남은 선택은 이 비정한 현실을 받아들이고 그 안에서 최대한 살아남는 것뿐이라고 믿었다. 나 자신을 위해서가 아니라면, 적어도 스카이디를 위해서라도 그래야만 했다.

제10장
정말 중요한 손님

나는 2000년 8월 9일에 열일곱 살이 되었고, 엡스타인의 돈으로 래클리 로드에서 약 3마일(약 4.8킬로미터-옮긴이) 떨어진 로열 팜비치의 아파트 3층을 임대해 가구를 들였다. 마이클은 나와 함께 이사했지만, 그 무렵 우리는 정서적 교감은 없는 편의를 위한 사이에 가까웠다. 가끔 소파에 나란히 앉아 도미노 피자를 나눠 먹거나, 메리-제인이라고 이름 붙인 미니어처 차우차우 강아지를 비롯한 동물들을 돌보기도 했다. 하지만 둘 사이에 대화는 거의 없었다. 특히 마이클은 내가 변변한 기술도 없이 일하며 어떻게 그 큰돈을 벌어오는지 묻지 않았다.

처음부터 엡스타인과 맥스웰의 부름엔 항상 대기해야 한다는 약속을 엄격히 지켜야만 했다. 어떤 날은 아침부터 전

죄수

화가 빗발쳤다. 나는 호출이 떨어지면 곧장 저택으로 달려갔고, 엡스타인이 원하는 성적 행위를 수행한 뒤 그가 업무를 보는 동안 커다란 수영장 옆에서 시간을 죽이며 순서를 기다렸다. 몇 시간이 지나면 다시 불려가 성관계를 맺어야 했다. 맥스웰이 함께 있을 때는 그녀에게도 성적 서비스를 제공해야 했다. 맥스웰은 그때 쓸 바이브레이터를 비롯한 성인용품을 모아둔 바구니를 항상 곁에 두고 있었다. 하지만 맥스웰은 엡스타인과 함께 있을 때만 일대일 관계를 요구했다. 때로는 다른 소녀들도 함께 불려 왔고, 그럴 때면 나는 엘 브릴로 웨이에 종일 머물러야 했다.

때로는 엡스타인이 잠자리에 들 준비를 마칠 때까지 전화가 울리지 않을 때도 있었다. 그러다 마침내 전화를 받으면 맥스웰은 명령하듯 내뱉었다.

"당장 와. 제프리가 널 찾아."

호출이 떨어지면 마이클에게 급한 일이 생겼다며 둘러대고 외출했다. 마이클은 눈 하나 깜짝하지 않았다.

언뜻 가족과의 관계는 나아진 듯했지만, 실제로는 악화되었다. 엄마도 처음에는 나를 붙잡고 아무런 자격증도 없는 열대여섯 살 여자아이에게 왜 부유하고 나이 많은 커플이 관심을 보이느냐고 캐물었다. 나는 엡스타인이 열어주겠다고 약속한 기회들을 늘어놓으며 과장되게 설명했다. 뒤늦은 의심일지언정 나를 신경 써준 점은 고마웠지만, 동시에 '이제야 그런 걱정을 하는 건 너무 늦은 게 아닐까?' 하는 서글픈 생각도 들었다. 엄마가 나를 구해줄 수 없다는 사실은 이미 알고 있었다. 엄마는 한 번도 나를 구해준 적이 없었다. 하지만 한편으로는 나 자신이 누구의 도움도 필요하지 않은 존재라고 믿고 싶기도 했다. 그 참혹했던 어린 시절도 버텨내지 않았냐는 오기였다. 엡스타인과 맥스웰과 함께한 첫 몇 주 동안, 나는 이번 지옥도 기어이 견뎌내고 어쩌면 이득을 보고 끝낼 수도 있겠다고 끊임없이 나 자신을 속였다.

두 사람에게서 벗어나 처음으로 맞이한 휴식은 8월 말쯤 찾아왔다. 엡스타인과 맥스웰이 뉴멕시코주를 비롯한 외딴 소유지들로 여행을 떠났기 때문이다. 엡스타인은 산타페 근처 8,000에이커(약 3,237만 5,000제곱미터-옮긴이) 규모의 부지에 자리 잡은 조로 목장에 대해 자랑하듯 늘어놓았다. 그곳에는 로코코 양식으로 치장한 3만 3,000제곱피트(약 3,065제곱미터-옮긴이) 크기의 맞춤형 '성'이 세워져 있다고 했다. 실내에는 높이가 3미터에 달하는 대리석 벽난로와 정교한 몰딩, 실제 사물처럼 보이는 착시를 일으키는 트롱프뢰유Trompe-l'œil 프레스코화, 거대한 철제 샹들리에가 위용을 뽐낸다는 설명이었다. 저택 외부 역시 잘 가꾼 정원과 분수, 테니스 코트, 전용 활주로와 격납고는 물론 관리인들이 거주하는 작은 마을

죄수

까지 딸려 있었다. 그 마을에는 여덟 칸짜리 마구간과 안장 보관실, 소방서, 유리 온실, 심지어 잡화점까지 갖춰져 있었다. 내 귀에는 디즈니랜드처럼 비현실적으로 들렸고, 그 소감을 엡스타인에게 그대로 전했다.

"글쎄, 맨해튼의 타운하우스를 보면 생각이 달라질 텐데." 엡스타인은 자신만만하게 대꾸하며 어퍼이스트사이드(뉴욕 맨해튼 북동부의 부촌-옮긴이)에 자리한 자신의 저택 이야기를 늘어놓기 시작했다. 과거 사립학교로 쓰였던 이스트 71번가 9번지의 7층짜리 건물은 무려 서른 개의 방을 갖춘, 뉴욕에서도 손꼽히는 대저택이라고 자랑했다. 나는 뉴욕에 가본 적도 없는 데다 미술 상식도 거의 없어서, 저택이 프릭 컬렉션(헨리 클레이 프릭의 수집품으로 이루어진 미술관-옮긴이) 바로 맞은편에 있다는 설명을 듣고도 그 가치를 몰랐다. 그럼에도 엡스타인이 내비치는 속내는 충분히 짐작할 수 있었다. 본인이 세상에서 대단히 중요한 사람이라는 과시였다.

맥스웰은 나와 처지가 비슷한 아이들에게 자신을 'G-맥스'라고 부르라고 일렀는데, 그즈음 나는 맥스웰 역시 예사롭지 않은 인물이라는 사실을 눈치채고 있었다. 2000년 10월, 맥스웰은 오랜 친구인 앤드루 왕자를 만나러 뉴욕으로 날아갔다. 그는 여왕 엘리자베스 2세의 둘째 아들이자 당시 영국 왕위 계승 서열 4위의 거물이었다. 핼러윈 당일, 맥스웰과 앤드루 왕자는 독일 출신 슈퍼모델 하이디 클룸이 주최한 파티에 참석할 겸 고급 호텔 더 허드슨을 찾았다. 그곳에는 도널드 트럼프와 멜라니아 트럼프 부부를 비롯한 유명 인사들이 대거 포진해 있었다. 맥스웰은 호텔 보수를 책임졌던 유명 호텔 사업가 이언 슈레이거와 막역한 사이라며 노골적으로 자랑을 쏟아냈다.

맥스웰은 유명인들과의 인맥을 자랑스러워했고, 특히 남성 명사들과의 관계를 즐겨 떠벌렸다. 전직 대통령 빌 클린턴에게 언제든 전화할 수 있으며 클린턴 재임 시절 엡스타인과 함께 백악관을 방문했다고 자랑했다. 심지어 어느 행사장에서 배우 조지 클루니를 화장실로 데려가 구강성교를 해줬다는 이야기도 여러 번 내뱉었다. 사실 여부는 알 길이 없었지만, 맥스웰의 성장 배경에 대해서는 조금씩 실체를 짐작하게 되었다.

어느 날 엡스타인은 연못가 벤치에 앉아 행복해 보이는 가족과 그 곁에서 여우 사냥을 벌이는 무리가 그려진 벽화를 보여주었다. 엡스타인은 낮은 목소리로 속삭였다.

"이 벽화가 길레인의 어린 시절이야. 그녀가 남들에게 기꺼이 내세울 수 있는 시절 속 이야기지."

아홉 남매 가운데 막내로 태어난 맥스웰은 프랑스에서 태어났지만, 영국 남부의 방 쉰세 개짜리 대저택에서 자랐으며

죄수

프랑스와 영국 여권을 모두 소지하고 있었다. 부친 로버트 맥스웰은 영국의 미디어 재벌이었으나, 횡령 혐의를 받던 중 카나리아 제도를 순항하던 요트에서 떨어져 숨진 채 발견됐다. 자살 의혹도 제기된 사건이었다. 내가 맥스웰을 만나기 9년 전 일이었지만, 맥스웰은 아버지의 미심쩍은 죽음을 아직도 받아들이지 못하고 있었다. 형편이 좋았던 시절, 맥스웰은 아버지가 가장 아끼던 자식이었고 아버지는 생의 마지막을 함께한 요트에 '레이디 길레인'이라는 이름을 붙여주었다. 맥스웰은 아버지가 세상을 떠나기 직전 엡스타인을 만났다는 이야기도 전했다. 당시의 만남이 지금 맥스웰과 엡스타인의 관계와 깊은 연관이 있으리라는 생각이 들었다.

두 사람의 관계는 과연 어떤 모습이었을까. 맥스웰과 엡스타인은 보통 각자의 침실에서 잤고 키스하거나 손을 잡는 일도 거의 없었지만, 내가 보기에는 완전히 공생 관계처럼 살고 있었다. 엡스타인은 맥스웰을 유일한 절친이라고 부르며, 자신을 권력자들과 연결해주는 맥스웰의 남다른 수완을 높이 평가했다. 반대로 맥스웰은 제 능력으로는 감당할 수 없으면서도 여전히 자신에게 마땅하다고 여긴 화려한 삶을 엡스타인이 재정적으로 뒷받침해 준다는 점에 안도했다. 사교 자리에서 맥스웰은 늘 활기차고 사람을 즐겁게 하며 분위기를 띄우는 인물처럼 보였다. 하지만 저택 안에서 맥스웰은 파티 기획자에 더 가까웠다. 맥스웰은 자기와 다른 사람이, 특히 사라 켈런이 데려온 소녀들이 끝없이 드나들도록 일정을 짜고 인원을 관리했다. 한때 나는 맥스웰에게 엡스타인이 그렇게 많은 여자를 탐하는데도 괜찮은지 물어본 적이 있다. 맥스웰은 오히려 안심된다고 말했다. 엡스타인의 욕구는 너무 집착적이라 어느 한 사람이 감당할 수 없기 때문이라고 했다. 질투가 없는 듯한 맥스웰의 태도는 기괴했으나 가식은 없어 보였다. 시간이 지나면서 나는 엡스타인과 맥스웰을 평범한 연인보다는 사악한 하나를 이루는 두 조각으로 보게 됐다.

처음 몇 달 동안 두 사람 밑에서 일하면서 엡스타인이라는 인간에 대해서도 조금 더 알게 됐다. 엡스타인은 쿠퍼유니언에서 물리학을, 뉴욕대학교에서 수학을 공부하다가 졸업을 2년 남겨두고 중퇴했다. 그럼에도 엡스타인은 본인을 천재라 굳게 믿었고, 특유의 오만한 확신을 추진력 삼아 자신을 몰아붙였다. 알려진 바에 따르면 엡스타인은 1970년대 젊은 시절, 자격 요건조차 갖추지 못한 일자리를 화술 하나로 꿰찼다. 처음에는 맨해튼의 명문 달튼 스쿨에서 고등학생들에게 수학과 물리를 가르치는 교사로 일했고(이 시절 엡스타인은 예쁜 여학생이 자신과 잠자리를 가지면 성적을 잘 주었다고 자랑스레 떠벌렸다), 그다음에는 글로벌 투자은행 베어 스턴스에서 장내 트레이더로 근무하다가 유한책임 파트너 자리까지 올라섰다

죄수

고 했다. 1980년대에는 회수하지 못한 자금을 되찾는 컨설팅 회사를 운영했고, 이어서 순자산이 최소 10억 달러에 이르는 VVIP들의 자산을 관리하는 회사를 세웠다. 엡스타인은 자신의 출신 성분을 지우고 성공한 이 대목을 특히 자랑스러워했다. 코니아일랜드에서 관리인 아버지와 전업주부 어머니 밑에서 자랐지만, 이제는 세상에서 가장 부유한 사람들하고만 거래한다는 사실을 강조하곤 했다. 그러나 아무리 상류층 문화를 흉내 내도 종종 천박한 본성을 드러냈고, 상황을 파악하지 못해 겉돌 때도 있었다. 아무리 뛰어난 지적 능력을 뽐내도 브루클린 노동계급 특유의 억양까지는 감추지 못했다. 돈 많은 부호라는 걸 알아주길 바라면서도, 엡스타인은 화려한 행사에 갈 때조차 하버드 로고가 찍힌 스웨트셔츠에 청바지나 운동복 바지를 걸치고 나타나곤 했다.

모순은 거기서 끝나지 않았다. 엡스타인은 먹는 것에 극도로 엄격해서 두부, 연어, 병아리콩, 생강 등 자기가 건강하다고 생각하는 음식만 고집했고, 주변에 있는 소녀들에게도 같은 식단을 따르라고 요구했다. 세균 공포증이 있어서 손에 닿는 대상에도 똑같이 꼼꼼했고, 악수는 거의 거부했으며, 침대 시트는 이틀에 한 번씩 갈아야 했다. 그런데도 엡스타인은 완전히 낯선 어린 소녀들과 끊임없이 성관계를 맺으려 했고, 그 중에는 출입이 통제된 엘 브릴로 웨이의 울타리 밖에서 거칠고 끔찍한 삶을 살던 소녀들도 있었다. 관계 시엔 콘돔을 사용하지도 않았다. 엡스타인은 대신 정기적으로 성관계를 강요했던 나 같은 소녀들에게 석 달마다 성병 검사를 받게 했지만, 그곳을 들락거리던 모든 소녀의 건강 상태를 보장할 방법은 없었다. 아마 이런 부주의는 오만함 때문이었을 것이다. 엡스타인은 자신은 다른 사람들이 따르는 규칙을 지킬 필요가 없다고 믿었다.

2000년 가을, 엡스타인과 맥스웰은 내게 처음으로 함께 여행을 떠날 때가 됐다고 통보했다. 두 사람은 일정표를 펼쳐 보이며 이번 일정이 "마사지 훈련"을 성공적으로 마친 것을 기념하는 여행이라고 설명했다. 먼저 엡스타인의 개인 비행기 중 하나를 타고 팜비치에서 뉴욕으로 향할 예정이었다. 엡스타인은 걸프스트림 IV, 보잉 727, 헬리콥터를 한 대씩 소유하고 있었다. 뉴욕에서 며칠을 보낸 뒤에는 다시 남쪽으로 이동해 엡스타인의 소유지 중 가장 호화로운 곳으로 갈 계획이었다. 목적지는 세인트 토머스 바로 옆에 있는 미국령 버진아일랜드의 72에이커(약 29만 제곱미터-옮긴이)짜리 섬이었다. 개인 휴양지의 정식 명칭은 리틀 세인트 제임스였지만, 엡스타인은 자신의 이름을 따서 "리틀 세인트 제프스"라고 부르기를 좋아했다. 미국 본토를 떠나본 적 없는 소녀에게 카리브해의 섬은 이국적으로 들렸고, 나는 엡스타인과 맥스웰에게 그

181

죄수

섬이 기대된다고 말했다. 출발하던 날, 아버지가 나를 엘 브릴로 웨이에 내려주었을 때가 생생하다. 엡스타인은 진입로까지 나와서 아버지에게 자신을 소개했다. "저희가 잘 돌보겠습니다." 엡스타인은 아버지에게 능청스럽게 약속했다.

몇십 년이 흐른 뒤, 여러 소송을 통해 공개된 비행 기록에서 엡스타인과 함께했던 이동 경로가 일부 드러났다. 나는 엡스타인의 개인 제트기를 타고 국내외를 오가며 적어도 서른두 차례 이동했고, 그중 스물세 번은 맥스웰도 함께였다. 하지만 이 수치는 엡스타인이나 길레인 때문에 이동해야 했던 경우 중 극히 일부다. 함께 민간 비행기를 타거나, 엡스타인을 만나기 위해 혼자 이동한 적도 있었다. 항공권 예약은 늘 쇼퍼스 트래블이라는 여행사를 거쳤다. 다만 해당 여행사의 기록은 공개되지 않아 지금은 확인할 수 없다. 엡스타인의 개인 제트기 이용과 관련해서는 여러 조종사 가운데 데이비드 로저스만이 기록을 당국에 넘겼다. 엡스타인과 맥스웰과 함께한 첫 비행은 1991년부터 엡스타인을 위해 일한 또 다른 조종사, 래리 비소스키 주니어가 맡았다.

비소스키와 엡스타인은 고용 관계 이상의 각별한 사이였다. 비소스키는 엡스타인의 비행기를 관리했을 뿐 아니라 카리브해와 팜비치 저택에 홈시어터를 설치해주었으며, 엡스타인에게 어떤 배와 자동차를 구매할지 조언하기도 했다(비소스키는 한때 엡스타인을 위해 "움직이는 모든 운송 수단"을 직접 준비해주었다고 회고했다). 둘의 유대감이 깊어지자 엡스타인은 자신이 보유했던 대형 SUV를 비소스키에게 선뜻 내주었으며, 비소스키 부부가 뉴멕시코에 집을 지으려 했을 때는 건축 부지로 쓰라며 자신의 목장 서쪽 경계 근처 40에이커(약 16만 1,874제곱미터-옮긴이)의 땅을 선물하기도 했다.

엡스타인과 함께한 첫 여행은 정확히 언제였을까? 비소스키의 기록이 없어 확실치는 않지만, 2000년 후반이었던 것으로 기억한다. 생애 첫 비행에서 나는 비행기가 이륙하는 순간 조종석에 앉았다. 엡스타인이 비소스키에게 지시해둔 덕분이었다. 그때까지 나는 태어나 비행기를 고작 두 번 타봤었다. 캘리포니아로 쫓겨나면서 한 번, 돌아올 때 한 번이 전부였다. 이전에는 비행기 뒤편의 이코노미석이 내 자리였다. 조종석 앞자리에 앉아 180도 전경을 내다보는 경험은 짜릿했다. 나는 비소스키에게 롤러코스터를 타는 느낌이라고 말했다. 나는 롤러코스터를 좋아했다.

나머지 비행은 그리 흥미롭지 않았다. 객실로 들어가 보니, 맥스웰과 켈런은 의자를 젖힌 채 졸고 있었다. 엡스타인은 정신이 말똥하게 깨어 있었고, 양말을 벗은 상태였다. 엡스타인은 나를 재촉하듯 바라보았다. 나는 다음 두 시간 동안 그의 발을 주물러야 했다.

183

뉴저지 테터보로의 전용기 공항에 착륙하자, 깔끔한 검은 정장 차림의 필리핀 남성이 우릴 마중했다. 그는 엡스타인의 뉴욕 저택 집사인 조조 폰타닐라였다. 조조와 그의 아내 준은 맨해튼에서 엡스타인의 수발을 들며 수십 명의 직원을 관리했다. 항상 정장과 깨끗한 흰 장갑을 착용한 고용인들은 엡스타인과 손님들을 시중들었다. 엡스타인과 맥스웰은 직원들에게 자신들이 임의로 정한 미국식 이름을 쓸 것을 강요했기 때문에, 폰타닐라 부부의 본명은 알 수 없었다.

조조는 우리의 짐을 SUV에 싣고 직접 운전대를 잡았다. 얼마 지나지 않아 우리는 엡스타인의 어퍼이스트사이드 타운하우스에 도착했다. 누군가는 저택의 외관을 두고 개인 주택이라기보다 대사관이나 박물관처럼 보인다고 평했는데, 나 역시 그 말에 동의했다. 입구에는 약 4.5미터 높이의 육중한 오크나무제 이중문이 버티고 있었고, 매듭진 밧줄 모양의 거대한 황동 손잡이가 달려 있었다. 돌로 된 외벽에는 엡스타인의 머리글자를 딴 황동 이니셜 'J.E.'가 반짝였다. 엡스타인은 보도블록에 난방 시설이 설치되어 겨울에도 눈이 쌓이지 않는다고 자랑했다.

건물 내부로 들어가기 위해 우리는 찡그린 얼굴의 가고일 동상(큰 사원의 지붕 등에 놓인 날개가 있는 괴물 동상-옮긴이)이 장식된 돌 아치 밑을 지나 여덟 계단을 올라 거대한 대리석 로비로 들어섰다. 1층 바닥은 캐러멜 색감의 타일로 덮여 있었는데, 엡스타인은 이 바닥재가 프랑스산 석회석을 수입한 것이라고 설명했다. 로비 공간은 아치형 창문으로 들어오는 빛을 받아 화려하게 반짝였다. 실내의 모든 기물은 필요 이상으로 거대했다. 샹들리에는 기차역 전체를 밝힐 수 있을 만큼 컸고, 호피 무늬 천을 씌운 의자가 딸린 식당 테이블은 20명은 족히 앉을 수 있었다. 벽면에는 폭력적인 장면이 묘사된 거대한 그림과 태피스트리가 줄지어 걸려 있었다. 계단은 엡스타인의 집무실로 이어졌다. 집무실에는 금박 책상과 대형 공연장에나 놓이는 풀사이즈 검은색 스타인웨이 콘서트 그랜드 피아노, 그리고 엡스타인의 자랑대로 이슬람 사원 모스크에나 깔릴 법한 거대한 앤티크 페르시안 카펫이 자리하고 있었다. 엘리베이터도 여러 대 설치되어 있었다. 록사해치에서 온 소녀에게 이러한 압도적 웅장함은 감당하기 벅찬 것이었다. 나는 마치 책에서나 보던 건축 기념물, 이를테면 바티칸이나 타지마할의 건축물 안으로 들어온 듯한 기분에 휩싸였다.

엡스타인은 비행이 피곤했다며 예술품과 골동품이 즐비한 복도를 따라 나를 안내했다. 그는 16세기와 17세기 종교 조각상을 수집하길 즐겼는데, 특히 청동 조각 속 판Pan(그리스 신화에 나오는 목신牧神-옮긴이)의 염소 뿔과 하반신이 생식력

죄수

을 상징한다며 조각상의 의미를 치켜세웠다. 나는 엡스타인을 따라 검은 대리석으로 마감된 방 한쪽의 오목한 공간으로 들어갔다. 중앙에 마사지 테이블이 놓여 있었는데, 내부가 워낙 침침했던 탓에 나는 그 음습한 방을 '던전'이라고 부르곤 했다. 엡스타인은 한 벽면에 붙은 장식장을 가리켰다. 수납장 안에는 마사지 오일과 CD플레이어가 비치되어 있었고, 그는 내게 음악을 틀라고 지시했다. 이때쯤 나는 매일 반복되는 "세션" 직전 음악을 고르는 절차에 익숙해진 상태였다. 팜비치에 머물던 시절부터 나는 엡스타인의 기분을 살펴 그가 듣고 싶어 할 앨범을 선택하는 데 능숙해져 있었다. 선곡은 때로 오페라나 클래식이었으며, 엡스타인이 선호하는 대중음악은 휘트니 휴스턴과 셀린 디온 같은 여성 가수의 노래뿐이었다.

나는 그날 어떤 CD를 골랐는지 기억하지 못한다. 엡스타인을 만족시킨 뒤 그의 동생 마크가 소유한 맨해튼 동쪽 66번가의 아파트로 향했다는 사실만 머릿속에 남아 있다. 하룻밤 동안 그 공간을 혼자서 마음껏 누렸지만, 그런 자유는 오래가지 않았다. 다음 날 나는 사리 분별도 못 한 채 긴 산책에 나섰고, 처음 마주한 뉴욕의 풍경을 만끽했다. 휴대전화도 없이 경이로움에 취해 거리를 걷는 몇 시간 동안 엡스타인과 맥스웰은 내게 연락할 방도가 없었다. 센트럴파크를 에워싼

마천루들은 차렷 자세로 선 장난감 병정처럼 보였다. 길거리에는 쌀쌀한 오후를 즐기려고 두툼하게 옷을 껴입은 사람들로 인산인해였다. 주머니에 약간의 돈이 있어서 그 푼돈으로 일회용 카메라를 하나 샀다. 그 카메라는 시작에 불과했다. 이후 몇 달 동안 같은 카메라를 계속해서 샀다. 언제까지 엡스타인의 주변을 따라다니며 세상을 보게 될지 알 수 없었기에, 발길이 닿은 장소들을 기록으로 남겨두고 싶었다.

엡스타인의 타운하우스로 돌아왔을 때, 입구에는 엡스타인과 맥스웰이 서성이고 있었고 둘 다 초조해 보였다. "어디 갔다 왔어?" 엡스타인이 화를 내며 따졌고, 옆에서 맥스웰은 노골적으로 나를 노려보았다. 그 소동 이후로 66번가 아파트를 다시는 보지 못했다. 그날부터 뉴욕에 머무는 동안 나는 엡스타인의 저택 5층 침실을 쓰게 되었다. 침실은 거대한 다락방 느낌의 트인 공간이었는데, 조각 장식 몰딩에는 금빛 페인트가 발려 있었고 방 한가운데에는 보는 순간 등골이 서늘해지는 벽화가 걸려 있었다. 멧돼지들이 다른 동물의 사체를 뜯어먹고 있고, 그 옆에서 몇몇 아이들이 비명을 지르며 이를 바라보고 있는 그림이었다. 방에는 엡스타인이 나를 호출하기 위해 쓰는 인터폰도 달려 있었다. 나는 주인을 기다리게 두지 않는 법을 아주 빨리 배우게 되었다.

엡스타인의 저택을 채우고 있던 사치스러운 장식들을 떠

죄수

올리면 지금도 마음이 복잡해진다. 언론 보도 중 상당수는 엡스타인의 과시적인 생활 방식을 상세히 늘어놓으면서, 그에게 피해를 입은 소녀들이 화려한 환경에 머물렀던 일을 행운처럼 포장하곤 했다. 나는 그런 모욕적인 서사에 보탬이 되고 싶지 않다. 분명 엡스타인과 함께 움직이면서, 다른 방식으로는 결코 경험하지 못했을 수준의 호화를 접한 것은 사실이다. 값싼 폴리에스터가 아니라 최고급 이집트산 면 시트 위에서 잠드는 것이 더 안락하다는 점도 부정하지 않는다. 그러나 엡스타인의 화려한 삶이 주는 안락함은, 내가 느끼고 때로는 즐기기까지 했던 그 달콤한 편안함은 결국 나에게 끔찍한 대가로 돌아왔다. 이 추악한 소아성애자의 세계가 내게 익숙하게 느껴졌던 이유는 무엇이었을까. 엡스타인의 부유함보다 훨씬 크게 작용한 것은 래클리 로드에서부터 겪어온 이전의 학대였다.

엡스타인과 맥스웰이 새로운 형태의 가족을 제시하며 나에 대한 지배력을 공고히 했음을 깨닫기까지는 오랜 시간이 걸렸다. 엡스타인은 가장이었고 맥스웰은 안주인이었으며, 이러한 권력 구조는 암묵적인 수준을 넘어 노골적으로 연출되었다. 맥스웰은 엡스타인을 정기적으로 상대하던 소녀들을 자신의 "아이들children"이라고 부르기를 즐겼다. 두 사람은 한번은 팜비치 보트 전시회에 나를 데려가 친딸로 소개하며 오후 내내 화목한 가족 행세를 했다. 듣기에는 기괴한 이야기지만, 당시 나는 묘하게 기분이 좋았다. 그러나 내 과거를 떠올려 보면 이러한 역할극은 결코 가볍게 넘길 일이 아니었다. 엡스타인은 때때로 성관계를 가질 때조차 나에게 자신을 "아빠"라고 부르라고 강요했기 때문이었다.

내가 올바른 판단을 내릴 수 있을 만큼 성숙했던 것은 아니지만, 엡스타인과 맥스웰은 종종 진짜 부모처럼 행동했다. 처음 두 사람과 식사하던 자리에서 그들은 나의 형편없는 식사 예절을 보고 경악했다. 맥스웰은 내게 나이프와 포크를 쥐는 법부터 무릎 위에 냅킨을 접어 올리는 법까지 상류 사회의 예절을 하나하나 가르쳤다. 이어 화장법과 옷차림, 심지어 머리를 손질하는 법까지 자신의 취향대로 지정했다. 엡스타인의 손길이 닿은 많은 소녀가 그러했듯 나 역시 프레데릭 페카이에게 헤어 디자인을 맡겼다. 이미 그 전부터 맥스웰은 나를 치과로 보내 치아 미백 시술을 받게 했고, 왁싱숍에서 전신제모까지 시켰다. 이 모든 관리가 엡스타인을 만족시키기 위한 준비 과정임을 마음 한편으로는 알고 있었다. 하지만 맥스웰이 내 삶에서 차지하는 비중은 때로 단순한 조력자 그 이상이었다. 2000년 가을 어느 날, 차 안 라디오에서 콜드플레이의 신곡 '옐로우Yellow'를 들었다. 듣자마자 그 선율에 매료되어 멜로디가 머릿속을 떠나지 않았다. 그런데 바로 다음 날,

죄수

맥스웰은 그 곡이 담긴 CD를 선물로 내밀었다. 맥스웰은 내 생애 첫 휴대전화도 사주었다. 물론 그것은 엡스타인과 맥스웰이 필요할 때마다 나를 감시하고 붙잡아 두는 도구로 쓰였다. 하지만 맥스웰의 배려 섞인 선물은 어딘가 모를 보호 장치처럼 느껴지기도 했다. 제대로 된 어머니라는 존재가 어떤 모습인지 알지 못했기에, 그 시절의 나는 누군가가 나를 챙기고 돌보며 필요를 알아봐주는 것 자체를 모성으로 착각했다. 그래서 맥스웰을 어머니와 같은 존재로 여기기도 했다.

✢

맨해튼에서 며칠을 보내며 '던전'에 여러 차례 드나든 뒤, 우리는 리틀 세인트 제임스 섬으로 향했다. 그곳은 엡스타인의 말처럼 아름다웠다. 수정처럼 맑은 청록색 바닷물에 둘러싸인 섬에는 개인 해변이 세 곳 있었고, 수영장 두 개와 헬리패드, 자체 담수화 시설까지 갖춰져 있었다. 파란 지붕을 얹은 거대한 본관 외에도, 밝은 카리브해 색으로 칠한 손님용 별채들이 있었다. 연한 노랑, 민트빛 초록, 산호색 분홍이었다. 말 한 마리가 뛰놀 수 있을 만큼 커다란 해시계가 있었고, 초가지붕 아래 부두에는 길이 35피트(약 11미터 - 옮긴이)짜리 고급 모터보트가 물결에 맞춰 흔들리고 있었다. 엡스타인은 그 모터보트에 6만 달러를 썼다고 자랑했다. 해변 쪽에는 마사지와 다른 목적으로 쓸 수 있는 여러 개의 정자를 지어두었다. 정자에서 벌어진 일들만 아니었다면, 이 섬은 그야말로 낙원이었을 것이다.

처음 카리브해로 갔던 여행에서 엡스타인을 상대하지 않는 시간 동안 섬 특유의 리듬 같은 걸 알아가게 됐다. 이후의 다른 여행들처럼 상대해야 할 유명 인사들이 없었기 때문에, 나는 부두에서 조금만 헤엄치면 닿는 물 위 트램펄린에서 몇 시간씩 시간을 보냈고, 그 아래를 지나가는 알록달록한 물고기들을 보며 감탄하곤 했다. 우리 일행은 엡스타인의 모터보트에서 스쿠버다이빙도 했다. 어느 날 나는 해파리 떼 속으로 헤엄쳐 들어가 몸 전체를 쏘였고, 피부는 불에 타는 것처럼 화끈거렸다. 맥스웰은 통증에 도움이 된다며 선장에게 식초를 구해달라고 했지만, 보트에는 식초가 없었다. 그러자 맥스웰이 말했다. "갑판에 누워." 내가 등을 대고 눕자, 맥스웰은 비키니 하의를 한쪽으로 밀어젖히고 내 온몸에 소변을 보았다. 역겨운 이야기처럼 들리겠지만, 이 처방은 효과가 있어 극심한 고통이 가라앉았다. 다른 날에는 맥스웰과 내가 해변에서 보물을 줍는 일을 좋아한다는 걸 알게 됐다.

"예전에는 해적들이 여기에 배를 대곤 했어."

함께 걸으며 바다에서 밀려온 유리 조각과 표류목을 찾으

죄수

려 모래사장을 훑는 동안 맥스웰이 내게 말했다. 나는 맥스웰이 나를 진심으로 아끼는 것이라고 믿고 싶었다.

엡스타인은 계속해서 나의 멘토인 양 굴었다. 가끔 스팀 샤워실에 몇 시간씩 앉아 내가 한 번도 들어본 적 없는 주제들에 대해 장광설을 늘어놓았다. 게임 이론, 진화생물학, 금융 파생상품, 인간 언어의 수학적 토대 같은 이야기들이었다. 엡스타인은 책도 건네주었다. 나보코프의《롤리타》나 안 데클로스의《O 이야기》처럼 성적인 내용의 책들도 많았지만, 엡스타인이 노골적인 책을 읽으라고 권하는 태도가 내게는 일종의 신뢰 표시처럼 느껴졌다. 엡스타인은 그때의 나에게는 꼭 필요했던 말을 자주 했다. 내가 똑똑하고 가능성이 많은 사람이라는 칭찬이었다.

밤이 되면 엡스타인, 맥스웰, 테일러, 켈런, 그리고 나는 섬의 본관에 있는 커다란 TV 앞에 모여 앉아 팝콘 그릇을 나눠 들고 영화와 드라마를 보곤 했다. 엡스타인은 특히 드라마 〈섹스 앤 더 시티〉를 좋아했고, 볼 때마다 웃음을 터뜨렸다. 하지만 이런 포근한 저녁은 한순간에 야릇한 분위기로 바뀌곤 했다. 엡스타인의 얼굴에 어둡고 아련한 표정이 스쳐 지나가면 곧장 알아차릴 수 있었다. 그는 그런 느낌이 들면 곧장 '해소'해야 하는 사람이었다. 엡스타인과 맥스웰이 함께 있을 때 그런 상황이 찾아오면 맥스웰은 내게 셔츠를 벗으라고 지시했고, 엡스타인이 원하는 다른 행동을 하라고 했다. 그런 순간이 찾아오면 나는 진실을 외면하기 더더욱 힘들었다. 나는 그들에게 그저 쾌락을 위한 도구일 뿐이었다.

지금 와서는 이런 일들 역시 어린 시절에서 이어진 메아리였다는 걸 안다. 나는 엡스타인과 맥스웰의 성적인 강요를 끔찍하게도 싫어했지만, 예전에 아버지에게서 학대당했을 때처럼 스스로와 타협했다. '역겨운 부분만 빨리 끝내면, 삶의 좋은 부분은 계속될 수 있어'라고.

오랜 시간 동안 나는 왜 엡스타인이 나를 유독 선호했다고 느꼈는지 곱씹었다. 엡스타인의 학대를 견뎌낸 수많은 생존자의 증언을 통해 세상이 알게 되었듯, 엡스타인은 대개 성적 경험이 거의 없거나 전혀 없는 소녀들을 선호했다. 많은 피해자가 나이 많은 낯선 존재인 엡스타인과 첫 경험을 치르면서 불편하고 어색한 고통을 느꼈고, 엡스타인은 소녀들의 고통스러워하는 모습에서 묘한 만족을 얻는 것처럼 보였다고 했다. 그러나 나는 그를 만나기 전 이미 성폭행을 당했기 때문에, 엡스타인에게 그런 종류의 만족을 줄 수는 없었다. 대신 나는 엡스타인에게 다른 무엇인가를 제공하고 있었다고 이제는 생각한다. 이것은 이전의 가해자들에게서 배운 생존 방식이었다. 나는 방 안의 공기, 혹은 엡스타인의 얼굴을 읽는 법을 알고 있었고, 상황이 요구하는 모습으로 나 자신을 바꾸

죄수

는 데 익숙했다. 나는 배경 속으로 사라지듯 존재를 지울 수
도, 기쁨을 가장할 수도 있었다. 반복적으로 피해를 입은 엡
스타인의 다른 피해자 중 몇몇처럼 질투를 드러내거나 연인
관계를 요구하기는커녕, 나는 거리를 두고 어떤 요구도 하지
않았다. 엡스타인을 만나기 훨씬 전부터, 주어지는 애정만 있
다면 그것이 어떤 형태든 받아들이는 법을 익힌 상태였다. 엡
스타인은 나의 순종적인 면모를 좋아했다.

　입증할 증거는 없지만, 학대로 점철된 유년기를 보낸 나를
마주하며 엡스타인이 본인의 상처 입은 내면을 발견했을지
도 모른다는 생각도 지울 수 없다. 그의 성장 과정에 관해 물
은 건 단 한 번뿐이었다. 나는 그를 잘 알았기 때문에 "어릴 때
학대받은 적이 있느냐"고 직접 묻지는 않았다. 대신 조심스럽
게, 어린 시절이 행복했는지 물었다. 엡스타인은 나의 의중을
단숨에 간파했는지 질문이 채 끝나기도 전에 말을 잘라버렸
고 과거는 입에 올려서는 안 된다는 점을 분명히 했다. 수년
뒤 그는 선서공술 자리에서 미성년 시절 성추행 피해를 당했
는지 추궁받았으나, 자기에게 불리한 진술을 하지 않을 헌법
상 권리를 내세우며 답변을 거부했다. 나의 짐작이 빗나갔을
수도 있지만, 나는 오래전부터 엡스타인 또한 어린 시절 어떤
방식으로든 성적 유린을 당했을 것이라 확신해왔다. 설령 내
짐작이 사실이라 해도, 과거의 고통이 엡스타인이 저지른 악

행의 무게를 조금도 가볍게 만들어주지는 않는다. 과거의 상처는 그의 범죄를 해석하는 단서일 뿐이다. 나는 엡스타인이 감정적으로 완전히 무너진 사람이었고, 타인과 깊은 관계를 맺을 능력이 결여되었다는 걸 안다. 그의 인간성이 타고난 결함이었는지, 아니면 공감 능력을 마비시킬 정도의 참혹한 학대가 낳은 산물이었는지는 영원히 미궁 속에 남을 것이다.

죄수

제11장
피라미드의 가장 밑바닥

이상하게 들릴지도 모르지만, 카리브해에서 엡스타인과 함께 있을 때 내가 가장 좋아하던 장소는 보트 부두도 해변도 아니었다. 섬에 있는 넓게 트인 큰 부엌이었다. 부엌에는 엡스타인의 개인 요리사 애덤 페리 랭이 자주 자리를 지키고 있었다. 랭은 훗날 바비큐로 유명한 스타 셰프가 되었지만, 2000년대 초반에는 엡스타인이 요구하던 건강식에 능숙했다. 두부, 생선 꼬치, 후무스 같은 음식들이었다. 내가 랭을 좋아했던 이유는 그가 나와 엡스타인의 다른 소녀들을 인간으로 대해주었기 때문이다. 섬에 머무는 동안 엡스타인은 우리가 벌거벗은 상태로 지내길 원했다. 그 탓에 남 앞에 옷을 입지 않은 채 서 있는 일도 드물지 않았으나, 랭은 내 몸을 훑어보는 대신 정직하게 눈을 마주쳐주었다. 그는 엡스타인이 허락한 식단에 없는 음식도 몰래 챙겨주곤 했다.

랭이 처음으로 내가 무엇이 먹고 싶은지 물은 적이 있다. 내가 솔직하게 '피자'라고 대답하자, 그는 별일 아니라는 듯 피자를 바로 만들어주었다. 그 뒤로는 굳이 말하지 않아도 챙겨주었다. 내가 엡스타인이나 다른 손님들의 수발을 마치고 나오면, 랭은 치즈가 듬뿍 들어간 따끈한 파이를 준비해두곤 했다. 내가 의자에 앉으면 랭은 맥주 한 병을 건네주었으며, 우리는 잠깐 이런저런 이야기를 나누었다.

이게 대단한 반항처럼 보이지 않을 수도 있으나, 나에게는 분명 거역의 의미였다. 엡스타인은 소녀들이 늘 마른 몸을 유지하길 원했기에 피자와 맥주는 철저히 금지된 음식이었다. 이뿐 아니라 다른 수많은 영역에서 맥스웰이 엡스타인의 집행자로 군림했다. 그녀가 식단과 일과를 얼마나 엄격하게 관리했는지는 모두가 아는 사실이었다. 맥스웰은 엡스타인의 집마다 매뉴얼을 비치하고, 커피 취향―아이러니하게도 엡스타인은 맥스웰 하우스를 즐겼다―부터 온도 조절기 설정(침실은 화씨 60도, 수영장은 화씨 88도), 심지어 화장지 관리법까지 모든 선호 사항을 구체적으로 적어두었다. 화장지의 끝은 반드시 "V자 모양으로" 접어야 한다고까지 명시되어 있었다.

어느 날 밤이었다. 랭과 내가 함께 술을 마시는데 부엌에

죄수

들어온 맥스웰이 우리를 발견하곤 매섭게 꾸짖었지만, 나는 개의치 않았다. 맥스웰이 나를 강하게 억압하고 있었기에 허락되지 않은 동료를 가졌다는 사실만으로도 기분이 좋았다.

그 무렵 엡스타인은 내게 점점 더 많은 것을 요구하기 시작했다. 이미 나는 매일 아침 그의 옷을 입혀주고 있었다. 먼저 엡스타인의 발에 로션을 바르고 양말을 쥐어짜듯 말아 쥔 다음, 아이에게 하듯 발가락과 뒤꿈치 위로 굴려 신겨주었다. 내가 무릎을 꿇고 바짓단을 벌려 들고 있으면, 엡스타인은 안으로 발을 들이며 "너는 나중에 정말 좋은 엄마가 될 거야"라고 말하곤 했다. 이제 그는 밤마다 분홍빛 새틴 시트를 덮어 달라고 요구하기 시작했다. "재워준다"는 표현이 성적 행위의 완곡한 표현처럼 들릴지도 모르지만, 엡스타인에게 늘 그런 뜻인 건 아니었다. 낮 동안의 역할이 그를 성적으로 흥분시키고 만족시키는 일이었다면, 밤에는 주로 달래고 어르는 데 집중했다. 수발이 끝나면 엡스타인은 혼자 남고 싶어 했다. 이불 속으로 손을 넣어 그의 발을 주무르고, 때로는 머리를 만져줘야 좋아했다. 그가 잠든 뒤에야 나는 이불을 턱까지 끌어올려 덮어주고 조용히 방을 나올 수 있었다. 이러한 수발을 부탁받은 사람은 내가 아는 한 나뿐이었고, 엡스타인은 그 사실이 자신을 돌보는 수많은 소녀와 하인들 가운데 내가 "1등"이라는 증거라고 말했다. 그의 칭찬은 나에게 묘한 자부심을 안겨주었다. 엡스타인은 일부러 소녀들 사이에 경쟁심을 부추겼기에, 그의 호의를 얻는 경험은 상처럼 받아들여졌다. 그렇지만 한 시간 넘게 걸리기도 하는 취침 의식은 점점 지루해졌다. 매일 밤 나는 녹초가 되어 방을 나왔다.

플로리다로 돌아온 뒤에야 나는 엡스타인을 위한 취침 의식이 그의 마음속 빗장을 풀어놓았다는 걸 깨달았다. 그가 갑자기 내게 속마음을 털어놓기 시작한 것이다. 어느 날, 팜비치의 마사지실에서 그는 나체로 스트레칭하는 사람들이 그려진 그림 옆에 숨겨진 문을 보여주었다. 그때까지 나는 그 방에 수십 번은 드나들었지만, 그곳에 문이 있다는 건 눈치채지 못했다. 문을 열자 '트로피 보관실'이라고밖에 부를 수 없는 공간을 드러났다. 벽면은 바닥부터 천장까지 수백 장의 어린 소녀 사진으로 가득했다. 사진 속 모든 피사체가 나체였고, 상당수는 한눈에 봐도 미성년자였으며, 수줍음이라곤 찾아볼 수 없는 노골적인 자세였다. 구석에 쌓인 신발 상자 더미에도 사진은 넘쳐났다. 전시 공간이 부족할 정도로.

나는 말문이 막혀 그를 바라보았다. 그 역시 아무 말도 하지 않았지만, 그의 자만하고 오만한 표정은 이렇게 말하는 듯했다. "내가 정복한 대상들을 봐. 내가 얼마나 강력한 존재인지 보고 경배해."

맥스웰도 어느 정도는 나를 신뢰하기 시작한 것처럼 보였

죄수

지만, 썩 좋은 소식이 아니었다. 그건 내가 새로운 일을 맡게 되었다는 뜻이었기 때문이다. 바로 엡스타인을 위한 소녀를 모집하는 일이었다. 시작은 카리브해였다. 어느 날 저녁, 맥스웰과 엡스타인, 켈런, 그리고 나는 배를 타고 세인트 토머스로 건너가 식사를 한 뒤 함께 거리를 거닐고 있었다. 그때 엡스타인이 나와 켈런에게 말했다.

"너희 둘이 여기 나이트클럽에 가서 오늘 밤 데려올 만한 사람 있는지 좀 보고 오지 그래?"

맥스웰은 고개를 끄덕이며 동의했다. 엡스타인의 기준은 이미 전해 들은 상태였다. 모집 대상은 가능하면 백인이어야 했고, '옆집 소녀'처럼 건전한 인상에 열두 살에서 열일곱 살로 보이는 외모여야 했다. 피어싱이나 문신이 없어야 했으며, 창녀는 금지였다. 하지만 외모 말고 가장 중요한 조건은 취약함이었다. 엡스타인과 맥스웰의 표현을 빌리면, 모집 대상은 충분히 '경계선 위에' 있어서 돈과 맞바꿔 성관계에 응할 수 있을 만큼 취약해야 했다.

그날 밤 나는 깨달았다. 나는 또다시 길들여지고 있었다. 몇 시간 동안 켈런의 곁을 따라다니며, 켈런이 소녀들에게 말을 걸고 낯선 이들 사이를 자연스럽게 옮겨 다니며 유혹하는 모습을 지켜보았다. 그날 밤 섬으로 데려갈 만한 사람을 찾지는 못했지만, 나는 곧 수치스러울 만큼 익숙하게 내뱉게 될 섭외 문구를 알게 되었다. "예쁜 소녀들을 좋아하는 억만장자를 대신해 사람을 찾고 있어. 연기·모델·예술계 쪽 인맥이 풍부해서 너의 꿈을 도와줄 수도 있어. 한번 만나볼래?"

몇 달 동안 나는 맥스웰과 켈런이 피라미드 같은 모집 구조를 어떻게 짜는지 지켜보고 있었다. 뉴욕에서는 오후 시간을 '사냥'에 쓰기 시작했다. 오후 세 시, 고등학교 수업이 끝나는 시간에 맞춰 거리로 나가 말을 걸 만한 예쁜 소녀들을 찾았다. 특히 맥스웰은 누가 무엇을 원하고 필요로 하는지 재빨리 짚어내는 데 탁월했고, 그에 맞춰 말을 최대한 매력적으로 다듬었다. 처음으로 엡스타인을 거친 소녀에게는, 다음에 친구를 데려오면 돈을 두 배로 주겠다고 제안했다. 다른 소녀를 그물 안으로 끌어들이는 유인은 두 가지였다. 중개 역할을 하면 처음 받았던 200달러 대신 400달러를 받게 되었고, 대개는 엡스타인을 직접 상대하지 않아도 되었다. 새로 온 소녀가 그 역할을 대신했기 때문이다.

내가 새로운 일을 맡게 된 것에는 돈을 두 배로 벌 수 있다는 기대가 아니라 엡스타인을 실망시킬지도 모른다는 두려움이 더 컸다. 그가 스카이디를 두고 협박한 일이 여전히 머릿속에 선했고, 그는 수많은 소녀와의 관계를(그런 걸 관계라고 부를 수 있다면) 아무렇지 않게 끊었다. 게다가 그 무렵의 나는 생활비뿐 아니라 인정까지도 그에게 의존하고 있었다. 다

201

죄수

른 피해자 중에 이따금 스톡홀름증후군을 겪었다고 말하는 이들도 있다. 살아남기 위해 가해자에게 긍정적인 감정을 품게 되는 현상 말이다. 지금 돌아보면 나 역시 그랬다. 나는 엡스타인이 병을 앓고 있다고, 섹스 중독이라는 병에 시달리고 있다고 믿고 싶었다. 그래도 마음 깊은 곳에서는 나를 믿고 있고, 내 편이라고 믿고 싶었다. 나는 엡스타인이 이기적이고 잔인한 소아성애자가 아니길 바랐다. 그래서 그가 그런 사람이 아니라고 나를 속였다.

엡스타인에게 언젠가 정착해서 결혼할 생각이 있느냐고 물은 적이 있었다. 엡스타인은 일부일처의 사랑은 가능하지 않다고 믿지만, 여러 사람과의 사랑은 가능하다고 믿는다고 말했다. 그때의 나는 그 말이 그의 기이한 방식으로나마 나를 사랑한다는 뜻이라고 받아들였다. 나 역시 그에게 어떤 감정을 품고 있었다. 사랑이라기엔 애매했고, 가장 알맞은 말은 충성심인 것 같다. 그는 자신이 나를 돕고 있다고, 내게는 어울리지 않는 그 시시한 삶에 매몰되지 않도록 나를 지켜주고 있다고 믿게 만들었다. 나는 그에게 묘한 부채감을 느꼈다.

결국 나는 내 인생에서 가장 끔찍한 일을 저지르기 시작했다. 다른 소녀들을 엡스타인의 병든 세계로 끌어들인 것이다. 잘못이라는 걸 알았지만, 적어도 내가 접근한 소녀들에게는 솔직하게 말해주고 있다며 자신을 합리화했다. 엡스타인과의 만남을 돈벌이와 유흥처럼 포장하던 켈런과 달리, 나는 마사지 중에 옷을 벗어야 하며 더 깊은 신체 접촉을 요구할 수도 있다는 점을 분명히 경고했다. 하지만 경고했다는 사실이 추한 진실을 덮어주지는 않는다. 굶주리거나 가난한 소녀들을 골라 접근하며 그녀들의 취약함을 이용하고 있다는 사실을 나는 명백히 인지하고 있었다. 나는 끝내 바닥까지 추락하여 내 친구 몇 명을 엡스타인에게 직접 데려가기까지 했다. 아무도 내 제안을 거절하지 않았다. 친구들은 내가 사는 고급 아파트를 이미 보았고, 나의 권유를 받아들인 이들은 엡스타인을 상대하는 일이 손쉬운 돈벌이라고 믿고 싶어 했다. 하지만 이 모든 사정 역시 변명이 되지는 않는다. 상황을 알면서도 기꺼이 나를 따라나설 소녀들을 직접 골랐다는 사실 자체가, 내가 얼마나 절박한 사람들을 잘 가려내게 되었는지를 증명할 뿐이다. 내가 모집했던 소녀들의 얼굴은 평생 나를 괴롭힐 것이다. 나는 그녀들이 겪은 고통을 알고 있으며, 그 비극에 일조했다는 죄책감을 결코 잊지 못할 것이다.

그리고 2001년의 시작과 함께 맥스웰과 엡스타인은 나를 더 큰 계획에 끌어들이겠다는 기색을 노골적으로 드러냈다.

"이제 우리와 해외 일정까지 함께해야 하니 여권을 만들어야겠어."

1월 초, 맥스웰은 내게 여권을 마련하라고 지시했다. 이어

203

죄수

사진을 찍을 장소를 지정해주었고 신청서 작성을 도왔다. 직업란에는 "마사지사"라고 기재하라고 했다. 1월 20일은 엡스타인의 마흔여덟 번째 생일이었고, 맥스웰은 기념일을 성대하게 치러야 한다고 강조했다. 날짜가 다가오자 나는 맥스웰의 의중을 살피며 물었다.

"선물로 시계 같은 걸 드리면 좋아하실까요?"

맥스웰은 코웃음을 쳤다. "제프리가 네 처지에 살 수 있는 시계를 차고 다닐 리 없잖아." 맥스웰의 언사는 엡스타인이나 따위가 사는 물건을 몸에 걸칠 인물이 아니라는 노골적인 비하였다. 그를 기쁘게 할 방법은 단 하나뿐이라고 맥스웰은 단언했다.

"그가 원하는 건 오직 네 나체 사진뿐이야."

몇 시간 후 맥스웰은 나를 수영장 근처 파티오로 데려갔고, 옷을 벗으라고 했다. 맥스웰은 거의 다정하다고 느껴질 만큼 세심하게 나를 다뤘다. 머리카락을 정리하고, 엡스타인이 좋아할 거로 생각한 부분이 드러나도록 자세를 잡았다.

"완벽해. 아름다워." 맥스웰은 그렇게 말했지만, 그 말은 나에게 하는 말이라기보다는 자기 자신에게 중얼거리는 소리처럼 들렸다. 나는 곧 엡스타인의 트로피 보관실에 있는 다른 소녀들과 합류할 터였다.

그 무렵 중학교 시절 남자친구 토니 피게로아가 나의 삶에 불쑥 난입했다. 어느 날 오후 로열 팜비치의 아파트에 머물고 있을 때 문을 두드리는 소리가 들렸다. 누구냐는 나의 물음에 돌아온 토니의 목소리를 나는 어디서든 알아챘을 것이다. 엄마가 나를 '그로잉 투게더'로 보내기 전 마지막으로 보았으니, 토니와의 재회는 그로부터 3년 만이었다. 그사이 토니는 조금 자라 있었다. 검은 머리는 더 짧아졌고, 투팍, 비기, 자룰 같은 래퍼들에게 심취한 듯 커다란 티셔츠에 엉덩이가 보일 정도로 헐렁한 반바지를 걸치고 있었다. 그래도 커다란 갈색 눈만은 예전 그대로였다.

"젠장, 드디어 연락이 닿았네." 토니는 반가움을 내뱉으며 나를 끌어안았다. "몇 달 동안이나 너를 찾아 헤맸어."

마이클이 우리 둘이 함께 있는 광경을 보지 못하게 하려고 나는 술 한잔하러 나가자고 제안했다. 우리는 몇 시간 동안 대화를 나누며 갑작스럽게 단절되었던 시간을 아무 일도 없었다는 듯 자연스럽게 이어나갔다. 지난 몇 년이 고단했다고 털어놓으면서도, 지금은 팜비치의 자산가를 위해 일하는 좋은 직장이 있다고 덧붙였다. 나의 업무가 구체적으로 무엇인지는 일부러 얼버무렸다. 토니는 조용히 경청한 뒤 자신의 근황을 이야기했다. 우리 둘 다 온전한 상태는 아니었으나, 오랜 시간 나를 알아온 사람과 마주 앉아 있다는 사실만으로도 기분이 나아졌다. 헤어지기 전 토니가 나를 바래다주던 길에 그에게 조심스러운 입맞춤을 건넸다. 조만간 다시 만나게 될 것 같은 예감이 들었다.

몇 달 동안 나는 엡스타인과 그곳에서 겪은 일들을 마이클에게 어떻게 털어놓아야 할지 몰라 입을 굳게 다물었다. 이상하게도 토니 앞에서는 마음이 달랐다. 토니는 나를 판단하지 않을 거라는 확신이 있었다. 함께 보내는 시간이 늘어나면서 공백으로 남겨둔 이야기들을 하나씩 채워넣었다. 토니는 내 "일"의 실체를 듣고 반가워하지 않았다. 당연한 반응이었다. 그래도 토니는 그 엿 같은 상황을 내 탓으로 돌리지는 않았다. 록사해치에서의 삶은 늘 버거웠다. 토니에게도, 나에게도. 결국 모두가 그저 버티며 살아가고 있었던 게 아닐까. 그렇게 조금씩, 중학교 시절처럼 토니와 나는 친구에서 연인으로 변해갔다.

마이클은 토니와 내가 다시 만난다는 사실을 알자 완전히 무너져내렸다. 내가 이별을 고하지 않은 탓에 상황은 더 악화됐다. 결국 마이클은 어느 밤 문을 열고 들어와 토니와 함께 있는 나를 목격하고는 모든 진실을 깨달았다. 내 인생에서 가장 떳떳하지 못한 순간이었다. 토니와 내가 노골적인 행위를 하던 중은 아니었으나, 마이클은 공기만으로도 상황을 알아챘다. 우리는 격렬하게 다퉜다. 서로 고함을 치며 맞붙었고 끝내 마이클이 집을 나갔다. 며칠 뒤 마이클은 자기 짐을 챙기러 왔고, 나는 죄책감에 우리가 키우던 동물들을 대부분 데려가도록 허락했다. 마이클은 그 많던 애완동물 중 단 두 마리만 남겨두었다. 차우차우 메리-제인과 쿠거라는 이름의 고양이였다. 얼마 지나지 않아 토니가 마이클의 자리를 채우려 집으로 들어왔다.

돌이켜 보면 그 시절의 나는 조금도 자랑스럽지 않다. 지금의 나는 어린 시절의 내가 그저 살아남기 위해 사투를 벌였음을 이해하지만, 당시 수동적으로 침몰해가던 모습이 떠오르면 여전히 몸이 움츠러든다. 에핑거에게 붙잡혀 지내던 때와 마찬가지로, 나는 점점 더 자낙스를 비롯한 여러 약물에 의존했다. 맥스웰이 붙여준 의사들이 처방해준 약물이었다. 감당

죄수

하기 힘든 날에는 자낙스를 하루에 여덟 알까지 삼키기도 했다. 상황이 조금 더 나았거나 내면의 상처가 덜한 소녀라면 엡스타인과 맥스웰을 위해 내가 요구받았던 일들을 거부했을 거라는 사실을 그때도 알고 있었다. 그럼에도 나는 벗어날 용기를 내지 못했다. 엡스타인이 도시를 비워 자유로운 시간이 있는 날에도 나는 나를 마비시키듯 파티에 탐닉했다. 술을 마시고 마리화나를 피웠으며, 가끔은 엘에스디 같은 환각제에 몸을 맡기기도 했다.

엡스타인은 본인의 몸을 관리하며 곁에 있으면 진짜 마사지사를 소개하고 전문 마사지를 배울 교육비도 대신 치러주겠다는 감언이설로 나를 계속 붙잡아 두었다. 어느 날은 가능한 마사지사가 남자뿐이라 실제로 실력 있는 전문가에게 지도받기도 했다. 그는 한 지점을 오래 누르면 가장 단단하게 뭉친 근육도 풀린다는 사실을 보여주었다.

"천천히 해요." 남자가 말했다. "속도를 늦추고 한곳에 집중하는 걸 두려워하지 말아요." 나는 그 조언을 모두 흡수해 내 삶에도 적용해보려 애썼다. '내가 참으면 상황이 나아질지도 몰라.' 그렇게 믿으며 무언가를 배우고 있다는 사실에 고마움을 느꼈다.

엡스타인이 나를 가르치기 위해 고용한 마사지사들은 그 한 번을 빼고는 전부 여자였다. 이후 상황이 어떻게 흘러갔을

지는 짐작할 수 있을 것이다. 어느 날은 겉보기에 제대로 된 전문가처럼 보이는 여자와 나란히 세션을 진행하고 있었는데, 엡스타인이 갑자기 상대에게 명령했다. "옷을 벗어." 그 여자가 아무 말 없이 지시를 따르자 나는 그제야 모든 "수업"이 거짓이었음을 깨달았다. 교육 과정은 엡스타인의 병적인 환상을 현실로 구현하기 위한 연출일 뿐이었다. 그날 엡스타인은 우리 둘을 상대로 욕망을 채웠다. 집에 돌아온 나는 필사적으로 마약에 취하고 싶었다. 몇 달 동안 나에게 일어나는 일을 정당화하려 안간힘을 썼다. "조금만 더 견디면 좋은 결과로 이어질지도 몰라." 그런 식으로 나를 달래며 버텼다. 하지만 이제는 하루를 견디기 위해 점점 더 강하게 감각을 마비시켜야만 했다.

엡스타인과 맥스웰이 나를 지인들에게까지 내돌리기 시작하자, 아무것도 느끼고 싶지 않다는 갈망은 더욱 간절해졌다. 처음에는 이 모든 일을 나의 "마사지 수련"이 새로운 단계로 진입한 것처럼 포장했다. 엡스타인이 소개한 새 "고객"은 한 남성과 그의 임신한 아내였다. 엡스타인은 두 사람 모두 마사지가 필요하다고 말하며, 팜비치의 고급 호텔 '더 브레이커스'에 머무는 그들을 응대할 구체적인 지침을 내렸다.

"부인은 부드럽게 다뤄야 해." 엡스타인이 지시했다. "편안하게 해주되, 모든 에너지는 남편에게 쏟아야 한다."

죄수

나는 불현듯 고개를 들어 그를 보았다. 내가 짐작한 의미가 맞는지 확인하고 싶었다.

"그가 원하는 건 무엇이든 해줘. 나에게 하듯이." 엡스타인은 기어코 내 예상을 확인시켜주었다.

그는 내가 자신을 대신해 보내는 사절이라고 말했다. 나의 행동거지가 곧 엡스타인의 얼굴이었고, 그의 평판을 지켜내는 일이 무엇보다 중요하다고 강조했다.

그날 밤 택시를 타고 호텔로 향했다. 그 남자를 '억만장자 1번'이라 칭하겠다. 억만장자 1번 부부는 호텔 내 별도의 주거 구역에 머물고 있었다. 도착하자마자 부부는 나를 안방으로 안내하며 아내부터 맡아달라고 요청했다. 맥스웰이 농담조로 "발목을 잘못 건드리면 조산을 유도할 수 있다"고 경고했던 터라, 나는 그 말을 곧이곧대로 믿고 아기를 다치게 할까 봐 겁에 질려 있었다. 억만장자 1번의 아내가 옷을 벗었다. 임신한 여성의 나체를 본 것은 생전 처음이었다. 배는 농구공을 삼킨 듯 부풀어 있었고 배꼽은 살짝 돌출되어 있었다. 마사지용 침대가 없어 일반 침대에 베개를 받쳐 몸을 고정한 뒤 가져온 오일을 발랐다. 산전 마사지 지식이 전무했기에 발목 부위는 철저히 피하며 정성을 다했다. 45분쯤 지나자, 그 여자는 잠을 자겠다며 불을 꺼달라고 부탁했다. 나는 불을 끄고 엡스타인의 방에서 나올 때처럼 기적 없이 방을 빠져나왔다.

방에서 나오니 온 집 안이 어둠에 잠겨 있었다. 기척을 죽인 채 집 안을 헤맨 끝에, 응접실에서 옷을 벗고 있는 억만장자 1번을 발견했다. 바닥에는 작은 러그 하나가 깔려 있었고, 남자는 벌거벗은 채 그 위에 누워 천장을 응시하고 있었다. 나는 그에게 몸을 뒤집어 달라고 요청하며, 이 낯선 이가 기대하는 행위가 오직 마사지뿐이기를 속으로 간절히 바랐다. 바닥에서 작업하는 일은 침대보다 훨씬 고됐지만, 맡은 바를 완벽히 해내야 한다는 생각뿐이었다.

아파트에 도착한 지 네 시간이 지나도록 근육을 주무르고 있자, 억만장자 1번이 고개를 들고 신음 섞인 목소리로 물었다. "옷을 벗고 하면 더 편하지 않겠어?" 실망스러웠으나 놀랍지는 않았다. 우리는 바닥에서 관계를 맺었고, 일이 끝난 뒤 남자는 내게 현금 백 달러를 건넸다. 그날 밤 호텔을 나서자 속이 텅 비어버린 듯한 공허함이 다시금 밀려왔다. 다만 이런 처지에 익숙해진 탓인지, 택시 뒷좌석에 앉아 돌아오는 내내 머릿속을 지배한 것은 엡스타인이었다. '내가 지시대로 했다는 걸 알면 그는 기뻐하겠지.'

다음 날 아침 전화가 울렸고, 엡스타인은 점심을 먹으러 엘 브릴로 웨이로 오라고 했다. 도착해서 수영장으로 가니 엡스타인은 선베드에 앉아 서류에 둘러싸여 있었다. "어땠어?" 그

죄수

가 물었다. 낯선 사람과의 성관계가 기말고사나 신경 치료 같은 일상적인 일과 다를 바 없다는 듯 굴었다. 요구받은 일은 전부 했고 당신의 친구들은 만족한 것 같다고 말했다. 엡스타인은 씩 웃더니 빨간 포도 한 알을 입에 넣고 사무실로 돌아갔다. 엡스타인을 만족시킨 것이다. 나도 돌아서 밖으로 나왔다.

❖

숨 돌릴 시간이 필요하다. 이 글을 읽는 당신도 마찬가지일 것이다. 잠시 음울한 과거에서 벗어나, 남편 로비와 아이들을 데리고 가족 나들이를 떠나곤 했던 곳으로 화제를 돌려보려 한다. 바로 서호주의 역사적 유산인 프리맨틀 감옥(1851년부터 1991년까지 실제로 사용된 감옥으로, 현재는 박물관 겸 관광 명소이다-옮긴이)이다. 감옥이 나들이 장소로 적절한지 의구심이 들 수도 있겠지만, 두 아들과 웬만한 남자아이 못지않게 강단 있는 딸을 둔 부모라면 충분히 수긍할 만한 선택이다. 아이들은 호주가 본래 죄수 식민지로 시작되었다는 사실을 학교에서 배워 알고 있었다. 영국이 자국 교도소의 포화 상태를 해결하기 위해 1850년부터 죄수들을 서호주로 이송하기 시작했다는 역사적 배경 말이다. 알렉스와 타일러, 엘리는 초기에 정착한 죄수들이 자신들이 갇힐 감옥의 벽을 직접 쌓아 올리고,

여러 동의 감방과 출입문, 복잡한 지하 터널까지 건설했다는 대목에 열광한다. 우리 아이들은 특히 가이드의 지시에 따라 말뚝에 직접 수갑을 차보는 퍼포먼스에 환호했다. 그곳은 과거 규율을 어긴 죄수들을 묶어두고 '아홉 가닥 채찍'으로 태형을 집행하던 장소였다. 방문객은 칠흑 같은 독방에 갇히는 찰나를 경험해볼 수도 있다. 아이들은 이 생생한 역사 현장을 진심으로 즐거워한다.

아이들이 답답한 방에서 나오며 웃음을 터뜨리자, 함께 나오던 로비는 "진짜 머리가 터질 것 같다"라고 한마디했다. 나는 로비와 아이들을 따라 안으로 들어가지 않고 바깥쪽 천장이 낮은 복도에서 프렌치 불도그 주노를 안고 기다렸는데, 주노는 가족 나들이에 나선 날이면 언제나 "정서 지원 동물 Emotional Support Animals(장애가 있거나 심리적 문제를 지닌 사람이 정서 안정과 심리적 지지를 위해 키우는 동물을 의미하며, 미국 등 해외에서는 정신건강 전문가가 법적으로 정서 지원 동물을 '처방'하며 정식 등록 절차를 거쳐 반려동물로 삼을 수 있다-옮긴이)"이라는 글자가 적힌 하네스를 착용한다. 아이들의 웃음 덕분에 스릴 넘치는 경험을 곁에서라도 맛보는 기분이다.

프리맨틀 감옥은 우리 가족이 가장 좋아하는 으스스한 유령 체험 장소다. 우리는 해가 진 뒤에 시작하는 '토치라이트 투어'에 참여한 적이 있는데, 감옥에서 죽은 수감자들을 소재

죄수

로 한 유령 이야기가 이어지는 동안 아이들은 웃음을 터뜨리다가 몸을 부르르 떤다. 어느 시간대에 찾아가도 감옥 구내를 거닐면 수도도 전기도 없는 돌 성채에서 살았던 사람들의 삶이 상상되면서 온몸에 소름이 돋는다. 그래도 감옥 벽 안에서 희망을 붙잡고 버티는 길을 찾아낸 사람들도 있었는데, 감방을 한 발짝도 벗어나지 않고 예술로서 정신적 탈출을 감행한 수감자 제임스 월시가 대표적인 사례다. 1860년 무렵 1파운드 위조지폐 사건으로 833번 감방에 갇혀 징역 8년을 살던 월시는 죄수복에 달린 황동 단추를 이용해 감방 벽 구석구석에 고전 양식의 섬세한 그림을 새겼다. 투어 가이드에 따르면 이 세밀한 그림들은 거의 한 세기 동안 누구의 눈에도 띄지 않은 채 남아 있었다. 1964년에 이르러서야 월시의 감방이었다가 나중에 창고로 바뀐 방의 벽에 서투른 교도관이 몸을 부딪친 탓에 흰 칠이 떨어져나갔고, 그때 벽면 아래 숨어 있던 그림이 드러나면서 비로소 월시의 작품들이 발견됐다.

오늘 833번 감방 안에 서서 월시가 남긴 종교 인물과 그리스 로마 신화의 장면, 빅토리아 여왕의 모습 등을 바라보면 이런 생각이 든다. '월시라는 사람의 몸은 끝내 프리맨틀 감옥을 벗어나지 못했지만, 영혼만은 분명 빠져나갔어.' 엡스타인과 맥스웰 곁에서 지낸 세월을 떠올리면 가끔 그들의 행태를 어떻게 버텼는지 나조차도 놀란다. 단추 하나로 벽에 세밀한 그림을 새기며 정신을 지켜낸 윌시의 분투를 보고 나는, 우리 모두에게 자각하지 못하는 순간에도 정신을 살려두려고 끝까지 싸우는 무언가가 숨어 있음을 깨닫는다.

✥

엡스타인은 어린 소녀들을 향한 욕망을 합리화하기 위해 스스로 과학적이라고 우기는 근거를 나에게 늘어놓는 걸 좋아했다. 예를 들어, 엡스타인은 생리를 시작한 소녀하고만 성관계를 가졌다. 그래야 생물학적으로 아이를 가질 수 있는 몸을 가졌다는 이유로 소녀들이 이미 성인이라고 주장할 수 있다는 것이다. 어처구니없는 말을 쏟아내는 그가 어이없었지만, 나는 끝내 입을 다물었다. 겉모습이 얼마나 어려 보이든 성 경험이 전혀 없든 생리를 한다는 미미한 사실 하나만으로 본인이 저지르는 학대를 자연스러운 순리의 일부로 포장해서 자신을 변호하다니. 누구를 상대로 이런 주장을 펼쳤는지는 끝내 알 수 없었다. 소녀들 앞이었는지, 사업 파트너들이나 수사기관 관계자들 앞이었는지, 아니면 자기에게 되뇌고 있었는지 짐작만 할 뿐이었다. 다만 엡스타인이 사회 도덕 규범에 구멍이 뚫린 지점을 찾았다고 여기며 은근한 쾌감을 느

죄수

낀다는 사실만은 분명했다. 국가와 주마다 성관계 동의 연령 age of consent을 다르게 정해놓았다는 사실(플로리다는 만 18세, 뉴욕은 만 17세, 영국은 만 16세)은 그의 논거를 보충하는 수단으로 쓰였다. 엡스타인은 법적 기준이 제각각이라는 점이야말로 성관계 동의 연령을 규정한 법이 자의적이고 무의미하다는 증거라고 강변했다. 미성년과 성관계를 맺는 일이 잘못이라고 아무리 지적해도 그는 납득할 이유가 없다며 큰소리쳤다. 엡스타인은 미성년의 정의 자체가 합의되지 않았다는 점을 방어 논리로 내세웠다. 여성은 남성과 달리 다중 오르가슴을 느낄 수 있으니, 그 생물학적 특징이 여러 파트너와 관계를 맺어야 한다는 당위성을 보여준다고 주장하기도 했다. 가짜 과학에 기댄 엡스타인의 논리는 엉망으로 얽혀 있었지만, 그는 이런 궤변이 있는 그대로의 현실이라 우겼다. 나는 반박하지 않았다. 믿는 척하는 편이 훨씬 편했기 때문이다.

초반부터 엡스타인은 성적인 순간마다 내가 엡스타인이 시키는 행동이나 그가 하는 행동을 즐기는 사람처럼 보여야 한다고 못 박았다.

"생기와 에너지가 넘쳐야 해. 축 늘어진 사람은 아무도 원하지 않아."

엡스타인은 그렇게 말했다. 그래서 내 몸이 본인에게 어떻게 반응했는지 묘사하라거나 오르가슴을 느끼라고 독촉하면, 나는 그가 원하는 대로 연기하고 꾸며냈다. 가끔은 엡스타인이 준비한 기구들의 자극이 지나치게 강해서, 특히 그가 자주 벌이던 난교 파티 중에는 나도 모르게 몸이 절정에 치달았다. 신체적 반응이 일어날 때마다 어린 시절처럼 혼란스러운 감정이 일었다. 오르가슴을 느낀다는 건, 내가 원해서 이 끔찍한 관계에 동참한다는 뜻일까? 내가 원한 것이라는 자책이 들 때마다 내 안의 자기혐오는 더욱더 깊어졌다.

어느새 어떤 분명한 패턴이 생겼다. 엡스타인과 떨어져 있는 시간에는 그의 주변에서 벌어지는 일을 잊고 싶다는 갈망이 너무 강해 대부분을 약에 취해 지냈다. 나는 스스로 "그냥 보통 10대처럼 굴고 있을 뿐이야"라고 자위했지만, 실제로는 약에 의지해 버티는 중이었다. 주로 자낙스를 복용했고, 가끔은 엑스터시까지 했다. 원칙적으로 엡스타인은 처방전 없이 약물을 쓰는 것을 탐탁지 않게 여겼다. 그러나 내가 엑스터시를 먹으면 성적인 거부감이 줄어들고 쾌감이 커진다고 말하며 "털 난 건 뭐든 쓰다듬고 싶어져요"라고 설명하자, 그는 오히려 내게 복용을 압박했다. 한술 더 떠서, 이번에는 본인이 지켜보는 가운데 약을 먹으라고 명령했다. 그날 세션에서 내가 평소보다 들뜬 태도를 보이자 엡스타인이 무척 흡족해했던 기억이 선명하다. 하지만 약 기운이 빠지고 나면 나 자신이 더욱 끔찍한 사람처럼 느껴졌다. 내가 저지른 욕망 가득하

죄수

고 문란한 행동들이 불쑥불쑥 떠올랐고, 그 잔상마다 속이 메스꺼워지며 수치심이 치밀어 올랐다. 적어도 약에 취한 몇 시간 동안은, 처음 만난 날 엡스타인이 원한다고 했던 "발랑 까진 소녀"가 된 셈이었다. 도대체 나의 내면에서 무슨 일이 벌어지고 있었던 걸까.

시간이 지날수록 반복적으로 벌어진 사건이 있다. 바로 엡스타인과 맥스웰이 나를 성적인 거래 대상으로 삼는 일이었다. 내가 두 번째로 넘겨진 상대는 엡스타인이 연구비를 대주고 있던 심리학 교수였다. 이번에는 일반 여객기를 타고 세인트 토머스로 이동한 뒤 배를 타고 엡스타인의 섬으로 갔다. 섬에 도착했을 때 심리학 교수가 나를 맞이했다.

이마 앞부분이 훤히 벗겨지고 머리가 희끗희끗한, 어딘가 괴짜 같은 분위기의 체구가 작은 남자였다. 이 남자의 말투와 태도에는 긴장이 묻어 있었고, 여자를 대하는 상황에 서투른 사람처럼 보였다. 섬에는 가정부 한 명만 남겨 놓은 채 우리 두 사람만 있었고, 이틀 동안 제트스키를 타고 섬 이곳저곳을 걸어 다니고 헤엄치며 시간을 보냈다. 그는 성관계를 언급하진 않았지만, 엡스타인은 이미 내게 어떤 역할을 기대하는지 분명히 해둔 뒤였다. "첫 번째 손님을 상대했듯이, 심리학 교수도 기분 좋게 해줘."

교수가 "제프리가 말해준 유명한 마사지 한번 받아보고 싶어요"라고 말하자, 나는 요청을 따랐다. 교수와 함께 별채로 가서 마사지를 해줬고, 결국 성관계로 끝났다. 다만 성관계는 한 번뿐이었다. 다음 날 밤, 남자는 대신 영화를 보고 싶다고 말했다. 엡스타인의 집에서 가장 큰 TV에 달린 리모컨 사용법과 영화를 다 보고 난 뒤에 전원을 끄는 방법을 알려주고, 나는 방으로 돌아가 잠자리에 들었다. 잠깐이나마 일에서 벗어나 쉴 수 있어서 안도했지만, 한편으로는 교수를 실망시켰다는 이야기가 엡스타인 귀에 들어가지는 않을까 걱정했던 기억이 남아 있다.

심리학 교수는 내가 성적으로 시중들도록 강요당한 명문대 출신 학자들 가운데 첫 번째에 불과했다. 당시에는 몰랐지만, 엡스타인은 세계적인 사상가와 베스트셀러 과학 저자들과 어울리려고 수년 동안 공을 들여왔다. 그 사교계 무리에는 쿼크(원자의 양성자와 중성자를 만드는 기본 입자-옮긴이)를 발견한 물리학자와 영화 〈2001: 스페이스 오디세이〉 제작 때 스탠리 큐브릭에게 자문한 컴퓨터 과학자도 있었다. 엡스타인은 "중력이란 무엇인가?"라는 질문을 주제로 심포지엄을 열어 이론물리학자 스티븐 호킹을 비롯한 여러 학자를 초청하기도 했다. 대학을 중퇴한 엡스타인은 학위를 가진 혁신가나 이론가들과 본인이 동급이라고 믿었고, 여러 연구 프로젝트에 자금을 대고 전용기를 태워 이동을 도맡은 덕분에 학자들

219

무리에 어느 정도 받아들여졌다. 그러고 나서 엡스타인은 몇몇 학자에게 보너스를 제안했다. 우리 소녀 중 한 명과 성관계를 맺게 해주겠다는 추악한 제안이었다. 그 뒤 몇 달 동안 나는, 나중에 각자의 분야에서 명성이 높은 인물이라는 사실을 알게 되는 많은 남자에게 성적으로 시중들라는 지시를 받았다. 밤마다 엡스타인은 마사지룸에서 낯선 남자가 들어올 때까지 기다리라고 지시했고, 방에 들어온 남자는 성관계를 당연하게 기대하는 기색을 숨기지 않았다.

엡스타인이 막대한 자원을 쏟아부어 유력 인사들과의 인맥을 확장하는 동안, 나는 권력을 쥔 남자들 사이를 떠도는 거래 대상이 됐다. 초대받은 이들 가운데에는 머지않아 미국 서부 한 주의 주지사 선거에서 승리할 후보와 전직 연방 상원의원이 있었다. 엡스타인은 대개 내 앞에서 이런 손님들의 이름을 제대로 소개하지 않았고, 아예 인사를 생략하는 경우도 잦았다. 그래서 여러 해가 지나서야 엡스타인 측근들의 사진을 들여다보다가, 억지로 성관계를 맺었던 가해자들의 얼굴을 확인하고 그들의 정체를 뒤늦게 알게 됐다.

이 남자 무리 가운데에는 엡스타인의 집을 너무 자주 들락거려서 이름을 알게 된 사람들도 몇 명 있었다.

예를 들어, 맥스웰의 오랜 친구인 프랑스 모델 에이전트 장 뤽 브루넬은 뉴욕과 엡스타인의 섬에서 나를 여러 차례 성적으로 학대했다. 당시 브루넬은 50대였고, 눈에 안 띄고 지나가기 힘든 인물이었다. 선명한 색의 요란한 옷차림을 즐겼고, 물방울무늬나 페이즐리무늬 옷을 자주 입었다. 브루넬은 엡스타인이 투자한 'MC2'라는 모델 에이전시를 운영했고, 소속 모델이던 소녀들을 노리는 것으로 악명이 높았을 뿐 아니라 다른 남자들에게 소녀들을 넘기는 공급책으로도 알려져 있었다. 엡스타인은 브루넬이 데려온 1,000명이 넘는 소녀를 성적으로 착취했다고 자랑처럼 떠벌렸다. 어느 날 엡스타인은 브루넬이 프랑스 출신 열두 살 아이 세 명을 생일선물이라고 보내주었고, 그 어린아이들을 성적으로 착취한 다음 비행기에 태워 프랑스로 돌려보냈다고 했다. 또 다른 날에는 브루넬이 이른바 "재능" 발굴 담당자들을 엡스타인의 전용기에 태워 브라질로 보냈고, 브라질 축구장 주변에서 미성년 소녀들을 뽑아 왔다. 이런 수법으로 데려온 소녀들은 엡스타인의 성범죄에 동원된 뒤 다시 브라질로 돌려보내졌다.

엡스타인과 맥스웰은 그에 대한 답례처럼 나를 장 뤽 브루넬에게 넘겼고, 브루넬은 나를 여러 번 마음대로 썼다. 가끔은 엡스타인, 맥스웰, 브루넬, 나까지 함께 성관계를 가졌다. 엡스타인과 장 뤽 브루넬이 나란히 소녀들을 학대하면서 서로를 바라보던 눈빛을 평생 잊을 수 없다. 엡스타인과 브루넬

죄수

은 나와 다른 소녀들이 겪는 불행을 함께 만끽하면서 정말로 우쭐거렸다.

맥스웰과 엡스타인이 나를 낯선 남자들에게 넘기기 시작한 뒤, 나는 두 사람이 이런 행위로 어떤 이익을 얻으려 하는지 자주 생각했다. 첫 번째 가설은 맥스웰과 엡스타인이 나중에 써먹을 빚을 지워두려고, 권력 있는 지인 몇 명에게 소녀들을 넘겼다는 생각이다. 권력을 쥔 이들 가운데 많은 남자가 여자를 어떻게 대해야 하는지, 어떻게 관계를 시작해야 하는지 전혀 모르는 사람처럼 보였다. 몸가짐이 어색하고 사회적으로 미숙한 태도를 보이는 그들은 머리만 비상하고 타인과 어울리는 능력은 쏙 빠져 있는 사람처럼 보였다. 엡스타인은 순종적인 소녀들을 공급해 남자들이 성관계를 위해 상대를 설득하거나 유혹해야 하는 수고를 아예 없애버렸다. 남자들은 이 파렴치한 편리함에 열광했다. 또 다른 가설은 엡스타인의 집마다 모든 방에 비디오카메라가 설치돼 있었다는 사실로 미루어보아, 엡스타인이 나중에 그들을 협박할 수 있는 약점이 잡힌 장면을 찍어두려 했다는 것이다. 정말 그런 의도였는지는 알 수 없으나, 엡스타인이 자기 집에서 찍은 비디오테이프를 엄청나게 많이 모아두었다는 사실만은 알고 있다. 맨해튼 타운하우스에서는 엡스타인이 직접 여러 방에 설치된 카메라 화면을 지켜보고 녹화하던 방을 나에게 보여주기도

제2부

했다.*

　어린 시절 아버지와 그의 친구 포리스트가 내게 한 일을 떠올리면, 엡스타인과 맥스웰이 나를 성적 거래 대상으로 삼았던 것이 직접적으로 예전 상처를 헤집었음은 말할 필요도 없다. 엡스타인과 맥스웰을 일종의 가짜 보호자처럼 여겼던 만큼, 나를 성관계 상대로 넘기면서 내 안위를 전혀 고려하지 않는 두 사람의 태도는 자신이 무가치하다는, 예전에 익숙해진 감각을 다시 느끼게 했다. 이렇듯 익숙하게 스며든 감각은 이상하게도 위안에 가까운 무언가를 느끼게 할 때도 있었다. 설명하긴 어렵지만 예전에 입은 상처가 다시 헤집어지는 감각은 이상하게도 견딜 만했는데, 이미 수없이 같은 고통을

---

　* 지금까지 엡스타인이 자기 집 안에서 촬영한, 구설에 오를 만한 장면이 담긴 비디오로 협박을 당했다고 공개적으로 밝힌 사람은 없다. 다만 이런 사실만으로 그런 일이 없었다고 단정할 수는 없다. 한편 2023년 〈월스트리트 저널〉 보도에 따르면, 엡스타인은 과거 혼외관계를 공개하겠다고 빌 게이츠를 협박하면서 엡스타인이 만들려 했던 수십 억 달러 규모 자선기금에 빌 게이츠를 끌어들이려 한 적이 있었다. 빌 게이츠는 엡스타인이 요구한 대로 움직이지 않았다. 〈월스트리트 저널〉 보도는 엡스타인이 이런 방식으로 사람을 조종했을지도 모른다는, 여러 사람이 오래전부터 품어온 의심을 처음으로 수면 위로 끌어냈다. 한편 엡스타인에게 피해 입은 다른 여성 리사 필립스는 과거 엡스타인에게 왜 앤드루 왕자와 자기 친구의 성관계를 부추겼는지 물어본 적이 있다고 말했다. 리사 필립스의 기억 속에서 엡스타인의 대답은 이랬다. "사람을 쥐고 있을 만한 걸 갖고 있으면 좋은 법이야."

죄수

느끼고 또 버텨냈던 기억이 마음속에 자리 잡고 있었기 때문이다. 이런 기분은 여러 해 동안 지낸 내 방으로 다시 들어서는 순간과 비슷했다. 오랜 시간을 보낸 그 방을 진심으로 미워하지만, 창틀이 빚어내는 윤곽, 발바닥에 전해지는 카펫의 결, 잠금장치가 돌아가며 문이 잠길 때 '딸깍' 하는 소리까지 몸이 기억하고 있었다. 그 공간에서 버텨낸 적이 있었기 때문에, 다시 들어가도 버틸 수 있다는 확신이 있었다. 당시에는 머릿속에 이미 그려둔 풍경 덕분에 두려움이 조금 덜했다.

마음속에는 또 다른 복잡한 감정들이 엉켜 있었다. 일곱 살 때와 마찬가지로, 열일곱 살이 된 나도 윗사람들한테 칭찬받고 싶어 했고 실제로 칭찬도 자주 들었다. 다른 남자들을 상대하러 나갔다가 돌아오면 돈만 건네받는 게 아니었다. 당시 내게 돈보다 간절했던 말도 함께 들었다. 엡스타인은 "우리는 네가 자랑스럽다"고 말했고, 수치심과 창피함이 한꺼번에 밀려오는데도 나는 마음속에서 올라오는 감정을 만족이라고 여겼다. 이처럼 서로 어긋나는 감정이 한곳에 엉켜 생긴 매듭을 풀어내는 데는 수년이 걸렸다.

제13장
"다른" 남자와의 시간

앞에서도 말했듯 엡스타인은 점점 나를 더 신뢰하게 되었다. 그 시점 이후로 엡스타인은 맥스웰이나 다른 사람 없이 나만 데리고 다니는 여행을 부쩍 자주 고집했다. 2001년 2월에는 조로 목장으로 향했다. 목장에 도착한 뒤 말 두 필에 안장을 얹어 몇 시간 동안 함께 말을 탔다. 여전히 엡스타인의 잠자리 시중을 드는 존재였지만, 이 여행만큼은 가족 같은 분위기가 감돌았다. 엡스타인이 수동변속기 자동차 운전법을 알려주려 했던 일도 아마 이 목장에 머무르던 동안이었을 것이다(굳이 '알려주려 했다'라고 말하는 이유는, 내가 클러치가 갈리는 소리가 날 정도로 밟았다가 멈추는 걸 반복하는 동안 엡스타인이 기겁했기 때문이다. 그는 당장이라도 차에서 뛰쳐나가고 싶어 했다).

뉴멕시코에서 출발해 캘리포니아 카멀 바이 더 씨로 가는

죄수

비행기를 탔고, 엡스타인은 이곳에서 여러 사람을 만날 예정이었다. 바닷가 호텔에 도착해서는 평소처럼 붙어 있는 객실 두 개를 잡았다. 당시에는 이유를 알지 못했지만, 지금 돌아보면 엡스타인은 몬터레이에서 열리는 연례 TED 콘퍼런스(미국 비영리단체인 새플링재단 주도로 열리는 글로벌 콘퍼런스. 기술Technology, 오락Entertainment, 디자인Design 분야 전문가들이 혁신적인 아이디어를 발표한다. 1984년 처음 열렸으며 온라인을 통해 무료로 볼 수 있다-옮긴이)에 맞춰 존 브록먼이 주최한 이른바 '억만장자 디너'에 참석하러 카멜 바이 더 씨에 와 있었던 것이었다. 온라인 매체 〈슬레이트〉는 한때 브록먼을 '베스트셀러를 낸 과학자는 죄다 맡고 있는 것처럼 보이는 슈퍼 에이전트'라고 불렀다. 엡스타인에게 브록먼은 본인이 관심을 가진 연구를 진행하던 과학자들을 이어주는 일종의 해결사 노릇을 했다. 엡스타인은 여러 연구 프로젝트와 브록먼이 운영하던 비영리단체 '엣지 그룹'에 자금을 댔다. 이 단체가 내건 목표는 ─지금도 변함없이─"세계 지식의 끝자락까지 나아가 가장 복잡하고 세련된 생각을 하는 사람들을 찾아 한자리에 모아두고, 각자가 자신에게 던지는 질문을 서로에게도 던지게 만들자"였다. 엡스타인은 TED 기간에 열리는 브록먼의 '억만장자 디너'에 꾸준히 참석했고, 학계와 문학계, 기술 업계와 엔터테인먼트 업계에서 이름만 대면 알 만한 거물들과 어울렸다.

　2001년 콘퍼런스 기간에 엡스타인이 바쁘게 시간을 보내는 사이 나는 그림엽서 같은 유럽풍 마을 카멀 바이 더 씨를 혼자 돌아다녔다. 큰길에는 동화 속에서 튀어나온 듯한 굽은 지붕의 오두막과 비대칭의 돌 굴뚝이 줄지어 있었다. 가게들을 어슬렁거리다 남부 억양을 쓰는 아름다운 금발 소녀를 만났는데, 나이는 10대 후반쯤으로 보였다. 금발 소녀는 숙취로 뻗어 있는 단짝 친구와 함께 여행 중이라고 말했다. 나는 마리화나를 함께 피우며 이 소녀를 엡스타인에게 소개할지 속으로 저울질하다가, 결국 엡스타인이 원하는 게 정확히 무엇인지 설명했다. 금발 소녀는 기분 나빠하기는커녕 돈이 필요하다고 말했다. 나는 이 아이가 내 말대로 움직이면 어떤 일을 겪게 될지 깊이 생각하지 않았다. 나는 그날 오후 우리 호텔로 오라고 말하며 어느 문을 두드리면 되는지도 알려줬다. 약속한 시간이 되자 금발 소녀가 내 방으로 조용히 들어왔고, 나는 욕조에 물을 받아주고 그 안에서 기다리라고 말했다. 엡스타인이 돌아오자 나는 그를 내 욕실로 데려가 내 "깜짝 선물"을 보여줬다. 엡스타인은 금발 소녀를 보자마자 나에게 고맙다는 눈빛을 보냈고, 나는 내가 일을 잘 해냈다는 걸 알았다. 그 순간 내게는 낯선 사람의 감정보다 엡스타인이 보이는 반응이 더 중요했다. 내가 하는 일이 잘못이라는 사실을 알면

죄수

서도, 나는 그가 원하는 걸 해결해주는 일에만 매달렸다. 금발 소녀는 평생 잊지 못할 끔찍한 밤을 떠안게 됐고, 그것은 전적으로 내 책임이었다.

다음 날 엡스타인과 나는 로스앤젤레스로 이동했다. 이번 여행에서는 만화가이자 애니메이터인 〈심슨 가족〉 창작자 매튜 그레이닝이 엡스타인의 전용기에 함께 탔다.* 엡스타인과 매튜 그레이닝이 정확히 어떻게 알게 됐는지 모르겠지만, 그레이닝도 가끔 브록먼의 디너에 참석했다고 한다. 엡스타인이 그레이닝의 발 마사지를 시킨 것은 기억나는데, 굳은살이 두터운데 땀에 절어 있어 상태가 엉망이었다. 나는 늘 그래 왔듯 시키는 대로 했고, 내 안에서 올라오는 역겨움은 다른 생각으로 눌렀다. 우리 가족을 버티게 해준 문제 많은 가족, 호머·마지·바트·리사·매기 심슨을 만들어낸 천재를 직접 만났다는 사실을 떠올리면서. 비행기가 착륙하기 전 그레이닝은 내 부탁대로 남동생과 아버지에게 줄 스케치 두 장을 그려 친절하게 사인까지 해줬다. 그레이닝과 성적인 접촉은 한 번도 없었다. 하지만 시간이 지나자 엡스타인은 브록먼의 인맥 안에 있던 다른 사람들 가운데 적어도 두 명과 성관계를

———
  * 여러 법원 절차에서 공개된 비행 기록 덕분에 매튜 그레이닝이 탑승했던 날짜는 정확히 알 수 있다. 2001년 2월 23일이다.

맺으라고 나에게 강요했다.

　로스앤젤레스에서 하룻밤을 보내며 엡스타인이 전 여자친구라고 소개한 여성 집에 머물렀다(내 생각에는 전 여자친구라는 말이 예전 피해자라는 뜻 같았다). 키가 큰 금발 여성으로, 엡스타인이 말리부 해변 근처에서 월세를 내준다고 말한 아파트에서 살고 있었다. 다음 날 엡스타인과 나는 아침을 먹으러 나갔고, 엡스타인은 합류할 사람이 한 명 더 있다고 말했다. 엡스타인은 10대 시절에 끌어들인 젊은 여자라고 말했다. 그녀의 이름은 알고 있지만, 개인정보이므로 실명을 남기진 않겠다.

　젊은 여자는 이제 20대 초반이었고 캘리포니아에서 일하고 있었다. 엡스타인은 젊은 여자의 커리어에 본인이 도움을 주었다고, 사실이 아닐지도 모를 말까지 내게 흘렸다. 그래서 엡스타인이 오면 젊은 여자는 그의 요구에 응해야 한다는 압박을 느끼는 듯했다. 그날 엡스타인은 나와 젊은 여자를 따로 떼어놓고 싶어 하는 기색이 역력했다. 우리는 말리부로 돌아갔고, 엡스타인은 우리를 재워준 여성에게 침실을 쓰겠다고 했다. 셋이 문을 닫고 방 안에 들어가자 엡스타인은 원하는 장면을 지휘했고, 나와 젊은 여자는 그 장면의 상대역이 됐다. 엡스타인은 서로를 어떻게 만지고 자신은 어떻게 만져야 하는지 지시했고, 우리는 각자 시키는 대로 역할을 해냈다. 나와 젊은 여자는 겉모습도 달랐고 살아온 사연도 달랐지만,

죄수

엡스타인은 두 사람을 같은 자리로 몰아넣었다. 저 스스로 복종하고 체념한 채 엡스타인의 학대에 붙들린 피해자로.

엡스타인이 내보이려 애쓰던 세련된 평판과 방금 설명한 것과 같은 추잡한 장면을 어떻게 한 몸으로 묶어야 할지 나는 모르겠다. 엡스타인은 달라이 라마, 교황, 영국 왕실 인사들과 함께 찍은 사진들을 액자에 넣어 전시하던 사람이었다. 팜비치 집에는 백악관 브리핑룸 연단 뒤에서 포즈를 취한 본인의 사진도 걸려 있었다. 엡스타인은 전직 대통령 빌 클린턴을 저녁 식사에 초대한 적도 있었고, 나도 그 식탁에 앉아 있었다. 엡스타인은 앨 고어와 티퍼 고어도 초대했는데, 그 자리에도 내가 있었다. 나는 엡스타인이 빅토리아 시크릿과 아베크롬비 앤드 피치를 소유한 L 브랜즈 창립자이자 억만장자인 친구 레슬리 웩스너를 맞이하던 리틀 세인트 제임스에도 여러 번 함께 있었다. 엡스타인은 소녀들에게 자신이 빅토리아 시크릿의 모델 스카우터라고 자주 말했는데, 사실이 아니었다. 엡스타인은 한때 웩스너의 돈 일부를 운용했고, 웩스너는 엡스타인이 쓰던 호화로운 맨해튼 저택의 이전 소유주이기도 했다. 웩스너가 그 집을 엡스타인에게 1달러에 팔았다고 주장하는 사람도 있다. 나는 엡스타인의 주변에 있었기 때문에 이런 권력자들을 만날 수 있었다. 그런 사람들이 가진 권력과 중요함이 내게도 조금 묻어나길 바랐던 마음을, 과연 용서받을 수 있을까. 엡스타인은 내 안에 특별한 사람이 될 싹이 있다고 자주 말했고, 그처럼 인맥이 탄탄한 사람의 말이니 그 말이 맞다고 믿고 싶었다.

엡스타인이 이름만 대면 알 만한 사람에게 나를 넘긴 뒤에는 가끔 보상이라도 주듯 조로 목장으로 혼자 보내주었다. 그는 내가 그곳에서 말을 타는 걸 얼마나 좋아하는지 알고 있었다. 엡스타인은 조로 목장이 워낙 외딴곳이라, 내가 도망치려 해도 도망칠 길이 없다고 생각했을 것이다. 조로 목장에 머무는 동안 나는 엡스타인의 작은 마을에 있는 오두막에서 지냈는데, 그의 거창한 성에서 혼자 삐걱대며 지내는 것은 상상만으로도 겁이 났기 때문이다. 아침이면 늘 일찍 일어나 마구간으로 향했고, 새 말을 골라 탁 트인 들판으로 나갔다. 겨울에는 멀리 눈 덮인 산맥이 보였고, 차가운 공기는 맑고 날카로웠다. 여름에는 하늘이 얼마나 넓은지 새삼 놀랐다. 해가 질 무렵이면 먼지투성이 땅에서 열기가 솟아올라 빛이 일렁였고 시야가 흐릿해졌다. 드문 일이었지만, 이런 찰나에는 자유가 어떤 감각인지 다시 떠올릴 수 있었다.

❖

플로리다로 돌아온 후로 토니와 나는 둘만의 줄임말을 쓰기 시작했다. 엡스타인을 "제프리" 대신 "다른 남자"라고 불렀다. 농담으로 붙인 별명이었는데, 시간이 흐르자 더 이상 웃기지 않았다. 토니는 대체로 "다른 남자" 일을 하며 받는 돈이 우리 생활을 지탱한다는 사실을 받아들였지만, 둘 사이에 오간 일의 내막을 떠올리면 그는 화가 치밀었다. 나는 엡스타인과 여행을 다녔고, 여행은 몇 주씩 이어지곤 했다. 그동안 토니는 파티를 벌이고 내 아파트를 엉망으로 만드는 식으로 사고를 쳤다. 내가 다른 여자들과 함께 있는 토니를 목격한 것도 한두 번이 아니었다. 그때 나는 '내 처지에서 까다롭게 고를 수는 없어'라고 생각했다. 남자들은 여자친구가 다른 남자 한 명과 관계를 맺는 일조차 견디지 못한다. 여자친구의 상대가 여러 남자라면 더더욱 버티지 못한다. 그런 점을 알기에 나는 토니의 좋은 면과 함께 나쁜 면까지 끌어안았다. 로열 팜비치 아파트의 임대 계약이 끝나자, 토니와 나는 록사해치에 작은 집을 빌렸다. 나보다 세 배, 네 배는 나이가 많은 남자들의 잠자리 시중을 든 뒤에 돌아올 집이 있다는 사실이 좋았다. 내 이름을 아는 내 또래의 사람이 집에 있다는 사실이 좋았다.

맥스웰이 시키는 대로 여권을 발급받았고, 이제 맥스웰은 그 여권을 써먹을 차례라고 말했다. 2001년 3월, 엡스타인, 맥스웰, 에미 테일러, 그리고 나는 팜비치 국제공항에서 엡스타인의 비행기 중 가장 큰 보잉 727에 올랐다. 엡스타인은 그 비행기를 "롤리타 익스프레스The Lolita Express"라고 불렀다. 나중에는 언론도 같은 이름을 썼다. 비행기 꼬리 번호 N908JE에는 엡스타인의 이니셜이 들어가 있었고, 기내는 개조를 거쳐 일반 여객기와는 거의 닮은 구석이 없었다. 최대 29명이 앉을 수 있는 좌석은 벨벳으로 덮인 소파와 라운지 체어로 구성되었고, 단정한 베이지 계열의 색감으로 맞춘 가구들이 널찍한 공용 공간에 여유 있게 배치되었다. 따로 마련된 개인 객실 몇 개에는 퀸사이즈 침대가 있었다.

"파리야, 우리가 간다!"

맥스웰이 우리 모두 비행기에 오른 뒤 들뜬 목소리로 외쳤다. 엡스타인은 파리 16구의 개선문 근처 포슈 대로에 8,000제곱피트(약 743제곱미터-옮긴이)짜리 아파트를 갖고 있었지만, 그때는 공사 중이라 샹젤리제가 내려다보이는 호텔에 묵었다. 사흘 동안 우리는 에펠탑을 보고 마레 지구의 좁은 골목을 어슬렁거리며 관광을 했다. 나는 미술사, 그중에서도 특히 회화에 관심이 생기기 시작한 참이었고, 어느 날은 엡스타인, 맥스웰과 루브르 박물관을 몇 시간이나 돌아다녔다. 엡스타인이 태피스트리의 출처를 늘어놓는 것을 옆에서 듣거나 맥스웰이 내 곁에 어미 닭처럼 바짝 붙어 맴도는 모습을 본 사람이라면, 내가 그들의 딸이라고 생각했을 게 틀림없다.

3월 8일, 우리 넷은 다시 전용기에 올랐는데 이번에는 동

죄수

행이 있었다. 유명한 인테리어 디자이너 알베르토 핀토, 알베르토 핀토의 여동생 린다, 멕시코 건축가 리카르도 레고레타가 함께였다. 엡스타인은 조로 목장 리모델링을 맡기려고 핀토와 레고레타를 고용한 상태였고, 우리 일행은 스페인 그라나다로 가서 이슬람 궁전 가운데 보존 상태가 가장 뛰어나다고 꼽히는 알람브라를 둘러볼 예정이었다. 몇 시간 동안 우리는 궁전의 파티오와 정원과 갤러리를 돌아다녔고, 디자이너들은 엡스타인 프로젝트에 쓸 영감을 그러모았다. 그다음에는 모로코로 날아가 지브롤터 해협과 탕헤르 만이 내려다보이는 호텔 엘 민자에 체크인했다. 호텔은 굵직한 스페인-무어풍(이슬람 무어족이 스페인 남부 지역에 남긴 건축·예술 양식-옮긴이)으로 장식한 5성급 호텔이었다. 그런데 내 방에 들어서니 침대가 난장판이었다. 열린 창문 틈으로 원숭이 한 마리가 들어왔었는지, 침대 위에 똥을 싸놓고 도망간 것이다. 맥스웰이 곧바로 객실 정비를 시켜 침구를 갈아치웠지만, 그녀는 이 소동이 못내 흥미로웠는지 기어이 농담거리로 삼지 못해 안달이었다.

"오늘 밤엔 창문을 좀 열어두지 그래?" 맥스웰이 나를 놀리듯 말했다. "나이 더 먹기 전에 남편 하나 낚으려면 그게 유일한 길일지도 모르잖아."

그날 오후였을 것이다. 컨시어지의 만류를 뿌리치고 사진이라도 몇 장 찍을 겸 마을 시장까지 걸어가 보기로 했다. 어쨌든 나는 아프리카에 와 있지 않은가. 생애 처음이자 마지막일지도 모르는 아프리카를 호텔 창밖으로만 구경하고 돌아가기엔 너무도 아까웠다.

하지만 길을 나서자마자 거리마다 가득한 구걸 행렬에 당혹감을 감출 수 없었다. 나는 금세 아이들에게 둘러싸였고, 그중 여럿이 내 재킷 소매를 잡아당기며 빈 손바닥을 내밀었다. 뼈만 남은 앙상한 몸, 배고픔이 형형하게 박힌 아이들의 눈망울이 나를 찔렀다. 모퉁이를 돌자 아이들은 흩어지고 내 앞에는 형제로 보이는 소년 둘만 남았다. 길 한복판에서 깡통 하나를 주고받으며 노는 소년들의 환한 기운에 마음이 일렁였다. 그들도 앞서 본 아이들처럼 깡마르고 해진 옷차림이었고, 나를 따라붙으며 영어로 말을 거는 그 들뜬 호기심에 마음이 속절없이 열리고 말았다. 왜 학교에 가지 않느냐는 내 물음에, 소년들은 집이 너무 가난해 그럴 형편이 안 된다고 답했다. 나 역시 졸업장을 따기도 전에 학교를 그만둔 일을 후회하고 있었기에 그 말에 유독 가슴이 아렸다. 소년들은 먼지 날리는 길 위에서 깡통을 차는 게 자신들이 바랄 수 있는 전부라는 듯 현실에 체념하고 있었다. 잠깐이었지만, 나는 그 소년들에게서 내 모습을 보았다. 도저히 받아들일 수 없는 환경에 뼛속 깊이 길들여진 나머지, 내가 갖지 못한 것을 바

죄수

라보는 법조차 잊어버린 나의 비참한 초상 말이다. 그러나 곧 그런 비교조차 사치스러운 죄악처럼 느껴졌다. 최고급 호텔에 머물며 배불리 먹고 단정하게 차려입은 미국인인 내가, 대체 무슨 자격으로 저들을 불쌍히 여긴단 말인가. 나는 생각할 겨를도 없이 가방을 열어 지갑을 통째로 털었고, 미화로 거의 2,000달러를 소년들의 손에 쥐여주었다. 작별 인사를 하기 전 지나가던 이에게 일회용 카메라를 건네 형제와 나란히 포즈를 잡고 사진도 찍었다. 그 사진을 몇 년 동안 소중히 간직하다 변호사 중 한 명에게 건넸고, 결국 잃어버리고 말았다. 호텔로 돌아오자, 엡스타인은 내가 거금을 줬다며 놀리듯 나를 비웃었다. 그래도 상관없었다. 내 처지보다 더 깊은 어둠 속에 놓인 이에게 내 나름의 손길을 뻗었다는 사실만으로도, 그때의 나는 구원받는 기분이었으니까.

다음 날 건축가와 디자이너 일행과 헤어지고 우리 넷만 탕헤르에서 런던행 비행기에 몸을 실었다. 늦은 오후에 도착한 뒤 테일러는 가족을 만나러 따로 움직였다(테일러의 아버지는 옥스퍼드대학교 교수였다). 남은 우리는 맥스웰이 런던에 올 때마다 머물던 벨그레이비아의 하얀 주택으로 향했는데, 그곳은 하이드 파크에서 조금만 걸으면 닿는 거리에 있었다. 엡스타인과 맥스웰은 저녁 식사를 하러 나갈 채비를 했지만, 나는 피로를 핑계 삼아 빠지고 싶다고 말했다. 집에 혼자 남게 되자마자 나는 그 틈을 타 부모님께 전화를 걸었고, 마침 대니와 스카이디도 함께 있다는 소식에 가슴이 벅차올랐다. 수화기가 이 사람 저 사람에게 넘어가는 동안, 나는 모험심 강한 누나가 돈도 잘 벌고 넓은 세상을 누비며 잘 지내고 있다는 환상을 어떻게든 그럴싸하게 꾸며내려 애썼다. 하지만 전화를 끊고 나자, 내게 남은 것은 지독한 탈력감과 커다란 공허뿐이었다. 속은 문드러져가는데 겉으로는 밝은 척해야 하는 일 자체가 처절한 노동이나 다름없었다. 나는 그저 의식이 꺼지기만을 바라며 수면제를 삼킨 채 침대에 쓰러지듯 몸을 던졌다.

다음 날, 2001년 3월 10일 아침. 맥스웰은 노래하듯 경쾌한 목소리로 나를 깨웠다. "일어나, 잠꾸러기!" 오늘은 특별한 날이 될 거라고 맥스웰은 말했다. 신데렐라처럼 내가 멋진 왕자님을 만난다는 것이다. 그날 밤 맥스웰의 오랜 친구 앤드루 왕자가 우리와 함께 저녁을 먹을 예정이고, 나를 준비시키려면 할 일이 잔뜩 남았다고 말했다.

맥스웰과 나는 그날 대부분을 쇼핑하며 보냈다. 맥스웰은 버버리에서 비싼 가방을 하나 사줬고, 옷도 세 벌을 샀다. 집에 돌아오자 나는 옷을 침대 위에 펼쳐 놓았다. 맥스웰이 골라준 건 섹시하고 세련된 드레스 두 벌이었고, 세 번째는 내가 고집해서 끼워 넣은 선택지였다. 분홍색 브이넥 민소매 미

죄수

니 티셔츠에, 색이 다양하고 반짝이는 청바지였다. 청바지에는 서로 맞물린 말 모양 무늬가 자수로 놓여 있었다. 샤워를 하고 머리를 말린 뒤 나는 그 청바지와 티셔츠를 입었다. 티셔츠가 조금 짧은 스타일이라 배꼽이 드러났다. 맥스웰은 썩 만족하지 않았지만, 그 시절 다른 10대 소녀들처럼 나도 브리트니 스피어스와 크리스티나 아길레라를 우상처럼 좋아했고, 그 옷차림은 그 둘이 입을 법하다고 내가 상상하던 스타일이었다. 나는 맥스웰에게 그 옷이 '나답게' 느껴진다고 말했다.

그날 저녁 앤드루 왕자가 타운하우스에 도착하자 맥스웰은 평소보다 요염하게 굴었다. 맥스웰은 나를 소개한 뒤 앤드루 왕자에게 "제나의 나이 맞혀 봐요"라고 부추겼다. 당시 마흔한 살이던 앤드루 왕자, 즉 요크 공작은 열일곱 살이던 내 나이를 정확히 맞혔다. 앤드루 왕자는 "내 딸들이 너보다 조금 어리거든"이라고 왜 맞힐 수 있었는지 설명했다. 맥스웰은 늘 그랬듯 바로 농담을 던졌다. "그렇다면 조만간 제나를 새 걸로 바꿔야겠네."

지금 모습, 그러니까 통통하고 흰머리가 희끗희끗하고 턱살이 늘어진 모습과 달리 2001년 무렵 앤드루 왕자는 아직 몸이 비교적 탄탄했고, 짧게 자른 갈색 머리에 눈빛도 젊어 보였다. 앤드루 왕자는 오래전부터 왕실의 문제아였고,

1996년에 사라 퍼거슨, 흔히 "퍼기"라는 별명으로 더 유명한 부인과 갈라선 뒤에도 바람둥이 이미지를 놓지 않았다. 그날 밤 앤드루 왕자는 슬랙스에 옅은 하늘색 드레스 셔츠를 입었고, 셔츠는 풀어 둔 채 프렌치 커프스로 마무리했으며 근사한 커프스링크를 끼웠다. 엡스타인이 앤드루 왕자를 "앤디"라고 부르길래 나도 그 호칭을 따라 썼다.

맥스웰 집 현관에서 몇 마디 나누는 동안 문득 생각했다. 앤드루 왕자처럼 유명한 사람을 만나고 사진도 안 찍는다면 엄마는 절대 용서하지 않을 것이다. 나는 잠깐 실례하겠다며 방으로 달려가 코닥 일회용 카메라를 챙겨 왔고, 다시 돌아와 엡스타인에게 건넸다. 앤드루 왕자가 내 허리에 팔을 두르고 맥스웰이 내 옆에서 활짝 웃던 모습이 기억난다. 엡스타인이 사진을 찍었다.

잡담을 조금 더 나누고 우리 넷은 차가운 봄 공기 속으로 나섰다. 앤드루 왕자는 경호원들과 함께 다른 차를 탔고, 엡스타인과 맥스웰과 나는 따로 차를 탔다. 우리는 식당으로 가서 저녁을 먹었고, 이어 런던의 회원제 나이트클럽 트램프에도 들렀다. 앤드루 왕자는 바에 갔다가 내게 줄 칵테일 한 잔을 들고 돌아와 춤을 추자고 권했다. 앤드루 왕자는 춤이 서툴렀고 땀도 많이 흘렸다. 나와 앤드루 왕자는 칵테일을 한 잔 더 마셨다. 우리는 다시 맥스웰 집으로 돌아갔고, 돌아가

죄수

는 길에도 차 두 대로 나눠 이동했다. 차 안에서 맥스웰은 내게 "집에 가면 제프리에게 하던 걸 앤드루에게도 해"라고 말했다. 맥스웰 말에 토를 다는 것은 꿈도 꿀 수 없었다. 텅 빈 느낌이 다시 내려앉았다. 그 느낌이 점점 내 기본값처럼 굳어졌다.

집으로 돌아오자 맥스웰과 엡스타인은 잘 자라며 위층으로 올라갔다. 이제 내가 앤드루 왕자를 챙길 차례라는 신호였다. 그 뒤 여러 해 동안 앤드루 왕자가 어떤 태도로 굴었는지 곱씹어 봤다. 앤드루 왕자는 겉으로는 친절했지만, 동시에 특권의식도 강했다. 마치 나와 잠자리를 갖는 일이 자기에게 당연히 주어진 권리라고 믿는 사람처럼 보였다. 나는 먼저 앤드루 왕자를 욕실로 데려가 욕조에 뜨거운 물을 받았다. 우리는 옷을 벗고 욕조에 들어갔지만, 앤드루 왕자가 빨리 침대로 가고 싶어 해서 오래 머무르지 않았다. 앤드루 왕자는 특히 내 발에 관심을 보이며 발가락을 어루만지고 발등을 핥았다. 그런 경험은 처음이라 간지러웠다. 나는 앤드루 왕자가 나에게도 같은 걸 요구할까 봐 긴장했다. 하지만 그런 걱정은 할 필요가 없었다. 앤드루 왕자는 빨리 본론으로 들어가려는 사람처럼 서둘렀다. 일이 끝나고 나서 앤드루 왕자는 딱딱 끊기는 영국식 억양으로 내게 고맙다고 말했다. 내 기억으로는 그 모든 일들이 채 30분도 안 되는 새에 벌어졌다.

다음 날 아침, 맥스웰이 왕실 친구와 이야기를 나눈 게 분명해 보였다. 맥스웰은 내게 "잘했어. 왕자가 즐거웠대"라고 말했다. 나는 늘 그랬듯 고개를 끄덕이며 고맙다는 기색을 보였지만, 솔직히 말하면 나는 그다지 괜찮지 않았다. 머지않아 엡스타인은 타블로이드의 남자 "랜디 앤디Randy Andy(젊은 시절부터 호색가로 유명했던 그의 바람둥이 이미지를 일컫는 별명—옮긴이)"를 상대한 대가로 내게 1만 5,000달러를 줬다. 큰돈이었다. 낯선 사람들에게 넘겨지는 일이 내가 견뎌야 하는 일이라고 믿었고 어느 정도 익숙해지기도 했지만, 그런 삶은 나를 조금씩 갉아먹고 있었다.

누가 엿듣지 않을 만한 시간을 골라 나는 토니에게 전화를 걸어 무슨 일이 있었는지 말했다. 나는 왕자와 잠자리를 원하지 않았다고, 그래도 해야만 했다고 말했다. 우리 생계가 걸린 문제였고, 엡스타인과 맥스웰의 손아귀에서 빠져나갈 길이 내게는 없다고 정말로 믿고 있었다. 여행을 다니는 동안 맥스웰은 내 여권도 압수했다. 그날 밤 토니의 목소리에는 걱정이 묻어 있었다. 토니는 내가 낯선 나라에서 그렇게 힘 있는 사람들 곁에 혼자 있다는 사실이 무섭고, 내가 느끼는 무력감도 이해한다고 말했다. 다이애나 왕세자비가 교통사고로 죽은 지 4년도 지나지 않은 무렵이었고, 입증된 적은 없지만 그녀의 죽음에 왕실이 연루되었다는 음모론도 돌았었다.

241
죄수

음모론이 사실인지 토니와 나는 알 길이 없었지만, 내 주변에 내가 평생 노력해도 따라갈 수 없을 만큼 큰 영향력을 쥔 사람들이 있다는 점만큼은 확실했다. 서로의 불안을 달래려 몇 분 더 애쓰다 우리는 잘 자라고 인사를 나눴다. 해외에 있는 동안만큼은 특히 엡스타인과 맥스웰의 비위를 맞춰야 한다는 데 토니와 나는 뜻을 모았다.

플로리다로 돌아온 뒤, 나는 웨스트팜비치 집 근처에 있는 즉석 사진관에 일회용 카메라의 인화를 맡겼다. 그 사진관은 사진 뒷면에 날짜를 인쇄해주었는데, 덕분에 내가 앤드루 왕자, 맥스웰과 함께 찍힌 사진을 처음 손에 쥔 날짜를 특정할 수 있다. 바로 2001년 3월 13일이다. 나는 가로 4인치, 세로 6인치 크기의 그 사진을 토니에게 보여주었다. 당시 토니와 나는 내가 별 탈 없이 집으로 돌아왔다는 사실만으로도 안도했을 뿐, 이 한 장의 사진이 훗날 거대한 파문을 일으킬 것이라고는 짐작조차 하지 못했다.

제14장
꼭두각시

앤드루 왕자와 두 번째로 마주친 것은 그로부터 한 달쯤 뒤, 뉴욕에 있는 엡스타인의 타운하우스에서였다. 그때쯤 나는 그 집 구조를 훤히 꿰고 있었다. 검은 래커로 마감한 수납장과 핏빛 카펫, 박제된 거대한 호랑이, 그리고 노출 심한 여성들로 말들이 꾸며진 맞춤 제작 체스 세트까지 집 안 장식에서는 위압감을 주려는 의도가 노골적으로 드러났다. 하지만 내게 가장 소름 끼치는 요소는 따로 있었다. 바로 뒤쪽에 숨겨진 비밀 계단이었는데, 그 난간에는 조각된 눈알이 줄줄이 박혀 있었다. 계단을 오르내리며 난간을 움켜쥐면 그 눈알들이 나를 빤히 바라보는 것만 같았다. 그곳이 내뿜는 메시지는 분명했다. "우리는 늘 너를 지켜보고 있다."

그날 밤은 아마 2001년 4월쯤이었을 것이다. 엡스타인이

죄수

앤드루 왕자를 맞이해 거실로 안내했고, 맥스웰과 나는 그곳에서 그를 기다리고 있었다. 얼마 지나지 않아 또 다른 피해자인 요한나 쇼버그도 도착했다. 앤드루 왕자가 있는 자리에서 늘 그랬듯 맥스웰은 노골적으로 추파를 던지며 분위기를 주도했다. 맥스웰은 쇼버그에게 따라오라고 하더니 옷장에서 "앤드루 왕자"라고 적힌 작은 태그가 달린 꼭두각시 인형하나를 꺼내 왔다. 맥스웰은 앤드루 왕자에게 그와 똑같이 생긴 장난감을 샀다며 떠들썩하고 과장되게 보여주더니 인형을 들고 사진을 찍자고 제안했다. 앤드루 왕자와 내가 소파에 나란히 앉자 맥스웰은 꼭두각시 인형을 내 무릎에 올리고는 인형의 손을 내 가슴 위에 얹어 두었다. 이어 맥스웰은 쇼버그를 앤드루 왕자의 무릎 위에 앉혔고, 왕자는 기다렸다는 듯 손을 쇼버그의 가슴에 얹었다. 그 행위의 의미를 모를 수없었다. 요한나와 나는 엡스타인과 맥스웰이 만든 꼭두각시였고, 그들은 우리와 연결된 줄을 마음대로 휘두르고 있었다. 나중에 그들은 나를 침실로 보냈고, 나는 그곳에서 앤드루 왕자와 두 번째 관계를 가졌다.

그토록 순종적이었지만 이 시기 내가 아주 조금씩 저항하기 시작했다는 걸 드러내는 기억이 하나 있다. 카리브해의 밤이었다. 엡스타인과 나는 그의 배에 타고 있었고, 세인트 토머스에서 사라 켈런을 태우고 막 출발한 참이었다. 공기는 따뜻했고 어둠이 완전히 내려앉아 있었는데, 아주 작은 불빛들이 반짝이며 군데군데 어둠을 뚫고 나왔다. 고요하고 평화로웠을 텐데, 엔진 소리를 타고 리틀 세인트 제임스로 돌아가는 동안 켈런이 배 안 CD플레이어로 음악을 크게 틀어대는 바람에 분위기가 망가졌다. 켈런은 원하는 곡을 찾아 재생했다. 산타나와 롭 토머스의 '스무드Smooth'였다. 켈런은 엡스타인 주변을 맴돌며 춤을 추기 시작했다.

"같이 춤추자!" 켈런은 앉아 있던 나를 잡아끌어 일으켰다. 순간 켈런을 바다로 밀어버리고 싶었다. 엡스타인을 위해 춤추고 싶지 않았다. 켈런한테 지시받고 싶지 않았다. 2000년 여름 엡스타인을 만난 뒤로 분노라는 감정은 사라진 줄 알았다. 이제는 아니었다. 예전에 좋아하던 '스무드'의 가사는 오히려 내 안을 분노로 채웠다. "네가 이 삶이 만족스럽지 않다고 말한다면 / 널 일으키기 위해 내 세상을 전부 내줄 거야 / 네 기분에 맞춰 내 삶을 바꿀 수도 있어." 나는 엡스타인이 원한다는 걸 알았고 거역해서 화를 부르고 싶지 않았기에 일어나 춤을 췄다. 하지만 속은 끓어올랐다. 깨어 있는 모든 순간이 엡스타인이 원하는 것과 필요로 하는 것에 둘러싸여 있었다. 나는 익숙한 침식 속에 다시 갇혀 있었다. 그런데도 엡스타인이 나를 움켜쥔 방식에는 사람을 순순하게 만들고 고개를 끄덕이게 하는 뭔가가 있었다.

죄수

2001년 5월, 엡스타인과 맥스웰과 나는 요트에서 열리는 모델 나오미 캠벨의 서른한 번째 생일 파티에 참석하려고 프랑스 리비에라로 날아갔다. 파티가 열린 밤 나는 앤드루 왕자를 처음 만난 날과 똑같은 옷을 입었다. 말 무늬가 박힌 반짝이는 청바지와 몸에 달라붙는 분홍색 상의였다. 밤 내내 생트로페의 사람들로 꽉 찬 배에서 나는 밀항자가 된 기분이었다. 생일의 주인공은 나를 무시했고 백발의 남자친구 플라비오 브리아토레는 이탈리아 사업가이자 유죄 판결을 받은 사기꾼이었는데, 내 할아버지라도 될 만큼 나이 들어 보였다. 주변 사람들보다 열 살, 스무 살은 더 어리다는 사실이 자꾸 떠올라 시선을 내리고 사람들 사이에 섞이려고 애썼다.

파티가 끝난 후, 일행이 머물던 5성급 호텔 라 바스티드 드 생트로페까지 엡스타인의 친구가 동행했다. 프로방스풍 농가 네 채로 둘러싸인 대저택 같은 그곳으로 향하던 중, 엡스타인은 숱이 적은 갈색 머리의 쉰 살 먹은 사내에게 마사지를 해주라고 명령했다. 호텔에 도착하자마자 나는 그 사내를 따라 별채로 향했다. 단순한 안마 정도로 상황이 끝나길 바라는 간절한 마음으로, 최대한 전문 안마사 같은 목소리를 꾸며 내며 옷을 벗고 수건 아래 누우라고 일렀다. 하지만 억만장자 2호라 불릴 그 사내는 이미 엡스타인에게 무슨 말을 전해 들은 모양이었다. 그는 내 지시를 보란 듯이 무시하더니 내 옷을 벗기기 시작했다. 억만장자 2호는 "이런 옷을 입고선 제대로 마사지할 수 없잖아, 자기야"라며 비아냥거렸다.

관계를 마치자 억만장자 2호는 내게 자신을 위해 "일"한다면 엡스타인이 주는 액수의 세 배를 주겠다고 제안했다. 나는 정중히 거절하며 작별 인사를 건네고는 엡스타인이 지시한 대로 엡스타인의 방으로 발길을 돌렸다. 억만장자 2호가 내민 제안을 전하자 엡스타인은 흥미롭다는 듯 깊이 몰입했다.

"상당한 액수인데 왜 거절했지?" 엡스타인이 재미있다는 듯 물었다.

나는 "제가 떠나면 누가 당신을 보살피겠어요?"라며 질문으로 대답을 대신했다. 그날 밤 엡스타인이 나를 바라보던 눈빛은 지금도 눈에 선하다. 엡스타인이 나를 아낀다고 믿고 싶었다. 하지만 엡스타인이 진정으로 아꼈던 것은 자신을 향한 나의 충성심이었다. 엡스타인을 보살피는 일에 온 마음을 쏟느라 상대 역시 내게 신의를 다한다고 나 자신을 다독였던 것이다.

내 머릿속에 있던 건 환상이었지만, 엡스타인은 내 환상을 부추겼다. 예를 들면, 엡스타인은 토니와의 소란스러운 관계에 관해 조언을 아끼지 않았고, 토니는 내게 어울리지 않는다고 고집했다. 어느 날 토니와 한바탕 싸운 뒤 나는 엡스타인에게 마사지를 하고 있었고, 엡스타인은 테이블에서 고개를 들더니 내게 말했다.

247

죄수

"화가 난 채로 사람을 마사지하면 좋지 않아. 부정적인 에너지가 너무 많아."

엡스타인의 말을 어떻게 받아들여야 할지 가늠하느라 나는 잠시 머뭇거렸다. 엡스타인은 나를 나무라는 걸까, 아니면 내가 왜 속상한지 궁금한 걸까. 확신이 없어서, 나는 울먹이며 토니가 또 바람을 피웠다고 털어놨다. 엡스타인은 잠깐 멈칫했고, 나는 아주 잠깐 엡스타인이 나를 달래줄 거로 예상했다. 하지만 엡스타인은 웃었다.

"토니가 바람 피웠다고 그를 탓하면 안 돼." 엡스타인이 당연하다는 듯 내뱉었다. "세상 모든 남자가 하는 짓을 똑같이 하고 있을 뿐이야."

내 기분이 눈에 띄게 가라앉았는지 엡스타인은 평소의 교수 같은 말투로 설명을 이어갔다.

"나는 네 편이니까, 네가 겪을 마음고생을 막아주려고 조언해주는 거야. 남자가 너에게 충실하기를 기대하지 마. 그러면 실망할 일도 없어. 남자는 원래 유전적으로 그렇게 각인된 존재거든." 말을 마친 엡스타인이 마사지 테이블에 다시 얼굴을 묻자, 나는 남은 마사지 시간 동안 이전보다 더 깊은 슬픔에 잠겼다. 전형적인 엡스타인의 모습이었다. 엡스타인은 세상 돌아가는 법을 가르쳐주며 내게 '깨우침'을 주고, 내 삶을 더 낫게 만든다고 주장하길 좋아했다.

앤드루 왕자와 세 번째로 관계를 가진 시점은 정확히 기억 나진 않지만, 장소는 기억한다. '리틀 세인트 제프스'였다. 이 번에는 우리 둘만 있던 게 아니었다. 난교 파티였다. '전 18살 쯤이었고요'라며 시작한 2015년 선서 진술서에서 나는 이렇 게 설명했다.

당시 엡스타인, 앤드루 왕자, 어린 소녀 대략 여덟 명, 그 리고 저까지 함께 성관계를 가졌습니다. 다른 아이들은 모 두 18세 미만으로 보였고 영어를 잘하지 못했습니다. 엡스 타인은 제대로 대화가 통하지 않는다며 비웃었고, 말이 통 하지 않는 아이들이야말로 가장 다루기 쉬운 상대라고 했 었습니다.

당시 상황을 진술하자 조종사 데이비드 로저스는 2001년 7월 4일 비행 기록에 적은 암호 기호 'AP'가 앤드루 왕자를 뜻한다고 증언했다. 로저스는 엡스타인과 앤드루 왕자, 또 다 른 여성과 내가 비행 당일 세인트 토머스를 출발해 팜비치로 함께 돌아왔다고 밝혔다. 머릿속에 남은 난교 파티가 비행을 며칠 앞두고 벌어졌는지는 모르지만, 정황상 내 나이는 여전

죄수

히 열일곱 살이었으리라. 확실한 날짜는 영영 알 길이 없다. 다만 엡스타인이 내게 직접 들려준 덕분에, 현장에 동석한 프랑스 모델 에이전트 브루넬이 파티에 참석한 다른 소녀들을 불러 모았다는 사실만은 분명히 알고 있다.

독립기념일 나흘 뒤인 2001년 7월 8일, 제프리 엡스타인과 길레인 맥스웰, 테일러를 포함한 일행과 함께 나는 팜비치에서 뉴욕시에서 가까운 테터보로 공항으로 날아갔다. 몸 상태가 엉망이었다. 3주 동안 불규칙한 출혈이 이어졌지만 애써 무시했다. 뉴욕으로 돌아오자, 아랫배가 아프기 시작했다. 잠깐 낮잠을 자고 누웠다가 정신을 차렸을 때는 피가 고여 있었다. 날카로운 통증이 파도처럼 온몸을 휘감았고, 인터폰까지 기어가 도와달라고 비명을 질렀다. 맨해튼 타운하우스의 집사 조조는 정말 친절했고, 엡스타인과 맥스웰이 나를 뉴욕 프레스비테리언 병원으로 데려갈 차를 마련하는 동안 조조는 계단을 내려갈 수 있도록 나를 부축했다. 하지만 응급실에 도착하자 엡스타인이 나서서 상황을 주도하기 시작했고, 나를 열여덟 살로 만들기 위해 내가 1982년생이라고 거짓말했다(나는 1983년생이다). 입원 절차를 밟고 진통제 같은 약을 받은 뒤로는 기억이 흐릿하다. 의사가 몇 가지 질문을 던졌고 내가 찌르는 통증을 설명하자, 다낭성 난소 증후군일 수도 있다며 낭종이 터지면 통증이 심할 수 있다고 했다.

검사 의자에 올린 양발, 종이처럼 얇은 하얀 가운, 눈부신 조명 같은 기억의 파편이 희미하게 남아 있다. 진료실에는 엡스타인이 함께 있었는데, 의사가 소견을 적으러 나가려 하자 엡스타인이 앞을 가로막으며 의사를 저지했다. 두 남자는 문간에서 조용히 말을 주고받으며 심각한 표정을 지었다. 엡스타인은 의사를 돌려보냈다. 엡스타인과 의사 사이에 신사 협정 같은 합의가 오간 느낌이 들었다. 중년 남자와 10대 소녀사이에 무슨 일이 벌어졌든 두 남자는 입을 맞춰 조용히 덮기로 한 듯했다.

수없이 병원을 찾아갔던 날들 중 하루였던 그날의 기억을 나는 억지로 지워버리려 애썼다. 엡스타인과 그 일당들에게 유린당한 뒤면 내 몸은 늘 만신창이가 되어 고통에 허덕였다. 하지만 요로감염이 잦아 고통스러운 검사를 수없이 견뎌야 했던 어린 시절과 마찬가지로, 병원에 들어서자 내 정신은 나를 보호하려고 회로를 차단한 듯 먹통이 되었다. 기억이 끊긴 데다 강력한 진정제 기운까지 뒤섞이면서 정확히 무슨 일이 벌어졌는지 파악하기란 늘 어려웠다. 게다가 뉴욕 프레스비테리언 병원 의사들은 환자인 나보다 엡스타인과 더 많은 이야기를 나눴다.

이틀 뒤 병원을 나와 조조의 차를 타고 71번가 저택으로 돌아오고 나서야 흩어졌던 상황들이 머릿속에서 하나둘 정

죄수

리되기 시작했다. 배꼽 근처에는 미세하게 절개한 흔적이 남았는데, 저택에 머물던 다른 여자아이가 자궁외임신 때문에 복강경 수술을 받은 흉터 같다고 귀띔했다. 정작 엡스타인은 내게 유산했다고 말했지만, 유산과 자궁외임신은 엄연히 달랐다. 훗날 진료 기록을 직접 확인해보니 서류 어디에도 '유산'이라는 단어는 적혀 있지 않았다. 진료 서류에는 심한 경련과 한 달 새 체중이 7파운드(약 3.2킬로그램-옮긴이)나 감소했다는 증상이 기록되어 있었다. 또한 2년 동안 같은 상대와 성관계를 가졌다는 써 있었으나, 그것만으로는 내가 온몸으로 견뎌내야 했던 참혹한 진실을 다 담아낼 수 없었다. 기억 속에 또렷이 남은 장면은 진료 도중 의사가 내뱉은 말뿐이었다. 앞으로 아이를 영영 갖지 못할 수도 있다는 선고였다.

엡스타인은 한 번도 피임 기구를 사용하지 않았다고 앞서 말한 바 있다. 엡스타인과 맥스웰의 손에 이끌려 나를 성적으로 착취한 남자들 역시 피임 따위는 안중에도 없었다. 토니에게만큼은 엡스타인이 강요했기에 피임 기구를 쓰게 했고 나 역시 피임약을 복용하고 있었지만, 아마 하루치 약을 깜빡하고 거른 모양이었다. 병원에서 퇴원한 뒤에야 내가 임신했다는 사실조차 모른 채 아이를 잃었다는 가혹한 현실을 오롯이 마주해야 했다. 그런 비극을 겪으며 내 마음은 한층 더 무뎌졌다. 하지만 내게는 슬픔에 잠겨 있을 여유조차 허락되지 않았다. 맥스웰과 엡스타인이 군림하는 세상에서는 파티가 한 순간도 멈추지 않았기 때문이다.

❖

그 뒤로 여러 해 동안 여러 의사와 전문가를 찾아다녔고, 전문가들은 내 몸이 그토록 모진 성적 고통을 견뎌내다 못해 일종의 거부 반응을 일으킨 것이라는 견해를 내놓았다. 충분히 납득이 갔다. 특히 이 무렵 엡스타인은 나를 괴롭힐 새로운 수법들을 끊임없이 고안해내고 있었기 때문이다. 엡스타인은 가학적인 성적 취향에 깊이 빠져들었고, 이를 남들에게 숨기려 하지도 않았다. 〈베니티 페어〉 기자가 맨해튼 저택을 방문했을 때도, 보란 듯이 책상 위에 사드 후작의 소설《미덕의 불운》을 올려두었다. 엡스타인은 단순히 책을 탐독하는 데 그치지 않았다. 채찍과 결박 도구, 온갖 고문 기구들을 직접 동원하기 시작했다. 당시 저택에 머물던 여자아이 중 잔혹한 가혹 행위를 감내해야 했던 사람은 내가 아는 한 나뿐이었다. 엡스타인은 매번 나를 제물 삼아 머릿속에 그리던 기괴한 망상을 하나씩 실행에 옮겼다. 입이 틀어막힌 채 사지가 뒤로 꺾이도록 꽁꽁 묶이는 일도 부지기수였다. 엡스타인은 내 목에 금속 징이 박힌 검은 가죽 목줄을 채우는 걸 즐겼는데, 가

죄수

죽 목줄은 척추를 따라 길게 이어져 내 손과 발을 하나로 옥죄는 사슬과 연결되었다. 고문 기구에 묶여 허리가 끊어질 듯 뒤틀리는 고통이 밀려올 때면 차라리 정신을 잃게 해달라고 간절히 빌었다. 하지만 고통에 겨워 까무러쳤다가도, 정신이 들면 어김없이 또 다른 학대가 기다리고 있었다.

가혹 행위가 이어지던 와중에 엡스타인은 내게 브로드웨이 연극 〈오페라의 유령〉 관람권을 건넸다. 공연 관람은 생전 처음이었기에 화려한 무대 장치에 압도당하기도 했지만, 극 중 유령의 모습에서 엡스타인이 겹쳐 보여 큰 충격을 받았다. 뛰어난 학자이자 마술사, 건축가, 발명가이면서 작곡가이기도 했던 유령은 일그러진 얼굴을 가지고 태어난 인물이었다. 유령이 납치한 소녀에게 억지로 웨딩드레스를 입히던 장면은 지금도 뇌리에서 떠나지 않는다. 소녀는 유령의 흉측한 겉모습이 아니라 유령의 내면에 도사린 본성이 두렵다고 털어놓았다. 세월이 흐른 지금도 앤드루 로이드 웨버의 노래 '싱크 오브 미Think of Me'를 들을 때면, 나를 사실상 납치해 가둔 비틀린 괴물 엡스타인이 떠오른다. 자신이 붙잡은 소녀가 속박에서 벗어난 미래를 상상하며 유령은 노래한다.

'오래전, 아주 오래전 일만 같네. 우리는 그토록 어리고 순수했으니. 소녀는 나를 잊었을지 몰라도, 나는 소녀를 영원히 기억하리라.'

나는 더 깊은 나락으로 떨어졌다.

가을로 접어들 무렵, 세상은 광기에 휩싸여 요동쳤다. 9월 11일, 세계무역센터를 겨냥한 테러가 발생해 모든 미국인의 영혼을 송두리째 뒤흔들었다. 하지만 참혹한 비극이 벌어지기 전부터 나는 이미 무너져내리고 있었다. 할머니 셸리가 병석에 누우셨다. 8월 말 할머니가 숨을 거두기 직전 플로리다에서 간신히 마지막 모습을 뵈었으나, 엡스타인에게 매인 몸이 되어 오랫동안 손녀 역할을 제대로 못 했다는 자책감이 나를 괴롭혔다. 10월이 되자 맥스웰은 테러 사태 이후 처음으로 미국을 방문한 앤드루 왕자를 위해 만찬을 열러 뉴욕으로 날아갔다. 엡스타인과 나는 팜비치에 남았는데, 그는 나를 불러내더니 내 몰골이 너무 초췌하다고 쏘아붙였다. 내 눈가는 검고 횅뎅그렁했고, 살가죽 아래로는 갈비뼈가 훤히 드러나 있었다. 잠을 제대로 이루지 못한다고 사실대로 털어놓았다. 복용하던 약물에 코카인까지 손댔으니 상태가 나아질 리 없었다. 엡스타인은 혐오스러운 표정을 지으며 약물에 찌든 내 모습이 이제는 도를 넘었다고 몰아세웠다. 엡스타인은 늘 곁에 두는 여자아이들이 밝은 기운을 내뿜으며 자신을 갈망하는 듯 행동하기를 강요했다. 하지만 당시 나는 초점 없는 눈동자를 한 채로 무기력하게 늘어져 있을 뿐이었다.

"너는 더 이상 예전의 네가 아니야." 엡스타인이 싸늘하게

죄수

내뱉었다. "가서 네 몰골부터 좀 어떻게 해봐." 나는 아무런 대꾸도 하지 않았다. 엡스타인은 여행을 떠날 예정이라고 덧붙였다. "다시 돌아오면 연락하마." 말을 마치기가 무섭게 엡스타인은 나를 집으로 돌려보냈다.

처음에는 안도감이 온몸을 감쌌다. 지옥 같은 생활에서 벗어나 새로운 인생을 시작할 기회라 믿으며 마음을 다잡으려 애썼다. 엡스타인에게 받은 돈을 모아 훌륭한 스테레오 장비를 갖춘 중고 닷지 다코타 픽업트럭을 장만해둔 덕분에, 난생처음으로 자유롭게 어디든 갈 수 있는 내 발이 생겼다. 엡스타인이 더는 생활비를 대주지 않았기에 당장 돈을 벌어야 하는 처지였고, 차를 마련해두어 천만다행이었다.

수의사가 되겠다던 어린 시절의 결심을 이루려고 동물 병원에 취직해 잠시 일했다. 하지만 내 상태는 엉망진창이었다. 지각을 일삼으며 변명만 늘어놓다가 결국 병원에서 쫓겨났다. 호된 질책에 정신이 번쩍 들어 처음으로 서빙 일을 시작했고, 비록 처음 들어간 식당에서 오래 버티지는 못했으나 식당 일을 하며 쌓은 경험 덕에 다른 일자리를 구하기는 한결 수월했다. 고통을 잊으려 매달렸던 약 기운이 서서히 빠져나가자 예전의 '제나'다운 모습을 조금씩 되찾기 시작했다. 그러면서도 마음 한구석에는 자괴감이 끈질기게 머물렀다. 참혹했던 나날 속에서도 엡스타인이 건네는 칭찬은 아주 오랫

첫 말 앨리스를 얻었을 무렵인 여섯 살의
나. 플로리다 록사해치에서 행복했던
어린 시절을 보냈다.

어머니 린과 남동생 스카이디, 그리고 나.
어머니의 불타는 빨간 머리는 어디서든 금방 눈에 띄었다.

제프리 엡스타인과 길레인 맥스웰을 만날 무렵 10대 시절의 나.

2005년의 제프리 엡스타인과 길레인 맥스웰. 두 사람은 연인이라기보다 악의
두 축이 맞물려 하나가 된 존재 같았다.

2001년 3월, 맥스웰의 런던 타운하우스에 있는 앤드루 왕자와 나, 그리고
맥스웰. 일회용 카메라를 건네며 엡스타인에게 사진을 찍어 달라고 부탁했다.
몇 시간 뒤, 왕자와 강제로 성관계를 가져야 했다.

생트로페의 요트에서 열린 2001년 5월 나오미 캠벨의 서른한 번째 생일 파티 사진. 앞쪽에 내 모습이 담겨 있고, 하늘색 상의를 입은 맥스웰도 보인다. 2019년 8월 영국과 미국 신문에 보도된 이 사진은 엡스타인·맥스웰의 해외여행에 동석해야 했다는 나의 주장을 뒷받침하는 증거가 되었다. 훗날 엡스타인에게서 살아남은 한 피해자는 이 사진 속 나를 보고 용기를 내어 세상에 자기 이야기를 공개했다고 털어놓았다.

엡스타인과 맥스웰의 감시 아래 살던 시절 뉴욕에서. 언제 여행이 끝날지 몰랐기에 어떻게든 기록으로 남기고 싶었다. 엡스타인이 내 카메라로 찍어준 사진이다.

만난 지 고작 열흘 만인 2002년 10월 16일, 로비와 결혼식을 올렸다.
태국 치앙마이 산 정상에 있는 사찰에서 승려의 주례로 우리는 부부가 되었다.

막내딸 엘리와 함께. 딸의 탄생은 세상 앞에 나서서 가해자들에게 책임을
묻기로 결심한 결정적인 계기 중 하나였다.

첫째 아들이 태어난 뒤로 해마다 산타와 가족 크리스마스 기념사진을 찍었다.
아이들은 이제 산타를 믿지 않지만, 나는 매년 사진은 남겨야 한다고 고집한다.
기회가 있을 때 행복한 기억을 남겨둬야 한다고 믿기 때문이다.

엡스타인에게 학대 당했던 10대 시절의 내 사진을 들고 있는 서른네 살의 나.
기자 줄리 K. 브라운이 〈마이애미 헤럴드〉에 기고한 '정의의 타락' 시리즈에
담겼다. 엡스타인과 맥스웰의 성매매 조직, 그리고 이들을 기소하지 않고
비호한 미국 정부의 부당한 거래를 다룬 탐사 보도였다.

엡스타인이 사망하고 연방 판사 리처드 M. 버먼은 2019년 8월 27일 맨해튼
연방법원에서 열린 심리에 피해자들을 초대했다. 나와 세라 랜섬(왼쪽)을
포함해 스스로를 '살아남은 자매들'이라 부르는 스물세 명의 피해자 여성이
참석해 발언했다. 사진에는 변호사 브래드 에드워즈, 시그리드 맥콜리,
데이비드 보이스의 모습도 보인다.

동안 내 자존감을 지탱해준 유일한 버팀목이었기 때문이다. 엡스타인이 내준 휴식이 절실했으면서도, 정작 엡스타인에게 실망을 안겨주었다는 사실에 수치심마저 밀려왔다.

토니와 나는 다시 공부를 시작하기로 뜻을 모았다. 고등학교 졸업장을 따려는 만학도를 위해 세워진 '서바이버스 차터'에 등록했는데, 우리 처지와 '서바이버스(생존자들)'라는 학교 이름이 참으로 절묘했다. 공동의 목표가 생기면 토니와 나 사이의 위태로운 관계도 회복되리라 믿었다. 하지만 한때나마 품었던 관계 회복의 가능성이 이제는 완전히 사라졌음을 깨닫는 데는 오랜 시간이 걸리지 않았다. 토니는 작게는 DVD부터 크게는 형의 트럭에 이르기까지, 손에 잡히는 대로 물건을 훔치다 여러 차례 덜미를 잡혔다. 나는 토니가 약물에 취해 도둑질을 일삼는다고 의심했고, 참다못해 토니를 집 밖으로 내몰았다가도 몇 주 뒤면 다시 집으로 들였다. 서로를 보듬으려 애쓰면서도 우리는 내면의 비뚤어진 충동을 억누르느라 처절하게 사투를 벌였다. 우리 관계는 이미 걷잡을 수 없이 허물어지고 있었다.

2001년 11월, 과거 나를 무참히 학대했던 론 에핑거가 드디어 법의 심판을 받았다. 에핑거는 매춘을 목적으로 미국에 외국인을 밀입국시킨 혐의를 인정했고, 징역 21개월과 벌금 6,000달러를 선고받았으며 콜걸 영업에 동원했던 보트와 리

죄수

무진까지 몰수당했다. 에핑거가 저지른 죄에 비해 턱없이 가볍게 풀려난 셈이었다. 판결 결과가 딱히 놀랍지는 않았다. 에핑거의 리무진에 처음 태워졌던 날로부터 채 3년도 지나지 않았으나, 지난 시간은 영겁처럼 아득하게만 다가왔다. 엡스타인의 세계에서 겪은 온갖 수모는 아무리 비열한 짓을 일삼아도 법망의 사각지대에 머무는 특권층 남자들이 분명 존재한다는 사실을 가슴 아프게 증명했다.

그 무렵 엡스타인은 눈코 뜰 새 없이 바쁜 일정을 보내고 있었다. 훗날 공개된 비행 기록을 통해 엡스타인이 사라 켈런과 함께 레슬리 웩스너의 어머니 벨라의 장례식에 참석하러 오하이오로 날아갔다는 사실이 드러났다. 당시에는 엡스타인의 여행에 관해서 전혀 알지 못했으나, 한 가지 분명히 깨달은 사실이 있었다. 자신이 유일하고 특별한 '1등'이라는 엡스타인의 주장을 곧이곧대로 믿었던 지난날이 얼마나 순진했는가 하는 점이었다. 엡스타인이 돌연 나를 집으로 돌려보내고 그 후로 연락 한 통 없는 걸 보니, 엡스타인은 내가 없어도 아무런 지장 없이 잘 지내는 게 분명했다. 묘하고도 복잡한 감정이었으나, 엡스타인에게 내가 필요하지 않다는 현실은 내게 큰 상처로 다가왔다.

시간이 흐르자 버림받았다는 비참함은 조심스레 고개를 든 낙천적인 희망으로 바뀌었다. 이제 더는 엡스타인의 전용기를 타고 하늘을 누비지 않았다. 패밀리 레스토랑 티지아이 프라이데이스에서 팁을 제외하고 시급 5달러를 받으며 서빙 하느라 정신없이 바빴을 뿐이다. 고된 일상이었으나 아무래도 좋았다. 언제든 갈아치울 수 있는 소모품에 불과했던 과거의 처지를 똑바로 마주하면서도, 엡스타인의 세계를 벗어나 나만의 가치를 세울 방법을 하나씩 찾아 나갔다. 오빠 대니가 러넷이라는 멋진 여성과 결혼을 앞두고 있었고, 두 사람의 결혼식에 참석할 수 있다는 사실만으로도 행복했다. 엡스타인과 맥스웰의 부름에 24시간 대기해야 하던 생활이 이어졌다면 꿈도 꾸지 못할 일이었다. 티지아이 프라이데이스를 거쳐 마니노스에서 몇 번 교대 근무를 섰고, 이윽고 로드하우스 그릴에 정규직으로 취직했다. 동료들과도 잘 맞았고, 손님이 원하는 바를 재빨리 파악하는 요령이 두둑한 팁으로 돌아올 때면 일하는 보람이 컸다.

2002년 3월의 어느 날 밤, 내 트럭을 빌렸던 토니가 교대 근무를 마친 나를 데리러 로드하우스 그릴로 찾아왔다. 바에 앉아 나를 기다리던 토니의 눈에 서빙 직원들이 밤새 모아둔 팁이 든 유리병이 들어왔다. 아무도 지켜보지 않는 틈을 타 토니는 유리병 속 돈에 슬쩍 손을 댔다. 나는 토니의 절도 행각을 전혀 눈치채지 못했다. 퇴근 도장을 찍고 토니와 함께 집으로 향했을 뿐이다.

267

죄수

다음 날, 사장이 전화를 걸어 내게 돈을 훔쳤냐고 몰아세
웠다. 나는 절대로 돈에 손대지 않았다고 부인했으나, 범인
이 누구인지 짐작이 가자 마음이 무겁게 가라앉았다. 다음 월
급에서 부족한 금액만큼 제해달라고 사장에게 간곡히 빌었
지만 거절당했고, 다음 날 나는 직접 식당을 찾아가 돈을 갚
았다. 그럼에도 사장은 해고를 통보하며 이미 경찰에 신고했
다는 말을 덧붙였다. 유치장에 갇힐지도 모른다는 공포가 엄
습했다. 하필 그때 엡스타인이 안부를 묻겠다며 전화를 걸었
다. 전화가 걸려 온 타이밍이 기가 막히다 못해 섬뜩하기까지
해서, 엡스타인이 평소 장담하던 대로 세상 모든 일을 꿰뚫어
보는 건 아닌가 하는 착각마저 들었다.

"함께 점심이나 하자. 네 얼굴을 좀 봐야겠다." 엡스타인의
목소리가 들렸다.

저택에 도착하자 엡스타인은 내가 여전히 약물에 손을 대
고 있는지 살피며 온몸을 구석구석 훑어내렸다. 내가 약물을
끊었다는 사실에 만족하고 나서야 요즘 어떻게 지내는지 물
어왔다. 나는 울음보를 터뜨렸다. 토니가 식당 팁을 몽땅 털
어가는 바람에 일자리에서 쫓겨났다는 사정이 봇물 터지듯
쏟아져 나왔다. 우리 둘 다 경찰에 붙잡혀 가면 어쩌느냐고
물었다. 평소 토니를 못마땅해하던 엡스타인이었지만, 경찰
정도는 손쉽게 물러나게 할 수 있다며 나를 안심시켰다. 다만

한 가지 조건이 붙었다. 엘 브릴로 웨이 저택으로 돌아와야
한다는 것이다.

당장 생계를 유지할 일자리도 없었고, 하나뿐인 남자친구
는 매번 사고만 치고 다니는 구제 불능이었다. 엡스타인이 몸
을 돌려 마사지실로 나를 이끄니 나는 그저 힘없이 엡스타인
의 뒤를 따를 뿐이었다. 참혹한 일상으로 복귀하는 데는 찰나
의 순간이면 충분했다. 결국 다시 엡스타인의 손아귀에 꼼짝
없이 사로잡히고 말았다.

죄수

제15장
도저히 용납할 수 없던 선

엡스타인은 언젠가 자신과 잠자리를 한 모든 여자에게 세 가지 중 하나의 혜택은 주었다고 떠벌렸다. 더 나은 삶을 살도록 많은 돈을 주거나, 원하는 경력을 쌓도록 발판을 마련해주거나, 성공한 친구에게 시집을 보내줬다는 것이다. 저택에 머물던 아이들은 1994년, 엡스타인의 예전 여자친구였던 한 20대 여성이 엡스타인 주변의 다른 남자와 결혼했다는 사실을 익히 알고 있었다(우리 중 몇몇도 엡스타인의 주선으로 결혼 상대를 만났다). 엡스타인은 마치 대단한 혼담이라도 성사시킨 것처럼, 그 여성이 자기가 맺어준 인연으로 결혼했다는 사실을 자신의 관대함을 증명하는 사례로 수차례 언급했다. 나에게도 기꺼이 그런 중매를 서줄 용의가 있다고 덧붙였다. 중매 이야기를 늘어놓을 때 엡스타인은 인생을 바꿔놓을 선물을 준다고 굳게 믿는 눈치였다. 그는 자신이 본성이 너그러운 후원자라는 망상에 지독하게도 매달렸다. 동시에 자신의 '우월한' 유전자를 물려받은 아이를 낳아 인류를 개량하겠다는 기괴한 환상에 빠져 있었다. 엡스타인은 종종 조로 목장을 말 그대로 아이들을 번식시키는 사육장으로 쓰겠다는 계획을 늘어놓았다. 그 망상 속에서 태어날 아이들을 도대체 누가 낳아줄까? 당연히 자신의 주변에 머물던 여자아이들이라 생각했고, 엡스타인은 우리가 출산을 영광으로 여기리라 믿어 의심치 않았다.

맥스웰은 엡스타인과는 또 다른 부류였다. 이기적인 면모는 분명했으나 엡스타인보다 훨씬 나약했다. 특히 2001년 크리스마스에 마흔 살이 되자 사교적인 겉모습 밑바닥에 도사리던 불안감이 겉으로 드러났다. 젊은 시절 눈부신 미모를 자랑하던 맥스웰에게는 여전히 사람을 끄는 매력이 남아 있었다. 그러나 스무 살 무렵의 여성에게는 도발적인 세련미를 더해주었을 짧은 머리가 마흔이 된 맥스웰에게는 어딘가 초췌한 인상만을 주었다. 시간이 흐를수록 맥스웰은 잃어가는 품위를 붙잡으려 과하게 애쓰는 듯 보였다. 그녀는 엡스타인 저택의 안주인이라는 사실에 자부심을 느끼면서도, 정작 나이 든 부인 취급을 받는 상황에 갈수록 예민하게 반응하며 날을 세웠다.

271

　내가 저택으로 돌아오자 맥스웰은 마흔 살이 되며 겪은 불안감과 좌절감을 잔인하고 새로운 방식으로 나에게 쏟아내기 시작했다. 엡스타인에게 집착하지 않으며 엡스타인이 누구와 잠자리를 하든 상관하지 않는다는 맥스웰의 말을 나는 늘 믿어왔다. 하지만 이제 맥스웰은 엡스타인이 애정을 보이는 상대라면 누구든 지독하게 질투했다. 맥스웰은 화려하고 매혹적이며 많은 남자가 매력을 느낄 만큼 대담하게 성적 매력을 발산하는 등 다채로운 면모를 지닌 인물이었다. 하지만 맥스웰은 누군가를 보살피는 성품이 아니었고, 나에게는 남을 보듬는 기질이 있음을 맥스웰과 엡스타인 모두 간파했다. "너는 모성애가 아주 강해." 엡스타인은 내게 여러 차례 말했고, 내가 돌아오자마자 밤마다 이불을 덮어주던 예전의 루틴을 다시 시작했다. 맥스웰은 이에 분풀이라도 하듯 셋이 함께 성관계를 가질 때면 더욱 지독하게 나를 몰아세웠다. 일례로 맥스웰은 거대한 성인 용품으로 나에게 고통을 가했다. 내가 고통을 호소하면 맥스웰은 수위를 한층 높였다. 맥스웰은 오래전부터 내가 곧 엡스타인이 상대할 수 없는 나이가 될 거라며 나를 비웃곤 했다. 고작 열여덟 살인 내가 엡스타인에게 너무 성숙한 나이로 취급받는다면, 맥스웰 본인은 엡스타인의 눈에 완전히 해묵은 존재로 비칠 수밖에 없음을 맥스웰도 분명히 알고 있었을 터였다.

맥스웰은 악의적이었으나, 나이 듦이 불러올 비극적인 결과에 대한 경고는 틀린 말이 아니었다. 엡스타인이 지배하는 세계에서 내 미래를 알고 싶다면 사라 켈런을 보면 됐다. 내가 사라 켈런을 만나기 몇 년 전부터 사라 켈런 역시 엡스타인의 성적 수발을 들어왔다고 들었다. 하지만 20대 초반에 접어들자, 사라 켈런은 나이가 찼다는 이유로 성적 착취의 대상에서 벗어났지만 다른 소녀들을 모집하는 새로운 형태의 노역을 강요받았다. 아이들을 직접 데려왔던 과거에 대한 죄책감은 내 마음속에서 커져만 갔다. 엡스타인과 맥스웰 곁에 더 머물다가는 나 역시 사라 켈런이 되어, 어린 소녀들을 평생 망가뜨릴 비극 속으로 끝도 없이 유인하는 끔찍한 책무를 떠안게 될까 두려워졌다.*

내가 가장 잘 아는 것은 상처, 과거의 트라우마가 남긴 지독한 여운뿐이었다. 당시 수십 명에 달하는 남자들에게 착취당하는 지경에 이르렀고, 상대했던 얼굴들을 하나하나 똑똑히 기억했다. 나이 든 남자부터 그보다 더 나이 든 노인까지

---

* 훗날 사라 켈런은 자신 또한 엡스타인에게 당한 피해자라고 주장했다. 하지만 길레인 맥스웰의 재판 과정에서 피해자들은 사라 켈런을 가리켜 자신들에게 엡스타인과의 '마사지' 일정을 잡아준 당사자로 지목했다. 아울러 2022년 열린 맥스웰의 선고 공판에서 앨리슨 네이선 판사는 사라 켈런을 '범죄 공모의 고의적 가담자'로 명시했다.

죄수

상대는 다양했으며, 어수룩하고 소심한 부류가 있는가 하면 무례하고 거만한 부류도 있었다. 특정 복장을 강요하는 사람이 있는가 하면 알몸을 원하기도 했고, 내 손길만 닿으면 옷을 입었는지조차 안중에도 없는 남자도 있었다. 발기 자체가 안 되거나 유지되지 못해 쩔쩔매는 남자들, 자신들과 어울리는 일을 내게 찾아온 행운인 양 거들먹거리는 남자들도 있었다. 내가 수발을 드는 내내 나를 철저히 외면하고 엡스타인에게만 시선을 고정한 채 엡스타인의 몸을 더듬는 데만 열중하던 남자도 한 명 있긴 했지만. 또 어떤 남자들은 내 관심에 고마움을 표하곤 했는데, 특히 칠순을 넘긴 노인들이 그랬다. 일을 마친 노인들은 나를 "착한 아이"라 부르며 연신 고맙다는 말을 내뱉었다. 폭력적인 남자들보다 노인들의 태도가 덜 야만적이라는 사실에 안도하면서도, 그들이 내뱉는 칭찬을 들을 때면 속이 뒤틀렸다. 그들의 말 한 마디 한 마디는 나의 어린아이 같은 외모가 성적 흥분을 돋우는 요소임을 명명백백히 드러냈다. 상대한 남자가 정확히 몇 명인지 헤아리기란 불가능에 가까웠는데, 굳이 숫자를 세지 않은 탓도 있었지만 남자들과 나눈 행위들이 판에 박힌 듯 비슷했기 때문이다. 비참함이 온몸을 짓눌렀으나, 나는 남자들 모두를 만족시켜야 하는 처지에 놓여 있었다.

여기서 더 나빠질 수 없으리라 믿었던 순간, 현실은 더욱 가혹해졌다. 엡스타인은 나를 어떤 남자에게 넘겼고, 남자는 이전의 그 누구보다도 잔인하게 나를 유린했다. 엡스타인의 섬에 머물던 중, 그 남자를 별채로 안내하라는 지시가 내려졌다. 법적 문서에서 '저명한 총리'라고만 어렵사리 밝힌 상대가 다정한 손길 따위에는 전혀 관심이 없다는 게 금세 드러났다. 총리는 오직 폭력만을 원했다. 남자는 내가 의식을 잃을 때까지 반복해서 목을 졸랐고, 내가 죽음의 공포에 질려 떠는 모습을 보며 쾌감을 만끽했다. 끔찍하게도 총리는 나를 괴롭히며 웃음을 터뜨렸고, 제발 멈춰달라는 애원에도 아랑곳없이 한층 더 흥분했다. 별채를 빠져나올 때 내 입과 음부, 항문에서는 피가 멈추지 않고 흘러내렸다. 상처가 깊어 며칠 동안 숨을 쉬거나 침을 삼키는 사소한 행동조차 고통에 겨워 몸서리쳐야 했다.

지옥 같은 일이 끝난 후, 나는 눈물을 쏟으며 다시는 총리에게 보내지 말아달라고 엡스타인에게 애원했다. 무릎까지 꿇고 매달리며 처절하게 호소했지만, 그는 끝내 확답을 주지 않았다. 엡스타인이 총리를 두려워했는지 아니면 갚아야 할 빚이라도 있었는지는 알 수 없었으나, 그는 그 정치인의 잔혹함을 두고 냉담한 한마디를 툭 던졌다.

"살다 보면 그런 사람도 만나는 거지, 뭘 그래."

오늘날 나는 엡스타인이 주변 사람들에게 "여성은 그저

죄수

'질을 가진 생명 유지 장치'일 뿐이다"라고 말했다는 사실을 알고 있다. 하지만 그때는 알지 못했다. 오늘날 나는 엡스타인이 남긴 소름 끼치는 궤변도 안다. "나는 성 포식자가 아니라 '범죄자'일 뿐이다. 이건 살인자와 베이글을 훔친 사람 정도의 차이다." 그때는 이것 역시 알지 못했다. 이제야 나는 그가 자신이 학대한 소녀와 여성들을 얼마나 하찮게 여겼는지 깨닫는다. 하지만 오랫동안 나는 그것을 보지 못했다. 어쩌면 보고 싶지 않았던 것인지도 모른다. 총리에게 유린당했던 경험, 그리고 그 일을 대수롭지 않게 넘겨버린 엡스타인의 태도가 나를 바꾸어놓았다.

총리에게 유린당하기 전까지 엡스타인은 나를 완벽히 속였다. 나는 어린아이 같은 소녀들에게 집착하는 그의 성벽이 일종의 질환이라 생각했고, 그가 뒤틀린 방식으로나마 내게 선의를 품고 있다고 믿었다. 하지만 그 사건 이후 나는 더 이상 바보로 남을 수 없었다. 그토록 잔혹한 대우를 받은 뒤 내가 느낀 공포에 대한 엡스타인의 냉담한 반응을 목도하며, 나는 그가 나를 순종적으로 길들이기 위한 조종의 수단으로 칭찬을 늘어놓았을 뿐임을 받아들여야만 했다. 엡스타인이 아끼는 것은 오직 엡스타인 자신뿐이었다.

그 시점에서 나는 바닥을 쳤다. 이제는 살아남지 못할 것이라 직감했다. 주어진 선택지는 오직 두 가지 같았다. 엡스타인이 나를 팔아넘긴 누군가에게 죽임을 당하거나, 아니면 내 손으로 삶을 끝내거나. 총리를 만나고 8주 정도 지났을 무렵, 엡스타인은 늘 그랬듯 자신의 전용기에서 중요한 친구를 접대하라고 통보했다. 그는 팜비치 전용 공항에 도착해야 할 시간을 일러주며 비행시간은 고작 한 시간이라고 말했다. 그의 말을 곧이곧대로 믿었던 나는 토니와 친구들에게 공항까지 태워달라고 부탁했고, 내가 돌아올 때까지 거기서 기다려달라고 말했다. 비행기로 이어지는 계단을 오를 때까지만 해도 그날 내가 누구를 만나게 될지 몰랐다. 나는 고개를 숙인 채 비행기 안으로 발을 들여놓았다.

"또 보는군." 세상 그 누구보다 두려웠던 존재인 총리가 말했다. 머리로 피가 거꾸로 솟구쳤고 숨을 쉴 수조차 없었다. '이번에는 그가 나를 죽이려는 걸까' 하는 생각에 눈앞이 아찔해지며 기절할 것만 같았다. 조종사는 조용히 조종실 문을 닫았고 비행기는 이륙했다. 그 뒤 한 시간 동안 나는 치명적인 일격이 날아올지도 모른다는 극도의 긴장 속에 몸을 잔뜩 웅크리고 있었다. 막상 총리와의 두 번째 만남은 내가 다른 남자들에게서 겪었던 것과 비슷했다. 그의 목적은 오직 사정뿐이었다. 그럼에도 총리가 다시 나를 다치게 하고 질식시킬지 모른다는 공포 속에 보낸 그 60분은 내 생애 가장 긴 한 시간이었다. 비행기가 착륙하자 나는 멍한 상태로 나와, 토니와

죄수

친구들이 기다리고 있는 차를 향해 비틀거리며 돌아갔다.

그때는 몰랐지만, 총리와의 두 번째 만남이 내게는 끝의 시작이었다. 나의 행동이 변하기 시작했다. 즐겨 찾는 서점에서 아름다운 젊은 사람을 마주칠 때면, 그녀가 엡스타인에게 완벽한 타깃이 되리라는 것을 직감하면서도 연락처를 묻지 않고 일부러 그 자리를 떠났다. 내 안에서 새로운 주체성이 싹트고 있었다. 비록 아직 나 자신을 구할 수는 없었지만, 적어도 한 명씩 다른 소녀들을 구해낼 수 있었다.

그러던 2002년의 어느 여름날, 맥스웰과 엡스타인은 마침내 나를 한계점 너머로 몰아넣었다. 우리 셋은 엡스타인의 섬 주변 얕은 산호초에서 스노클링을 하며 오후를 보냈다. 선착장에서 몸을 말리고 있을 때, 나는 엡스타인이 내 옆에 앉기 전 맥스웰과 눈길을 주고받는 것을 보았다. 그는 내 등에 손을 얹었는데, 그에게서는 좀처럼 보기 힘든 다정한 몸짓이었다. 맥스웰 역시 내 곁으로 바짝 다가앉았고 그가 입을 뗐다.

"네가 우리 방식을 받아들여 줘서 내가 얼마나 고맙게 생각하는지 알아줬으면 좋겠어. 지난 몇 달 동안 너는 보기 드문 헌신을 보여주었지. 내가 소개해준 친구들도 모두 동의하더군. 네가 정말 매력적인 젊은 여성이라고 말이야."

그는 숨을 가다듬었고, 나는 이 모든 말이 어디로 향할지 짐작할 수 없었다. 그러자 그가 본론을 꺼냈다. "제나, 네가 우리 아이를 가졌으면 좋겠어."

자신의 DNA를 퍼뜨려 인류를 번식시키고 싶다는 그의 관념적인 망상을 들어본 적은 있었지만, 이 구체적인 제안은 전혀 다른 차원의 충격이었다. 맥스웰이 금전적인 세부 조건들을 덧붙일 때 나는 몸을 움츠리지 않으려고 애썼다.

"24시간 내내 유모들이 너를 도와줄 거야." 그녀는 기이할 정도로 명랑한 목소리로 말을 이었다. "제프리가 팜비치나 뉴욕 중 네가 원하는 곳에 저택을 사줄 거고, 생활비도 아주 넉넉히 줄 거야." 내 기억이 맞다면 그녀가 제시한 액수는 한 달에 20만 달러라는 천문학적인 금액이었다. 하지만 곧바로 조건이 뒤따랐다. 마치 현대판 시녀처럼, 나는 아이에 대한 모든 법적 권리를 엡스타인과 맥스웰에게 양도한다는 문서에 서명해야 했다. 또한 엡스타인이 원할 때면 언제 어디든 아이와 동행해야 했다. 엡스타인과 내가 연인 관계가 아니며, 혹시라도 우리 사이가 "소원해질" 경우 아이는 그가 데려간다는 것도 서면으로 증명해야 했다. 그것은 맥스웰이 사용한 표현이었다. 마치 엡스타인과 나의 관계를 상호 합의로 끝낼 수 있다는 것처럼 말이다. 실소만 터졌다. 엡스타인과의 관계를 끝내는 쪽은 언제나 엡스타인이지, 어린 소녀들이 그를 떠나는 일은 절대 없을 것임을 세상 모두가 알고 있었으니까.

그때까지 아이를 갖는다는 것은 그저 막연한 꿈에 불과했

죄수

다. 스스로도 종종 자신을 어린아이처럼 느끼던 터라 엄마가 된 모습이 좀처럼 그려지지 않았다. 무엇보다 1년 전 의사가 했던 말을 생각하면 임신을 할 수 있을지조차 불투명했고, 하물며 아이를 끝까지 품어 무사히 출산하는 것은 더더욱 불가능해 보였다.

그럼에도 엡스타인과 맥스웰의 이 파렴치한 요구는 모든 면에서 잘못됐다. 그들이 키울 아이를 세상에 내놓고 싶은 마음은 추호도 없었다. 만약 태어난 아이가 여자아이라면 어쩔 것인가? 내가 그 아이를 사춘기까지 키워주면 아이를 학대하기 위해 넘겨받는 것이 그들의 계획이었을까? 나는 결코 그 일에 가담하고 싶지 않았다. 그동안 엡스타인과 맥스웰은 수많은 요구를 해왔고, 나는 그들을 기쁘게 하려는 일념으로 내 감정을 억누르며 모든 요구에 순응해왔다. 하지만 이 제안은 다른 존재, 즉 무력한 한 아이를 위험에 빠뜨리는 일이었다. 그것은 도저히 용납할 수 없고 넘어서도 안 될 마지막 선이었다.

지금 돌이켜보니, 정작 나 자신을 지키겠다는 결심도 못 했던 내가 잉태되지도 않은 아이를 위해 그들에게 맞서고자 했다는 사실이 못내 서글프다. 나는 그들의 제안에 동의할 수 없다는 걸 더할 나위 없이 명확하게 깨달았다. 하지만 엡스타인과 맥스웰에게 곧장 안 된다고 말할 수는 없었다. 그것은 너무나 위험한 일이었다. 2년여 만에 처음으로 나는 탈출 방법을 적극적으로 모색하기 시작했고, 제안을 고민하는 척하며 시간을 벌었다. 며칠이 지나자 계획의 윤곽이 어느 정도 잡혔다. 나는 그들에게 아이를 갖겠노라 말하되, 그보다 먼저 우리가 처음 만난 날 내 눈앞에 내걸고 유혹했던 그 약속을 이행해달라고 요구했다. 마사지사 정식 교육을 받을 수 있게 도와달라는 것이었다. 나는 그들에게 내 제안을 먼저 고려해달라고 정중히 청했다.

열아홉 번째 생일을 며칠 앞두고서야 나는 대답을 들을 수 있었다. 엡스타인의 섬에 머물 때였다. 그는 자기 무릎 위로 앉으라며 내게 손짓했다.

"우선 생일 축하해." 엡스타인이 자기 얼굴을 내게 바짝 밀어붙이며 말했다. "네가 그동안 얼마나 노력했는지 잘 알고 있어. 우리도 네가 특별한 선물을 받을 자격이 충분하다는 데 뜻을 모았지. 그래서 말인데, 널 태국으로 보내기로 했어."

내 얼굴에는 당혹감이 역력했던 모양이다. 그가 나를 마사지사로 키운다면 당연히 집에서 가까운 곳으로 보낼 거라 짐작했기 때문이다. 하지만 엡스타인은 맥스웰이 태국 북부 치앙마이에 있는 학교를 하나 찾았고, 그곳에서는 단 8주 만에 타이 마사지 자격증을 딸 수 있다고 말했다. 내가 고맙다는 인사를 건네려던 찰나, 그는 아직 할 말이 남았다는 듯 말을 이어나갔다.

281

"딱 한 가지만 더." 엡스타인이 말했다. "치앙마이에 머무는 동안, 네가 꼭 알아봐 줬으면 하는 아이가 한 명 있어." 내게 일러준 그 아이의 이름은 태국 이름처럼 들렸다. 그는 만약 그 애가 자신의 기준에 부합한다고 판단한다면, 그녀를 미국 으로 데려오라고 덧붙였다. '그 먼 곳에 가서까지 또 피해자 를 물색하란 말이야?' 나는 속으로 되물었다. 하지만 동시에, 이것이 내 유일한 탈출구일지도 모른다는 사실을 깨달았다. 이 기회를 놓치는 것은 미친 짓이나 다름없었다. 그래서 나는 미소 지으며 그를 따뜻하게 안아주었다. 엡스타인과 맥스웰 에게 내가 여전히 그들의 편이라고 믿게 만드는 것이 무엇보 다 중요했기 때문이다.

그 후 몇 주 동안 맥스웰은 내가 북부식 타이 마사지 교육 의 명문으로 손꼽히는 국제 타이 마사지 학교에 다닐 수 있도 록 주선해주었다. 그녀는 나를 위해 일반 항공권을 끊어주고, 4성급 호텔인 두짓 로열 프린세스에 묵을 방도 마련해주었 다. 모든 비용은 엡스타인이 사전에 결제했다.

나는 짐을 싸고 작별 인사를 나누라고 플로리다의 집으로 보내졌다. 당시 토니와 나는 그의 부모님 댁으로 거처를 옮긴 상태였기에, 나는 대부분을 그곳에서 시간을 보내며 무엇을 창고에 맡기고 무엇을 챙겨갈지 결정했다. 앞날이 어떻게 될 지는 알 수 없었지만, 없어서는 안 될 소중한 것들은 모두 가져가야 한다는 직감이 들었다. 부모님을 찾아뵈었고, 오빠 대니와 새언니 러넷도 나를 배웅하러 왔다. 당시 열네 살이었던 스카이디를 따로 불러 내가 늘 곁에 있어주겠노라 약속했던 기억이 난다. 그 며칠 동안 나는 탈출을 꾀하는 죄수가 아니라, 그저 이국적인 휴가를 앞둔 평범한 소녀인 척 연기하며 시간을 보냈다.

2002년 9월 중순, 엡스타인과 맥스웰은 나를 다시 뉴욕으로 불러들였다. 나는 그곳에서 혼자 태국으로 떠날 예정이었다. 마이애미에서 뉴욕행 일반 비행기가 출발하던 날 아침, 나는 반려견 메리-제인에게 마지막 인사를 건넸다. 그러고 나서 토니와 함께 수많은 여행 가방을 닷지 트럭에 실었다. 나는 원래 짐을 가볍게 싸는 편이 아니었지만, 이번에는 평소보다 훨씬 묵직했다. 가방 안에는 내게 소중한 온갖 기념품과 사진들이 전부 들어 있었다. 내가 없는 동안 토니가 쓰기로 한 트럭에서 우리는 그 많은 짐을 낑낑거리며 꺼냈고, 그는 발권 창구까지 가방들을 옮기는 것을 도와주었다. 마침내 수하물을 위탁하고 보안 검색대로 향했을 때, 나는 참지 못하고 울음을 터뜨리며 무너져내렸다. 토니는 의아해했다. 전에도 몇 주씩 집을 비운 적이 있지 않았냐며, 대체 왜 이토록 격한 감정을 보이는지 이해하지 못하는 눈치였다. 나조차 설명할 수 없었지만, 다시는 돌아오지 못할 것 같다는 막연한 예감이

283

죄수

들었다. 나는 그날 어느 때보다 토니를 꽉 껴안으며 그를 얼마나 그리워할지 고백했다.

"강아지 잘 부탁해." 엡스타인과 함께 어딘가로 떠날 때마다 그랬듯 인사를 건네자, 토니는 그러겠노라 대답했다. 나는 그에게 마지막 키스를 하고 등을 돌려 걸어갔다.

맨해튼에서의 며칠 동안, 엡스타인과 맥스웰은 내게 엡스타인의 새로운 '조수'를 교육하라고 했다. 내가 없는 동안 내 빈자리를 채울 거라는 나디아 마르친코바라는 이름의 체코 출신 미녀였다. 마르친코바는 나보다 세 살 정도 어렸는데, 공교롭게도 내가 처음 엡스타인을 만났을 때와 같은 나이였다. 그는 2000년에 맥스웰과 내가 했던 것처럼, 그녀와 내가 함께 자신을 '마사지'할 것을 요구했다. 첫 세션에서 엡스타인은 나디아에게 "제나가 하는 대로 따라 해"라고 말했다. 그때 그가 얼마나 굶주린 눈빛으로 그녀를 바라보는지 한눈에 알 수 있었고, 그 모습은 내 마음속에 묘한 감정들을 불러일으켰다. 내가 그에게 필요한 존재라거나 가치 있는 사람이라는 생각, 오직 나만이 그를 돌볼 수 있다는 믿음—그동안 나 혼자 자신을 다독이며 해왔던 그 모든 이야기가 완전히 거짓이었음을 깨달았다. 엡스타인의 삶에서 영영 사라지고 싶다는 간절함만큼이나, 이토록 쉽게 대체될 수 있다는 사실이 비참하게 쓰라렸다.

2002년 9월 21일, 엡스타인과 맥스웰은 아프리카로의 긴 여정을 위해 뉴욕을 떠날 채비를 마쳤다. 마르친코바는 그들과 엡스타인의 보잉 727에 올랐고, 거기에는 배우 크리스 터커와 케빈 스페이시, 빌 클린턴 전 대통령을 비롯해 미국 비밀경호국 요원 여섯 명까지 여러 유명 인사가 동승했다(클린턴은 이 여행이 자신의 재단 사업과 관련된 인도주의적 목적이었다고 밝힌 바 있다). 그들이 떠나기 전, 맥스웰은 진지하게 할 말이 있다며 나를 불러 앉혔다. 그녀는 내가 치앙마이에 도착하는 즉시 엡스타인이 점찍어 둔 태국 소녀를 찾아내야 한다고 강조했다. 맥스웰은 그 진행 상황을 정기적으로 보고하길 원했다. 그녀는 내게 여행 서류 뭉치를 건네주었는데, 거기에는 그녀가 돈을 송금해줄 웨스턴 유니온 지점들의 위치도 포함되어 있었다. 나는 이 서류들이 담겨 있던 봉투를 지금도 보관하고 있다. 봉투 겉면에는 태국 소녀의 이름과 두 개의 전화번호가 맥스웰의 필체로 적혀 있다. 그녀의 휴대전화 번호와 엡스타인의 뉴욕 집사 조조의 번호였다. 그 아래에는 '맥스웰 씨에게 전화할 것!'이라는 명령이 대문자로 휘갈겨져 있었다.

"두 달 뒤에 보지." 엡스타인과 맥스웰이 떠나기 전 그가 말했다. 나는 고개를 끄덕였고, 그들 뒤로 문이 닫히는 순간 해방감과 긴장감이 동시에 밀려왔다. 엡스타인의 주변에 머무

죄수

는 소녀들에게 이런 자유가 주어지는 것은 지극히 드문 일이었지만, 사실 나는 일곱 살 때부터 줄곧 어딘가에 갇혀 지냈다는 기분이었다. 도망쳐. 살아남아. 도망쳐. 살아남아. 그것은 엡스타인과 맥스웰을 만나기 훨씬 전부터 내 삶을 지배해온 리듬이었다. 2년이 넘는 시간 끝에, 나는 마침내 그들이 나를 가두기 위해 만들어놓은 황금 새장을 부수고 나가려 하고 있었다. 이제 남은 과제는, 그들이 나를 다시 그 안에 가두지 못하게 만드는 것뿐이었다.

엿새 뒤, 나는 방콕행 여객기에 올라 안전벨트를 매고 조용히 눈을 감았다. 관계를 끝내는 쪽은 언제나 엡스타인이었지, 어린 소녀들이 그를 먼저 떠나는 일은 한 번도 없었다는 사실을 세상 모두가 알고 있었다. 나 역시 그 사실을 누구보다 잘 알았다. 하지만 세상 어떤 일에나 처음은 있는 법이었다.

제3부
생존자

내가 틀렸던 걸까, 아니면 현명했던 걸
까. 눈을 감은 채 그저 흐름에 몸을 맡겼던
선택이. 내 눈이 마주한 진실에 홀린 듯, 마
비된 채로.

— 내털리 머천트, '카니발Carnival'

제16장

미소의 나라

얼굴 주변으로 긴 금발을 늘어뜨린, 가냘픈 체구의 여자를 떠올려 보라. 올해 열아홉 살인 여자는 난생처음 홀로 해외여행을 하는 중이다. 번거롭게 해서 미안하다는 기색으로, 혹시 사진 한 장을 찍어줄 수 있는지 조심스레 묻는다. 살가운 인상의 여자이므로 상대가 같은 부탁을 해도 흔쾌히 들어줄 듯하다. 아마 당신도 거절하지 못하고 고개를 끄덕일 것이다.

그녀가 건넨 것은 주머니에 쏙 들어가는 크기의 일회용 카메라다. 동남아시아행 비행기에 오르기 전, 10대 소녀는 카메라를 넉넉히 챙겼고 늘 몸에 지니고 다니려 했다. 카메라 한 대당 찍을 수 있는 사진은 고작 스물일곱 장뿐이었기에, 그녀는 셔터를 누를 때마다 신중을 기하기로 다짐했다. 그녀가 처한 상황을 고려한다면, 손에 쥔 것들을 최대한 아끼는 편이

289

생존자

현명한 선택이었다.

이 시기 제나 로버츠의 모습을 담은 사진은 거의 남아 있지 않다. 어쩌면 당연한 결과였다. 나는 사라지기 위해 치앙마이로 오지 않았던가. 하지만 훗날, 나는 이 시절을 더 기록해두지 못한 일을 후회하게 된다. 엡스타인과 맥스웰 곁에서 보낸 세월 동안, 나는 런던, 파리, 탕헤르처럼 여행책에 나오는 수많은 도시를 다녔다. 하지만 이번 동남아시아 여행은 내 삶에 훨씬 더 중대한 사건이 될 것 같았고, 그 직감은 틀리지 않았다. 태국에서 겪은 일들은 내 삶의 궤적을 완전히 새로운 방향으로 비틀어 놓았다.

❖

비행기를 타고 구름 위를 날고 있을 때면, 특히 홀로 여행할 때면 묘한 기분이 든다. 마치 발아래 세상이 사라진 듯한 기분인데, 그 사실이 큰 위안을 준다. 누구도 나를 건드릴 수 없다. 잠드는 시간도, 먹는 시간도 오직 내가 결정한다. 다른 누구도 아닌 나의 욕구가 최우선이다. 뉴욕을 떠나 싱가포르와 방콕을 거쳐 치앙마이에 이르는 스물한 시간의 여정 동안, 이런 자립의 감각이 낯설면서도 즐거웠다. 세 번째이자 마지막 비행기에 올랐을 때는 녹초가 되었지만 잠이 오지 않았다.

온몸에 전기가 흐르는 듯 진동이 느껴졌다. 비록 지금 이 순간뿐일지라도, 내가 정말 자유로워진 거지?

목적지인 도시가 산으로 둘러싸여 있다는 글을 읽었기에, 창밖으로 산세가 보일까 싶어 목을 길게 뺐다. 북쪽에는 치앙다오, 동쪽에는 매캄퐁, 그리고 서쪽에는 태국에서 가장 높은 봉우리인 도이인타논이 있었다. 비행기가 착륙하자 나는 이후 30분 동안 터질 듯 꽉 찬 가방 여섯 개를 챙기느라 애를 먹었고, 택시를 타고 겨우겨우 호텔에 도착했다. 체크인을 마치자 직원이 퀸사이즈 침대 두 개가 놓인 널찍한 923호 방으로 나를 안내했다. 바닥부터 천장까지 이어진 통창 너머로 반짝이는 수영장이 보였다. 미소 짓는 직원에게 팁을 건네자 그는 고개를 끄덕이고는 문을 닫고 나갔다. 아직 환한 낮이었지만, 나는 정신을 잃듯 잠들어야만 했다. 커튼을 치고 침대 속으로 기어들어 갔다.

몇 시간 뒤 내가 잠에서 깨어나 카메라를 챙겨 들고는 이국적인 풍경을 탐험하러 햇살 속으로 뛰어들었다고 말할 수 있으면 좋으련만, 실상은 달랐다. 치앙마이에서의 처음 이틀 동안 나는 방에 틀어박혀 룸서비스로 볶음밥과 감자튀김을 시켜 먹으며 전화기가 울리기만을 기다렸다. 엡스타인의 맨해튼 타운하우스 5층의 기괴한 침실에서 그랬던 것처럼, 나는 언제든 호출에 응해야 하며 전화를 받지 못하면 벌을 받을 것

생존자

이라는 기분에 사로잡혔다. 말도 안 되는 소리처럼 들릴 것이다. 나를 꾸짖을 사람은 곁에 없었으니까. 하지만 나는 이미 2년 넘게 엡스타인과 맥스웰의 규칙에 얽매여 살아온 터였다. 맥스웰이 확인차 전화를 걸어왔을 때, 나는 벨이 두 번 울리기도 전에 수화기를 들었다.

학교에 가는 첫날, 기대감에 일찍 눈을 뜬 나는 툭툭이라 불리는 삼륜 택시를 잡아타고 국제 마사지 훈련 학교로 향했다.

'우리는 여러분에게 부처 시대부터 내려온 강력한 마사지 기술을 가르칠 겁니다.' 종콜 세타콘, 혹은 존이라는 이름의 학교장은 오리엔테이션 강의에서 우리에게 이렇게 말했다. 학교장은 '누앗 보란'이라 불리는 태국 전통 마사지의 기원이 약 2,500년 전으로 거슬러 올라가며, 오랜 세월 대를 이어 전승됐다고 설명했다. 요가와 지압의 원리를 결합한 태국 마사지는 인체가 약 7만 2,000개의 에너지 선으로 이루어져 있다는 이론에 바탕을 둔다. 이는 중국 침술에서 기가 흐르는 길을 다루는 '12경락'에 상응하는 개념이었다. 학생들은 고객과 호흡을 맞추며 깊이 교감하는 법을 배우고, 자신의 몸무게를 적절히 실어 상대의 스트레칭을 돕고 긴장을 완화하는 기술을 익혀나갔다. 학교장은 마사지사와 고객의 관계를 자녀에게 무한한 사랑과 자애를 베푸는 어머니의 마음과 같다고 설명했다. 태국 마사지가 때로는 강렬한 자극을 주지만, 그

292

근본은 주는 이와 받는 이 모두에게 상쾌한 활력과 행복감을 남기는 데 있다고도 덧붙였다.

처음부터 내가 한때 학교를 얼마나 좋아했었는지 새삼 깨달았다. 다시 호기심을 느끼는 것은 놀라웠지만, 배움의 기회를 가로막았던 어린 시절의 기억이 불현듯 떠올라 괴롭기도 했다. 온전함과 존중, 그리고 하늘이 내린 치유에 대해 말하는 강사들의 강의는 지적으로 흥미로웠을 뿐만 아니라, 내가 수년 동안 간절히 갈망해온 내용이었다. '국제 마사지 훈련 학교'는 내게 전문적인 기술을 가르쳐주겠다고 약속하는 동시에, 영적인 성장까지 독려하고 있었다. 그간 내가 살아온 삶을 떠올려 보니, 정신적인 해방을 강조하는 학교의 가르침은 나를 위해 준비된 것처럼 느껴졌다.

국제 마사지 훈련 학교의 강사들은 태국 마사지의 기초를 훌륭하게 설명했고, 배울 것이 많았던 내게는 천만다행이었다. 그동안 익숙했던 방식과는 달리, 태국 마사지는 오일을 전혀 사용하지 않았고 마사지 전용 침대도 없었다. 고객이 바닥 매트 위에 정면을 보고 누우면, 우리는 그 옆이나 때로는 몸 위에 무릎을 꿇고 앉아 온 힘을 다해 체중을 실었다. 우리는 압점을 공략할 때 손가락 끝이 아니라 엄지손가락 바닥을 사용하는 법을 익혔다. 목표는 유연성을 높이는 동시에 겉으로 드러난 긴장과 몸속 깊은 곳의 긴장을 모두 해소하는 것이

생존자

었으며, 이를 통해 에너지—즉, 기氣가 더 자유롭게 흐르도록 했다. 상대의 심장 박동을 느끼고 그 리듬에 맞추어 마사지를 받는 대상과 하나로 공명하기 위해서는 강인한 체력과 고도의 집중력이 동시에 요구되었다. 이런 설명을 듣는 동안 문득 나의 첫 말이었던 앨리스와 말 한마디 없이 몸짓으로만 신뢰를 쌓아갔던 기억을 떠올렸다. 덕분에 나도 타인의 리듬을 읽어내는 능력이 이미 갖췄다는 자신감이 붙었다. 그것이 태국 마사지의 핵심이라면, 분명 누구보다 잘 해낼 수 있으리라는 확신이 들었다.

수업은 오전 9시부터 오후 3시까지 이어졌고 점심시간에 한 차례 쉬었다. 모든 수업은 만트라(짧은 음절로 이루어진, 사물과 자연의 근본적인 진동으로 되어 있다는 소리나 주문-옮긴이)를 암송하며 시작했는데, 산스크리트어에서 유래한 팔리어 음절들이 칠판에 발음대로 적혀 있었다. 그다음에는 한 시간 동안 요가와 명상을 했다. 마지막에는 학생 두 명과 강사 한 명으로 세 명씩 한 조가 되어, 강사가 정석 기법을 시연하면 학생들이 이를 따라 직접 마사지를 하거나 받아보는 실습을 교대로 진행했다. 나는 누군가에게 마사지해주는 게 받는 것보다 좋았다. 비록 옷 위로 닿는 감촉일지라도 낯선 이의 손길이 몸에 닿는 게 싫었다. 하지만 기술을 배우고 싶었기에 기꺼이 참아내며 최선을 다했다.

처음에는 학교 수업이 끝나면 곧장 호텔로 돌아와 시간을 보냈다. 하지만 머지않아 조금씩 대담해졌다. 맥스웰은 거의 매일 전화를 걸어왔지만, 내가 받지 않으면 안내 데스크에 메시지를 남겨두었다. 통화 중에 맥스웰의 목소리에서 못마땅한 기색이 느껴질 때면, 학교 일로 눈코 뜰 새 없이 바쁘다는 핑계를 댔다. 맥스웰은 통화할 때마다 "제프리가 만나보라고 한 그 여자애는 찾았니?"라고 물었다. 나는 아직 찾지 못했다고 답하며 곧 그러겠노라 약속했다. 하지만 결코 실행에 옮기지 않았다. 맥스웰의 명령을 무시해도 별일이 일어나지 않는 상황이 반복되자, 나는 한층 용기를 얻었다. 얼마 지나지 않아 나는 치앙마이 구석구석을 열정적으로 누비기 시작했다.

태국이 미소의 나라로 불리는 데는 그만한 이유가 있었다. 내가 마주친 모든 남자와 여자, 아이들까지도 나를 반겨주는 듯했다. 치앙마이의 정평 난 아름다움을 발견할수록 이곳 사람들의 즐거운 태도가 더 깊이 이해되었다. 활기 넘치는 이 도시는 1,000년 전 세워진 성벽 유적과 해자로 둘러싸여 있었고, 불교 성지인 돔 모양의 스투파Stupa(불교에서 사리를 봉안하거나 영지를 나타내기 위해 세운 돔 모양의 건축물로, 불교 상징이자 명상 장소-옮긴이)와 수도원, 사찰들이 넘쳐났다. 어디를 가든 기분 좋은 기운이 넘쳐흘렀다. 도시의 명물 중 하나인 치앙마이 야시장에 가면 보도를 따라 상인들이 늘어서서 관광용 장

생존자

신구, 가죽 공예품, 간식, 전자제품, 의류 등을 파는 가판대와 천막을 세웠다. 여행할 때면 단순히 물건을 사기 위해서뿐만 아니라 현지인들과 교감하는 방법으로 쇼핑을 즐기곤 했다. 이제 나는 거의 매일 밤 야시장을 찾아 가판대 사이를 거닐며 상인들과 인사를 나누었다. 물건을 팔아 돈을 벌고 싶었을 텐데도, 내가 지갑을 열지 않을 때조차 상인들이 건네는 온기는 진심이었다.

태국에 온 초기에는 호텔 방에 돌아오면 토니에게 자주 전화를 걸었다. 앞으로 닥칠 일들에 대한 불안과 외로움을 털어놓기에 중학생 시절부터 내 고민을 들어주던 토니만한 상대가 없었다(게다가 엡스타인이 비용을 대고 있었으므로 통화료 따위는 안중에도 없었다. 훗날 여러 법적 절차에서 드러난 통화 기록을 보니, 토니와 나눈 대화나 맥스웰의 확인 전화에 응답하고 가족에게 생존 신고를 하느라 2주도 안 되어 전화 요금이 약 4,000달러나 쌓여 있었다).

하지만 얼마 지나지 않아 토니의 목소리를 듣고 싶은 갈증도 차츰 잦아들었다. 학교에는 학생 일흔일곱 명이 등록되어 있었는데, 수업이 끝나면 우리 중 몇몇은 시내의 활기찬 클럽이나 루프탑 바에 모여 어울렸다. 엡스타인이 부르면 모든 일을 제쳐두고 달려갈 필요도, 그럴 의무감도 없었고, 어렵사리 사귄 친구들을 엡스타인에게 상납할 제물로 삼아야 한다는 더욱 끔찍한 압박에서도 자유로웠다. 또래의 흥미로운 사람들과 마음 가는 대로 어울린 건 정말 오랜만이었다. 오랫동안 주체성 없이 지내온 터라, 오롯이 내 삶의 주인이 된 듯한 기분은 해방감 그 자체였다. 숙소가 엉망이라며 불평하는 한 여학생에게 내 방에서 함께 지내자고 제안하기도 했다. 사소한 일처럼 보일지 몰라도, 아무런 대가 없이 곤경에 처한 누군가에게 도움의 손길을 내밀 수 있다는 사실만으로도 가슴 벅찬 자부심을 느꼈다.

하지만 자유를 만끽하는 한편으로 무모하게 행동하기도 했다. 학교의 수강생 중 몇몇은 대마초를 피우거나 다른 약물에 손을 대며 파티를 즐겼는데, 나 역시 수업이 없는 시간에 그들과 어울렸다. 규칙적으로 복용하던 자낙스를 단번에 끊을 수는 없다는 핑계를 대면서 말이다. 호텔 근처 웨스턴 유니언 은행에서 엡스타인이 수시로 보내는 현금을 인출해서 사고 싶은 것은 무엇이든 살 수 있었다. 외국에서 약물을 구하는 일이 얼마나 위험한지 몰랐거나, 혹은 개의치 않았던 것 같다. 아니면 둘 다였을 것이다. 한번은 약물을 구하려고 만난 판매자가 일행 대신 불량배들을 보내는 바람에, 남자인 친구와 함께 어두운 골목 끝에서 강도를 당할 뻔하기도 했다. 친구의 오토바이를 타고 간신히 도망쳤지만, 자칫하면 큰일이 날 수도 있었던 밤이었다. 그런 일을 겪고도 내 선택이 가져올 결과에 대해 깊이 고민하지 않았다. 내가 남보다 우월하

생존자

다거나, 절대 무너지지 않을 존재라고 믿어서가 아니었다. 내게 결점이 많다는 건 인정하지만, 적어도 오만함은 없었다. 오히려 내 내면 깊은 곳에서는 나 자신을 보호할 가치조차 없는 존재로 여기고 있었다. 엡스타인과 맥스웰의 마수에서 일시적으로나마 벗어나 스스로를 지켜내긴 했지만, 여전히 그들에게 당한 학대와 그 전에 겪은 삶의 굴곡들은 내 마음속에 참혹한 낙인을 찍어놓았다. '나는 보호받을 자격이 없는 사람'이라는 그 지독한 믿음 말이다.

제17장
괴롭힘에 맞서는 자

학교 공부를 시작하고 일주일 정도 지났을 무렵, 매튜 올슨이라는 수련생을 만났다. 스물여섯 살가량의 키 크고 온화한 인상을 지닌 호주인 맷(매튜의 줄인 이름-옮긴이)은 치앙마이에 온 사연을 들려주었다. 국제 마사지 훈련 학교에서 강사 과정을 밟기 위해, 어린 시절부터 단짝이었던 친구와 함께 이곳에 왔다는 것이다.

수업이 끝나가던 어느 오후, 맷은 나와 다른 학생 한 명에게 같이 놀러가자고 제안했다. 맷의 단짝 로비가 근처 무에타이 체육관에서 태국 복싱을 배우는데, 마침 그날 밤 경기가 열린다는 것이었다. 맷은 정말 재미있을 거라 장담하며 내게 주소를 적어주었다. 평소 무술에는 관심이 없었기에 생각해보겠다고만 답했지만, 나중에 딱히 할 일이 없어진 나는 마

생존자

스카라를 살짝 바르고 툭툭을 잡아탔다. 꽉 막힌 도로를 뚫고 가며 나는 속으로 생각했다. '경기가 끝나면 다 같이 클럽에 가자고 꼬드겨 봐야지.' 20분의 시간이 흐르고 사라피 지구의 목적지에 도착했을 때 내가 품었던 기대가 고작 그 정도였다는 사실이 지금 되돌아보면 헛웃음이 나올 뿐이다.

웅장한 경기장 안을 둘러보며 맷을 찾던 중, 날렵한 체구에 검은 머리, 그리고 상대를 꿰뚫어 보는 듯한 갈색 눈동자를 지닌 한 남자가 눈에 들어왔다. 그는 친구들 무리 한가운데서 대화를 주도하는 듯 보였다. 남녀 할 것 없이 모두가 그의 말 한 마디 한 마디에 집중하고 있었다. 돌이켜보면 다들 그럴 수밖에 없었을지도 모른다. 이 남자의 곁에 있다는 건 그의 활기 넘치는 기운에 휩쓸리는 것이나 다름없음을 곧 알게 될 터였으니까. 하지만 그가 누구인지도 모른 채 멀리서 지켜보던 그 순간부터, 나는 이미 그에게 강렬하게 끌렸다.

경기가 시작되자 무에타이가 주먹과 팔꿈치, 무릎, 정강이까지 '여덟 개의 팔다리를 쓰는 기술'이라 불린다는 맷의 설명을 떠올리며 링 위에서 펼쳐지는 경기에 집중하려 애썼다. 하지만 고개를 돌릴 때마다 내 시선은 어느새 검은 머리의 낯선 남자에게 머물렀다. 내가 그를 쳐다보는 걸 눈치챘는지 맷이 입을 열었다. "쟤가 내 친구 로비야."

훗날 맷이 들려준 바에 따르면, 그 순간 맷 역시 무언가 이상한 점을 감지하고 있었다고 한다. 맷은 로비와 형제나 다름없는 사이였다. 두 사람은 고등학교를 같이 다녔고(함께 중퇴하기도 했다), 수년간 룸메이트로 지냈다. 그래서 맷은 로비가 다른 선수들의 움직임을 분석하는 데 얼마나 진심인지 잘 알고 있었다. 보통 경기가 열리는 동안 로비의 시선을 링에서 떼어놓는 건 불가능에 가까운 일이었다. 하지만 그날 밤, 로비는 평소답지 않게 집중하지 못했다. 나는 알아채지 못했지만 맷은 보았다. 스파링을 하는 두 선수에게 눈길을 주는 대신, 로비는 나를 빤히 바라보고 있었다.

로비는 내가 자신의 소울메이트라는 걸 보자마자 알았다고 우겨대곤 한다. "뒤쪽이 소란스러워서 돌아봤더니 웬 '실라sheila' 한 명이 서 있더라고." 예쁜 여자를 뜻하는 호주 속어를 쓰면서 그는 우리가 어떻게 만났는지 묻는 사람들에게 이렇게 말하곤 한다.

"초등학생 때 이후로 그런 기분은 처음이었어. 속이 울렁거릴 정도로 설레면서 그냥 이런 생각이 들었지. '저 여자다. 살면서 본 가장 아름다운 사람이야.' 그날 만난 제나는 특별했어. 말을 섞기도 전부터 딱 느낌이 왔지." 이 대목에서 그는 보통 극적인 효과를 노리고 잠시 뜸을 들이다가, 검은 눈썹을 쓱 치켜올리고 웃으며 덧붙인다. "그래서 일부러 좀 도도하게 굴었어."

생존자

이게 그냥 농담이라면 좋겠지만, 안타깝게도 사실이다. 그날 밤 내가 로비를 바라볼 때마다, 그는 다른 무언가나 다른 사람에게 완전히 빠진 듯 보였다. 로비는 그것이 나를 사로잡을 유일한 방법임을 직감했다고 말하는데, 당시에는 답답했지만 지금 생각하면 그의 판단이 옳았다. 만약 그가 적극적으로 다가왔다면 나는 그를 밀쳐내며 방어적으로 굴었을 테니까. 원치 않는 관계를 강요당하며 보낸 오랜 세월 탓에, 나는 누군가 다가오는 것에 압박감을 느끼면 본능적으로 차가워지곤 했다. 진실하고 대등한 이성적 끌림이라는 감정을 어떻게 다루어야 할지 전혀 몰랐다. 하지만 역설적이게도 로비가 적당한 거리를 두자, 오히려 내가 그에게 속절없이 빠져들고 말았다.

마지막 경기가 끝나고 모두가 출구로 향하는 순간, 나는 지금이 바로 행동해야 할 때임을 알았다. 그대로 포기할 수도 먼저 다가갈 수도 있었지만, 로비는 포기라는 선택지를 떠올릴 수 없게 만드는 매력 덩어리였다. 그래서 나는 인파를 헤치고 거리로 나가며 로비의 옆자리를 차지하기 위해 부지런히 움직였다.

"난 제나라고 해." 내가 미소를 지으며 말했다. "우리 같이 툭툭 타고 돌아갈래?" 그때 나를 바라보던 로비의 표정, 내 얼굴 가까이 다가와 있던 그의 얼굴을 나는 절대 잊지 못할 것이다. 그의 시선은 변함없이 차분했지만, 눈동자 속에는 생생한 빛이 일렁이고 있었다. 그는 잠시 뜸을 들이더니, 그날 이후 지금까지 매일 내게 건네는 대답을 내놓았다. "좋아."

2002년 당시의 내가 어떤 상태였는지 생각해보라. 나는 성폭력 생존자였고 친밀함이나 애정, 혹은 욕망 같은 진정한 감정은 전혀 느끼지 못한 채 수년간 남자와 여자들에게 순종적으로 성적 행위를 강요당하며 살아온 사람이었다. 그들은 상습 가해자거나 완전히 낯선 타인들이었다. 당시 내가 무엇을 바라고 원하는지조차 깨닫지 못하도록 감정을 아예 차단해버린 것은 살아남기 위해 터득한 생존 본능이었다. 과거 남자친구들과 맺었던 관계들조차 모두 감정 교류보다는 거래의 성격이 짙었다. 나는 단 한 번도, 그 누구와도 사랑에 빠져본 적이 없었다. 하지만 지금, 거의 순식간에 나는 로베르토 안토니오 주프레와 미친 듯한 사랑에 빠져들고 있었다. 툭툭 안에서 나는 내 몸에 닿는 그의 몸에서 느껴지는 감촉—그의 체온, 견고함, 그리고 온기—이 좋다는 것을 깨달았다. 나는 그에게서 나는 냄새까지도 사랑하게 되었다.

그날 밤 로비를 내가 묵던 로열 프린세스 호텔로 데려갔고, 그는 내 룸메이트까지 셋이 함께 시간을 보내다가 집으로 돌아갔다. 이후 사흘 동안 로비는 계속해서 관심 없는 척 행동했고, 그 연기가 어찌나 감쪽같았는지 나는 그가 그저 친구로

생존자

지내고 싶어 한다고 생각하기 시작했다. 그 과정에서 내가 로비에 대해 알게 된 몇 가지 사실들이 있다. 그는 영리했고, 유머러스했으며, 의리가 있었다. 시칠리아 출신으로 시드니에 이민 온 부모님 밑에서 태어난 4남매 중 막내인 로비는 당시 스물여섯 살이었는데, 어린 시절에는 매우 신앙심이 깊어 어머니와 함께 교회를 자주 다녔다. 하지만 아홉 살 무렵 어떤 끔찍한 힘에 짓눌리는 듯한 야경증(어린아이가 자다가 갑자기 놀라 소리를 지르거나 공포에 찬 표정으로 말을 하고는 2~3분 후에는 조용히 잠이 드는 증상-옮긴이)을 앓기 시작했다. 그 꿈들이 너무나 무서웠던 나머지 그는 가톨릭을 등지고 다른 형태의 영성을 공부하기 시작했다.

"숲으로 들어가서 이렇게 말했어. '이제 두려움은 끝이야. 두려움은 발목을 잡을 뿐이라고.'" 로비는 이슬람교부터 불교, 샤머니즘에 이르기까지 온갖 분야를 독학하기 시작했던 때를 회상하며 내게 말했다. 그의 탐구는 거듭해서 자연에 대한 경외심으로 이어졌고, 자연이야말로 자신이 찾던 평화로운 마음을 안겨주었다고 했다.

"나는 언제나 대지와 연결되어 있다고 느껴왔어. 모닥불이 있는 숲속에 가면 마음이 중심을 잡고 편안해지거든. 계절의 순환은 내게 아주 자연스럽게 다가와." 로비가 내게 말했다. "다양한 종교 서적들을 읽으면서 내가 따라야 할 길을 찾

304

았어. 우리는 각자의 길을 걷는 거야. 모래 위를 돌아보며 나의 발자국을 확인하는 거지. 목표는 흐름, 즉 균형이야. 그것이 바로 나만의 다르마Dharma(인도 신화에서 강조하는 주제로, 자연과 사회의 조화를 이루는 질서 체계를 지키려는 행동 규범. 인도인들에게 가장 중요한 삶의 양식이자 의무다-옮긴이)지.”

나는 ‘다르마’가 파르메산 치즈의 다른 이름쯤 되는 줄 알았다. 그에게도 솔직히 모른다고 말했다. 하지만 로비는 개의치 않았고, 무엇보다 나를 판단하려 들지 않았다. 그는 나를 깎아내리는 것이 아니라 북돋아 주려 했다. 약자를 보호하는 일을 평생의 신조로 삼아온 그는 나를 만나기 훨씬 전부터 자신을 이른바 ‘남을 괴롭히는 놈들을 때려잡는 사람’으로 여겼다. 어린 시절에도 학교 수업이 끝나면 자기보다 약한 아이들을 괴롭히는 녀석들을 응징하기 위해 기다리는 것을 소명으로 삼았다. “난 싸움꾼이야. 언제나 그랬지.” 그가 말했다.

우리가 친구로 지낸 지 사흘째 되던 날, 우리는 내가 묵던 호텔에서 다시 만났다. 룸메이트는 외출 중이었고, 로비와 나는 저녁을 먹으러 나갈 준비를 하고 있었다. 나는 바닥에, 그는 침대에 앉아 있었는데 그가 신발 끈을 묶으려고 몸을 숙였을 때 내가 그에게 입을 맞추었다. 어떤 반응이 돌아올지 확신할 수 없었다. 어쩌면 그가 나에게 관심이 없는 건 아닐까 걱정되기도 했다. 하지만 그는 내 입맞춤을 받아주었다. 그때

생존자

나는 그를 꽉 붙잡았던 기억이 난다. 어린 시절 단짝 친구였던 카일을 안아준 이후 처음으로, 의무감이나 절박함이 아닌 오로지 순수한 열망만으로 누군가를 품에 안은 순간이었다.

처음부터 로비와 나의 연결 고리는 내가 이전에 경험했던 어떤 것과도 달랐다. 우선 로비는 매사에 거침이 없었다. 그는 열아홉 살짜리 마사지 학교 수강생이 어떻게 호화로운 4성급 호텔의 숙박비를 감당할 수 있는지 알고 싶어 했고, 방에 둘만 있을 때 내게 물었다. 나는 갑자기 진실을 말하고 싶어졌다. 평생을 도망치거나 살아남거나, 이 두 갈래 길 위에서 허덕이며 보냈다. 하지만 이제 나는 단순한 생존 그 이상을 갈망하게 되었고, 도망치는 일에는 지칠 대로 지쳐 있었다. 머리로는 이해할 수 없는 일이었지만, 내 안의 본능은 이미 알고 있었다. 이 관계가 내 인생의 진정한 시작이 될 것이며, 이번만큼은 절대로 망치고 싶지 않다는 사실을 말이다. 로비와 대화를 나누면 나눌수록 그런 마음은 더욱 간절해졌다. 비밀을 간직하는 것도, 내 삶이 실제로 어떤 모습인지 숨기는 것도 이제는 신물이 났다. 그래서 나는 심호흡을 하고 로비에게 이렇게 말했다. 나는 부유하고 권력 있는 한 남자를 위해 일했는데, 그가 나를 성적으로 학대했다고. 그 남자에게는 여성 파트너가 있었는데, 그녀는 젊은 여성들과 소녀들로 이루어진 무리를 조종하며 그를 위해 봉사하도록 했다고. 그와 그녀는 나를 그들의 친구들에게 빌려줬는데, 그중 일부는 나를 헤아릴 수 없을 만큼 상처 입혔다고. 그리고 나는 그들을 깊이 두려워한다고.

내가 그동안 겪은 끔찍한 일들을 모두 쏟아내자 로비의 얼굴이 일그러졌다. "가족들은 어디 있어?" 그가 날카롭게 물었다. "가족들이 도와줄 수 없는 거야?"

나는 가족들이 도와줄 능력이 부족하거나 그럴 의사가 없다고 답했는데, 사실 어느 쪽인지 나도 확신한 적이 없었다. 그때 로비가 다 알겠다는 듯한 표정을 지었다. 내가 차마 말하지 못하고 남겨둔 이야기들을 직감하는 것 같았다.

"나는 어린 시절이 순탄치 않았어." 내가 말을 더듬으며 덧붙였다. 그러자 로비는 마치 "넌 이제 더 이상 혼자가 아니야"라고 말해주듯 내 눈을 뚫어지게 응시했다. 그 눈빛을 보는 순간, 굳이 끔찍하고 구역질 나는 이야기를 일일이 털어놓지 않아도 내 마음이 전달될 수 있음을 깨달았다. 적어도 지금은 말이다. 로비는 우리가 앞으로 그 모든 이야기를 나눌 시간이 충분하리라는 것을 본능적으로 느끼고 있었다.

겉보기에 로비와 나는 정반대였다. 나는 가냘프고 머리칼이 밝은 부랑아 같은 모습이었고, 그는 온몸이 부드럽고 검은 털로 덮인 근육질의 운동선수였다. 하지만 우리는 서로에게 꼭 들어맞았다. 로비와 함께 있을 때면 나는 평소와 다른 제

생존자

나가 된 기분이었다. 그와 같은 사람은 난생처음이었다. 우리가 처음으로 사랑을 나누었을 때, 그는 지금까지 누구도 내게 묻지 않았던 것을 물어보았다. 바로 침대에서 내가 무엇을 좋아하고 무엇을 싫어하는지였다. 알고 보니 내가 싫어하는 것들이 참 많았는데, 모두 과거에 겪었던 강압적인 관계들을 떠올리게 하는 행동들이었다. 하지만 로비에게 그 사실을 털어놓지 않았다. 나는 여전히 내 즐거움이 아니라 상대의 즐거움에 집중하는 것이 내 역할이라고 믿고 있었다.

사랑하고 사랑받는다는 것에 대한 나의 이해는 지극히 미비했다. 너무나 오랫동안, 나는 아무리 고통스럽고 화가 나는 일이라도 내게 요구된 일을 해내야만 비로소 "착한good" 아이라고 여겨졌다. 그런데 여기, 내게 아무것도 요구하지 않는다고 말하는 남자가 나타난 것이다. 그는 내가 그냥 본연의 모습으로 있기를 원한다고 말했다. 당시 로비에게 차마 고백하지 못했지만, 나는 "자신"이 누구인지 잊어버린 지 수년째였다. 내 안의 일부는 여전히 어린 소녀인 채로 멈춰 있는 듯했다. 하지만 로비와 함께 있을 때면 안전하다고 느꼈고, 안전함은 여섯 살 무렵 앨리스의 등에 앉아 있던 시절 이후로 처음 겪는 감정이었다.

로비는 엡스타인과 맥스웰에 대해 더 많은 질문을 던졌다. 그들이 얼마나 자주 내게 연락하는지, 그리고 내가 얼마나 빨리 미국으로 돌아가야 하는지 물었다. 나는 울면서 그들에게서 어떻게 벗어날 수 있을지 모르겠다고 로비에게 말했다. 하지만 로비는 고개를 가로저었다.

"그렇게 살지 않아도 돼." 그가 내 손을 잡으며 말했다. "나와 함께 호주로 가자." 우리가 서로를 안 지 일주일이 되었을 때, 그는 한쪽 무릎을 굽히고 앉아 청혼했다. "부자로 만들어주지는 못할 거야." 로비가 내게 말했다. "하지만 내가 열심히 일해서 너 하나는 꼭 책임질게. 절대 너를 아프게 하지 않을 거야. 배신하지도 않을 거고. 네 곁에 머물며 언제까지나 널 사랑할게. 우리가 죽는 날까지 내가 네 든든한 편이 되어줄게." 그 누구에게서도 그런 말을 들으리라고는 상상도 못 했던 나는 이윽고 "응, 나도 사랑해"라고 대답하며 행복한 눈물을 뺨 위로 흘렸다.

우리의 이야기를 들은 사람들은 그 뒤로 우리가 얼마나 서둘러 식을 준비했는지 듣고는 깜짝 놀라곤 한다. 사실 언어도 통하지 않는 나라에서 결혼식을 계획한다는 건 보통 일이 아니다. 게다가 우리가 서로를 안 지 얼마 되지 않았다는 점을 생각하면 더더욱 그렇다. 하지만 로비와 나는 우리가 함께할 운명이라는 믿음을 공유하고 있었다. 그 확신에 힘입어 내게 어울릴 심플한 화이트 홀터넥 드레스와 로비에게 입힐 다크 올리브색 수트를 지어줄 재봉사를 찾아냈다. 수트 색상은 그

생존자

의 눈동자 속에 감도는 초록색 빛깔에 맞춰 내가 골랐다. 나는 그에게 부처 모양 펜던트가 달린 목걸이를 사주었다. 그는 내게 하트 모양으로 사파이어가 박힌 태국산 금반지를 선물했다(얼마 지나지 않아 독이 오른 손가락이 초록색으로 변했지만, 당시 우리가 살 수 있는 최선의 반지였다). 그리고 2002년 10월 16일, 서로를 만난 지 단 열흘 만에 우리는 찰리라는 이름의 통역사를 고용해 산 정상으로 향하는 트램에 올라탔다. 우리의 목적지는 우리가 결혼식을 올릴 영광스러운 사원, 왓 프라탓 도이수텝이었다.

흔히 '도이수텝'이라 불리는 이 사원은 황금 탑과 불상, 제단들로 가득한 신성한 곳이다. 전설에 따르면, 서기 14세기 무렵 수마나테라라는 이름의 승려가 팡차시로 가서 성물을 찾아야 한다는 꿈을 꾸면서 이 사원의 역사가 시작되었다고 한다. 승려는 예지몽을 따라 길을 나섰고, 많은 이들이 고타마 붓다Gautama Buddha(석가모니-옮긴이)의 어깨뼈라고 믿는 유물을 발견했다. 당시 태국 국왕은 사리가 발견되었다는 소식을 듣고 승려에게 그것을 가져오라 명했다. 국왕은 두 조각으로 나뉜 사리의 절반을 흰 코끼리의 등에 실은 뒤, 코끼리가 마음껏 거닐도록 풀어주었다. 코끼리는 해발 3,400피트(약 1,100미터-옮긴이) 높이의 가파른 도이수텝 산을 올랐고, 정상에 멈춰 서서 세 번 울부짖고는 그 자리에 쓰러져 죽었다.

왕은 이를 길조로 여겨 1383년에 그곳에 사원을 세우도록 지시했다. 이 전설에서 내가 가장 좋아하는 대목은 부처의 어깨뼈에 신비한 힘이 깃들어 있다는 점이다. 무엇보다 사람들 눈앞에서 홀연히 사라지는 신비한 능력을 보여준다는 점이 가장 마음에 든다.

결혼식을 올리며 나도 마찬가지로 홀연히 사라지기로 굳게 다짐했다. 적어도 엡스타인과 맥스웰의 삶에서만큼은 내 흔적조차 완전히 지울 것이다. 로비의 청혼은 그 지옥 같은 과거로부터 영원히 도망칠 수 있도록 내밀어준 구원의 손길이나 다름없었다. 서로 다른 나라에서 온 두 사람이 제3국에서 만나 하룻밤 사이 사랑에 빠졌다. 며칠 동안 우리는 세상에 우리 둘뿐인 것처럼 서로에게 완전히 매료되어 있었다. 그리고 오늘, 우리는 남편과 아내가 될 것이다.

트램이 산을 오르는 동안 나는 유리창에 비친 내 모습을 가만히 바라보았다. 새로 맞춘 드레스는 몸에 꼭 맞았고, 머리카락은 몇 가닥만 얼굴 위로 흘러내리도록 정성껏 말아 올렸으며, 안개꽃과 작은 노란색, 보라색 꽃들로 엮은 화관을 썼다. 내 모습에 눈물이 왈칵 쏟아졌다. 이제는 내 삶을 온전히 내 의지대로 이끌어갈지도 모른다는 생각에 가슴이 벅차올랐기 때문이었다. 내가 우는 모습에 당황한 로비는 혹시 마음이 바뀐 거냐고 물었지만, 나는 절대 아니라고 그를 안

생존자

심시켰다.

"당신을 만나기 전까지 결혼은 다른 사람들의 일이지, 나에게는 일어날 수 없는 일이라고 생각했어." 나는 그렇게 말했다. 마치 꿈속을 거니는 기분이었다.

산 정상에 도착했을 때, 우리는 태국의 신랑 신부들이 그러하듯 서로의 손목에 일곱 가닥의 실을 묶어주었다. 각각의 실은 우리가 바라는 소망인 장수, 영원한 사랑, 우정, 다산, 번영, 양식, 그리고 자유를 상징했다. 주황색 승복을 입은 승려 앞에 무릎을 꿇고 사원에서 서약을 나누었다. 사원의 승려들은 우리가 이곳에서 식을 올린 최초의 서양인 부부라고 말해주었다. 우리의 유일한 증인이었던 맷은 일회용 카메라를 꺼내 그 소중한 순간을 사진으로 남겼다.

짧은 예식이 끝난 뒤, 우리는 다시 도시로 내려왔다. 우리는 각자 호주 뉴사우스웨일스에 계신 로비의 부모님과 플로리다에 계신 나의 부모님께 전화를 드렸고, 깜짝 놀란 마음을 추스른 부모님들은 우리의 앞날을 축복해주셨다. 로비는 나를 데리고 나가 아이스크림을 사주었고, 우리는 로열 프린세스 호텔로 돌아왔다. 방문을 열자 온통 장미 꽃잎뿐이었다. 문턱부터 침대까지 꽃잎이 뿌려져 있었고, 침대 덮개 위에는 하트 모양으로 놓여 있었다. 로비가 호텔 측에 우리 방을 신혼부부용 스위트룸처럼 꾸며달라고 부탁한 것이다. 세상에

나, 정말이지 완벽했다. 장미 꽃잎이 흩날리는 침대 위로 몸을 던진 순간, 생애 처음으로 누군가와 단단히 연결되어 있다는 느낌을 받았다. 그저 내가 로비를 행복하게 해줄 수 있기만을 간절히 바랐다.

결혼식 날이 저물 무렵, 나는 전화를 한 통 더 걸어야 한다는 사실을 깨달았다. 로비는 내가 엡스타인과 맥스웰에게 작별을 고하는 소리를 직접 들어야겠다고 강조했다. 그것이 자신은 물론 우리 두 사람 모두를 위해 필요한 과정이라고 생각했기 때문이다. 내가 그 의지를 입 밖으로 내뱉는 일이 우리 두 사람의 앞날에 큰 힘이 되리라 믿었다. 나 역시 그의 말에 동의했지만, 여전히 선뜻 용기가 나지 않았다. 그들에 대한 공포는 그들과 나 사이에 놓인 8,000마일(약 1만 3천 킬로미터-옮긴이)이라는 물리적 거리가 무색하게 여전히 내 숨통을 조여왔다. 하지만 나는 마침내 떨리는 손가락으로 엡스타인의 휴대전화 번호를 눌렀다. 그가 전화를 받기를 기다리는 동안 속이 뒤틀리는 기분이었다. 그가 소리를 지를까? 그보다는 협박할 가능성이 컸다. 로열 프린세스 호텔 체류비는 더 이상 내주지 않을 것이고, 로비와 나도 그 정도는 각오하고 있었다. 정말 2년 넘게 내 삶을 지배한 권력자들과의 끈을 진정으로 끊어낼 수 있을까? 나는 여전히 확신이 서지 않았다.

긴장되는 몇 초가 흐른 뒤 엡스타인이 전화를 받았다. "여

생존자

보세요?" 그가 말했고, 특유의 잘난 체하는 브루클린 억양의 탁한 목소리에는 조급함이 섞여 있었다.

"제프리, 저 사랑에 빠져서 결혼했어요." 나는 불쑥 말을 내뱉었다. "다시는 돌아가지 않을 거예요."

주춤하는 아주 짧은 정적이 흘렀다.

"…잘 살아라." 그가 말했다. 이어 달칵 소리가 났다. 엡스타인이 먼저 전화를 끊어버린 것이다. 이후 5년이 넘는 시간 동안 우리는 단 한 마디도 나누지 않게 된다.

제18장

신혼부부

단 한 번의 기회 / 원하는 모든 것을 단번에 거머쥘 순간이 온다면 / 그 전부를 붙잡겠는가 아니면 그저 흘려보내겠는가? 결혼한 지 며칠 지나지 않아 발표된 에미넴의 "루즈 유어셀프Lose Yourself"만큼 로비와 시작한 새 삶의 서막에 잘 어울리는 배경음악은 없다. 서로를 알아가기 시작한 단계였지만 이미 깊이 빠져들었던 우리는 에미넴의 노래를 수천 번도 더 들었다. "음악과 순간에 몸을 던져 / 당신이 거머쥔 순간을 절대 놓치지 마"라는 에미넴의 경고를 우리는 귀담아들었다. "단 한 번뿐인 기회이니 실수로라도 날려버리지 마 / 이런 기회는 일생에 단 한 번뿐이야"라는 랩 가사를 나는 믿었다. 내게 로비는 단 한 번의 기회이자 진정한 사랑이었고, 감히 상상조차 못 했던 선물이었다.

315

결혼식 다음 날, 우리는 로열 프린세스 호텔에서 나와 더 저렴한 숙소로 옮겼다. 학교에는 자퇴 의사를 밝혔다. 짧았지만 국제 마사지 학교에서 보낸 시간은 즐거웠고 전체 5단계 중 2단계를 마친 상태였다. 하지만 계속 공부할 돈이 부족했다. 무엇보다 로비는 나와 신혼여행을 떠나길 원했다. 치앙마이에서 사흘 정도 더 머문 듯하다. 짐 가방 여섯 개 중 세 개만 가져갈 수 있다는 로비의 말에 짐을 서둘러 추린 뒤 기차에 몸을 실었다. 여권에 입국 도장을 받으려고 동쪽으로 400마일(약 640킬로미터-옮긴이)가량 떨어진 라오스의 수도 비엔티안으로 향했다. 로비는 돈을 아껴 쓰며 몇 달간 태국 전역을 여행하길 바랐으나, 나의 학생 비자 만료가 고작 몇 주 앞으로 다가와 있었다. 로비가 알아본 바에 따르면 태국 밖으로 잠시라도 나갔다 다시 들어오기만 하면 체류 기간이 갱신되어 여행할 시간을 벌 수 있었다. 비엔티안이 신혼여행지로 그리 낭만적인 곳은 아니었지만, 우리는 반드시 그곳에 가야만 했다.

피곤과 땀에 찌든 채 비엔티안에 발을 들이자 어느덧 늦은 오후였다. 로비는 도시 전경이 아름다움과는 거리가 멀다고 미리 일러주었지만, 길거리에서 아이들이 쪼그려 앉아 소변을 보는 광경을 직접 마주하자 경악을 금치 못했다. 정책상 밤 9시부터 통행금지여서 이미 군인들이 곳곳에서 눈을 부라리고 서 있었다. 로비가 나의 여행 가방 세 개와 커다란 배낭까지 짊어진 모습은 누가 봐도 영락없는 관광객이었고, 우리 두 사람이 눈에 확 띈다는 사실을 직감했다. 여권에 라오스 방문을 증명하는 잉크 도장이 찍히자마자 로비에게 이곳을 떠나고 싶다고 말했다. 우리는 배를 타고 다시 메콩강을 건넜고, 저렴한 호텔을 찾아 그날 밤은 태국에서 잠을 청했다.

아침이 밝자 우리는 다시 기차에 올랐다. 다음 목적지는 남쪽으로 800마일(약 1,300킬로미터—옮긴이)가량 떨어진 교통 요지 수랏타니였다. 그곳에서 버스를 타고 다시 페리로 갈아타면 최종 목적지인 코팡안에 닿을 터였다. 로비와 맷이 태국에 처음 왔을 때 들렀던 섬이기도 했다. 태국만 남동부 연안의 세 섬 중 하나인 이 신비로운 곳은 매달 음력 주기에 맞춰 밤새도록 열리는 '보름달 파티'로 유명해 관광객이 인산인해를 이루곤 했다. 하지만 로비는 이 섬이 아름답고 평화로운 데다 물가도 저렴해 둘만의 시간을 보내기에 더할 나위 없는 장소라고 장담했다.

본토에서 코팡안의 통 살라 해변까지 우리를 데려다준 낡고 녹슨 페리선 벤치에 앉아, 나는 눈앞에 펼쳐진 광경에 완전히 매료되었다. 바다는 믿기지 않을 정도로 영롱한 푸른빛을 띠었고, 그 위로는 케이크 위의 크림처럼 연하늘색 하늘이 띠를 두르고 있었다. 옆자리 태국 남성에게는 명령에 따라 앉

생존자

는 법을 배운 수탉 한 마리가 있었다. 닭이 얌전하게 자리에 앉을 때마다 나는 웃음을 터뜨렸고, 그럴 때면 로비는 듬직한 팔로 나를 꽉 안아주었다. 행복했다.

통 살라 해변의 선착장에 발을 내딛자마자 현지인들이 우리를 에워싸고 소매를 잡아끌었다. 저마다 자기들이 홍보하러 나온 호텔로 우리를 데려가려 안간힘을 쓰고 있었다. 한 젊은 남자가 로비에게 '투 선즈 리조트'라고 적힌 명함을 건넸다. 명함에는 영어 필기체로 "원하는 건 무엇이든 구해다 드립니다"라고 적혀 있었다. 로비는 나를 보고 싱긋 웃었다. '투 선즈 리조트'는 우리의 안식처가 되었다. 하룻밤에 6달러도 안 되는 가격으로 바다에서 100피트(약 30미터-옮긴이) 남짓 떨어진 개인용 방갈로를 빌렸다. 어느 가족이 운영하는 리조트는 식사도 전부 내주었다. 나는 여전히 새로운 음식을 먹는 일이 낯설었다. 엡스타인이 강요한 식단 탓에 마른 몸을 유지해야 한다는 강박이 뼛속까지 배어 있었고, 팟타이처럼 자극적이지 않은 아시아의 별미조차 거부감이 들었다. 하지만 로비가 계속 용기를 북돋아 주었기에 그를 생각하며 기꺼이 도전해보았다. 태국 맥주는 저렴했고 햇살은 뜨거웠다. 그곳은 진정한 낙원이었다.

모래사장 위에 누워 뒹굴며 로비와 나는 비로소 서로를 깊이 알아가기 시작했다. 로비는 어머니 니나와 아버지 프랭크의 이야기를 들려주었다. 아버지는 한때 어선을 도색하고 수리하는 일을 하셨지만, 지금은 가족이 시드니에서 출장 요리 사업을 한다고 했다. 로비는 형 가에타노(다들 '가이'라고 불렀다)와 프랭크 주니어, 그리고 누나 앤절라까지 위로 세 남매가 있다는 사실도 말해주었다. 고등학교는 따분함을 견디지 못해 중퇴했지만, 나중에 검정고시 과정을 1년 더 공부하고 학업을 마쳤다고 했다. 열일곱 살 무렵 부모님 집을 떠난 로비는 한국인 여성과 몇 년간 함께 살았는데, 상대방 부모님의 반대에도 불구하고 약혼까지 했던 사이라고 했다. 로비는 지난 인연을 두고 "필요 이상으로 오래 사귀었다"라고 회상했다. 과연 로비는 주변에 여자가 끊이지 않았으면서도, 바람둥이와는 거리가 먼 한 여자만 바라보는 순정파였다. 로비는 곁에 가까운 여성 친구들이 많다는 사실에 늘 자부심을 느꼈고, 연애 상담을 해주는 든든한 조력자 역할을 자처하곤 했다. 내가 남편으로 맞이한 로비는 주관이 뚜렷하면서도 사람마다 제각기 다른 삶의 속도가 있음을 이해하는 사람이었다. 본래 약자를 착취하는 자들은 상대의 취약함을 포착하는 본능적인 육감을 지니고 있기 마련이다. 로비에게도 그와 같은 기민한 감각이 있었지만, 그는 그 감각을 엡스타인과는 정반대로 사용했다. 그는 타인의 약점을 파고들어 상처를 주는 대신, 그 예리한 눈으로 도움의 손길이 필요한 곳을 찾아냈다.

319

로비 역시 내 가족과 성장 과정에 대해 자세히 물었고, 나는 어린 시절의 가장 추악한 단면들을 조금씩 털어놓았다. 아버지와 포리스트가 내게 저지른 일들과 어머니가 그 상황을 방관하며 끝내 아무런 조치도 취하지 않았던 것까지 설명하자 로비의 눈빛에 분노가 서렸다. 세상에 사연 없는 집안은 없다지만, 로비의 표정은 내 가정환경이 도를 넘었음을 여실히 드러냈다. 로비는 만약 자기 누나가 그런 수모를 당했다면 본인은 어떻게 행동했을지 상상이라도 한 듯, "형제들은 대체 어디서 뭘 하고 있었냐"라고 따져 물었다. 나는 오빠 대니는 기숙학교로 보내진 상태였고, 스카이디는 나를 지켜주기엔 너무 어린아이였다고 설명했다. 무엇보다 내가 한마디도 꺼내지 않았기에 두 사람 다 알 턱이 없었다. 로비는 그저 고개를 내젓더니, 양팔을 활짝 벌려 나를 품에 꼭 안아주었다.

어느 날 나는 로비에게 신을 믿느냐고 물었다. 로비는 이교도주의에 관한 책을 읽으며 자연 속에서 신을 발견하는 법을 배웠다며, 신은 바람과 같다고 말했다. 바람이 눈에 보이지는 않지만 뺨을 스칠 때 그 존재를 느낄 수 있듯, 신도 마찬가지라는 설명이었다. 나 역시 신을 믿는가? 그 질문에는 선뜻 대답할 수 없었다. 나는 늘 윤회라는 개념에서 위안을 얻곤 했다. 보잘것없는 지금의 삶이 내게 주어진 유일한 기회가 아님을 약속하기 때문이었다. 하지만 신은 어떨까. 확신이 서지

320

않았다. 어린 시절 나를 처음으로 학대했던 포리스트는 '그로 잉 투게더'의 상담사들이 그랬듯 나를 조종하려고 신의 이름을 들먹이지 않았던가. 내가 경험한 신은 그저 자신이 원하는 바를 이루기 위해 휘두르는 도구에 불과했다. 하지만 내가 가장 간절히 도움을 갈구하던 바로 그 순간 로비와 만난 일은, 신성한 존재가 실재한다는 가장 명확한 증명처럼 다가왔다.

청정한 섬의 모래사장에 누워 각자의 삶과 신념에 관한 이야기를 나누며, 우리는 짧은 시간 동안 방대한 주제를 훑었다. 예컨대 로비는 자신의 영적 세계가 격투기에 대한 관심과 어떻게 맞닿아 있는지 들려주었다. 그는 어릴 적 매주 일요일 밤 호주TV에서 방영하던 일본 드라마 〈서유기〉를 보고 자랐다. 무예를 통해 깨달음을 얻어가는 원숭이 왕(손오공)의 이야기에 매료된 순간부터, 로비는 불교의 '사토리悟り', 즉 단번에 자기 본성을 깨닫는 달관의 경지에 깊이 빠져들었다. 드라마 오프닝에서 내레이션은 "원숭이의 본성이란 억누를 수 없는 법"이라 읊조렸고, 로비는 그 말에 깊이 공감했다. 자신의 영적 각성이 1980년대의 어설픈 더빙 드라마 덕분이라는 사실이 남들 눈엔 우습게 보일 수도 있겠지만, 로비는 개의치 않았다. 그는 깨달음이란 어디서든 찾을 수 있는 법이라며 웃어넘길 뿐이었다.

"무술은 단순히 싸우는 기술이 아니야." 로비가 내게 말했

생존자

다. "사고방식이자 삶의 방식이지." 혹독한 신체 훈련을 거치면 어떤 상황이 닥쳐도 대처할 수 있다는 생각에 로비는 깊이 매료되어 있었다.

"내 스승 중 한 분은 주먹을 제어하는 법을 유독 강조하셨어." 로비가 말을 이었다. "상대를 타격하는 건 허용되지 않았지. 상대방의 얼굴 바로 앞에서 주먹을 멈춰야 했거든. 힘으로 상대를 제압하는 대신 공격을 막아내며 상대가 지치게 만드는 방식이었어. 우리는 깨진 병 조각으로 정강이를 긁어대며 단련하곤 했는데, 그러다 보면 나중에는 아무런 감각도 느껴지지 않게 돼. 내 몸은 누가 나를 때려도 그저 상대를 보며 미소 지을 수 있을 정도로 단련되었지."

복싱 링 근처에는 가본 적도 없었지만, 로비가 말하는 생존 확률을 높이려 자신을 무장한다는 게 어떤 의미인지 나만의 방식대로 이해했다. 나 역시 타인의 공격을 막아내며 상대가 나를 학대하는 일에 지치기만을 바라며 살아왔기 때문이다. 한동안은 감정을 지워버린 채 얼굴에 미소를 박제하는 일에도 능숙했었다. 로비의 경험은 내 과거를 다른 관점에서 바라보게 해주었다. 국제 마사지 훈련 학교에서 배웠던 주문이자, 모든 본질에 관한 지혜를 얻기를 청하는 팔리어 만트라가 뇌리를 스쳤다. 나 또한 그런 식으로 깨달음에 다가가는 것일까? 내 주변 세상뿐만 아니라 내면의 자아까지 알아가는 과정 말이다. 쉽지 않은 여정이 시작되었음을 직감했다.

한 가지 확실한 사실은 로비와 함께하는 시간만큼은 더할 나위 없이 편안했다는 점이다. 그와 함께 있는 일은 단 한 번도 숙제처럼 느껴지지 않았다. 서로 다른 점이 많았음에도 우리는 같은 리듬으로 움직이는 듯했다. 로비는 내게 파우더핑거라는 호주 록 밴드를 알려 주었는데, 나는 그들의 최고 히트곡에 완전히 매료되었다. "나의 행복이 서서히 되돌아오고 있어 / 이제 당신이 집에 있으니까 / 만약 행복이 사라진다는 게 실감 난다면 / 그건 당신이 짐을 싸서 떠날 때일 거야"라는 가사는 멀리 떨어진 연인을 그리워하는 마음을 정확히 묘사하고 있었다. 나는 로비에게 조금도 떨어지고 싶지 않다고 말했다.

어느 날 밤 나는 로비에게 도와줄 일이 있다고 말했다. 우선 마음을 다잡으려고 술기운을 빌릴 겸 코팡안의 어느 바에 들렀다. 태국 위스키를 한 모금 들이켜며 제프리 엡스타인이 문신을 엄격히 금지했다는 사실을 이미 말했는지 로비에게 물었다. 로비는 고개를 끄덕였다. 로비의 오른쪽 어깨에는 내가 평소 멋지다고 생각했던 음양 문양이 있었지만, 내 몸에는 문신이 하나도 없었다. 바로 옆에 문신 가게가 있으니 같이 가서 내 손을 잡아달라고 그에게 부탁했다. 잠시 뒤 태국인 문신사에게 원하는 도안과 위치를 설명하고 탁자 위에

생존자

엎드렸다. 곧이어 내 허리 아래에는 자유로운 비행을 상징하는 파란 나비와 함께 '로비 주프레를 사랑하며In Love With Robbie G'라는 문구가 새겨졌다. 사실 문신사가 로비의 철자에서 b를 하나 빼먹는 바람에 내 휴대전화에 저장된 남편의 이름은 지금까지도 '로비Robie'다. 내 마음속에서 이 새로운 문신은 두 가지 목적을 달성한 것이었다. 첫째는 로비를 향한 내 사랑을 온 세상에 공표하는 것이었고, 둘째는 문신 있는 여자를 혐오하는 엡스타인이 나를 다시는 거들떠보지 못하게 만들 확실한 방책이었다. 나는 로비에게 농담을 섞어서 이렇게 말했다. "이건 보험이야. 이제 나를 다시 데려갈 수 있더라도, 제프리는 절대 원하지 않을 테니까."

우리가 '투 선즈 리조트'에 머문 지 일주일쯤 지났을 무렵 맷이 찾아왔다. 치앙마이에 있을 때 맷은 로비와 내가 그토록 서둘러 결혼한다는 소식을 듣고 크게 우려했다. 로비를 어떻게든 말리지 못했다는 이유로 로비의 부모님에게 크게 한소리를 들을까 봐 겁이 났던 모양이다. 로비는 늘 여자들에게 인기가 많았고, 맷은 훗날 내게 로비가 싱글이었던 적을 한 번도 본 적이 없노라 털어놓기도 했다. 하지만 맷은 로비와 내가 맺은 인연이 이전에 보아온 관계들보다 훨씬 깊다는 사실을 알아차렸다. 그래서 맷은 산 정상의 사원에서 우리를 위해 기꺼이 증인이 되어주었고, 이제는 우리가 잘 지내고 있는

지 확인하러 코팡안까지 찾아온 것이었다.

주변 사람을 보면 그 사람이 어떤 사람인지 알 수 있다는 말처럼, 맷을 보며 로비에 대해 많은 것을 배울 수 있었다. 학교에서 만난 맷이 원래도 다정한 성격임은 알고 있었지만, 맷과 로비가 함께 있는 모습은 남편의 또 다른 면모를 보여주었다. 두 사람은 끊임없이 서로를 놀려댔지만, 그 장난에는 깊은 애정이 묻어났다. 맷은 부모님의 이혼 후 힘겨운 어린 시절을 보냈다. 열다섯 살에 어머니의 집을 떠나 아버지를 찾아 시드니로 향한 맷은 로비를 만난 뒤 결국 로비의 가족과 함께 살게 되었다. 그때부터 두 사람은 둘도 없는 친구가 되었다.

해변에서 맥주를 들이켜던 중 맷이 사뭇 진지한 표정으로 로비를 향해 고개를 돌렸다.

"롭, 이게 다 우연이라고 생각해?" 맷이 물었다.

"무슨 소리야?" 로비가 되물었다.

"페트라 말이야." 맷의 말이 떨어지자마자 로비의 입이 떡 벌어졌다.

로비는 평소 말을 멈추지 않는 편이라 주변에서 말참견조차 하기 힘들 정도였다. 하지만 갑자기 로비는 꿀 먹은 벙어리가 되었고, 구릿빛으로 그을린 얼굴이 약간 창백해져 있었다.

"페트라가 누구야?" 내가 물었다. 맷은 로비를 쳐다보았고, 로비가 고개를 끄덕이며 허락하자 내게 몸을 돌렸다.

325

"롭이 무언가를 찾아 헤매는 성격이라는 건 너도 이제 알지?" 맷이 운을 뗐다. "그러니까 한 2년 전쯤이었어. 시드니 서쪽 캠벨타운에 사는 페트라라는 점쟁이에 관한 소문을 들었지. 친구들이 말하길 진짜 용한 사람이라고 하더라고."

맷은 그녀를 찾아가길 주저했다고 했다. 그녀의 능력을 의심해서가 아니었다. 미래를 보는 고모가 있었기에 그런 능력을 갖춘 사람이 존재한다는 사실을 알고 있었기 때문이다. 하지만 여러 이유로 맷은 자신의 앞날에 무엇이 기다리고 있는지 알고 싶지 않았다. 반면 로비는 열정적이었다. 그는 당장이라도 페트라를 찾아가고 싶어 안달이 나 있었다.

"그래서 페트라가 뭐라고 했어?" 내가 물었다.

"롭이 아주 먼 길을 여행하게 될 거라고 했어." 맷이 말을 이었다. "거기서 금발 머리에 파란 눈을 가진, 자신의 운명인 단 한 사람을 만나게 될 거라고 말이야." 나는 믿기지 않았다. 고개를 내저으며 앉아 있는 로비를 돌아보았다.

"다 잊고 살았어." 로비가 맷의 어깨를 툭 치며 더듬거리듯 말했다. 그러더니 심호흡을 하고는 다시 나를 돌아보았다. 그는 여전히 그 기억을 되새기는 중이었다. "이 이야기는 거기서 끝이 아니야." 로비가 말을 이었다. "맷과 내가 태국으로 떠나기 직전에, 아주 친한 친구 한 명이 자기 결혼식에서 들러리를 서달라고 부탁했거든. 이미 방콕행 비행기 표를 샀다고 하니까, 여행을 한 달만 미루라고 나를 설득하더라고. 하지만 난 거절했어. '이유는 모르겠지만, 난 지금 당장 가야만 해'라고 말했지. 그런데 이제야 그 이유를 알 것 같아. 내가 한 달만 늦게 왔어도 당신을 만나지 못했을 테니까."

로비가 내 손을 잡고 있는 동안, 이 모든 상황이 동화처럼 느껴졌다.

"내가 우리 사이를 믿는다고 했지?" 로비가 말했다. "우린 만날 수밖에 없는 운명이었던 거야."

하지만 우리 운명에는 고난도 함께 예고되어 있었던 모양이다. 로비와 나는 '투 선즈 리조트'에 머물던 세계 각지의 여행객 중 열아홉 살의 매력적인 캐나다 청년과 친구가 되었다. 맷이 조만간 호주에서 다시 만나자는 약속을 남기고 떠난 뒤, 우리는 그 청년을 초대해 방갈로에서 밤새 파티를 즐겼다. 그가 정말 괜찮은 친구라고 생각했던 믿음은 다음 날 아침 산산조각이 났다. 우리 돈 대부분이 사라진 것을 발견했기 때문이다. 로비는 옷도 제대로 갖춰 입지 못한 채 밖으로 달려나가 그가 묵던 숙소로 향했다. 하지만 가는 길에 마주친 아일랜드 여성 두 명에게서 그 청년이 해가 뜨자마자 서둘러 떠났다는 소식을 전해 들었다. 우리는 2,000달러가 넘는 돈을 잃었고, 남은 건 고작 200달러 남짓이었다.

몇 달 후, 로비는 그 도난 사건이 오히려 축복이었다고 말

생존자

하곤 했다. "휴가에서 벗어나 현실을 직면하고, 다시 진짜 삶으로 돌아가야 할 때였어."

하지만 그 순간 우리는 공황 상태에 빠졌다. 돈을 도둑맞았다는 건 우리의 신혼여행이 끝났음을 의미했다. 하지만 그보다 끔찍한 사실은 로비는 이미 호주로 돌아가는 비행기 표를 사두었지만 내게는 비행기 표가 없었고, 이제는 표를 살 돈조차 없다는 점이었다.

로비는 부모님께 전화를 걸었다. 멀리 떨어진 열대 섬에서 빈털터리가 된 채 낯선 여자와 발이 묶여버린 아들을 보며, 부모님은 대체 어떤 여자가 아들의 마음을 이토록 사로잡았는지 의아하셨을 게 분명하다. 하지만 부모님은 앞으로 수년간 그러하셨듯 기꺼이 우리를 돕기 위해 나섰다. 시드니행 비행기 푯값 800달러를 결제하고 우리가 시드니에 도착할 때까지 버틸 수 있도록 여비까지 보내주셨다. 우리는 짐을 싸서 '투 선즈 리조트'와 작별을 고했다. 신혼여행의 낙원에서 방콕까지 왔던 길을 되짚어 돌아간 뒤, 출국 날짜를 기다리며 지저분하고 값싼 배낭여행자 숙소에 몸을 맡겼다.

그런데 계획에 차질이 하나 생겼다. 로비의 부모님이 로비가 타는 직항편에 내 자리를 구하지 못해 우리는 따로 이동해야 했다. 내 비행기는 로비보다 몇 시간 일찍 출발해 싱가포르를 경유하는 노선이었다. 갑자기 공포가 엄습했다. 어느덧 나는 로비가 주는 안정감에 전적으로 의지하고 있었다. 다음 날, 방콕 국제공항 탑승구까지 나를 배웅하던 로비의 손을 나는 차마 놓을 수가 없었다.

"지구 반대편에서 만나자." 로비가 싱긋 웃으며 말했다. 나도 따라 웃어보려 했지만 마음처럼 되지 않았다. 우리는 작별의 입맞춤을 나누었고, 나는 비행기에 올랐다.

불안한 예감은 틀리지 않았다. 싱가포르에 착륙해 환승 게이트로 향하려던 찰나, 싱가포르 세관 공무원들이 나를 덮치듯 에워쌌다. 그들은 내가 호주 시민권자도 아니면서 왜 호주행 편도 표만 가졌는지 추궁했다. 호주 입국 비자는 어디 있느냐며 다그치기도 했다. 이전까지 그런 서류 작업은 늘 맥스웰이 처리해주었기에 비자가 필요하다는 사실조차 모르고 있었다. 공포에 휩싸여 거의 패닉 상태가 되었다. 만약 나를 다시 방콕으로 돌려보낸다면 어떻게 해야 할지 막막했다. 플로리다에서 토니가 팁을 훔치는 바람에 해고당하고, 결국 엡스타인에게 기어들어 갈 수밖에 없었던 때가 떠올랐다. 이번에도 그때처럼 짧은 탈출을 뒤로하고 다시 비참한 지옥으로 돌아가는 걸까? 절망에 빠진 채 나는 지금쯤 남중국해 상공을 날고 있을 로비가 간절히 보고 싶었다. 하지만 이번만큼은 나 혼자 해결책을 찾아야만 했다.

살면서 그때만큼이나 필사적으로 누군가를 설득한 적은

생존자

없었던 것 같다. 당국에 진실을 말하고 있다는 사실이 그나마 도움이 되었다. 나는 얼마 전 호주 시민권자와 결혼했다고 설명하며 내 손목에 묶인 일곱 가닥의 실을 보여주었다. 그들은 혼인신고서는 어디 있느냐고 따져 물었다. 당연히 내게 그런 서류가 있을 리 없었다(우리는 나중에 호주에서 법적인 부부가 되기 위해 결혼식을 다시 치러야 했다). 하지만 나는 일회용 카메라로 맷이 찍어준 사진 몇 장을 꺼내 보여주었다. 서둘러 현상해두길 정말 잘했다는 안도감이 들었다. 세관 공무원들은 사진과 나를 번갈아 살펴보았다. 그러자 기적이 일어났다. 그들이 나를 환승 비행기에 타게 해준 것이다.

8시간 후, 시드니에 도착해 공항터미널에 들어선 나는 해방감과 불안감을 동시에 느꼈다. 로비의 부모님이 마중 나오기로 하셨는데, 내가 로비보다 먼저 도착했기에 두 분에게 나를 직접 소개해야 했기 때문이다. 수하물 구역을 빠져나오자 차단봉 너머로 노부부 한 쌍이 보였다. 마른 체격에 백발이 성성한 신사, 그리고 적갈색 숏컷 머리가 둥근 얼굴을 감싸고 있는 체격 좋은 여성이었다. 로비가 묘사했던 부모님의 모습과 똑같았다. 나는 심호흡을 한 번 하고 억지로 미소를 지으며 그들에게 다가갔다.

"제가 제나예요." 나는 손을 내밀며 인사했다. 니나와 프랭크는 정중하게 고개를 끄덕이며 차례로 내 손을 잡았다. 그러

고 나서 우리는 아무 말 없이 그 자리에 서서 로비를 기다렸
다. 프랭크가 영어를 거의 못 한다는 사실을 곧 알게 되었지
만, 그때는 알 리가 없었다. 그래서 그 침묵이 혹시 나를 벌써
못마땅해하시는 건 아닐까, 하는 걱정으로 이어졌다. 한 시간
은 지난 것 같았지만 실제로는 불과 몇 분 뒤, 마침내 긴 복도
를 따라 걸어오는 로비의 모습이 보였다. 안도감이 온몸을 감
쌌다. 나는 승객 전용 구역을 구분 짓는 차단봉 아래로 몸을
숙여 빠져나간 뒤, 로비의 품에 안길 때까지 전력으로 달려갔
다. 우리는 해냈다. 이제 우리의 새로운 삶을 진정으로 시작
할 수 있었다.

생존자

<h1 style="text-align:center">제19장
세상 반대편에서</h1>

호주에서의 첫 며칠간 내 모습을 떠올리면 웃음이 터져 나온다. 나는 시댁 부모님의 주방 가스레인지 앞에 서서, 한 잔씩 진하게 내려 마시는 이탈리아식 커피 제조법을 배우고 있다. 조그만 은색 모카포트에 물을 채우고 뜨거운 물이 곧 솟구쳐 올라올 거름망 모양의 바스켓에 곱게 간 원두를 숟가락으로 채워 넣는다. 참으로 아늑한 풍경이지만, 내 옷차림만은 예외였다. 나는 몸이 훤히 드러나는 러닝셔츠에 허리선 위로 티팬티가 불쑥 삐져나온 짧은 청반바지를 입고 있었다. 누군가는 내가 몸매를 과시하려 한다고 생각했겠지만, 그게 아니었다. 엡스타인의 통제 아래에서 나는 늘 내 나이보다 훨씬 어려 보이게끔 옷을 입어야 했다. 그곳의 규칙이었다. 이제 그의 손아귀에서 벗어나 엄연히 한 남자의 아내, 즉 성인 여

성이 되었지만 내 마음과 옷차림은 여전히 10대 소녀 시절에 머물러 있었다. 어른다운 모습이란 대체 어떠해야 하는지 전혀 감을 잡지 못했다.

프랭크와 니나의 집에서 지내기 시작하면서 내가 모르는 게 얼마나 많은지 뼈저리게 깨닫기 시작했다. 그건 고작 시작일 뿐이었다. 예를 들어, 나는 식기세척기를 돌려본 적도, 달걀 스크램블을 만들어본 적도 없었다. 빨래를 색깔별로 분류하는 법조차 몰랐다. 은행 계좌를 개설하거나 소득세를 신고하는 법, 혹은 제대로 된 커피 한 잔을 내려 마시는 법까지… 모르는 것투성이였다. 가끔은 이런 나의 무지에 짓눌려 눈앞이 캄캄해질 때도 있었다. '어른으로 산다는 게 대체 뭘까?', '나도 언젠가는 남들처럼 능숙해질 수 있을까?', '아내의 삶이란 또 무엇일까?' 등등. 그 답을 찾아내기까지는 꽤 오랜 시간이 걸릴 것 같았다.

호주에서 맞이한 첫 주말, 로비는 친구들과 함께하는 캠핑 여행에 나를 데려갔다. 목적지는 시드니 북쪽에 위치한 헌터 밸리였다. 그곳은 호주의 유명한 와인 산지였지만, 주머니 사정이 가벼웠던 우리에게 와인을 홀짝이는 사치는 어울리지 않았다. 로비는 시라즈 와인 대신 대자연의 아름다움을 만끽하며 야생 그대로를 즐기자고 당당하게 선언했다. 잠자리가 다 쓰러져 가는 창고라는 사실을 알기 전까지는 나도 그의 말에 기꺼이 동의했다. 하지만 기대했던 주말 여행은 새로운 나라가 내게 선사한 아주 혹독한 신고식이었다. 원주민의 동굴 벽화를 구경하기도 했지만, 날씨는 뼛속까지 시릴 정도로 추웠고 캠핑 중 유일하게 마주친 캥거루 한 마리는 이미 죽은 지 몇 달은 되어 보였다.

여행에서 돌아온 지 며칠 지나지 않아, 독감 같은 병에 걸려 아주 엉망이 되었다. 열이 펄펄 끓어올랐지만, 로비는 공사 현장에 일하러 가고 없었다. 몸은 축축하고 뜨거워 기분이 최악이었다. 누구에게도 짐이 되고 싶지 않았고, 특히 '아무 이유 없이 투덜댄다'라는 호주식 표현을 막 배운 터라 어떻게든 참아낼 작정이었다. 하지만 내가 얼마나 아픈지 눈치챈 로비의 아버지는 곧장 행동에 나섰다. 당신만의 특제 렌틸콩 수프를 뚝딱 만들어온 것이다. 나는 침대에서 일어날 기운조차 없었지만, 프랭크는 베개로 내 몸을 받쳐 세운 뒤 곁에 앉아 배가 찰 때까지 수프를 한 숟가락씩 떠먹여 주었다. 그 후 식은땀을 흘리며 비몽사몽 잠을 자는 동안에도 프랭크는 몇 분마다 와서 젖은 수건으로 내 이마를 식혀주셨다. 마침내 열이 내리자 그는 날달걀을 풀어 넣어 부드럽고 고소한 커피를 가져다주었다.

기운을 차리자 프랭크는 내 곁에 앉아 선인장 열매(백년초) 껍질 벗기는 법을 알려줬다. 자칫하면 유리섬유처럼 손가락

334

에 박혀버리는 그 가시들을 피하는 법도 함께. 로비가 미리 귀띔했던 대로 프랭크는 말수가 적었지만, 시드니에서 보낸 첫 몇 주 동안 그는 아버지에게서 받았던 것보다 훨씬 따뜻한 보살핌을 베풀어주었다.

주프레 가문의 여자들은 나를 좀 더 의심스러운 눈초리로 보았다. 특히 시어머니 니나는 성격이 불같고 매사에 거침이 없어서, 어느 날 갑자기 아들 손에 이끌려 집안으로 굴러 들어온 이 빼빼 마른 미국 여자가 못마땅한 눈치였다. 그러다 크리스마스를 앞둔 어느 날, 니나는 나를 로비의 고모들 집으로 데려갔다. 그날은 온 가족이 모여 이탈리아 과자인 카놀리를 만드는 날이었고, 나도 일손으로 차출되었다. 카놀리의 '카'도 몰랐지만, 나는 눈치껏 대열에 합류해 일을 거들었다. 반죽을 두드려 펴고 얇게 밀어서 막대에 돌돌 말아 튀김기에 넣었는데, 반죽이 타지 않게 여간 신경을 쓴 게 아니었다. 그렇게 바삭하게 튀긴 껍질 속에 리코타 치즈와 바닐라 크림, 초콜릿까지 세 가지 소를 꽉꽉 채워 넣었다. 그날 우리가 만든 카놀리가 300개는 족히 됐을 거다. 집에 돌아왔을 땐 내 머리카락 여기저기에 리코타 치즈가 덕지덕지 묻어 있었다. 하지만 그 덕에 일종의 합격점을 받았다. 고모들은 그런 내 모습을 대견해하며 마음을 열어주었다.

결혼 생활에 적응하는 데는 꽤 시간이 걸렸다. 2003년 1월

생존자

에 정식으로 혼인신고를 하기 전까지는 노동 허가증을 받을 수 없었지만, 로비는 나를 책임지겠다는 약속을 지키기 위해 이미 쉬지 않고 일하고 있었다. 나도 틈틈이 주프레 가족의 출장 요리 사업을 도왔다. 무거운 음식 쟁반을 나르고 설거지를 하거나, 필요할 때는 서빙도 마다하지 않았다. 바쁘게 움직이며 나를 받아준 새로운 가족에게 보탬이 되는 게 좋았다. 하지만 한편으로는, 완전히 달라진 나의 삶에 적응하기 위해 홀로 힘겨운 싸움을 이어가고 있었다.

로비와의 부부 관계만 해도 그랬다. 나는 그에게 강렬하게 끌렸지만, 침대에서만큼은 여전히 그와 함께하는 시간을 온전히 즐기지 못하고 겉돌 때가 있었다. 로비를 만나기 전까지 내게 섹스란 그저 영혼 없는 좀비처럼 기계적으로 몸을 움직이는 일이었고, 내 본모습은 마음속 깊은 곳에 꽁꽁 가둬둔 상태였다.

게다가 나는 로비가 보기엔 영 이상한 행동들을 하도록 길들여져 있었다. 사랑을 나눈 직후, 내가 침대에서 벌떡 일어나 따뜻한 물수건을 적셔 왔던 첫날이 기억난다. 엡스타인이 시켰던 대로 로비의 몸을 닦아주려 하자, 남편은 내 손목을 부드럽게 붙잡았다.

"그럴 필요 없어." 그가 다정하게 말했다. "이건 좀 이상해. 그러지 말고 이리 와서 나랑 같이 누워 있어." 나는 그의 말대로 했고, 그날 이후 다시는 물수건을 가져오지 않았다.

사실 안도해야 마땅한 일이었지만, 내 마음은 오히려 혼란스러웠다. 아무리 굴욕적인 행동이라 해도 아주 오랫동안 당연하게 요구받았고, 그 일을 잘 해내면 칭찬까지 들었기 때문이다. 이제 더 이상 그런 일을 하지 않아도 된다는 사실 앞에서, 대신 무엇을 해야 할지 몰라 갈피를 못 잡았다. 그저 편안하게 몸을 누이는 것조차 내게는 너무나 어려운 숙제였다.

"침대에서 좋은 건 뭐고, 싫은 건 뭐야?" 우리가 만난 지 얼마 안 되었을 때 로비가 물었었다. 이제 나는 내가 불편하게 느끼는 것들이 무엇인지 조금씩 인정하기 시작했다. 예를 들어, 나는 구강성교를 그리 좋아하지 않았다. 내 목덜미를 억지로 내리누르며 삼키라고 강요하던 불쾌한 손의 기억이 너무나 많이 남아 있었기 때문이다. 내 몸을 애무받는 것 역시 친아버지의 기억을 떠올리게 할 뿐이었다.

과거의 가해자들이 나의, 그리고 우리의 얼마나 많은 것을 망쳐놓았는지 듣는 일은 로비에게도 감당하기 벅찬 일이었을 것이다. 우리만의 시간에 즐길 수 있는 일들이 사실상 지워지고 있다는 걸 깨달았을 때, 처음엔 로비도 조금 멍한 표정이었다. 하지만 이내 그는 아무렇지 않다는 듯 나를 다독여주었다. 그는 나와 침대에 나란히 누워 서로를 기분 좋게 해줄 방법은 얼마든지 많다고 말해주었다.

생존자

"네가 사랑받고 있다는 걸 느꼈으면 좋겠어."

대체로 사랑받고 있다고 느꼈다. 하지만 그럴 때마다 과거가 불쑥 끼어들었다. 억만장자들과 총리, 그 수많은 남자를 떠올리고 싶지 않았지만, 관계 도중에 가끔 그들의 일그러진 얼굴이 머릿속에 번뜩 떠오를 때면 어김없이 기억들이 되살아났다. 여러모로 끔찍한 일이었다. 그런 과거의 기억을 되새기는 것 자체가 고역이었고 동시에 지금 내 안에서 무슨 일이 일어나고 있는지 로비가 눈치채지 못하게 숨겨야 했다. 그를 보호하고 싶기도 했고, 내가 실제로 얼마나 망가진 상태인지 보여주고 싶지 않은 마음도 있었다. 하지만 내가 무언가를 숨기려 한다는 낌새를 눈치챌 때마다 로비는 내가 자신을 밀어낸다고 느꼈다. 그는 우리가 한 팀이며 이런 일들은 함께 헤쳐나가야 한다고 말했다. 머리로는 맞는 말이라는 걸 알았지만, 때로는 그렇게 속내를 다 드러내야 하는 결속감이 감당하기 벅찰 때도 있었다.

시드니에서 시부모님과 함께 지내는 동안, 로비는 내가 플로리다에 두고 온 강아지 메리-제인을 얼마나 그리워하는지 알고는 잭 러셀 테리어 한 마리를 데려왔다. 나는 녀석의 이름을 '챔피언(줄여서 챔프)'이라고 지었는데, 챔프 덕분에 내 일상에 규칙이 생겼다. 여느 개들처럼 챔프도 산책이 필요했고, 덕분에 나는 집 밖으로 발을 내디딜 수 있었다. 게다가 한 시도 가만히 있지 못하는 잭 러셀 테리어의 성격 때문에, 녀석은 끊임없이 나를 붙들고 놀아달라며 보채댔다. 나는 기억의 동굴 속에 마냥 숨어 있을 수 없었다. 챔프가 그걸 허락하지 않았기 때문이다. 누군가의 필요에 따라 움직이는 건 내게 익숙한 일이었지만, 챔프를 챙기는 일은 아주 건강한 자극이었다.

로비와 나는 언젠가 부모님 집에서 독립할 계획이었지만, 챔프가 오면서 그 결정은 더 앞당겨졌다. 이탈리아 출신인 프랭크와 니나는 짐승은 밖에서 키워야 한다는 옛날 분들이셨다. 챔프를 무릎에 앉히고, 식탁에 데려오고, 우리 침대에서 같이 재우려는 내 고집에 두 분은 질색하셨다. 결국 2003년 초, 우리는 예술적이고 활기 넘치는 다문화 동네인 파라마타의 첫 집으로 이사했다. 그 2층짜리 작은 연립주택은 벽이 어찌나 얇은지 이웃집 인도인 부부의 아기가 밤낮으로 우는 소리가 다 들릴 정도였다. 아마 그들도 나와 로비가 싸우는 소리를 다 들었을 것이다. 우리는 너무 자주, 대개는 술을 많이 마시고 불같이 싸웠다. 자기는 이렇게 힘들게 일하는데 왜 집구석 하나 제대로 안 치우느냐고 그가 소리를 지르면, 내가 얼마나 외로운지 알면서 왜 이렇게 늦게 들어오느냐고 나도 비명을 질렀다. 가끔 그가 점심시간에 전화를 걸 때면 나는 막 잠에서 깨어 있곤 했다.

339

"지금 뭐 해? 그냥 빈둥거리고 있는 거야?" 로비는 시간을 낭비한다는 호주식 표현을 섞어서 물었다. "제나, 당신 정말 애처럼 군다." 그 말이 나를 미친 듯 화나게 했다. 하지만 사실 어떤 면에서 나는 **여전히 어린아이**였다.

이를 보여주는 전형적인 일화가 있다. 우리는 처음에 소파 하나 살 돈이 없을 만큼 가난했다. 하지만 로비는 한 푼 두 푼 알뜰히 돈을 모았고, 어느 날 아침 출근하기 전 자고 있는 나를 조심스레 깨웠다.

"당신이 쇼핑 좋아하는 거 알아." 그가 내 얼굴을 쓰다듬으며 말했다. "오늘은 밖에 나가서 우리 집에 놓을 가구 좀 사보는 게 어때?" 그러고는 내 손에 현금 1,000달러를 쥐여주었다. "이걸로 많이 사지는 못할 거야. 중고 가구점에 가야 할지도 몰라. 그래도 우리의 시작이잖아."

그날 밤, 퇴근하고 돌아온 그에게 나는 내가 산 것을 자랑스럽게 보여주었다. 바로 엑스박스 게임기였다.

"제나, 지금 장난해?" 로비는 웃음을 터뜨려야 할지, 화를 내야 할지, 아니면 둘 다 해야 할지 갈피를 잡지 못하는 표정으로 말했다.

"재밌을 것 같아서 샀는데." 내가 대답했다. "컨트롤러도 두 개라 같이 게임할 수 있단 말이야."

"하지만 제나, 우린 지금 앉을 데조차 없잖아. 대체 무슨 생각을 한 거야?"

부끄러움과 방어기제가 동시에 치솟았다.

"자기는 맨날 일만 하잖아!" 나는 씩씩대며 말을 내뱉었다. "집에서 좀 웃을 일 좀 만들어보려고 그런 거야."

차마 부끄러워 입 밖으로 내지 못한 진실은, 혼자 가구점에 가야 한다는 생각만으로도 몸이 굳어버렸다는 것이다. 가구를 어떻게 골라야 하는지 본 적도, 배운 적도 없었다. 실수할까 봐, 잘못 살까 봐 덜컥 겁이 났다. 그래서 나는 내가 살 줄 아는 것, 즉 '장난감'에 우리 전 재산을 탕진해버린 것이었다.

나는 살림을 꾸릴 준비가 전혀 되어 있지 않았다. 어느 날 아침, 주방에 들어갔다가 싱크대 옆 벽면에 태연히 붙어 있는 생전 처음 보는 크기의 거대 거미와 마주쳤다. 징그러운 건 잘 참는 편이라 지렁이도 안 무서워하고 뱀은 식은 죽 먹기이지만, 어릴 적 포리스트와 아버지가 영화 〈아라크네의 비밀〉을 보여준 뒤로 거미라면 자다가도 벌떡 일어날 만큼 질겁했다. 결국 일하고 있는 로비에게 전화해 당장 집으로 와달라고 사정했다.

"미안해, 여보." 정신없이 바쁜 듯 로비의 목소리가 멀게 느껴졌다. "지금은 도저히 자리를 비울 수가 없어."

"그런데 지금 거미가 나를 쳐다보고 있단 말이야." 거미의 수많은 눈동자를 힐끗거릴 위험을 감수하며 애원했다.

생존자

"그거 헌츠맨 거미야?" 로비가 물었다.

"헌츠맨이 뭔데?" 비명에 가까운 소리를 질렀다. 로비는 농발거미로도 불리는 헌츠맨 거미는 타란툴라와 비슷하게 생겼지만 크기는 더 압도적이라고 알려주었다. 당연하게도 헌츠맨 거미가 득실거리는 지구상의 몇 안 되는 장소가 바로 호주였다. 디저트 접시만 한 괴물과 나는 눈싸움을 벌였다.

"헌츠맨이야!" 로비가 당장 달려와 나를 구해주길 바라며 외쳤다. 하지만 로비는 웃음만 터뜨렸다.

"여보, 그 거미 옆에서 같이 자도 상관없어. 징그럽게 생겨서 그렇지, 해치지는 않거든." 그가 말했다.

전혀 안심되지 않는 소리였다. 결국 전화를 끊고 프랭크에게 전화하자 곧장 빗자루를 들고 달려와주었다.

"내가 죽여주마." 프랭크는 용맹하게 말했다. "확실히 끝내주지." 헌츠맨 거미는 금세 사라졌다.

내 아버지도 나를 그만큼 아껴주었더라면 얼마나 좋았을까. 이 무렵 아버지와 전화가 닿았다. 부모님은 별거 중이었다. 두 사람 사이에는 문제가 많았지만, 아버지가 여장을 즐긴다는 사실을 어머니가 알아차리면서 모든 게 끝났다. 결국 부모님은 이혼 절차를 밟았다. 내가 자란 래클리 로드 집을 팔고 어머니는 콜로라도로 떠났다. 하지만 아버지는 여전히 플로리다에 머물러서, 토니에게 맡겨둔 내 닷지 트럭을 찾아 대신 팔아달라고 부탁했다. 몇 천 달러는 받을 수 있으리라 기대했다. 보관 창고에 넣어둔 물건들도 전부 전당포에 맡기거나 팔아달라고 덧붙였다. 창고에는 할머니 셸리가 유산으로 남겨준 샹들리에와 골동품 몇 점이 들어 있었다. 아버지는 내 제안을 받아들여 수익금을 보내주겠다고 약속했다. 하지만 아버지가 어떤 사람인지 잘 알면서도 기대한 게 화근이었다. 송금된 돈은 고작 500달러뿐이었는데, 사실 놀랄 일도 아니었다. 아버지가 보낸 돈은 내 물건들을 판 값에 비하면 턱없이 적었다.

돈이 부족한 것은 여러모로 큰 문제였는데, 특히 트라우마 치료를 위해 복용하던 값비싼 자낙스를 서서히 끊어가던 내게는 더욱 치명적이었다. 라오스에 있을 당시 마약을 소지하다가 붙잡히면 감옥에 갇힐지도 모른다는 두려움에 가지고 있던 약 대부분을 변기에 쏟아버렸다. 남겨둔 소량의 비축분도 바닥을 드러내고 있었다. 로비에게는 이 사실을 말하지 않았다. 내가 겪은 끔찍한 일들은 남편에게 전부 털어놓았고, 로비는 내가 그 과거에서 멀어지기만 하면 금방 상태가 호전될 거라 믿었던 것 같다. 하지만 현실은 정반대로 흘러갔다. 수년간 억눌러 온 과거가 이제는 제멋대로, 그것도 아주 생생하게 튀어나왔다.

낮 동안에도 불쾌한 잔상들이 머릿속에 불쑥 떠올랐다. 엡

생존자

스타인이 내 목을 조를 때 썼던 징 박힌 검은 가죽 목줄이나, 살려달라고 빌던 나를 지켜보는 총리의 탐욕스럽고 잔인한 표정 같은 것들이었다. 밤에는 악몽이 나를 괴롭혔다. 가해자들이 나를 덮치려 위협적으로 다가오고, 나는 도망치지 못한 채 얼어붙는 꿈이었다. 침대 시트가 땀으로 흥건히 젖을 만큼 몸을 떨며 깨어나는 일이 잦았다. 로비를 깨우고 싶지 않아서 그저 남편 곁으로 바싹 다가갔다. "괜찮아?" 로비가 중얼거리면, "응, 그냥 꿈을 꿨어"라고 대답했다. 그러면 남편은 나를 품에 안고 다시 잠에 빠져들었다.

그럼에도 나는 내가 얼마나 큰 고통을 겪고 있는지, 과거에 불안 완화제에 얼마나 의존했는지 인정하고 싶지 않았다. 알약은 내게 구명보트나 다름없었고, 약을 끊자마자 내가 얼마나 빠르게 가라앉고 있는지 실체가 드러났다.

어느 날 로비가 퇴근해 돌아왔을 때 나는 아파트 구석 바닥에 피와 유리 파편에 둘러싸인 채 주저앉아 있었다. 자해한 상태였다. 죽고 싶어서가 아니라 통증을 가할 때 느껴지는 선명한 감각을 빌려 나를 괴롭히는 악마들을 잠재우려던 것이었다. 로비는 나를 보자마자 어머니에게 전화를 걸었다. 나중에 로비는 내 눈빛만 보고도 이건 어머니가 필요한 순간임을 직감했다고 말했다. 니나는 도착하자마자 달려들어 유리 조각들을 발로 차내고 포근한 천사처럼 나를 품에 안았다. 니나는 한 시간이나 나를 품에 안고 몸을 흔들며 다 괜찮아질 거라고 다독였다. 그러고는 나를 욕조로 데려가 옷을 벗기고는 친자식이라도 되는 양 정성껏 몸을 씻겨주었다. 아주 어린 시절 이후로 줄곧 갈구해온 온기를 로비의 부모님이 다시금 채워주고 있었다.

내가 이토록 처참하게 무너지는 모습에 로비가 화를 낸다 해도 충분히 이해할 수 있었다. 하지만 그는 화를 내기보다 슬퍼했다. 가끔 우리가 함께 탄 이 감정의 롤러코스터를 돌아보며, 결혼할 당시만 해도 나에 대해 아무것도 몰랐다며 농담조로 말하곤 했다. 하지만 그런 말을 할 때조차 그는 늘 나를 껴안아 입을 맞추고 나를 만난 게 얼마나 큰 행운인지 끊임없이 속삭였다. 그럼에도 로비가 답답해한다는 것을 나는 알고 있었다. 나 역시 마찬가지였다.

종종 두 걸음 나아가면 한 걸음 물러서는 기분이 들었다. 학대당하던 과거와 그렇지 않은 현재 사이에 거리를 두면서 때로는 평화로운 에너지와 희망이 밀려드는 것을 느끼기도 했다. 하지만 그런 평온함은 내가 원치 않는 방향으로 흘러갔다. 안전하다는 기분이 오히려 수년 동안 가두어두었던 가장 끔찍한 기억에게 튀어나올 길을 터준 모양이었다. 생존을 위해 싸울 때는 트라우마를 처리할 여력이 없어 묻어두기 마련이다. 이제 삶이 사랑에 둘러싸이자, 그 모든 추악한 과거는

345
생존자

충분히 오래 묻혀 있었다는 듯 고개를 들기 시작했다.

엡스타인의 기억은 나를 고문했다. 엡스타인은 여자애들의 외모에 유독 까다로웠다. 언제나 갈비뼈가 드러날 만큼 말라야 했고 가슴은 작고 골반은 좁아야 했다. 어린 시절 생긴 거식증은 엡스타인의 집에서 더욱 심해졌다. 그곳에 있던 소녀들은 늘 다이어트 중이었다. 반면 주프레 가족은 먹는 것을 사랑할 뿐 아니라 서로에게 먹이고 싶어 했다. 피자나 버터 바른 토스트만 먹거나 아니면 아예 굶는 내 식습관을 알게 된 로비는 나를 위해 요리하며 자신이 만든 모든 음식을 먹게 할 것이라고 약속했다. 하지만 로비가 그 싸움에서 승리하기까지는 그로부터 수년이 더 흘러야 했다.

로비의 추천으로 그가 해답을 찾을 수 있으리라 장담한 영성 서적 몇 권을 읽어보았다. 댄 밀먼이 1980년에 쓴 자전적 소설이자 명상과 마음챙김, 자비와 수용을 강조하는《평화로운 전사》를 로비가 왜 좋아하는지 금세 알 수 있었다. 불교 경전의 한 구절인 "전사여, 우리는 우리를 전사라 부른다. 찬란한 미덕과 높은 이상, 숭고한 지혜를 위해 싸우기에 우리를 전사라 부른다"라는 문장으로 시작하는 책은 삶의 투쟁을 신성한 행위처럼 묘사했다.《갈매기의 꿈》을 쓴 리처드 바크의 저서《환상: 어느 마지못한 메시아의 모험》도 읽어보려 했지만, 내게는 지나치게 황당무계했다. 나는 로비에게 이런 책들

346

은 색채나 아우라, 무지개 같은 허무맹랑한 것을 운운하지만, 내게 필요한 건 그저 다음 발걸음을 내딛는 법이라고 말했다.

나는 집 밖에서 시간을 보내며 더 큰 위안을 얻곤 했다. 프랭크의 뒷마당에는 그가 무척 아끼는 거대한 무화과나무 한 그루가 서 있었다. 늦봄이면 풍성하게 맺히는 열매는 맛 또한 일품이었다. 하지만 내 마음을 더 깊이 울린 것은 계절의 흐름에 따라 변하는 나무의 생명력이었다. 때로는 무화과가 너무 많이 열려 바닥에 떨어지는 바람에, 발을 디딜 때마다 으깨진 열매들이 붉은 카펫처럼 깔리기도 했다. 그러다가도 어느 계절엔 나무가 온몸을 다 비워낸 채 벌거숭이처럼 서 있었다. 나는 로비의 부모님 댁을 방문할 때마다 잠시 그 나무 앞에 멈춰 서서 나무를 가만히 지켜보았다. 어느덧 그 무화과나무는 내게 쓰러지지 않는 회복력의 상징이 되어 있었다.

호주에 도착하자마자 나는 전화번호부를 비공개로 해달라고 강하게 요구했다. 성을 바꿨음에도 엡스타인과 맥스웰이 마음만 먹으면 나를 찾아낼 수 있다고 생각했기에 가능한 모든 예방 조치를 취하고 싶었다. 그런 노력은 적어도 당분간은 효과가 있었다. 하지만 엡스타인과 직접적인 접점은 없었음에도 그는 내 삶에 불쑥 끼어들었다. 어느 날 거실을 지나가는데, 니나가 보던 텔레비전 화면에 나처럼 한때 엡스타인의 희생자였던 여배우가 나오고 있었다. 멍해진 내 얼굴을 본 니

생존자

나가 어떻게 저 사람을 아느냐고 물었다. 나는 무슨 말을 해야 할지 몰라 몸을 돌려 방을 나갔다.

2003년 3월, 〈베니티 페어〉에 "재능 있는 엡스타인 씨"라는 제목의 긴 인물 평전이 실렸다. 정확히 언제 읽었는지는 기억나지 않지만, 잡지의 들뜬 어조에 충격을 받았던 기억만큼은 생생하다. 기사는 엡스타인을 잘생기고 매력적이며 매우 관대할 뿐 아니라 자기만의 세계를 다스리는 왕 같은 존재로 묘사했다. 엡스타인의 맨해튼 타운하우스는 동양 어느 황제의 낙원이라던 '자나두'로 비유했다. 주로 젊은 여성을 선호한다는 엡스타인의 취향이나 의심스러운 금융 거래 등은 복잡한 과거로 얼버무렸다. 하지만 기사에는 엡스타인에게 순수하고 아이 같은 면이 있다는 많은 사람의 증언이 실려 있었다.

"아, 순수하다고? 저 사람이 그렇게 보이는가 봐?" 나는 소리 내어 물었다. 그러고는 잡지를 방 저편으로 내동댕이쳤다.

제20장
세상에 나온 걸 환영해

로비가 나를 "우리 아내"라고 부르는 목소리가 참 좋았다. 그 한마디에는 다정함이 듬뿍 묻어 있었다. 사람들에게 내가 자기 아내라고 자랑스럽게 말하는 로비의 모습도 마음에 들었다. 하지만 사실 우리 결혼 생활의 첫 몇 년은 로비와 나에게 혹독한 시간이었다. 로비는 그 이유를 단 한 가지 사실로 돌리곤 한다. 바로 내가 누구도 믿지 않았다는 점이다. 그 말을 들을 때면 내가 너무 매정한 사람처럼 느껴져 싫었지만, 로비의 말이 틀린 건 아니었다. 내 뼛속 깊은 곳에는 남자는 이기적이고 여자는 기만적이며, 누구나 잔인해질 수 있다는 확신이 박혀 있었다. 개에게 벼룩이 있다는 사실처럼, 내게 그것은 살면서 몇 번이고 반복해서 증명된 진실이었다. 사람은 신뢰할 수 있는 존재가 아니었다.

생존자

상태가 정말 안 좋을 때면 허무주의에 가까운 나의 불신에서 로비도 예외는 아니었다. 나는 그를 의심했고, 때로는 그가 내 편이 되어주지 않는다며 대놓고 비난하기도 했다. 내 안의 목소리는 여전히 경고를 보냈다. '방심하지 마, 그러다 간 또 다칠 거야.' 그래서 나는 로비에게 당신은 나를 이해하지 못하고 앞으로도 영원히 그럴 것이며, 당신을 진심으로 믿을 수 있을지 모르겠다고 쏘아붙였다. 사실도 아닌 내 말에 로비는 크게 상처받았고, 결국 참다못해 불같이 화를 내곤 했다. 로비는 성미가 급한 편이었다. 내가 의도했든 아니든 그를 자극할 때면 로비는 어떻게든 자신을 다스리려 애썼지만, 분노를 숨길 수는 없었다. 그럼에도 우리는 격렬하게 다툰 뒤에 언제나 다시 서로를 마주 보았다. 우리를 이어주는 유대감은 둘 사이를 갈라놓으려는 어떤 위협이나 결점보다도 훨씬 단단했다.

2005년, 우리는 시드니의 소란스러운 도심을 뒤로하고 센트럴 코스트의 블루 베이로 보금자리를 옮겼다. 그곳의 정적과 평화로움이 정말 마음에 들었다. 집에서 해변까지 걸어갈 수 있는 거리라 로비와 나는 매일같이 바닷가를 산책하곤 했다. 당시 로비는 벽돌공 일을 배우는 수습생이었고, 나는 실업자들의 이력서 교정이나 면접 코칭을 돕는 호주 고용훈련 및 채용 센터에 접수원으로 취직했다. 사실 나도 그곳에 도움을 구하러 갔다가 뜻밖에 일자리까지 얻게 된 것이었다. 직장이 아파트에서 걸어 다닐 만큼 가까워 차는 한 대면 충분했다. 형편은 여전히 빠듯해서 생활비를 벌기 위해 밤에는 식당 서빙 아르바이트를 병행해야 했지만, 로비와 나는 사이좋게 잘 지냈다.

이따금 우리에게도 아이가 생기면 어떨까 하는 상상을 하곤 했다. 하지만 엄마가 될 가능성이 거의 없다는 의사들의 선고가 늘 마음 한구석에 짐처럼 남아 있었다. 난관 한쪽이 막혀 있다거나 다낭성 난소 증후군이 있다는 등의 진단을 몇 번이나 받았기 때문이다. 내 고민을 들은 로비는 특유의 장난기를 발휘해, 내 난자들이 자기 정자처럼 기운찬 녀석들을 한 번도 못 만나봐서 그런 소리를 하는 거라며 너스레를 떨었다.

"내 녀석들은 손도끼를 들고 있을 테니까!" 로비는 기세등등하게 큰소리를 치고는 나를 곰처럼 커다란 팔로 꽉 끌어안았다. "걱정하지 마, 제나. 그냥 운명에 맡겨보자고."

2005년 7월의 어느 날, 우리는 동네 재향군인회 클럽에서 로비의 표현에 따르면 '코가 삐뚤어지게 마시는 날'을 보냈다. 재향군인회 클럽은 호주만의 독특한 문화인데, 1916년 제1차 세계대전에서 귀환한 군인과 그 가족들의 모임 장소로 만들어진 곳이다. 우리가 동네 재향군인회 클럽을 즐겨 찾았던 건 음식이 훌륭하고 칵테일은 독하면서도 가격은 꽤 저렴

생존자

했기 때문이다. 우리는 양 정강이 요리를 시켜놓고 카지노에서 키노keno(카지노에서 하는 숫자 추첨 게임으로, 1번부터 80번까지의 번호 중 1개 이상 20개 이하의 번호를 미리 선택해, 무작위로 추첨된 번호와 일치하는 개수를 맞히는 방식-옮긴이) 게임을 즐기며, 둘 다 낙타처럼 술을 퍼마셨다.

집에 도착했을 때는 이미 취기가 잔뜩 올라 아파트 계단을 밟고 올라가는 것조차 일처럼 느껴졌다. 결국 우리는 건물 앞 잔디밭에 대자로 드러누워, 아는 이름을 죄다 갖다 붙이며 별자리를 하나하나 가리켰다. 머리는 빙글빙글 돌고 우리는 잔디 위를 뒹굴며 한참을 웃어댔다. 그러다 문득 내가 한마디를 던졌다.

"있잖아, 나 두 달 정도 생리가 없어. 이거 좀 이상하지 않아?"

로비가 고개를 번쩍 들더니 "손도끼!"라고 외치고는 다시 잔디밭 위로 털썩 쓰러졌다.

다음 날, 나는 약국에서 임신 테스트기를 사서 확인해보았고 결과는 두 줄이었다. 도저히 믿기지 않았다. 두 번을 더 해봐도 같은 결과가 나오자 병원을 찾았다. 의사는 혈액 검사를 마친 뒤 임신 7주라는 진단을 내렸다. 여전히 의구심을 떨치지 못하던 나는 초음파 검사로 아이의 작은 심장이 고동치는 것을 보고 나서야 비로소 실감이 났다. 로비는 우리가 불가능을 이겨냈다며 뛸 듯이 기뻐했다. 결혼식 날 우리 손목에 묶어두었던(그리고 닳아서 없어질 때까지 풀지 않았던) 그 일곱 가닥의 실 중 하나가 마법이라도 부린 걸까. 아니면 5년 전 나를 진단했던 의사들이 실수했던 걸까. 이유야 어찌 됐든 우리는 부모가 될 예정이었고, 그보다 행복할 수는 없었다.

우리는 축하를 위해 아침 식사를 하러 나갔다. 그때 로비의 무릎 위에 앉아 입이 귀에 걸릴 정도로 활짝 웃고 있는 내 모습이 담긴 사진이 아직도 남아 있다. 집에 돌아온 우리는 곧장 양가 가족에게 전화를 걸어 외쳤다.

"저희 아기 가졌어요!"

나는 임신 기간이 정말 좋았다. 나 자신보다 크고 소중한 무언가, 아니 누군가를 위해 살아야 한다는 생각에 힘이 솟았다. 나는 곧장 성장 일기를 만들기 시작했다. '예비 부모' 페이지에는 비키니를 입고 배가 볼록하게 나온 내 사진과, 로비와 내가 서로를 껴안고 웃고 있는 사진을 붙여두었다. 아이의 두뇌 발달에 음악이 좋다는 말을 듣고는 그때부터 배를 쓰다듬으며 '알파벳 송'이나 '거미가 줄을 타고 올라갑니다' 같은 노래를 불러주기 시작했다.

출산 예정일을 앞둔 어느 날 오후, 로비가 아직 일터에 있을 때였다. 갑자기 속옷이 축축해지는 기분이 들었다. 덜컥 겁이 났다. '혹시 뭔가 잘못된 건가?' 당황한 나는 곧장 친구

생존자

에게 전화를 걸었고, 친구는 한달음에 달려와 나를 병원으로 데려다주었다. 알고 보니 말로만 듣던(사실 들어본 적도 없던) '점액전'이 빠진 것이었다. 이름부터가 좀 징글징글했지만, 어쨌든 양수가 터진 건 아니었다. 로비가 일하는 공사 현장은 차로 한 시간 반이나 걸리는 거리에 있었지만, 병원까지 올 시간은 충분했다. 스무 시간 가까이 이어질 고통스러운 진통이 나를 기다리고 있었기 때문이다.

2006년 2월의 어느 목요일 오후 7시 34분, 로비와 나는 첫 아이를 세상에 맞이했다. 몸무게가 8.5파운드(3.8킬로그램-옮긴이)인 사내아이였고, 이름은 알렉산더 앤서니 주프레라고 지었다. 아이를 품에 안으니 세상을 다 얻은 듯했고 몸 상태도 아주 좋아서, 바로 다음 날 아이를 데리고 집으로 돌아왔다. 나는 곧장 성장 일기를 펼쳐 아이의 상태를 기록했다. 상위 1%에 해당하는 아프가 점수Aprgar score(출생 직후 신생아의 건강 상태를 평가하는 항목-옮긴이)부터 청록색 눈동자, 연갈색 머리카락까지 하나하나 적어 내려갔다. '세상에 온 것을 환영해'라고 적힌 페이지에 나는 이렇게 남겼다. '우리 알렉스는 정말 완벽한 모습으로 태어났다.'

아이를 낳고 일주일쯤 지났을 때, 우리는 시드니 서쪽에 있는 배스 힐의 작은 집으로 이사를 했다. 시부모님 댁과 더 가까운 곳이었다. 그때부터 우리는 두 분을 이탈리아어로 할머니, 할아버지를 뜻하는 '노나'와 '노노'라고 부르기 시작했다. 한편 돌아가신 외할머니 셸리가 내게 가구뿐만 아니라 약간의 유산도 남겨주셨다는 사실을 알게 되었다. 나는 그 돈으로 〈곰돌이 푸〉를 테마로 한 하늘색 아기방을 꾸몄다. 바닥에는 '곰돌이 푸' 카펫을 깔고 벽에는 같은 시리즈의 '피글렛'과 '이요르' 스티커를 붙였다. 로비는 누나 앤절라에게 물려받은 흰색 요람을 정성껏 수리해주었고, 나는 그 주위에 하늘하늘한 흰색 커튼을 달았다. 알렉스가 사랑받고 있다는 걸 온몸으로 느끼며 자라길 바랐다.

처음에는 우리도 어쩔 줄 몰라 하는 서툰 부모였다. 알렉스는 늘 배고파하고 보채는 일도 잦았는데, 나는 혹시라도 모유 수유가 부족해서 아이가 영양분을 제대로 섭취하지 못하는 건 아닐지 전전긍긍했다. 알고 보니 아이는 배앓이에 시달렸고, 태어나서 두 달 동안은 하룻밤에도 대여섯 번씩 잠에서 깨어 울어댔다. 그럴 때면 오직 로비만이 아이의 울음을 그칠 수 있었다. 로비는 영문도 모르고 우는 알렉스를 엎드려 눕힌 뒤, 가스가 잔뜩 차 팽팽해진 배를 손바닥으로 지그시 눌러주며 아이를 달랬다. 나는 지칠 대로 지친 데다 엄마 역할을 제대로 못 하고 있다는 불안감에 휩싸여, 니나와 앤절라에게 끊임없이 조언을 구하곤 했다.

하지만 알렉스가 내게 준 행복은 정말이지 엄청났다. 아이가 태어난 지 한 달이 되었을 때, 나는 성장 일기에 이렇게 적었다. '너는 정말 특별한 아이란다. 네가 네 아빠와 나에게 어떤 의미인지, 그리고 우리 가족을 얼마나 가깝게 만들어주었는지 너는 꿈에도 모를 거야.' 생후 9주가 되던 날, 알렉스는 방긋 미소 지어 보였다. 나는 성장 일기에 다시 썼다. '네 엄마라서 정말 기뻐.'

알렉스가 자라는 모습은 내게 무엇보다 값진 치유제였다. 아이의 손짓발짓 하나하나가 사랑스러워서만은 아니었다. 알렉스는 내가 이 세상에 없어서는 안 될 존재라는 확신을 주었다. 아이는 온전히 나라는 세계에 기대어 있었다. 누군가에게 이토록 든든한 존재가 되었다는 명백한 사실이, 그 전까지는 한 번도 느껴보지 못한 삶의 목적을 일깨워주었다. 어린 시절 자신이 끝내 받지 못했던 것을 자식에게 아낌없이 내어줄 때, 그 과정에서 부모가 얼마나 커다란 위안과 치유를 얻는지 아는 사람은 알 것이다. 때로는 아이를 돌보는 일이 어린 시절의 나를 보듬는 것처럼 느껴졌고, 내가 그토록 갈구했던 사랑을 나 자신에게 비로소 건네주는 기분마저 들었다. 알렉스를 따뜻하고 안전하게 품어주며 배불리 먹이고 행복하게 해주는 동안, 나 역시 그 안온함을 함께 누렸다. 지금의 성숙한 엄마로서뿐만 아니라, 늘 사랑에 허덕였던 예전의 그 어린 소녀가 되어 말이다.

2006년 8월, 알렉스가 생후 5개월이었을 때 나는 내가 다시 임신했다는 사실을 알고 깜짝 놀랐다. 수유 중에는 임신이 되지 않는다고 믿었기 때문이다. 그런 속설을 늘어놓는 내게 의사는 어이없다는 듯 웃으며 고개를 가로저을 뿐이었다. 오빠, 동생과 각각 다섯 살씩 터울을 두고 태어났던 터라 나는 내 아이들이 연년생으로 가깝게 지낼 수 있다는 점이 마음에 들었다. 하지만 두 번째 임신을 감당하기란 절대 쉽지 않았다. 부모가 된다는 것은 매 순간 험난한 배움의 과정이었고, 나는 이제야 겨우 그 속도를 따라잡던 참이었다. 늘 부족하기만 했던 형편에 돈 걱정도 앞섰다. 하지만 로비는 더없이 기뻐했다. 어떻게든 다 헤쳐 나갈 수 있을 거라며 나를 다독였다.

알렉스의 탄생은 내 삶을 수천 가지 방식으로 바꾸어놓았을 뿐만 아니라, 가족이라는 존재가 얼마나 중요한지 깊이 되새기게 했다. 내 아들만큼은 내가 누리지 못했던, 가족과의 끈끈한 유대감 속에서 자라길 바랐다. 로비의 대가족이 든든한 버팀목이 되어주었지만, 나는 문득문득 내 부모님이 그리웠다. 아니, 정확히 말하자면 내가 그토록 가졌기를 바랐던 '이상적인 부모의 모습'이 그리웠던 것일지도 모른다.

알렉스의 성장 일기에 나는 이렇게 적었다. '알렉스, 기억하렴. 친구는 왔다가도 가는 법이지만 가족은 영원하단다! 우

357

리는 늘 서로를 아끼고 함께 추억을 만들어가야 해. 인생에서 가장 중요한 건 바로 가족이란다.' 글귀 옆에는 하트도 하나 그려 넣었다. 하지만 그러면서도 나는 내가 위선자처럼 느껴져 괴로웠다. 시부모님은 늘 우리 곁을 지켜주셨지만, 정작 내 부모님은 한 번도 찾아오지 않았고 어쩌다 겨우 연락이 닿았기 때문이다. 나는 이제 어떻게 해야 부모님과 뒤틀린 관계를 바로잡고 잘 지낼 수 있을지 고민하기 시작했다.

"부모님에 대해 너무 미움만 쌓아온 것 같아." 내가 로비에게 말했다. "지나간 일은 지나간 일이잖아. 우리에겐 이제 행복한 가정이 있고, 나도 이제 그만 미워하고 싶어." 머릿속에서 한 가지 생각이 계속 맴돌았다. 비행기 공포증이 있는 엄마에게 16시간의 비행은 무리겠지만, 아버지를 초대해 알렉스를 보여주는 건 어떨까 싶었다. "아버지에게 기회를 다시 드리고 싶어. 다시 시작할 기회 말이야." 내 말에 로비는 내키지 않는 기색이 역력했다. "자기한테 그런 짓을 한 사람이 아버지라고 할 수 있어? 세상에 어떤 아버지가 딸에게 그래?" 로비가 되물었다. 하지만 내가 얼마나 간절히 화해를 원하는지 확인한 로비는 결국 이를 악물고 동의해주었다.

2006년 9월, 마침내 아버지가 호주에 도착했다. 니나는 아버지를 환영하기 위해 엄청나게 푸짐한 아침 성찬을 준비하겠다고 고집했다. 불과 몇 블록 떨어진 시댁으로 향하는 내

내, 나는 아버지가 나를 창피하게 할까 봐 안절부절못했다. 그리고 아버지는 기대를 저버리지 않았다. 시댁 문턱을 넘어서자마자 배가 고프지 않다고 선언해버린 것이다.

"아침에 이미 맥도날드를 먹었다."

이 한마디는 니나가 아버지를 싫어하게 만들 보증 수표나 다름없었다. 주프레 가문 사람들에게 정성껏 대접하는 음식을 거절하는 건 절대 해서는 안 될 실례였다. 결국 우리는 그곳에 딱 한 시간 동안 가시방석처럼 앉아 있다가 집으로 돌아왔다.

그 후로 아버지를 모시고 밖으로 나가는 일은 거의 없었지만, 일주일간의 방문은 그런대로 무탈하게 지나가는 듯했다. 하지만 아버지는 여전히 아버지였다. 알렉스의 성장 일기에는 아버지가 갓난아기인 아들의 입술에 맥주병을 갖다 대고 있는 사진이 한 장 붙어 있다. 나는 어떻게든 그 상황을 좋게 포장해보려고 사진 아래에 '우리 아들이 할아버지와 생애 첫 맥주를 나누었네'라고 적어두었다.

하지만 세월이 흐른 지금, 내 눈에는 아버지의 그 행동이 얼마나 부적절했는지, 그리고 그것이 내 안의 상처를 얼마나 날카롭게 건드리는 일이었는지 선명히 보인다. 아기에게 장난삼아 술을 권하는 것이 아이에게 성적 행위를 강요하는 것과 수위가 같을 수는 없겠지만, 근본적인 논리는 궤를 같이한

생존자

다. 어른에게는 아직 선택 능력이 없는 어린아이를 제 마음대로 휘두를 권력이 있다는 비뚤어진 논리 말이다. 때로 아버지는 타인의 경계를 침범했을 때 사람들이 경악하거나 당혹해하는 모습을 즐기려고 일부러 금기를 깨뜨리는 것처럼 보이기도 했다. 하지만 나는 우리 가족이 화목해지기를 간절히 바랐기에, 그 모든 일을 못 본 척하며 슬쩍 넘겨버리고 말았다.

아마 그래서였을 것이다. 내 아버지와는 정반대로, 내가 선택한 남편이 더없이 헌신적인 아버지의 모습을 보여주는 것이 내게는 그토록 큰 의미로 다가온 것은. 일례로 알렉스가 생후 7개월 무렵 갑자기 걷는 재미에 푹 빠졌을 때였다. 아이는 커피 탁자나 의자를 붙잡고 낑낑대며 몸을 일으켜 세운 뒤, 어서 도와달라는 듯 주변을 두리번거리곤 했다. 그럴 때면 로비는 욕실 수건을 돌돌 말아 알렉스의 겨드랑이 밑으로 끈을 둘러주었다. 아들에게 걷는다는 게 어떤 기분인지 직접 느끼게 해주고 싶었던 로비만의 다정한 방식이었다. 우리는 동네 실내 수영장에서 월풀에 몸을 담그며 여유를 즐기기도 했고, 호주 야생동물이 가장 많이 모여 있다는 페더데일 동물원도 자주 갔다. 알렉스는 그곳에서 캥거루와 왈라비를 쓰다듬으며 무척이나 즐거워했다.

2007년 초, 둘째 아이에게 문제가 생겼을지도 모른다는 청천벽력 같은 소식을 들었다. 정기 초음파 검사 도중, 뱃속 아기의 심장에 작은 구멍이 있을 수 있다는 진단을 받은 것이다. 담당 의사는 우리에게 수술을 여러 번 받아야 할 수도 있고, 그마저도 성공을 보장할 수 없다고 설명했다. 그러면서 의사는 조심스럽게 임신중단을 고려해보라고 권유했다.

"두 분 다 젊고 건강하시잖아요. 다시 시도하면 됩니다." 의사는 그렇게 말했다.

하지만 나는 임신 중기를 넘어 배가 남산만 하게 불러 있었고, 뱃속 아기는 이미 우리 마음속에 커다란 자리를 잡고 있었다. 의사는 "잘 생각해보라"며 우리를 다독였지만, 로비와 나의 대답은 단호한 '아니오'였다. 이 아이는 우리의 아이였고, 어떤 모습으로 태어나든 우리는 이 아이를 사랑할 것이기 때문이었다. 과거에 아이를 절대 가질 수 없을 거라는 (잘못된) 선고를 받았던 내게, 내 몸 안에서 자라나는 모든 생명은 그 자체로 기적 같은 선물이었다.

✢

2007년 어느 오후, 알렉스가 낮잠을 자고 있을 때 전화벨이 울렸다. 수화기를 들자마자 들려온 특유의 영국식 억양은 세상 어디에 있어도 알아챌 수 있는 것이었다.

"안녕, 어떻게 지내?"

생존자

나긋나긋하게 들려오는 맥스웰의 목소리에 심장이 덜컥 내려앉아 목구멍이 막히는 것만 같았다. 지난 5년 동안 엡스타인과 맥스웰이 어떻게든 나를 추적해낼지도 모른다는 공포 없이 지나간 날은 하루도 없었다. 억눌러 왔던 모든 두려움이 한꺼번에 수면 위로 치솟았다. 맥스웰은 내가 기억하던 모습 그대로였다. 경쾌하고 매혹적인 '척'하면서도 철저히 자신의 목적을 향해 칼날을 세우던 그대로. 그녀는 가벼운 안부를 묻는가 싶더니 이내 본색을 드러냈다.

"믿기지 않겠지만, 제프리가 그 어린 것들을 위해 그토록 애를 써줬는데도 지금 조사를 받고 있어. 혹시 너한테 연락 간 거 있니?"

나는 없다고 대답했다. 조사에 대해서는 아는 바가 전혀 없었고, 알아볼 생각조차 없었다. 그러자 맥스웰은 수사관들에게 협조하지만 않으면 내 앞날을 '챙겨주겠다'고 했다.

"네가 입만 다물고 있으면 아무 문제 없을 거야."

그녀는 우리가 한배를 탄 공범이라도 되는 양, 나 또한 수사 대상이 될 수도 있다는 암시까지 곁들였다. "법적인 도움이 필요하면 우리가 도와줄게."

당장이라도 수화기를 내동댕이치고 벽에서 전화선을 뽑아버리고 싶었다. 하지만 조금이라도 적개심을 보였다가는 맥스웰이 나를 적으로 간주하고 보복할까 봐 두려웠다. 나는 임신 8개월이었고, 집에는 돌쟁이 아들이 있었으며, 남편은 새벽부터 밤늦게까지 일터에 나가 자리를 비웠다. 외할머니 셸리는 생전에 '말벌집을 건드려야 할 때가 있고, 절대 건드리지 말아야 할 때가 있다'라고 말하곤 했다. 지금은 절대 건드릴 때가 아니었다. 나는 누구에게도 아무 말 하지 않겠다고 약속하며 낮게 읊조렸다.

"전 새 삶을 시작했어요, 길레인. 제발 저를 그냥 내버려두세요."

그걸로 끝이길 바랐다. 하지만 며칠 뒤, 이번에는 엡스타인에게서 전화가 왔다. 그는 우리가 연락이 끊겼던 절친한 사이라도 되는 양 다정하게 인사를 건네며 비위를 맞추려 들었다. 하지만 원래부터 사교적인 인사에는 영 소질이 없던 그는 이내 본색을 드러내며 툭 내뱉었다.

"내 변호사가 이 통화 내용을 녹음하고 있어."(나중에 알게 된 사실이지만 당시 엡스타인은 자신의 혐의를 방어하기 위해 제럴드 레프코트, 로이 블랙, 전 법무차관 켄 스타 등 이름만 대면 알만한 거물급 변호사 군단을 꾸린 상태였다.)

그 자리에 배석한 변호사가 누구였는지는 기억나지 않는다. 다만 그는 자기소개를 마친 뒤, 현재 진행 중인 엡스타인에 대한 수사가 스트립 댄서나 매춘부, 혹은 마약 중독자 출신 여성들의 폭로에 기반한 것이라고 장황하게 설명했다. 그

생존자

가 내비친 노골적인 의도를 알아채는 데는 긴 설명이 필요 없었다. 고발자들은 신뢰할 가치도 없는 부류이며, 엡스타인에게 등을 돌리는 자는 누구든 지저분한 인간으로 몰아 사회적으로 매장하겠다는 협박이었다.

맥스웰과 통화할 때처럼, 수화기를 타고 흐르는 위협적인 기운이 공기 중에 서늘하게 맴돌았다. 갑자기 다리에 힘이 풀려 주저앉은 나는 불룩하게 솟아오른 배 위에 묵직한 유선 전화기를 올려놓았다. 엡스타인은 나를 몰아붙였다.

"누구한테 말한 적 있어? 앞으로 말할 거야?" 나는 어떻게든 그를 안심시켜야만 했다. 그가 원하는 답을 내놓지 않는다면, 그가 나와 내 가족을 해칠 것이라는 사실을 뼛속 깊이 직감했기 때문이다.

"보세요." 내가 말했다. "길레인에게도 말했지만, 전 누구에게도 아무 말 하지 않을 거예요."

엡스타인은 내가 법률적 조언이나 그 무엇이라도 필요하다면 '챙겨주고 싶다'는 식의, 맥스웰과 똑같은 개소리를 늘어놓았다.

"제프리, 난 당신 도움 필요 없어요."

나는 나를 집어삼키려는 공포를 감추려 애쓰며 아무렇지 않은 듯 무심하게 대꾸했다.

"난 이제 엄마예요. 지금 행복하고, 이 일에 어떤 식으로도 엮이고 싶지 않아요."

그가 평소 사법기관 사람들을 자기 호주머니 속 공깃돌처럼 주무르고 있다고 자랑하던 모습이 떠올랐다. 그와 맥스웰이 내 전화번호를 알아낸 이상, 로비와 내가 사는 집 주소까지 파악하고 있을 게 분명했다.

"제프리, 한 가지 묻고 싶은 게 있어요. 대체 왜 이런 일이 벌어지는 거죠?" 전화를 끊기 전 내가 물었다. 아무래도 나는 내가 엡스타인의 편이라는 인상을 주려 했던 것 같다. 하지만 마음 한구석에는 순수한 궁금증도 자리 잡고 있었다. 수년 동안 파티장과 공항을 비롯해 전 세계 어디서나 어린 소녀들을 대동하고 공개적으로 모습을 드러냈고, 자신의 비뚤어진 취향을 과시하며 우월감에 젖어 살던 제프리 엡스타인이었다. 천하의 엡스타인이 도대체 어디서 발을 헛디딘 것인지 의문이 생겼다. 엡스타인은 내 질문을 무시하며 답변을 피했지만, 나는 무엇이 그를 이토록 몰아세우는지 생각하지 않을 수 없었다.

불과 며칠 지나지 않아 전화벨이 다시 울렸다. 수화기 너머 남자는 자신이 연방수사국 요원이라며, 내가 제프리 엡스타인의 피해자로 확인되었다고 말했다. 심문을 예상하며 마음을 다잡았으나, 이어지는 질문들이 당황스러울 정도로 노골적이라 무방비하게 노출된 기분이었다.

생존자

‘엡스타인과 성관계를 맺은 적이 있습니까? 엡스타인이 당신 앞에서 사정한 적이 있습니까?’

남자는 엡스타인의 팜비치 자택에서 내 사진이 발견되었다며 그런 식으로 질문을 쏟아냈다. 하지만 전화를 건 사람이 정말 요원이 맞는지, 아니면 내 충성심을 시험하려는 엡스타인과 맥스웰의 수하인지 의구심이 생겼다. 이 요원이라는 사람이 도대체 나를 어떻게 찾아냈단 말인가.

"지금은 통화하기 곤란합니다. 드릴 말씀이 없네요. 끊겠습니다." 겨우 대답을 내뱉고 통화를 마쳤다.

수사기관이 어떤 경위로 엡스타인을 조사하기 시작했는지 구체적인 내막을 파악하기까지는 그 후로도 오랜 시간이 흘러야 했다. 지구 반대편에서 어떤 긴박한 상황이 펼쳐지는지 알 도리가 없었지만, 이것 하나만은 확실했다. 내 삶에 다시 무례하게 침범한 엡스타인이 한동안 순순히 사라질 리 없다는 불길한 예감이었다.

제21장
요주의 인물

엡스타인과 맥스웰이 호주에 있던 나를 찾아내기 2년 전의 일이다. 한 14세 소녀의 의붓엄마가 팜비치 경찰서에 전화를 걸어, 의붓딸이 팜비치의 어느 부유한 주민에게 성폭행을 당한 것 같다고 신고했다. 2005년 3월 14일, 지구 반대편 플로리다에서 그런 일이 벌어지고 있다는 사실을 꿈에도 모른 채 나는 알렉스를 임신하기 직전이었다. 당황한 의붓엄마는 의붓딸과 친한 아이의 학부모에게 이 소식을 전해 들었다고 경찰에 진술했다. 그 학부모는 피해 소녀가 자기 딸에게 "마흔 다섯 살 남자가 성관계의 대가로 돈을 주었다"라고 말하는 것을 우연히 들었다고 했다. 신고한 의붓엄마는 상대 남자가 누구인지는 몰랐으나, 사건이 발생한 시점이 대략 5주 전쯤이라는 사실은 파악하고 있었다.

생존자

첫 번째 고발 사건을 조사한 경찰들이 작성한 87쪽 분량의 사건 보고서를 읽고 있으면 내 삶의 편린이 수없이 겹쳐 보인다. 첫 번째 파문은 열네 살 소녀를 트럭에 태워 그 남자의 저택으로 데려간 동네 전문대학교 학생이 포섭책 노릇을 했다는 대목에서 시작되었다. 보고서에는 "그 남자는 재력이 상당하며 어린 소녀들을 집으로 자주 불러들였다"라고 적혀 있다. "시작은 마사지였다. 남자는 마음에 드는 아이가 있으면 곁에 두고 더 깊은 행위로 나아갔다." 여기서 그 '깊은 행위'가 무엇을 의미하는지 곱씹는 순간 두 번째 파문이 일렁였다. 보고서에 따르면 해당 사건 이후 소녀는 자신을 창녀라고 비난하는 동급생과 학교에서 싸움을 벌였다. 얼마 지나지 않아 소녀는 "최근 들어 심각해진 문제"를 이유로 본인의 의사와 상관없이 청소년 재활시설에 수용되었다. 이것이 세 번째 파문이었고, 이후로도 너무나 많은 공통점이 쏟아져 나와 더는 수를 셀 수조차 없게 되었다.

경찰 조사에서 소녀는 자신을 데려간 포섭책의 이름을 헤일리 롭슨이라고 진술했다. 롭슨은 남자의 집으로 향하던 도중 나이를 물어보면 열여덟 살이라고 답해야 한다며 소녀에게 주의를 주었다. 소녀는 막다른 길 끝에 자리한 분홍색 페인트가 칠해진 2층 저택을 기억해냈다. 사건 보고서에 따르면 이들이 대문에 도착했을 때 남자는 자리에 없었으나, 곧 돌아올 것이라며 주방으로 안내한 비서가 소녀와 롭슨을 맞이했다. 비서는 소녀에게 마실 것을 권했다. 열네 살 소녀는 잠시 후 나타난 남자가 자신을 제프라고 소개했다고 말했다. 소녀는 제프가 "얼굴이 길고 눈썹이 짙었으며 머리카락은 희끗희끗했다"라고 회상했다. 보고서는 이 대목에서 소녀가 "북받치는 감정을 참지 못하고 울음을 터뜨렸다"라고 기록했다.

소녀는 제프의 비서로 보이는 젊은 금발 여성이 자신을 위층으로 안내했다고 진술했다. 보고서에 따르면 소녀는 "사진들이 줄지어 걸린 계단을 지나" 중앙에 마사지 침대가 놓인 방에 도착한 과정을 기억해냈다. 그 방에는 발가벗은 여성이 그려진 벽화가 있었고, 선반 위에도 여성들의 누드 사진이 여러 장 놓여 있었다. 비서는 제프가 곧 올 것이라는 말을 남기고 방을 나갔다. 얼마 지나지 않아 수건 한 장만 걸친 채 방으로 들어온 제프는 소녀에게 옷을 벗으라고 명령했다.

명령하는 제프의 목소리는 매우 엄격했다. 단둘이 남겨지자 소녀는 어찌할 바를 몰랐다. 소녀는 셔츠를 벗었으나 브래지어는 그대로 입고 있었다. 제프는 전부 벗으라고 다그쳤다. 바지는 벗었지만 티팬티 형태의 속옷은 차마 벗지 못했다. 그때 제프가 걸치고 있던 수건을 떨어뜨려 알몸을 드러내더니 마사지 침대에 엎드렸다. 그는 소녀에게 자기 몸에 올라타 마사지를 시작하라고 지시했다. 소녀의 엉덩이가 제프의 맨살

생존자

에 닿았다. 보고서에는 제프가 "시계 방향으로 문지르라"며 마사지 방법을 구체적으로 지시했다"라고 기록되어 있다. 어느 순간 제프는 몸을 뒤집어 자위행위를 했다. 그는 소녀에게 "몸매가 정말 화끈하다"라고 말했다. 이어 제프는 보라색 바이브레이터를 사용해 소녀의 성기를 자극했다. 그 후 화장실로 들어간 그는 그곳에서 다시 한 번 자위 행위를 한 것으로 보였다. 방으로 돌아온 제프는 소녀에게 300달러를 건넸다. 저택을 떠나기 전 그는 소녀에게 전화번호를 요구했다.

열네 살 피해자를 조사한 지 이틀 뒤, 경찰들은 소녀에게 제프리 엡스타인의 사진을 제시하며 사진 신원확인 절차를 진행했다. 소녀는 사진을 보자마자 그를 "제프"라고 단번에 알아보았다. 팜비치 경찰은 엘 브릴로 웨이 358번지에 대한 비밀 감시에 착수했으며, 저택 쓰레기통에서 나온 내용물들을 은밀히 수집해 분석했다. 경찰이 엡스타인의 쓰레기 더미에서 찾아낸 물품들 속에는 다음과 같은 증거들이 섞여 있었다. 저택으로 "일하러" 오던 소녀들이 끊임없이 드나든 기록이 수기로 담긴 전화 메시지 사본들, 그리고 2005년 아마존에서 구매한 사디즘과 마조히즘에 관한 책 세 권—《SM 101: 현실적인 입문서》,《노예로 만들기: 에로틱 노예를 위한 원칙, 기술, 도구》,《에버나시 양과의 훈련: 에로틱 노예와 그 주인을 위한 워크북》—의 영수증, 그리고 수많은 성인용품이었

다. 그중에는 14세 소녀가 경찰에게 엡스타인이 자신에게 사
용했다고 진술한 것과 똑같이 생긴 보라색 바이브레이터도
있었다.

이후 13개월 동안 수사관들은 30명이 넘는 피해자를 추적
해 면담을 진행했다. 한 명의 피해자가 나타나면 최소한 또
다른 한 명으로 수사가 이어지는 식이었다. 사건 보고서는 피
해자들의 이름은 가려두었으나 나이만큼은 숨기지 않았다.

○○○은 엡스타인의 저택에 처음 갔을 당시 자신의 나
이가 열여섯 살이었다고 진술했다.

선서 후 진행된 녹음 진술에서 ○○○은 약 1년 전 제프
리 엡스타인을 만났으며, 당시 열여섯 살이었다고 밝혔다.

○○○은 자신이 열다섯 혹은 열여섯 살이었을 때 엡스
타인의 집으로 불려 갔다고 증언했다.

한 직원은 엡스타인이 하루에 두세 번 각기 다른 소녀들에
게 마사지를 받았다고 증언했다. 소녀들이 몇 살쯤 되어 보였
느냐는 질문에 그 직원은 "무척 어려 보였다"라고 답했다. 그
는 소녀들이 "고등학생인 자기 딸처럼 시리얼을 엄청나게 먹

생존자

고 우유를 끼고 살았다"라고 당시 상황을 회상했다.

경찰 조사에 응한 거의 모든 소녀가 비슷한 이야기를 털어놓았다. 처음 만났을 때 엡스타인은 소녀들이 마음 편히 할 수 있는 일만 해주면 된다고 안심시켰다. 하지만 시간이 흘러 소녀들이 저택을 다시 찾으면 엡스타인은 점차 수위 높은 성적 행위를 요구하며 소녀들을 밀어붙였다. 처음에는 자신의 젖꼭지를 강하게 자극하라고 요구한 뒤 자위행위를 했고, 그 다음에는 피해자의 젖꼭지를 만지거나 성인용품을 사용하려 들었다. 사건 보고서에 따르면 엡스타인은 소녀들이 친구를 데려오면 더 많은 돈을 지불했다. 그와 성관계를 맺으면 더 큰 금액을 주겠다고 제안했으며, 때로는 소녀들의 의사에 반해 강제로 성관계를 갖기도 했다. 또한 엡스타인은 그의 비서 나디아 마르친코바까지 함께 관계할 때는 더 많은 돈을 지불했다(내가 태국으로 떠나기 전 억지로 '훈련'시켜야 했던 바로 그 소녀였다).

피해자들의 진술 중 유독 한 문장이 내 눈에 들어왔다. 그 울림이 너무나도 커서 차마 외면할 수 없었고, 수년이 흐른 지금까지도 여전히 소름 끼치는 위협으로 다가온다. 엡스타인이 최소한 한 명 이상의 소녀에게 "저택에서 일어난 일을 누구에게든 발설하면 끔찍한 일이 벌어질 것"이라고 경고했다는 대목이었다.

2005년 10월 20일, 경찰은 엡스타인의 팜비치 저택을 전격 수색했다. 영장이 집행될 당시 저택에는 뉴욕에서 온 인테리어 디자이너와 건축가가 리모델링 계획을 논의하기 위해 머물고 있었다. 현장에 들이닥친 경찰관들은 엡스타인이 이미 수색을 예견한 듯한 정황을 포착했는데, 책상 위에는 컴퓨터가 황급히 치워진 흔적만이 남아 있었다. 그럼에도 사건 보고서에 따르면 경찰은 피해 소녀 다수가 묘사한 여성의 나체 사진과 함께, 엡스타인에게 보낸 다음과 같은 내용의 증거가 될 수 있는 전화 메모장도 압수했다. "러시아어를 가르쳐줄 선생님을 구했다. 2×8살이고, 금발은 아니다. 수업료는 무료이며, 오늘 중으로 전화를 주면 첫 수업을 받을 수 있다"라는 내용의, 그의 친구 장 뤽 브루넬의 메시지였다. 경찰은 또한 피해자로 추정되는 한 소녀의 고등학교 성적 증명서, 복숭아 향 윤활제 한 병, 시계 안에 설치한 두 대의 몰래카메라, 그리고 화장실에 전시해두었던 음경과 질 모양의 비누 여러 개를 압수했다.

2006년 2월, 수사관들은 지금까지 조사받은 모든 소녀를 증언대에 세우기 위해 대배심 소집을 요청했다. 목표는 엡스타인을 기소하는 것이었다. 하지만 사건 보고서를 보면 엡스타인이 법의 심판을 받지 않도록 비호하는 세력이 존재했음을 알 수 있다. 보고서에 따르면 엡스타인의 변호사는 주 검

생존자

찰청 관계자들을 만나 주요 피해자들에 대한 정보를 제공했는데, 여기에는 소녀들이 술이나 마리화나를 언급한 마이스페이스MySpace(2000년대 초반 페이스북과 함께 유행하던 소셜 미디어-옮긴이) 프로필 등이 포함되어 있었다. 그 직후 대배심은 연기되었다. 다시 말해, 피해자들을 향한 조직적인 비방 작전이 시작된 것이다.

조직적인 협박 역시 전방위로 가해졌다. 사건 보고서에는 최초로 신고한 피해자 아버지의 절박한 증언이 기록되어 있다. "사설탐정이 집 주위를 맴돌며 우리 가족을 몰래 촬영하고 집에 찾아온 손님들 뒤를 캐고 다닙니다." 당시 수사를 전담했던 조셉 레카리 형사도 또 다른 피해자로부터 제보를 받았다. 그녀는 "엡스타인과 연결되어 있는 정보원이 개인적으로 접근해왔다"고 알렸다. 그 정보원은 수사에 협조하지 않는 대가로 두둑한 보상을 약속하며 그녀를 구슬렸다. 피해자의 진술에 따르면, 그자는 이렇게 못을 박았다고 한다. "그를 돕는 이는 보상을 받을 것이요, 그를 해치려 드는 자는 대가를 치를 것이다."

대배심은 2006년 4월에 사흘간 소집되는 것으로 다시 일정이 잡혔고, 레카리 형사는 피해 소녀 전원에게 소환장을 발부했다. 하지만 심리가 열리기 전날까지도 정작 어디로, 언제 출석해야 하는지 안내받은 피해자는 한 명도 없었다. 분노한

레카리 형사는 주 검찰청으로 달려가 사건을 맡은 두 명의 검사에게 따져 물었다. 사건 보고서에는 검사가 엡스타인에게 이미 형량 거래 조건을 제시했다는 내용이 담겨 있었다. 중죄를 범할 의도가 있는 가중 폭행 혐의 한 건에 대해서만 유죄를 인정하면, 징역형 없이 집행유예 5년형을 선고받는 조건이었다. 보고서에는 "엡스타인은 정신과 치료 및 성범죄 관련 감호를 받아야 하며, 미성년자와 단둘이 만나는 것은 금지된다"라는 조항이 적혀 있었다. 레카리가 지켜보는 가운데 담당 검사는 엡스타인 측 변호사의 전화를 받았고, 변호사는 의뢰인이 그 조건을 받아들인다고 전했다. 그러고는 대배심 소집을 취소해달라고 요구했다.

레카리 형사는 자기 눈를 의심했다. 그는 사건 보고서에 이렇게 적었다. "나는 이번 형량 거래에 찬성할 수 없으며, 제안이 오가기 전 나와 어떠한 상의도 없었다는 점을 들어 분명히 반대 의사를 표명했다." 하지만 그날 오후, 주 검찰청의 누군가가 레카리에게 전화를 걸어왔다. 보고서에 따르면 그는 "대배심 소집이 취소되었음을 공식적으로 통보하며, 소환장을 받은 피해자들에게 연락해 취소 사실을 알리라고 요구했다." 레카리는 그 요구를 단칼에 거절했다. 주 검찰청이 내린 결정이니, 피해자들에게 연락하는 일 역시 그곳에서 책임지고 처리하라는 것이 레카리의 대답이었다.

생존자

레카리 형사는 분노가 머리끝까지 치밀어 올랐고, 사건 보고서에는 그 서슬 퍼런 기색이 고스란히 담겼다. 2006년 5월 1일, 그는 검찰의 행태에 정면으로 맞서듯 세 건의 체포 영장 신청서를 작성해 주 검찰청 아동 범죄 수사과에 들이밀었다. 엡스타인에게는 특정 미성년자를 대상으로 한 불법 성행위 혐의 4건과 음란 및 가학적 추행 혐의 1건을 적시했다. 비서인 사라 켈런 역시 같은 혐의의 '1급 주범'으로 영장을 신청했으며, 헤일리 롭슨에게는 16세 미만 피해자에 대한 음란 및 가학적 행위 혐의를 적용했다.

하지만 2006년 7월, 제프리 엡스타인은 고작 미성년자 성매매 알선과 성매수 권유라는 두 건의 주법 위반 혐의로만 체포되었을 뿐이다. 그는 단돈 3,000달러의 보석금을 내고 유유히 집으로 돌아갔다. 주 검사 배리 크리셔가 뒤늦게 소집한 대배심조차 고작 피해자 두 명의 증거만을 제출하는 데 그쳤고, 결국 성매수 권유 혐의 한 건만이 적용되자 엡스타인은 이마저도 무죄를 주장하며 버텼다. 팜비치 경찰청장 마이클 라이터는 인내심의 한계를 시험받는 중이었다. 사건을 엉망으로 뭉개버린 검찰의 행태에 환멸을 느낀 라이터 청장은 그간의 수사 기록을 통째로 들고 연방수사국을 찾아갔다.

하지만 2007년, 엡스타인과 맥스웰이 난데없이 연락을 해왔을 때만 해도 나는 이런 내막을 전혀 모르고 있었다. 그들에게서 벗어난 지 겨우 5년. 나는 아직 상처를 회복하는 중이었다. 그러나 머지않아 나와 우리 가족은 또다시 그들이 만들어낸 거대한 소용돌이 속으로 휩쓸려 들어가게 될 터였다.

생존자

제22장
"이 아이는 타일러야!"

알렉스가 태어나고 처음 몇 달 동안, 나는 엄마로서 점차
안정을 찾아갔다. 안전하게 보호된 우리만의 보금자리에서
알렉스를 건강하고 안전하게 지키는 것이 나의 소명이라 여
겼고, 하루하루가 지날수록 그 일을 잘 해낼 수 있다는 자신
감도 붙었다. 하지만 맥스웰과 엡스타인이 연달아 내 삶을 침
범해오자 그 자신감은 산산조각이 났다. 그 두 사람이 우리
가족의 위치를 추적하고 있다는 생각에 밤잠을 설쳤다. 그렇
게 나의 가해자들은 순식간에 내 마음의 평화를 앗아갔다. 로
비가 출근하고 나면 나는 단 1분도 알렉스를 혼자 두지 못했
다. 아이가 낮잠을 잘 때면 아이 방 흔들의자에 앉아 꼬박 곁
을 지켰다. 로비 역시 걱정이 깊어졌다. 엡스타인과 맥스웰이
가하는 위협뿐만 아니라, 위태로운 나의 정신 상태를 염려한

것이다. 결국 우리는 둘째 아이가 태어날 때까지 시드니에 있는 시부모님 댁에서 머물기로 결정했다. 니나와 프랭크의 손님용 방 하나에 온 가족이 비좁게 끼어 지내야 했지만, 우리는 어떻게든 버텨냈다.

그 후 몇 달은 어떻게 지나갔는지 모를 만큼 정신이 없었다. 로비는 깜짝 베이비 샤워(출산을 앞둔 산모와 뱃속 아기를 축하하는 파티-옮긴이)를 열어주었고, 나는 둘째 아이를 위한 성장 일기를 만들기 시작했다. 초음파 사진을 붙이고, 만삭의 배를 드러낸 채 환하게 웃고 있는 예비 엄마의 비키니 사진도 잊지 않고 끼워 넣었다. 그리고 2007년 4월, 알렉스가 태어난 지 14개월 만에 나는 시드니의 한 병원에서 또 한 명의 사내아이를 품에 안았다. 아이는 내가 갓난아기였을 때처럼 발그스레한 금발을 갖고 있었다. 의사의 경고가 무색하게도 소아 심장 전문의의 도움은 필요 없었다. 새로 태어난 아들은 아주 건강해 보였다. 안도감과 벅찬 감사함에 젖은 채, 로비와 나는 마침내 아이의 이름을 짓는 데 집중할 수 있었다. 여러 이름을 고민해왔지만, 로비는 둘째 아들의 짙은 푸른 눈을 들여다보더니 외쳤다. "이 아이는 타일러야!" 그렇게 아이의 이름이 정해졌다.

태어난 지 며칠 만에 처음으로 방긋 미소 지어 보인 타일러 셰인 주프레는 우리 마음속에 다시 행복을 불어넣어 주었다.

생존자

로비가 외벌이를 하고 있었기에 형편이 넉넉하지 않았고 두 아이를 돌보느라 눈코 뜰 새 없이 바빴지만, 우리는 그 안에서 최선을 다해 기쁨을 찾았다. 타일러가 생후 3개월이 되었을 때 우리 집으로 돌아왔고, 소피라는 이름의 고양이를 새로 입양했다. 소피는 우리 집의 터줏대감 챔프와 함께 나날이 더 북적이게 될 동물 가족의 일원이 되었다.

우리는 매주 페더데일 국립공원으로 나들이를 나갔는데, 타일러는 생후 4개월 무렵 그곳에서 처음으로 코알라를 만져보았다.

밤마다 나는 두 아들을 품에 꼭 안고 《큐리어스 조지Curious George》나 《물고기 한 마리, 물고기 두 마리, 빨간 물고기, 파란 물고기One Fish, Two Fish, Red Fish, Blue Fish》 같은 동화책을 읽어주었다. 잠시 휴식이 필요할 때는 아이들에게 〈세서미 스트리트〉나 〈더 위글스(호주의 영어 동요 채널이자 동요 밴드-옮긴이)〉를 보여주기도 했는데, 타일러는 특히 〈토마스와 친구들〉에 푹 빠져 지냈다. 타일러가 기어다니기 시작한 생후 8개월 무렵부터는 집 안 어디를 가도 기차 레일이 발에 챘다. 집을 치우다 보면 거실 한복판을 차지한 거대한 장난감 기차역에 걸려 비틀거리기 일쑤였다.

"애들아!" 나는 아들들을 불렀다. "거실이 이렇게 지저분하면 엄마가 청소기를 어떻게 돌리지?"

2008년 4월, 타일러가 첫돌을 맞이했을 때 나는 아이의 성장 일기의 '평범한 하루를 묘사해보세요'라는 질문에 이렇게 답을 적었다. '이곳의 일상은 크게 변하는 게 없단다. 먹고, 자고, 싸고, 놀고, 그리고 이 모든 걸 반복해.' 하지만 내가 차마 적지 못한 사실이 하나 있었다. 막내아들에 대한 걱정이 서서히 피어오르고 있었다는 점이다. 어딘가 잘못되었다는 것을 직감했다. 타일러는 온종일 울어댔다. 아이가 걸음마를 배울 때만 해도 우리는 아이가 워낙 비틀거리고 잘 넘어져서 농담조로 '취권의 달인'이라 부르곤 했다. 하지만 더 이상 우스갯소리로 넘길 상황이 아니었다. 때때로 아이는 무언가에 집중하는 데 어려움을 겪는 듯 보였다. 반대로 수영장으로 곧장 뛰어들려 하거나 위험한 행동을 하려들 때면, 내가 무슨 짓을 해도 아이의 고집을 꺾거나 시선을 돌릴 수 없었다. 아이를 매의 눈으로 지켜보고 있었음에도 불구하고, 타일러를 구하기 위해 옷을 입은 채 물속으로 뛰어든 게 한두 번이 아니었다. (그 바람에 망가뜨린 휴대폰만 대체 몇 개였던가?) 한 친구는 타일러에게 미아 방지 끈을 채우라고 권했다. 처음엔 그런 생각에 거부감이 들었지만, 결국 나는 굴복하고 말았다. 아이를 안전하게 지키려면 끈을 채우는 것 외에 방도가 없었다.

당시 타일러는 말을 거의 하지 못했다. 원하는 게 있으면 눈짓으로 가리키거나, 누군가 물건을 건드리면 소리를 지르

381

는 게 전부였다. 주변에서는 둘째가 첫째보다 말이 늦는 경우가 흔하다고들 했다. 형이 대신 말해주니 동생은 굳이 말할 필요를 못 느낀다는 것이다.

하지만 타일러가 바닥에 머리를 찧기 시작하자, 지켜보고만 있을 수 없었다. 나는 필사적으로 도움을 구했다. "아이가 자기 마음을 어떻게든 전하고 싶은데, 말이 입 밖으로 나오질 않으니 저러는 것 같아요." 둘째 아들이 느낄 답답함을 짐작하며 내가 내뱉은 호소였다. 그러나 의사들은 나를 그저 유난스러운 '헬리콥터 맘' 정도로 치부하며 귓등으로도 듣지 않았다. 그래도 나는 결코 물러서지 않았다. "제발 부탁드려요." 나는 몇 번이고 매달렸다. "분명히 아이에게 문제가 있어요. 엄마인 제가 느낄 수 있다고요."

막내에게 더 집중할 시간을 벌기 위해 알렉스를 집 근처 체스터 힐의 유치원에 보냈다. 그 후로 나는 타일러를 데리고 언어 치료와 놀이 치료 센터를 부지런히 오갔다. 우리는 언어 능력이 없는 아이들을 위한 '엄마랑 나랑' 모임의 단골이 되었다. 아이가 다른 아이들과 어울려 노는 동안, 나는 다른 부모들(주로 엄마들이었다)과 앉아 어떤 방법이 효과가 있었고 어떤 건 허사였는지 정보를 나누었다.

어떤 엄마들은 밀가루를 완전히 끊는 특수 식단이 특효라고 장담했고, 그 말에 홀린 듯 정성껏 식단을 짜보기도 했다.

타일러만을 위해 밀가루 한 톨 섞이지 않은 밥상을 따로 차리는 건 여간 번거로운 일이 아니었지만, 아이의 상태가 조금이라도 나아진다면 못 할 일이 없었다. 하지만 우리 타일러는 식단 조절이 아무 효과가 없어서 금방 그만두었다. 그래도 시도할 수 있는 건 죄다 해봤다. 눈의 홍채를 연구해 건강 상태를 파악한다는 홍채 진단 대안 치료사에게 아이를 데려가기도 했다. 아이의 머리를 보호하려고 헬멧까지 씌웠지만, 머리를 자꾸 들이받는 바람에 피멍이 가실 날이 없었다. 타일러는 밤중에 비명을 지르며 깨어나기 일쑤였고, 아이를 진정시키려면 공갈 젖꼭지에 의지할 수밖에 없었다.

유독 마음이 무너져내린 어느 날, 다른 아이 엄마가 자신이 큰 힘을 얻은 글이라며 에세이 한 편을 건네주었다. 에밀리 펄 킹슬리가 쓴 '네덜란드에 오신 것을 환영합니다Welcome to Holland'라는 글이었다. 뒷좌석 카시트에서 타일러가 악을 쓰며 울어대는 와중에 주차장에 차를 세워두고 그 글을 읽어 내려갔다. 웃음과 눈물이 동시에 터져나왔다. 글은 이렇게 시작한다.

아이를 갖는다는 것은 이탈리아로 멋진 휴가 여행을 계획하는 것과 같습니다. 가이드북을 잔뜩 사서 멋진 계획을 세우죠. 콜로세움, 미켈란젤로의 다비드상, 베네치아의 곤

생존자

돌라 같은 것들 말이에요. 유용한 이탈리아어 문구도 몇 개 익히겠죠. 모든 게 정말 설렙니다. 몇 달 동안의 간절한 기다림 끝에 마침내 그날이 옵니다. 짐을 챙겨 떠나는 거죠. 몇 시간 후, 비행기가 착륙합니다. 승무원이 들어와 이렇게 말하죠. '네덜란드에 오신 것을 환영합니다.'

네덜란드는 당초 계획했던 목적지가 아니라고, 〈세서미 스트리트〉의 작가 킹슬리는 다운증후군 아들을 낳은 뒤 집필한 에세이에서 아이를 낳는 것을 그렇게 비유한다.

'나는 이탈리아에 가야 해요'라고 당신은 항변합니다. 평생 이탈리아에 가기만을 꿈꿨으니까요. 하지만 계획은 바뀌었고, 이제 네덜란드는 당신이 머물러야 할 터전이 됩니다. 그렇게 당신은 수긍합니다. 중요한 점은 누군가 당신을 끔찍하거나 혐오스럽고 지저분한 곳으로 끌고 간 게 아니라는 사실입니다.

그저 다른 장소일 뿐이에요. 네덜란드는 이탈리아보다 삶의 호흡이 느리고 화려함도 덜하지만, 풍차와 튤립, 그리고 렘브란트라는 대가가 존재합니다. 물론 주변 사람들은 이탈리아를 드나들 것이고, 그곳에서 얼마나 멋진 시간을 보냈는지 자랑을 늘어놓을 것입니다. 그러면 당신은 남은 평생 이렇게 말하게 됩니다. '맞아요, 나도 원래 거기로 가려고 했어요. 내가 계획했던 건 바로 그 여행이었죠.' 그 고통은 절대로, 절대로, 절대로 사라지지 않을 것입니다. 그토록 간절하게 품어온 꿈을 잃었다는 건 아주, 아주 중대한 상실이기 때문이죠.

하지만 만일 이탈리아에 가지 못했다는 사실을 한탄하며 남은 인생을 보낸다면, 네덜란드가 가진 아주 특별하고도 사랑스러운 것들을 결코 마음껏 누리지 못할 것입니다.

이 대목은 내 가슴에 깊이 와닿았다. 처음에는 걸음마를 떼던 타일러의 행동이 알렉스와 다르다는 사실에 슬픔을 느끼기도 했다. 하지만 그런 감정은 이탈리아를 떠올리며 나 자신을 괴롭히는 일일 뿐이었다. 나는 타일러를 사랑했고, 아이는 우리를 네덜란드로 데려다주었다. 나는 둘째 아이가 실제로 발을 딛고 서 있는 현재의 자리를 온전히 받아들이기로 결심했다. 다른 아이라면 어땠을까 하는 허망한 상상에 빠지는 대신 말이다.

물론 삶이 곧장 수월해지지는 않았다. 이 무렵 경찰차가 로비의 차를 뒤에서 들이받는 사고가 났고, 남편은 추간판 세 개가 돌출되는 부상을 입었다. 갑자기 아이들을 거의 돌보지 못하는 상태가 된 것이다. 허리를 굽혀 아이를 들어 올

생존자

리려 하면 극심한 통증이 몰려왔다. 어떤 날은 나도 일과가 끝날 무렵 너무 지친 나머지 닥터 수스(미국의 동화 작가이자 만화가-옮긴이)의 책을 읽어주다 중간에 까무룩 잠들기도 했다. 시부모님 댁에 머물던 어느 날, 알렉스는 뒷마당 무화과나무에서 열매를 따서 양동이에 담고 있었다. 그날 나는 손을 씻으러 집 안으로 들어갔다가 소파에서 잠시 눈을 붙였는데, 깨어나 보니 아이는 양동이에 가득했던 무화과를 전부 먹어 치운 상태였다. 그 많은 무화과가 세 살짜리 소화기관에 어떤 참사를 불러왔는지 일일이 설명하지는 않겠다. 충분히 짐작이 갈 테니까. 요점은 내가 그만큼이나 한계에 다다라 있었다는 사실이다. 퇴근한 로비는 한 아이에게는 젖을 물리고 다른 아이는 자동 흔들침대에 눕혀둔 채 그 사이에 끼어 넋이 나간 내 모습과 마주하곤 했다. 나는 남편을 향해 서슬 퍼런 눈빛을 쏘아 보냈다. '나를 이 지경으로 만든 대가를 뼈저리게 치르게 될 거야.'

로비는 내가 여전히 악몽에 시달리자, 상담사를 만나보라고 거듭 권했다. 몇몇 의사를 찾아가 상담을 받아보았지만, 마음이 통한다는 느낌은 들지 않았다. 그러던 어느 날, 타일러를 돌봐주던 훌륭한 상담사 한 분이 나를 따로 불러 세웠다. "당신은 좀 어때요?" 상담사가 물었고, 나를 바라보는 따뜻한 시선에 눈물이 왈칵 쏟아졌다. 엘리자베스라는 이름의 이 여성은 타일러뿐만 아니라 나에게도 구원과 같은 존재가 되었다. 상담사와 가까워지면서 나는 처음으로 내 어린 시절의 사건들을 하나하나 세밀하게 들여다보기 시작했다. 엘리자베스는 아동 성폭력이 아이에게 얼마나 치명적인 해를 끼치는지 이해하도록 도와주었다. 성적인 문제도 분명히 영향을 주지만 그게 전부가 아니었다. 가장 근본적인 신뢰를 배신당한 경험은 스스로가 배신당해 마땅한 존재라고 느끼게 만든다. 상담사의 관점을 통해 나는 그동안 지워버리려 애썼던, 가장 끔찍한 일을 겪은 소녀에게 자리를 내어주기 시작했다. 이성적으로는 내 잘못이 아니라는 걸 알면서도 감정적으로는 여전히 수치심을 느끼는 모든 불행한 일들에 대해서 말이다. 엘리자베스는 또한 나를 죄책감으로 옥죄던 과거의 또 다른 단면을 마주하게 해주었다. 엡스타인의 손아귀에서 착취당하며 다른 소녀들을 유인하던 나도, 실은 통제할 수 없는 체제 안에 갇혀 있었다는 걸 그녀는 일깨워 주었다. 나는 여전히 나 자신을 탓했고 앞으로도 그럴 테지만, 그녀는 자신을 용서하는 일이 얼마나 중요한지 내게 처음으로 말해준 사람이었다.

이 무렵 로비는 우리 부부의 인연을 예언했던 점쟁이 페트라를 찾아가기로 결정하고 예약했다. 로비가 어떻게든 그녀에게 다시 연락했고, 함께 찾아가도 될지 물었다. 2008년 10월, 처음으로 점쟁이를 만나게 되었고 그녀가 어떤 모습일

생존자

지 도무지 짐작할 수 없었다. 머리에 깃털을 꽂고 스카프를 두른 여인일까? 흐릿한 눈동자에 속삭이는 목소리를 가진 신비주의자일까? 막상 문을 두드리자 나타난 페트라는 꽃무늬 치마를 입은 지극히 평범한 인상이었다. 그녀는 다 안다는 듯 나를 살피더니 검소한 집 안으로 우리를 안내했고, 원형 식탁에 둘러앉으라고 손짓했다.

"그래서, 어떻게 지내요?" 그녀의 말씨에는 동유럽 억양이 섞여 있었다. 우리는 잘 지낸다고, 쑥쑥 자라는 두 아들이 삶을 행복으로 채워준다고 답했다. 페트라는 고개를 끄덕이며 담뱃갑에 손을 뻗었다. 담배 한 개비를 꺼내 입에 물고 불을 붙이더니, 짙은 억양으로 툭 던지듯 물었다. "막내딸은 잘 있나요?"

나와 로비는 서로를 쳐다보다가 다시 그녀를 보았다. "딸이라니요?" 로비가 되물었다. 페트라는 시선을 돌려 마치 정신적인 수신 주파수를 미세하게 조정하듯 집중하더니 입을 뗐다. "곧 딸을 임신하게 될 거예요." 나는 새어 나오는 미소를 참을 수 없었다. 언젠가 딸을 갖게 되기를 바라왔기 때문이다. 게다가 페트라는 이전에도 맞힌 적이 있지 않은가.

타일러의 두 번째 생일이 지나고 얼마 되지 않아 임신 사실을 알았다. 아이를 낳을수록 몸이 더 불어나는 이들이 많다더니, 이번에는 배가 유독 크게 불러왔다. 그즈음은 신체적으로

나 정신적으로나 나만의 힘을 갖춰가며 여러 방면에서 성장하던 시기였다. 아이를 열 달 동안 품어 출산하려면 에베레스트산을 오르는 것과 맞먹는 인내가 필요하다는 글을 읽은 적이 있다. 나는 그 험한 산을 두 번이나 정복했고, 이제 세 번째 등반 중이었다. 엡스타인과 맥스웰이 내 삶에 멋대로 침범했음에도 불구하고, 로비와 함께 가정을 꾸리며 부모로서 겪는 기쁨과 고뇌를 오롯이 감당하는 과정은 잃어버린 자존감을 되찾아 주었다.

미국으로 이주하고 싶다는 생각이 싹튼 것도 그런 마음의 변화 때문이었다. 그동안 로비의 친척들과 많은 시간을 보내며 깊은 정을 쌓았지만, 그럴수록 내 형제들이 더욱 그리워졌다. 온 가족이 다시 모여 아이들이 서로 얼굴을 익히고 어울리는 재회의 장면을 수시로 머릿속에 그렸다. 나는 로비를 설득하기 시작했고, 처음엔 회의적이었던 남편도 결국 관광 비자를 신청해보겠다고 동의했다. 설레는 마음에 이삿짐을 꾸리려 집 안에 얼마 되지 않는 가구들까지 내다 팔았지만, 비자 신청이 거절되면서 계획을 전면 수정해야만 했다. 미국에 체류하는 동안 두 아이를 부양할 만큼 충분한 예금이 통장에 있다는 사실을 증명해야 했는데, 우리의 자산 규모가 너무 적었던 탓이다. 결국 우리는 당분간 이곳에 계속 머물기로 했다.

생존자

그사이 엡스타인의 그림자는 여전히 우리 삶을 짓누르고 있었다. 2008년, 나는 미국 법무부로부터 내가 "연방 범죄의 확인된 피해자"라는 게 드러나 연락을 취한다는 편지 한 통을 받았다. 엡스타인에 대한 조사가 진행 중이며, 수많은 여성이 이와 같은 편지를 받고 있다는 내용이었다. 안내문에는 연락을 권장하는 변호사의 이름도 적혀 있었다. 나는 이 편지가 마침내 엡스타인이 처벌받는다는 신호라고 믿었다. 하지만 착각이었다. 피해자 중 누구도 알지 못하는 사이에, 엡스타인은 이미 1년 전인 2007년 9월 정부와 비밀리에 불기소 합의를 맺어 2008년 1월로 예정됐던 재판을 무산시킨 상태였다. 게다가 내가 법무부의 연락을 받기 두 달 전인 2008년 6월, 엡스타인은 전례 없는 유죄 인정 형량 거래를 끌어냈다. 그 조건의 일환으로 정부는 성명 불상자는 물론 실명이 거론된 공범과 조력자들까지 처벌하지 않기로 약속했다. 그 명단에는 사라 켈런, 나디아 마르친코바, 그리고 레슬리 그로프와 아드리아나 로스라는 두 비서가 포함되어 있었다. 결국 아동 성매매 알선과 성매매 권유라는 두 가지 주법 위반 혐의를 인정하는 대가로, 엡스타인은 고작 징역 18개월을 선고받는 데 그쳤다.

법무부에서 추천한 로버트 요세프버그라는 변호사에게 연락을 취하고 나서야 나는 그 비밀스러운 불기소 합의의 전말을 알게 됐다. 요세프버그와 역시 변호사인 그의 딸 에이미는 몇 달 동안 나를 면담했고, 내내 나는 바보처럼 그들이 엡스타인에 맞서 증언할 준비를 시켜주는 줄로만 믿었다.

"아, 재판은 없습니다." 그들은 결국 이렇게 설명했다. "정부가 합의를 해줬거든요. 대신 배상금은 나올 겁니다. 이제 결정하셔야 할 건 이겁니다. 얼마를 원하시나요?"

돈은 필요 없었다. 내가 원한 건 오직 정의뿐이었다. 요세프버그 변호사들에게 간절한 뜻을 전했지만, 그들은 이미 때가 늦었다고 답했다. 나는 분노에 휩싸였다. 엡스타인이 짓밟은 수많은 여성과 소녀들이 나와 같은 감정을 공유하고 있다는 사실을 곧 알게 될 터였다. 처음에는 대중 앞에 서서 증언하기가 두려웠으나, 엡스타인에게 책임을 물으려면 기꺼이 감수해야 할 일임을 이내 깨달았다. 이제 당당히 나설 때라고 마음을 굳히자 두려움은 확신으로 바뀌었다. 하지만 변호사들은 내게 남은 길은 엡스타인을 상대로 민사소송을 제기하는 것뿐이라고 했다. 결국 나는 세상에 이름을 공개하려던 계획에서 한 걸음 물러났다.

2009년 5월, 나는 '제인 도Jane Doe 102'('제인 도'라는 이름은 신원을 밝히고 싶지 않거나 알 수 없는 여성을 가리키는 법적 가명으

생존자

로, 남성의 경우 존 도John Doe라고 쓴다-옮긴이)라는 가명으로 소송을 제기했다. 소장에는 엡스타인이 "미성년 소녀에 대한 성적 도착"을 가지고 있으며 내가 그 피해자 중 한 명이라는 사실을 명시했다. 증거 문서에는 엡스타인 및 맥스웰과의 첫 만남을 상세히 기술했고, 그들이 나를 "성폭행하고 구타하며 착취하고 학대했다"라고 고발했다. 또한 1998년 당시 열다섯 살이던 내가 마러라고에서 맥스웰에게 포섭되었다고 소장에 명시했다(나중에 다른 변호사들이 확보한 고용 기록을 통해 내가 스파에서 일을 시작한 건 1년 뒤인 1999년이었음이 드러나 내 기억이 어긋났음을 알게 되었다). 소장에는 내가 엡스타인의 "온갖 성적 변덕"을 강제로 받아내야 했으며, "왕족, 정치인, 학자, 사업가 등 피고의 성인 남성 지인들에게 성적으로 착취당해야 했다"라는 내용이 담겼다. 이 모든 일의 결과로 내가 "신체적 상해, 정신적 고통, 굴욕, 혼란, 당혹감, 교육 기회의 상실, 자존감 및 존엄성 훼손, 사생활 침해, 가족과의 단절 및 기타 피해를 입었으며 앞으로도 고통이 이어질 것"이라고 기록했다. 지금 다시 소장을 읽어보니 유독 두 구절이 눈에 들어온다. "원고는 수입과 경제 활동 능력, 그리고 삶을 향유할 능력을 상실했다. 이러한 손상은 되돌릴 수 없는 영구적인 상태다."

2009년 7월, 엡스타인은 고작 13개월의 형기를 채우고 출소한 뒤 1년 동안 가택 연금 처분을 받았다. 나중에 밝혀진 사실이지만, 그는 수감 기간 대부분을 '플로리다 과학 재단'이라는 급조한 비영리 단체 사무실로 '외부 출퇴근'하며 보냈다. 불기소 합의서에 수기로 추가된 부속 조항에 따르면, 그는 주 6일, 하루 최대 12시간까지 사무실에 머무를 수 있었다. 그는 그곳에서도 계속해서 소녀들을 추행했고, 출소하자마자 재단을 해산해버렸다. 이어진 가택 연금 기간 역시 허술하기 짝이 없어서, 그는 수시로 뉴욕을 드나들거나 개인 소유의 섬으로 휴가를 떠나기도 했다. 수감 생활을 거치고도 자성하는 기색이 전혀 없었던 건 당연한 결과였다. 2009년 말, 엡스타인은 〈뉴욕 데일리 뉴스〉의 가십 칼럼니스트 조지 러시와 22분간 대화를 나누며 자기합리화로 점철된 주장을 이어갔다. 당시 대화를 녹음했던 러시는 훗날 〈배너티 페어〉에 엡스타인의 궤변을 이렇게 묘사했다.

그는 변호사들에게 자신이 어떻게 시달려왔는지 이기적인 논리로 늘어놓았습니다. 피해 소녀들을 두고는 이미 성매매 세계에 발을 들인 매춘부나 스트리퍼들이라고 비

생존자

하했죠.

그가 여러 개의 가면을 바꿔 쓸 줄 안다는 느낌을 받았습니다. 코니아일랜드 출신의 노동자 계급이라는 점을 내세우며, 사람들이 부자를 미워하기에 자신의 사건이 신문을 팔기 좋은 소재라는 걸 잘 안다는 식이었죠. 사실상 이렇게 말한 셈입니다. '이게 당신에게 왜 좋은 기삿거린지는 알겠는데, 사기꾼 변호사들이 법체계를 어떻게 악용하고 있는지를 다루는 게 더 좋은 기사가 될걸요.' 그는 반성하는 기미가 거의 없었고 피해자들에 대한 동정심조차 보이지 않았습니다.

누가 물었더라도, 엡스타인이 끝까지 반성하지 않으리라는 사실쯤은 충분히 예견할 수 있었다. 그에게서 참회라는 걸 본 기억이 전혀 없기 때문이다. 하지만 적어도 그의 자만심 가득한 얼굴을 직접 마주하지 않아도 된다는 점은 다행이었다. 당시 그와 연결된 통로는 오직 변호사들이었다.

2009년 11월, 나는 비공개 합의에 동의했다. 조건은 이러했다. 그를 상대로 한 소송을 취하할 것. 합의 내용을 비밀로 유지하며 엡스타인은 다시는 내게 연락하지 않을 것. 연방법 위반 혐의를 인정하지 않는 대신 내게 50만 달러를 지급할 것. 내가 직접 제시한 금액이었으나, 나중에야 그 액수가 턱없이 낮았다는 이야기를 들었다. 우리 동네의 평균 주택 가격을 기준으로 정한 금액이었기 때문이다. 훗날 어느 피해자가 내가 받은 금액의 열 배를 받았다는 사실을 알게 되었지만, 당시의 나는 더 큰 액수를 요구할 줄조차 몰랐다.

엡스타인의 피해자들이 비밀 합의에 응했다는 이유로 비판하는 이들이 있다. 그들은 합의가 엡스타인에게 잘못을 은폐할 기회를 주었다고 주장한다. 특히 가해자에게서 돈을 받았다는 점에 대해 유독 가혹한 잣대를 들이대기도 한다. 이러한 비난을 마주할 때마다 내 안에서는 분노가 치밀어 오른다. 2008년 당시 엡스타인이 사실상 법망을 빠져나가도록 뒷문을 열어준 비밀 합의를 주도한 쪽은 피해자들이 아니라 바로 미국 법무부였다. 플로리다 남부 연방 검사였던 알렉산더 어코스타는 피해자들과 상의하기는커녕 기만적인 정보를 흘려가며 밀실에서 불기소 합의를 승인했다. 사건 직후 학대 피해자들은 상황이 이미 종료되었다고 통보받았다. 아무리 엄중한 처벌을 원해도 엡스타인은 결코 기소되지 않을 것이라는 선고였다. 그를 벌할 수 있는 유일한 방법은 금전적인 배상을 받아내는 길뿐이라고 했다. 법무부가 직접 변호사를 연결해주며 소송을 독려했다는 사실을 잊어서는 안 된다. 합의를 선택한 이들을 손가락질하는 사람들에게 내가 분노하는 진짜 이유는 또 있다. 소장에 적힌 고통과 고난, 정신적 고뇌라는

생존자

법률 용어는 결코 추상적인 수사가 아니다. 상처 입은 삶은 실재하며, 이를 치유하는 데는 막대한 비용이 든다.

엡스타인과 합의를 마친 뒤, 내 인생에서 처음으로 적으나마 여유 자금이 생겼다. 몇 년 동안 중고 가구를 들여놓고 낡은 차를 몰며, 아기 사진 인화비가 아까워 복사본으로 대신할 만큼 지독하게 아껴온 끝에 로비와 나는 마침내 첫 집을 마련할 수 있었다. 시드니에서 북쪽으로 두 시간 남짓 떨어진 글레닝 밸리 외곽의 방 세 개짜리 벽돌집이었다. 엡스타인은 내 어린 시절에 남은 마지막 조각마저 앗아갔다. 하지만 그가 쌓아 올린 막대한 재산 중 아주 작은 일부가 이제 내 아이들이 안전하게 자라날 수 있는 밑거름이 되었다.

제23장
나만의 작은 공주님

페트라의 예언대로 셋째가 딸일 거라 확신한 나는 어린 시절부터 꿈꿔온 아이 방을 꾸미기 시작했다. 한쪽 벽면은 산뜻한 수박색 분홍빛으로 물들였고, 아기 침대 주변은 요정과 곰 인형으로 가득 채웠다. 남이 쓰던 요람을 빌려 쓰고 헌 옷을 물려 입혔던 알렉스나 타일러 때와는 처지가 달랐다. 나는 이번에 태어날 아이에게 마음껏 지갑을 열 수 있는 여유가 있었다. 집 근처 아기용품점에 들어선 나는 점원에게 "공주님에게 어울릴 만한 건 전부" 보여달라고 말했다.

2010년 1월 예정일로부터 일주일 후, 니나와 프랭크에게 타일러와 알렉스를 맡기고 병원으로 갔다. 의사가 진통을 유도하기로 한 날이었다. 다음 날 새벽 2시 54분, 엘리 그레이스 주프레가 태어났다. 검은 머리카락이 풍성했고 눈은 선명

생존자

한 파란색이었다. 조산사가 아이를 내 품에 안겨주자 눈물이 터졌다. 딸은 내게 그만큼 아름다웠다. 사흘 뒤 병원에서 집으로 돌아왔고, 2월에는 번디나 로드 50번지에 새로 산 집으로 이사했다. 스물여섯 살에 나는 집주인이 되었고, 네 살도 되지 않은 아이 셋의 엄마가 됐다.

엘리는 세상의 주도권을 쥐겠다는 기세로 태어났다. 배가 고프거나 졸음이 밀려와도 여느 아기들처럼 보채지 않았다. 엄한 명령을 내리듯 우렁차게 소리를 질러댔다. "너는 주프레 집안의 유전자를 그대로 물려받았구나." 나는 아이의 성장 일기에 이렇게 적었다. "확신하건대 너는 95퍼센트는 시칠리아 사람이야! 아빠를 똑 닮아서 세상에서 목소리도 가장 크고 고집도 보통이 아니거든."

오빠 둘을 돌보며 수유까지 감당하기엔 벅차 3주 만에 젖을 뗐지만, 아이는 개의치 않는 듯했다. 엘리는 처음부터 빨리 어른이 되고 싶어 안달이 난 아이 같았다. 갓난아기 때도 오빠들과 대등한 존재로 인정받고 싶어 하는 기색이 역력했다. 세 아이가 욕조에 함께 들어가면 타일러와 알렉스가 나를 도와 동생의 머리를 감겨주곤 했는데, 그럴 때면 엘리는 높은 자리에 좌정이라도 한 듯 기세가 당당했다. 오빠들의 절반도 안 되는 덩치로 가운데에 앉아, 커다란 오빠들의 몸에 기대어 중심을 잡으면서도 정작 눈독을 들인 장난감이 생기면 오빠들은 감히 아이를 가로막지 못했다. 이름을 고민하며 찾아보니 엘리라는 이름은 그리스어로 '빛나는 빛'이라는 뜻이었다. 아이에게 딱 맞는 이름이었다. 누구도 엘리를 무시할 수 없었다. 나는 내심 공주님을 바랐으나, 엘리는 여왕처럼 행동했다.

모든 부모가 제 자식을 미남 미녀라 여기기 마련이지만, 엘리는 정말이지 빼어난 아이였다. 믿기지 않을 만큼 긴 속눈썹에 장난기 가득한 미소를 지닌 아이를 품에 안을 때면, 딸을 가진 엄마가 되었다는 사실에 이전과는 다른 감정이 밀려왔다. 두 아들을 끔찍이 아꼈으나, 아이들의 탄생이 지난 기억을 되짚게 만들지는 않았다. 하지만 엘리는 달랐다. 아이를 바라보고 있으면 한때 그토록 취약했던 어린 시절의 내 모습이 겹쳐 보였다. 내가 직접 겪었기에, 엘리에게 어떤 일이 벌어질 수 있는지 너무나 잘 알았다. 딸을 얻은 순간부터 나는 달라졌다. 내면 깊은 곳에서 강렬하고도 매서운 어떤 본능이 깨어났다.

나는 로비에게 엡스타인 같은 권력자들이 또 다른 피해자를 만드는 일을 막기 위해 나서고 싶다는 뜻을 내비치기 시작했다. 그를 상대로 민사소송을 제기한 변호사들을 만난 뒤로 내 안의 분노는 줄곧 몸집을 불려왔다. 아주 오랫동안 기억을 억누르려 애썼다. 머릿속 쓰레기통 가장 깊숙한 곳에 기억들

399

을 밀어넣고 외면하려 했다. 나는 로비에게 말했다.

"내 인생을 살고 싶었어. 그 기억들로부터 멀리 달아나고 싶었어. 하지만 그거 알아? 기억은 지워지지 않아. 게다가 엡스타인은 아무런 대가도 치르지 않고 빠져나갔어. 나는 지금 너무 화가 나."

평범한 여자 한 명이 무엇을 할 수 있을지 막막했다. 하지만 요세프버그 부녀와 이야기했던 것처럼, 남편과도 어떤 방식으로든 세상 앞에 나서는 일을 진지하게 상의하기 시작했다. 우리는 누군가의 딸들이 어떤 일을 견뎌야만 하는지 너무나 잘 알고 있었다. 딸을 키우는 부모로서 **우리**가 그 비극 앞에 무엇을 할 수 있을까. 어린 시절 멘토였던 루스 메노어가 말 한 마리로 비영리 단체 빈세레모 센터를 일구었던 기억이 떠올랐다. 나도 나 같은 이들을 위해 그런 터전을 만들 수 있지 않을까. 아이들이 잠든 뒤, 로비와 나는 잠들 때까지 서로의 두려움과 희망을 속삭이듯 주고받았다. 나를 짓밟은 자들에게 책임을 묻는 일에 이제는 주도적으로 나서야 한다는 확신이 뚜렷해졌다.

동시에 나는 아버지와의 갈라진 틈을 메우려 애쓰고 있었다. 포식자들에게 맞서기 위해 더 당당해지는 법을 고민하던 시기에 나를 처음으로 사냥했던 남자에게 손을 내밀었다는 사실이 모순적이거나 심지어 미친 짓처럼 들릴 수 있다는 걸 안다. 학대 피해자들이 가해자와 관계를 이어가며 과거를 '복구'하려 드는 일이 흔하다는 사실을 이제는 알지만, 그때는 몰랐다. 그저 아버지와 잘 지내고 싶었을 뿐이었다. 어머니와도 마찬가지였다.

엘리가 생후 3개월이 되기 직전인 2010년 3월, 아버지는 타일러와 엘리를 만나러 두 번째로 호주에 왔다. 하지만 이번 방문은 순탄하지 않았다. 아버지도 손재주가 좋으니 로비와 함께 뒷마당 작은 수영장에 나무 데크를 두르면 어떻겠냐고 제안했고 덕분에 며칠은 평온했다. 로비의 생일이 다가와서 어린 시절 낚시를 무척 좋아했다는 말을 떠올리며 작은 낚싯배를 선물로 주기로 마음먹었는데, 어떤 배가 좋을지 아버지에게 도움을 청했다. 여기까지는 괜찮았다.

아버지는 조금씩 선을 넘기기 시작했다. 나는 아버지와 접촉을 피하는 편이었지만, 부엌에서 요리하고 있으면 다가와 손을 잡으려 하거나 같이 춤을 추자고 우겼다. 로비는 속이 끓고 있었다. 단둘이 있을 때 이를 악물고 말했다. "나는 내 딸에게 그런 식으로는 안 할 거야." 나는 아버지를 두둔하지는 않았지만, 로비에게 일을 키우지 말아달라고 말했다. 그러다 어느 날 밤, 아버지는 휴대전화에 저장된 노골적인 사진을 보여주기 시작했다. 사진 속 인물들은 성인으로 보였지만, 여전히 불쾌했다. 아버지가 히죽거리며 사진 좀 보라고 재촉하자

401

생존자

로비는 완전히 폭발했다.

"왜 아내에게 나체 사진을 보여주십니까?" 로비가 따졌고, 아버지가 발끈하자 로비는 더 거칠어졌다. "당신이 빌어먹을 소아성애자인 거 다 아니까 지금 당장 우리 집에서 나가."

내가 가운데 서서 말리지 않았다면 두 사람은 치고받았을 것이다. 로비는 소리를 지르자 아버지도 물러서지 않고 맞소리를 질렀다. 결국 아버지 팔을 붙잡고 현관까지 끌고 갔다.

"로비, 제발 진정해."라고 애원했다. "아버지는 내가 내보낼게." 어떻게든 아버지를 차에 태워 집에서 차로 10분쯤 떨어진, 숙박용 오두막이 있는 호수로 데려갔다.

아버지를 오두막에 들여보내고 거기서 지내라고 말했다. 나가는 길에 문을 쾅 닫았어야 했는지도 모른다. 하지만 그러지 않았다. 대신 미국으로 돌아가는 비행기를 타기 전에 한 번 들르겠다고 약속했다. 예정보다 이른 비행기로 변경한 푯값과 오두막 숙박비도 냈다. 내가 좋은 딸이라는 것을 증명하고 싶었던 것 같다. 그때도 여전히 아버지의 인정을 필요로 했다. 아버지가 완전히 떠난 뒤에야 로비와 나는 숨을 돌렸다.

엘리의 탄생을 기념하며 로비는 옆구리에 새로운 문신을 새겼다. 남편은 우리가 일궈온 가정을 향한 확신을 담았다고 말했다. 나는 그가 몇 달 동안 도안을 그리는 과정을 지켜보

제3부

왔다. 왼쪽 겨드랑이 바로 아래에는 우리가 한 팀이라는 의미로 '트윈 플레임Twin Flame(한 쌍의 불꽃이라는 뜻-옮긴이)'이라는 문구를 적어 넣었다. 그 아래에는 음과 양을 상징하는 남녀가 서로를 부둥켜안은 형상이 불꽃에 휩싸여 있었다. "불꽃은 우리 사랑의 뜨거움이자, 진실한 관계라면 으레 겪어야 할 시련을 뜻해." 로비가 내게 설명했다. 갈비뼈 끝자락, 허리 바로 위에는 유려한 필체로 이런 문장을 더했다. "제나 주프레를 사랑하며In Love With Jenna G."

삶은 언제나처럼 흘러갔다. 이따금 뉴스나 텔레비전에서 낯익은 이름이나 얼굴을 마주칠 때가 있었다. 엡스타인과 맥스웰이 성적인 행위를 하라고 강요했던 수많은 유명 남성이 그곳에 불쑥 나타났다. 나를 직접 학대하지는 않았으나 분명히 만났던 저명인사의 사진을 신문에서 볼 때도 그에 못지않게 혼란스러웠다. 가령 빌 클린턴이 조지 W. 부시와 함께 지진 피해를 입은 아이티의 복구 작업을 지원하러 갔다는 뉴스가 나오면, 아득히 전생 같은 과거에 미국의 국군 통수권자였던 이 남자를 만났다는 사실이 좀처럼 믿기지 않아 아찔해졌다.

나도 모르는 사이, 샤론 처처라는 기자가 엡스타인을 상대로 한 민사소송에서 '제인 도 102'가 실제로 누구인지 밝히려 했다. 처처는 먼저 엡스타인 피해자 여러 명을 대리하

생존자

던 플로리다 변호사 브래드 에드워즈에게 연락했다. 에드워즈는 수집한 여러 증거 자료에 내 이름이 반복해서 등장했기 때문에 내 정체를 알고 있었다. 그는 또한 정보원을 통해 내가 다른 사람들과 성관계를 맺도록 강요당했다는 사실도 알았다. 에드워즈는 2020년 저서 《끊임없는 추적: 제프리 엡스타인 피해자들을 위한 나의 싸움Relentless Pursuit: My Fight for the Victims of Jeffrey Epstein》에서 내가 엡스타인과 함께 세계 곳곳을 여행하고 그의 주도하에 여러 사람의 성 접대에 동원되어 "엡스타인의 타락을 새로운 차원에서 폭로할 핵심 열쇠를 쥐고 있다"고 확신했다. 에드워즈는 나와 대화하기를 원했고, 자신이 쥔 몇 안 되는 단서들을 그 기자에게 건넸다. 에드워즈는 "끈질긴 기자 한 명이라도 모험을 감수하고 지구 반대편까지 날아가 그녀의 집 문을 두드려준다면, 내가 아는 모든 정보를 기꺼이 공유하겠다"라고 적었다.

영국 타블로이드지 〈데일리 메일〉의 처처는 그야말로 끈질긴 기자였다. 그녀는 먼저 당시 조지아에 살던 토니를 찾아냈다. 토니는 처처에게 내 아버지의 이름과 아버지가 거주하고 있을 것으로 짐작되는 플로리다의 거처를 알려주었다. 당시 아버지는 잠시 캘리포니아로 돌아가 있었으나, 처처는 끝내 아버지를 찾아내는 데 성공했다. 그녀는 전화를 걸어 메시지를 남겼고, 아버지는 그 소식을 내게 전해주었다.

기자가 내 이야기를 듣고 싶어 한다는 사실을 알게 되자, 시간이 이렇게 흘렀는데도 마음이 놓이는 동시에 겁이 났다. 내 말에 귀 기울이겠다는 사람이 있다니 위로가 되었지만, 그 사실이 두렵기도 했다. 로비와 나는 내가 만약 익명을 벗고 엡스타인과 맥스웰에 맞서 공개적으로 나선다면 어떤 역할을 맡을 수 있을지 몇 달 동안 이야기했고, 생각할수록 준비가 됐다는 쪽으로 마음이 기울었다. 상처도 많이 회복했고 내가 겪은 일과 살아남은 과정을 들려주면 다른 성적 학대 피해자들, 엡스타인과 맥스웰에게 상처받은 사람들뿐 아니라 다른 가해자들에게 상처받은 사람들에게도 도움을 줄 수 있겠다고 여겼다. 엡스타인과 그 주변 사람들이 저지른 일에 비해 너무 적은 대가만 치르고 있다는 점도 분노를 키웠다.

그래도 망설임이 남았다. 엡스타인과 맥스웰에게 매이지 않은 삶을 만들려고 오랫동안 애썼기 때문이다. 엡스타인과 맥스웰, 그리고 그들이 연결한 다른 가해자들에 대한 두려움도 여전히 남아 있었다. 인터뷰를 감당할 수 있을지 확신하지 못한 채 2011년 2월 4일, 처처에게 편한 이메일을 보냈다. '안녕하세요, 샤론. 아버지 스카이 로버츠에게 전해 들었습니다. 바로 이야기할 수 있도록 제 연락처를 남겨드려요.'

처처는 기다렸다는 듯 전화를 걸어왔다. 훗날 그녀는 당시

생존자

내 목소리가 "가늘게 떨리면서도 결연함이 느껴졌다"라고 회상했다. 나는 오프 더 레코드를 전제로 대화를 시작하며, 끝내 공식 인터뷰에 응하지 않을 수도 있다고 먼저 못을 박았다. 그녀는 집요하게 질문을 던지면서도 일단은 알겠다고 수긍했다. 처처는 내가 엡스타인의 소굴로 어떻게 끌려 들어갔는지, 그곳에서 두 가해자와 어떤 일을 겪었는지 낱낱이 물었다. 하지만 그녀의 진짜 목적은 다른 데 있었다. 내가 엡스타인의 지인 중 누구에게 성 접대를 강요당했는지, 그 명단을 확인하는 데 혈안이었다. 소송장에서 내가 언급한 "왕실 인사를 포함한 상류층 남성들"이라는 표현은 영국 타블로이드지 기자였던 처처에게 거부할 수 없는 미끼였다. 그녀는 그 왕실 인사가 도대체 누구냐고 거듭 캐물었다. 나는 결국 입을 열고 말았다. 앤드루 왕자라고 말이다.

"증거가 될 만한 게 있나요?" 처처가 물었다.

"확실하지 않지만, 왕자와 함께 찍은 사진이 아직 남아 있을지 몰라요." 내 대답이 처처에게는 충분했던 모양이다. 처처는 뉴욕 자택에서 시드니로 향하는 항공편을 예약했다. 시드니에 도착하자마자 차를 빌려 우리 집 앞까지 한 시간 반만에 달려왔다. 처처는 24시간에 걸친 여정 내내 한숨도 자지 못했다고 말했다. 내가 말한 사진을 찾지 못할까 봐 걱정됐기 때문이다. 하지만 내가 책장에 숨겨두었던 봉투를 들고 현관에서 처처를 맞이하자 처처의 피로는 눈 녹듯 사라졌다. 봉투 안에는 엡스타인, 맥스웰과 함께 보낸 시절이 담긴 스냅사진 몇 장이 들어 있었다. 앤드루 왕자가 내 허리에 팔을 두르고 찍은 사진도 그 속에 섞여 있었다.

처처는 미리 전화로 앤드루 왕자와 함께 보낸 시간에 대해 기억나는 대로 적어달라고 요청했고, 나는 처처가 도착하자마자 직접 손으로 쓴 종이들을 건넸다. 우리는 뒷마당에 마주 앉아 대화를 시작했다. 이 자료들을 사용해도 좋다고 허락할지 여전히 갈등했지만, 일단 내가 아는 사실을 들려주고 처처가 무엇에 가장 큰 관심을 보이는지 살펴보기로 마음먹었다. 사건을 시간 순서대로 짚어가는 과정은 고통스러웠지만, 그 동안 숨겨왔던 수많은 비밀을 세상 밖으로 끄집어내는 일은 그 자체로 속이 시원했다. 처처는 엡스타인 주변에 있던 남성들의 사진 40여 장을 가져와 나를 학대한 사람이 누구인지 물었다. 나는 늘 언어보다 이미지에 민감한 시각적인 사람이었기에, 눈앞에 놓인 사진들을 마주하는 순간은 비현실적으로 다가왔다. 전혀 모르는 사람도 있었지만, 나를 괴롭힌 이들의 얼굴은 어제 본 것처럼 단번에 알아볼 수 있었기에 몇 명을 손가락으로 가리켰다.

처처는 나를 아끼는 친구처럼 행동했다. 처처라면 믿어도 좋겠다는 확신이 들었다. 함께 시간을 보내던 어느 날, 우리

407

는 처처가 머물던 테리갈의 크라운 플라자 호텔에서 사진작가 마이클 토머스를 만났다. 토머스는 앤드루 왕자와 찍은 사진의 앞면과 뒷면을 서른 장 정도 촬영했다. 근처 공원에서 포즈를 취한 내 사진도 여러 장 찍었다. 하지만 그때까지도 내 이야기나 사진을 〈데일리 메일〉에 싣는 것을 허락할지 결정하지 못했다.

로비와 나는 〈데일리 메일〉에 내 이야기를 싣는 일의 득과 실을 따져보았다. 엡스타인이 가벼운 처벌만 받고 유유히 빠져나간 사실은 생각할수록 분통이 터지는 일이었다. 하지만 '제인 도 102' 대신 본명을 밝히는 순간 삶이 돌이킬 수 없이 달라질 것임을 우리 부부는 분명 알고 있었다. 이미 수상한 사람들이 집 근처를 어슬렁거렸고, 처처에게 엡스타인이 입막음을 위해 보낸 사람들 같다고 말했다. 미행까지 당하자 압박감이 밀려왔고 겁이 났다. 엡스타인에게 굴복하고 싶지는 않았지만, 어떻게 해야 할지 갈피를 잡지 못했다.

그러다 센트럴파크에서 엡스타인과 앤드루 왕자가 나란히 걷고 있는 사진을 우연히 발견했다. 영국의 또 다른 타블로이드지 〈뉴스 오브 더 월드〉가 며칠의 잠복 끝에 찍은 사진으로, 2011년 2월 20일 "앤드루 왕자와 소아성애자"라는 머리기사와 함께 처음 공개되었다. 사진은 내가 살고 있던 영국의 전 식민지 호주를 포함해 전 세계로 빠르게 퍼져나갔다.

나를 학대한 두 남자가 함께 산책하는 모습은 당연히 역겨웠다. 하지만 영국 왕실의 일원이라는 작자가 엡스타인과 함께 대중 앞에 나타날 만큼 어리석다는 사실에 무엇보다 놀랐다. 2001년 맥스웰이 런던에서 앤드루 왕자의 성 접대를 처음 강요했을 때만 해도, 엡스타인은 어린 소녀들을 향한 뒤틀린 욕망을 철저히 비밀에 부치거나 자신의 은밀한 섬에서만 드러냈다. 그러나 2011년에는 가벼운 형량으로 풀려났더라도 엡스타인이 성범죄자라는 낙인을 세상천지가 다 알고 있었다. 엡스타인 곁에 선 앤드루 왕자의 새로운 사진을 보니 '랜디 앤디(난잡한 앤디)'로 불리던 왕자의 오만함이 더욱 노골적으로 느껴졌다.

센트럴파크 사진은 2010년 말 앤드루 왕자가 엡스타인을 나흘 동안 방문했을 때 찍힌 사진이었다. 왕자는 엡스타인의 맨해튼 타운하우스에 머물렀고, 엡스타인은 그를 위해 파티까지 열었다. 그 소식은 짤막한 기사로도 읽었다. 영향력 있는 홍보 담당자 페기 시걸이 초대자 명단을 정리하는 일을 도왔고, 명단에는 CBS 뉴스앵커 케이티 쿡릭, 코미디언 첼시 핸들러, 토크쇼 진행자 찰리 로즈, 〈굿모닝 아메리카〉 공동 진행자 조지 스테파노풀로스, 감독 우디 앨런, 그리고 앨런의 아내이자 그의 전 연인이었던 미아 패로의 딸 순이 프레빈이 함께 있었다. 성범죄자라는 사실은 엡스타인의 사교적 위상

생존자

을 조금도 깎아내리지 못한 듯했다.*

센트럴파크 사진과 호화로운 파티의 세부 내용이 연달아 터지자, 망설이던 마음은 확신으로 바뀌었다. 나는 처처에게 공개적으로 발언하겠다고 말했다. 인터뷰를 바탕으로 한 첫 기사는 2011년 2월 27일자 〈데일리 메일 일요판〉에 실렸고, 제목은 "성범죄자 친구가 앤드루 왕자에게 소개하려고 영국으로 데려온 17세 소녀"였다. 해당 기사는 내가 '제인 도 102'라는 사실을 분명히 했고, 엡스타인이 나를 이름을 밝히지 않은 여러 남자에게 성 접대 도구로 이용했다고 폭로했다. 그 목록에는 "임신한 아내가 옆방에서 자고 있던 유명 사업가, 세계적으로 이름난 과학자, 존경받는 진보 성향 정치인, 외국의 국가 원수"도 포함되어 있었지만, 앤드루 왕자를 포함하지는 않았다. 나는 앤드루 왕자와 있었던 일을 전부 털어놓았으

---

* 훗날 드러난 사실이지만, 엡스타인은 공을 들였던 유력 인사 중 최소한 한 명에게는 외면당했다. 바로 도널드 트럼프였다. 기자들인 세라 블래스키, 니콜라스 네하마스, 케이틀린 오스트로프, 제이 위버가 2020년에 쓴 공저서 《그리프터스 클럽: 트럼프와 마러라고, 그리고 대권 쇼핑The Grifters' Club: Trump, Mar-a-Lago, and the Selling of the Presidency》에 따르면, 트럼프는 2007년 10월 엡스타인의 마러라고 클럽 회원 자격을 박탈하고 출입을 금지했다. 엡스타인이 다른 회원의 10대 딸에게 수작을 걸었기 때문이었다. 자격 박탈이 결정된 시점은 엡스타인이 정부와 비밀 불기소 합의를 맺은 지 한 달 뒤였고, 유죄 인정 합의를 하기 8개월 전이었다.

나 〈데일리 메일 일요판〉의 변호사들은 보도 내용이 불러올 법정 공방을 염려했다. 대신 처처는 소장에 적힌 "왕족"이라는 표현을 반복했고, 육체적 관계에 대한 직접적인 언급은 제외한 채 런던에서 앤드루 왕자를 처음 만난 날의 상황을 모두 묘사했다. 독자들이 행간을 읽어낼 거라 판단한 모양이었다. 처처는 맨해튼에서 두 번째로, 카리브해에서 세 번째로 왕자를 만났다는 점도 언급했다. 기사와 함께 엡스타인이 찍은 왕자와 내 사진도 세상에 공개됐다.

나는 앤드루 왕자와 찍은 사진을 사용하는 조건으로 16만 달러를 받았고, 3개월 동안 다른 누구와도 인터뷰하지 않기로 합의했다. 이후 〈데일리 메일〉이 해당 사진을 여러 매체에 재배포하면서 4,000달러 가량을 더 받았다. 당시에는 몰랐지만, 이제는 분명히 안다. 타블로이드 매체로부터 인터뷰나 사진 이용을 대가로 돈을 받으면, 그 내용이 아무리 정확하더라도 이야기의 신뢰성이 떨어진다는 사실을 말이다. 〈데일리 메일〉에서 받은 돈은 내 고백의 진실성을 깎아내리려는 이들에게 지금껏 반복해서 악용됐다. 나는 그저 내 이야기를 들려주고 대가를 받는 일이 당연하다고 순진하게 믿었지만, 사람들은 나를 돈을 벌려고 이야기를 지어낸 인물로 몰아세웠다. 그 일 이후 나는 인터뷰를 하고 돈을 받지 않았다.

처처가 쓴 첫 기사를 읽는 일은 내게 무척 힘들었다. 기사

생존자

는 때로 내가 맥스웰과 엡스타인의 화려한 세계에 머무는 걸 즐긴 것처럼 묘사했다. 엡스타인이 사준 보석에 대해 "다이아 몬드는 그가 가장 좋아하던 보석이었죠"라고 말한 대목을 인 용했고, 그와 함께 여행을 떠나라는 제안을 받고 "기뻤다"는 서술도 있었다. "기뻤다"는 내가 절대 쓰지 않을 단어였다. 심 지어 기사에는 "나는 소아성애자의 꿈이었다"라는 인용도 실 렸다. 사람들의 관심을 끌 만한 자극적인 문구였겠지만, 내가 입에 담을 리 없는 말이었다.

하지만 나를 위해 목소리를 냈다는 사실 자체는 위안이 됐 다. 맥스웰이 마러라고에서 나를 어떻게 섭외했는지 털어놓 았고, 맥스웰이 엡스타인의 다단계 성착취 피라미드에서 핵 심 역할을 했다는 점을 분명히 밝혔다. 수년이 흐른 뒤 엡스 타인과 맥스웰의 잘못을 들춰내는 기분은 마치 퀴퀴하고 악 취 나는 방의 창문을 활짝 열어 환기하는 것과 비슷했다. 이 런 시도가 세상에 조금이라도 도움이 되기를 바랐다. 최근 공 개된 센트럴파크 속 엡스타인과 앤드루 왕자의 사진을 두고 나는 처처에게 이렇게 말했다. "너무나 참담합니다. 두 사람 이 '우리는 법 위에 있다'라고 말하는 것처럼 느껴져요." 처처 와의 인터뷰는 무서울 것 없던 사람들을 우리와 같은 땅으로 끌어내리려는 나의 첫 번째 시도였다.

머칠 뒤 〈데일리 메일〉은 처처와의 인터뷰를 바탕으로 두 번째 기사를 실었다. 제목은 "소아성애자 제프리 엡스타인에게 끌려간 10대 소녀, 빌 클린턴과 두 차례 만난 경위 폭로"였다. 기사는 내가 전직 대통령에게 성 접대를 한 적은 없다고 못 박았다. 하지만 〈데일리 메일〉은 내가 엡스타인과 클린턴이 함께 있는 장면을 목격한 사실만으로도 충분히 뉴스 가치가 있다고 판단했다. "제프리는 두 사람이 좋은 친구라고 말했어요", "왜냐고 물었더니 제프리는 웃으면서 '내게 빚진 게 좀 있어'라고 했어요"라는 내 발언이 인용됐다. 기사에는 엡스타인의 다른 유명한 지인들도 거론됐다. 당시 오바마 대통령의 중동 평화 특사 조지 미첼 상원의원과 이스라엘 국방부 장관이 에후드 바라크도 포함됐다. 바라크의 대변인은 바라크가 "뉴욕의 엡스타인 집에서 열린 소규모 모임에 몇 차례 참석한 적은 있다"라고 확인했다. 기사는 엡스타인과 함께 있던 자리에서 앨 고어와 티퍼 고어, 나오미 캠벨, 도널드 트럼프를 만났다고도 전했다. 이런저런 사실을 한데 모아놓은 성격이 강한 기사였고, 〈데일리 메일〉의 사진기자가 찍은 내 사진 몇 장과 클린턴의 스톡 사진을 나란히 실었다.

두 개의 기획 기사가 나간 뒤 2011년 3월 9일, 맥스웰은 홍보 담당자를 통해 "최근 언론에 나온 자신에 관한 여러 주장"을 부인하는 성명을 냈다. 성명은 나의 고발을 "혐오스럽고 전혀 사실이 아니다"라고 규정했다. 엡스타인은 침묵을 지켰다.

생존자

❖

영국 타블로이드 매체들의 취재 경쟁은 상상을 초월할 정도로 치열했다. 처처가 기사에서 내 결혼 성씨를 밝히지 않았음에도, 다른 기자들은 금세 나를 찾아냈다. 파파라치들도 마찬가지였다. 첫 기사가 나간 뒤 언론의 집요한 추적을 피하려고 로비와 나는 아이들을 데리고 북쪽 멀리 떨어진 방갈로를 빌려 숨어야 했을 정도였다. 기자들은 결국 그곳까지 와서 나를 찾아냈지만, 나는 이미 할 말을 다 했다며 모든 인터뷰 요청을 거절했다. 처처와는 계속 연락을 주고받았는데, 처처는 내 삶을 책으로 써보라고 권했다. 그 제안에 마음이 끌린 나는 다섯 살, 네 살, 한 살짜리 세 아이를 돌보는 정신없는 와중에도 어떻게든 초안을 쓰기 시작했다. 마침내 '억만장자의 플레이보이 클럽The Billionaire's Playboy Club'이라는 139쪽 분량의 원고를 완성했다. 원고에는 내 이야기를 일부만 담았다. 예를 들어 아버지가 나를 학대했다는 사실은 밝히지 않았다. 또한 처처가 소송을 피하려면 내용을 소설처럼 꾸며야 한다고 조언했기에 사실을 일부 가공하기도 했다. 지금은 처처의 조언이 완전히 잘못되었다는 사실을 안다. 출간되지는 않았어도 훗날 법원 기록에 포함된 해당 원고의 몇몇 세부 내용이 실제 사건과 일치하지 않는 것은 바로 이런 사정 때문이다.

예를 들어 앤드루 왕자와 세 번째로 만난 곳은 카리브해였지만, 조로 목장에서 만났다고 적었다. 나를 보호할 수 있다는 잘못된 생각에 일부러 세부 사항을 바꾼 것이었다.

일부 비판론자들이 내가 〈데일리 메일〉에서 돈을 받았다는 사실을 물고 늘어지는 것처럼, 2011년에 쓴 원고를 근거로 내가 비참한 과거를 팔아 돈을 벌려 했다거나 관심을 끌려고 이야기를 부풀리고 지어냈다는 식의 주장을 펼쳤다. 하지만 나의 목표는 예나 지금이나 나를 괴롭히는 기억에서 벗어나는 동시에 나를 짓밟은 가해자들의 죄상을 세상에 알리는 것이다. 청소년 시절 '그로잉 투게더'에서 일기를 쓰던 때와 마찬가지로, 어른이 된 나 역시 머릿속을 어지럽게 헤집고 다니는 기억을 붙잡아 종이 위에 쏟아내고 나서야 비로소 마음이 편안해졌다.

2007년 당시 팜비치 경찰국장 마이클 라이터는 엡스타인에 관한 수사 결과를 연방수사국으로 넘겼다. 앞서 언급했듯, 얼마 지나지 않아 요원을 사칭하는 듯한 인물의 연락을 받았으나 전화를 끊어버린 뒤로는 아무런 소식도 듣지 못했다. 그로부터 4년이 흐르고, 〈데일리 메일〉에 실린 내 기사를 보고

생존자

연방수사국 요원들이 우리 집을 찾아왔다. 2011년 3월 17일, 나는 시드니 주재 미국 영사관에서 처음으로 엡스타인 사건에 관한 연방수사국의 조사를 받았다. 조사는 몇 시간 동안 이어졌다. 수사에 협조하고 싶은 마음이 간절했지만, 한 자리에 앉아 겪었던 모든 일을 털어놓는 과정은 눈물이 터져 나올 만큼 고통스럽고 압박감이 심했다. 연방수사국 요원들은 처처가 그랬던 것처럼 여러 남성의 사진을 내보이며 알아보거나 나를 성적으로 착취한 인물이 있는지 물었다. 나는 그 속에서 나를 학대했던 남자 여럿을 다시 지목했다. 로비는 인터뷰 내내 내 곁을 지키겠다고 고집했는데, 도움이 되면서도 곤혹스러운 일이었다. 남편은 늘 그렇듯 나를 안심시켜주었지만, 내가 여러 남자에게 물건처럼 취급당하며 끌려다녔던 상황을 설명하자 나만큼이나 괴로워했다. 질문이 점점 더 구체적으로 변하자 어느 순간, 로비는 끝내 이성을 잃고 요원들에게 분노를 쏟아냈다.

"변태 같은 자식들아! 대체 어떤 빌어먹을 일들이 있었는지 그렇게 시시콜콜 다 알아야겠어?"

나는 로비를 진정시키려 했다. "로비, 수사관들은 다 물어야만 해"라고 말했다. 하지만 로비는 듣지 못한 사소한 세부 사항까지 흘러나오자 남편은 처참하게 무너졌다. 내가 그런 일들을 왜 남편에게 숨겨왔는지 의아할지도 모르겠다. 하지만 사실 결혼 생활의 어느 시점부터 로비는 엡스타인과 보낸 시간에 대해 더는 듣고 싶지 않다고 선을 그었다. 그런데 이제 와서 생전 처음 듣는 이야기에 무방비로 노출되자 당혹감을 감추지 못했다.

영사관에서 집으로 돌아오는 길에 로비가 물었다. "왜 진작 말해주지 않았어?"

나는 그의 머리를 쓰다듬으며 말했다. "당신에게 끔찍한 사실을 전부 알리고 싶지 않았어. 당신이 눈을 감고 잠들 때나, 부엌 식탁 너머로 나를 바라볼 때나, 혹은 우리가 사랑을 나눌 때조차 내가 겪은 잔상들이 당신 눈앞을 어지럽히지 않았으면 했으니까."

로비는 분노로 들끓고 있었다. "나를 보호하려 들지 마. 그냥 전부 솔직하게 말해줘."

하지만 나는 뜻을 굽히지 않았다. "로비, 결국 나는 당신 아내야. 그리고 나는 앞으로도 당신 아내로 남고 싶어." 어떤 기억들은 마음 한구석에 묻어두어야 우리가 더 행복해질 수 있다는 뜻이었다.

조사가 끝난 다음 날, 연방수사국 요원 두 명이 우리 집을 방문했고 나는 엡스타인, 맥스웰과 함께 지내던 시절에 찍은 사진 스무 장을 건넸다. 앤드루 왕자와 찍은 사진도 포함되어 있었다. 태국의 마사지 훈련 학교에서 받은 마사지 자격증들

생존자

도 함께 넘겨주었다. 훗날 연방수사국은 제출한 자료들을 스캔한 디지털 복사본이 담긴 CD 한 장을 보내왔지만, 원본은 단 한 장도 돌려받지 못했다.

제24장

작은 균열

엘리는 걸음마를 뗄 무렵부터 남다른 면모를 보였다. 장난기가 넘치고 유쾌하면서도, 황소처럼 고집이 세고 강단이 있었다. 딸아이가 생후 18개월이었을 때 우리는 뉴사우스웨일스의 워커바웃 파크라는 야생동물 보호구역을 구경하고 있었다. 그런데 엘리가 어디론가 사라져 버렸다. 나는 반쯤 넋이 나간 상태로 아이를 찾아 헤맸고, 마침내 엘리를 발견했을 때 아이는 겁도 없이 캥거루들을 뒤쫓고 있었다. 나는 그런 딸을 나만의 꼬마 타잔이라 불렀다.

나는 딸을 보며 용기를 얻었다. 딸뿐만 아니라 아들들에게도 당당하고 용기 있는 엄마의 모습을 보여주고 싶다는 마음이 갈수록 간절해졌다. 처처를 통해 알게 된 사실인데, 처처가 나를 찾도록 도와준 플로리다의 변호사 브래드 에드워

419

생존자

즈는 연방 정부가 엡스타인과 맺은 불기소 합의의 적법성에
이의를 제기하며 소송 중이었다. 에드워즈는 엡스타인이 주
법원에서 혐의를 인정하는 대신 연방 차원의 기소를 면제해
주기로 한 해당 합의가 2004년 제정된 '범죄 피해자 권리법
CVRA'을 위반했다고 보았다. '범죄 피해자 권리법'은 피해자
가 가해자를 상대로 진행되는 수사 과정에서 검사와 실질적
으로 논의할 권리가 있다고 명시한다. 하지만 엡스타인의 피
해자들은 검찰과 어떠한 논의도 하지 못했을 뿐만 아니라, 상
황이 어떻게 돌아가는지조차 전혀 알지 못했다. 처처는 에드
워즈가 2008년 미국 연방검찰청을 상대로 익명의 여성 두 명
을 대리해 소송을 제기했다고 전했다. 내가 '제인 도 3호'로
합류하고 싶다면 에드워즈 역시 반길 것이라는 말도 덧붙였
다. 나는 에드워즈에게 전화를 걸었다.

　에드워즈는 나의 연락을 무척 기뻐했다. 에드워즈는 저서
《끊임없는 추적》에서 당시 심경을 이렇게 묘사했다. "마침내
엡스타인의 핵심 측근 중 한 명이 입을 열기로 했고, 수사에
협조하고 싶어 한다." 첫 통화에서 에드워즈는 '범죄 피해자
권리법' 소송의 목적이 엡스타인의 불기소 합의를 무효로 만
드는 것이라고 설명했다. 인류 역사상 가장 위험한 아동 성추
행범 중 한 명인 엡스타인이 저지른 모든 범죄에 대해 마땅히
기소되고 심판받게 하려는 취지였다.

나는 엡스타인과 맥스웰에게 상처받은 피해자가 나 하나
가 아님을 늘 알고 있었다. 하지만 그들의 손아귀에서 벗어난
뒤 9년 동안은 추상적으로 짐작할 뿐이었다. 수천 명의 소녀
와 여성 피해자가 있겠지만, 그들의 이름을 알게 될 일도, 직
접 만날 일도 없을 거라고 여겼다. 그런데 에드워즈는 몇몇
피해자와 긴밀히 협력하고 있었고, 나에게 그들과 함께할 기
회를 제안했다. 처처는 엡스타인이 나와 비슷한 방식으로 다
른 피해자들과 이미 열여섯 건의 합의를 마쳤고, 추가 합의
도 진행 중일 가능성이 크다고 전했다. 에드워즈와 이야기를
나누며, 우리 중 몇 명이라도 힘을 모을 수 있지 않을까 생각
했다.

2011년 4월 7일, 나는 에드워즈와 또 다른 변호사 잭 스캐
롤라와 통화를 했다. 스캐롤라는 다른 소송에서 에드워즈를
대리하고 있다고 자신을 소개했다.* 간단한 인사를 나눈 뒤 스
캐롤라는 엡스타인과 같이 지냈던 시기의 경과를 설명해달라
고 요청했다. 스캐롤라는 엡스타인을 처음 만났을 당시 나의
성적 경험이 어느 정도였고 어떤 경로로 포섭되었는지 물었

* 엡스타인은 에드워즈를 상대로 허위 소송을 제기해, 에드워즈와 그의
피해자 의뢰인 한 명, 그리고 로펌 동료 한 명이 범죄 조직을 꾸려 엡스타인을
속이려 했다고 주장했다. 엡스타인이 제기한 이 소송과, 악의적 기소를 주장
하며 에드워즈가 제기한 맞소송은 2018년에 법정 밖 합의로 마무리됐다.

생존자

다. 엡스타인이 내게 지급한 대가와 나를 주변 지인들에게 성 접대 도구로 착취하기 시작한 시점에 대해서도 확인했다. 나 는 최선을 다해 답변했다.

"그들 중 몇 명의 이름을 말해줄 수 있습니까?" 스캐롤라가 물었다. 나는 머뭇거렸다.

"아니요, 지금 단계에서는 곤란해요. 거론할 인물 중에는 정말 영향력이 큰 사람도 있어서… 그들과 엮여 또 다른 난 장판에 휘말리는 건 원치 않아요. 이름을 밝히고 싶은지도 솔직히 잘 모르겠고요. 이 상황이 어디로 흘러갈지 너무 무 서워요."

스캐롤라는 이해한다고 답했다. "그렇다면 왜 이 조사에 협 조하는 건가요?"

"더 넓은 차원에서 힘을 보태고 싶어서예요." 내가 대답했 다. "이런 문제가 너무 오래 이어졌다고 생각하거든요." 엡스 타인을 떠올리며 덧붙였다. "엡스타인이 나를 그렇게 심하게 학대하고도, 다른 수많은 소녀에게 고통을 주고도 아무 일 없 다는 듯 빠져나가 웃고 있다는 사실이 내게는 뺨을 얻어맞은 것 같은 커다란 모욕이에요."

통화가 끝날 무렵 스캐롤라가 물었다. "좋습니다, 버지니 아. 혹시 덧붙이고 싶은 말이 있나요?"

나는 세 아이의 엄마로서 엡스타인이나 맥스웰 같은 포식자들에게 맞서는 것이 의무라고 생각한다고 답했다. 특히 딸 엘리 이야기를 꺼냈다. "내 딸이 내가 당한 일을 겪지 않게 할 수만 있다면, 나는 기꺼이 위험을 무릅쓸 거예요."

에드워즈의 '범죄 피해자 권리법' 소송에 합류하는 것은 "내 딸이나 자매, 혹은 친구를 위해 누군가가 꼭 해주길 바랐던 바로 그 일"이라고 덧붙였다. 나는 그저 옳은 일을 하려고 노력할 뿐이라고 말했다. "지금 내가 하는 일이 바로 그런 일이라고 느껴요. 우리가 사는 이 거대한 세상에 작은 균열이라도 내보려는 거죠."

❖

나는 새 상담사를 찾아야겠다고 결심했다. 2011년 9월, 70대의 노련한 심리학자 주디스 라이트풋 박사를 만났는데 곧바로 마음에 들었다. 그날의 상담 접수 기록을 보면 우리가 첫 상담에서 어떤 대화를 나눴는지 한눈에 알 수 있다(이후 법원 기록의 일부가 되어 나도 사본을 갖게 되었다). 라이트풋 박사는 어머니와의 관계를 물었다. 내 답변을 들은 그는 인쇄해둔 양식에서 '소원함'과 '관계 부재' 항목에 동그라미를 쳤다. 아버지와의 관계에 대해서도 같은 질문이 이어졌고 결과는 '관계 부재'였다. 형제들과의 관계도 물었는데, 대니와는 '소원함',

423
생존자

스카이디와는 '매우 친밀함'에 마크했다.

라이트풋 박사의 상담 기록에 따르면, 나는 13세부터 19세까지 엡스타인 일당에게 "사로잡혀" 있었으며 환각 재현과 불안 증세에 시달렸다. 내가 어느 나이 많은 남성에게 강간당한 뒤 성매매에 동원되었다고 털어놓는 내내, 라이트풋 박사는 엡스타인에 대해 전혀 모르는 듯했다(박사는 그의 이름을 'Jeff'가 아닌 'Geoff'라고 잘못 적기도 했다). 하지만 가해자가 누구인지 아는 것보다 그자가 내게 얼마나 큰 상처를 주었는지 이해하는 것이 박사에게는 더 중요했다. 나는 상담사에게 엡스타인과의 첫 만남과 그와 맥스웰이 어떻게 나를 발가벗기고 성행위를 강요했는지 이야기했다. 또한 그들이 나를 어떻게 "남자를 기쁘게 하는 도구"로 길들였는지도 털어놓았다.

상담 도중 라이트풋 박사는 내가 정의하는 삶의 목적이나 의미가 무엇인지 물었다. 나는 "최고의 존재가 되는 것, 그리고 누구에게도 해를 끼치지 않는 것"이라고 답했다. 상담이 끝날 무렵 박사는 외상후스트레스장애라고 진단하면서, 과거의 트라우마를 바라보는 관점을 바꿀 수 있도록 돕겠다고 약속했다. 박사는 접수 양식 맨 아래에 이렇게 적었다. "매우 놀라운 젊은 여성. 정서적 지지를 통한 심리치료가 절실함."

내가 진심으로 신뢰할 수 있는 상담사를 만난 것은 정말 행운이었고, 삶에 대한 낙관적인 감정도 점점 커졌다. 그

런 변화에는 아들 타일러에게 큰 도움을 준 '플로어타임
Floortime(스탠리 그린스펜이 개발한 치료적 접근으로, 부모나 치료자
가 아동의 눈높이에서 함께 놀이하며 자발적 의사소통과 정서·사회적
발달을 촉진하는 접근법-옮긴이)' 치료법을 발견한 덕도 있었다.
나는 타일러의 선생님이 참 좋았다. 선생님은 나를 엄마로서
평가하거나 감시하려 들지 않고, 타일러를 있는 그대로 이해
하려고 노력해주었다. 그 점이 무엇보다 고마웠다. 수업은 때
로 한 시간 만에 끝나기도 했지만, 타일러가 입을 열 때까지
하루 종일 이어지기도 했다. 선생님은 내 아들을 두고 늘 이
렇게 말했다. "타일러도 엄연한 인격체예요. 존중받아 마땅한
존재죠."

그 전까지 나는 아이가 무엇을 원하는지 어림짐작해서 챙
겨주곤 했다. 타일러가 고개를 끄덕이거나 미소만 지어도 원
하는 걸 손에 쥐여준 것이다. 하지만 이제 그 방식은 버리기로
했다. 대신 바닥에 주저앉아 타일러의 눈높이에 맞춰 함께 놀
기 시작했다. 만약 타일러가 내 손에 든 장난감을 갖고 싶어
하면, 아이가 자신의 욕구를 말로 표현하도록 유도하는 것이
내 역할이었다. 말하는 행위가 원하는 결과로 이어진다는 사
실을 아이가 깨닫게 도와주는 과정이었다. "타일러, 네 생각을
담은 단어들을 찾아내기만 하면 돼." 선생님은 타일러에게 이
렇게 말해주곤 했다. 선생님은 다정하면서도 아이를 과보호

425

생존자

하지 않았고, 타일러가 스스로 해낼 능력이 있다고 믿으며 대등하게 대해주었다.

타일러에게 레고 조각이나 열쇠 꾸러미를 건네기 전에 그 단어를 말해보라고 다그치기 시작했을 무렵에는 좌절 섞인 눈물이 터져 나오곤 했다. 주로 아이가 울었지만, 가끔은 나도 함께 울었다. 하지만 몇 달에 걸쳐 조금씩, 타일러는 의사소통이 안 되어 답답해하던 아이에서 명랑한 수다쟁이로 변해갔다. 공갈 젖꼭지도 뗐고, 떼를 쓰며 자지러지는 일도 줄어들었다. 가끔 자기만의 세계에 빠져 있을 때도 있었지만, 이제 아들은 또래보다 앞서 자기 생각을 조리 있게 말할 줄 아는 아이로 변해가고 있었다.

오랫동안 둘째 아들을 잃어버린 줄로만 생각했다. 하지만 이제 타일러를 되찾았다. 노아의 방주 학습 센터라는 유치원에 다니기 시작했고, 친구들도 사귀기 시작했다. 2012년 4월 다섯 살이 되던 날, 집에 타일러의 친구 스물다섯 명을 불러 파티를 열었다. 아이가 너무 많아 광대가 하나가 아니라 둘은 있어야 모두를 상대할 수 있겠다고 느꼈다. 알렉스는 광대를 싫어해서 종일 시무룩했지만 타일러는 신이 났다. 특히 케이크를 보자 더 그랬다. "망치 상어 케이크"를 원했는데, 요구가 너무 구체적이어서 사진을 내려받아 빵집에 가져가야 할 정도였다.

아들들과 유대를 쌓는 기쁨은 형제들을 더 그립게 했다. 다시 미국으로 돌아가고 싶은 마음도 들었다. 나는 타일러의 성장 일기 마지막 장에 적은 말을 진심으로 믿고 있었다. "가족이 가장 중요하다!" 하지만 가족이 그렇게 멀리 있는데, 어떻게 가족을 삶의 우선순위에 둘 수 있을까.

그뿐만 아니라 나는 에드워즈를 더 적극적으로 돕고 싶었다. 에드워즈 변호사와 꾸준히 연락을 주고받으면서 나는 그를 영웅 같은 존재로 여기게 되었다. 엡스타인 성범죄의 생존자인 코트니 와일드와 처음 손을 잡은 에드워즈는, 엡스타인과 맥스웰이 소녀들을 꾀어서 또 다른 소녀들을 포섭하게 만든 수법을 가장 먼저 파헤치기 시작한 변호사 중 한 명이었다. 와일드는 열네 살이던 2002년, 엡스타인의 팜비치 저택에서 처음으로 성추행을 당했다. 그로부터 6년 뒤 와일드가 에드워즈의 사무실을 찾아오면서 두 사람은 지금까지 든든한 팀으로 활동해왔다. 에드워즈는 지칠 줄 모르는 기세로 사건을 치밀하게 파헤쳤다. 내가 미국에 살았더라면 진작에 에드워즈와 힘을 합쳤을 것이다. 그리고 이제, 그것이 내가 나아가야 할 다음 행보처럼 느껴졌다.

로비와 나는 그 문제를 두고 이야기를 나누었다. 통장에 잔고가 넉넉히 쌓인 덕분에 이번에는 비자를 받을 수 있었다. 로비는 갈등에 빠졌다. 호주에서의 삶을 무척 사랑하면서도,

생존자

동시에 내가 행복해지기를 간절히 바랐기 때문이다. 오빠 대니는 미국에서도 일자리를 구하는 데 아무런 문제가 없을 거라며 남편을 안심시켰다. 마침내 로비는 결단을 내렸다.

그렇게 2013년 여름이 끝날 무렵, 우리는 살던 집을 팔고 짐을 꾸리며 작별 인사를 나누기 시작했다. 친구들과 로비의 가족들에게는 아주 떠나는 것은 아니라고 말했지만, 미국이 나를 부르고 있었고 그곳에서 내가 해야 할 일이 기다리고 있었다.

제25장
다시 햇살이 비추는 곳으로

2013년 10월, 결혼 11주년 기념일에 로비와 나는 세 아이와 두 마리의 반려견을 데리고 호주를 떠나 플로리다 중동부의 타이터스빌로 이주했다. 인구 4만 명 정도의 이 도시는 케네디 우주 센터와 가깝고 올랜도에서 한 시간도 채 걸리지 않는 곳이다. 함께 온 반려견 챔프는 우리 가족의 첫 강아지였고 베어는 엘리가 태어난 직후 입양한 45킬로그램이나 되는 거구의 알래스칸 말라뮤트였다. 처음에는 오빠 대니의 집에서 올케 러넷, 조카 사라와 함께 지내다가, 곧 근처에 600평 남짓한 대지가 딸린 우리 집을 장만했다.

새집은 2층 건물에 가림막이 처진 포치와 2인용 차고가 딸려 있었다. 하지만 내가 가장 아낀 곳은 뒷마당이었다. 스페인 이끼를 길게 늘어뜨린 거대한 참나무가 마당을 압도하듯

생존자

서 있었고, 그 뒤로는 운하가 흘렀다. 나는 매일 아이들을 데리고 나가 거북이를 구경하고 오리들에게 먹이를 주었다. 로비와 나는 이웃인 은퇴한 목사 부부와도 금세 친해졌다. 집의 위치도 더할 나위 없었다. 에드워즈의 포트로더데일 사무실까지는 차로 3시간 거리였고, 대니 오빠네는 불과 10분 거리였다. 곧이어 스카이디가 여자 친구와 함께 우리 집에서 잠시 지내게 되어서 정말 기뻤다. 우리는 금세 예전처럼 서로를 놀려대던 장난스러운 일상으로 돌아갔다. 내가 동생에게 '야, 바보야!' 하고 놀리면 동생은 '누나는 쫄보잖아!' 하고 씩씩거렸다. 가족들이 다시 내 곁을 지켜준다는 사실만으로도 마음이 놓였다.

아이들을 학교에 입학시켰고, 한동안 아이들은 더할 나위 없이 행복해 보였다. 나는 바텐더 일자리를 구하다가 폐업했다가 재개업을 준비 중이던 식당에서 잠시 일하기도 했다. 하지만 그 무렵 지역 학교들이 심각하게 과밀 상태라는 사실을 알게 되었다. 아이들은 학교에서 질문조차 할 수 없다고 불평하며 돌아왔고, 교사들은 그저 아이들을 통제하는 데 급급해 보였다. 나는 큰 결심을 내렸다. 홈스쿨링을 시도하기로 마음먹은 것이다.

나는 아이들이 배움의 즐거움을 놓치지 않도록 온 정성을 쏟았다. 우리는 해변에 가거나 해안가 웅덩이를 탐험하며 자연을 배웠다. 근처에 있는 매너티 생태 관찰 공원은 우리 가족의 단골 코스였다. 그곳에서 거대한 매너티(바다소)들이 무리 지어 해초를 뜯어 먹는 모습을 지켜보곤 했다. 어떤 날은 부엌에서 클래식 음악을 틀어놓고 아이들이 공부를 마칠 때까지 기다려주었다. 또 어떤 날은 온종일 에미넴의 노래만 틀어두기도 했다. 특히 일곱 살이던 알렉스가 에미넴을 정말 좋아했다. 아들은 거실을 이리저리 뛰어다니며 랩을 쏟아냈다. 알렉스가 노래 가사처럼 "난 두렵지 않아!"라고 외치면 나도 그 말을 후렴처럼 따라 했다. "당당히 맞서겠어!" 아이가 선창하면 내가 또 힘차게 되풀이했다.

고향인 플로리다로 돌아오면서, 캘리포니아에서 다시 플로리다로 건너온 아버지와도 가까워졌다. 아버지는 여기서 동쪽으로 100마일(약 160킬로미터-옮긴이)쯤 떨어진 서머필드의 널찍한 이동식 주택에 살고 있었다. 나는 이번 이주를 하나의 기회로 삼으려 했다. 아버지에게 결점이 많긴 해도, 아이들에게 할아버지가 어떤 사람인지 알려주고 싶었기 때문이다. 로비는 내 생각에 반대했지만, 나는 아버지를 충분히 감당할 수 있다며 남편을 설득했다. "아버지에게도 좋은 면은 있어." 내 말에 남편은 회의적인 반응을 보였지만, 일단은 내 계획에 따라주기로 했다.

한동안은 내 노력이 빛을 발하는 것 같았다. 아이들을 데리

생존자

고 아버지를 찾아갔고, 아이들에게 할아버지의 장난기 많고 유쾌한 모습을 보여주었다. 아버지가 잔디 깎는 기계에 시동을 걸고 마당을 한 바퀴 돌 때면, 옆자리에 탄 알렉스는 즐거워 어쩔 줄 몰랐다. 타일러는 아버지의 미니 오토바이에 완전히 마음을 빼앗겼다. 엘리에게 생애 첫 말인 '엔젤'을 사주었을 때도 아버지의 마구간에 말을 맡겼다. 이름은 천사angel였지만 사실은 고집불통인 녀석이었다. 나는 아버지와 말을 매개로 교감을 나눴던 추억에 젖어들었고, 엘리 역시 말을 사랑하는 아이로 자라길 바랐다. 나중에 '코퍼'라는 두 번째 말을 들였을 때도 역시 아버지의 마구간에서 지내게 했다.

그 무렵 나는 에드워즈에게 내 변호사가 되어달라고 요청했다. 그와 함께하는 시간이 쌓일수록 친오빠처럼 의지하게 되었다. 그는 이미 수년째 엡스타인과 치열한 법정 공방을 벌인 터라 들려줄 이야기가 무궁무진했다. 한번은 법원이 명령한 중재 절차 중에 엡스타인이 친한 사이라도 된 양 에드워즈에게 은밀한 제안을 던진 적이 있었다. 그는 테이블 위에 놓인 유리잔들을 가리키며 속삭였다. "우리가 이 잔들을 죄다 박살 내버리면 어떨까요? 사람들로 하여금 우리가 서로 죽일 듯이 싸우고 있다고 믿게 만드는 거죠."

에드워즈가 보기에 엡스타인은 수사기관과의 이 '술래잡기'를 즐기고 있었다. 자신이 저지른 악행을 세상이 알아주길

432

바라면서도, 정작 법망은 유유히 빠져나가는 짜릿함을 만끽하는 부류였다. 하지만 누군가 자신의 죄를 입증하려 몰아세울 때면 엡스타인은 비열한 본색을 드러냈다. 에드워즈의 기억에 따르면, 2010년 증언 녹취 당시 엡스타인에게 '버지니아 로버츠'라는 여성을 아느냐고 물은 적이 있었다. 그러자 그는 오만한 태도로 내 이름의 철자를 되물으며 시치미를 뗐다. 나에 관한 질문이 계속되자 엡스타인은 미국 수정헌법 제5조(자신에게 불리한 증언을 거부할 권리-옮긴이)를 행사하며 답변을 피했다. 하지만 에드워즈가 "버지니아 로버츠에게 당신의 친구와 수차례 성관계를 가지라고 요구했습니까?"라고 정면으로 묻자, 특유의 선민의식을 참지 못한 엡스타인이 비아냥거리며 대꾸했다. 그는 경멸 어린 목소리로 쏘아붙였다. "지금 농담합니까?"

변호사 에드워즈, 그의 동료인 브리트니 헨더슨과 함께한 초기 작업은 퍼즐 조각을 맞추는 과정과 같았다. 과거 샤론 처처나 연방수사국이 그랬던 것처럼, 변호인단은 내가 성매매에 동원되었을 당시 상대했던 남자들을 식별할 수 있도록 수많은 인물 사진을 모아 거대한 '악인들의 갤러리'를 만들었다. 이번에도 알아보지 못하는 얼굴이 많았다. 하지만 어떤 이들의 얼굴은 머릿속 밀폐된 금고 안에서 열리기만을 기다리고 있었던 것처럼 선명하게 떠올랐다. 서부 어느 주의 전

433

직 주지사, 존경받는 미국의 상원의원, 그리고 수많은 과학자까지. 이미 말했듯, 엡스타인은 나를 그 남자들에게 보내면서 상대가 누구인지 소개하는 법이 거의 없었다. 그들의 이름이나 직함조차 알려주지 않은 채 나를 내몰았다. 어떤 비판론자는 내가 그 시절을 견디기 위해 자낙스나 알코올에 의존했던 점을 들어, 그 남자들을 기억할 리가 없다고 은근히 비난하기도 했다. 그런 사람들에게 나는 그저 이렇게 말하고 싶다. 내 몸 위에 올라탄 어떤 남자의 얼굴이 내 얼굴에서 불과 몇 센티미터밖에 떨어져 있지 않다면, 그 얼굴은 기억할 수밖에 없다고 말이다. 그자가 나를 유린한 정확한 날짜나 시간은 잊었을지 몰라도, 그 얼굴만큼은 지우고 싶어도 지워지지 않은 채 머릿속에 박혀 있는 법이다.

예를 들어, 나는 에드워즈와 헨더슨에게 MIT의 저명한 인지과학자이자 컴퓨터과학자인 마빈 민스키를 알아봤다고 말했다. 변호인단이 민스키와 엡스타인의 연결 고리를 찾는 것은 어렵지 않았다. 내가 엡스타인의 마수에서 벗어나기 다섯 달 전인 2002년 4월 중순, 두 사람은 리틀 세인트 제임스 섬에서 인공지능 분야의 학자 20명을 초청해 모임을 주최했다. '세인트 토머스 상식 심포지엄: 인간 수준의 지능을 위한 시스템 구조 설계'라는 이름의 사흘짜리 콘퍼런스는 소위 '상식'이라 부를 만한 능력을 갖춘 컴퓨터를 구축하는 방안을 논의하는 자리였다. 민스키는 나중에 이 주제로 논문까지 발표했다.

그때가 민스키에게 처음으로 보내졌을 무렵이었을 것이다. 정확한 날짜는 기억나지 않는다. 다만 내가 아는 건 당시 민스키가 70대였고, 나와는 정확히 쉰여섯 살 차이가 났다는 사실뿐이다(우리는 생일이 같았다). 그때 무슨 일이 있었는지는 생생히 기억한다. 엡스타인은 나를 해변에 있는 별채로 보내며 그 안에 있는 남자에게 성 접대를 명령했다. 민스키의 대머리, 그리고 말린 사과로 만든 인형처럼 쪼글쪼글하게 시든 그의 얼굴을 나는 결코 잊지 못할 것이다. 민스키와 성관계를 하는 내내 작은 방 너머로 찰랑거리는 파도 소리가 들려왔다. 나는 오직 그 소리에만 정신을 집중하려고 애썼다.

사진 속에서 알아본 또 다른 저명인사는 이름만 대면 누구나 아는 원로 정치인이었다. 그는 엡스타인이 나를 팔아넘긴 가해자 중 가장 나이가 많았는데, 뉴욕과 팜비치 양쪽에서 그를 상대했던 기억이 난다. 이 남자는 내게 말을 거의 걸지 않았다. 제대로 발기하지 못해 삽입까지는 가지 못했고, 대신 구강성교를 해주어야 했다. 당시에는 이 사람의 위상이 어느 정도인지 전혀 몰랐고(그저 또 다른 과학자 중 한 명일 거라 짐작했다), 그저 엡스타인에게 아주 중요한 인물이라는 것만 눈치챘을 뿐이다. 엡스타인이 그를 얼마나 정성스럽고 조심스럽게 모셔야 하는지 유난을 떨며 신신당부했기 때문이다. 그는 끝내 사정에 이르지는 못했지만, 그자는 누군가의 손길이 자기 몸에 닿는 것 자체를 즐기는 기색이었다. 행위가 끝난 뒤에는 그의 가슴부터 머리까지 차례로 안마하고 두피 마사지까지 해주었다.

지난 몇 달 동안 나는 라이트풋 박사와 전화 상담을 이어가고 있었는데, 박사는 내게 다시 일기를 써보라고 권했다. 엡스타인이 의자에 앉아 지켜보는 가운데 내가 고통스러운 일을 당하는 악몽이 반복된다고 털어놓자, 박사는 한 가지 제안을 했다. 가장 끔찍했던 꿈의 내용을 기록하되, 가급적 잠에서 깨어난 직후에 적으라는 것이었다. 그리고 내가 쓰고 있던 초록색 스프링 노트를 다 채우면, 그 노트를 태워버리라고 했다. 라이트풋 박사는 최악의 기억을 기록한 뒤 그것을 물리적으로 파괴하는 행위가 포식자들의 얼굴이 매일 밤 내 잠재의식을 뚫고 나오는 것을 막는 데 도움이 될 거라 믿었다. 로비도 그 의견에 동의했다. 남편은 늘 의식이 지닌 힘을 믿는 사람이었다. 이윽고 내 노트는 빽빽하게 채워졌고, 로비는 뒷마당에 나를 위한 모닥불을 피웠다.

내 가장 지독한 고통들을 불태우기로 한 그날 저녁, 로비가 말했다. "여보, 이제 그 모든 악연에 마침표를 찍자." 아이들은 이미 잠들었고, 마당은 어둠에 잠겨 있었다. 타오르는 오렌지

빛 불꽃이 우리 두 사람의 얼굴을 비추었다. 나는 준비가 되어 있었다.

왼손에는 노트를 쥐고, 오른손으로는 한 장씩 페이지를 찢어냈다. 먼저 내가 적은 내용을 소리 내어 읽은 뒤, 그 종이를 불길 속으로 던졌다. 그렇게 여든다섯 페이지를 모두 태우고 나서야 의식은 끝이 났다. 나는 몇 번이고 되뇌었다. "이 남자들은 이제 내 악몽 속에만 존재할 뿐이야. 그들은 더 이상 나를 지배하지 못해." 나는 그 말이 진실이 되기를 간절히 바랄 뿐이었다.

❖

2014년 7월, 에드워즈와 나는 유명 소송 변호사인 데이비드 보이스를 만나기 위해 뉴욕행 비행기에 올랐다. 보이스의 로펌 '보이스 실러 플렉스너'는 에드워즈가 진행 중인 연방 '범죄 피해자 권리법' 소송에 합류할지 검토하고 있었는데, 최종 결정을 내리기 전 보이스가 직접 면담을 원했기 때문이었다. 로비와 아이들은 플로리다에 남았다. 나는 엄마가 "나쁜 놈들과 싸우는" 동안 가족들이 편히 쉴 수 있도록 포트로더데일에 있는 근사한 리조트를 예약해두었다. 시간이 흐르면서 나는 알렉스와 타일러 그리고 엘리에게 엄마가 바로잡

생존자

으려고 애쓰는 '잘못된 일들'에 대해 조금씩 더 많은 이야기를 들려주었다. 아이들에게 차마 입에 담기 힘든 구체적인 내막까지 공유할 수는 없었지만, 누군가의 괴롭힘에 맞서 당당히 목소리를 내는 것이 얼마나 중요한지 아이들도 꼭 알아주길 바랐다. 때로는 그 정의를 지키기 위해, 엄마가 아이들 곁을 비워야 하는 때도 있다는 사실까지도 말이다.

우리는 미팅 시간까지 네 시간이나 여유를 두고 맨해튼에 도착했다. 점심을 먹고 어퍼이스트사이드를 한가롭게 거닐던 중, 에드워즈가 문득 말을 건넸다.

"있잖아요, 우리 지금 엡스타인 저택과 꽤 가까워요. 혹시 아직 거기서 일하는 사람 중에 버지니아 씨가 말 걸어볼 만한 사람이 있을까요?"

나는 엡스타인의 뉴욕 집사인 조조 폰타닐라라면 혹시 모른다고 대답했다. 그에 대해선 좋은 기억이 있었다. 열여덟 살이 되기 직전인 2001년, 몸이 두 동강 나는 것 같은 고통에 시달리던 나를 병원까지 데려다준 사람이 바로 조조였다. 에드워즈는 가져온 원격 마이크 녹음기를 들어 보였다. 이 마이크를 내 블라우스에 꽂으면 짧은 정보라도 수집할 수 있을지 모른다는 제안이었다.

"그냥 문을 두드려서 조조가 있는지 확인만 해보는 거예요." 에드워즈가 말했다. "한번 해볼래요?"

나는 고개를 끄덕여 동의했다. 엡스타인에게 대가를 치르게 하려는 에드워즈의 싸움에 나 또한 의미 있는 역할을 하고 싶은 마음이 간절했다. 하지만 저택에 가까워질수록 속이 메스꺼워지기 시작했다. 날씨는 더할 나위 없이 온화하고 쾌적했지만, 내 손바닥에는 식은땀이 배어 나왔다. 71번가와 5번가가 만나는 길모퉁이에 서서, 나는 깊은숨을 들이마시고 내쉬며 마음을 가다듬었다.

"할 수 있어요." 내가 에드워즈에게 말했다. "이 사건을 진전시키기 위해서라면 뭐든 할 거예요."

소아성애자들을 법의 심판대에 세우는 것은 분명 숭고한 목표였지만, 내 트라우마의 중심으로 다시 발을 들이는 것이 얼마나 고통스러운 일일지 그때는 미처 깨닫지 못했다. 그동안 나는 에드워즈가 나를 이번 싸움에 꼭 필요한 동료라고 믿어주길 바랐기에 줄곧 강한 척해왔다. 하지만 가슴속에서 치밀어 오르는 공포를 느끼며 깨달았다. 이런 감정들을 마음속 깊은 곳에 가둬두고서 아무렇지 않은 척 연기하는 건 이제 한계라는 사실을 말이다. 악몽을 기록한 노트를 불태운 건 좋은 시작이었지만, 최악의 공포를 이겨내기 위해서는 분명 더 많은 치유의 방법이 필요했다.

저택 정문에 가까워지자, 에드워즈는 길 건너편에서 기다리는 편이 좋겠다고 말했다. 나는 그에게 녹음기를 건네받았

생존자

다. 벽면에 엡스타인의 머리글자인 'J.E.'가 황동으로 새겨진 입구를 지나 거대한 현관문을 향해 계단을 올라갔다.

남편 로비는 가끔 내가 앞뒤 안 가리고 덤비는 기질이 지나치다고 말하곤 하는데, 이번 일은 그의 말이 옳았음을 다시 한번 증명하는 꼴이었다. 고기 한 점처럼 취급당하며 그토록 고통받았던 이곳에, 도대체 무슨 생각으로 돌아온 걸까? 나는 용감해지고 싶었다. 그저 그곳에 서 있음으로써 이렇게 선언하고 싶었다. '난 더 이상 당신의 희생양이 아니야. 당신들은 나를 꺾지 못했어.' 하지만 지금 내 속은 메스꺼웠고, 귓가에는 심장 박동 소리가 요동쳤다. 만약 저 안에 나를 들여보내 준다면? 누군가 또다시 나를 해치려 든다면?

나는 초인종을 눌렀고, 잠시 후 금발의 곱슬머리를 한 열아홉 살 정도의 소녀가 문을 열었다. 나는 조조를 찾으며 내 이름을 말했다.

"조조가 한때 제 운전사였거든요. 오랜만에 안부도 묻고 어떻게 지내는지 보고 싶어서 왔어요."

소녀는 문을 닫고 들어갔다가 잠시 후 다시 나왔다. 조조는 여기 없다고 했다. 그것이 사실인지, 아니면 조조 역시 나처럼 겁을 먹었던 것인지는 영원히 알 수 없을 것이다. 엡스타인의 직원들은 모두 비밀 유지 계약서에 서명해야 했고, 내가 그랬듯 그들 모두 주인의 명령을 어겼을 때 어떤 대가가 따르는지 잘 알았다. 막상 거리로 다시 걸어 나오니 안도감이 들었지만, 동시에 거절당했다는 사실에 가슴이 쓰라렸다. 조조라면 적어도 가벼운 인사 정도는 건넬 만큼 마음이 넓을 거로 생각했기 때문이다.

밖에서 기다리던 에드워즈에게 돌아가자, 그는 내가 몹시 흔들리고 있음을 단번에 알아차렸다. 그러면서도 그의 표정에는 힘든 고비를 넘긴 나를 대견해하는 기색이 역력했다.

"버지니아 씨, 당신은 제 발로 사자 굴에 들어갈 용기를 냈던 거예요." 에드워즈가 말했다.

지금 되돌아보면 이 시도가 내게 트라우마를 느끼게 한 만큼의 가치가 있었는지는 확신할 수 없다. 하지만 당시의 나는 설령 자신을 상처 입히는 결과를 초래할지언정, 어떻게든 도움이 되고 싶다는 결의에 가득 차 있었다.

이제 51번가 근처 렉싱턴 애비뉴에 있는 보이스의 사무실로 향할 시간이었다. 7층에 도착해 접수원에게 이름을 말하고 잠시 기다리니, 곧 보이스가 우리 뒤편의 유리문을 열고 걸어 나왔다. 인사를 나눈 뒤, 보이스는 에드워즈와 나, 그리고 스탠 포팅어라는 다른 변호사를 큰 회의실로 안내했다.

보이스가 대단한 거물이라는 이야기는 들어서 알고 있었다. 그는 마이크로소프트를 상대로 한 기념비적인 반독점 소송을 이끌었고, 2000년 대선 이후에는 앨 고어를 대리했으

생존자

며, 2011년 NBA 직장 폐쇄 기간에는 전미 농구선수협회를 옹호하는 등 화제가 된 수많은 사건을 맡아온 인물이었다. 하지만 웬일인지 그를 마주하고도 전혀 긴장되지 않았다. 보이스가 테이블 상석에 자리를 잡고 앉자, 나는 먼저 우리를 도와주기로 검토해주어서 감사하다는 인사를 건네며 말을 시작했다. 내가 이 싸움에 나선 이유에 대해서는 이렇게 말했다.

"너무 오랫동안 침묵하며 지내왔어요. 하지만 이제는 달라요. 엡스타인을 완전히 멈추기 위해 이 자리에 왔습니다."

보이스는 특유의 질서 정연하고 체계적인 방식으로 내게 몇 가지 질문을 던졌고, 나는 그에게 내 이야기를 들려주었다. 나는 엡스타인의 불기소 합의를 무효로 만드는 것이 목표라고 말했고, 에드워즈 변호사도 옆에서 그것을 어떻게 실현할 계획인지 설명을 덧붙였다.

우리의 긴 설명이 끝나자 보이스가 입을 열었다. "변호인 브래드 에드워즈가 모든 상황을 아주 잘 통제하고 있는 것 같은데요. 소송에서 내가 어떤 역할을 맡아주길 바랍니까?"

이번에는 에드워즈가 나설 차례였다. 그는 이렇게 말했다. "엡스타인은 감옥에 있어야 마땅합니다. 제 목표는 그를 감옥으로 보내는 것입니다. 하지만 그는 저를 막기 위해 수단과 방법을 가리지 않을 겁니다. 든든한 배경을 가진 막강한 변호인단과 무한한 자금을 동원해 저와 버지니아, 그리고 그에게 맞서는 누구든 공격하려 들겠죠. 그들의 공세를 막아내려면 우리에게도 그만한 체급을 갖춘 법률팀이 필요합니다."

우리에게는 보이스의 명성과 영향력, 그의 로펌이 가진 자원과 전문성이 절실했다. 에드워즈는 확신을 담아 덧붙였다. "보이스 변호사님이 활약하실 자리는 충분하고도 남습니다."

보이스는 망설이지 않았다. "좋습니다." 그가 말했다. "저도 합류하죠." 당시에는 알지 못했지만, 이는 에드워즈뿐만 아니라 나에게도 인생의 전환점이 되는 순간이었다.

그날 늦은 밤에 에드워즈와 나는 다시 포트로더데일로 날아갔고 나는 로비와 아이들 곁으로 돌아왔다. 성공적인 여정이었지만, 나는 뼈마디가 저릴 정도로 지쳐 있었다. 그 후 며칠 동안 로비는 내가 꼭 퇴행한 사람 같다고 말했다. 엡스타인과 맥스웰의 세계에 잠시 발을 들인 것만으로도, 마치 그들의 노예였을 때 가졌던 사고방식으로 되돌아간 듯 보였다는 것이다. 타이터스빌의 집으로 돌아온 뒤 나는 잠만 잤다. 로비의 말에 따르면 나는 자기나 아이들과 대화조차 제대로 나누지 못했다고 한다. 나는 사과했지만, 사실 당시의 나는 내가 어떻게 행동하고 있는지조차 자각조차 못 했다. 강해지고 투사가 되고 싶었지만, 내 안의 일부는 그 과정에 들어가는 엄청난 노력에 완전히 무너져내리고 있었다. 어찌 보면 당연한 결과였다. 외상후스트레스장애 진단을 받은 상태였으

생존자

니까. 실제로 나는 이전의 매복 공격에서 채 회복되기도 전에 다시 전쟁터로 끌려나간 병사처럼, 심각한 정신적 충격에 휩싸여 있었다.

일상의 또 다른 문제들 역시 내 에너지를 갉아먹고 있었다. 아버지와 화해하려는 시도가 대표적이었다. 로비와 나, 아이들, 그리고 아버지가 함께 탬파에 있는 부시 가든 놀이공원에 갔던 날을 나는 결코 잊지 못할 것이다. 보통 로비는 나와 아버지를 단둘이 두지 않았다. 그것은 우리 부부가 서로를 위해 최선이라고 믿으며 합의한 사항이었다. 하지만 로비는 롤러코스터를 질색했고, 아버지와 나는 롤러코스터라면 사족을 못 썼다. 그래서 그날은 우리 둘이 가장 큰 롤러코스터를 타기 위해 줄을 섰다. 그 롤러코스터는 사자 우리를 통과한 뒤 공중에서 열두 번이나 거꾸로 회전하는 코스로 아주 유명했다. 비가 내리기 시작했고 줄은 더디게 줄어들었다. 그때 갑자기 아버지가 나를 돌아보며 내 어깨에 손을 얹었다.

"너에게 그런 짓을 해서 정말 미안하다." 아버지가 말했다. 목소리에 진심이 담긴 것 같았다. "포리스트가 너에게 그런 짓을 하도록 내버려둔 것도 정말 미안해. 내가 잘못했다. 넌 그저 어린아이였을 뿐인데. 넌 내 소중한 딸이야. 내 곁에는 언제나 네가 있었으면 좋겠구나. 네가 겪어야 했던 모든 일이 다 내 탓인 것만 같아 너무나 가슴이 아프다."

444

그때 우리는 차양 아래에 반쯤 몸을 숨긴 채 서 있었는데, 빗줄기는 점점 굵어지고 있었다. 울기 시작한 내 뺨에 흐르는 것이 눈물인지 빗물인지 아버지가 구분할 수 있었을지 모르겠다.

그 후 며칠 동안 나는 구름 위를 걷는 듯한 기분이었다. 아버지가 그동안 인정하려 하지 않았던 잘못을 마침내 인정했기 때문이다. 그 사과가 아버지와 포리스트가 내게 입힌 상처를 다 보상할 수는 없었지만, 적어도 내 고통이 사실이었음을 확인받은 기분이 들었다. 나는 이것이 우리 두 사람의 화해로 이어지는 문이 되기를 간절히 바랐다. 하지만 그러다 문득 아버지에 대해 진지하게 고민하게 되었다. 이제 아버지에게는 여러 손주가 있었고, 그중 셋은 어린 소녀들이었다. 내 딸 엘리, 대니의 딸 사라, 그리고 스카이디의 갓 태어난 딸까지. 그 동안 아이들이 아버지와 시간을 보낼 수 있게 하면서도, 나는 독수리처럼 날카로운 눈으로 아이들을 감시하며 절대 아버지와 단둘이 두지 않았다. 특히 엘리는 더더욱 그랬다. 아버지가 내게 그랬던 것처럼 내 딸에게도 상처를 줄 위험을 감수하고 싶지 않았기 때문이다. 그 순간 번뜩 깨달음이 스쳤다. 대니와 스카이디는 이런 예방 조치가 필요하다는 사실조차 모르고 있었다. 내가 아버지에게 무슨 일을 당했는지 그들에게 한 번도 말한 적이 없었기 때문이다. 이제는 아버지에 대

생존자

해서도 침묵을 깨야만 했다.

"우리 진지하게 할 이야기가 있어." 대니와 스카이디에게 말했다. 아마 두 사람을 따로 만났던 것 같은데, 그들도 그렇게 기억하고 있었다. 나는 내가 일곱 살 때부터 열한 살까지 아버지가 내게 저지른 짓들을 낱낱이 털어놓았다. 처음에는 대니도 스카이디도 내 말을 믿고 싶어 하지 않았지만, 내 눈을 마주한 순간 내가 결코 지어낸 이야기를 하는 게 아니라는 걸 깨닫는 듯했다. 그날 밤이 끝날 무렵, 우리 모두는 눈물바다가 되었다.

나의 고백은 많은 것을 변화시켰다. 먼저 대니가 아버지에게 맞섰다. "이 집안에서 아버지가 짊어져야 할 죄목이 꽤 무겁네요." 아버지는 그저 멍한 표정으로 대니를 바라볼 뿐이었는데, 훗날 대니는 그 표정을 "정말 이상하고 당혹스러워 보이면서도, 어딘가 비뚤어진" 모습이었다고 회상했다.

아버지는 대니에게도, 그리고 곧이어 문제를 제기한 스카이디에게도 긍정도 부정도 하지 않은 채 입을 굳게 다물었다. 스카이디가 이 이야기를 꺼낸 건 탬파 버커니어스 경기를 보러 갔을 때 벌어진 일 때문이었다. 아버지가 스카이디의 어린 딸을 데리고 갑자기 사라졌던 것이다. 스카이디는 머리끝까지 화가 나 아버지에게 따져 물었다.

"내 애들 데리고 다시는 마음대로 어디 가지 마세요." 스카이디가 쏘아붙였다. "왜 이러는지 아버지가 더 잘 아실 텐데요, 안 그래요?"

하지만 아버지는 그저 초점 없는 눈으로 그를 응시할 뿐이었다.

나중에 대니는 그때 아버지의 내면에서 처음으로 괴물을 본 것 같다고 내게 털어놓았다. 대니가 직접 쓴 표현도 바로 '괴물'이었다. 대니가 다시는 손녀 사라를 보여주지 않겠다고 선언하자, 아버지는 대니의 아내 러넷의 직장까지 찾아갔다. 아버지는 길을 막아선 채 그녀를 몰아세웠다. 사라가 어느 학교에 다니는지 알고 있다며 협박까지 서슴지 않았다. "너희 마음대로 사라를 내게서 떼어놓을 순 없어!"

대니는 아버지가 정말로 사라를 가로챌까 봐 겁이 난 나머지, 딸의 학교에 전화를 걸어 아버지가 다시는 아이를 하교시키지 못하게 조처했다. 그걸로 아버지와 대니의 관계는 끝났다. 두 사람은 지금까지도 말을 섞지 않는다.

물론 아버지는 나에게도 화를 냈다. 아마 당신은 왜 내가 그를 진작에 인생에서 완전히 몰아내지 못하고 이토록 오랫동안 머뭇거렸는지 의아할 것이다. 로비 역시 내가 그러기를 간절히 바랐지만, 나는 명확한 선을 긋는 데 어려움을 겪고 있었다. 대니와 스카이디에게 경고도 했고, 아버지가 어떤 사람인지 다 말하지 않았나. 그걸로 충분한 것 아닌가?

생존자

그러던 어느 날, 평생 잊지 못할 만큼 충격적인 전화 한 통이 걸려왔다. 타이터스빌 집의 뒤 베란다에 서서 커다란 고목에 매달린 스페인 이끼를 바라보고 있을 때 전화벨이 울렸다. 내가 밖으로 나가 전화를 받자, 발신자(내가 알고 신뢰하는 사람이었다)는 충격적인 소식을 전했다. 2000년 당시, 그러니까 내가 엘 브릴로 웨이에서 엡스타인과 맥스웰에게 처음 '마사지 훈련'을 받고 있을 무렵 엡스타인이 아버지에게 거액의 돈을 지불했다는 증거가 있다는 것이었다. 그 말이 머릿속을 파고들었다. 아버지가 내 고통을 팔아 이득을 취했다고? 발신자는 혹시 그 무렵 아버지가 갑자기 큰돈을 손에 넣었던 기억이 있는지 물었지만, 내 머릿속은 하얗게 변했다. 나는 이 사실을 믿고 싶지 않았다.

전화를 끊고 나서 나는 들은 내용을 로비에게 전했다. 자신의 10대 딸을 학대하는 중년의 포식자로부터 아버지가 그 사실을 알고도 입막음용 돈을 받았다는 생각만으로도 온몸이 떨리고 끔찍했다. 나는 너무 큰 충격에 빠져 한동안 멍하니 서 있을 뿐이었다. 묵묵히 곁을 지키던 로비도 이번 일로 결국 폭발하고 말았다. 로비는 우리 집 근처에서 아버지의 모습이 한 번만 더 보이면 자신도 무슨 일을 저지를지 모르겠다며 분노를 쏟아냈다.

"그 인간을 죽여버리고 싶어." 로비가 힘겹게 토로했다.

나는 지난 수년간 플로리다에서 행복한 가족 상봉 판타지를 꿈꿔왔지만, 이 주는 로버츠-주프레 가문이 함께 머물기에는 너무나 좁은 곳임이 증명되고 있었다. 나는 늘 로비에게 내가 어떤 환경에서 자라왔는지 그가 이해해주길 바란다고 말했다. 그리고 이제 그는 우리가 전혀 예상치 못한 방식으로 그 사실을 알게 되었다. 이제 이곳을 떠날 때가 되었다.

로비와 나는 마음을 정하면 지체 없이 행동에 옮기는 편이다. 나는 이삿짐센터에 전화를 걸었고, 우리는 미니밴을 빌려 짐을 쌌다. 가구들이 이미 트럭에 실려 콜로라도로 향하고 있을 때, 나는 아버지에게 전화를 걸어 정면으로 맞섰다.

"엡스타인이 아버지에게 돈을 줬다는 거 다 알아요."

잠시 침묵이 흐르더니, 아버지는 내가 은혜도 모르는 딸이라며 고함치기 시작했다.

"아니요, 내 말 잘 들으세요." 내가 말했다. "만약 내 아이들이, 설마 그럴 일은 없겠지만, 내가 저지른 추잡한 일을 추궁하며 몰아세운다면 나는 아이들에게 진실을 말할 거예요. 하지 않았다면 하지 않았다고 말하겠죠. 그런데 지금 아버지는 그 말을 못 하시네요. 아무 대답도 못 하고 있잖아요."

아버지가 먼저 전화를 끊었는지 내가 끊었는지는 기억나지 않는다. 나는 분노로 몸을 떨었다. 도대체 이 한 사람에게 얼마나 많은 실망을 느껴야 한단 말인가?

생존자

한 시간쯤 지났을까. 로비는 마지막으로 잔디를 깎기 위해 뒷마당으로 나갔다. 타이터스빌 집을 매물로 내놓을 예정이었기에, 그는 집이 최대한 깔끔해 보이길 원했다. 로비가 밖으로 나가는 바람에 나는 텅 빈 집에 홀로 남아 창밖 대로를 내다보고 있었다. 바로 그때, 아버지가 스포츠카를 몰고 나타나 차에서 내리는 모습이 보였다.

나는 현관문을 열었다. 나를 향해 거들먹거리며 걸어오는 기세만 봐도 한판 싸울 준비가 되어 있음을 알 수 있었다. 하지만 나는 그의 가슴에 손을 얹어 제지하며 집 안으로 들여보내지 않겠다고 단호히 말했다.

"이제 그만하세요." 내가 말했다. "잠깐이라도 생각이란 걸 좀 해보란 말이에요. 손주들 보는 앞에서 아버지랑 로비가 바닥을 뒹굴며 피투성이가 된 채 서로 죽이려 드는 꼴을 보여주고 싶으세요? 여기서 멈추지 않으면 정말 그렇게 될 거라고요. 지금 당장 차 돌려서 가지 않으면 경찰에 신고하겠어요."

내 기세에 겁을 먹었는지 아버지는 나를 밀치려다가 멈췄다. 아버지는 내 어깨 너머로 거실을 훑어보더니 가구가 하나도 없는 것을 확인했다. "어떻게 된 거냐?" 그가 물었다.

"우리 이사 가요." 내가 말했다. "앞으로 평생 다시 볼 일은 절대 없을 거예요. 이게 마지막이에요."

그때 아버지의 표정—내 기억에서 영원히 지워버리고 싶

지만, 결코 지울 수 없는 그 표정은 보이지 않는 힘에 짓눌려 이목구비가 안쪽으로 무너져 내리는 듯한 모습이었다.

"내 손주들은… 한 번만 보여주련?" 그가 말을 더듬었다.

"아니요." 내가 답했다. "아니요, 절대 안 돼요."

그 순간 아버지가 흐느끼기 시작했다. 아버지는 언제나 나에게 자신을 가엾게 여기게 만드는 데 능숙했다. "넌 내 소중한 딸이야!" 그가 울부짖었다. "너는 언제까지나 내 하나뿐인 막내딸이란 말이다." 그게 바로 아버지라는 사람이다. 최악의 상황에서도 모든 일을 교묘하게 조종해 자신에게 유리한 쪽으로 흘러가게 만든다. "네가 떠나버리면, 이제 나를 돌봐줄 사람이 아무도 없어." 그가 말했다. "누가 나를 챙겨 준단 말이냐?"

"아빠." 어느새 나도 울고 있었다. "로비는 아빠가 여기 있는 거 몰라요. 로비가 잔디를 다 깎기 전에 지금 당장 차에 타서 떠나세요. 로비가 돌아와서 아빠가 여기 있는 걸 보면, 나도 더는 로비를 말릴 수 없단 말이에요."

아버지는 잔디깎이 소리가 들리는지 확인하려는 듯 눈동자를 이리저리 굴렸다. 그러더니 몸을 돌려 차로 걸어가더니 그대로 운전해 떠나버렸다. 그것이 내가 본 아버지의 마지막 모습이었다.

잠시 후, 로비는 잔디깎이를 차고에 넣어두었다(집이 팔릴

생존자

때까지 시간이 걸릴 것에 대비해 중개인에게 남겨두기로 한 것이었다).
그리고 한 시간도 채 지나지 않아, 우리 가족은 짐이 가득 찬
미니밴에 몸을 싣고 서쪽으로 향했다. 목적지는 콜로라도 스
프링스 바로 남쪽에 있는 콜로라도주 펜로즈였다. 아버지는
내 마음에 돌이킬 수 없는 상처를 남겼다. 이제 그와는 정말
끝이었다. 이제는 엄마와 다시 만나보려 한다.

제26장
로키산맥의 환희

그 무렵 발표된 켈리 클락슨의 노래가 하나 있는데, 나는 그 곡을 들을 때마다 플로리다를 떠나던 당시의 기분이 떠오른다. 노래 '피스 바이 피스Piece by Piece'에서 클락슨은 어린 시절 아버지가 남긴 상처를 언급하며, 어른이 된 후 친절하고 헌신적인 남편을 만나 그 사랑으로 치유받는 과정을 노래한다.

조각조각, 당신이 내 여섯 살 가슴에 낙인처럼 지져놓은 그 구멍들을 / 그는 하나하나 조각을 맞춰 채워주었죠.

그녀가 아버지를 향해 격렬하게 내뱉는 이 가사를 들을 때면 나는 로비가 생각난다. 나를 위해 새로운 가정을 일구며 가족에 대한 신뢰를 되찾아 준 로비 말이다. 그리고 당연하게

453

도 내 가슴에 낙인을 찍듯 상처를 남긴 그 사람, 나의 아버지도 함께 떠오른다.

서른한 살이 된 나는 인생의 대부분을 내가 가치 있는 사람이라는 걸 증명하기 위해 싸우며 살아왔다. 분명 큰 진전이 있었지만, 가끔은 그동안의 치유가 흔적도 없이 사라져버리는 것 같았다. 그럴 때면 나는 휘몰아치는 허리케인 속의 집이 된 기분이었다. 폭풍해일이 너무 깊게 밀려들면, 수압을 견디지 못하고 외벽이 떨어져 나가 떠내려가는 그런 집 말이다. 물론 설계상 그렇게 벽이 부서져 나가는 편이 집 전체가 무너지지 않고 버티는 데 도움이 될지는 모른다. 하지만 피해는 남는 법이고, 수리가 끝나기 전까지 집은 난장판일 수밖에 없다. 콜로라도로 향하는 길 위에서 한동안 내 상태가 딱 그랬다. 불행으로 점철된 난장판.

설상가상으로 우리가 타고 가던 미니밴은 사람과 동물들로 미어터졌다. 로비와 알렉스, 타일러, 엘리, 그리고 나뿐만 아니라 샴투어(어류의 일종. 화려한 관상어로 베타 혹은 샴싸움고기라고도 불린다-옮긴이) 여러 마리와 페럿 세 마리, 고양이 한 마리, 개 세 마리 — 베어, 챔프, 플로리다에서 입양한 지치지 않는 잭 러셀 테리어 오디, 그리고 아테나라는 이름의 뱀 한 마리, 마지막으로 몇 마리인지 셀 수도 없는 햄스터들까지 함께 이동 중이었기 때문이다. 확실히 기억나는 건 여행 첫날 밤,

간신히 저렴한 모텔을 찾아 잠자리에 들면서 물고기와 햄스터들을 미니밴에 두고 내렸다는 사실이다. 물고기들은 얼어 죽었고, 햄스터들은 탈출해서 다시는 볼 수 없었다.

이제 우리는 지리적으로나 심리적으로나 미지의 영역을 향해 가고 있었다. 엄마와는 예전보다 자주 연락하며 지냈지만, 실제로 만난 지는 벌써 수년이 흘렀다. 엄마는 내가 잘 살기를 바랐고, 나 역시 엄마가 행복하기를 진심으로 바랐다. 엄마가 재혼했을 때 나는 결혼식에 참석하지 못했지만, 진심으로 축하한다고 말해주었다. 하지만 내가 겪었던 학대에 대해 조금이라도 이야기를 꺼내려 하면, 엄마는 과거 이야기는 도저히 감당할 자신이 없다며 말을 돌리곤 했다. 지난 몇 달 동안 나는 엄마와 서로 사랑하는 관계를 유지하려면, 있는 그대로의 엄마를 받아들여야 한다는 사실을 인정하려 애쓰는 중이었다.

엄마와 새아버지 스탠은 프레몬트 카운티의 농축산 공동체인 펜로즈의 이동식 주택에 살고 있었다. 펜로즈는 행정구역상 '마을'로도 분류되지 않고 그저 '인구 조사 지정 구역 및 우체국 소재지'로만 명시될 만큼 아주 한적한 시골이었다. 플로리다 집이 아직 팔리지 않은 상태였기에 우리는 새집을 살 처지가 아니었다. 게다가 어딘가에 장기적으로 정착하고 싶다는 마음도 들지 않았다. 대신 우리는 엄마 집에서 고작 2마

생존자

일(약 3.2킬로미터-옮긴이) 떨어진 곳에 방 3개, 화장실 2개가 딸린 단층 농가 주택을 빌렸다. 나는 이번에야말로 엄마와 다시 잘 지내보겠다고 굳게 다짐했다.

로비와 나는 아이들을 보낼 아주 좋은 학교를 찾아냈는데, 정말 완벽한 타이밍이었다. 내가 '선생님' 역할을 하는 것도 즐거웠지만, 아이들은 또래 친구들과 어울리며 느끼는 유대감을 그리워하고 있었다. 나 역시 홈스쿨링에만 매달리기에는 너무 바빴다. 나는 변호사인 에드워즈, 헨더슨과 더 많은 시간을 보내고 있었다. 성매매와 성적 학대 피해자들이 흔히 겪는 수치심과 침묵, 위협을 극복할 수 있도록 돕는 비영리단체를 만들고 싶어 그들에게 도움을 요청했기 때문이다. 내가 만들 단체가 정확히 어떤 성과를 낼 수 있을지는 확신이 없었다. 하지만 2014년 12월, 에드워즈와 헨더슨의 도움으로 '피해자들은 침묵을 거부한다Victims Refuse Silence'라는 이름의 단체를 정식 비영리 법인으로 등록하기 위한 서류 절차를 마칠 수 있었다.

같은 달, 에드워즈와 그의 동료 폴 카셀 전前 연방 판사는 2008년 코트니 와일드가 법무부를 상대로 낸 소송에 나와 또 다른 피해자를 합류시키기 위한 법적 절차를 마무리했다. 앞서 설명했듯이, 이 소송은 정부가 '범죄 피해자 권리법'이 보장하는 피해자의 권리, 즉 수사 상황을 공유받고 공정한 대우를 받을 권리 등을 짓밟았다는 점을 정면으로 겨냥하고 있었다. 그동안 정부 측은 엡스타인이 연방 범죄로 정식 기소되지 않았다는 이유를 들어 코트니에게는 그런 권리가 없다고 발뺌해왔다. 하지만 담당 판사가 정부의 억지 주장을 기각하면서, 에드워즈가 우리를 소송에 공식적으로 참여시킬 수 있는 길이 열린 것이다.

에드워즈는 신중해야 한다는 사실을 잘 알고 있었다. 판사에게 이 소송의 범위를 불필요하게 넓히려 한다는 인상을 주고 싶지 않았기 때문이다. 하지만 그는 피해의 양상이 다양하다는 점을 증명하는 것이 무엇보다 중요하다고 판단했다. 그가 소송에 포함하려 했던 또 다른 여성인 '제인 도 4호'는 에드워즈가 엡스타인의 미성년자 성착취 피해자로 확인한 수십 명의 여성 중 한 명이었다. 하지만 정부는 그들의 존재를 공식적으로 인정하지 않았다. 우리가 그토록 혐오했던 엡스타인의 '포괄적 면책 합의'가 체결되면서 정부가 수사를 중단해버렸기 때문이다. 그 후 에드워즈는 검찰이 익명의 여성들을 근거로 엡스타인을 다시 추궁해야 한다고 압박했다. 에드워즈는 자신의 저서에 이렇게 썼다. "정부는 수사를 중단했기에 불기소 합의서에 서명할 당시 그들의 신원을 알지 못했다. 그렇다면 새롭게 발견된 피해자들에게 저지른 이 새로운 범죄들에 대해 엡스타인을 다시 기소하는 데 어떤 제약도 없어

생존자

야 하는 것 아닌가? 그렇지 않은가?" 하지만 현실은 달랐다. 에드워즈의 강력한 촉구에도 불구하고 추가 기소는 전혀 이루어지지 않았다. 이것이 바로 그가 '제인 도 4호'를 반드시 이번 소송에 포함하려 했던 이유였다.

에드워즈는 나도 이번 소송에 반드시 포함하고 싶어 했다. 이 사건의 기존 청구인들은 팜비치에서만 학대당했던 반면, 나는 엡스타인을 따라 전 세계를 돌아다녔고 여러 유력 인사들에게 '접대'를 강요당했기 때문이다. 에드워즈는 그 유력 인사 중 일부의 실명을 공개할 계획이었다. 그는 내 신원을 철저히 보호해 익명을 유지할 것이며, 법정에서는 나를 '제인 도 3호'로 지칭하겠다고 약속했다.

에드워즈는 이른바 '공동 원고 합류 신청(여러 개의 청구나 당사자를 하나의 소송 절차로 묶는 것을 의미-옮긴이)'을 새해 전날의 전날, 즉 12월 30일에 제출하기로 했다. 연말연시 연휴 기간을 이용해 사람들의 눈에 띄지 않게 조용히 서류를 접수하려 했던 것이다. 그의 의도대로 조용히 넘어갔을 수도 있었지만, 〈폴리티코〉의 조시 거스타인 기자가 이를 포착했다. 12월 31일, 거스타인은 블로그에 이번 신청 전반에 관한 글을 올렸는데, 대부분이 나에 관한 내용이었다. 거스타인은 이렇게 썼다.

법원에 제출된 새로운 신청서에 따르면, 미성년자 성매매 혐의로 복역했던 정관계 유력 자산가 제프리 엡스타인에게 '성노예'로 붙잡혀 있던 한 여성이 엡스타인의 유력 인사 친구 여러 명을 이 타락한 범죄의 가담자로 지목했다. 법정 문서에서 '제인 도 3호'로 지칭된 이 여성은 화요일에 이러한 혐의를 제기했다.

이어서 그는 우리가 제출한 서류에서 다음과 같은 부분을 인용했다.

엡스타인은 (⋯) '제인 도 3호'를 성적인 목적으로 수많은 권력자에게 접대했다. 그들 중에는 미국의 저명한 정치인들을 비롯해 유력 기업 경영인, 외국 대통령, 이름만 대면 알 만한 총리, 그리고 기타 세계 정상들이 포함되어 있었다. 엡스타인은 이들을 잠재적으로 협박하기 위해, '제인 도 3호'에게 그 남자들과 있었던 일들을 상세히 보고하도록 강요했다.

〈폴리티코〉 기사가 터지자 언론의 취재 열기가 들불처럼 번졌다. 소장에 실명이 언급된 길레인 맥스웰에게는 특히나 달갑지 않은 상황이었다. 당시 맥스웰은 '테라마 프로젝트'라

생존자

는 비영리단체를 설립해 이미지 쇄신을 꾀하고 있었다. 그 단체는 공해公海의 공동 소유권이라는 개념을 바탕으로, 소위 '글로벌 해양 공동체'—그게 정확히 뭘 의미하는지는 모르겠지만—를 만드는 데 막연히 집중하는 환경 단체를 표방하고 있었다. 당시 맥스웰은 한창 기부금을 모으던 중이었다. 그러니 2015년 1월 2일, 그녀가 홍보 담당자를 통해 내 실명을 공개하며 나를 '거짓말쟁이'라고 비난하는 성명을 발표한 것도 그리 놀라운 일은 아니었다.

성명서는 다음과 같이 시작한다. "[법정 문서의]제인 도 3호는 버지니아 로버츠다." 뒤이어 이렇게 주장한다. "본래의 혐의들은 전혀 새로운 것이 아니며, 이미 충분한 소명 절차를 거쳐 사실이 아님이 밝혀졌다. 이 이야기는 반복될 때마다 공인들과 세계 지도자들에 관한 외설적인 세부 사항들이 덧붙여지며 변질되고 있다. 로버츠 씨의 주장은 명백한 거짓이므로 그에 맞게 다루어져야 하며, 명예훼손에 해당하므로 뉴스로 보도되어서는 안 된다."

2015년 1월 13일, 내가 다시 뉴스에 오르내리는 상황을 이용해 한몫 챙기기로 작정한 샤론 처처는 내가 2011년 처음 만난 날 건넸던 앤드루 왕자와 있었던 때에 관한 자필 기록을 두고 왜곡된 기사를 썼다. 줄이 그어진 종이에 휘갈겨 쓴 내 글씨가 그대로 담긴 사진이 가십 사이트 '레이더 온라인'에 실린 처처의 기사와 함께 게시되었다. 기사의 헤드라인은 이 보다 자극적이거나 엉망일 수 없을 정도였다. "'10대 성노예'의 자필 일기: 앤드루 왕자와의 추잡한 만남."

이 기사는 '충격적인 세계 독점 보도'라는 타이틀을 달고 있었지만, 사실과는 거리가 멀었다. 내가 그녀에게 준 24페이지 분량의 기록을 '비밀 일기'라고 묘사했을 뿐만 아니라, 10년 뒤 그녀의 요청으로 쓴 글을 내가 엡스타인과 함께 있던 10대 시절에 실시간으로 작성한 것처럼 암시했기 때문이다.

그 페이지들을 다시 읽어보니 어린 티가 나는 말투에 부끄러움이 밀려왔다. 하지만 그보다 큰 감정은 처처에 대한 혐오감이었다. 한때 그녀를 친구라고 믿었는데, 이제는 남의 불행을 먹고 사는 '기생충'으로 보였다. 나는 대체 그녀가 몇 년 전의 인터뷰를 언제까지 우려먹을 작정인지 궁금했다.

거짓말쟁이로 몰리는 건 결코 유쾌한 일이 아니다. 게다가 사실을 왜곡한 추문 폭로의 대상이 된다는 건 정말이지 끔찍했다. 내 심리 상담사인 라이트풋 박사는 공황 발작이 올 때 도움이 되는 호흡법을 가르쳐주었지만, 소송 합류 신청 직후 몇 주 동안은 과호흡 상태에 빠지지 않으려고 버티는 것조차 버거울 정도였다.

하지만 그즈음 놀라운 일이 일어났다. 데이비드 보이스의 로펌 포트로더데일 사무소에는 시그리드 맥콜리라는 동료가

생존자

있었다. 그녀는 넷째 아이를 낳고 출산 휴가 중이었는데, 복직을 준비하던 차에 보이스로부터 내 사건 이야기를 듣게 되었다. 시그리드의 본업은 계약 및 증권 관련 소송이었지만, 그녀는 수년 동안 학대받는 여성과 위탁 아동들을 위해 꾸준히 봉사해온 인물이기도 했다. 2015년 초, '범죄 피해자 권리법' 소송으로 내가 대중의 이목을 끌게 되자 보이스는 시그리드에게 연락해 나를 만나보라고 권했다. 나는 뉴욕으로 날아갔고, 그곳에서 시그리드를 만난 순간 내 삶은 더 나은 방향으로 나아가기 시작했다. 눈에 띄게 수려한 외모와 금발 머리, 가녀린 체구, 하지만 당당하고 확신에 찬 태도를 지닌 그녀를 본 순간 직감할 수 있었다.

나는 언제나 에드워즈에게 감사할 것이다. 그는 나를 위해 가장 먼저 앞장서 준 변호사였으며, 내게 많은 것을 가르쳐주었고 앞으로도 그럴 터였다. 하지만 내게 시그리드는 전장에서 만난 자매 같았고, 시그리드의 어머니가 그녀를 부르는 별명을 들은 뒤 나 역시 그녀를 '시기Siggy'라고 부르기 시작했다. 영리하고 두려움을 모르며 절대 포기하지 않는 든든한 동지였다. 데이비드 보이스와 에드워즈, 그리고 '시기'—이들은 가해자들에게 진정으로 책임을 묻기 위해 내게 꼭 필요했던 법조계의 '드림팀'이었다.

그렇다고 해서 그 과정이 결코 쉽지는 않았다. 미투#MeToo

제3부

운동이 일어나기 전의 미국을 기억하는가? 이 글을 쓰는 지금으로부터 불과 7년 전, 세 명의 용감한 기자와 제보자들이 영화 제작자 하비 와인스타인의 수많은 악행을 세상에 폭로했다. 그 사건은 성희롱과 성폭력, 그리고 젠더와 권력에 관한 거대한 담론에 불을 지폈다. 하지만 당시 여성이 가해자에게 맞선다는 것이 얼마나 위험한 일이었는지, 많은 이들은 벌써 잊어버린 듯하다. 물론 지금도 여전히 위험한 일이지만, 그때는 훨씬 가혹했다. 설령 잊고 싶다 해도, 시그리드와 나는 그때의 공포를 결코 잊지 못할 것이다.

그녀와 내가 힘을 합쳤던 2015년 초는 와인스타인의 타락한 실체가 세상에 드러나기까지 아직 2년 넘게 남은 시점이었고, 사람들은 그런 상습 성범죄자가 존재한다는 사실조차 제대로 인지하지 못하고 있었다. 게다가 당시만 해도 용기 내어 목소리를 높인 여성 피해자들을 의심의 눈초리로 보는 이들이 많았다. 사실 '의심의 눈초리'는 너무 완곡한 표현이라서 말을 좀 바꿔보겠다. 당시 가해자들에게 맞선 생존자들은 일상적으로 명예를 훼손당했고, '창녀' 취급을 받았으며, 언론을 통해 또다시 무차별적인 난도질을 당해야 했다. 시그리드와 나는 그 시절을 '암흑기'라 부른다. 그 지옥 같은 시간을 함께 정면으로 버텼기에, 우리는 당시의 고통을 누구보다 생생하게 기억한다. 우리가 그때 무엇에 맞서 싸워야 했는지를

생존자

단적으로 보여주는 기사 헤드라인이 하나 있다. 시그리드와 내가 처음 만난 지 불과 몇 주 만에 〈뉴욕 데일리 뉴스〉에 실린 나에 관한 기사다.

> 왕자는 '거짓 강간 스캔들'의 피해자?
> 성노예 폭로의 충격적인 반전
> 고소인의 98년 소송 기록, 허위로 판명

이 자극적인 헤드라인은 2015년 2월 23일 자 〈뉴욕 데일리 뉴스〉 1면에 실린 '피해자'인 나의 허리를 감싸 안고 있는 앤드루 왕자의 사진 위에 보란 듯이 박혀 있었다. 그 사진의 설명은 다음과 같다. "앤드루 왕자와 성노예로 난교를 벌였다고 주장하는 버지니아 로버츠, 알고 보니 14세 때도 소년 두 명을 강간 혐의로 고소." 신문을 넘긴 독자들은 내가 열네 살 때 작성된, 무려 17년 전의 팜비치 카운티 보안관 사무소 보고서를 토대로 한 기사를 마주하게 되었다. 누군가 기밀인 수사 기록을 고의로 유출한 것이다. 당시 보안관들이 수사했던 사건의 진상은 앞서 설명했듯이 실로 처참했다. 1998년, 내가 의식을 잃은 사이 17세와 18세였던 두 소년이 자동차 뒷좌석에서 나를 성폭행했던 사건이었다. 서른한 살이 된 나는 이제야 법정 서류를 통해 엡스타인과 결탁한 가해자들의 이름을 세상에 막 공개한 참이었다. 그러자 누군가가 나를 무너뜨리기 위해 이 오래된 기밀 보고서를 파내어 언론에 먹잇감으로 던져준 것이다.

미성년 범죄 기록, 특히 미성년 피해자에 관한 수사 보고서는 법적으로 철저히 봉인되어야 마땅하다. 하지만 이 기사의 가장 심각한 문제는 단순한 법률 위반이 아니었다. 진짜 문제는 기사가, 그리고 그 '거짓 강간'이라는 헤드라인이 유출된 보고서의 내용을 완전히 왜곡했다는 점이다. 마치 검찰이 내 말을 믿지 않아서 기소를 포기한 것처럼 보이게 만들었다. 실제로 기소가 무산된 이유는 훨씬 복잡하고 불투명했다. 당시 성폭행은 내가 머물던 '그로잉 투게더'의 상담사가 신고한 것이었다. 보고서에서도 인정했듯, 내가 그곳에 입소해 있었기 때문에 수사관들이 나를 만나 인터뷰하는 것조차 쉽지 않은 상황이었다. 게다가 가해 소년들은 나와 성관계를 가졌다는 사실은 인정하면서도 합의하에 한 일이라고 우겼다. 전형적인 '진실 공방' 상황이 된 것이다. 물론 문서에는 "피해자의 진술 신빙성 부족 및 재판 승소 가능성 희박으로 인해 기소하지 않음"이라고 명시되어 있었다. 하지만 시그리드는 이 문구가 수사가 확실한 결론을 내지 못하고 종결될 때 수사기관이 관행적으로 사용하는 상투적인 것이라고 알려주었다.

언론의 취재 요청에 시그리드는 이 점을 명확히 짚어내려

생존자

애썼다. 〈뉴욕 데일리 뉴스〉는 시그리드의 말을 다음과 같이
인용했다. "검찰이 그녀의 신빙성이 부족하다고 기술한 것은
단지 승소할 만큼 충분한 증거가 확보되지 않았다고 판단했
다는 뜻일 뿐입니다. 하지만 그녀는 분명 성폭행을 당했습니
다." 그녀는 덧붙였다. "봉인된 미성년 시절의 기록까지 유출
하며 피해자에게 2차 가해를 하는 것은 참으로 수치스러운
일입니다. 아무리 비난을 퍼부어 입을 막으려 해도, 그녀는
절대 침묵하지 않을 것입니다."

　나를 위해 싸워주는 이 강인한 여성이 곁에 있다는 사실
이 너무나 든든했고, 나는 그 마음을 시그리드에게 아낌없이
표현했다. 얼마 못 가 나는 그녀를 '슈퍼우먼'이라 부르기 시
작했다. 하지만 아무리 내 곁에 슈퍼우먼이 있다고 한들, 나
의 아픈 어린 시절을 그토록 냉혹하게 난도질한 〈뉴욕 데일
리 뉴스〉의 보도는 비열한 기습 공격이나 다름없었다. 첫 기
사가 터진 직후 시그리드와 통화를 했다. 그녀는 앞으로 이
런 일이 더 벌어질지 모르니 마음을 단단히 먹어야 한다고 했
다. 시그리드는 전에는 언론의 취재 요청에 대개 "노 코멘트"
로 대응하는 게 원칙이었지만, 이번만큼은 상황이 전혀 다르
다고 판단했다. 기사를 읽어보니 기자는 유출된 보안관 보고
서에서 나를 깎아내릴 만한 문구들만 악의적으로 골라낸 것
이 분명했다. 예를 들어 기사는 1998년 당시 내 어머니가 형

사에게 했다는 말을 이렇게 인용했다. "딸의 약물 오남용 전력은 물론, 로열 팜비치의 아이들이 얼마나 많이 마약과 주술, 심지어 동물 학대에까지 손을 대는지 이야기했다." 세상에, 이런 게 바로 '싸잡아 몰아가기'가 아니고 무엇이겠는가! 살면서 온갖 비난을 다 들어봤지만, 동물 학대라니? 나보다 동물을 사랑하는 사람도 없을 텐데 말이다.

나를 "섹스를 돈과 기꺼이 맞바꾼, 파티에 미친 10대"로 묘사한 이 기사는 플로리다주 록사해치에 사는 필립 구더리온이라는 인물의 증언에 크게 의존하고 있었다. 그는 내가 '그로잉 투게더'에 있을 때 함께 지냈다고 주장했지만, 정작 나는 그에 대한 기억이 전혀 없었다. 구더리온은 내가 엡스타인의 "우두머리 창녀"였으며, 결코 "붙잡혀 있는 사람처럼 보이지 않았다"라고 떠벌렸다. 하지만 기사에는 그가 절도, 장물 취득, 코카인 소지, 공무 집행 방해 등으로 화려한 전과를 가진 인물이라는 사실은 전혀 언급되지 않았다. 심지어 구더리온은 훗날 술집에서 한 남자의 머리를 때려 숨지게 한 혐의로 유죄 판결을 받고 징역 10년형을 선고받은 인물이었다.* 한마디로 구더리온은 나를 잘 알지도 못할뿐더러, 애초에 신뢰할

---

* 2025년 2월, 사우스캐롤라이나주 대법원은 하급심 법원이 구더리온의 변론에 대해 배심원단에게 적절한 법적 판단 기준을 제시하지 못했다는 유죄 판결을 뒤집고 재심을 명령했다.

생존자

만한 정보원조차 아니었던 셈이다.*

시그리드는 이번에도 나를 지키기 위해 전면에 나섰다. 그녀는 〈데일리 뉴스〉에 다음과 같이 단호하게 대답했다. "우리 의뢰인이 이런 학대를 묵인했다거나, 대가를 받았으니 학대당해도 괜찮았을 것이라고 말하는 것은 이 나라에 미성년자 보호법이 존재하는 본질적 이유를 무시하는 처사입니다. 법은 성인이 미성년자를 길들이고 성적으로 인신매매하는 것을 엄격히 금지하고 있습니다. 막대한 부와 권력을 가진 개인에 의해 성착취를 당한 미성년 피해자에게 책임을 전가하는 것은 무책임한 행태입니다. 이는 다른 피해자들의 입을 막고 가해자에게 면죄부를 주는 결과만 초래할 뿐입니다."

하지만 시그리드의 항변은 허공을 맴도는 외침일 뿐이었다. 시그리드와 에드워즈, 그리고 나는 이런 악의적인 비방전에 맞서 진실을 지켜내려면 단순한 입장 표명 이상의 대책이 필요하다는 결론을 내렸다. 특히 내가 거짓말로 세 아이에게 나쁜 본보기가 되고 있다며, 나를 자격 미달의 엄마로 몰아가

———
* 나중에 알게 된 사실이지만, 내가 가해자들의 실명을 거론하며 소송 합류 신청을 낸 직후 엡스타인과 맥스웰은 나의 신뢰도를 떨어뜨릴 방법을 논의했다. 2015년 1월 12일 이메일에서 엡스타인은 맥스웰에게 이렇게 썼다. "버지니아의 친구, 지인, 가족, 그 누구든 그녀의 주장이 거짓임을 증명하는 데 도움을 주려는 사람에게는 '사례금'을 지급해도 좋아."

는 언론 보도를 접했을 때 나의 결심은 확고해졌다. 그들은 나와 내 가족을 파괴하기 위해서라면 수단과 방법을 가리지 않을 것임을 똑똑히 보여주었다. 악명 높은 소아성애자 엡스타인의 수하들이 내 아이들에게까지 거침없이 오물을 끼얹는 상황이 놀랍지도 않았다. 하지만 그것이 내 인내심의 한계였다. 나를 수치스럽게 만들어 입을 막으려는 자들로부터, 이제 내 삶의 주도권과 서사를 직접 되찾아 와야 할 때가 온 것이다.

나는 정말 먼 길을 돌아 여기까지 왔다. 불과 13년 전만 해도, 나는 엡스타인과 맥스웰의 마수에서 어떻게 벗어나야 할지도 모른 채 낯선 타국으로 끌려다니던 처지였다. 하지만 이제 나는 스스로 자유를 쟁취했을 뿐만 아니라 어느 때보다 단단한 의지를 다지게 되었다. 그저 세상에서 사라지기만을 바랐던 겁 많은 소녀는, 이제 가해자에게 반드시 책임을 물어야 한다는 신념의 상징으로 대중 앞에 선 강인한 여성이 되었다. 비방 세력이 부모의 자질을 운운하며 내 아이들까지 공격의 과녁으로 삼았을 때, 내 안의 분노는 이전과는 차원이 다른 맹렬함으로 타올랐다.

나는 로비와 함께 소중한 가정을 일구었다. 아버지와는 단호하게 선을 그었고, 라이트풋 박사와 상담하며 내 안의 해묵은 상처들을 하나씩 꺼내어 정리했다. 또한 변호사들의 도움

생존자

을 받아 가해자들의 얼굴에 그들의 실명을 하나하나 낙인찍었다. 그 얼굴들은 처음 마주했던 순간만큼이나 지금도 내 눈에 선명하게 박혀 있었다. 나는 엡스타인과 맥스웰의 학대에서 살아남은, 그리고 이들과 그 일당이 저지른 죗값을 반드시 치르게 하겠다고 다짐한 여성들의 연대에 합류하기 위해 첫발을 내디뎠다. 마음이 평온한 날이면, 나는 이 용감한 여성들과 어깨를 나란히 하고 선 내 모습을 그려보곤 했다. 여전히 나약해지는 순간들이 찾아오곤 했지만, 나는 분명 점점 더 강해지고 있었다. 이제 싸워야 할 시간이었고, 내 생애 처음으로 나는 모든 준비가 되었다고 느꼈다.

제 4부
전사

신념을 가진 소수가 모여 세상을 바꾼
다는 사실을 의심하지 마십시오. 돌이켜
보면 세상은 언제나 그런 사람들에 의해
변해 왔습니다.

— 마거릿 미드

제27장
막다른 길

카메라 앞에서 억지 미소를 지으며 연례행사인 크리스마스 가족사진을 찍는 다섯 식구가 있다. 첫째가 태어난 이후 엄마는 매년 12월마다 아빠를 설득해 온 가족을 데리고 동네 쇼핑몰로 향했다. 산타클로스와 사진을 찍으려고 길게 줄을 서는 수고도 마다치 않았다. 살림이 빠듯한 해에도 엄마는 한 푼 두 푼 모아 사진값을 마련했고, 그만한 가치가 충분하다며 고집을 피웠다. 하지만 이제 두 아들과 딸은 부쩍 컸다. 산타를 믿을 나이는 진작 지났기에, 빨간 옷에 모자를 눌러쓴 배 나온 털보 옆에 서라는 요구가 떨어질 때면 아빠까지 온 가족이 투덜거린다. 그런데도 엄마는 뜻을 굽히지 않는다. 크리스마스 전통을 지키는 일이라면 물러설 기색이 전혀 없다.

"나중에 크면 분명 엄마한테 고마워할걸?" 나는 인생에서 가장 즐거운 순간을 온 마음으로 누려야 한다고 가족들을 설득한다. 제아무리 유치한 장난처럼 보여도 행복한 기억만큼은 꼭 붙들어야 한다. 앞으로 살아가며 맞닥뜨릴 고비마다 그 추억을 꺼내 써야 하기 때문이다. 좋은 추억은 사람이 무너지지 않고 버티게 한다. 가진 추억이 워낙 없었던지라, 나는 누구보다 이 진실을 뼈저리게 안다.

❖

　　로비와 함께 빌린 콜로라도주 펜로즈의 집은 평탄하고 흙이 고른 5에이커(약 2만 제곱미터-옮긴이) 규모의 농지였다. 제이 스트리트를 벗어나 굽이진 비포장도로를 달리면 우리 집 현관으로만 길이 이어졌다. 타원형 유리 장식이 달린 하얀 문 너머로는 좁은 복도가 살짝 들여다보였다. 처음 이사 왔을 때는 안이 들여다보이는 현관문조차 나름 시골집다운 운치로 보였다. 사실 이곳에 자리를 잡은 가장 큰 이유는 엄마와 새아버지 스탠이 가까이 살았기 때문이다.

　　어느덧 어린 시절 이후 가장 많은 시간을 엄마와 함께 보내게 됐다. 10년 넘게 8,000마일(약 1만 3,000킬로미터-옮긴이)이나 떨어져 지내다가 이제는 이웃사촌이 된 덕분이다. 마침내 엄마가 여덟 살, 일곱 살, 네 살배기 손주들과 시간을 보내게 된

게 무엇보다 나에게 소중한 선물이었다. 엄마는 우리 집에 들를 때마다 아이들을 지극정성으로 돌봤다. 특히 막내 엘리와 노는 모습을 지켜보고 있노라면 내가 아주 어렸을 때 엄마가 보여준 다정한 모습이 떠올랐다. 엄마는 참으로 사랑이 많은 사람이었다. 엄마의 그런 면모를 다시 보게 되어 다행이었다.

며칠 전 인스타그램에서 평소 좋아하는 싱어송라이터 핑크가 〈투데이 쇼〉에 출연해 새 앨범 '트러스트폴Trustfall'을 홍보하는 영상을 보았다. 핑크는 친어머니와 겪었던 불화와 화해의 과정을 설명하며 "사랑이란 평생에 걸쳐 식탁으로 다시 돌아오는 일이다"라고 말했다. 그 말이 마음속 깊이 파고들었다. 펜로즈로 이사하며 마침내 어머니가 오래전부터 자리를 지키고 있던 식탁으로 돌아온 셈이었다. 어머니는 어린 시절 기억하던 모습 그대로는 아니었지만, 변치 않는 본연의 모습도 분명히 남아 있었다. 사춘기 시절 나를 밀어내기만 했던 어머니는 이제 내 삶의 일부가 되고 싶어 한다.

엄마는 아이 돌보는 일에 영 서툴렀다. 딱 한 번 아이들을 봐주겠다고 나섰을 때도 고작 20분을 못 넘겼다. 첫째 타일러가 장난감 총 방아쇠에 손가락이 끼는 소동이 벌어지자마자 엄마는 내게 전화를 걸어 당장 돌아와 달라고 애원했다. 어차피 아이들만 엄마에게 맡기고 집을 나설 처지도 아니었다. 그래도 엄마가 곁에 있다는 사실만으로 위안이 되었다. 펜로즈에서

전사

지내는 동안 지난날의 갈등이 전부 해결되었다는 착각을 심어 주고 싶지는 않다. 예컨대 엡스타인에 의해 팔려 가 상대해야 했던 남자들의 이름을 몇 명 언급하자, 엄마는 예전에도 그랬듯 과거의 학대 이야기는 한마디도 듣고 싶지 않다며 말을 잘랐다. 마음이 너무 힘들다는 이유였다. 어머니는 대화로 문제를 푸는 것과는 거리가 먼 사람이었다. 그럼에도 딸은 엄마가 필요했다. 너무 오랫동안 엄마 없이 살았다. 로비와 나를 둘러싸고 감당하기 힘든 기괴하고 무서운 일들이 벌어지기 시작하자, 엄마를 향한 내 마음은 어느 때보다 간절해졌다.

'범죄 피해자 권리법' 사건에 병합 신청서를 제출한 뒤로, 우리 집에는 낯선 이가 침입한 흔적이 심심치 않게 발견됐다. 로비는 누군가 창문이나 문을 열고 들어오지 못하도록 미닫이문마다 나무 막대를 끼워 철저히 단속했고, 언제나 보조 잠금장치까지 꽉 잠갔다. 그런데도 외출하고 돌아오면 굳게 잠가둔 보조 잠금장치가 맥없이 풀려 있는 일이 다반사였다. 하루는 마트에 다녀오니 현관문이 활짝 열려 있었고, 집에 있어야 할 반려견 베어는 집 앞 거리를 돌아다니고 있었다. 보안관 사무소에 신고하고 출동한 대원들에게 도둑맞은 물건은 없다고 말하자, 대원들은 침입자들이 컴퓨터에 스파이웨어를 심으려고 들어왔을지도 모른다고 말했다. 보안관들은 집 진입로를 오가는 모든 차량의 제조사와 모델명을 기록할 수

476

있도록 외부에 감시 카메라를 설치하라고 권했다. 당연히 제안을 받아들였고, 곧이어 집 주변 구석구석을 비추는 정교한 감시 체계를 갖췄다.

보안관들은 몸을 지킬 수단도 마련하라고 권고했다. 그 길로 집에서 20마일(약 32킬로미터-옮긴이)가량 떨어진 웨스트 푸에블로에 있는 호신용품 가게 워리어 키트로 향했고 권총 두 자루와 총기 보관함을 함께 구매했다. 내 몫으로는 '더 저지'라고 불리는 5연발 리볼버를, 로비 몫으로는 9밀리미터 권총을 골랐다. 이후 몇 달 동안 워리어 키트 지하 사격장을 부지런히 드나들었다. 로비와 나는 유사시에 가족을 지킬 수 있다는 확신이 필요했다.

집 안팎 어디를 가든 파파라치가 우리 가족을 끈질기게 따라다녔다. 한번은 현관문을 열고 나가다가 파파라치 한 명과 정면으로 맞닥뜨린 적도 있었다. 질문을 던지는 파파라치에게 답변을 거부하자 사진부터 찍어댔다. 베이지색 코트에 검은 목도리를 두르고 비니를 쓴 모습의 사진은 금세 전 세계로 퍼져 나갔고, 사진 아래에는 내가 콜로라도에 '숨어 지낸다'라는 설명이 붙었다. 아이들이 아파서 병원에 데려갔을 때도 진료실에서 나오는 장면을 파파라치들이 몰래 촬영했다. '적당히 좀 해, 이 인간들아! 내 새끼들은 건드리지 말란 말이야!'라고 소리치고 싶었다(상상 속에서만큼은 뼛속까지 호주인답

전사

게 욕설을 내뱉곤 한다). 하지만 감정을 터뜨리는 대신, 서둘러 아이들을 차에 태우는 쪽을 택했다.

파파라치들의 행태는 사생활 침해를 넘어 생명을 위협하는 수준이었다. 한 번은 타블로이드 기자들로 짐작되는 차량에 밀려 도로 밖으로 튕겨 나갈 뻔한 적도 있었다. 차 문을 잠그고 갓길에 멈춰 서서, 파파라치들이 떠날 때까지 얼굴을 가린 채 공포를 억눌러야 했다. 추격전이 워낙 빈번하다 보니 로비는 골목길로 갑자기 꺾어 들어가거나 순식간에 유턴하는 등, 조용한 시골 마을이 아니라 흡사 전쟁터에서나 볼 법한 운전 실력을 갖추게 되었다. 미치고 팔짝 뛸 노릇이었다. 속도를 줄이라고 로비에게 소리를 지르면, 로비는 미국은 법도 없는 엉망진창인 나라라며 맞받아쳤다. 그러면 나는 파파라치는 전 세계 어디에나 있다고 소리를 질렀고, 로비는 정의를 찾겠다는 내 욕심보다 가족의 안위가 먼저 아니냐며 고함을 쳤다. 내가 분노에 차서 씩씩거리면 로비는 가속 페달을 더 거세게 밟았다. 때로는 우리 부부가 정신줄을 놓기 직전처럼 느껴지기도 했다.

❖

2015년 4월, 두 가지 중요한 사건이 일어났다. 하나같이 좌절감을 주는 일들이었다. 4월 7일, '범죄 피해자 권리법' 사건을 담당하던 케네스 마라 판사는 내 병합 신청이 기존 소송 내용과 '중복'된다는 이유로 '제인 도 3호'로서의 소송 참여를 불허했다. 게다가 마라 판사는 앤드루 왕자를 비롯한 인물들에 대한 내 진술을 기록에서 삭제하라고 판결했다. 그는 판결문에 "현재 소송 단계에서 이러한 선정적인 세부 내용은 불필요하다"라고 적었다. 진술의 진위 여부에 관해서는 판단을 내리지 않으면서도, 내가 강제로 성관계를 맺어야 했던 '상대와 장소에 관한 사실적 묘사'가 '무관하고 부적절하다'라고 덧붙였다. 다만 향후 재판 과정에서 증인으로 출석할 가능성은 열어두었다. 에드워즈와 나는 변호인단이 판사의 결정을 전적으로 존중한다는 성명을 발표했다. 성명서에는 "이 중요한 사건에 참여하게 되어 기쁘다"라는 내 소감도 담겼다. 하지만 속마음은 실망감으로 가득했다.

그러나 에드워즈와 시그리드가 반가운 소식을 가져오자 실망감은 이내 사라졌다. 두 사람은 몇 달 동안 주요 방송사들을 접촉하며 내 인터뷰를 타진해왔는데, 모든 방송사가 긍정적인 답변을 보내왔다. 마침내 신망 높은 언론사를 통해 내 이야기를 직접 세상에 알릴 기회가 생긴 것이다. 여러 선택지를 두고 고민한 끝에 결국 ABC 방송사를 선택했다. 평소 에이미 로바크 앵커를 좋아하기도 했고, 담당 프로듀서인 짐 힐

전사

이 일류 조사 전문 기자라는 점도 마음을 끌었다. 인터뷰 날짜가 정해지자 로비는 콜로라도에 남고 아이들만 나를 따라나서기로 했다. 엄마가 왜 맨날 전화기를 붙들고 사는지, 왜 그렇게 자주 비행기를 타고 떠나야 하는지 아이들에게 직접 보여주고 싶었기 때문이다. 우리 네 식구는 덴버에서 뉴욕으로 날아갔다. 다음 날, 내가 센트럴파크 사우스 거리에 있는 리츠칼튼 호텔 스위트룸에서 인터뷰 준비를 하는 동안 ABC 측에서 고용한 보모 두 명이 알렉스와 타일러, 엘리를 데리고 센트럴파크 동물원으로 향했다.

품격 있는 호텔 방에 앉아 마이크를 달고 있자니 가슴이 벅차올랐다. 이번 인터뷰가 판도를 바꿀 결정적인 계기가 되리라 믿었다. 미국 정부가 엡스타인과 맥스웰의 범죄를 어떻게 묵인하고 외면해왔는지 세상에 낱낱이 알리고 싶어 몸이 근질거릴 정도였다. 내가 느낀 분노와 배신감, 그리고 엡스타인과 맥스웰에게 고통받은 모든 피해자가 공유하는 그 참담한 심경을 그대로 전하고 싶었다. 지난 수년간 언론을 적으로 여기며 살아왔지만, 이제는 언론이 우리의 대의를 위해 힘을 보태줄 거란 믿음이 싹텄다.

로바크와 자리에 앉으면서 인터뷰가 시작됐다. 마음이 금세 편안해졌다. 로바크는 준비가 철저했고, 진실을 좇고 있다는 사실이 어조에서 고스란히 묻어났다.

"뉴욕 한복판을 새처럼 자유롭게 활보하는 저 남자에 관한 이야기예요. 저와 수많은 이들에게 끔찍한 짓을 저지르고도 아무런 처벌을 받지 않았죠." 나는 로바크에게 이렇게 말했다. "우리는 단 한 번도 정의가 실현되는 꼴을 보지 못했어요." 로바크는 엡스타인이 플로리다에서 미성년자 성매매를 알선했다고 인정한 사실은 어떻게 생각하는지 물었다. 나는 답했다. "그걸 정의라고 생각하지 않아요. 미성년자인 소녀들에게 '매춘부'라는 낙인을 찍고, 정작 본인은 고작 13개월 징역형을 선고받은 데다 매일 낮에는 교도소 밖으로 나갈 수 있었는데, 이게 정의일까요? 당신은 그렇게 생각하나요?"

인터뷰는 90분가량 이어졌고, 나는 엡스타인과 맥스웰이 성 착취 조직을 어떻게 운영했는지 아는 대로 털어놓았다. 내가 상대했던 남자 몇 명의 이름도 밝혔다. 구체적인 학대 정황을 설명해달라는 요청에는 몇 번이나 눈물을 쏟았다. 하지만 괜찮았다. 온 마음을 다해 진실을 말하고 있다는 기분이 들었기 때문이다.

인터뷰가 끝나자 방 안에는 축제라도 열린 듯 들뜬 분위기가 감돌았다. ABC 관계자들은 에드워즈와 시그리드에게 인터뷰가 아주 성공적이었다고 말했다. 인터뷰는 먼저 〈굿모닝 아메리카〉에서 일부 방영하고, 전체 분량은 방송사의 심층 보도 프로그램을 통해 공개될 예정이라고 했다. 안도감과 자

전사

부심이 동시에 밀려왔다. 그날 밤 아이들을 다시 만났을 때, 나는 아이들에게 이렇게 말했다. "엄마가 오늘 큰일을 해냈어."

하지만 그 뒤로 마냥 기다리는 시간이 길어졌다. ABC는 명확한 이유 없이 몇 주 동안이나 내 속을 태웠다. 마침내 방송사 관계자 한 명이 변호인단에 지연 사유를 털어놓았다. 로바크와 인터뷰하면서 앤드루 왕자에게 성 접대를 했다는 내용을 언급한 탓에, 방송사도 그 사실을 버킹엄 궁전과 엡스타인 측 변호인단에 통보해야 한다고 했다. 그 간단한 절차가 왜 이토록 시간이 걸리는지 여전히 이해할 수 없다. 로바크와 담당 프로듀서도 격분했다. 그러나 무슨 이유에서인지 ABC는 끝내 인터뷰를 방영하지 않았다.*

침묵을 깨고 맞서 싸우려던 상대에게 또 한 번 패배한 기분

———

  * 그로부터 4년 뒤인 2019년 11월 5일, 에이미 로바크가 마이크가 켜진 줄 모른 채 내뱉은 발언이 공개되면서 당시의 전말이 세상에 드러났다. 영상 속 로바크는 인터뷰가 불발된 상황을 두고 "날이 갈수록 울화가 치민다"라며 분통을 터뜨렸다. 그러면서 당시 확보했던 증언과 자료들이 "믿기 힘들 정도로 완벽했다"라고 회상했다. 로바크는 또한 방송사 윗선으로부터 "제프리 엡스타인이 도대체 누구냐? 아무도 모르는 사람인데, 이런 멍청한 기획을 왜 하느냐"라는 조롱 섞인 질타까지 받았다고 폭로했다. 로바크는 엡스타인의 변호인단과 영국 왕실이 인터뷰를 무산시키려 압력을 가했다고 덧붙이며, ABC 측이 향후 윌리엄 왕세자와 케이트 미들턴 왕세자빈을 취재하지 못하게 될까 두려워 압박에 굴복했을 가능성을 시사했다.

이었다. ABC처럼 거대한 언론사조차 진실을 밝히려는 시도
가 이렇게 가로막히는데, 나 같은 생존자에게 과연 희망이 남
아 있을지 의문이 들 수밖에 없었다.

전사

제28장
넌 언제나 내 딸이야

2015년 7월, 로비와 나는 호주로 돌아갈 때가 되었다고 판단했다. 연로한 프랭크는 전립선암을 앓고 있었는데, 설상가상으로 석면증(석면 가루가 호흡기를 통해 들어가서 폐에 생기는 병-옮긴이) 진단까지 받았다. 프랭크의 병환에 첫 무단 침입 사건 이후 줄곧 느껴온 불안감까지 겹치면서, 우리 부부는 더이상 콜로라도에서 마음 편히 지낼 수 없었다. 물론 호주행이 결코 쉬운 결정은 아니었다. 미국에 머물며 친정 식구들과의 관계를 어느 정도 회복할 수 있으리라는 기대가 컸기 때문이다. 실제로 내 형제들과는 관계가 어느 정도 진전되기도 했지만, 오히려 멀어진 부분도 있었다. 관계 회복에 대한 미련에 더해 에드워즈, 시그리드와 함께하는 소송이 아직 끝나지 않아 선뜻 발길이 떨어지지 않았다.

하지만 미국에 남고 싶다는 욕심보다 로비가 느끼는 불행이 내 마음을 더 무겁게 짓눌렀다. 로비는 경제 활동을 간절히 원했으나, 가족의 안전을 우선시하며 직장 생활을 병행하는 것은 결국 무리라고 판단했다. 로비처럼 자존심 강한 남자에게 가족을 부양할 수 없는 처지는 견디기 힘든 고역이었다. 게다가 우리 부부는 일종의 피해망상에 빠져 있었다. 아니, 피해망상이라는 표현은 옳지 않다. 그것은 누군가가 나를 해칠지도 모른다는 비이성적인 공포를 뜻하기 때문이다. 우리가 견뎌온 그간의 세월을 돌이켜본다면, 우리 가족이 위험에 처해 있다고 믿는 것은 지극히 이성적이고도 합리적인 판단이었다.

결국 2015년 7월, 로비가 먼저 호주로 돌아갔다. 우리는 시드니에서 북쪽으로 약 1,500마일(약 2,400킬로미터-옮긴이) 떨어진 케언즈 인근에 정착하기로 계획을 세웠다. 로비의 친구가 일자리 전망이 좋다고 귀띔해 주기도 했고, 워낙 외진 곳이라 우리 가족의 사생활을 잘 보호할 수 있으리라 기대했기 때문이다. 내가 아이들과 함께 짐을 꾸리고 남은 일을 정리하는 동안, 로비가 먼저 가서 직장과 살 집을 구하며 우리가 지낼 터전을 마련하기로 했다.

시그리드와 나는 내가 호주로 돌아가기 전 마무리해야 할 일들이 몇 가지 남아 있었다. 시그리드를 알수록 깊이 존경하

전사

게 되었기에, 시그리드와 더 많은 시간을 보내는 건 내게도 반가운 일이었다.

딸 셋을 키우기 위해 기꺼이 세 가지 일을 병행했던 홀어머니 밑에서 자란 시그리드는 태어날 때부터 야심 있고 결단력이 강한 사람이었다. 우리 두 사람의 나이 차이는 고작 열한 살이었지만, 나는 시그리드를 진심으로 우러러보았다. 시그리드에게도 개인적인 시련이 있었다. 시그리드는 난임으로 고통받다가 한 의사의 도움으로 남편과 네 아이를 가졌고, 그 아이들을 '시험관의 기적'이라 불렀다. 업무 면에서 시그리드의 지성은 따뜻한 공감 능력과 완벽한 조화를 이뤘다. 시그리드는 자신의 생애가 나 같은 사건을 맡기 위한 준비 과정처럼 느껴진다고 말했다. 시그리드는 가정폭력 피해자 쉼터에서 자원봉사를 하던 세월을 회상하며 이렇게 덧붙였다. "버지니아, 인생에 일어나는 일에는 저마다의 이유가 있어요. 당신이 지나온 그 모든 시간이 결국 내게 닿아, 내 생애 가장 중요한 이 사건을 맡도록 나를 완벽하게 끌어준 거예요."

에드워즈와 그랬던 것처럼, 시그리드와도 긴밀히 협력하며 엡스타인의 측근으로 알려진 남성들의 사진을 꼼꼼하게 대조했다. 그 과정에서 성 접대 명목으로 내가 상대한 남자들을 여러 명 더 확인할 수 있었다. 몇몇의 정체는 충격적이었는데, 그들의 권력과 영향력이 실로 어마어마했기 때문이다.

그날의 학대는 어찌나 선명한지, 가해자들의 얼굴이 하나하나 어제 일처럼 생생하게 떠올랐다. 아무리 애써도 잊히지 않는, 도저히 잊을 수 없는 얼굴들이었다. 이 무렵 신원이 확인된 이들 중 한 명은 세상을 떠난 뒤였다. 남은 자들을 상대로 어떤 법적 단죄가 가능할지도 불투명했다. 그러나 설령 나 홀로 확인하는 것에 그칠지라도, 그들의 실체를 밝혀내는 일은 그 자체로 내 영혼을 치유하는 구원의 손길이 되었다.

이름만 대면 알 만한 부유하고 세련된 이 남성들은 각자의 분야에서 견고한 명성을 쌓아 올린 인물들이었다. 가해자들의 이름을 하나씩 마주할 때마다 10대 시절 막연하게만 느꼈던 진실을 뼈저리게 실감했다. 처음 학대를 당했을 때, 우리 중 한 명이라도 용기 내어 신고했다면 과연 누군가 그 목소리에 귀를 기울여주었을까. 그럴 가능성은 거의 없었다. 그리고 지금도, 세상이 과연 내 목소리를 제대로 들어줄지 의문이다.

한편 시그리드는 명예훼손에 관해서도 깊이 연구하고 있었다. 미투 운동의 여파로 오랫동안 침묵하던 피해자들이 목소리를 내기 시작하면서, 명예훼손 분야는 법적으로 큰 변화를 맞이하고 있었다. 피해자들의 폭로에 맞서 가해자로 지목된 이들이 명예를 훼손당했다며 오히려 피해자들을 고소하는 사례가 늘고 있었기 때문이다. 하지만 시그리드는 내가 맥스웰에게 대항할 다른 방법을 찾아냈다고 믿었다. 시그리드

전사

는 특히 2015년 1월 맥스웰 측 홍보 담당자가 나를 거짓말쟁이라고 몰아세운 성명에 주목했다. 맥스웰이 내 명예를 명백히 훼손했다고 본 것이다. 시그리드는 이 점을 입증할 수 있다고 자신했을 뿐만 아니라, 명예훼손 소송을 전략적으로 활용하면 공소시효라는 장벽도 뛰어넘을 수 있다고 판단했다. 맥스웰을 형사 고소하기엔 시간이 너무 흘러 공소시효에 발목이 잡힌 상태였지만, 명예훼손 소송을 활용한다면 내가 겪은 학대 사실을 제약 없이 세상에 낱낱이 공개할 수 있기 때문이었다.

시그리드의 설명에 따르면, 단순히 혐의를 부인한다고 해서 명예훼손 소송이 성립되지는 않는다. 하지만 맥스웰의 경우는 달랐다.

"맥스웰은 당신을 성적으로 학대한 가해자이면서도 당신을 거짓말쟁이라고 비난했어요." 시그리드가 말했다. "성학대 사건이라는 맥락에서 이루어진 부인은 차원이 다른 문제예요. 이제 대중은 맥스웰이 타인은 알지 못하는 정보를 쥐고 있다고 믿게 될 테니까요."

바로 이 지점이 핵심이었다. 맥스웰은 오직 본인만이 알고 있는 비공개 사실을 근거로 나를 거짓말쟁이라 불렀다. 다시 말해, 맥스웰의 성명은 단순한 부인이 아니라 사실 적시를 내포하고 있었다. 시그리드는 단호하게 덧붙였다. "우리는 맥스웰의 성명이 명예훼손에 해당하며, 당신에게는 자신을 방어할 권리가 있다고 주장할 거예요. 명예훼손으로 맥스웰을 고소하고, 그 사실을 입증하는 과정에서 당신이 겪은 성적 학대의 세부적인 정황들을 낱낱이 파헤칠 겁니다."

내가 시그리드를 그야말로 슈퍼 히어로로 여긴다고 말했던가? 시그리드가 보여준 이런 모습들 때문이다.

2015년 9월, 시그리드는 맨해튼 연방법원에 맥스웰을 상대로 소장을 제출했다. 소장에는 맥스웰이 나를 "악의적으로 비방하여 신뢰도를 떨어뜨리고", 맥스웰 본인과 엡스타인, 그리고 다른 권력자들이 전 세계에서 저지른 성범죄를 폭로하려는 내 노력을 잠재우기 위해 "의도적으로 책략을 꾸몄다"라는 내용이 담겼다. 또한 맥스웰의 부인 행위가 내 명예를 훼손했음을 명시하며, "맥스웰의 조력 덕분에 엡스타인은 버지니아 주프레를, 그녀가 탈출에 성공하기 전까지 수년간 성적으로 학대할 수 있었다"라는 사실을 다시 한번 강조했다. 하지만 소송을 제기한 근본적인 이유를 설명한 문구야말로 내가 가장 감사한 대목이었다.

"결국 한 아이의 어머니이자 엡스타인에게 당한 수많은 피해자 중 한 사람으로서, 주프레는 타인에게 도움이 되기를 바라는 마음으로 자신이 겪은 성적 학대 경험을 세상에 알려야 한다고 믿었다." 나는 엄마가 되었다는 사실이, 특히 한 딸의

전사

엄마가 되었다는 점이 행동에 나서겠다는 결심에 얼마나 큰 불을 지폈는지 세상이 알아주길 바랐다.

❖

로비가 호주로 떠난 뒤 콜로라도에서 보내던 어느 늦은 밤이었다. 빨래를 접고 있는데 길고 구불구불한 진입로에 자동차 전조등 불빛이 비쳤다. 이미 언급했듯이 우리 집은 큰길에서 한참 떨어진 넓은 부지에 자리 잡고 있었다. 우리 가족을 찾아온 손님이 아니라면 그 자갈 깔린 진입로를 따라 들어올 이유가 전혀 없었다. 올 사람이 없었기에 전조등 불빛을 보자마자 극도로 긴장하며 경계 태세에 들어갔다. 차는 천천히 다가오더니 멈춰 섰다. 누군가 내리나 싶어 지켜보았지만, 운전자는 시동을 걸어둔 채 앞좌석에 가만히 앉아 있었다. 상향등은 속이 훤히 들여다보이는 우리 집 현관문을 정면으로 비추고 있었다.

나중에야 알게 된 사실이지만, 다른 엡스타인 피해자들도 밤마다 강렬한 조명으로 창문을 비추는 등의 비슷한 위협을 겪었다고 한다. 당시에는 그런 사실을 전혀 몰랐지만, 우리 가족이 위험에 처했음은 확신할 수 있었다. 나는 집 안을 서둘러 돌아다니며 자고 있던 엘리를 침대에서 안아 올려 옷장

제4부

바닥에 살며시 눕혔다. 그러고는 알렉스와 타일러를 깨워 옷장 안으로 이끌었다. 아이들은 잠결에 눈을 비비며 어리둥절해했다. 나는 아이들을 숨기려고 조금 전까지 개고 있던 빨래 더미를 집어 들어 아이들 위로 던졌다.

"조용히 해야 해." 빨래 더미 사이로 아들들의 얼굴이 삐죽이 나오자 내가 속삭였다. "옷장 문은 아주 조금만 열어둘게. 안전할 거야. 그러니 무서워하지 마." 내 목소리에서 공포가 묻어나지 않도록 애쓰며 덧붙였다. "엄마가 다 해결할게."

현관문을 향해 돌아선 나는 총기 보관함에서 권총을 꺼내 장전했다. 그러고는 베어의 목줄을 움켜쥐었다. 베어는 파리 한 마리도 죽이지 못하는 순한 녀석이었지만, 그래도 말라뮤트인지라 겉보기에는 아주 위협적이었기 때문이다. 베어와 나는 전조등 불빛을 받아 마치 영화 촬영장처럼 환하게 빛나는 현관문으로 천천히 다가갔다. 한 손에는 총을 들고, 다른 한 손으로는 베어의 목줄을 꽉 쥐었다. 침입자들이 격자무늬 유리창을 통해 우리를 보고 있을 것이 분명했지만, 확인을 위해 문을 아주 살짝 열고 눈이 멀 것 같은 상향등 불빛을 향해 총을 흔들어 보였다. 그러고는 다시 문을 닫고 서서 총의 공이치기를 당긴 채 전투 태세를 갖췄다. 꼬박 5분을 그렇게 대치했다. 공회전하는 자동차 소리, 총을 꽉 쥔 내 손, 옆에서 헐떡이는 베어의 숨소리만이 감돌았다. 마침내 영겁 같은 시간

491
전사

이 흐른 뒤, 운전자는 후진 기어를 넣더니 천천히 차를 빼서 어둠 속으로 사라졌다.

그제야 보안관에게 진작 신고했어야 한다는 사실을 깨달았다. 옷장에 고개를 밀어 넣어 아들들을 안심시킨 뒤 곧바로 전화를 걸었다. 몇 분 지나지 않아 부보안관 두 명이 도착했다. 차량 번호판은 보지 못했다고 답했다. 차종이나 모델도 확실치 않았고, 우리 가족이 곧 떠날 예정이라 보안관 사무소에서 이미 카메라를 철거한 뒤여서 CCTV 영상을 확인할 방법도 없었다. 부보안관들은 동트기 전까지 순찰차 안에 머물며 지켜주겠다고 약속했다. 감사를 표한 뒤 아이들을 다시 침대로 데려갔다. 엘리는 이 모든 상황 속에서도 깨지 않고 잠들어 있었지만, 아들들을 다시 잠재우는 데는 시간이 꽤 걸렸다.

"차에 타고 있던 사람은 누구예요?" 아이들이 물었다. 내가 답을 알지 못하는 수많은 질문의 시작이었다. "그 사람들은 왜 왔어요?", "왜 아무 말도 안 했어요?"

결국 알렉스와 타일러는 지쳐서 잠이 들었다. 하지만 나는 아니었다. 그날 밤은 물론이고, 그 후로도 여러 날 동안 한숨도 자지 못했다.

집 안에 어린아이들이 있다는 점을 생각하면 절대 좋은 생각이 아니었지만, 그날 이후 매일 밤 장전된 리볼버 권총을 머리맡 협탁에 두고 잠자리에 들었다. 안부 전화를 건 로비에게 "이 사람들이 대체 어디까지 할까?"라고 물었다. 로비는 추측조차 하기 싫은 듯 그저 이렇게 말할 뿐이었다. "제나, 거기서 나와야 해. 당장 호주로 와."

미국에 처음 올 때는 이곳에서 새로운 삶을 시작할 수 있기를 바랐다. 하지만 2년도 채 되지 않은 지금, 나도 로비의 생각에 동의했다. 우리는 하루라도 빨리 호주로 돌아가야만 했다.

엄마는 나를 도와 아이들의 소중한 추억이 담긴 물건들을 담아 호주로 부칠 짐을 쌌다. 타일러가 초등학교 1학년 때 만든 도자기 앵무새를 비롯해 여러 기념품과 물건들을 하나하나 챙겼다. 콜로라도를 떠나기 직전의 어느 날, 아이들과 함께 방에서 남은 물건 몇 가지를 상자에 담고 있는데 엄마가 내 이름을 부르는 소리가 들렸다. 닫으려 애쓰던 여행 가방에서 고개를 들어보니 엄마가 직사각형 모양의 자수 쿠션을 들고 계셨다.

"할머니가 나한테 주신 건데, 이제 네가 가졌으면 좋겠구나."

엄마는 쿠션 테두리를 감싼 진홍색 벨벳을 부드럽게 쓰다듬으며 쿠션을 내미셨다. 쿠션 앞면에는 십자수로 수놓은 작은 빨간 꽃들과 초록 잎들이 테두리를 이루고 있었고, 가운데

전사

에 모두 대문자로 다음과 같은 문구가 새겨져 있었다.

넌 언제나 내 딸이란다,
이제는 내 친구이기도 해.

"이게 내가 바라는 우리 관계란다." 엄마의 눈시울이 붉어져 있었다. 그 순간 나는 생각했다. '이게 평생 내가 엄마에게서 받을 수 있는 사과에 가장 가까운 유일한 표현일지도 모른다'라고. 하지만 그것으로 충분했다. 콜로라도 임대 주택의 바닥에 앉아 있던 그때, 나는 엄마를 있는 그대로 바라볼 수 있을 만큼 치유되었고 성숙해져 있었다. 지금 엄마뿐 아니라 과거에 세 아이를 키우며 감당하기 힘든 현실에 치여 살았던 젊은 시절의 엄마까지도 말이다.

자신이 어디에서 왔는지 뿌리를 찾는 일은 중요하다. 좋든 싫든 나를 만든 이들은 언제나 내 존재의 일부로 남아 있기 때문이다. 나는 부모님 중 어느 쪽에게도 의지할 수 없으며, 부모님을 바꿀 수도 없다는 사실을 잘 알고 있었다. 두 분 다 마음의 상처가 너무 깊은 사람들이었다. 하지만 어머니의 마음 한구석에는 더 나은 사람이 되고 싶다는, 내 곁을 지켜줄 수 있는 사람이 되고 싶다는 마음이 엿보였다.

제4부

2015년 10월, 호주가 우리 가족을 두 팔 벌려 환대해주었다고 말할 수 있다면 좋겠지만, 현실은 그리 녹록지 않았다. 다시 정착하는 과정은 험난하기만 했다. 로비가 케언즈에서 북쪽으로 25마일(약 40킬로미터—옮긴이) 떨어진 팜 코브에 빌려둔 집은 나쁘지 않았지만, 혼자 살며 사람 사는 집처럼 꾸며놓을 시간은 부족했던 탓이다. 텔레비전과 전자레인지는 있었지만 가구와 침구는 하나도 없었고, 당장 가구점을 돌아다닐 형편도 되지 않았다. 로비가 리조트의 보안 요원으로 취직했어도 중고차를 한 대 사고 월세 보증금까지 치르고 나니 수중에 남은 돈이 거의 없었다. 호주에 도착하고 며칠 동안 우리 가족은 모두 맨바닥에서 잠을 자야 했다.

연말 무렵, 로비가 병원 보안 요원으로 이직하며 더 나은 보수를 받게 되었다. 파산 위기에서 벗어나자 우리 부부도 그제야 조금씩 숨통이 트이기 시작했다. 지난 몇 년간 내가 활동가로서 점점 목소리를 높여온 탓에 우리 부부 사이에는 묘한 긴장감이 감돌았고, 때로는 결혼 생활이 파탄 직전까지 몰리기도 했다. '그 쓰레기 같은 놈들이 승리하게 둬선 안 된다'라는, 나를 공인으로 이끈 근본적인 원칙에는 로비와 나 모두 동의했다. 하지만 내가 침묵을 거부하는 행위가 도덕적으

전사

로는 옳을지 몰라도, 우리 가족에게 실질적인 위험과 대가를
불러온 것이 사실이다. 그래도 이제는 로비가 훨씬 마음 놓을
수 있는 그의 고국으로 돌아왔다는 사실로 마음을 다독였다.
앞으로 또 어떤 시련이 닥쳐오더라도, 이제 남편은 이곳에서
한층 더 당당하고 굳건하게 내 곁을 지키며 함께 맞서줄 것이
기 때문이었다.

제29장
엄숙히 선서합니다

나에게 2016년은 '증인 신문의 해'였다. 맥스웰을 상대로 제기한 명예훼손 소송의 일환으로, 2016년 한 해 동안 내 변호인단은 맥스웰을 두 차례 심문했고 맥스웰 측 변호인단 역시 덴버에서 나를 두 번 심문했다. 또한 2016년에는 내가 엡스타인의 곁에 얽매여 지내는 동안 알고 지냈던 수많은 사람이 증언대에 섰다. 나의 어머니와 아버지를 비롯해 전 남자친구였던 마이클과 토니, 또 다른 엡스타인 사건 생존자인 요한나 쇼버그, 팜비치 저택의 관리인이었던 후안 '존' 알레시, 그리고 당연히 엡스타인 본인까지 신문을 받았다(이 모든 사람 중 오직 엡스타인만이 자신에게 불리한 증언을 하지 않을 권리인 수정헌법 제5조를 내세우며 답변을 거부했다).

증인 신문을 받는다는 건 어떤 기분일까? 주제가 무엇이든

전사

녹초가 될 만큼 고통스럽다. 하물며 수년 전 겪은 성적 학대에 관한 질문이 쏟아진다면 그 고통이 얼마나 극심할지 짐작이 갈 것이다. 실제로 신문 중에 마음이 너무나 어지럽고 괴로워 잠시 휴식 시간이 오면 화장실로 달려가 먹은 걸 게워내기도 했다. 그날, 상대 변호사가 내 아이들의 사진을 테이블 위로 내동댕이치는 순간 나도 모르게 몸을 움츠렸다. 흡사 마피아들이나 쓸 법한 비열한 협박 수법을 눈앞에서 마주한 기분이었다. 변호사는 내가 소셜 미디어를 사용하는 방식을 문제 삼으려는 의도였다고 변명했다. 생명의 위협을 느끼고 있다면서 어떻게 아이들 사진을 버젓이 인터넷에 올릴 수 있느냐는 논리였다. 하지만 내 눈에는 악의만 보였다. 아마 그 변호사의 행동이 엡스타인을 떠올리게 했기 때문일지도 모른다. 스카이디의 사진을 책상 위에 던지며 절대 경찰에 가지 말라고 경고하던 엡스타인의 모습이 아직도 생생했다. 나는 내 아이들의 얼굴을 뻔뻔하게 들이미는 이 행위를 직접적인 위협으로 받아들였다.

이 말을 동정 어린 호소로 듣지는 말아주길 바란다. 가해자들에게 맞서는 길이 쉬울 거라고 약속한 사람은 아무도 없었다. 이 비열한 자들과 싸우기로 선택한 것은 나였고, 그 선택이 험난한 고전이 될 것임을 늘 알고 있었다. 나는 여전히 매주 월요일이면 주디스 라이트풋 박사와 전화로 상담을 이어갔다. 주디스는 명상과 호흡법을 추천해주고 내 목소리를 세상에 더 내기를 권했다. 내가 분명하게 목소리를 낼수록 내면이 단단해질 것이라고 믿었기 때문이다. 그럼에도 2016년은 지독하리만치 고단한 해였다. 일정 탓도 컸다. 내가 직접 신문을 받거나 다른 이의 신문을 참관하기 위해 2016년 한 해 동안 호주와 미국을 네 번이나 왕복했다(로비의 부모님이 우리와 함께 살고 계셨기에 그 긴 공백을 견딜 수 있었다. 로비가 병원에서 교대 근무를 하는 동안, 프랭크는 아이들의 등하교를 맡았고 니나는 요리와 집안일을 챙겼다).

하지만 나를 정말 지치게 만든 것은 이 모든 과정이 불러일으킨 감정의 소용돌이였다. 내가 참석하지 않았던 어머니의 신문에서, 조사관은 내가 왜 마러라고를 그만두었는지 물었다. 어머니는 그 일에 대해선 전혀 모른다고 선을 그으면서도, 맥스웰이 나를 가르치고 있다는 말을 아버지에게 들었다고 진술했다. 심지어 어머니는 맥스웰을 나의 "새엄마" 같은 존재로 표현했다. 한편 아버지는 신문 과정에서 엘 브릴로 웨이 저택에서 엡스타인을 만났을 때를 회상하며, 그 소아성애자가 "나쁘지 않아 보였다"라고 답했다. "사람을 겉모습만 보고는 알 수 없는 법이니까요"라는 말과 함께 말이다. 그러더니 아버지는 당시 내 남자친구였던 마이클에 대해서는 싫은 기색을 내비쳤다. "어떤 부모가 딸의 남자친구를 마음에 들어

499

전사

하겠습니까? 내 딸에게 과분한 사람은 아무도 없다고 생각했습니다. 뭐, 저만 그렇게 느꼈을 수도 있겠지만요." 부모님이 내놓은 증언들은 두 사람이 언제나 그렇듯 자기 자신을 보호하려는 욕구에만 매몰되어 있음을 여실히 드러냈다. 새로운 사실도 아니었지만, 그 증언을 읽어내려가는 것은 여전히 고통스러운 일이었다.

쇼버그의 신문 조서 내용은 읽기가 한층 수월했다. 쇼버그가 내가 겪었던 일들을 고스란히 증언해주었기 때문이다. 쇼버그의 진술에 따르면, 맥스웰은 쇼버그가 팜비치 애틀랜틱 대학교에 다니던 스물한 살 무렵 캠퍼스에서 처음 접근했다. 당시 맥스웰은 전화 응대나 음료 준비 같은 집안일을 도와줄 사람이 필요하다며 시간당 20달러를 제안했다. 맥스웰은 이 업무를 집사와 비슷하다고 설명하면서도, 일반적인 집사들은 "너무 고리타분하다"라는 말을 덧붙였다고 한다. 쇼버그는 맥스웰을 따라 엡스타인의 저택으로 갔고, 처음에는 맥스웰이 시키는 대로 평범한 일을 했다. 하지만 맥스웰이 다음 번 방문을 요청했을 때, 쇼버그의 업무 내용은 시간당 100달러를 받는 "발 마사지"로 바뀌어 있었다. 처음에는 신체 접촉이 없었으나 나중에 엡스타인이 성관계를 강요했다고 진술했다. 쇼버그는 리틀 세인트 제임스 섬에 갔던 일도 언급했는데, 그곳 해변에서 쇼버그와 내가 함께 엡스타인을 마사지했던 상황을 정확히 진술했다. 엡스타인의 맨해튼 타운하우스에서 보낸 어느 날 밤의 일도 떠올려냈다. 그날 맥스웰은 앤드루 왕자에게 왕자의 모습을 본뜬 인형을 건넸고, 이어서 그 인형의 손을 내 가슴 위에 올리는 기괴한 행동을 했었다.

"제프리 주변에 그렇게 많은 여자가 있다는 사실에 맥스웰이 불쾌한 기색을 드러내거나 속마음을 털어놓은 적이 있나요?" 시그리드가 쇼버그에게 물었다.

"아니요." 쇼버그가 대답했다. "오히려 정반대였어요. 맥스웰은 엡스타인이 원하는 만큼 그를 만족시켜 줄 수 없기 때문에 다른 여자애들이 주변에 있는 거라고 제게 말했습니다."

쇼버그는 또한 엡스타인과 잠자리를 갖는 여자들이 아무리 많아도 맥스웰은 전혀 개의치 않는다는 말을 늘 주위에 해왔다는 사실을 확인해주었다. 이어서 쇼버그는 엡스타인이 한번은 그녀의 헬스 트레이너 친구를 저택으로 초대했다는 이야기를 시작했다. 쇼버그의 친구가 저택에 도착하자, 엡스타인은 그 친구에게 수영장 옆에 누워 있는 한 소녀를 가리키며 이렇게 으스댔다.

"저기 수영장 옆에 누워 있는 여자애 보여? 내가 방금 저 아이의 순결을 뺏었지."

엡스타인의 이런 음란한 자랑을 들은 친구는 "수치심과 혐오감에 몸서리쳤다"라고 전했다. 하지만 내 반응은 어땠을

전사

까? 이 기록을 읽으며 든 생각은 오직 하나였다. '그래, 저게 바로 엡스타인이지. 한 치의 오차도 없이 딱 그 인간다운 짓이네.'

나는 이 모든 증인 신문을 일일이 참관할 수는 없었다. 이미 아이들과 너무 오래 떨어져 있었다. 하지만 그럼에도 단 한 사람, 토니 피게로아의 신문만큼은 반드시 직접 가야 한다는 사실을 알고 있었다. 태국으로 떠난 뒤 토니와 소식이 끊겼기에 그가 어떤 말을 쏟아낼지 짐작할 수 없었다. 토니는 내가 겪은 수많은 비극을 입증할 진실을 쥔 사람이었다. 하지만 14년 전 내가 그의 삶에서 갑자기 사라진 탓에 그가 얼마나 깊은 상처를 입었을지도 나는 잘 알고 있었다.

이번 신문은 맥스웰 측 변호인단이 요청한 것이었다. 내 변호사들은 의아함을 감추지 못했다. 토니가 맥스웰에게 유리하고 내게는 치명적인 증언을 할 것이라는 확신이 없었다면, 그들이 굳이 토니를 찾아내 증언대에 세울 이유가 없었기 때문이다.

에드워즈는 신문에 앞서 토니와 사전 통화를 진행했는데, 수화기 너머 토니는 울분을 쏟아냈다. 그는 내가 자신을 내버리고 떠났다며 비난을 퍼부었다. 나 때문에 망신을 당했을 뿐만 아니라 월세를 감당할 수도 없는 아파트에 홀로 남겨졌던 당시의 비참함을 토해냈다. 에드워즈가 우리가 원하는 것은 그저 진실을 말해주는 것뿐이라며 그를 설득하려 했지만, 토니는 날카롭게 쏘아붙였다. "버지니아와 직접 이야기하기 전까지는 아무 말도 안 할 겁니다. 버지니아가 왜 나를 그따위로 엿 먹였는지 설명부터 들어야겠어요."

토니의 증인 신문을 이틀 앞두고 나는 그에게 전화를 걸었다. 토니가 전화를 받자마자 나는 진심을 담아 사과했다. 2002년 우리 관계가 그토록 허망하게 끝난 일은 물론, 2016년 지금까지도 그를 이런 진흙탕 싸움에 끌어들여 미안하다고 말했다. 그저 묵묵히 제 삶을 살아가려 노력해온 그에게 고통스러운 과거를 다시 들춰내는 일이 얼마나 가혹한지도 잘 안다고 덧붙였다. 우리는 과거 엡스타인의 손아귀를 벗어나 새 삶을 꾸리려 함께 탈출을 시도한 적이 있었다. 그랬기에 나 홀로 도망쳤을 때 토니가 느꼈을 배신감과 버림받은 기분을 누구보다 잘 알 수 있었다. 통화를 이어가며 나는 그 사실을 순순히 인정했다. 우리는 어린 시절을 함께 보낸 사이이며, 예나 지금이나 그에게 상처를 줄 뜻은 절대 없었다는 내 진심이 닿기를 바랐다.

48시간 후, 에드워즈와 나는 증인 신문을 위해 플로리다의 법률 사무소로 향했다. 복도에서 마주친 토니와 인사를 나누었지만, 토니는 몹시 긴장한 듯 내 시선을 피했다. 오늘 신문이 어떤 방향으로 흘러갈지 가늠할 수 없어 초조한 마음뿐

전사

이었다. 하지만 나의 걱정은 기우에 불과했다. 맥스웰 측 변호사의 질문이 시작되자, 토니는 우리가 함께 살던 시절 내가 한 달의 절반가량을 엡스타인과 여행하며 보냈던 일을 회상했다. 또한 내가 엡스타인과 맥스웰, 그리고 그들의 지인들과 강제로 성관계를 해야만 했다고 고백했던 사실도 분명히 확인해주었다. 토니는 내가 다른 여자아이들을 포섭하도록 강요받았고 엡스타인과 맥스웰이 우리 같은 피해자들에게 사용했던 성인용 기구들에 대해서도 털어놓았다고 말했다. 이어 토니는 우리 둘이 엡스타인의 손아귀에서 벗어나려 애쓰던 무렵 내가 자유를 얼마나 소중히 여겼는지도 증언했다.

"버지니아는 그곳으로 돌아가는 걸 끔찍이도 싫어했습니다." 토니가 말했다. 내가 무슨 이유로 도망치려 했느냐는 질문에 토니는 "이용당하고 학대당하는 삶을 끝내기 위해서였다"라고 답했다. 토니는 내가 앤드루 왕자와 강제로 성관계를 했다고 말한 것을 기억하고 있었으며, 내가 런던에 머무는 동안 나의 안전을 몹시 걱정했다고 설명했다. 왜 그렇게 걱정했느냐는 물음에 토니는 이렇게 대답했다. "저와 통화할 때 버지니아의 말투가 평소와 달랐거든요. 겁에 질린 목소리였습니다."

토니는 내가 런던 여행에서 돌아온 뒤 앤드루 왕자가 나를 팔로 감싸고 찍은 사진을 본 기억도 떠올렸다. 그리고 내가 탈출한 후, 맥스웰이 토니에게 전화를 걸어 엡스타인에게 상납할 다른 여자아이들을 구해줄 수 있는지 물었던 소름 끼치는 일도 폭로했다. "맥스웰은 정말 아무렇지도 않게 말했습니다. '안녕하세요, 나 길레인이에요. 혹시 이쪽으로 보낼 만한 다른 여자가 있는지 제프리가 궁금하다고 해서 연락해요.'"

하지만 그날의 신문 과정에서 내 마음을 가장 아리게 했던 순간은, 2002년에 작별 인사를 나눈 뒤로 우리가 서로를 본 적이 있느냐는 맥스웰 측 변호사의 질문에 토니가 답할 때였다. "아니요, 한 번도요." 토니가 대답했다. 토니의 얼굴에는 진심 어린 슬픔이 서려 있었다. 토니는 내가 바로 맞은편 테이블에 앉아 있다는 사실이 현실처럼 느껴지지 않는다고 덧붙였다. "유령과 대화하고 있거나, 유령을 보고 있는 것만 같아요." 토니가 말했다.

신문 이후 에드워즈는 내게 토니가 끝맺지 못한 이별을 뒤로하고 앞으로 나아가려면 나를 직접 만날 기회가 필요했던 것 같다고 말했다. 나는 에드워즈의 말이 맞기를 진심으로 바랐다.

내 변호인단이 신문해야 할 가장 중요한 인물은 당연히 맥스웰 본인이었다. 첫 번째 증인 신문 일정이 잡혔지만, 맥스웰이 응할지는 미지수였다. 맥스웰은 이전에도 여러 차례 신문을 교묘히 피해간 전적이 있었기 때문이다. 일례로

전사

2010년, 에드워즈는 '범죄 피해자 권리법' 소송과 관련해 맥스웰에게 소환장을 발부한 적이 있었다. 하지만 신문이 시작되기 불과 몇 시간 전, 맥스웰의 변호사는 맥스웰의 어머니가 위독하여 돌아올 기약 없이 출국하게 되었다고 통보했다. 그러나 고작 몇 주 뒤인 7월 31일, 맥스웰은 뉴욕주 라인벡에서 열린 첼시 클린턴(빌 클린턴 미 전 대통령과 힐러리 클린턴 전 국무장관 사이의 딸-옮긴이)의 결혼식에 400명의 하객 중 한 명으로 참석하며 버젓이 미국 땅을 밟았다. 그럼에도 에드워즈가 신청했던 맥스웰의 신문은 끝내 이루어지지 않았다.

그로부터 6년이 지난 지금, 에드워즈는 마침내 맨해튼에 있는 '보이스 실러 플렉스너'의 변호인단과 함께 맥스웰을 증언대에 몰아세울 날만을 고대하고 있었다. 하지만 신문을 불과 24시간도 남겨두지 않은 시점에, 맥스웰 측 변호인단은 이른바 '프로 학 비체pro hac vice(해당 주의 면허를 가진 변호사가 공동 원고에 포함되어 있을 경우 타주 변호사가 변론할 수 있도록 요청하는 제도-옮긴이)'라고 불리는 절차에 이의를 제기했다. 플로리다주 변호사인 폴 카셀과 에드워즈가 의뢰인인 나를 뉴욕에서도 대리하는 것을 가능케 한 일시적 허가권에 이의를 제기한 것이다. 결국 판사는 뉴욕주 변호사인 시그리드가 맥스웰의 신문을 담당해야 한다고 판결했다. 예상치 못한 돌발 상황이었다. '프로 학 비체'라는 일시적 허가 요청이 법조계에서 이의제기를 받는 경우 자체가 극히 드물기 때문이다. 물론 시그리드는 사건의 정식 변호인이었고 에드워즈의 신문 준비를 돕는 등 밤낮없이 내 소송에 매달려왔다. 하지만 그런 시그리드조차 내게 이렇게 털어놓았다. "직접 신문석에서 상대를 몰아붙이는 건 또 다른 문제거든요."

"걱정 마요, 시그리드. 맥스웰은 분명 수정헌법 제5조를 내세워 답변을 거부할 테니까." 에드워즈가 예측했다. "맥스웰이 저지른 모든 범행을 우리가 빤히 알고 있는데, 증언 거부권을 쓰지 않고는 못 배길 겁니다." 하지만 시그리드는 만약의 상황에 대비해 밤을 꼬박 새우며 두 가지를 준비했다. 제대로 된 답변을 얻어내리라 기대하지는 않지만 하나하나 짚고 넘어가야 할 방대한 질문 목록, 그리고 맥스웰이라는 노련한 조작 전문가를 상대하기 위한 전략이었다.

2016년 4월 22일 오전 9시 직후, 증인 신문이 시작되었다. 맥스웰이 선서를 마치자, 시그리드는 맥스웰에게 주소와 생년월일을 말해달라고 요청했다. 그러고 나서 우리의 '슈퍼우먼' 시그리드는 첫 번째 질문을 던졌다. "엡스타인을 위해 일할 여성을 처음으로 포섭한 게 언제입니까?"

맥스웰은 혼란스럽다는 듯 연기했다. "변호사님이 말하는 '여성'이라는 말이 무슨 뜻인지 이해가 안 가네요." 맥스웰이 대답했다. "또 '포섭'이라는 단어도 무슨 의미인지 모르

507

겠고요."

시그리드는 눈 하나 깜짝하지 않았다. "본인은 여성입니까?" 시그리드가 물었다. 맥스웰은 그렇다고 답했다. 그러자 시그리드는 원래의 질문을 다시 던졌다. 몇 차례나 실랑이가 오간 끝에야 맥스웰은 1992년쯤 엡스타인을 위해 일할 마흔 혹은 쉰 살 정도 된 여성을 처음 고용했다고 마지못해 답했다. 맥스웰의 태도로 보아 신문 과정이 매우 더디게 진행될 것 같았지만, 그래도 상관없었다. 놀랍게도 맥스웰이 수정헌법 제5조를 내세워 답변을 거부하지 않고 있었기 때문이다.

"18세 미만의 미성년자를 고용한 적이 있습니까?" 시그리드가 물었다.

"단 한 번도 없습니다." 맥스웰이 답했다.

"버지니아 주프레가 18세 미만이었을 때, 제프리 엡스타인의 집으로 오라고 초대한 적이 있습니까?" 시그리드가 질문을 이어갔다.

맥스웰은 즉각 말을 받아쳤다. "버지니아 로버츠는 본인이 마사지사라고 자처하며 제 발로 찾아온 겁니다."

시그리드는 토씨 하나 틀리지 않고 똑같은 질문을 반복했고, 맥스웰은 궤변을 늘어놓기 시작했다. "다시 말하지만, 나는 버지니아 로버츠를 초대한 적이 없습니다. 그 아이가 마사지사 자격으로 온 것이죠."

그런 식의 문답이 몇 시간 동안이나 계속되었다. 맥스웰은 마러라고에서 나를 만난 기억이 없다고 잡아뗐으며, 나를 포섭해 엡스타인에게 보냈던 그 첫 번째 '마사지'에 본인이 가담했다는 사실도 부인했다. 맥스웰은 내 앞에서 그를 마사지한 적이 있다는 사실 자체를 통째로 부정했다.

시그리드는 아랑곳하지 않고 밀어붙였다. 시그리드는 자신이 메모를 내려다보며 맥스웰을 무시할 때마다 맥스웰이 안절부절못한다는 사실을 눈치채기 시작했다. 그래서 시그리드는 일부러 눈을 맞추지 않은 채 질문을 이어가며 맥스웰의 신경을 긁었다.

"엡스타인이 '어릴수록 더 좋다'라고 말하는 것을 목격한 적이 있습니까?" 시그리드가 물었다.

맥스웰은 그런 기억이 전혀 없다고 잡아떼며 나를 "그저 끔찍한 망상주의자"라고 비난했다. 맥스웰은 대답하고 싶지 않은 질문이 나오면 오만한 태도를 보였다. "다음으로 넘어가죠"라는 식으로 어느 순간부터 고압적인 자세를 유지했다.

그러나 시그리드는 침착하게 대처했다. "이 증인 신문의 주도권은 저에게 있습니다. 다음으로 넘어갈지 말지를 결정하는 사람은 접니다."

이어서 시그리드가 "팜비치 저택에 성인용품을 모아둔 바구니를 보관하고 있었습니까?"라고 묻자 맥스웰은 말을 흐리

전사

며 본질을 회피했다.

"우선, 그게 무슨 뜻이죠?" 맥스웰이 되물었다. 이에 시그리드는 똑같은 질문을 반복했고, 곧 또 그래야 했다. 그다음에도, 또 그다음에도 계속해서. 맥스웰은 부인으로 일관하며 시그리드에게 아주 단순한 단어들(인형, 파티, 학교, 정기적 등등 목록은 끝도 없이 이어졌다)조차 그 정의를 내리라고 요구했다.

"나는 버지니아, 제프리와 그 어떤 시점에도, 단 한 번도, 그 무엇에도 함께 가담한 적이 없습니다." 맥스웰이 말했다. "이런 쓰레기 같은 소동만 아니었다면 그 아이를 기억조차 못 했을 거예요." 시그리드가 맥스웰에게 사건의 특정 세부 사항을 알고 있는지 물을 때마다, 맥스웰은 질문에 답하는 대신 "버지니아가 거짓말을 반복해왔다는 사실은 알고 있죠"라며 동문서답으로 일관했다.

하지만 맥스웰이 무너지기 시작했다는 징후들이 나타났다. 맥스웰은 시그리드를 향해 "지금 나를 함정에 빠뜨리려 하는군요. 난 절대 걸려들지 않을 겁니다"라며 훈계하듯 쏘아붙였다. 맥스웰은 나와 함께 엡스타인의 전용기를 탔던 기억이 없다고 부인하다가, 내 이니셜 바로 옆에 본인의 이니셜이 적힌 비행 기록을 제시받자 이렇게 항변했다. "여기 적힌 'G. M.'이 나라는 걸 어떻게 증명하실 건가요?"

시그리드가 맥스웰에게 엡스타인의 저택에서 벌거벗었거

나 반나체 상태인 소녀들의 사진을 찍은 적이 있느냐고 묻자, 맥스웰은 날카롭게 반응했다. "당신이 무슨 의도로 이런 질문을 하는지 알겠는데, 부적절한 질문이군요." 시그리드는 이번에도 물러서지 않고 중심을 지켰다. "어떤 의도를 가지고 유도하는 게 아닙니다. 나는 그저 질문을 던지고 있을 뿐이에요."

점심 식사 후, 철저하게 평정심을 유지하던 맥스웰은 결국 평정심을 잃고 폭발했다. 맥스웰이 마러라고에서 나를 만난 기억이 없다는 말을 반복하자, 시그리드가 이렇게 몰아붙였다. "그렇다면 당신이 마러라고에서 미성년자였던 버지니아에게 접근했다는 주장이 '명백한 거짓말'이라는 뜻입니까?"

맥스웰 측 변호사가 이의를 제기했지만, 맥스웰은 이미 이성을 잃고 쏟아붓기 시작했다. 맥스웰은 특히 아주 오래전인 2009년, 엡스타인을 상대로 제기한 첫 번째 민사소송에서 내가 내 나이를 착각했던 부분을 물고 늘어졌다. 앞서 설명했듯이 내가 맥스웰을 만났을 당시의 나이를 (실제로는 16세였음에도) 15세라고 말했던 것은 단순한 실수였다. 하지만 맥스웰은 이를 두고 "이야기를 더 자극적으로 만들기 위해 당신들 모두가 공모해서 저지른 거짓말 아닙니까! 내 말이 맞지 않나요?"라고 고함을 질렀다.

"그건 제 질문이 아닙니다." 시그리드의 대꾸에도 맥스웰은 멈추지 않았다. 맥스웰은 말을 쏟아내며 테이블을 주먹으

511

전사

로 내리치기 시작했다. "버지니아의 나이가 본인이 말한 것과
달랐고, 당신들이 그걸 자극적으로 언론에 퍼뜨렸다는 사실
에 동의하시죠? 그건 명백하고─쾅!─ 분명하며─쾅!─ 확
실하고─쾅!─ 완벽한 거짓말이라고요!"

맥스웰의 모습은 그야말로 공포 그 자체였던 모양이다. 맥
스웰이 테이블을 내리치자 시그리드가 수년간 알고 지낸, 웬
만한 일에는 동요하지 않기로 유명한 베테랑 속기사조차 시
그리드가 이제껏 본 적 없을 정도로 겁에 질린 표정을 지었
다. 하지만 시그리드는 누구인가? 그야말로 강철 같은 여인
이었다.

"기록으로 남기겠습니다." 시그리드가 단호하게 선언했다.
"맥스웰 씨는 지금 매우 부적절하고 위협적인 태도로 우리 법
률 사무소의 테이블을 내리쳤습니다. 맥스웰 씨, 심호흡하면
서 마음을 가라앉히시길 바랍니다."

상대 변호인단도 지금이 휴식해야 할 시점이라는 데 동의
했다. 시계는 오후 1시 56분을 가리키고 있었다.

17분 후, 증인 신문이 재개되었으나 맥스웰은 자신의 모든
범행을 발뺌하며 버텼다. 내가 태국에 갔다는 사실도 모른다
며 잡아뗐고, 태국에서 한 소녀를 만나라고 지시한 적도 없다
고 부인했다. 맥스웰은 오로지 부인, 부인, 또 부인으로 일관
했고 그렇게 시간은 흘러 오후 6시 43분이 되어서야 시그리

드에게 할당된 신문 시간이 끝났다. 휴식 시간을 포함해 10시간이 넘는 대장정 중에 시그리드는 7시간 동안 맥스웰을 거세게 몰아붙였다. 나중에 알게 된 사실이지만, 시그리드와 맞붙어 본 변호사들은 시그리드를 쿠엔틴 타란티노의 영화 〈킬빌〉에서 칼을 휘두르는 우마 서먼의 암살자 역할에 비유하곤 한다. 한 상대 변호사는 시그리드를 "예상치 못한 순간 치명타를 날리는 인물"이라고 묘사하기도 했다. 나에게 있어 맥스웰을 상대로 보여준 시그리드의 활약은 그런 평가를 다시 한 번 증명해줄 뿐이었다.

몇 달 후 진행된 맥스웰의 두 번째 증인 신문에서는 데이비드 보이스의 활약이 눈부셨다. 보이스, 시그리드, 에드워즈, 그리고 폴 카셀까지 내 변호인들은 모두 나를 위해 온 힘을 다해 싸워주었다. 맥스웰 측 변호인단이 덴버에서 진행한 두 차례의 증인 신문 동안에도 에드워즈와 시그리드는 내 곁을 든든히 지켜주었다. 이어 내 변호인단은 맥스웰의 행적을 알고 있는 관계인 수십 명을 찾아내 신문을 이어갔다. 거기서 엡스타인의 지인 부부 밑에서 일했던 전직 요리사 리날도 리조의 진술도 확보했다.

리조의 증언에 따르면 한번은 엡스타인과 맥스웰이 15세의 스웨덴 소녀를 지인의 집으로 데려온 적이 있었다고 한다. 엡스타인과 맥스웰은 그 소녀를 저녁 식사를 준비하던 리조

전사

부부의 주방에 남겨두고 자리를 떴다. 침묵을 지키던 소녀는 몸을 떨며 눈에 띄게 겁에 질려 있었다. 리조가 엡스타인과의 관계를 묻자, 소녀는 울음을 터뜨리며 맥스웰을 포함해 다른 여성 한 명과 함께 엡스타인의 섬에 있었다는 사실을 털어놓았다. 소녀는 그 세 명이 자신에게 성관계를 강요했지만 끝내 거절했다고 말했다. 리조는 당시 소녀가 "길레인이 내 여권을 가져가 버렸어요"라고 말했던 것을 기억해냈다. 또한 맥스웰이 소녀를 협박하며 자신들의 성적 요구에 대해 함구할 것을 강요했다고 진술했다. 맥스웰에게 수시로 여권을 빼앗겼던 당사자로서, 나는 리조의 신문 기록을 읽으며 속이 메스꺼워졌다. 맥스웰이라는 여자에게 통제당하는 것이 얼마나 공포스러운 일인지 너무나도 잘 알았기 때문이다. 리조의 진술은 내가 겪은 일들이 사실임을 뒷받침하는 아주 중요한 증거였다.

우리 변호인단이 거둔 성과 중에서도 백미를 꼽으라면, 2017년 1월 31일 시그리드가 제출한 약식판결 신청 반박문이 단연 첫손에 꼽힌다. 당시 맥스웰 측은 재판에서 다툴 실질적인 쟁점이 없으니 판사 선에서 맥스웰의 손을 들어주고 사건을 종결해달라고 요청한 상태였다. 시그리드는 반박문에서 그렇게 호락호락하게 끝나지는 않을 것이라고 못을 박았다.

우선 시그리드는 내가 미성년자였던 시절 맥스웰이 나를 학대하거나 인신매매했을 리 없다는 논리를 처참히 뭉개버렸다. 시그리드는 상대의 주장을 다음과 같이 요약했다. "고용 기록에 따르면 엡스타인과의 성관계를 위해 마러라고에서 버지니아를 포섭할 당시 원고의 나이는 처음 생각했던 15세가 아니라 16세 혹은 17세였다." 곧이어 시그리드는 날카롭게 쏘아붙였다. "그렇다면 '나는 성매매 알선범이지만, 고작 16살짜리 여자애들만 팔아넘겼을 뿐이다'라는 논지인가?"

맥스웰이 자신은 "엡스타인의 미성년자 성 착취에 정기적으로 가담하지 않았다"라고 항변하자, 시그리드는 반박문에 냉소적인 문장을 남겼다. "이 논리는 '나는 성매매 알선범이지만, 화요일과 목요일에만 범행을 저질렀을 뿐이다'라는 뜻으로 읽힌다." 또한 내가 감금당하거나 맥스웰의 법적 소유물이 아니었으므로 성노예일 리 없다는 궤변에 맞서, 인신매매 전문가의 말을 인용했다. 전문가는 현대판 노예 제도의 피해자로 인정받기 위해 반드시 "침대에 사슬로 묶여" 있을 필요는 없다고 설명했다. 시그리드는 맥스웰의 입장을 다음과 같이 규정했다. "'나는 성매매 알선범이지만, 사슬을 사용하지는 않았다'라는 주장에 불과하다."

맥스웰이 자신은 아동 음란물을 제작하지 않았으며 정부도 그 내막을 알고 있다고 주장하자, 시그리드는 재치 있게

전사

응수했다. "'사진을 발견하기 전까지 나는 무죄다'라는 뜻으로 간주하겠다." 마지막으로 맥스웰이 자신은 엡스타인을 위해 '포주' 역할을 한 적이 없다고 단언하자, 시그리드는 맥스웰 주장의 핵심이 "엡스타인에게 여자아이 한 명을 인신매매한 사실만으로는 포주라고 명명할 수 없다는 뜻인 모양이다"라고 꼬집으며 이렇게 덧붙였다. "그렇다면 '나는 버지니아 전담 포주였을 뿐, 다른 아이들의 포주는 아니었다'라는 의미로 귀결된다."

결론적으로 시그리드는 우리 측 주장대로 맥스웰이 내 학대에 가담했다면, 나를 '명백한 거짓말쟁이'로 몰아세웠던 맥스웰의 2015년 1월 성명은 명백한 명예훼손에 해당한다고 적시했다. 시그리드는 법원에 맥스웰 측의 약식판결 신청을 기각해달라고 요청했고, 2017년 3월 22일 로버트 W. 스위트 판사는 그 요청을 받아들였다. 재판 날짜는 5월 15일로 확정되었다.

그 후 몇 달 동안은 눈코 뜰 새 없이 바쁜 나날이 이어졌다. 시그리드와 에드워즈, 폴 카셀은 재판 준비에 매진하며 수많은 증인을 조율하고 1,000개가 넘는 증거물을 정리했다. 변호인단은 우리가 재판을 진행할 약 4주 동안 머물 호텔 객실을 예약했고, 법원 건너편에 커다란 전략 회의실도 마련했다. 그리고 마지막으로 필요한 증인 신문 일정을 잡았다. 바로 맥스웰에 대한 세 번째 고강도 추궁이었다. 맥스웰이 이전 신문들에서 특정 질문들에 답변하기를 거부했기 때문에, 이번 신문은 재판을 일주일 앞두고 판사가 중재자로 나선 가운데 법정에서 진행될 예정이었다.

이 시점까지 몇 차례 합의 논의가 오갔으나 아무런 결실을 보지 못했다. 변호인단은 우리가 결국 재판까지 갈 것이라고 믿었다. 나는 5월 3일로 예정된 마지막 조정 절차를 위해 재판 몇 주 전 비행기를 타고 날아갔다. 에드워즈와 시그리드, 폴 카셀은 재판 준비로 정신없이 바빴기에 이 조정은 보이스와 당시 에드워즈의 파트너였던 스탠 포틴저가 담당했다. 그리고 며칠 뒤인 맥스웰의 마지막 증인 신문 전날 밤, 변호인단과 나는 합의에 동의했다. 그로부터 몇 주 후, 소송은 기각 종결되었다.

합의 조건은 비밀 유지 조항에 따라 공개할 수 없지만, 왜 합의에 응했는지는 말할 수 있다. 변호인단과 나는 공개 법정에서 맥스웰의 거짓말을 폭로하기 위해 정말 성실하게 준비해왔고, 맥스웰이 증언석에서 괴로워하며 몸을 비트는 모습을 보는 건 깊은 만족감을 주었을 것이다. 또한 변호인단의 계획대로 엡스타인이 증언대에 서는 모습도 꼭 보고 싶었다. 설령 엡스타인이 이전처럼 수정헌법 제5조를 내세워 답변을 거부하더라도, 그자가 저지른 죄에 걸맞은 범죄자로서

전사

신문받는 모습을 보는 것만으로도 내게는 큰 위안이 되었을 것이다.

하지만 이 사건은 형사 재판이 아니라 민사소송이었음을 기억해야 한다. 애초에 맥스웰을 감옥으로 보낼 판결은 나올 수 없었다. 적어도 직접적으로는 말이다. 결국 우리가 재판까지 가서 승소하더라도, 승리의 대가는 언제나 금전적인 보상에 국한될 수밖에 없었다. 내게 합의는 예정보다 빨리 가족의 품으로 돌아갈 수 있다는 의미였고, 나는 합의금을 받아 가족들을 돌볼 수 있게 되기를 고대했다. 합의를 선택했다는 이유로 비난의 화살을 맞은 엡스타인의 피해자는 내가 처음이 아니었으며, 아마 마지막도 아닐 것이다. 하지만 그런 선택을 했다는 이유로 나를 함부로 판단하는 사람들에게, 나의 첫 번째 소송이었던 '제인 도 102호 대 제프리 엡스타인' 사건에서 내가 던진 처절하고도 정확한 일갈을 기억해달라고 말하고 싶다. 당시 나는 수입을 잃었을 뿐 아니라 "삶을 향유할 수 있는 능력 자체를 상실"하는 영구적인 고통을 겪고 있다고 호소했다. 맥스웰과 엡스타인은 내게서 그 무엇과도 바꿀 수 없는 소중한 것을 훔쳐 갔다. 때로는 그 상실감을 딛고 일어서기도 하지만, 여전히 그러지 못한 채 무너지는 날들도 있다.

경제적으로 우리 가족은 늘 허덕이는 처지였다. 다시 직장 생활을 시작하고 싶었지만, 나는 내가 어디에도 고용될 수 없는 사람처럼 느껴졌다. 인신매매를 당했던 시기의 들쑥날쑥한 경력을 설명해야 한다는 사실에 절망한 나머지, 이력서에 가짜 직장과 고용주를 지어내 적기도 했다. 누구든 내 이름을 구글에 검색하기만 하면 내가 누구인지 바로 알 수 있었고, 내가 증인 신문에서 말했듯 "그 누구도 성노예 출신을 고용하고 싶어 하지는 않기" 때문이었다. 한편 앞서 언급했듯이 가족의 안전에 대한 위협이 계속되면서 로비는 더 이상 집 밖에서 일하기 어렵다고 느꼈다. 특히 내가 맥스웰을 고소한 이후 파파라치들이 다시 나타나 우리 가족 주위를 독수리처럼 맴돌았고, 로비는 아이들을 매일 직접 등하교시켜야 한다고 주장했다.

결국 내가 내린 결론은 합의였다. 지난 몇 달 동안 재판 준비는 내 삶의 최우선 순위였다. 엄마의 역할은 뒷전으로 밀려났고, 그로 인해 치른 대가는 수치로 환산하기 어려울 만큼 컸다. 2017년 상반기 내내 나는 정신이 딴 데 팔린 상태였고, 최악의 경우 아이들 곁에 있어주지도 못했다. 생일이나 명절을 놓친 적은 없지만, 부모라면 누구나 공감할 훨씬 더 중요한 것들을 놓치고 살았다. 아이들 목욕물에 거품을 풀어주고, 놀기 전에 숙제부터 끝내도록 지도하고, "안 돼, 알렉스. 밤중에 개조한 고카트를 타고 동네를 질주하면 안 된다니까" 같은 사소한 실랑이를 벌이는, 엄마의 삶을 채우는 평범한 일상들

전사

말이다. 훌륭한 남편과 이해심 깊은 시댁 식구들이 없었다면 주프레 가문이라는 버스는 벌써 바퀴가 빠져 주저앉았을 것이다.

맥스웰은 나의 명예를 훼손함으로써 내 신뢰도를 갉아먹었고, 결과적으로 다른 피해자들을 도울 내 능력까지 침해했다. 맥스웰이 내놓은 돈의 일부를 내 상처를 치유하고, 아이들에게 집중하며, 선한 일을 하려는 내 노력의 밑거름으로 쓸 수 있다면, 나는 기꺼이 그 돈을 받을 생각이었다.

제30장
심판의 시작

기자들을 대면하고 수사기관에 협조하며 소송을 제기하기까지, 수많은 여성이 용기를 내어 엡스타인과 맥스웰에게 맞섰다. 하지만 처음 발을 떼던 순간만큼은 예외 없이 극심한 공포와 외로움에 짓눌렸으리라 확신한다. 엡스타인과 맥스웰의 세상에 갇혀 지내던 시절, 두 가해자는 소녀들 사이에 경쟁심을 부추기고 전략적으로 연대를 차단하며 사악한 왕국을 공고히 했다. 그들의 통제 아래 우리는 서로 반목하며 지낼 수밖에 없었고, 탈출에 성공한 뒤에도 나는 아주 오랫동안 세상에 홀로 버려진 듯한 고립감에서 벗어나지 못했다.

하지만 다른 피해 여성들이 목소리를 내기 시작했다는 소식을 접하며, 나를 짓누르던 고립감도 서서히 걷히기 시작했

전사

다. '범죄 피해자 권리법' 소송을 통해 코트니 와일드의 존재를 이미 알고 있었고, 애니와 마리아 파머 자매가 엡스타인과 맥스웰의 만행을 세상에 알리기 위해 거의 20년 동안이나 애써왔다는 사실도 새로이 접했다. 피해자를 대리하여 결과를 만들어내는 변호사들이 점점 많아진다는 소문이 퍼지자, 침묵을 깨기로 결심하는 여성들도 하나둘 늘어났다.

예를 들어 2016년 10월, 세라 랜섬이라는 이름의 남아프리카 공화국 여성이 폴 카셀에게 전화를 걸어왔다. 세라 랜섬은 자신 역시 2006년과 2007년에 엡스타인과 맥스웰에게 당한 피해자라고 밝혔다. 언론에서 내 이야기를 접한 세라 랜섬은 내가 2014년 에드워즈의 도움을 받아 설립한 비영리 단체 '피해자들은 침묵을 거부한다'의 페이스북 페이지를 찾았다. 세라 랜섬은 어떤 방식으로든 내 소송을 돕고 싶다는 뜻을 전했다. 폴 카셀은 '보이스 실러 플렉스너' 법률팀을 소집했고, 스페인 바르셀로나에 거주 중이던 세라 랜섬에게 다시 전화를 걸었다.

세라 랜섬은 스물두 살 되던 해부터 여러 장소에서 엡스타인과 맥스웰에게 학대당했다고 털어놓았다. 특히 엡스타인의 섬에 머무는 동안 엡스타인에게 반복적으로 강간당했으며, 맥스웰은 이를 도왔을 뿐 아니라 자신을 굶기고 비난하며 돈까지 가로챘다고 증언했다. 나처럼 세라 랜섬에게도 가해자들과 함께 찍은 사진이 있었다. 피해 당시 미성년자는 아니었으나, 세라 랜섬이 당한 일은 명백한 범죄였다. 2017년 초, 10년의 공소시효가 만료되기 직전 '보이스 실러 플렉스너' 측은 세라 랜섬을 대리해 엡스타인과 맥스웰을 고소했다. 혐의는 연방 성매매 인신매매법 위반으로, 이는 사기나 무력, 강요를 동원해 성관계를 목적으로 인원을 포섭, 유인, 운송 또는 모집하는 행위를 금지하는 법안이다. 내가 맥스웰과 합의하기 전, 세라 랜섬은 내 명예훼손 소송의 증인으로 서기 위해 뉴욕으로 날아와 주었다.

엡스타인과 맥스웰을 상대로 제기되는 소송이 늘어나는 상황은 분명 고무적이었으나, 정작 이들의 범죄에 대한 대중의 관심은 시들해졌거나 애초에 그리 높지 않았음을 보여주는 징후들이 나타났다. 도널드 트럼프가 대통령으로 재임 중이던 2017년 초, 엡스타인에게 수치스럽고 비밀스러운 불기소 합의를 허용했던 마이애미의 전직 연방 검사 알렉산더 어코스타가 노동부 장관 후보로 지명된 것이다. 어코스타는 결국 2017년 4월 장관으로 임명되었다.

동시에 미국 전역에서 여성들이 겪은 부당한 처우를 폭로하는 증언이 쏟아져 나오기 시작했다. 폭스 뉴스 앵커 그레천 칼슨은 상사인 로저 에일스를 상대로 성희롱 소송을 제기했고, 우버의 직원이었던 수전 파울러는 차량 공유 업체 내

전사

에 만연한 남성 중심 문화를 공론화하여 최고경영자를 사퇴시켰다. 이러한 악행들은 범람하는 강물처럼 금방이라도 댐을 터뜨릴 듯했고, 마침내 부숴버렸다. 2017년 10월 5일, 〈뉴욕 타임스〉의 조디 캔터와 메건 투헤이 기자는 영화계 거물 하비 와인스타인이 저지른 연쇄 성희롱과 성폭행에 관한 첫 번째 기사를 보도했다. 취재원들의 주장은 실명 증언을 통해 뒷받침되었다. 닷새 후, 〈뉴요커〉의 로넌 패로 기자가 와인스타인에게 피해 입은 여성들의 사례를 추가로 폭로하며 본격적인 시작을 알렸다. 패로는 곧이어 와인스타인의 피해자들을 입막음하려 했던 조력자들의 실체를 밝혀냈는데, 그중에는 내 변호인 중 한 명이었던 데이비드 보이스도 포함되어 있었다. 보이스는 와인스타인을 대리하던 중, 와인스타인의 학대를 다룬 〈뉴욕 타임스〉 기사의 보도를 막기 위해 민간 조사업체에 정보 수집을 지시하는 계약서에 직접 서명했다(이후 보이스는 이를 실수였다고 해명했다. 자신의 법률 사무소가 조사 업체를 직접 선정하거나 지시한 것은 아니며 해당 계약은 '의뢰인을 위한 편의 제공' 차원이었다고 설명하면서도, 깊이 생각하지 못한 본인의 잘못이라며 책임을 인정했다).

이미 2006년부터 활동가 타라나 버크는 성희롱과 성폭행 피해자들을 돕기 위한 단체를 세우고, 이 운동에 '미투'라는 이름을 붙였다. 그로부터 11년이 흐른 뒤, 배우 알리사 밀라

노가 트위터에서 피해 생존자들에게 '#MeToo'라는 해시태그로 각자의 아픔을 공유하자고 제안하며 이 물결은 다시 타오르기 시작했다. 전 세계 여성들이 보여준 반응은 실로 엄청났다. 이틀 뒤에는 미국 체조 대표팀 주치의였던 래리 나사르에게 학대당한 150여 명의 선수 중 한 명이 용기를 내어 세상 앞에 섰다. 그 모습을 보며 이제는 정말 세상이 변하고 있다는 희망을 품지 않을 수 없었다.

❖

　가정 형편도 점차 안정을 되찾았다. 로비와 나는 맥스웰로부터 받은 합의금으로 케언스 바로 북쪽에 있는 외부인 차단단지gated community의 침실 네 개짜리 집을 마련했다. 2년 넘게 전전하던 월세 생활을 청산하고 마침내 다시 내 집 마련의 꿈을 이룬 것이다. 우리가 정착한 거리 이름은 이리디슨트 가로, 무지갯빛이라는 단어의 뜻처럼 뒷마당에 근사한 수영장이 딸린 집이었다. 수영장 수면이 햇빛을 받아 반짝이는 모습을 보고 있노라면 그 이름이 참 잘 어울린다는 생각이 들었다. 야외 주방까지 갖춘 이 집에서 케언스 특유의 덥고 습한 날씨가 계속될 때면, 우리는 폴딩 도어를 활짝 열어 집 안으로 시원한 바람을 들였다.

전사

2017년 중순에 접어들 무렵, 아이들은 어느덧 훌쩍 자라 더 이상 아기가 아니었다. 알렉스는 열한 살, 타일러는 열 살, 엘리는 일곱 살이 되었는데, 각자 자신만의 특별한 면모가 뚜렷하게 보이기 시작했다. 알렉스는 랩 음악의 가사가 될 라임을 짜기 시작했고, 타일러는 무엇이든 척척 그려내는 예술가 기질을 보였다. 막내 엘리는 기발한 이야기로 우리를 즐겁게 해주곤 했다. 당시 엘리의 장래 희망은 작가보다는 소방관에 가까웠지만, 사람들을 매료시키는 이야기꾼으로서의 재능을 마음껏 뽐내고 있었다. 나는 아이들을 보며 감탄했고, 아이들이 매일 내게 가르쳐주는 소중한 것들에 깊이 감사했다. 그러다 보니 문득 우리 가족의 구성원을 더 늘리고 싶다는 생각이 머릿속을 떠나지 않았다.

당시 케언스에서는 퀸즐랜드 위탁 돌봄 시스템에 속한 아이들에게 새 가정을 찾아주는 절차를 간소화하는 캠페인이 한창이었다. 학교에서 보낸 '입양을 전제로 한 위탁'이라는 프로그램 안내 책자를 보게 되었는데, 들여다볼수록 이 일에 동참하고 싶다는 마음이 간절해졌다. 우리 가족은 운이 좋았고, 누군가에게 나누어줄 수 있는 것이 아주 많았다. 과거 '그로잉 투게더' 시절 위탁 가정을 전전하며 잠을 청했던 기억이 있었기에, 정착할 수 있는 안전한 집이 없는 처지가 얼마나 비참한지 누구보다 잘 알고 있었다.

나는 로비에게 입양 이야기를 꺼냈다. 로비의 아버지도 어린 시절 입양되었던 터라 남편 역시 이 제안에 열려 있을 것이라 짐작했다. 내 예상대로 남편은 흔쾌히 찬성했고, 우리는 곧바로 신청서를 제출했다. 어느새 주거 환경 평가까지 통과한 로비와 나는 위탁 아동들이 겪을 수 있는 여러 어려움을 사전에 공부하는 필수 교육 과정도 이수했다. 그리고 곧장 세 살배기 여자아이와 연결되었다. 아이의 아버지는 곁에 없었고, 수감 중이던 어머니는 아이의 입양을 결정한 상태라는 설명을 들었다. 나는 아이에게 우리가 반드시 안식처가 되어주어야 한다고 온 마음으로 믿었다.

그런데 그때 시그리드에게 전화가 걸려 왔다. 내가 다시 미국으로 가야 한다는 소식이었다. 정확히 어떤 사유 때문이었는지는 기억나지 않지만, 매우 시급한 사안이었다(아마도 '살아남은 자매들' 중 한 명의 소송에서 증언하기 위해서였을 것이다). 내게 주어진 시간은 단 사흘이었다. 서둘러 짐을 챙기기 시작하자 로비가 진지하게 이야기를 좀 하자며 나를 불러 세웠다.

"제나, 내가 아이들을 사랑하는 건 당신도 알 거야. 하지만 입양을 강력하게 밀어붙인 건 당신이었잖아." 로비가 말을 이었다. "물론 나도 동의한 일이야. 하지만 당신이 더 간절히 누군가에게 마음을 베풀고 싶어 하잖아. 그런데 정작 당신이 없

전사

으면 이게 다 무슨…." 평소답지 않게 망설이던 로비가 마침내 속내를 털어놓았다. "이건 적절하지 않아. 당신도 이제는 한 가지에 집중해야 해."

남편이 내 앞에 놓아준 선택지가 무엇인지 명확히 이해할 수 있었다. 엡스타인의 범죄 집단을 폭로하기 위해 계속 싸울 것인가, 아니면 한 발짝 물러나 새 딸을 입양하고 커가는 가족의 곁을 지킬 것인가. 로비가 다시 한번 강조했다. "둘 중 하나를 선택해야만 해."

인정하고 싶지 않았지만 로비의 말이 옳았다. 활동가로서의 열망과 가족을 최우선으로 여기는 마음 사이의 갈등은 늘 나를 괴롭혀 왔지만, 이번만큼은 냉정한 선택을 내려야만 했다. 사실 나는 두 가지 모두를 해내고 싶었다. 특히 우리가 도울 수 있는 아이를 구체적으로 알게 된 이상, 어떻게든 그 아이를 품고 싶은 마음이 간절했다. 하지만 동시에 시그리드와 함께 시작한 일은 아직 끝날 기미조차 보이지 않았다. 그 길이 우리를 어디로 이끌든 끝까지 가보는 것이, 잠재적으로는 다른 수많은 젊은 여성과 어린 소녀들에게 도움이 될 터였다. 결국 나는 결정을 내렸고, 며칠 뒤 미국행 비행기에 올랐다. 지금까지도 나는 끝내 만나지 못한 그 어린 소녀를 생각하곤 한다. 만약 그 아이가 우리 가족의 일원이 되었다면, 우리 모두의 삶은 어떤 모습으로 달라졌을까?

이 무렵, 〈마이애미 헤럴드〉의 조사 전문 기자 줄리 K. 브라운이 엡스타인 사건을 본격적으로 파헤치기 시작했다. 줄리 K. 브라운은 알렉산더 어코스타가 트럼프 행정부의 각료로 발탁된 것과, 인사청문회 당시 엡스타인의 이름이 거의 거론되지 않았다는 사실에 자극받아 취재에 뛰어들었다고 밝혔다. 〈마이애미 헤럴드〉의 조사 전문 편집장은 줄리 K. 브라운에게 취재 허가를 내주었고, 피해자들의 인터뷰를 영상으로 기록하기 위해 촬영 기자 에밀리 미쇼를 배정했다. 2017년 12월 초, 두 사람은 첫 번째 인터뷰 대상자인 미셸 리카타를 만났다. 고작 열네 살의 나이에 엡스타인에게 유린당했던 미셸의 절규는 그렇게 카메라에 담겼다. 이후 취재팀은 코트니 와일드, 그리고 열네 살 무렵 엡스타인에게 '마사지' 도중 추행을 당하고 고작 200달러를 손에 쥐어야 했던 제나-리사 존스의 인터뷰도 이어갔다. 그리고 이제 줄리 K. 브라운과 에밀리 미쇼는 나의 목소리까지 기록하기를 원하고 있었다.

2018년 초, 보이스와 시그리드는 줄리 K. 브라운을 만났다. 그 자리에서 줄리는 내가 맥스웰을 상대로 제기했던 명예훼손 소송의 비공개 법정 기록을 세상에 꼭 공개하고 싶다는 강한 의지를 보였다. 성폭력 피해자들 대다수가 사건의 세부 내용이 세상에 알려지는 것을 꺼린다는 걸 잘 알기에, 줄리는

전사

우리의 반발을 예상했다.

하지만 변호인단은 우리가 반대할 이유가 전혀 없다고 단언했다. 엡스타인이 구축한 사악한 제국의 가장 어두운 구석까지 그녀가 조명해준다면 오히려 더할 나위 없이 환영할 일이었다.

2018년 3월, 나는 줄리와 마주 앉아 카메라 앞에 섰다. 이후로도 여러 차례 만남이 이어졌지만, 첫 인터뷰를 마칠 무렵 나는 줄리에게 이 싸움이 나 개인만을 위한 것이 아님을 분명히 밝혔다. 나는 엡스타인에게 고통받은 모든 피해자를 대신해 싸우고 있었다. 나는 강조했다. "이 소녀들 모두가 정의를 되찾는 순간까지, 나는 절대 멈추지 않을 것입니다."

내가 소녀들 '모두'라고 말한 것은 엡스타인이 지금 이 순간에도 학대하고 있을 소녀들도 포함하려는 것이었다. 잊지 말아야 할 사실이 있다. 엡스타인은 유죄 판결을 받은 성범죄자임에도 불구하고, 미성년자를 향한 자신의 도착증을 전혀 반성하지 않은 채 자유롭게 활보하고 있었다. 내가 확신할 수 있는 이유는 2018년 8월 중순, 엡스타인이 〈뉴욕 타임스〉 기자 제임스 스튜어트를 자신의 맨해튼 타운하우스로 초대해 나누었던 대화 때문이다. 당시 만남은 '백그라운드(보도 시 익명을 유지하고 정보를 활용하는 방식)'를 전제로 이루어졌기에, 스튜어트 기자는 얻은 정보를 엡스타인의 발언이라고 직접 인용하지 않는 조건으로만 사용할 수 있었다.* 당시 대화는 표면적으로 스튜어트가 조사 중이던 일론 머스크의 사업 거래에 관한 것이었지만, 엡스타인은 주제에서 벗어난 이야기를 불쑥 꺼냈다. 그는 10대 소녀와의 성관계를 범죄화하는 것이 일종의 문화적 탈선이라고 주장했다. 역사적으로 특정 시기에는 그런 행위가 용인되었다는 점을 근거로 자신의 신념을 정당화하려 했던 것이다. 엡스타인은 미성년자에게 성적으로 접근하는 남성들을 비난하는 사회 분위기를 지난 수십 년간 동성애자들이 받아온 취급에 비유하기까지 했다. 그는 동성애 역시 오랫동안 범죄로 간주되었고, 일부 지역에서는 여전히 사형에 처할 수 있는 죄라는 점을 언급했다. 엡스타인은 상대의 나이와 상관없이 자신이 원하는 누구와도 성관계를 맺는 것에 대해 여전히 당당한 태도를 고수하고 있었다.

2018년 11월, 줄리 K. 브라운의 기획 기사와 에밀리 미쇼의 보도 다큐멘터리 시리즈가 마침내 세상에 공개되었다. '정의의 타락'이라는 제목의 이 시리즈에서 줄리 K. 브라운은 엡

---

* 〈뉴욕 타임스〉 독자들은 2019년 엡스타인이 사망하고 사흘이 지나서야 이 사실을 알게 되었다. 제임스 스튜어트는 "제프리 엡스타인이 내게 권력자들의 치부를 쥐고 있다고 말하던 날"이라는 제목의 기사를 통해, 엡스타인이 사망함에 따라 대화 내용을 익명으로 처리하기로 했던 약속의 효력이 소멸했다고 설명했다.

전사

스타인의 불기소 합의를 이끌어낸 막후 공작을 폭로하며, 특히 알렉산더 어코스타가 그 과정에서 어떤 역할을 했는지 집중적으로 조명했다. 줄리 K. 브라운은 엡스타인에게 당한 피해자가 80명에 달하며, 그중 일부는 학대가 시작될 당시 고작 열세 살이었다는 사실을 밝혀냈다. 또한 엡스타인과 그 측근들이 피해자들의 입을 막기 위해 동원한 공포 전술의 실체도 낱낱이 파헤쳤다(일전에 콜로라도 우리 집 현관에 정체불명의 차량이 헤드라이트를 비추었던 일을 기억하는가? 줄리 K. 브라운은 플로리다에서도 똑같은 방식의 위협을 견뎌내야 했던 다른 피해자를 찾아냈다). 끝으로 이 시리즈는 나를 포함한 여덟 명의 생존자가 겪은 일을 실명 인터뷰를 통해 상세히 기록했다.

이 시리즈가 거둔 엄청난 성과에는 에밀리 미쇼의 공이 매우 컸다. 줄리 K. 브라운의 날카로운 심층 보도에 더해진 에밀리 미쇼의 영상은 엡스타인과 맥스웰의 학대에서 살아남은 우리를 비로소 하나의 인격체로 매만졌다. 〈할리우드 리포터〉가 언급했듯, 이 시리즈는 일종의 '증폭기' 역할을 하며 엡스타인의 피해 소녀들이 겪은 참혹한 이야기를 입체적으로 전달할 수 있는 토대를 마련해주었다. 줄리 K. 브라운의 기획 기사는 〈마이애미 헤럴드〉 웹사이트에서만 950만이 넘는 순 방문자 수를 기록했고, 에밀리 미쇼의 영상은 신문사 홈페이지에서 85만 회, 유튜브에서는 수백만 회 이상의 조회

수를 기록하며 폭발적인 반응을 끌어냈다.

"당신은 이해조차 할 수 없는 세계에 그저 내던져진 것과 같아요." 영상 속에서 나는 나와 수많은 피해자가 엡스타인과 맥스웰에게 겪어야 했던 일을 이렇게 묘사했다. "속으로는 비명을 지르고 있지만, 그걸 어떻게 밖으로 토해내야 하는지도 알 수 없죠. 결국 감각은 사라지고, 느끼는 것도 말하는 것도 거부하는 멍한 상태가 되어버려요. 그저 복종하는 것, 그게 전부가 됩니다."

줄리 K. 브라운은 대중과 수사 당국의 시선을 엡스타인과 맥스웰의 극악무도한 범죄로 다시 돌려놓았다는 높은 평가를 받았다. 실제로 〈마이애미 헤럴드〉가 브라운의 첫 번째 기사를 보도한 지 얼마 지나지 않아, 뉴욕 남부 연방 지검이 엡스타인에 대한 수사에 착수했다는 사실이 나중에 밝혀지기도 했다. 먼저 엡스타인과 맥스웰에게, 그다음에는 자국 정부에게 거듭 유린당했던 수많은 여성을 위해 브라운과 미쇼가 해낸 일에 나는 평생 감사하며 살 것이다.

또한 줄리 K. 브라운 덕분에 중요한 사실 하나를 깨달았다. 과거 타블로이드 매체들 때문에 큰 고통을 겪긴 했지만, 제대로 된 기자와 협력한다면 세상을 바꾸는 선한 결과를 낼 수 있다는 점이었다. 그 후로 나는 인터뷰를 요청해오는 기자들에게 마음을 열기 시작했다. 우리가 겪은 일을 더 널리 알릴

전사

수록 사람들의 인식을 깨우고, 또 다른 어린 소녀들과 여성들이 학대당하는 비극을 막을 수 있을 거로 생각했기 때문이다.

흔히 선의를 베풀면 보답 대신 화를 입는다고들 하는데, 누군가에게는 지금이 나를 벌할 적기라고 느껴졌던 모양이다. 이 무렵 어느 날, 호주에 있던 나에게 미국 연방수사국으로부터 전화가 걸려 왔다. 나의 목숨을 노리는 실질적인 위협이 포착되었다는 전언이었다. 담당 수사관은 로비와 내가 즉시 호주연방경찰AFP에 연락해야 한다고 일러주었다.

나는 곧바로 전화를 걸었지만 담당자가 계속 바뀌며 이 사람, 저 사람에게 연결될 뿐이었다. 너무나 두려운 나머지 온몸이 떨려왔다. 로비는 누군가 우리를 도와줄 때까지 절대 전화를 끊지 않겠다는 기세로, 대기음이 흐르는 동안 내 곁을 든든히 지켜주었다. 하지만 같은 설명을 반복하고 또 반복하다 다시 다른 곳으로 연결되는 상황이 이어지자 내 인내심도 바닥나고 말았다. 바로 그때 로비가 나섰다.

"짐 챙겨." 로비가 내게 말했다. "다 계획이 있으니까."

우리가 처음 만난 그 순간부터 로비는 나의 보호자이자 구원자였다. 그리고 이제, 그는 다시 한번 위험에 처한 우리를 구해내려 하고 있었다. 로비는 커다란 캠핑카 한 대를 빌려와 아이들과 강아지들, 그리고 나를 태웠다. 몇 시간 만에 우리는 길을 떠나 북쪽으로 향했다. 나는 그렇게 거대한 차량을 운전할 엄두가 나지 않았기에, 로비가 8시간 동안 쉬지 않고 운전대를 잡았다.

우리가 도착한 곳은 퀸즐랜드 최북단, 케이프 멜빌 국립공원에서 멀지 않은 아주 작은 시골 마을이었다. 식료품점조차 없어 편의점에서 우유와 빵을 겨우 사는 게 전부인 곳이었지만, 외부와 완전히 단절되어 숨어 지내기에는 그보다 좋을 수 없었다. 우리는 그곳에서 캠핑카를 집 삼아 밥을 해 먹고 잠을 자며, 모기를 쫓고 가끔은 낚시도 하면서 3주 동안 머물렀다.

자신의 목숨을 노리는 실질적인 위협이 언제쯤 사라지는지 알거나 더 이상 위험이 도사리고 있지 않다고 확신할 뾰족한 수 같은 건 없다. 그런 기준 같은 게 애초에 존재하지 않기 때문이다. 그저 어느 시점이 되면 다시 일상으로 돌아와야 할 뿐이다. 케언스로 돌아온 뒤, 우리는 미국 연방수사국으로부터 들었던 내용을 현지 경찰에 전달했다. 로비와 나는 아이들이 안전하다고 느끼도록 애썼지만, 정작 우리조차도 확신이 서지 않았다. 나는 밤낮으로 가족이 해를 입지 않을까 전전긍긍했다. 10대 시절 나를 짓밟았던 그 사람들이 다시 내 소중한 이들을 망가뜨릴지 모른다는 공포가 나를 짓눌렀다. 두려움과 함께 치밀어 오르는 분노도 걷잡을 수 없었다. 이미 상처를 입힌 피해자들을 끝까지 뒤쫓아 협박하다니, 대체 얼마

전사

나 안하무인이고 이기적이어야 그런 짓을 저지를 수 있단 말인가. 이들이 나를 영원히 침묵하게 만들고 유유히 빠져나갈지도 모른다는 생각에 이르자 미칠 것만 같았다.

그러던 중 트위터에서 누군가 "미국 연방수사국이 초부유층과 권력자들을 보호하기 위해 당신을 죽일지도 모른다"라는 추측성 글을 올렸고, 나는 이에 응답해야 할 필요를 느꼈다. 만약 내가 갑작스럽게 죽는다면, 누구도 사고사라고 믿어서는 안 된다는 글을 트위터에 올렸다.

"나는 어떤 경우에도, 어떤 방식으로든 스스로 목숨을 끊을 의사가 없음을 공개적으로 밝힙니다."

나는 서두르면서도 결연한 태도로 글을 써 내려갔다(당시에는 오타와 문법 오류가 여럿 있었으나 여기서는 바로잡는다).

이 사실을 담당 상담사와 주치의에게도 이미 알렸습니다. 만약 내게 무슨 일이 생긴다면, 우리 가족을 위해서라도 이 일을 절대 묻어두지 말고 내가 그들을 지킬 수 있게 도와주십시오. 너무나 많은 악한 이들이 저의 침묵을 바라고 있습니다.

제31장
정의의 서막

2019년 7월, 간절히 바랐으면서도 정작 내 눈으로 보게 될 줄은 꿈에도 몰랐던 날이 밝았다. 시그리드가 전화한 그날 아침의 기억이 생생하다. 호주는 일요일 이른 아침이었다. 시그리드가 말했다.

"믿기 힘든 소식이 있어요. 주변에 의자가 있으면 일단 앉으세요. 정말 놀랄 소식이에요."

시그리드의 말에 따르면, 7월 6일 제프리 엡스타인이 성매매·인신매매와 관련된 연방 범죄 혐의로 체포되었다고 했다. 그는 자신의 전용기를 타고 뉴저지 테터보로 공항에 착륙하자마자 검거되었다. 엡스타인과 함께 테터보로 공항을 수없이 드나들었던 나는 그 광경이 눈앞에 선하게 그려졌다. 나도 모르게 얼굴을 만져보니, 뺨에는 이미 눈물이 흐르고 있었다.

전사

곧 더 많은 사실이 밝혀졌다. 엡스타인이 연방 당국에 구속되던 그 시각, 수사관들은 뉴욕 타운하우스를 급습했다. 검찰은 타운하우스에서 앳된 모습의 여성들이 찍힌 수백, 어쩌면 수천 장에 달하는 '어마어마한 분량'의 누드 사진을 발견했다. 이 사진들은 최상위 포식자 엡스타인이 지난 세월 유린해온 수많은 피해자를 떠올리려 간직한 전유물이나 다름없었다. 수사관들이 찾아낸 금고에는 다이아몬드 48점과 현금 7만 달러, 그리고 엡스타인 명의의 여권 세 개가 들어 있었다. 여권 발행국은 미국, 이스라엘, 오스트리아였다. 이미 만료된 오스트리아 여권에는 엡스타인의 사진이 붙어 있었으나, 이름은 가짜였고 거주지는 사우디아라비아로 기재되어 있었다. 엡스타인은 도주 계획까지 완벽히 세워두었던 셈이다.

7월 8일, 뉴욕 남부지검장 제프리 버먼은 공소장을 공개했다. 공소장에는 엡스타인과 그 측근들이 2002년부터 2005년 사이, 고작 열네 살에 불과한 아이들을 포함해 수십 명의 취약한 소녀들을 뉴욕과 팜비치 자택으로 유인했다는 혐의가 적시되어 있었다. 엡스타인은 이 소녀들을 성적으로 유린하고 돈을 주었을 뿐만 아니라, 일부 소녀들에게는 또 다른 피해자를 모집해 오라고 시킨 혐의까지 받고 있었다. 버먼 지검장은 이 비극이 수년 동안 계속되었다는 사실을 짚으며 "이 범죄 행위는 인간의 양심을 파괴하는 수준"이라고 성토했다. 이

제4부

로써 엡스타인은 최대 45년의 징역형에 처할 위기에 놓였다.

일주일 뒤, 엡스타인의 보석 심문이 열렸다. 수의를 입고 포승줄에 묶인 엡스타인의 모습을 한 번만이라도 직접 보고 싶었지만, 에드워즈 변호사는 다른 생존자들이 우리 모두를 대표해 그 자리에 참석할 것이라며 나를 안심시켰다. 실제로 코트니 와일드와 미셸 리카타, 애니 파머가 심문에 참석했고, 판사는 이들에게 발언 기회를 주었다. 먼저 파머가, 뒤이어 와일드가 일어서서 엡스타인이 자신들에게 입힌 피해가 얼마나 막대한지 짧게 진술했다. 와일드는 판사를 향해 다른 것은 차치하더라도 "또 다른 소녀들의 안전을 위해서" 엡스타인을 반드시 수감 상태로 두어야 한다고 강조했다.*

엡스타인의 변호인단은 보석 허가와 가택 연금을 조건으로 수억 달러의 공탁금을 내걸었다. 그러나 검찰은 그에게 도주에 필요한 막대한 자금과 확실한 동기가 있다는 점을 들어 반드시 구속 수사해야 한다고 맞섰다. 체포 직후 엡스타인이 작성한 재산 공개 목록은 가히 압도적이었다. 부동산 6채와

---

* 혹여나 의구심을 품는 이가 있을까 덧붙이자면 엡스타인은 체포되던 순간까지도 미성년 소녀들을 끼고 있었다는 사실이 나중에 밝혀졌다. 엡스타인이 검거되기 불과 2주 전, 미국 연방 보안청은 관제 요원을 면담했다. 이 직원은 불과 몇 달 전인 2018년 11월에도 엡스타인이 고작 열한두 살 정도로 보이는 소녀들과 함께 전용기에서 내리는 모습을 목격했다고 진술했다.

전사

주식, 각종 투자 지분을 비롯해 현금만 5,700만 달러에 달했으며, 총 순자산은 5억 5,912만 954달러였다. 사흘 뒤, 리처드 버먼 판사는 엡스타인에게 보석 불허 결정을 내렸다.

다음 날인 7월 19일, 알렉산더 어코스타가 트럼프 행정부 장관직에서 사퇴했다. 2008년 당시 엡스타인과 맺었던 불기소 합의 과정에서 어코스타가 했던 역할이 이제 와 더욱 거센 비판을 받게 된 결과였다. 그로부터 나흘 뒤인 7월 23일, 엡스타인이 자해를 시도했다는 보고가 올라오면서 특별 관리가 필요한 '자살 주의군'으로 분류되어 감시 독방에 수용되었다. 하지만 31시간 만에 엡스타인의 위험도는 그보다 완화된 심리 관찰 단계로 하향 조정되었고, 얼마 뒤에는 일반 수감실로 복귀했다. 교도소 기록에 따르면, 엡스타인은 구속 기간 중 두 차례나 자신을 고통을 몹시 싫어하는 겁쟁이로 묘사하며 약한 모습을 보였다.

내 서른여섯 번째 생일이었던 2019년 8월 9일, 판사는 내가 맥스웰을 상대로 제기한 명예훼손 소송에서 그동안 비공개로 묶여 있던 방대한 서류 뭉치 중 첫 번째 분량을 세상에 공개했다. 전체 약 2,000페이지에 달하는 이 기록에는 나를 포함해 여러 인물의 증언 녹취록 발췌본이 포함되어 있었다. 기록을 통해 드러난 실상은 명확했다. 나는 3년 전 선서 후 진행한 증언에서, 이미 그로부터 5년 전 소장을 접수하며 언급했던 앤드루 왕자와 장 뤽 브루넬 외에도 가해자 여럿의 실명을 추가로 거론하고 있었다. 명단에는 MIT의 과학자 마빈 민스키와 빌 리처드슨 전 뉴멕시코 주지사 등이 포함되어 있었다. '억만장자 1, 2, 3호'로 명명된 인물들의 실명을 밝힌 나의 선서 증언 또한 순차적인 문서 공개를 통해 세상에 알려졌으나, 거론된 인물들은 모두 엡스타인의 인신매매 범죄에 가담하거나 이를 인지한 사실이 없다며 부인했다.

시그리드와 내가 평소 자주 주고받는 농담이 있었다. 소송 진행이 지지부진하게 멈춰 있는 것 같아 답답해질 때마다 시그리드가 휴가를 떠나면 된다는 이야기였다. 그녀가 가족과 함께 쉬려고 할 때마다 굵직한 사건이 터지곤 했기 때문이다.

2019년 8월, 시그리드는 아이들을 데리고 사파리 여행을 즐기러 아프리카로 떠났다. 그리고 일요일 이른 아침, 시그리드가 기어이 위성 전화까지 찾아내 호주에 있는 내게 전화를 걸었다. 그때 이어질 일을 예감이라도 했어야만 했는데….

전화가 걸려 오기 불과 몇 시간 전인 8월 10일 토요일 오전, 맨해튼 교정 시설 내에서도 보안이 가장 철저한 구역인 메트로폴리탄 교도소의 간수들이 엡스타인에게 아침 식사를 가져다주려 수감실로 들어갔다. 하지만 간수들을 맞이한 것은 목에 침대 시트를 감은 채 숨이 멎어 있는 엡스타인의 시신이었다. 그렇게 엡스타인은 예순여섯의 나이로 사망했다.

541

그 소식은 물리적인 타격에 가까운 충격으로 내게 다가왔
다. 나를 그토록 짓눌렀던 절대적인 권력을 가진 존재가 죽을
수도 있다는 사실을 믿지 못했던 것 같다.

"실망이 크실 거 알아요." 시그리드의 말은 정확했다. 피고
인이 스스로 목숨을 끊어 심판을 회피하는 것은 결코 정의가
구현되는 방식이 아니었다. 누군가는 엡스타인의 죽음이 내
게 기쁨이 될 거라 상상할지도 모르지만, 전혀 그렇지 않았
다. 내가 일종의 상실감을 느끼고 있음을 깨닫기까지는 시간
이 좀 걸렸다. 세상이 괴물을 잃었다는 사실이 슬퍼서가 아니
었다. 괴물이 사라진 것은 분명 다행이었다. 다만 엡스타인의
다른 모든 피해자처럼, 나 역시 엡스타인이 저지른 짓에 대해
그에게 직접 책임을 물을 유일한 기회를 영영 잃어버렸다는
사실에 깊은 슬픔을 느꼈다.

엡스타인의 죽음을 둘러싼 자세한 정황은 대부분 의구심
을 자아냈다. 윌리엄 바 법무부 장관조차 초기에는 엡스타인
이 살해당했을지 모른다고 의심했을 정도였다. 하지만 장관
은 곧 결론을 뒤집었다. 엡스타인의 죽음이 '어처구니없는 실
수들이 겹치며 만들어진 최악의 결과'라는 것이었다.

실제로 엡스타인은 자해를 시도한 적이 있었음에도 자살
감시 명단에서 제외되었다. 한때는 수감실 동료가 있었지만,
사망 당일 밤에는 혼자 수감실을 쓰고 있었다. 엡스타인의

수감실에서 불과 15피트(약 5미터-옮긴이) 떨어진 책상에 앉아 있던 간수 두 명은 밤 10시 30분부터 아침 6시 30분까지 30분 간격으로 순찰하며 상태를 확인해야 했다. 하지만 간수들은 잠을 자거나 인터넷 서핑을 했고, 나중에 순찰을 마친 것처럼 기록지를 조작했다. 엡스타인의 자해 행위나, 음모론자들의 주장대로라면 엡스타인을 살해한 누군가의 움직임을 포착했을 보안 카메라는 작동하지 않고 있었다. 다행히 작동 중이었던 다른 카메라들을 확인해보니 엡스타인이 사망한 밤에 해당 구역으로 들어온 사람은 아무도 없었다. 이로써 자객이 몰래 침입했을 가능성은 배제되는 듯했다. 그러나 이후 엡스타인의 동생이 고용한 법의학 전문의의 공식 부검 보고서로 상황은 반전됐다. 그는 엡스타인의 목 부위에서 발견된 골절과 연골 파손 흔적이 "타살을 가리킨다"는 결론을 내렸다.

나는 타살과 자살 어느 쪽이든 나름의 근거를 댈 수 있다. 엡스타인은 권력자들과의 친분을 과시하던 자였다. 당시 엡스타인은 예쁘고 어린 소녀들이나 천재 과학자들뿐만 아니라 마이크로소프트의 공동 창업자 빌 게이츠, 바클레이스 은행의 CEO 제임스 "제스" 스테일리, 사모펀드 아폴로 글로벌 매니지먼트의 공동 창업자이자 CEO인 리온 블랙 같은 인물들과도 관계를 맺고 있었다. 법원 문건에 따르면 엡스타인은 구글의 공동 창업자 세르게이 브린과 래리 페이지를 스테

전사

일리에게 소개해줄 정도로 사법계와 재계를 넘나들며 깊숙이 발을 뻗고 있었다. 본인이 "생물학적" 욕구라 치부했던 성욕 외에도 엡스타인은 자신이 중요한 사람이라는 확신이 필요했고, 유명 인사를 수집하듯이 자신의 곁에 두며 그 갈증을 채웠다. 이제 수감 신세가 됐다는 사실은 그가 그토록 잔인하게 짓밟았던 어린 소녀들은 물론, 어깨를 나란히 하며 권력을 맛보던 이들과도 완전히 분리되었음을 의미했다. 그런 상황이라면 삶을 끝내고 싶었을지도 모른다.

한편 엡스타인은 지독한 자기 성애자이기도 했다. 자신이 타인보다 우월하다고 믿는 엡스타인에게서 나는 자기 말살에 대한 욕구는커녕 한 줌의 자기 회의조차 본 적이 없다. 엡스타인은 내게 저택 침실과 욕실 곳곳에서 은밀히 수집한 비디오테이프가 곧 타인을 휘두를 권력임을 내게 수시로 암시했다. 그는 나와 특정 남성들 사이에 강제로 이루어진 행위를 협박 수단으로 삼아, 그들이 자신에게 빚지게 만들었노라고 노골적으로 떠벌리곤 했다. 엡스타인이 모든 사실을 폭로할까 두려워했던 누군가가 그를 제거할 방법을 찾아냈던 건 아닐까. 2023년 6월에 발표된 감찰관 보고서를 포함한 공식 조사 결과는 타살이 불가능하다고 말하지만, 나는 결코 그 결론을 온전히 믿지 못할 것이다.

그래도 한 가지만은 분명히 말해두고 싶다. 엡스타인이 플로리다주 팜비치에 있는 부모님 묘소 근처에 이름도 없이 묻혔다는 기사를 읽었지만, 나는 그 말을 전혀 믿지 않는다. 엡스타인은 본인이 죽으면 어떤 일이 벌어질지 내게 반복해서 말했다. 기술이 충분히 발달해 다시 살아날 수 있을 때까지 시신을 냉동해 보관할 거라고, 엡스타인은 특유의 만족스러운 비웃음을 지으며 항상 내게 자랑했다. 터무니없는 소리처럼 들리겠지만, 엡스타인이 어떻게든 본인의 뜻대로 일을 처리했다는 데 나는 기꺼이 돈을 걸 수 있다.

수사관들은 엡스타인이 사망하기 이틀 전인 8월 8일, 전 재산을 버진아일랜드에 설립한 신탁 자산에 예치했다는 사실을 곧 밝혀냈다. 본인의 출생 연도를 딴 것으로 보이는 "1953 신탁"이었다. 이러한 법적 꼼수는 엡스타인의 포식자적 범죄에서 살아남은 이들을 향해 던진 마지막 조롱으로 널리 해석됐다. 피해자들이 보상받기 훨씬 까다로워졌기 때문이다. 죽어서도 엡스타인은 여전히 통제력을 휘두르고 있었다.

따라서 엡스타인의 술수가 아닌 추악함으로 다시금 세간의 이목을 집중시킨 사진 한 장이 공개됐을 때, 묘하게 위안이 됐다. 2001년 한 사진작가가 촬영한 이 사진은 표면적으로는 나오미 캠벨을 찍은 것이었다. 렌즈는 검은색 가죽 비키니에 그물망 숄을 두른 채 생트로페의 요트에서 열린 자신의 서른한 번째 생일 파티에 도착한 캠벨의 모습을 정면으로 포착하

전사

고 있었다. 하지만 슈퍼모델의 부정할 수 없는 미모도 엡스타인이 죽고 사흘 뒤인 2019년 8월 13일, 이 사진이 〈뉴욕 포스트〉에 실린 이유는 되지 못했다. 사진의 주인공은 나였다.

"2001년 나오미 캠벨의 생일 파티에서 포착된 제프리 엡스타인의 '성노예'"라는 헤드라인이 사진 위로 대대적으로 실렸다. 하루 전 영국의 〈데일리 메일〉에도 실렸던 이 사진 한 장은, 엡스타인의 세계에 속한 소녀들이 얼마나 아이 같은 모습이어야 했는지를 전 세계에 다시금 각인시켰다. 사진 전경에는 분명 실수로 찍혔을 나의 모습이 담겨 있었다. 긴 금발 머리를 뒤로 늘어뜨린 채 어색한 미소를 지으며 시선을 돌린 모습이었다. 분홍색 민소매 상의 밖으로 가느다란 팔과 어깨가 드러나 있었다. 당시 내 나이는 열일곱 살이었다. 그리고 내 바로 옆에는 검은 머리와 뺨의 일부가 드러난 맥스웰이 있었다.

훗날 나는 엡스타인의 또 다른 생존자를 만났고, 이 사진 덕분에 침묵을 깨고 자신의 이야기를 세상에 내놓기로 결심했다는 고백을 들었다. 사진 한 장이 그 어떤 말보다 많은 것을 시사했다며 생존자는 이렇게 덧붙였다.

누구나 알 수 있었어요. 누가 봐도 어린 소녀였거든요.

여기서 묘사하는 소녀가 바로 나였다.

제4부

제32장
살아남은 자매들의 연대

뉴욕주는 수십 년 동안 아동 성학대 가해자 처벌에 있어 미국에서 가장 폐쇄적인 법률을 유지해왔다. 피해자가 스물세 번째 생일을 맞기 전까지 민사소송을 제기하지 않으면 법적 대응 기회를 완전히 박탈했기 때문이다. 하지만 2019년 초, 주 의회가 '아동 피해자 법Child Victims Act'을 통과시키면서 상황이 달라졌다. 이 법은 피해자가 고통의 원인이 된 기관이나 개인을 상대로 쉰다섯 살이 될 때까지 소송을 제기할 수 있도록 보장했다. 또한 법안에 포함된 '소급 제소 기간look-back window(이미 시효가 끝난 사건을 현재의 법으로 소급해서 한시적으로 다시 고발할 수 있게 열어놓는 기간-옮긴이)' 덕분에, 8월 14일부터 1년 동안은 나이와 상관없이 공소시효가 지난 사건에 대해서도 소송을 제기할 수 있게 됐다. 엡스타인이 사망

전사

하고 사흘 뒤 이 유예 기간이 시작된 점은 시사하는 바가 컸다. 이후 팬데믹으로 인해 해당 기간은 1년 더 연장됐고, 피해자들은 2021년 8월 14일까지 소송을 제기할 수 있는 권리를 얻었다.

이러한 입법은 피해자 권리 옹호 활동가들이 오랫동안 촉구해온 결과였다. 연구 결과들 또한 활동가들의 주장에 힘을 실어주었다. 일례로 아동 학대 예방 비영리 단체인 '차일드 USA'가 보이스카우트 시절 학대를 당한 피해자 수천 명을 조사한 결과, 쉰 살이 되기 전 피해 사실을 알린 이는 절반에 불과했다. 아동기에 당한 성적 학대를 심리적으로 소화하기까지는 수십 년이 걸릴 수 있다는 사실을 대중도 차츰 이해하기 시작했다. 나아가 피해자가 자기 경험을 공개적으로 이야기하고 가해자의 이름을 지목하기까지는 그보다 오랜 시간이 걸릴 수 있다는 점 역시 분명해졌다.

내 생각을 묻는다면, 아동 성학대 사건에 대해서는 공소시효 자체가 완전히 폐지되어야 마땅하다고 본다. 하지만 뉴욕주의 이번 공소시효 유예 기간은 올바른 방향으로 나아가는 중요한 발걸음이었으며, 특히 맨해튼에서 학대당한 수많은 엡스타인의 피해자들에게는 더할 나위 없는 기회였다. 이후 2년 동안 우리 중 몇 명은 이 유예 기간을 활용해 소송을 제기했고, 덕분에 이전 같으면 불가능했을 법적 절차를 밟을 수 있었다.

하지만 그보다 앞서 우리가 참석해야 할 중요한 일정이 있었다. 뉴욕 남부지검은 엡스타인의 사망에 따른 '공소권 없음' 처분으로 공소 취하 서류를 제출했다. 보통 이런 경우 판사가 서명하는 즉시 소송은 종결된다. 그러나 리처드 버먼 판사는 이례적인 결정을 내렸다. 엡스타인의 죽음이 피해자들이 치유를 위해 거쳐야 할 중요한 과정을 앗아갔다는 사실을 직시한 것이다. 판사이기 이전에 공인 사회복지사이기도 한 리처드 버먼은 이를 바로잡기 위해 일주일 뒤로 진술 청취 기일을 잡았다. 8월 27일, 법정에서 발언을 원하는 피해자 누구에게나 기회를 주겠다고 선언한 것이다. 정부에서 비행기 표와 숙박비를 지원하기로 했다. 촉박한 일정이었지만 나는 기필코 참석하기로 마음먹었고, 다른 수많은 피해자 역시 같은 뜻을 비쳤다.

세간의 엄청난 관심과 예상되는 참석 인원을 고려해 버먼 판사는 평소 사용하던 법정보다 넓은 곳으로 심문 장소를 옮겼다. 방청석 절반은 생존자들과 변호인단에게 배정됐는데, 심문 당일 방청석에는 거의 빈자리가 없었다. 시그리드와 에드워즈를 비롯해 내가 아는 여러 변호사도 자리를 지켰다. 버먼 판사는 변호사들의 의견을 먼저 청취했고, 뒤이어 우리 중 스물세 명이 한 명씩 일어나 저마다 준비해온 말을 쏟아내기

전사

시작했다.

이제 20대, 30대, 40대가 된 여성들이 차례로 일어나 엡스타인에게 입은 상처를 증언했다. 트라우마의 기억이 삶을 송두리째 뒤흔드는 바람에 수십 년간 사투를 벌여야 했다는 이야기는 모두가 비슷했다. 참담한 진술이 꼬리에 꼬리를 물고 이어졌으나, 발언을 마친 여성들 사이에서는 앞서 용기 낸 이들에게서 힘을 얻어가는 듯한 연대감이 피어올랐다.

가장 먼저 나선 코트니 와일드는 이번 심문의 방향을 완벽하게 잡아주었다. 열네 살 무렵 와일드는 전 과목 A를 받던 우등생이자 학교 밴드의 가장 뛰어난 트럼펫 연주자였고, 치어리더팀의 주장이기도 했다. 하지만 엡스타인이 학대를 시작하면서 "순수함과 정신 건강을 모두 앗아갔다"라고 회상했다. 동시에 그녀가 품었던 야망과 성취는 연기처럼 사라졌다. 그녀는 "이 사건에서 정의가 단 한 번도 실현되지 않았다는 사실에 깊은 분노와 슬픔을 느낍니다"라고 끝맺었다.

또 다른 생존자는 열한 살 무렵 어머니를 암으로 여의었다고 말했다. 그 후 뉴멕시코 접경지 인근인 텍사스의 한 쇼핑몰에서 바이올린을 켜고 있을 때 '어떤 여성'이 다가왔다. 그 여성은 근처에 사는 부유한 남자를 한 명 아는데, 연주를 들려주면 돈을 준다고 말했다. 생존자는 법정에서 "내 유년 시절이 끝나는 시작점이었다"라고 진술했다.

엡스타인의 마사지사로 고용됐던 숀테 데이비스는 처음에는 엡스타인의 성적 요구를 거절하려 애썼으나, 오히려 그 모습이 엡스타인을 자극하는 듯 보였다고 회상했다. 결국 엡스타인은 수년 동안 데이비스를 학대했다. 데이비스는 "우리 모두 고통받았지만, 엡스타인은 죽어서도 여전히 승리하고 있다"라고 말했다.

제니퍼 아라오즈는 열네 살 때 엡스타인에게 처음 학대당했고, 열다섯 살 때는 강간당했다고 진술했다. 아라오즈는 "수년간 누구도 믿지 못할 공포에 떨었고 진정한 사랑을 느껴볼 기회조차 도둑맞았다"라며 눈물로 호소했다.

애니 파머, 아누스카 드 조르주, 틸라 데이비스, 테레사 헬름, 세라 랜섬, 마리케 샤투니 — 언론을 통해 각자의 경험을 공개하며 한 번쯤 보도되었던 이름들이다. 그러나 이들은 그날 법정에서 발언한 '살아남은 자매들Survivor Sisters' — 우리가 곧 서로를 부르게 된 명칭 — 중 극히 일부일 뿐이다. 우리는 목소리를 높임으로써, 아직 자신의 고통을 드러낼 준비가 되지 않은 이들에게 위로와 영감을 줄 수 있다는 믿음을 공유했다. 우리 중 몇 명은 엡스타인을 기소하기 위해 마침내 사건의 실체를 엮어낸 검사들에게 감사를 표했다. 하지만 여전히 거리를 활보하며 책임을 져야 할 공범들이 남아 있다는 사실을 상기시킨 이는 나뿐만이 아니었다.

전사

나는 법정에서 "심판은 여기서 끝나서는 안 된다"라고 강조했다. "심판은 계속되어야 합니다. 엡스타인은 단독범이 아니었으며, 우리 피해자들은 그 사실을 잘 알고 있습니다. 정부가 우리의 목소리에 귀를 기울여 다른 공범들 역시 법의 심판대에 세울 것이라 믿습니다."

공개 심문이 끝난 후, 검사들은 엡스타인의 피해자 전원을 별도의 방으로 초대해 비공개 면담을 가졌다. 감정이 북받치는 자리였다. 남부지검장 제프리 버먼은 우리가 견뎌온 모든 시간에 대해 깊은 사과를 전하며 눈시울을 붉혔다. 미국 연방수사국의 뉴욕 지부장 윌리엄 스위니는 자리에 참석해준 우리에게 감사를 표했다. 두 사람 모두 엡스타인의 공범들에 대해 진행 중인 수사에 협조해달라고 간곡히 부탁했다. '살아남은 자매들'의 많은 이들이 그랬듯, 시그리드와 나도 곧 그들과 만나기로 했다.

우리가 검찰에 제공한 단서들 외에도 그날의 심문과 그 후의 만남은 내가 감히 바라본 적도 없는 뜻밖의 결실을 가져다주었다. 놀라운 회복력을 가진 자매들과 한자리에 머물며, 나는 오랫동안 잃어버렸던 나의 일부분을 되찾은 기분이 들었다. 이후 보이스와 시그리드가 '살아남은 자매들' 몇 명을 '미국 오픈' 테니스 대회에 초대해주었고, 파머, 헬름, 랜섬, 샤투니 그리고 나도 뉴욕 퀸스에 모여 경기를 관람했다. 그다음

제4부

함께 저녁을 먹으며 샴페인 잔을 기울였다. 나는 우리가 제각기 다른 삶을 살아왔음에도 서로에게만큼은 무엇이든 털어놓을 수 있다는 확신이 들었다. 서로를 이해하고 지지하고 있다는 감각이 피부에 와닿을 정도로 선명했다. 그것은 단순한 상징적 연대 그 이상이었다. 우리 중 누군가는 여전히 삶의 해답을 갈구하며 나아가고 있었다.

일례로 마리케 샤투니는 나와 비슷한 시기에 자신도 엡스타인에게 당한 것 같다고 털어놓았다. 그녀는 자신을 유인했던 여자의 정체를 밝히려 애쓰고 있었는데, 마리케가 설명하는 생김새를 듣자마자 엡스타인 주변에 머물던 한 여자가 단번에 떠올랐다. 이름은 기억났지만 성까지는 확실치 않았다. 마리케는 탐정이나 다름없었다. 그녀는 곧 정보 대조와 공개 기록을 활용해 그 여자의 성으로 확실시되는 이름을 찾아냈고, 뒤이어 웹사이트와 소셜 미디어 계정까지 알아냈다. 직접 올린 사진들을 확인하자 의심의 여지 없이 그 여자였다. 여자는 마리케가 당한 폭력의 목격자이자 가담자였다. 마리케는 여자를 다시 찾아내고 그녀가 여전히 존재한다는 사실을 확인하는 것만으로도, 수년간 자신을 괴롭히던 트라우마의 독니를 뽑아낸 듯한 기분이라고 했다.

청취 기일이 끝나고 몇 주 동안, 내 마음은 기쁨으로 충만했다. 서로 알지도 못했던 이들이 거대한 퍼즐 조각처럼 모

전사

여들어 서로를 보듬고, 각자의 비어 있던 기억을 채워나가는 과정은 가슴 벅찬 전율이었다. 우리는 연락을 이어가려 '왓츠앱'에 단체 대화방을 만들었는데, 그렇게 하나로 뭉치고 나니 비로소 우리에게도 힘이 있다는 사실이 실감 났다. 나는 로비에게 이렇게 말했다. "내가 지금 바른길을 걷고 있다는 확신이 들어. 로비, 지금 우리에게 일어나고 있는 이 일들을 좀 봐!"

이러한 새로운 형태의 유대감에 더해, 우리 '살아남은 자매들'은 쏟아지는 언론의 관심을 온몸으로 받아내야 했다. 지난 8월 법정에서 진술했던 여성들 모두 여러 언론사로부터 각자의 사연을 들려달라는 요청을 받았다. 나 역시 버먼 판사의 청취 기일 직후부터 그 열풍에 휩싸였다. 수십 개의 마이크가 얼굴 앞에 들이닥친 법원 청사 앞, 나는 사람들이 여전히 바로잡지 못한 그날의 진실에 주목해주길 바라며 간신히 입을 뗐다.

"중요한 것은 제프리가 어떻게 죽었느냐가 아니라 그가 어떻게 살았느냐입니다." 나는 말을 이었다. "길레인 맥스웰을 시작으로 그 일에 연루된 모든 사람의 실체를 낱낱이 밝혀내야 합니다. 이들이 법의 심판을 받을 때까지 나는 절대 침묵하지 않을 것입니다."

내가 마이크 앞에서 물러나기 직전, 한 기자가 앤드루 왕자도 그 대상에 포함되느냐고 물었다. 나는 답했다. "그는 자신이 무슨 짓을 했는지 누구보다 잘 알고 있습니다. 이제라도 모든 진실을 밝히기를 바랍니다."

곧이어 나는 NBC의 시사 프로그램인 〈데이트라인〉과 인터뷰를 가졌다. 다른 여러 생존자의 사연도 함께 비중 있게 다뤄졌고, 2019년 9월 30일에 방영되었다. 진행자 서배너 거스리는 냉철하면서도 공정했다. 특히 일부 대중의 회의적인 시각에 내가 직접 반박할 수 있도록 기회를 준 점이 고마웠다. 예컨대 그녀는 내가 엡스타인과 함께 있던 시절 "자낙스를 복용하고 약물과 술에 의존했다는 점"을 언급하며, "어쩌면 사건이 당신의 말과는 다른 방식으로 일어났을지도 모른다고 생각하는 사람들이 있다"라며 날카로운 질문을 던졌다. 나는 이렇게 답했다. "학대를 당해본 사람이라면 가해자가 누구인지는 절대 잊지 못한다고 말하고 싶습니다. 날짜나 시간은 정확하지 않을 수 있고, 장소조차 헷갈릴지 모릅니다. 하지만 그들의 얼굴만큼은, 그리고 그들이 내게 저지른 짓만큼은 분명히 알고 있습니다."

그다음으로 〈글래머〉 매거진은 샤투니, 헬름, 랜섬, 그리고 또 다른 엡스타인 피해자인 레이철 베나비데즈와 나를 초청했다. 우리는 우리가 겪어온 일들과 미래에 대한 희망을 주제로 원탁 토론을 나누었고, 이 내용은 해당 잡지의 2019년

전사

10월호에 실렸다. 이후에도 숨 가쁜 일정들이 이어졌다. 영국 BBC와의 카메라 인터뷰가 진행되었고, 훗날 넷플릭스에서 공개된 엡스타인과 맥스웰에 관한 4부작 다큐멘터리 〈제프리 엡스타인: 괴물이 된 억만장자〉 제작진과도 인터뷰를 마쳤다.

하지만 내게 가장 중요했던 인터뷰는 〈호주 60분〉의 타라 브라운과 진행한 것이었다. 그녀는 나뿐만 아니라 보이스와 시그리드, 그리고 코트니 와일드를 비롯해 엡스타인과 맥스웰의 피해자 다수를 대변하는 변호사 스펜서 쿠빈까지 취재하며 방대한 보도를 준비 중이었다. 방영일인 11월 초가 다가오자, 나는 이번 보도에 잠깐 출연할 예정이었던 로비에게 우리 아이들도 이 방송을 봤으면 좋겠다고 말했다. 당시 열세 살, 열두 살이었던 알렉스와 타일러에게는 보여주기로 했지만, 아홉 살인 엘리는 아직 너무 어리다고 판단했다. 나는 로비에게 아이들의 친구나 부모들이 방송을 보고 나를 알아볼 가능성이 크다는 사실을 일러주었다. 비록 호주에서는 버지니아가 아닌 '제나'라는 이름으로 알려져 있었지만, 사람들은 내 얼굴을 알고 있었고 이 방송은 그들의 거실 TV에 생중계될 것이었다. 아이들이 밖에서 이 일로 질문 세례를 받게 될지도 모른다고 로비에게 말했다. 우리 아들들이 아무런 예고도 없이 갑작스럽게 세상의 시선과 마주하는 일만은 없길 바

556

랐다. 하지만 내가 아들들에게 이 방송을 보여주고 싶었던 데
는 더 절실한 이유가 있었다.

"아이들이 내가 무엇을 위해 싸우고 있는지 꼭 알았으면
해. 다른 아이들은 내가 겪어야 했던 고통을 다시는 겪지 않
게 하려는 거니까." 나는 로비에게 속마음을 털어놓았다.
"엄마에게 나쁜 일이 있었다는 건 아이들도 오래전부터 알
고 있었어. 이제는 그 실체를 이해할 만큼 아이들도 컸다고
생각해."

물론 아들들이 내가 당한 학대의 구체적인 내용을 듣는 것
이 얼마나 힘들지 모르는 바는 아니었다. 하지만 그 비극적인
실상도 외면할 수 없는 엄연한 진실이었다. 세상이 그 진실을
듣게 된다면, 내 아들들 역시 마땅히 알아야 했다. 또한 〈호주
60분〉이 내가 겪은 일의 맥락을 짚어줄 것이기에 아이들도
조금은 수월하게 받아들일 수 있을 거로 생각했다. 방송을 통
해 아이들은 엄마가 혼자가 아니라는 사실을 확인하게 될 터
였다. 피해자로서뿐만 아니라, 수많은 이에게 상처를 준 거대
세력에 당당히 맞서는 한 인간으로서도 말이다.

방영일 밤, 우리 네 식구는 텔레비전 앞 소파에 둘러앉았
다. 타라 브라운이 엡스타인과 맥스웰의 범죄 행각을 조목조
목 짚어나가는 동안 아이들은 침묵 속에 화면을 응시했다. 아
이들은 엘 브릴로 웨이 저택의 내부 모습과 나의 어린 시절

전사

사진을 지켜보았고, 나와 코트니 와일드가 눈물을 흘리며 그간의 일을 증언하는 목소리를 들었다. 무엇보다 중요했던 건, 브라운이 던진 질문에 대한 나의 답변이었다.

그녀는 내게 엡스타인과 맥스웰에게 처음 학대당한 후 왜 다시 그 저택을 찾았느냐고 물었다. 나는 이렇게 답했다. "어른의 시선으로 보면 당연히 도망치는 게 맞죠. 하지만 이미 험난한 삶을 겪어온 아이의 시야로, '아, 인생이란 원래 이런 거구나' 하는 생각이 들었던 것 같아요."

보도가 끝나자, 이를 악문 알렉스의 얼굴에서 분노가 읽혔다. "어떻게 그 사람이 그렇게 많은 사람을 짓밟도록 그냥 내버려둔 거야?" 아들은 공평하지 않다며 울분을 토해냈다.

타일러는 반응이 조금 달랐다. 방송을 보는 내내 몇 번이나 눈물을 훔치더니, 끝나고 나서는 나를 꼭 껴안고 놓아주지 않았다. "엄마가 자랑스러워요." 그 말에 마음이 놓이면서도, 아이들과 나란히 앉아 지난날을 마주하니 참으로 복합적인 감정이 일었다. 한편으로는 나의 끔찍한 과거가 아이들의 삶에 조금도 닿지 않기를 바랐기에, 이제 진실을 알 만큼 컸다는 사실이 되레 슬프게 다가왔다. 하지만 동시에 내가 정말로 나쁜 사람들에 맞서 싸우고 있음을 아이들에게 보여줄 수 있어 기쁘기도 했다. 나는 이 싸움을 멈추지 않을 작정이었다. 비록 이 싸움이 종종 우리 가족의 일상을 뒤흔들지라도, 나는 아이들이 꼭 알기를 바랐다. 단 한 사람이 때로는 세상을 바꿀 수 있다는 것을. 그리고 그 가능성이 있다면, 기어이 부딪쳐 봐야 한다는 사실을 말이다.

전사

제33장
꺾이지 않는 의지

〈호주 60분〉 보도가 나간 뒤 앤드루 왕자도 직감했을 것이다. 내가 자신을 상대로 소송을 제기할 날이 머지않았음을 말이다. 보이스는 타라 브라운에게 요크 공작(앤드루 왕자)의 행태를 꼬집으며, 내 주장을 줄곧 부인해온 그가 결국 제 발로 사지로 걸어 들어와 우리의 표적이 되었음을 따끔하게 짚었다.

"앤드루 왕자는 성매매 사실을 전혀 몰랐다고 주장합니다." 보이스는 회의적인 표정을 지으며 말을 이었다. "하지만 그는 성매매가 반복적으로 벌어졌던 엡스타인의 뉴욕 저택에서 며칠씩 머물렀습니다. 그곳에서 시간을 보내면서 무슨 일이 벌어지고 있는지 모를 수는 없습니다. 언젠가 그도 증언대에 서야 할 겁니다. 영원히 숨을 수는 없으니까요."

브라운이 영국 수사 당국이 조사를 종결한 점을 들어 왕자가 계속 숨어 지낼 수도 있지 않겠느냐고 묻자, 보이스는 단호하게 답했다. "궁전에만 틀어박혀 영국 밖으로 한 발짝도 나오지 않겠다면 심판을 피할 수 있을지도 모르죠. 하지만 미국 땅을 밟는 순간 소환장을 받게 될 겁니다. 나는 그럴 가능성이 꽤 크다고 봅니다."

여러 방면에서 압박이 거세지자, 앤드루 왕자는 자신의 결백을 입증하기 위해 BBC '뉴스 나이트'의 에밀리 메이틀리스와 마주 앉았다. 11월 14일, 인터뷰를 마친 왕자가 꽤 만족스러워했다는 뒷말이 들려왔다. 하지만 이틀 뒤 방송이 송출되자마자 분위기는 반전되었다. 왕실 역사상 유례를 찾기 힘든 최악의 인터뷰 참사라는 혹평이 쏟아졌다. 왕자는 성범죄로 유죄 판결을 받은 엡스타인과 오랫동안 관계를 맺은 것을 전혀 후회하지 않는 기색이었다. 심지어 2010년 엡스타인의 저택에 머물렀던 이유에 대해서는, 단지 관계를 끝내겠다는 말을 직접 전하기 위해 방문한 것뿐이라고 해명했다. 자신의 유일한 실수는 "지나치게 명예를 중시하는 성격"이었다고 주장하면서도, 정작 엡스타인의 피해자들에 대한 공감이나 유감은 조금도 표현하지 않았다.

그는 나에 대한 의혹 역시 거듭 부인했다. 내가 그에게 처음으로 팔려 갔다고 증언한 그날 밤, 자신은 딸을 데리고 피

전사

자를 먹으러 갔었기 때문에 나와 함께 있었을 리 없다는 주장이었다. 그는 나를 만난 기억조차 없다고 잘라 말했다. "전혀, 그런 사실 자체가 없습니다."

무엇보다 기상천외했던 건, 나이트클럽 트램프에서 땀을 흘리며 나와 춤을 췄다는 내 설명에 대한 반박이었다. 그는 포클랜드 전쟁 당시 "총격을 받으며 아드레날린이 과다 분비되는 일을 겪은" 후유증으로 한동안 땀을 흘릴 수 없는 상태였다고 주장했다. 우리 두 사람이 만나기 무려 19년 전의 군 복무 시절을 끌어들인, 참으로 해괴한 답변이었다. 인터뷰가 불러온 파문은 실로 막대했다.* 영국 왕실은 여전히 나의 주장을 부인하고 있었지만, 동시에 여왕의 셋째인 앤드루 왕자의 공적 활동을 사실상 전면 금지했다. 또한 '공작 각하'라는 경칭조차 사용하지 못하게 명했다. 그 여파가 얼마나 강력했던지, 넷플릭스와 아마존 프라임 비디오는 이 인터뷰가 기획되고 실행된 과정을 다큐멘터리로 만들겠다며 앞다투어 제작 소식을 알렸고, 또 다른 제작사에서는 장편 다큐멘

______

* 실제로 2023년 한 재판을 통해 공개된 문건들에 따르면, 앤드루 왕자가 메이틀리스와의 인터뷰에서 엡스타인이 구속된 이후 2010년 12월에 딱 한 번 그를 만났다고 한 말은 거짓이었음이 드러났다. 버진아일랜드 정부가 JP모건 체이스를 상대로 제기한 민사소송 기록에 의하면, 앤드루 왕자는 엡스타인이 가택 연금 상태였던 2010년 6월에도 그와 점심을 함께했으며 두 사람은 이메일로 꾸준히 연락을 주고받았다.

터리 제작에 착수하기도 했다.

이 인터뷰가 앤드루 왕자에게는 치명적인 자폭이었을지 모르나, 나의 변호인단에게는 제트 연료만큼 강력한 추진력이 되어주었다. 인터뷰 내용은 왕자를 상대로 빈틈없는 논리를 구축하는 데 큰 도움이 되었을 뿐만 아니라, 그의 전 부인 사라 퍼거슨과 두 딸 베아트리스, 유제니 공주를 증인으로 소환할 가능성까지 열어주었다. 2001년 3월 10일, 왕자는 주장대로 정말 베아트리스와 피자를 먹으러 갔을까? 만약 공주들을 증언대에 세운다면, 그의 가족들이 도리어 그 알리바이에 구멍을 낼 수도 있는 일이었다. 또한, 보통 아드레날린 분비와는 상관관계가 없는 '무한증無汗症(땀이 나지 않는 증상)'을 일시적으로 앓았다는 주장 또한 실제 의료 기록으로 증명할 수 있을지 의문이었다. 아직 소송을 제기할 단계는 아니었지만, 이 인터뷰 덕분에 우리는 이전보다 훨씬 강력하고 풍부한 무기를 손에 쥐게 되었다.

12월 초, BBC 프로그램 〈파노라마〉는 '왕자와 엡스타인 스캔들'이라는 다큐멘터리를 방영했고, 나 역시 인터뷰 대상자로 참여했다. 영국 언론 매체와는 처음으로 진행한 카메라 인터뷰였는데, 앤드루 왕자가 BBC와 대담을 나누기 전에 녹화된 것이었음에도 취재 기자 대라 매킨타이어는 나의 증언을 인용해 불명예를 안은 왕자가 메이틀리스에게 했던 주장

전사

들을 반박했다. 나는 다시 한번 앤드루 왕자에게 세 차례나 팔려 갔던 그날의 일들을 증언했다. 또한 2001년 앤드루 왕자가 내 허리에 팔을 두르고 찍은 사진이 조작되었다는 최근의 주장에 대해서도 질문을 받았다.

"뭐, 팔의 길이를 늘였다거나 사진을 교묘하게 편집했다는 건가요?" 나는 이렇게 받아쳤다. "제발 그만하라고요. 말도 안 되는 헛소리잖아요. 무슨 일이 있었는지 그 사람도, 저도 잘 알고 있어요. 우리 중 진실을 말하는 사람은 한 명이고요. 그게 바로 저라는 걸 전 잘 알고 있습니다."

영국 대중에게 직접 목소리를 전할 기회가 주어진 것이 무척이나 다행스러웠다. 인터뷰 도중 나는 카메라를 정면으로 응시하며 그들에게 호소했다.

"영국 국민 여러분께 간곡히 부탁드립니다. 제 곁에 서서 이 싸움을 함께해주세요. 이 모든 일이 절대 아무렇지 않게 넘길 수 있는 문제가 아니라는 것을 보여주세요." 나는 말을 이었다. "이것은 그저 지저분한 성 추문 따위가 아닙니다. 인신매매에 관한 이야기이자, 명백한 학대의 기록입니다."

이 압박의 끈을 놓지 않을 수만 있다면, 왕자를 포함한 가해자들에게 기어이 책임을 물을 수 있을지도 모른다는 희망이 내 안에서 피어올랐다.

2020년 2월, 나는 케언스에서 로스앤젤레스로 향하는 비행기에 몸을 실었다. '브로큰'이라는 팟캐스트에 참여하기 위해서였다. 이 팟캐스트의 첫 번째 시즌에서는 〈뉴요커〉의 에이리얼 레비와 〈마이애미 헤럴드〉의 줄리 K. 브라운이 엡스타인이 저지른 수많은 범죄 행각을 낱낱이 파헤치며 큰 반향을 일으킨 바 있었다. 이번에 시작될 두 번째 시즌 '브로큰: 정의를 찾아서'는 기자 타라 팰머리가 진행을 맡았다. 그녀는 우리 피해자들이 과거의 고통을 딛고 현재의 삶과 어떻게 화해하며 살아가는지, 그 여정을 있는 그대로 담아내고자 했다. 이 프로젝트에는 든든한 버팀목이 되어준 두 명의 '애덤'이 있었다. 할리우드의 거물 감독 애덤 매케이와 팟캐스트 제작자이자 전직 NPR(미국 공영 라디오) 기자였던 애덤 데이비슨이었다. 나는 이 팀이 지닌 집요한 추적 능력에 깊은 인상을 받았다. 무엇보다 팰머리가 엡스타인이라는 괴물에게는 눈길조차 주지 않은 채, 오로지 그가 짓밟은 여성들에게만 온 마음을 쏟는다는 점이 마음에 들었다. 나는 그녀와 손잡고 열흘간 대륙을 횡단하며 취재에 힘을 보태기로 했다. 우리의 목표는 내가 엡스타인을 알던 시절 그 밑에서 일했던 사람들을 추적하는 것이었다. 엡스타인이 죽기 전까지 침묵을 지켰던 이

전사

들이, 이제는 진실을 말해주기를 간절히 바랐다.

내가 가장 먼저 만나고 싶었던 사람 역시 '애덤'이라는 이름을 가진 애덤 페리 랭이었다. 1999년부터 2003년까지 엡스타인의 전담 요리사로 일한 그는 리틀 세인트 제임스 섬에서 내게 피자를 만들어주고 엡스타인의 전용기를 타고 수시로 국경을 넘나들었던 사람이었다. 2014년 당시 에드워즈와 함께 그에게 연락을 취해 보았으나 아무런 답을 듣지 못했다. 현재 그는 남부 캘리포니아에 살고 있었는데, 팰머리가 그의 집 주소 몇 군데를 알아낸 상태였다. 그는 할리우드에서 자신의 이름을 딴 'APL'이라는 스테이크 하우스를 운영하고 있었다. 처음에는 그의 집으로 추정되는 주소를 직접 찾아갔지만, 그곳에 랭이 살고 있는 것 같지는 않았다. 그래서 우리는 'APL'에 예약을 잡고 그곳으로 향했다. 도착하자마자 나는 안내 직원에게 랭과 오랜 친구 사이이며 인사를 나누고 싶다고 전했다. 우리는 홀 안쪽의 넓은 박스석에 자리를 잡고 저녁 식사를 주문했다. 하지만 운이 나쁘게도 그날 밤 랭은 식당에 없었다. 우리는 그를 찾고 있다는 메시지만 남긴 채 식당을 나섰다.

며칠 후, 그에게서 문자가 왔다.

'버지니아. 그동안 당신이 얼마나 고통스럽고 끔찍한 시간을 보냈을지 잘 알고 있습니다. 당신의 강인한 투쟁이 당신과 다른 무고한 피해자들에게 평화와 정의를 가져다주길 진심으로 바랍니다. 이제 나도 당신의 변호인단과 만나고 싶습니다. 애덤.'

나는 전율했다. 드디어 애덤이 나를 도울 준비가 되었다고 생각했다. 하지만 뒤이어 연락을 취하자, 그는 지난 수년간 되풀이한 공식 답변만을 전해왔다. 엡스타인의 밑에서 일하는 동안 성적인 행위나 나체, 미성년자, 혹은 어떤 타락한 행위나 학대도 목격한 적이 없다는 내용이었다.

내가 랭에게 무엇을 바랐는지 의구심이 들지도 모르겠다. 물론 그가 엡스타인의 공범들에게 책임을 물을 수 있는 결정적인 정보를 쥐고 있기를 바랐던 것도 사실이다. 하지만 그보다 순수하고 정서적인 차원에서, 그저 그가 내 경험을 있는 그대로 증언해주길 원했다. '나도 거기 있었기에 당신에게 무슨 일이 일어났는지 보았습니다'라는 간단한 한마디면 충분했다. 그 한마디가 나를 치유해주었을 것이다. 만약 그가 부정할 수 없는 범죄의 증거를 건네주었다면 기뻤을까? 당연하다. 하지만 진심으로 그런 것까지 기대한 것은 아니었다. 내가 가장 간절히 바랐던 것은 '인정'이었다. 그러나 안타깝게도 랭에게서 내가 원하는 답을 들을 수는 없을 게 분명해 보였다.

우리는 또 다른 막다른 길에 부딪혔다. 이번에 추적한 인물

전사

은 과거 모델로 활동했던 여성으로, 엡스타인에게 소녀들을
공급했던 인물이었다. 미성년자였던 내가 당시 성인이었던
그녀와 강제로 성관계를 맺어야 했던 기억이 선명했다. 그녀
와 엡스타인의 관계는 이미 세상에 널리 알려졌고, 전용기 비
행 기록에도 그녀의 이름이 올라 있었다.

그녀는 성을 바꾸고 로스앤젤레스 인근의 외부인 출입이
엄격히 통제된 주택단지에 살고 있었다. '브로큰'의 프로듀서
한 명이 앞차를 바짝 뒤쫓아 게이트를 통과하는 기지를 발휘
한 덕분에 겨우 안으로 들어설 수 있었다. 우리는 그녀의 집
앞 길가에 차를 세웠고, 나는 현관으로 다가가 초인종을 눌렀
다. 잠시 후, 그녀가 위층 창밖으로 고개를 내밀더니 당장 단
지에서 나가라고 소리쳤다.

"나 버지니아 로버츠예요!" 나도 소리쳐 대답했지만, 그녀
는 창문을 거칠게 닫아버렸다. 나는 포기하지 않고 인터폰 버
튼을 눌렀다. 곧이어 그녀의 목소리가 들려왔다.

"난 당신이랑 할 말 없어." 여자가 말했다. "제프리는 죽었
어. 당신이 그 남자를 죽인 거나 다름없어."

그 말에 화가 치밀어 올랐다. "제프리가 저지른 짓 때문에
온 거 아니에요." 내가 맞받아쳤다. "당신이 저지른 짓 때문에
온 거지."

"보안 업체를 부를 거야." 여자의 말이 끝나기 무섭게 우리

제4부

는 곧 경비원들에 의해 단지 밖으로 쫓겨났다.

서부 지역에서의 추적을 모두 마친 펠머리와 프로듀서, 그리고 나는 플로리다로 향했다. 엡스타인의 밑에서 일했던 또다른 직원 두 명이 아직도 그곳에 살고 있었다. 우리가 먼저 찾아간 사람은 엡스타인의 전담 기장이었던 래리 비소스키였다. 앞서 밝혔듯 비소스키는 엡스타인의 최측근이었고, 당국에 비행 기록을 한 번도 제출하지 않은 인물이었다. 그와의 인터뷰가 성공할 가능성은 희박하다는 걸 나도 잘 알고있었다.

비소스키 역시 외부인 출입이 통제된 주택단지에 살고 있었다. 우리가 도착하자 정문 경비원이 비소스키와 전화를 연결해주었고, 나는 그와 직접 통화할 수 있었다.

"여보세요, 래, 래리인가요?" 나는 말을 더듬었다. 수화기 너머로 그의 목소리가 들려오자, 나도 모르게 말이 튀어나왔다. "세상에, 정말 오랜만에 듣는 목소리네요." 나는 지금 기자와 함께 집 앞에 와 있다고 설명했다. "잠깐 들어가서 커피 한잔하며 이야기 나눌 수 있을까요?" 그가 망설이기에 점심 식사라도 하자고 제안했다. 하지만 그 순간, 비소스키는 전화를 뚝 끊어버렸다.

눈앞에서 문이 쾅 닫히는 상황을 연이어 겪는 것은 아무리 좋게 말하려 해도 진이 빠지는 일이다. 2000년부터 2002년

전사

까지 알고 지냈던 이들을 직접 찾아가 어떻게든 그들을 설득해 입을 열게 할 수 있을 거라며 의욕을 불태웠던 내가 너무도 순진했다. 보상도 없이 똑같은 이야기를 되풀이하고 또 되풀이하는 내 처지가, 마치 구경거리가 되어 장기나 부리는 원숭이처럼 느껴지기 시작했다. 팰머리는 이 사람들과 얽힌 내 과거를 상세히 캐물었고, 나는 그들을 알고 지냈던 어두운 시절을 또다시 고통스럽게 되살려야만 했다. 하지만 정작 입을 열어주는 사람은 아무도 없었기에, 나 혼자만 헛된 기대에 부풀어 발버둥 친 꼴이었다.

매일 밤 호텔로 돌아와 로비에게 전화를 걸 때마다 내 목소리는 점점 더 힘이 빠져갔다. 로비는 걷잡을 수 없이 무너져 내리는 나를 몹시 걱정했고, 결국 팟캐스트 제작자 중 한 명인 애덤 데이비슨에게 연락을 취했다. 이튿날 애덤은 나를 다독이기 위해 곧장 플로리다로 날아왔다.

"이 모든 과정이 당신에게 얼마나 큰 압박이 되었을지 잘 알고 있어요. 그게 얼마나 힘든 일일지 감히 짐작조차 할 수 없지만, 우리 모두 당신 뒤에 서 있다는 사실만큼은 꼭 알아주었으면 합니다." 그가 내게 말했다.

애덤 데이비슨의 응원은 큰 힘이 되었다. 하지만 팰머리와 함께 플로리다에 사는 또 다른 인물, 한때 엡스타인의 저택 관리인이었던 후안 알레시를 찾아 나서며 내 의지는 이미 바

570

닥을 드러내고 있었다.

알레시는 엡스타인과 맥스웰에게 처음 학대당했던 그날 밤, 엘 브릴로 웨이 저택에서 나를 집까지 태워다 준 장본인이었다. 그 후 2년 동안 그와 그의 아내 마리아와도 안면을 트고 지냈다. 알레시는 이제껏 언론에 입을 연 적이 없었기에, 이번이라고 해서 딱히 다를 거라고 기대하지 않았다.

주택단지 정문의 인터폰을 누르면서도, 나는 또다시 문전박대를 당할 거라는 데 전 재산을 걸 수 있을 것 같았다. 그런데 뜻밖에도 알레시가 곧장 응답했다.

"안녕하세요, 후안." 나는 숨 가쁘게 말을 이었다. "저 버지니아예요. 20년 전의 그 버지니아 로버츠요…. 제 과거의 조각들을 맞추고 싶어서 호주에서 여기까지 날아왔어요." 나는 그저 얼굴을 마주하고 이야기하고 싶을 뿐이라고 호소했다. 잠시 침묵이 흐르더니, 문이 열리는 기계음이 들려왔다. 알레시가 우리를 안으로 들인 것이었다.

잠시 후 알레시가 현관문을 열었고, 그의 곁에는 아내 마리아가 서 있었다. 우리는 한동안 서로를 멍하니 바라보았다. 작은 강아지 두 마리가 우리 발치에서 폴짝거리며 뛰어다니는 사이, 알레시는 팰머리와 나를 안으로 들여 자리에 앉혔다. 처음에는 녹음하기를 꺼리는 듯했지만, 그는 이내 마음을 바꾸었다.

571

대화는 툭툭 끊기듯 이어졌다. 여전히 영어가 조금 서툴렀던 알레시는 맥스웰이 마러라고에서 나를 처음 포섭했던 그 무더운 날, 자신이 차로 그녀를 태워다 주었다는 사실을 인정했다. 그는 차 안에서 그녀를 기다리며 땀을 뻘뻘 흘렸던 기억이 난다고 했다. 저택 안에서 성적 학대가 일어나고 있었다는 사실은 전혀 몰랐다고 딱 잡아뗐지만, 언젠가 엡스타인에게 이렇게 충고한 적은 있다고 털어놓았다. "여자애 중 분명 누군가는 훗날 사장님을 곤란하게 만들 겁니다."

그는 엡스타인의 집에서 앤드루 왕자를 본 기억은 나지만, 왕자가 부적절한 행동을 하는 것은 본 적이 없다고 덧붙였다. 나는 알레시에게 '마사지'가 끝난 뒤 내게 돈을 건네주던 사람이 주로 그였다는 사실을 기억한다고 말했다. 또한 그가 나의 나체를 본 적이 있다는 점도 언급했다. 하지만 그는 어떤 것도 기억나지 않는다고 답했다.

"버지니아, 맹세코 당신의 알몸을 본 적은 없어요." 그가 말했다. "성인인 다른 여자들은 본 적이 있지만, 당신은 아니에요."

팰머리가 그의 거듭된 부인에 답답해하는 기색이 역력했고, 나도 그 이유를 충분히 이해했다. 하지만 내 기분은 이번 여행을 통틀어 어느 때보다 좋았다. 알레시가 나를 기억하고 있었으니까! 어떤 의미에서 그것은 내가 그 먼 길을 달려온 목적이었다. 한 사람의 인간으로서 마주 앉아 존재를 인정받는 것 말이다. 우리가 자리를 뜨려 하자 알레시가 사과의 말을 건넸다. "버지니아, 당신에게 그런 일이 있었다니 정말 마음이 아픕니다. 하지만 지금 이렇게 멋진 모습으로 다시 보게 되어 참 좋네요. 가정을 꾸리고 당신의 삶을 잘 일궈낸 것 같아 정말 다행입니다."

순간 울컥하는 감정이 밀려왔다. "정말 고대하던 재회였어요." 나는 진심을 담아 말했다. "문을 열어주셔서, 그리고 저에게 마음을 열어주셔서 감사합니다."

알레시는 내가 자신을 다시 찾으리라고는 꿈에도 생각지 못했다고 거듭 강조했다. "난 당신이 나를 미워할 줄 알았어요." 그가 말했다.

"버지니아가 왜 당신을 미워할 거로 생각했죠?" 팰머리가 날카롭게 파고들었다.

"글쎄요, 내가 아무런 조치도 취하지 않았다는 이유로 나를 원망할 수도 있잖아요." 그가 답했다. "피해자들이 나를 공격하거나, '아, 후안도 다 알고 있었어'라고 말할 줄 알았거든요. 하지만 난 정말 몰랐습니다."

우리는 인사를 나누고 차로 향했다. 팰머리는 알레시가 자신이 목격한 일을 끝내 인정하지 않은 것에 대해 여전히 분개하고 있었다. 하지만 나는 행복했다. "모든 사람이 나서서 자

전사

신이 본 것을 토씨 하나 안 틀리고 말해줄 거라 기대하진 않아요. 그랬다간 자기들 죄까지 드러날 테니까요."

알레시가 자기를 보호하려는 건 당연했다. 그걸 탓하고 싶진 않았다. 그가 근본적으로는 선한 마음을 가진 사람이라고 생각했기 때문이다. 나는 이렇게 결론지었다.

"그는 엡스타인의 행동에 대해 어떤 것도 할 수 없는 처지였어요. 그는 그 일에 대해 정말 괴로워하고 있고요…. 물론 더 많은 이야기를 해줄 수도 있었겠죠. 하지만 이건 대화의 시작일 뿐이에요. 그래서 나는 이번 만남을 긍정적으로 받아들이려 해요. 그가 나를 집에 들이고, 한 사람으로 대우해준 것만으로도 감사해요."

그렇게 나는 호주로 돌아왔다. 쉼 없이 이어진 미디어 투어로 몸은 녹초가 되어 있었다. 그 상황에서 속도를 늦추고 휴식을 취하는 게 현명했겠지만, 나는 그러지 못했다. 너무나 오랜 시간 언론의 비난을 받아왔던 터라, 내 이야기를 전할 기회가 주어진다면 무엇이든 놓치지 말고 붙잡아야 한다고 느꼈다. 이런 기회가 언제까지 계속될지는 아무도 모르는 일이었으니까.

그래서 2020년 3월, 우리 가족 모두를 로마로 초청하겠다는 이탈리아의 한 TV 토크쇼의 제안에 흔쾌히 응했다. 코로나19 팬데믹이 전 세계를 덮치기 직전, 로비와 아이들 그리고 나는 여행책에서 '일곱 언덕의 도시'라 부르는 로마를 방문해 유명 관광지들을 하나하나 섭렵했다. 나는 지금도 그때 만든 사진첩을 간직하고 있다. 그 속에는 우리 가족이 보냈던 특별한 '로마의 휴일'이 얼마나 즐거웠는지 고스란히 담겨 있다.

하지만 모든 일에는 대가가 따랐다. 로마에서의 달콤한 휴식을 누리는 대신, 나는 카메라 앞에서 또다시 나의 가장 끔찍한 기억을 끄집어내야만 했다. 인터뷰를 거듭할수록 내 말투에서 감정이 메말라간다는 것을 나도 느끼고 있었다. 때로는 외워둔 대사를 읊조리는 것처럼, 내 목소리가 기계적이거나 로봇 같다는 생각마저 들었다. 겉으로는 점점 아무렇지 않은 듯 보였을지 모르지만, 속으로는 학대의 기억을 되새길 때마다 여전히 커다란 고통이 나를 짓눌렀다.

로비는 나를 지켜보고 있었고, 내가 무너져내리고 있음을 누구보다 잘 알았다. "전장에서 돌아온 군인도 치료받고 상담도 하면서 전쟁터에서의 기억과 현재의 삶 사이에 거리를 두며 치유해나가." 그가 말했다. "하지만 당신은 과거를 떠올릴 때마다 매번 다시 전쟁터 한복판에 서 있는 것 같아. 전쟁터에서 아주 돌아오질 못하는데, 어떻게 몸과 마음이 나아질 수 있겠어?"

그의 말이 맞았다. 정의를 위해 싸우려면 엡스타인과 맥스웰의 만행을 끊임없이 세상에 알려야 한다고 스스로를 다그

575

전사

쳤다. 하지만 진실을 알린다는 것은 곧 그 끔찍한 기억을 다시 겪어내야 한다는 뜻이었고, 그게 나를 야금야금 갉아먹고 있었다.

"가해자들을 계속 압박하려면 이 방법밖에 없단 말이야." 어느 날 밤, 나는 로비 앞에서 눈물을 터뜨리며 말했다.

그러자 로비는 내 앞에 무릎을 굽히고 앉아 내 두 손을 꼭 잡았다. 그 순간을 나는 결코 잊지 못할 것이다. "내가 청혼할 때 했던 말 기억해? 죽을 때까지 당신을 지켜주겠다고 했잖아." 그가 물었다. "지금이 바로 당신을 지킬 때야. 당신은 지금 바닥난 연료로 간신히 버티고 있어. 빡빡한 공적 일정이 당신 건강을 해치고 있고, 우리 가족도 힘들어하고 있어. 왜 그렇게 인터뷰에 매달리는지 나도 알아. 정말 잘 알지만, 여보, 이건 당신을 죽이고 있는 거야. 그걸 지켜보는 나도 죽을 것만 같아."

남편은 나 자신보다 명확하게 나를 꿰뚫어 보고 있었다. 나는 바닥 끝까지 타버린 상태였다.

제34장
설상가상으로

내 친구는 지금 나에게 필요한 건 대자연 속에서 보내는 시간이라고 말했다. 케언스로 이사 온 후 처음 사귄 학부모 친구였는데, 우리 집 엘리와 동갑인 딸을 둔 엄마였다. 블레이즈라는 이름의 이 친구는 내가 얼마나 동물을 사랑하는지 잘 알고 있었다. 내 트위터 계정의 프로필이자 내가 설립한 '피해자들은 침묵을 거부한다'의 로고, 그 영롱한 푸른 나비도 본 적이 있었다.

"우리 다 같이 '버터플라이 밸리'로 떠나요." 블레이즈가 제안했다. 우리 집에서 남쪽으로 두 시간 정도 떨어진 곳에 있는 개울가였다. 투박한 오두막에서 잠을 자며, 날개폭이 15센티미터에 달하는 호주 최대 크기의 나비 '케언스 버드윙'을 찾아보는 곳이라고 했다. 자연 속에서 휴식을 취하며 재충전

전사

할 수 있는 더없이 현명한 선택처럼 들렸고, 로비와 아이들도 기꺼이 동행하기로 했다.

그렇게 우리는 길을 떠났고, 처음에는 그야말로 천국이 따로 없었다. '버터플라이 밸리'라는 이름답게 온갖 모양과 크기, 색깔을 뽐내는 수천 마리의 케언스 버드윙 나비들이 우리를 반겨주었다. 하지만 집으로 돌아오자마자 고열이 치솟았고 머리가 깨질 듯이 아팠다. 내가 헛것을 보며 헛소리까지 하니까 로비는 소스라치게 놀라 나를 데리고 병원으로 달려갔다. 몇 가지 검사를 마친 의사는 내가 수막염에 걸렸으며, 모기가 원인인 것 같다고 진단했다. 믿기지 않는 결과였다. 여행 내내 일행 중 유독 나만 벌레 퇴치제를 온몸에 바르다시피 했기 때문이다. 결국 병원에 입원했는데, 상황은 훨씬 더 악화되었다. 정신이 얼마나 혼미해졌는지조차 인지하지 못한 탓에 화장실에 가려고 침대에서 일어났다가 그만 발을 헛디디고 말았다. 바닥으로 고꾸라지는 순간, 무언가 '우두둑' 부러지는 소리가 들렸다. 목뼈가 골절된 것이었다.

다행히 수막염은 고비를 넘겼지만, 이번에는 쉴 새 없이 통증을 유발하는 목뼈가 문제였다. 수술이 불가피한 상태였으나 의료진은 당장 수술하긴 어려운 상황이라 했고, 우리는 기약 없는 기다림의 시간을 견뎌야 했다. 기운을 잃은 나를 달래기 위해 로비는 프렌치 불도그 한 마리를 선물해주었다. 나는 녀석에게 '주노'라는 이름을 붙여주었고, 다시 일어나 걸어 다닐 수 있게 된 뒤로는 어디든 주노를 데리고 다녔다. 하지만 평화도 잠시, 4월이 되자 나는 폐렴으로 다시 병원 신세를 지게 되었다. 모기 한 마리에 물린 것을 시작으로 둑이 무너진 것처럼 온갖 건강 문제들이 쏟아지는 기분이었다.

물론 고통을 겪고 있는 건 나뿐만이 아니었다. 2020년 봄, 코로나바이러스가 기승을 부리면서 전 세계가 멈춰 서고 있었다. 그런데 참으로 기이하게도, 지난 몇 달간 응했던 인터뷰들이 본격적으로 방영되면서 내 얼굴과 사연이 도처에서 보이고 들려오고 있었다. 목 부상으로 쉬던 2020년 5월, 넷플릭스에서는 4부작 다큐멘터리 〈제프리 엡스타인: 괴물이 된 억만장자〉가 공개되었다. 엡스타인과 맥스웰이 휘둘렀던 공포의 통치를 다룬 시리즈였다. 마지막 에피소드에서 건강해 보이는 모습의 나는, 엡스타인이 결코 단독으로 범행을 저지른 것이 아니며 그의 모든 공범에게 책임을 물어야 한다는 내 신념을 거듭 강조했다.

"괴물들은 여전히 저 밖에서 다른 사람들을 학대하고 있어요." 내가 말했다. "왜 아직도 그들의 명단이 공개되지 않고 비난받지 않는지 도무지 이해할 수 없습니다."

엡스타인이 사망한 직후 맥스웰은 자취를 감췄다. 그녀가 캘리포니아, 매사추세츠, 프랑스, 이스라엘 등에 머물고 있다

전사

는 확인되지 않은 보고들이 잇달았지만, 확실한 것은 그녀가 은신 중이라는 사실뿐이었다. 심지어 그녀의 변호인단조차 행방을 모른다고 주장하며, 애니 파머와 제니퍼 아라오즈, 그리고 '제인 도'라는 가명으로만 알려진 세 번째 피해자 자매가 제기한 세 건의 소송 서류 수신조차 거부했다. 이는 연방검찰이 맥스웰을 기소하기 위해 증거를 수집하더라도, 누군가 그녀를 실제로 찾아내기 전까지는 체포할 수 없음을 의미했다.

마침내 수사관들은 휴대전화 추적으로 뉴햄프셔주 브래드포드에 있는 156에이커(약 63만 1300제곱미터-옮긴이) 규모의 외딴 부지를 찾아냈다. 2020년 7월 2일, 연방수사국은 잠겨 있던 정문을 부수고 들어가 현관에서 신분을 밝히며 문을 열라고 명령했다. 하지만 맥스웰은 문을 여는 대신 다른 방으로 도망쳤고, 결국 요원들은 문을 박차고 들어갔다.

그녀는 미성년자 유인 및 위증을 포함한 여섯 가지 혐의로 체포되어 기소되었다. 특히 위증 혐의는 내게 더할 나위 없는 해방감을 주었다. 그 혐의를 입증할 결정적 실마리를 바로 내가 제공했기 때문이다. 수사 당국은 맥스웰이 과거 명예훼손 소송 당시, 증언 녹취를 위해 선서까지 하고도 거짓을 내뱉었다고 판단했다.

기소장에 따르면 맥스웰은 1994년부터 1997년까지 엡스

제4부

타인의 공범으로 활동하며, 고작 열네 살밖에 안 된 어린 소녀들을 유인하고 길들여 성 착취의 굴레에 몰아넣었다. 초기 기소장에는 신원이 밝혀지지 않은 세 명의 미성년 피해자가 명시되었으나, 내 이름은 그 명단에 들어 있지 않았다.

팬데믹의 영향으로 2020년 7월, 앨리슨 J. 네이선 판사는 모든 관계자가 원격으로 참여하는 맥스웰의 보석 심문을 화상으로 진행했다. 이 자리에서 두 명의 피해자가 입을 열었다. 애니 파머는 맥스웰을 "나와 수많은 어린아이, 젊은 여성들을 길들이고 학대한 성범죄 포식자"라고 규정했다. 이어 검사는 '제인 도'라고 불리는 또 다른 피해자의 성명서를 낭독했다. 그녀는 "길레인이 없었다면 제프리는 결코 그런 짓들을 저지를 수 없었을 것"이라고 단언했다. 검찰은 맥스웰이 수사망을 피하는 법을 아주 잘 알고 있다는 점을 분명히 했다. 그녀는 은신 중에도 이메일 주소를 바꾸고 'G-맥스'라는 이름으로 새 휴대전화를 개통하는 치밀함을 보였다. 또한 프랑스, 영국 여권을 모두 소지했으며, 은행 계좌에는 무려 2,000만 달러에 달하는 자금이 예치되어 있었다. 마음만 먹으면 해외로 도주하는 것은 일도 아니었다. 결국 네이선 판사는 맥스웰의 보석 신청을 기각했다.

맥스웰의 보석 심문이 끝난 다음 날, 나는 CBS의 아침 프로그램 〈디스 모닝〉에서 게일 킹과 인터뷰했다. 나는 맥스웰

전사

이 포섭하려는 어린 소녀들의 "취약함을 본능적으로 감지해내는" 인물이었다고 말하며, 여성이라는 점을 이용해 아이들에게 가짜 안정감을 심어주었다는 점에서 엡스타인보다 더 나쁜 존재라고 주장했다. 엡스타인이 병적인 소아성애자였다면, 맥스웰은 "잔인하고 사악한" 존재였다. 나는 이렇게 덧붙였다. "이렇게 비유해보죠. 엡스타인이 피노키오였다면, 그녀는 제페토였어요. 그녀가…."

게일 킹이 말을 가로채며 물었다. "배후에서 조종하고 있었다는 건가요?"

"네," 내가 대답했다. "그녀가 꼭두각시 인형의 실을 쥐고 우리를 조종하고 있었죠."

킹이 다시 물었다. "버지니아, 당신이 생각하는 정의는 어떤 모습인가요?"

"길레인이 평생 감옥에서 나오지 않았으면 좋겠습니다." 내가 말했다. "그녀가 저와 다른 수많은 피해자에게 저지른 일들에 대해 진심으로 사과하기를 바랍니다."

"당신이 보기에, 길레인 맥스웰 선에서 이 모든 일이 마무리되어야 한다고 생각하시나요?" 그녀가 물었다.

"아니요, 이 일은 단 한 명의 괴물도 빠짐없이 책임지고, 우리 아이들이 안전해지는 그날 비로소 끝날 겁니다." 내가 답했다. "단지 나를 괴롭힌 괴물들뿐만이 아니에요. 세상의 모든 괴물을 말하는 겁니다. 그러기 위해선 우리 모두의 도움이 필요합니다."

2주 뒤, 명예훼손 소송의 후속 절차를 담당하던 로레타 프레스카 판사가 소송 관련 문서의 두 번째 묶음을 공개하며 우리 측에 힘을 실어주었다. 이번 자료에는 엡스타인 전용기의 비행 기록과 2005년부터 2008년까지 플로리다에서 진행된 수사 보고서, 그리고 2015년 1월에 엡스타인과 맥스웰이 주고받은 이메일 등이 빼곡히 담겨 있었다. 특히 내가 2014년 당시 연방수사국에 보냈던 이메일들도 공개되었는데, 그중 하나에는 엡스타인을 상대로 소송을 제기하고 싶다는 의사와 함께, 내 표현을 빌리자면 "얼마나 많은 소아성애 범죄가 자행되었는지" 증명하고 싶다는 열망이 담겨 있었다. 그 이메일은 나와 다른 피해자 자매들이 수사기관에 이 자들을 법의 심판대에 세워달라고 애원하는 동안, 뼈아픈 시간이 속절없이 흘러가 버렸음을 다시금 일깨워 주었다.

2020년 8월, 나는 마침내 경추 전방 유합술이라 불리는 수술을 받았다. 브리즈번의 서니뱅크 병원 의료진은 내 목 앞쪽을 절개해 들어가 산산조각 난 디스크를 제거한 뒤, 목을 움직일 수 있도록 금속 회전 장치를 고정했다. 회복 기간 동안 나는 인스타그램에 수술 후의 피멍 자국을 공유하며 이 시련을 기록했고, 곁을 지켜준 지지자들에게도 고마움을 전했다.

전사

나는 사진과 함께 이런 글을 남겼다. "이 정도 일로 무너지기에 나는 너무 강한 사람입니다. 게다가 이번 수술로 '생체 공학 척추'까지 얻었으니까요." 수술 직후에는 비행기를 탈 수 없었기에, 퇴원 후 로비와 나는 차를 타고 여섯 시간을 달려 케언스로 돌아왔다.

몸은 서서히 아물어 갔지만, 통증은 온몸을 파고들었다. 강력한 진통제를 처방받았으나 약에 너무 의지하지 않으려 애썼다. 과거 약물이 현실 도피의 수단이 되었던 기억이 있기에, 진통제가 주는 유혹이 얼마나 위험한지 잘 알고 있었고 그래서 더 두려웠다. 하지만 그 유혹을 떨쳐내려던 나의 결심은 곧 흔들리고 말았다. 9월에는 내가 취재를 도왔던 팟캐스트 '브로큰'이 세상에 공개되었지만, 들어볼 엄두조차 내지 못했다. 옥시코돈에 취해 제정신을 유지하는 것조차 힘들었기 때문이다.

❖

나는 나무를 타고 진흙을 주무르며 연못에서 첨벙거리는 말괄량이로 자랐다. 그래서 오랫동안 건드리지 않은 돌을 뒤집으면 어떤 일이 벌어지는지 아주 잘 안다. 그 밑에 숨어 있던 징그러운 벌레들이 갑자기 쏟아지는 햇빛에 몸을 비틀며 괴로워하는 모습 말이다.

내 학대 가해자 중 한 명으로 고인이 된 MIT 과학자 마빈 민스키의 이름을 거론한 증언 녹취록이 공개되었을 때가 딱 그랬다. 민스키의 동료였던 한 인물이 MIT 컴퓨터 과학 및 인공지능 연구소의 메일링 리스트에 이메일을 한 통 뿌린 것이다. 유명한 컴퓨터 과학자 리처드 스톨먼은 그 메일에서 내가 민스키와 자발적으로 만났을 것이라 주장했다. 스톨먼은 민스키가 '물리적인 힘이나 폭력'을 가했는지 의문을 제기하며, 그렇지 않았다면 내가 자발적으로 선택한 일임이 틀림없다는 식의 논리를 펼쳤다. 그는 "그녀가 민스키를 진심으로 원해서 순순히 응하는 것처럼 행동했다는 시나리오가 가장 그럴듯하지 않겠나"라고 썼다.

스톨먼의 이메일을 받은 이들 중 일부는 그를 강하게 비판했다. 하지만 여전히 모두가 엡스타인과 맥스웰에게 성 착취를 당한 소녀와 여성들을 동정받아야 마땅한 피해자로 보는 것은 아니라는 사실이 명확해졌다. 이런 부류의 사람들이 가장 흔하게 되풀이하는 말은 "그 여자들이 돈을 받지 않았느냐"는 것이었다. 마치 단돈 200달러를 받았다고 해서 피해자가 아닐 수 있다는 식의 논리다. 내가 그런 부류와 어울리며 지낸 것은 아니었으나, 그들의 독설은 소셜 미디어나 이메일을 타고 기어이 내게 와닿았다. 내가 하고 싶은 말은, 회

전사

의적인 시선을 보낸 이가 비단 스톨먼 혼자만은 아니었다는 것이다.

리처드 스톨먼이 민스키를 옹호했듯, MIT 미디어랩 소장인 조이치 이토의 친구와 동료들 역시 이토를 방어하고 나섰다. 그가 엡스타인과 긴밀한(그리고 수익성 좋은) 관계를 맺어왔다는 사실이 드러난 뒤였다. 이토는 사과했고, 잠시나마 그는 연구소장직을 유지할 수 있을 것처럼 보였다. 하지만 잡지 〈뉴요커〉가 이토의 실체를 폭로했다. 그가 엡스타인의 MIT 캠퍼스 방문을 은폐하기 위해 얼마나 치밀하게 움직였는지, 그리고 엡스타인의 기부금은 물론 그가 중간에서 다리를 놓아 끌어온 다른 이들의 기부금까지 얼마나 광범위하게 관리했는지가 낱낱이 밝혀진 것이다. 기사가 보도되고 다음 날 이토는 사퇴했다.

엡스타인과 연루된 다른 남성들도 줄줄이 무너지기 시작했다. 이토가 몰락한 지 한 달 뒤, 브라운대학교는 이토와 함께 엡스타인을 관리하며 기금을 모았던 MIT의 모금 담당자를 휴직 처리했다. 그의 행적이 브라운대학교의 '핵심 가치'와 부합하는지 확인하기 위해서였다. 하버드대학교 역시 엡스타인으로부터 900만 달러가 넘는 기부금을 받은 사실이 드러난 뒤, 진화 역학 프로그램의 소장 마틴 노왁과 엡스타인의 유착 관계를 조사하고 해당 프로그램을 조만간 폐지하기로 했다.

엡스타인이 공개적으로 배척당하면서 생긴 파장은 곧 학계 밖으로도 퍼져나갔다. 아폴로 글로벌 매니지먼트의 리온 블랙과 바클레이스 은행의 제스 스테일리 역시 엡스타인과의 유착 관계가 도마 위에 올랐고, 결국 두 사람 모두 최고경영자 자리에서 물러나야 했다. 얼마 지나지 않아 멜린다 프렌치 게이츠는 CBS 게일 킹과의 인터뷰에서, 27년간 함께한 남편 빌 게이츠와 이혼한 여러 이유 중 하나가 엡스타인과 남편의 관계였다고 밝혔다. 멜린다는 킹에게 "빌이 제프리 엡스타인과 만나는 것이 싫었고, 그 점을 분명히 말했었습니다"라고 전하며, 본인 또한 "그가 어떤 사람인지 직접 보고 싶어서" 엡스타인을 "딱 한 번" 만난 적이 있다고 덧붙였다. 그녀가 느낀 소감은 이러했다. "문을 열고 들어선 순간부터 후회했습니다. 그는 혐오스러운 자였어요. 악의 화신 그 자체였죠. 피해 여성들을 생각하면 가슴이 미어집니다."

모든 사람이 엡스타인의 피해자들에게 그런 공감을 보내주었다면 얼마나 좋았을까. 2020년 12월, 일간지 〈텔레그래프〉는 나에 대해 다음과 같은 헤드라인의 기사를 실었다. "앤드루 왕자 고발인은 엡스타인이 매수한 창녀, 법원 기록으로 드러나." 한 뉴욕 출판업자와 책을 팔아보려던 타블로이드 기자 샤론 처처 사이의 녹취록을 근거로 한 이 서류들은, 내가

전사

오직 돈을 뜯어낼 갈취 수단으로 허위 사실을 지어내고 있다는 뉘앙스를 풍겼다.

가장 어두운 시간을 통과하던 무렵, 특히 목 통증으로 몸조차 가눌 수 없게 되자 살점을 파고드는 기사 제목들이 더욱 뼈아프게 다가왔다. 비난을 일삼는 자들의 의도가 뻔히 보였다. 나를 창녀라고 불러서 입을 다물게 하려는 속셈을 알아차렸음에도 기사를 읽어 내려가는 고통은 줄어들지 않았다.

2020년 크리스마스를 열흘 앞두고 한계에 부딪힌 끝에 직접 찍은 영상을 트위터에 올렸다. 10만 명 넘는 팔로워를 향해 동정을 얻으려는 신세 한탄이 아니라고, 그런 건 원하지 않는다고 말했다. 그저 옳은 길을 걷고 있는지, 누군가에게 도움이 되고 있는지 확인받고 싶을 뿐인데 어떤 날은 도무지 버티기 힘들다는 말을 털어놓는 순간, 목소리가 갈라지며 눈물이 차올랐다. 나를 해친 자들에게 책임을 묻는 행위가 의무라고 믿으며 오랜 세월을 버텼다. 하지만 겪었던 일들을 고장 난 테이프처럼 끊임없이 되풀이해야 한다면 얼마나 더 견딜수 있을지 알 수 없었다. 화면 속의 나를 향해 참 힘들고 몹시 외롭다는 말을 남겼다.

여전히 외로운 싸움이었지만, 긍정적인 변화를 이끄는 거대한 흐름 속에 내가 있다는 사실을 실감하는 순간들도 찾아왔다. 2021년 1월 14일, 'L 브랜즈' 주주들은 레슬리 웩스너 등이 회사 내에 뿌리 깊은 여성혐오와 괴롭힘, 학대 문화를 조성했다며 소송을 제기했다. 주주들은 전년도에 최고경영자 자리에서 물러나 오하이오주 뉴올버니 저택으로 돌아간 웩스너가 엡스타인의 범죄 사실을 알고도 방치함으로써 경영자의 책무를 저버렸다고 주장했다. 엡스타인이 빅토리아 시크릿 모델들을 사냥감 삼아 범죄를 저질렀다는 혐의가 불거졌고, 주주들은 이로 인하여 산하 브랜드 가치가 하락했다는 점을 문제 삼았다. 6개월 뒤인 7월, 회사는 합의에 응하며 9,000만 달러를 투자해 내부 정화에 나서기로 약속했다. 이에 따라 성희롱 예방 조치와 보복 금지 관행이 강화되었고, 과거 피해 여성들의 입을 막았던 비밀 유지 계약 강제 집행도 중단되는 결실을 보았다.

채 1년도 지나지 않아 〈아메리칸 아이돌〉(미국의 오디션 프로그램-옮긴이) 출신 가수 잭스가 자기 몸을 있는 그대로 사랑하자는 메시지를 담은 노래를 발표했고, 이 곡은 빠르게 팝 차트를 휩쓸었다.

나 빅토리아의 비밀을 알아 / 애야 넌 믿지 못할 거야 / 그녀는 사실 오하이오에 사는 노인네란다 / 나 같은 여자애들을 이용해 돈을 벌어대지 / 외모 콤플렉스를 현금으로 바꾸지 / 가슴만 큰 피골이 상접한 몸매를 팔아치우면서 말이야

전사

/ 나 빅토리아의 비밀을 알아 / 그건 남자들이 만든 환상일
뿐이야

제4부

빅토리아 시크릿의 새로운 여성 최고경영자는 잭스에게
편지를 보내 중요한 문제를 제기해주어 고맙다는 뜻을 전했
다. 엡스타인의 측근들이 하나둘 사회적 심판대에 올랐다. 그
런 변화를 이끌어내는 데 아주 작은 역할이나마 보탰다는 생
각이 들자 다시 나아갈 힘이 생겼다.

제35장
반격의 시간

2021년 1월, 엘리의 열한 번째 생일에 맞춰 우리 가족은 호주 동부 해안의 케언즈를 떠나 서부 해안의 퍼스로 대륙을 가로질러 이사했다. 아이들이 어릴 때는 퀸즐랜드도 더할 나위 없이 좋았지만, 이제는 퍼스의 더 나은 교육 환경에서 아이들을 가르치고 싶었다. 자라나는 아이들의 모습은 여전히 놀라움의 연속이었다. 특히 엘리는 강인한 기운을 내뿜는 아이로 자랐다. 또래보다 키가 크고 체력도 좋았을 뿐만 아니라, 세상에 대한 탐구심이 넘쳐나서 늘 책을 손에서 놓지 않았다. 엘리는 〈귀멸의 칼날〉이라는 만화에 푹 빠져 있었다. 도깨비에게 온 가족을 잃은 열네 살 오빠와 여동생의 이야기를 다룬 작품이었다. 여동생마저 도깨비로 변해버리자, 오빠는 귀살대에 들어가 여동생을 인간으로 되돌리겠다고 다짐한다. 엘

전사

리는 도깨비도 교화되어 다시 선해질 수 있다는 설정을 무척 마음에 들어했다. 희망을 지켜내기조차 버거울 때가 있었지만, 엘리의 낙관적인 태도를 보며 마음을 다잡을 수 있었다.

2021년 6월 중순, 장 뤽 브루넬에 맞서 증언하기 위해 프랑스로 향할 때까지도 처방받은 약들과 강력한 진통제에 의존하는 상태였다. 모델 에이전시 대표였던 그는 지난 12월 파리에서 체포되어 미성년자 강간 및 성희롱 혐의로 기소된 상태였다. 처음부터 인신매매 혐의가 적용된 건 아니었지만, 수사가 진행 중이었고 아직 무죄 판결이 내려진 것도 아니었다. 수사 과정의 일환으로 브루넬에게 유린당한 나 같은 피해자들의 증언 청취가 진행되었다. 나는 마땅히 해야 할 일을 하려고 비행기 표를 끊어 유럽으로 날아갔다.

이 책의 서문에서 썼듯 우선 며칠 동안 시그리드, 프랑스 변호인단과 함께 증언 준비에 매달렸다. 이어 하루 동안 무려 열 시간에 걸쳐 선서를 한 뒤 신문을 받았는데, 장 뤽 브루넬과 같은 공간에 앉아 있어야 했다. 예상대로 장 뤽 브루넬의 변호인단은 가해자들이 피해자를 공격할 때 흔히 던지는 날카로운 말들로 나를 몰아세웠다. 거짓말쟁이, 돈에 미친 여자, 창녀 같은 말들이었다. 장 뤽 브루넬이 나에게 직접 말을 거는 것은 금지되었으나 그는 기어이 방법을 찾아냈다. 장 뤽 브루넬이 앞줄에 앉고 내가 바로 뒷줄에 앉아 그의 뒤통수를 바라보고 있었는데, 휴식 시간에 그는 몸을 돌려 나직하게 "거짓말이나 치는 년"이라고 속삭였다. 과거 나를 강제로 유린할 때 훑어보던 눈빛 그대로 나를 쳐다보며 "난 너를 만난 적조차 없어"라고 뱀처럼 내뱉었다.

쇼핑을 즐기고 루브르 박물관을 두 차례 방문하며 마음을 달랬다. 처음 방문했을 때는 제프리 엡스타인과 길레인 맥스웰의 유령이 출몰할 것만 같은 방에서 크고 화려한 태피스트리를 마주하고 얼어붙었다. 공황 발작이 엄습해 정신이 아득해졌으나, 며칠 뒤 그 아름다운 장소를 나만의 공간으로 되찾으려고 다시 박물관에 갔다. 지금 퍼스 집 거실 선반에는 그날 산 '사모트라케의 니케Winged Victory of Samothrace(기원전 190년경 로도스섬의 해전 승리를 기념해 사모트라키섬에 세운 승리의 여신 니케 대리석상-옮긴이)'가 놓여 있다. 1883년부터 루브르에 전시된 머리 없는 여신 니케상의 복제품이다. 박물관 기념품점에서 찾아낸 이 조각상은 9피트(약 3미터-옮긴이)에 달하는 원본과 달리 2피트(약 60센티미터-옮긴이)에 불과하다. 하지만 매일 이 조각상을 바라보며 얻는 힘은 엄청나다. 언제나 승리할 수는 없지만, 그것을 향해 나아갈 가치는 충분하다는 사실을 일깨워주기 때문이다.

하지만 프랑스 방문 중 가장 의미 있었던 순간은 따로 있었다. 고대하던 티시아 하위스만과의 만남이었다. 1991년 모델

전사

지망생이었던 열여덟 살의 티시아 하위스만은 에이전트들의 권유로 브뤼셀에서 장 뤽 브루넬을 만났다. 당시 40대 중반이었던 장 뤽 브루넬은 지금 당장 파리로 온다면 그녀를 스타로 만들어주겠다고 장담했다. 티시아 하위스만은 그 말을 믿고 파리로 향했고, 장 뤽 브루넬의 강요에 못 이겨 그의 아파트에 머물렀다. 그러나 일주일도 채 지나지 않아 티시아 하위스만은 그곳을 떠나야 했다. 파리에 도착한 지 네 번째 혹은 다섯 번째 밤이 되었을 때, 그가 그녀의 술에 약을 타고 강간했기 때문이다.

당시 티시아 하위스만은 수치심이 너무 컸던 나머지 그를 고소하지 못했다. 그러나 수년이 흐른 뒤 TV에 나온 나를 보고 트위터로 연락을 해왔고, 그렇게 우리는 대화를 시작했다. 티시아 하위스만은 2019년에 자신의 피해 사실을 세상에 공개하며 장 뤽 브루넬에게 성추행과 강간을 당했다고 고발한 여러 모델의 대열에 합류했다. 그로부터 2년이 지난 지금, 티시아 하위스만이 내가 머무는 파리 호텔 로비로 들어오고 있었다.

우리는 따뜻한 포옹으로 인사를 나누었고, 이후 두 시간 동안 벨벳 소파에 가까이 앉아 서로가 겪어온 일들을 공유했다. 현재 TV프로듀서로 활동 중인 티시아 하위스만은 자신의 책 《클로즈업: 네덜란드 패션모델의 충격적인 이야기》Close-Up:

Het schokkende verhaal van een Nederlands fotomodel》를 나에게
선물했다. 티시아 하위스만은 2020년에 이 회고록을 출간했
는데, 나는 네덜란드어를 읽지 못했지만 그 선물은 나에게 세
상 무엇보다 큰 의미가 있었다. 책 표지에는 장 뤽 브루넬에
게 유린당하기 직전, 열여덟 살이었던 티시아 하위스만의 아
름다운 얼굴이 담겨 있었다. 나는 티시아 하위스만의 손을 잡
았고, 우리는 그 괴물 같은 남자들이 우리에게서 앗아간 것들
을 떠올리며 함께 눈물을 흘렸다.

그해 여름, 뉴욕의 미성년자 성학대 피해자 구제법에 따른
공소시효 만료일이 다가오자 시그리드와 나의 법률팀은 앤
드루 왕자의 변호인단에 서신을 보냈다. 하지만 그들은 아무
런 응답도 하지 않았다. 8월 초, 앤드루 왕자의 전처 사라 퍼
거슨은 〈파이낸셜 타임스〉와의 인터뷰에서 자신과 앤드루 왕
자가 "세상에서 가장 행복한 이혼 부부"라고 말했다. 이는 곧
제기될 나의 소송을 앞두고 왕자의 이미지를 세탁하려는 의
도가 다분한 대외 행보로 보였다.

내 생일이었던 2021년 8월 9일, 내가 서른여덟 살이 되던
날 두 가지 중요한 일이 일어났다. 첫 번째로, 엡스타인 사후

595

전사

에 그의 유산에 대해 피해 보상을 청구할 수 있도록 설립된 '엡스타인 피해자 보상 기금' 관리단이 이제 모든 업무를 마쳤으므로 프로그램을 종료한다고 발표한 것이다. 이 기금은 약 150명의 피해자에게 총 1억 2,500만 달러에 달하는 보상금을 지급했다. 엡스타인이 살아 있을 때 이미 합의를 마친 수많은 이들까지 합치면, 엡스타인 본인이나 그의 유산 관리인으로부터 피해 사실을 인정받고 보상을 받은 피해자는 최소 200명(실제 피해자는 훨씬 더 많겠지만)에 이른다. 이 정도 규모의 구제 노력이 실현되었다는 사실은 당시에도, 그리고 지금도 참으로 놀라운 일이다.

두 번째 중요한 일은 내가 뉴욕주에서 '아동 피해자 보호법' 위반 혐의로 앤드루 왕자를 고소한 것이었다. 나의 소송은 과거 사건에 대한 소급 제소 기간이 끝나기 불과 나흘 전에 제기되었다. 소장에서 나는 앤드루 왕자가 미성년자였던 나를 강간하고 폭행하여 심각하고 지속적인 피해를 입혔다고 주장했다. 나는 앤드루 왕자에게 청구할 손해배상액의 결정을 법원에 요청했다.

서른여덟 살이 되면서, 나는 내 인생의 후반전을 전반전의 상처로부터 회복하는 데 바쳤다는 사실을 깨달았다. 로비를 만나 그와 함께 새로운 삶을 시작하기 위해 떠났을 때 내 나이는 열아홉 살이었다. 그로부터 19년이라는 세월이 더 흘렀지만, 나는 여전히 정의를 위해 싸우고 있었다. 먼 길을 걸어왔음에도 불구하고, 나는 아직 온전한 치유에 근접했다는 느낌조차 받지 못했다. 그런 날이 과연 오기는 할는지 의문이었다.

내가 소송을 제기했다는 소식이 퍼지자 영국의 타블로이드지 〈더 선〉은 플로리다에 있는 아버지까지 기어이 찾아내 취재했고, 나는 솔직히 놀랍기는커녕 덤덤했다. 그러나 아버지는 내가 "끈기 있고" "용감하다"라며 "나는 내 딸을 100퍼센트 지지한다"라고 말했다. 또한 아버지는 "왕실이라고 해서 법 위에 군림할 수는 없다. 세상이 어디 그렇게 돌아가나. 왕실 사람들이 제멋대로 권력을 휘두르게 내버려 두어선 안 된다. 부당함에 맞서는 건 인간의 당연한 도리이며, 버지니아는 지금 그 마땅한 권리를 위해 투쟁하는 중이다. 만약 앤드루 왕자가 내 처지가 되어 자기 딸에게 이런 일이 일어났다고 생각한다면 기분이 어떻겠는가? 앤드루 왕자는 부끄러운 줄 알아야 한다"라고 덧붙였다. 아버지가 건넨 응원의 말들을 읽으며 아버지에 대한 나의 마음이 누그러졌지만, 그것도 잠시뿐이었다. 무엇보다 나는 아버지가 남을 조종하는 데 능한 사람이라는 걸 알고 있었기에, 이 인터뷰가 나의 환심을 사서 예전의 관계로 돌아가려는 아버지의 수작일지도 모른다는 의심이 들었다. 아버지의 지난 행적을 고려할 때, 이런 의구심

전사

을 지울 수 없었다. '아버지가 〈더 선〉으로부터 돈을 받은 건 아닐까?'

　처음에는 앤드루 왕자가 스코틀랜드에 있는 엘리자베스 여왕의 밸모럴성으로 도망쳐 경비가 삼엄한 성문 뒤로 숨어버리는 바람에, 나의 변호인단이 소송 서류를 송달하는 것부터 애를 먹었다. 이 역시 그리 놀라운 일은 아니었다. 이미 2020년에 맥스웰 사건의 검사들은 앤드루 왕자가 "대중에게는 수사에 협조할 의지가 충만한 것처럼 자신을 거짓으로 포장하려 애썼다"라고 지적한 바 있다. 하지만 사실 앤드루 왕자는 연방 당국에 어떤 협조도 하지 않았으며, 수사관들의 면담 요청도 반복적으로 거부했다. 검찰의 지적처럼 앤드루 왕자가 미국 법무부의 자발적 협조 요청에 완전히 빗장을 걸어 잠근 상태였음을 감안하면, 나에게 순순히 협조해줄 것이라는 기대 자체가 애초에 어리석은 일이었다.

　9월 말, 판사는 앤드루 왕자의 변호인단이 "궁전 담벼락 뒤에서 숨바꼭질이나 하고 있다"라며 꾸짖었고, 미국에 있는 앤드루 왕자의 변호인들을 통해서도 소송 서류 송달이 가능하다는 판결을 내렸다. 덕분에 소송은 진척을 보이기 시작했다. 곧이어 우리에게 유리한 상황이 전개되었다. 슈크리 워커라는 여성이 공개적으로 나서서, 내가 늘 주장했던 대로 2001년 나이트클럽 트램프에서 내가 앤드루 왕자와 춤을 추는 모습을 본 기억이 있다고 증언한 것이다. 이미 연방수사국에 서면 진술서를 제출했던 슈크리 워커는 나의 소송이 재판으로 이어질 경우 앤드루 왕자에게 불리한 증언을 기꺼이 하겠다고 밝혔다. 이후 슈크리 워커의 변호사는 〈가디언〉과의 인터뷰에서 슈크리 워커가 그날 밤을 "그 전에도, 그 후에도 왕실 인사를 본 적이 없었기에 아주 선명하게 기억한다"라고 전했다. 또한 "슈크리 워커의 말에 따르면 당시 앤드루 왕자는 즐거운 기색으로 웃으며 춤을 추고 있었지만, 버지니아는 전혀 행복해 보이지 않았다고 한다"라고 덧붙였다.

나는 다시 병원 신세를 지게 되었는데, 이번에는 난소 낭종과 자궁 용종을 제거하기 위한 복강경 수술을 받았다. 수술을 받기 전 몇 주 동안은 하혈이 멈추지 않았다. 의사들은 나를 괴롭히는 일련의 건강 문제들이 아직 완치되지 않은 허벅지의 포도상구균 감염과 연관이 있는 것은 아닌지 의심했다. 내 몸이 반란이라도 일으키는 것 같다는 사실 외에는 확실한 건 없었다.

하지만 그 무엇도 2021년 핼러윈을 준비하는 엘리를 돕고자 하는 나의 의지를 꺾을 수는 없었다. 엘리는 몇 달 전부터 만화 〈귀멸의 칼날〉에 나오는 소녀 도깨비인 '카마도 네즈코' 분장을 하고 싶다고 노래를 불렀다. 처음에는 딸이 어둠의 세

599

계로 넘어간 캐릭터가 되고 싶어 한다는 사실에 조금 놀랐다. 하지만 엘리는 네즈코가 사실은 선한 힘을 가진 존재라며 내 생각을 바로잡아 주었다. 엘리의 설명에 따르면, 비록 도깨비가 네즈코의 기억을 대부분 지워버렸지만 오빠를 향한 사랑 덕분에 오빠를 해치지 않는다고 했다. 대부분의 도깨비가 에너지를 얻기 위해 인육을 먹는 것과 달리, 네즈코는 잠을 자면서 기력을 회복한다. 엘리는 내가 침대에 누워 보내는 시간이 많다는 점을 언급하며 "엄마랑 비슷하네"라고 장난을 쳤다.

나는 아름다운 내 딸을 네즈코로 변신시키는 일에 온 정성을 쏟았다. 우리는 엘리에게 기모노 한 벌과 굽이 높고 나무로 만든 일본 전통 신발인 게다를 사주었다. 심지어 타인에게 해를 끼치지 않기 위해 네즈코가 입에 물고 있는 대나무 재갈까지 끈으로 고정해 완벽하게 재현해냈다. 모든 준비를 마치고 나의 어린 전사인 엘리가 의상을 전부 갖춰 입었을 때, 엘리는 세상을 다 얻은 듯 행복해했다. 엘리는 행복을 향한 비밀 암호라도 찾아낸 것처럼 환한 미소를 지으며 나에게 말했다.

"엄마, 결국 네즈코와 오빠는 주변의 악한 것들을 물리치고 평화롭게 살게 돼." 그날 나는 엘리를 아주 오랫동안 꼭 껴안아 주었다. 나는 세상의 추악함으로부터 내 딸을 보호하려고

애써왔지만, 정작 엘리는 자신을 지키는 법을 스스로 터득해
가고 있었다. 그리고 그 과정에서 오히려 나에게 강인한 힘을
나누어주고 있었다.

601

전사

"여러분께 '제인'이라는 이름의 어린 소녀에 대해 말씀드리고자 합니다." 미국 연방 검사 라라 포머란츠가 첫마디를 떼며 2021년 11월 29일 길레인 맥스웰을 향한 재판이 시작됐다.

제프리 엡스타인의 조력자이자 공범인 길레인 맥스웰은 1994년부터 2004년까지 자행된 불법 행위 혐의로 기소됐다. 기소장에는 최초에 명시된 세 명의 미성년 피해자와 이후 추가된 피해 당시 14세였던 네 번째 여성이 포함됐다. 검찰은 미성년자를 불법 성행위에 가담시키려고 유인한 혐의 1건, 비슷한 목적으로 미성년자를 이동시킨 혐의 1건, 미성년자 성매매 혐의 1건, 그리고 추가로 3건의 공모 혐의를 입증하고자 했다. 정확히 한 달 뒤, 12명의 뉴욕 시민으로 구성된 배심원단은 평결을 내릴 예정이었다. 퍼스의 시간은 뉴욕보다 13시간 빠르기에 앞으로 4주 동안 잠을 거의 설칠 수밖에 없었다. 재판 과정은 TV로 중계되지 않았지만, 재판이 열리는 날이면 퍼스 시간으로 밤 9시부터 새벽 5시 사이 내내 법정에 있는 기자들이 올리는 실시간 트윗을 샅샅이 살폈다.

재판을 몇 달 앞두고 포머란츠 수석 검사와 모린 코미 검사는 내가 증언대에 서지 않을 것이라는 소식을 전했다. 내가 증인으로 나서면 오히려 배심원들의 주의가 분산될 수 있다는 이유였다. 검찰은 내가 증언할 경우, 내가 가해자로 지목했던 유력 인사들이 피고 측 반박 증인으로 채택될 가능성을 우려했다. 그런 소란이 배심원의 집중력을 흐트러뜨려 정작 맥스웰의 죄상에 집중하지 못할까 봐 걱정한 것이다. 본래 기소란 배심원이 쉽게 납득할 수 있는 명확한 서사를 구축하는 과정인데, 유독 이름난 자들을 많이 지목했던 내 사연은 그들이 다루기에 너무 복잡했다.

검찰은 과거 내 명예훼손 소송에서 수집된 증거가 없었다면 맥스웰을 기소할 만큼 강력한 사건을 구성하지 못했을 것이라 인정했다(실제로 맥스웰은 내 소송에서 한 거짓 증언으로 두 건의 위증 혐의로 별도 기소된 상태였다). 그럼에도 검찰은 맥스웰이 아이들을 유인하고 학대했다는 사실에만 초점을 맞춘, 아주 단순하고 명쾌한 이야기를 배심원에게 들려주길 원했다.

603

실망이 무척 컸다. 맥스웰을 감옥에 보내는 데 내 손으로 힘을 보탤 날만을 고대해왔기 때문이다. 시그리드가 이미 할 일을 다했다며 위로했지만, 이번 재판에서 배제됐다는 사실은 억울하게만 다가왔다. 무엇보다 검찰이 나를 믿지 않아 제외했다는 오해를 살지 걱정됐다(실제로 맥스웰의 재판이 시작되기 고작 나흘 전, 앤드루 왕자 측은 〈텔레그래프〉에 다음과 같은 제목의 기사를 냈다. "버지니아 주프레가 길레인 맥스웰 재판에 불참하는 것은 그녀가 '신뢰할 수 없는 증인'임을 보여준다."). 하지만 손쓸 도리가 없었다. 그보다 걱정스러운 부분은 검찰이 피해자를 단 네 명으로 한정한 점이었다. 나처럼 엡스타인과 함께 미국 밖으로 나갔던 피해자가 한 명도 없었기에 승소하지 못할 가능성이 있었다. 맥스웰의 변호인단이 이른바 '빈 의자' 전략을 쓸 것이라는 추측이 무성했다. 맥스웰이 받아야 할 비난을 죽어서 법정에 설 수 없는 남자인 엡스타인에게 전부 떠넘기려는 수법이었다. 배심원 중 누군가 그 작전에 휘둘릴까 봐 마음이 무거웠다.

드디어 막이 올랐다. 증언대에 서지 않게 된 상황을 긍정적으로 보려 애썼다. 만약 증인으로 불려 갔다면 아이들과 크리스마스를 함께 보내지 못했을 터였다. 대신 나는 퍼스의 집 구석구석을 반짝이는 장식으로 꾸미고는, 간절한 마음으로 정의가 실현되길 빌었다.

제4부

❖

익명으로 증언대에 선 연극 배우 '제인'은 1994년 미시간주 인터로컨 예술 캠프에 참가했을 당시, 맥스웰이 엡스타인을 뒤에 세우고 자신에게 접근했던 상황을 배심원들에게 진술했다. 엡스타인과 맥스웰은 이 유명한 여름 캠프와 기숙학교의 유력한 후원자였으며, 심지어 캠프 내에는 엡스타인의 이름을 딴 '장학관'이 있을 정도였다. 제인은 아버지가 1년 전 백혈병으로 세상을 떠난 뒤 팜비치에 살던 가족들이 극심한 생활고를 겪고 있었다고 회상했다. 당시 맥스웰과 엡스타인을 부부라고 생각했던 제인은, 자신이 플로리다에 산다는 사실을 알게 된 맥스웰이 어머니의 연락처를 묻자 별다른 의심 없이 알려주었다. 그렇게 제인은 열네 살이 되던 해 팜비치에서 그들을 만나기로 약속했다. 이후 플로리다와 뉴욕, 뉴멕시코를 오가며 수년간의 성적 학대가 반복됐다. 제인은 맥스웰이 그녀의 가슴을 만지고 엡스타인은 강제로 그의 성기를 만지게 한 것을 비롯해 집단 성관계와 바이브레이터를 이용한 '고통스러운' 학대를 강요했던 기억을 떠올렸다. 제인은 엡스타인이 자신을 앤드루 왕자에게 소개했고 엡스타인 피해자 기금에서 500만 달러를 받기로 판결받았으나 실제 수령액은 290만 달러였다고 확인해주었다. 엡스타인과 맥스웰에게 당

전사

한 피해가 삶에 미친 장기적 영향에 관한 질문을 받자 제인은 질문으로 답을 대신했다. "부서진 나침반으로 어떻게 제대로 된 관계를 맺을 수 있겠어요? 진짜 사랑이 어떤 모습인지 전혀 알지 못했습니다."

맥스웰을 고소한 두 사람, 피해자이자 현직 심리학자인 애니 파머 박사와 가명을 사용한 영국인 모델 겸 배우 '케이트'는 판사가 배심원단에게 사전 설명을 마친 뒤에야 증언대에 섰다. 이들이 진술하는 성적 행위 묘사는 맥스웰의 기소 항목에 대한 유죄 근거로 쓰일 수 없다는 제약이 붙었다. 케이트가 엡스타인 및 맥스웰과 성적 접촉을 했을 당시 해당 지역 법령상 성관계 동의 연령을 넘긴 열일곱 살이었기 때문이다. 애니 역시 뉴멕시코에 있는 엡스타인의 목장에서 맥스웰에게 추행당했을 당시 열여섯 살이었는데, 뉴멕시코에서는 열여섯 살을 미성년자로 간주하지 않았다. 하지만 검찰은 맥스웰이 취약한 10대들을 착취한 행위가 일정한 패턴을 띠고 있음을 입증하려고 애니와 케이트를 증인으로 불러냈다. 일례로 케이트는 맥스웰이 엡스타인의 학대를 돕기 위해 자신을 길들였으며, 엡스타인에게 성적인 '마사지'를 해주고 나면 맥스웰이 "참 착한 아이구나"라고 말했다고 털어놓았다.

네 번째 미성년 피해자는 캐롤린으로, 그녀는 이름만 공개하길 원했다. 캐롤린은 자신이 중학교 중퇴자라고 밝히며 할

아버지에게 성폭행당했다고 진술했고, 내가 팜비치에서 그녀를 맥스웰과 엡스타인에게 소개해주었다고 말했다. 나로서는 뜻밖의 증언이었다. 캐롤린은 엘 브릴로 웨이에 처음 갔을 당시, 나는 옷을 벗었고 그녀에게는 브래지어와 속옷은 입어도 된다고 했다고 증언했다. 그녀는 나와 함께 45분간 엡스타인을 마사지한 후 그가 몸을 돌렸고, 그녀가 근처 소파에서 지켜보는 가운데 나와 엡스타인이 성관계를 가졌다고 진술했다. 나는 그녀의 진술을 의심하지 않았는데, 나이 어린 소녀를 모집하라는 강요를 받았다고 인정했고, 그 일을 죽을 때까지 후회할 거라고도 밝혔기 때문이다. 하지만 부끄럽게도 나는 캐롤린의 이름을 기억하지 못했다. 캐롤린은 엡스타인과의 첫만남 이후 수년간 주 2~3회 팜비치 저택을 방문했다고 증언했다. 그녀는 맥스웰이 시키는 대로 성적 마사지를 했고, 캐롤린이 방문할 때마다 맥스웰이 집에 있었다고도 말했다. 캐롤린은 또한 배심원들에게 맥스웰이 엡스타인의 마사지실에서 자신의 알몸을 약 30번가량 목격했다고도 증언했다. 맥스웰은 "[그녀의] 가슴과 엉덩이를 만지며… 엡스타인 씨와 그의 친구들이 딱 좋아할 만한 몸매"라고 말했다고 한다.

  피고 측 로라 메닝거 변호사의 주장을 한 문장으로 요약하면 결국 다음과 같다. 피해를 주장하는 이들의 진술이 수시로 바뀌거나 세부 사항이 틀리는 등 기억을 신뢰할 수 없다는 것

전사

이다(나 또한 실수를 저질렀다며 헤아릴 수 없이 많은 비난을 받아온 터라 남 일 같지 않았다). 메닝거는 특히 제인을 강하게 몰아붙였다.

그녀는 최종 변론에서, 이 사건 전체가 오류투성이인 제인의 기억에 의존하고 있다고 단언했다. 제인의 기억에는 몇몇 허점이 있었다. 브로드웨이에서 공연하지 않던 시기에 뮤지컬 〈라이언 킹〉을 봤다고 주장하거나, 언론인 마이크 월리스의 80세 생일 파티에 참석했다는 시점이 실제 본인의 나이와 맞지 않는 식이었다. 변호인은 이러한 빈틈을 놓치지 않고 파고들었다. 하지만 맥스웰 측이 내세운 기억 전문가조차 주변적인 기억은 시간이 흐르면서 흐려지기 마련이지만, 트라우마와 관련된 핵심 기억은 머릿속에 각인되는 경향이 있다고 증언했다. 수석 검사 중 한 명인 모린 코미는 메닝거의 비판에 맞서 배심원단에게 질문을 던졌다. "배심원 여러분, 마이크 월리스의 생일날 본인의 나이가 몇 살이었는지가 기억에 더 남겠습니까, 아니면 중년 남성에게 처음 성추행을 당했을 때의 나이가 더 생생하게 남겠습니까?"

피고 측은 엡스타인 피해자 기금에서 보상금을 받은 네 명의 고소인이 경제적 이득을 얻으려고 사건을 부풀렸다는 암시를 남겼다. 이들이 엡스타인이 뿌리는 '돈 잔치'의 수혜자인 만큼 진술의 신뢰도가 떨어진다는 논리였다. 메닝거는 피해자들의 사연이 "기억과 조작, 그리고 돈"의 영향을 받았다고 주장했다. 하지만 코미 검사는 여성들이 엡스타인의 유산 관리 재단과 합의하며 받은 수표는 증언대에 서기 전에 현금화한 상태였다는 점에 주목했다. 이는 여성들이 트라우마를 다시 떠올려야 하는 고통스러운 경험을 감수하며 얻을 경제적이득이 더는 남아 있지 않다는 뜻이었다(위증할 경우 처벌받을 위험을 감수할 이유가 없다는 의미이기도 했다). 코미 검사는 눈물을 흘리며 증언했던 피해자들을 가리키며 배심원단에게 물었다. "저 과정이 즐거워 보였습니까? 이미 수백만 달러를 손에 쥔 이들이 무엇 때문에 그런 힘겨운 일을 다시 자처하겠습니까?"

결국 맥스웰 측 변호인단은 서른다섯 명의 증인을 세우겠다고 호언장담했으나 실제로는 일곱 명만 불러내는 데 그쳤다. 재판부가 증인들의 익명 증언을 허락하지 않았다. 맥스웰역시 자신을 변호하기 위해 증언대에 서지 않는 쪽을 택했다. 반면 나는 간절히 증언하고 싶었음에도 그러지 못했지만, 법정에 내 존재가 아예 없었던 건 아니었다. 재판 과정에서 내이름이 250번이나 언급됐다는 기사를 접했다. 법정에 직접서는 것 다음으로 나은 상황이 아니었을까 싶다.

양측의 최종 변론이 열린 12월 20일, 코미 검사는 맥스웰을 "어린 소녀들에게 깊고 영구적인 상처를 입힌" 정교한 포식자이자 엡스타인 성매매 범죄의 "핵심적인" 인물이라고 몰아붙였다. 또한 증인 중 세 명이 맥스웰이 직접 가슴을 만졌

전사

다고 진술한 점을 짚었다. 코미 검사는 "학대는 반복적으로 일어났다"라고 단언했다. 반면 메닝거 변호사는 한 가지 질문을 던지며 맥스웰의 무죄를 주장했다. "옥스퍼드대학교에서 교육까지 받은 품격 있는 여성이 대체 왜 이런 짓을 저질렀겠습니까?"

배심원단이 숙의에 들어간 지 꼬박 닷새째 되던 날 오후, 평결이 나왔다. 12월 29일 오후 5시가 조금 지난 시각, 판사가 평결문을 낭독했다. 맥스웰은 미성년자 성매매를 비롯한 네 가지 혐의에 대해 유죄 판결을 받았다. 불법 성행위를 목적으로 미성년자를 주 경계 너머로 유인했다는 혐의 한 건에 대해서는 무죄가 선언됐다.

퍼스는 새벽 5시가 조금 넘은 시각이었다. 나는 침실에서 잠들어 있었지만, 로비는 아래층 주방에서 깨어 있었다. 로비 역시 나처럼 잠을 거의 이루지 못한 상태였다. 뉴스를 확인하자마자 로비는 이층으로 뛰어 올라와 방 안으로 들이닥쳤다. "유죄야, 여보!" 로비가 소리를 질렀고, 나는 눈을 뜨자마자 방 안을 빙글빙글 뛰어다니는 남편을 보았다. "그 여자가 유죄라고!"

곧이어 얼굴 가득 미소를 띤 시그리드와 줌으로 대화했다. 시그리드는 "홈런이에요! 한 건 빼고 전부 유죄라고요!"라며 기뻐했다. 그러다 이내 진지한 표정으로 말을 이었다. "맥스웰은 아주 오랫동안 감옥에 갇힐 거예요, 버지니아. 이건 다 당신 덕분이고요. 당신이 이 모든 일을 시작했잖아요. 포기하지 않으려고 할 수 있는 건 다 했고 말이죠. 당신의 용기와 헌신이 없었다면 절대 불가능했을 거예요. 그야말로 영웅이라고요. 제가 그 과정을 전부 지켜봤잖아요. 끔찍하고 힘든 싸움이었지만 결국 해냈어요. 여기까지 오며 몸과 마음에 정말 많은 상처를 입었죠. 당신이 얼마나 자랑스러운지 모르겠어요.”

시부모님께 배운 대로 진하게 내린 이탈리아식 커피를 한 잔 마신 뒤, 이번 평결이 내게 얼마나 큰 해방감을 주었는지 알리려고 트위터에 접속했다. “수년 동안 나의 영혼은 정의가 실현되기를 간절히 바랐고, 오늘 배심원단은 마침내 그 답을 주었습니다”라고 글을 남겼다.

오늘 이날을 영원히 기억하겠습니다. 맥스웰이 저지른 학대의 공포 속에 살아온 사람으로서, 그녀의 손에 고통받고 삶이 무너진 수많은 다른 소녀와 젊은 여성들에게 진심 어린 위로를 전합니다. 오늘이 끝이 아니라 정의를 구현하는 또 다른 발걸음이 되기를 바랍니다. 맥스웰은 혼자가 아니었습니다. 공범들도 반드시 책임을 져야 합니다. 그들도 대가를 치르리라 믿어 의심치 않습니다.

611

전사

제37장
매듭지으며, 다시 일상으로

2022년 1월 12일, 앤드루 왕자를 상대로 제기한 소송의 진행이 승인되었다. 왕자 측 변호인단은 내가 2009년 엡스타인과 맺었던 합의를 근거로 면책권을 주장했으나, 루이스 캐플런 판사는 이를 받아들이지 않았다. 〈뉴욕 타임스〉는 "평결: 앤드루 왕자 법정 출석 피할 수 없을 듯"라고 전했다. 영국 언론들은 이번 결정이 "앤드루 왕자에게 가해진 엄청난 타격(〈이브닝 스탠더드〉)"이고, 앞으로 "막대한 비용이 들고 명예가 실추될 법정 공방(〈데일리 메일〉)"이 이어질 것이라며 들썩였다. 이미 이번 소송의 영향으로 트위터에서는 '군주제 폐지'라는 키워드가 실시간 트렌드에 오르내리고 있었다. 평결이 나온 다음 날, 여왕은 왕자의 왕실 호칭과 군 직위를 모두 박탈했다. 이에 〈더 선〉은 1면에 "왕좌에서 쫓겨난 왕자"라는 헤드라인을 뽑았다. 그해 6월에는 엘리자베스 2세 여왕의 즉위 70주년을 기념하는 성대한 국제 행사인 '플래티넘 주빌리'가 예정되어 있었다. 영국 매체들은 물론 왕실도 앤드루 왕자의 문제가 기념비적인 날에 어떤 먹구름을 드리울지 이미 가늠하고 있었다.

1월 19일, 앤드루 왕자는 트위터와 인스타그램, 페이스북 계정을 전부 삭제했다. 사흘 뒤, 코미디 프로그램 〈새터데이 나이트 라이브SNL〉는 그를 풍자하고 나섰다. 〈새터데이 나이트 라이브〉의 한 꼭지인 '위켄드 업데이트'의 진행자 콜린 조스트는 "이번 주, 영국의 가장 매력적인 독신남 앤드루 왕자가 트위터 계정을 공식 삭제했습니다. 춤추는 10대들이 모여 있는 앱이 아니라는 걸 깨달았나 보네요"라고 조롱했다. 나흘 뒤 왕자는 공식적으로 나의 고소를 부인했지만, 돌아온 것은 비웃음뿐이었다. 그사이 내 변호인단은 왕자의 전 비서로부터 증언을 얻어내려 애쓰는 한편, 땀을 흘리지 못한다는 왕자의 주장을 입증할 의료 기록이 존재하는지 확인하는 데 주력했다.

왕자에게도 지지자는 있었다. 1월 31일, 왕자의 옛 연인이자 사교계 인사인 레이디 빅토리아 허비는 인스타그램에 나를 두고 "그야말로 창녀"라고 게시했다. 그러고는 이 사건이 성적 학대뿐 아니라 계급 문제와도 얽혀 있음을 일깨워주려

전사

는 듯, 나를 향해 "심각하게 정신 나간 하층민 기회주의자"라는 말을 덧붙였다. 브리스틀 6대 후작의 딸이자 7대 후작의 이복동생이며 8대 후작의 누이라는 —그게 정확히 무엇을 뜻하든 간에— 레이디 빅토리아는 공적 의무를 피하지 않는 사람답게 이후 몇 달 동안 나를 겨냥한 악의적인 인터뷰를 쏟아냈다.

그사이 파파라치들은 퍼스에 있는 우리 가족을 찾아냈다. 2월, 〈데일리 메일〉은 다음과 같은 중대한 소식을 보도했다. "앤드루 왕자의 고소인 버지니아 주프레가 호주의 한 미용실 밖에서 머리에 은박지를 감은 채 전자담배를 피우는 모습이 포착됐다. 성폭행 소송과 관련해 왕자 측 변호인단의 신문을 앞둔 시점이다." 함께 실린 사진이 얼마나 형편없었을지는 충분히 짐작할 수 있을 것이다. 나는 (금연하려고 애쓰는 중이긴 했지만) 머리에 금속 뿔이 돋아난 반쯤 미친 마녀처럼 보였다. 아름다움을 위해 우리 여자들은 유별난 일들을 감내하기 마련이다. 다만 여성 대부분은 그런 모습이 사진가들에게 찍힐지 걱정할 필요가 없을 뿐이다. 나는 개의치 않으려고 노력했다.

세상은 까맣게 몰랐겠지만, 앤드루 왕자 측과의 합의 논의에 갑작스럽게 속도가 붙었다. 수개월 동안 요지부동이던 왕자가 3월 10일로 예정된 본인의 증언 녹취 기일이 잡히자 마음을 바꾼 듯했다. 또한 왕자 측 법무팀에 새로 합류한 미국인 변호사 앤드루 브레틀러의 역할도 컸다. '미투' 논란에 휩싸였던 할리우드 인사들을 변호했던 그는 영국인 변호사들에 비해 현실을 직시하는 데 주저함이 없었다. 보이스 변호사는 훗날, 브레틀러 덕분에 어그러지지 않고 합의를 끝맺을 수 있었다고 평가했다. 한편 시그리드는 우리가 더할 나위 없이 유리한 고지에 있다고 판단했다. 시그리드는 당장이라도 재판을 시작할 준비가 되어 있었고, 법정까지 간다면 승리할 것이라고 굳게 믿었다. 시그리드는 내게 "말도 안 되게 높은 조건을 부를 거예요"라고 말했는데, 우리 두 사람은 합의 조건이 단순한 금전적 보상 이상이어야 한다는 데 뜻을 모은 상태였다. 그동안 내 신뢰성을 깎아내리려고 온라인 여론 조작 세력까지 고용하며 괴롭혔던 앤드루 왕자는 내게 진심 어린 사과를 해야만 했다. 물론 자백을 받아낼 수는 없을 것이다. 합의라는 절차 자체가 그런 책임을 피하려고 만든 장치니까. 하지만 우리는 내가 겪은 일들을 포괄적으로 인정받는, 자백 다음으로 가치 있는 결과를 얻으려고 노력했다. 변호인단이 줌으로 기초적인 세부 사항을 조율한 뒤, 나 역시 이틀 동안 중재 협상에 참여했다. 마침내 플로리다 시각으로 새벽 2시 30분, 왕자 측 변호인단은 우리가 요구한 성명서 발표에 합의했다. 시그리드는 곧장 전화를 걸어 성명서를 읽어주었고, 우리는 함께 눈물을 쏟았다.

615

전사

"앤드루 왕자는 주프레 씨의 인격을 비하할 의도가 전혀 없었으며, 그녀가 학대 피해자로 확인된 점과 부당한 대중적 공격으로 고통받았다는 사실을 인정합니다." 성명서에는 이런 내용이 담겨 있었다. 왕자 측도 우리를 공격했음을 인정받은 셈이었다. 이어서 "제프리 엡스타인이 수년 동안 수많은 어린 소녀를 인신매매했다는 사실은 널리 알려져 있습니다"라는 부분에서는 왕자가 문제의 BBC 인터뷰에서 했던 말보다 훨씬 폭넓게 엡스타인의 포식자적 범행을 시인했다. "앤드루 왕자는 엡스타인과 연루된 점을 후회하며, 자신과 타인을 위해 일어선 주프레 씨와 다른 생존자들의 용기를 높이 평가합니다. 왕자는 성매매라는 악습에 맞서 싸우고 그 피해자들을 지원함으로써 엡스타인과 관계를 맺었던 과거에 대한 후회를 증명할 것을 약속합니다."

그 순간만큼은 시그리드와 마주 보고 앉아 있을 수만 있다면 세상 그 무엇도 부럽지 않을 것 같았다. "시그리드, 그동안 저를 위해 힘써주셔서 정말 고마워요." 내가 떨리는 목소리로 겨우 인사를 건네자, 시그리드는 오히려 나를 대변할 수 있었던 게 자신에게 더할 나위 없는 영광이었다고 답했다. 나중에 시그리드는 내게 이런 말을 덧붙였다. "내 인생을 통틀어 가장 기억에 남는 순간을 꼽으라면, 당신과 나눈 그날의 통화가 반드시 포함될 거예요."

616

2월 15일, 합의 사실이 공식 발표되었다. 우리는 공동 성명을 통해 앤드루 왕자가 내게 합의금을 지급하기로 했다고 분명히 밝혔다. 구체적인 액수는 기밀에 부쳤지만(나중에 영국 여왕인 그의 어머니가 비용을 댔다는 보도가 나왔다), 성명에는 그가 내가 설립한 비영리 단체에 피해자 권익 증진을 위한 '상당한 금액'을 기부할 것이라는 내용도 포함되었다. 나는 1년간 어떤 발언도 하지 않겠다는 비밀 유지 서약에 동의했다. 왕자 측은 이를 무척 중요하게 여긴 듯했다. 이미 명예가 실추될 대로 실추된 어머니의 '플래티넘 주빌리' 행사가 더는 더럽혀지지 않길 바랐기 때문일 것이다.

시차 때문에 합의 소식은 호주의 깊은 밤중에 발표되었다. 다음 날 아침, 하필 알렉스의 생일날 마주한 집 앞 풍경은 가혹했다. 평온해야 할 도로는 파파라치들에게 점령당해 아수라장이었다. 우리 가족에게는 생일을 맞은 아이가 직접 쇼핑하러 가서 선물을 고르는 전통이 있다. 이번에도 그 약속을 지키고 싶었지만, 로비는 차를 몰고 집 마당을 나설 수나 있을지 걱정했다. 잠시나마 밖으로 나가 기자들에게 간곡히 부탁하면 어떨지 고민하기도 했다. 합의 결과에 만족한다고 말한 뒤, 오늘은 사랑하는 아들 알렉스의 열여섯 번째 생일이니 제발 우리만의 시간을 갖게 해달라고 정중히 요청하는 것이다. 하지만 이내 정신이 번쩍 들었다. 만약 그렇게 말하고 알

전사

렉스를 데리고 쇼핑몰에 간다면, 분명 이런 류의 헤드라인이 실릴 게 뻔했다. '앤드루 왕자의 돈을 쓰려고 달려나간 엡스타인 사건의 생존자'. 로비와 상의한 끝에 결국 우리는 알렉스에게 생일 파티를 다음으로 미루자고 약속했다. 그날 우리 가족은 모두 집에 머물렀고, 배달시킨 케이크와 맥주, 꽃으로 아쉬움을 달랬다.

사흘 뒤, 2년 넘게 수감 중이던 프랑스 교도소에서 장 뤽 브루넬이 숨진 채 발견되었다. 스스로 목을 맨 것이다. 나는 어떤 인터뷰에도 응하지 않았다. 맥스웰의 유죄 판결이 내려지기 두 달 전쯤, 프랑스 측 변호사로부터 장 뤽 브루넬이 보석으로 풀려날 것 같다는 연락을 받은 적이 있었다. 당시 나는 당장 파리로 갈 수 없는 형편이었지만, 변호사에게 나 대신 법정에 나가 그의 석방을 막아달라고 간곡히 부탁했다. 그 노력은 결실을 보았지만, 이제 장 뤽 브루넬은 세상을 떠났다. 나는 트위터에 이렇게 적었다. "나와 수많은 소녀, 여성들을 학대했던 장 뤽 브루넬의 자살로 또 다른 장이 끝났습니다. 마지막 재판에서 그를 마주하고 죄를 묻지 못한 것은 유감이지만, 파리에서 직접 그를 대면해 감옥에 계속 가둬둘 수 있었던 점에는 위안을 얻습니다."

같은 날, 자선 단체 설립을 돕던 내 컨설턴트에게 '설명해 보세요'라는 제목의 이메일 한 통이 날아들었다.

버지니아는 앤드루 왕자와의 비겁한 합의가 피해 소녀들에게 대체 어떤 정의를 가져다주었는지 설명해야 할 겁니다. **그녀는 모두를 배신했어요.** 엡스타인이나 맥스웰, 방금 죽은 장 뤽 브루넬, 그리고 앤드루와 다를 바 없는 최악의 인간입니다. #동정할가치도없음.

우리는 실명까지 밝힌 이 발신자에게 답장하지 않기로 했다. 하지만 그녀가 남긴 말에 대해서는 꼭 짚고 넘어가고 싶다. 물론 누구나 자기 의견을 가질 권리는 있다. 하지만 나를 네 명의 가해자와 동일선상에 두는 것은 대단히 잘못된 생각일뿐더러 잔인하기까지 한 처사다. 맥스웰 때와 마찬가지로, 나는 민사소송인 연방법원 소송을 제기했다. 승소할 경우 합의금이 주된 처벌이라는 뜻이다. 하지만 나는 금전 그 이상의 것을 쟁취했다. 나를 포함한 수많은 여성의 피해 사실을 인정받았고, 다시는 이를 부정하지 않겠다는 무언의 약속까지 받아낸 것이다. 또한, 합의금을 받으면서 나는 오래전부터 바라왔던 목표를 마침내 실현할 수 있었다. 과거의 고통을 들춰내는 데 쏟던 에너지를 줄이고, 현재 어려움을 겪는 이들을 돕는 데 더 집중하는 일 말이다. 2021년 11월, 나는 비영리 단체의 명칭을 '소어SOAR'로 바꾸고 웹사이트를 새로 단장하며 운영 방식과 설립 취지를 재정비했다('소어'는 목소리를 내고

전사

Speak Out, 행동하며Act, 되찾는다Reclaim는 각 단어의 앞 글자를 딴 이름으로 피해자들이 고통을 딛고 다시 "높이 비상하기Soar"를 바라는 버지니아 주프레의 마음이 담겨 있다-옮긴이). 나는 학대 피해자들이 무너진 삶을 재건하도록 돕기 위해 내 모든 것을 쏟고 있다. 엡스타인이 저지른 파괴적인 행위와는 정반대의 길을 걷고 있는 셈이다. 그저 이 일을 본격적으로 시작하기까지 너무 오랜 시간이 걸리지 않았기만을 바랄 뿐이다.

❖

그 힘겨운 시간을 버티게 해준 건 로비와 함께 계획한 근사한 휴가였다. 유네스코 세계자연유산으로 지정될 만큼 때 묻지 않은 산호초 군락인 닝갈루 해안의 숙소를 예약하는 데 성공한 것이다. 예약하기가 하늘의 별 따기인 곳이라 아이들은 고래상어와 함께 수영할 생각에 들떠 있었다. 하지만 내게 간절한 건 잠뿐이었다. 목의 통증이 너무 심했고, 복용 중인 진통제 때문에 어지럼증과 혼란이 가시지 않았다. 그런데 여행 준비를 마칠 무렵, 로비와 알렉스가 코로나19에 확진되었다. 결국 예약을 취소할 수밖에 없었다. 설상가상으로 나까지 감염되었고, 며칠 사이 혈중 산소 농도가 급격히 떨어졌다. 손발에 감각이 사라지고 왼쪽 팔이 영영 마비된 것처럼 느껴지

자, 로비는 구급차를 기다릴 겨를도 없이 나를 차에 태워 곧
장 병원으로 달려갔다.

　트라우마라는 적이 얼마나 교활한지 이미 이야기한 적이
있다. 놈은 어둠 속에 숨어 있다가 예고도 없이 정신을 장악
해버린다. 퍼스의 병원 침대에 누워 있을 때 내게 일어난 일
이 바로 그랬다. 그동안 억눌러왔던 슬픔과 수치심이 한꺼번
에 나를 덮쳤다. 쉴 새 없이 이어지는 목의 통증에 나는 이미
기진맥진해 있었다. 거짓말쟁이, 배신자, 갈취범, 약물 중독
자, 창녀 같은 잔인하고 악의적인 비난으로부터 나 자신을 방
어하는 일에도 진저리가 났다. 나를 짓누르던 탐욕스러운 남
자들, 잊고 싶어도 잊히지 않는 얼굴들과 이름 모를 얼굴들이
번갈아 나타나는 악몽도 지긋지긋했다. 돌이켜보면 가장 섬
뜩한 사실은, 당시 내게 공포조차 남아 있지 않았다는 점이
다. 그저 속이 텅 비어버린 듯한 기분만 들었다. 그래서 트라
우마가 내 뇌를 속여 거짓말을 속삭일 때, 나는 그 말을 그대
로 믿어버렸다.

　'내가 사라지는 게 모두를 위하는 선택이야.' 머릿속 목소
리가 속삭였다. '로비와 아이들의 삶에 스트레스와 걱정거리
만 안겨줄 뿐이잖아. 제프리와 길레인이 나에게 준 고통인데
왜 가족들까지 괴로워해야 해? 난 가족을 실망시켰어. 우리
가족에겐 더 나은 엄마와 아내가 필요해. 내가 없어야 그들이

전사

더 행복해질 거야.'

트라우마는 내 존재 자체를 겨냥했다. '정말 지치지도 않아? 차라리 아무것도 느끼지 못하는 상태가 구원일걸. 로비와 아이들은 집에 안전하게 있어. 아무도 내 모습을 보지 못할 거야. 조금도 아프지 않을 거야. 침대 옆 탁자에 알약들이 있잖아. 아주 쉬운 일이야. 그냥 조용히 눈을 감으면 돼.'

나는 내 뇌가 내뱉는 그 거짓말들을 믿어버렸다. 그래서 병원으로 몰래 가지고 들어왔던 진통제에 손을 뻗었고, 정신을 잃기 전까지 최대한 많은 양을 삼켰다. 나중에 확인해보니 무려 240알 정도였다고 한다. 나는 마약성 진통제 과다복용 치료제인 나르칸 덕분에 간신히 깨어날 수 있었다. 위태롭게 버티던 나의 자존감은 그렇게 완전히 무너져 내렸다. 남은 것이라곤 산산조각 난 나의 파편들뿐이었다.

그 소식을 전해 들었을 로비의 표정이란. 그는 내가 사라질 수도 있었다는 사실을 견뎌내지 못했고, 동시에 영영 떠나려 했던 나를 붙잡고 화라도 내고 싶은 심정이었다. "대체 무슨 생각이었어, 제나?" 로비가 다그치듯 물었지만, 내 머릿속엔 오직 한 가지 대답뿐이었다. '그저 죽어야겠다는 생각뿐이었어.'

실제로 병원에서 퇴원하고 불과 며칠 뒤, 나는 또다시 알약을 삼키며 스스로 목숨을 끊으려 했다. 아들 알렉스가 내 상태를 확인하러 오지 않았더라면 이번에는 성공했을지도 모른다. 그렇게 나는 다시 한번 나르칸 덕분에 병원에서 깨어났다. 그 후에도 나를 파괴하고 싶다는 충동이 완전히 잦아들기까지는 아주 오랜 시간이 걸렸다. 그 긴 터널을 지나고서야 나는 남편과 아이들에게 약속할 수 있었다. 나라는 존재가 소중하다는 사실을 믿기 위해, 온 힘을 다해 노력하겠다고 말이다.

❖

퍼스에 있는 우리 집 거실 한복판에는 커다란 액자가 하나 걸려 있다. 가족 모두가 하루에도 몇 번씩 볼 수 있도록 계단 아래쪽 잘 보이는 곳에 내가 직접 걸어둔 사진이다. 퀸즐랜드 매그네틱 섬의 어느 작은 해변을 찍은 것인데, 이곳은 엘리가 태어나기 전 로비와 내가 어린 두 아들을 데리고 우리 가족의 첫 휴가를 떠났던 장소다. 당시 우리는 하루 벌어 하루 먹고 살 정도로 형편이 어려웠다. 하지만 로비가 시드니에서 경찰차에 들이받히는 사고를 당한 뒤 치료비 명목으로 합의금을 받았고, 우리는 그 돈으로 당시 두 살, 세 살배기였던 아들들을 데리고 여행을 떠났다. 넬리 베이 항구로 가는 페리에 몸을 싣고 떠나 무려 6주 동안이나 집에 돌아오지 않았던 그때의 기억이 여전히 생생하다.

623
전사

진정으로 행복했던 장소를 떠올릴 때면, 나는 언제나 매그네틱 섬의 해변을 가장 먼저 꼽는다. 섬에는 코알라들이 발에 치일 정도로 많았고, 낚시는 기가 막혔다. 고등어, 참치, 도미까지 던지기만 하면 잡히는 통에 로비와 아이들은 신이 나 낚시에 매달렸다. 나는 그동안 야자수가 늘어선 해변을 거닐며 산호 조각이나 작은 보물들을 줍곤 했다. 여행을 떠난 건 2009년이었다. 내 손으로 생을 마감하려 했던 시도에서 회복 중이던 2022년의 내게, 그 시절은 마치 수만 년 전 일처럼 아득하게 느껴졌다. 나는 거의 매일 그 여행을 생각했다. 내 머릿속에서 매그네틱 섬은 '가보지 못한 길'의 상징이 되었다. 그곳에서 아무런 문제도, 위험도 없이 정체를 숨긴 채 평온하고 아름다운 삶을 누리는 것을 상상했다. 그런 망상 속의 나는 어린 시절의 트라우마를 겪은 사람 대부분이 그러하듯, 누구에게도 말하지 못한 채 혼자서, 혹은 기껏해야 믿을 만한 상담가에게만 털어놓으며 조용히 고통을 삭였을 것이다. 현실의 내가 내린 결정과는 정반대의 선택을 한 셈이다. 이런 목가적인 삶이 결코 나의 현실이 될 수 없다는 걸 잘 알았지만, 그런 상상만으로도 내게는 큰 위안이 되었다.

나는 예나 지금이나 시각적인 자극에 예민한 편이다. 어린 시절부터 남들이 놓치는 이미지나 얼굴처럼 세세한 것들을 곧잘 기억해내곤 했다. 책을 읽다 여백에 메모를 남기면 내

뇌는 그 낙서의 위치까지 기록해두었다가 나중에 아주 쉽게 찾아낸다. 선명하고 밝은 색감은 나를 기운 나게 한다. 그러니 내 생애 가장 어두웠던 시절, 시각적인 것에서 위안을 찾으려 했던 건 어쩌면 당연한 일이었다. 스스로 목숨을 끊으려 했던 그 일 이후 몇 주 동안, 나는 거실에 걸린 매그네틱 섬의 대형 사진을 몇 시간이고 멍하니 바라보곤 했다. 형편이 더 나았던 시절에 로비를 위해 샀던 사진이었다. 나는 정말이지, 진심으로 다시 행복해지고 싶었다.

하지만 위안을 주는 사진보다 내면 깊은 곳을 어루만져 준 것이 있었다. 평생 음악이 내게 얼마나 큰 버팀목이었는지, 우리 가족이 얼마나 음악을 사랑하는지는 이미 여러 번 고백했다. 당시 알렉스는 직접 곡을 쓰고 있었다. 자기 방에 틀어박혀 컴퓨터로 믹싱하고, 온라인으로 만난 여러 뮤지션과 비트나 보컬 트랙을 주고받으며 음악을 빚어냈다. 그러던 어느 날, 알렉스가 가장 아끼는 곡이라며 내게 음악 하나를 들려주었다. 제목은 '스마일 새드니스Smile Sadness'였다. 단출한 우쿨렐레 선율로 시작된 노래는 곧 알렉스의 랩으로 이어졌는데, 그 가사는 내 머릿속을 그대로 옮겨놓은 것만 같았다.

"머릿속에 악마들이 있어 / 안개처럼 내 주위를 맴돌지 / 정말 기가 막혀 / 오늘은 도저히 일어날 수가 없어 / 밀어내야만 해 / 되돌아갈 순 없어 / 돌아가는 순간, 빌어먹을 함정

625
전사

에 빠질 테니까."

하지만 정신이 번쩍 들게 한 건 그다음 가사였다. "당신 없이 내가 뭘 할 수 있을지 모르겠어."

그 노래를 듣는 순간, 나는 맹세했다. 이제는 정말, 완전히 나아지겠노라고. 알렉스를 위해, 타일러를 위해, 그리고 엘리를 위해. 물론 로비를 위해서이기도 했다. 하지만 무엇보다도, 나 자신을 위해 그러기로 했다.

❖

4월, 앨리슨 J. 네이선 판사는 재판을 다시 열어달라는 맥스웰의 청구를 기각했다. 배심원 중 한 명이 과거 자신이 겪은 성적 학대 경험을 밝히지 않아 배심원단의 판단이 공정하거나 중립적일 수 없었다는 맥스웰 측의 주장을 받아들이지 않은 것이다. 어느덧 6월 말, 마침내 맥스웰에 대한 선고의 날이 밝았다.

오랫동안 계획했던 대로 뉴욕으로 날아가 피해자 진술을 직접 낭독하고 싶었으나, 의사는 건강 문제로 불가능하다고 진단했다. 나를 대신해 시그리드가 법정에서 진술서를 읽어주기로 했다. 하지만 시그리드가 입을 떼기도 전에, 법원에 제출된 내 진술서 사본이 이미 헤드라인을 장식하고 있었다.

영국의 〈데일리 미러〉는 내 진술 내용을 인용하며 다음과 같이 대대적으로 보도했다. "앤드루 왕자의 성학대 고발인 버지니아 주프레, 길레인 맥스웰이 '지옥의 문을 열었다'라고 비판하다." 내용은 다음과 같았다.

길레인, 22년 전인 2000년 여름, 당신은 플로리다의 마러라고에서 나를 발견하고는 선택했죠. 나를 점 찍어 제프리 엡스타인에게 갖다 바쳤어요. 그리고 불과 몇 시간 뒤, 당신과 그는 함께 처음으로 나를 유린했고요.

당신들은 나의 육체와 정신, 성과 감정을 처참히 망가뜨렸어요. 오늘날까지도 내면을 갉아먹는 입에 담지 못할 일들을 함께 저질렀어요. 한 가지만 분명히 해두고 싶네요. 제프리 엡스타인이 끔찍한 소아성애자였다는 사실에는 의문의 여지가 없어요. 하지만 당신이 아니었다면 나는 그를 만날 일조차 없었을 겁니다. 나에게, 그리고 다른 수많은 이들에게 지옥의 문을 열어준 건 바로 당신이었어요. 그러고는 길레인, 양의 탈을 쓴 늑대처럼 당신의 여성성을 이용해 우리를 배신했고, 우리 모두를 그 지옥 속으로 몰아넣었습니다.

2022년 6월 28일에 열린 맥스웰의 선고 공판에서 애니 파

전사

머, 세라 랜섬, 그리고 또 다른 '살아남은 자매'인 엘리자베스 스타인이 직접 법정에 나가 피해자 진술을 마쳤다. 내 진술서는 시그리드가 대신 낭독했다. 네이선 판사는 맥스웰 측 변호인과 검찰을 포함한 모두의 발언을 경청한 뒤, 법정에 모인 이들에게 선언했다. "이 어린 소녀들이 입은 피해는 헤아릴 수 없을 정도이다."

이후 판사는 당시 예순 살이었던 맥스웰에게 징역 20년과 보호관찰 5년, 벌금 75만 달러를 선고했다. 모범적인 수감 생활을 하더라도 그녀는 70대 후반이 되어서야 출소할 것이다.

살아남은 자매들은 환호했다. 우리는 합심하여 가장 악랄한 가해자 중 한 명을 감옥으로 보내는 데 성공했다. 그녀는 우리를 최악의 위험으로 몰아넣으면서도, 같은 여성이라는 점을 이용해 우리를 안심시키고 속였던 인물이었다. 과거 게일 킹과의 인터뷰에서 내가 그토록 바란다고 말했던 '사과'는 끝내 받지 못했다. 맥스웰이 옥중 인터뷰를 시작하며 보여준 태도로 보아, 그녀는 전혀 반성하지 않고 있었다. 하지만 그녀는 응당한 대가를 치르게 되었다. 오만한 태도로 모든 사실을 부인하고 우리를 돈만 밝히는 기회주의자로 깎아내리려 했던 온갖 시도에도 불구하고 판사와 배심원단은 그녀의 실체를 꿰뚫어 보았다. 우리 모두에게 무엇보다 값진 결실이었다. 세상이 마침내 우리의 말을 믿어주었다.

맥스웰이 남은 생의 대부분을 감옥에서 보내게 되었다는 사실에 기뻐하기도 잠시, 불행히도 그 무렵 나는 섬유조직염을 진단받았다. 전신에 극심한 통증과 압통을 유발하고 만성 피로와 수면장애까지 동반하는 고치기 어려운 병이었다. 결코 좋은 소식은 아니었지만, 한편으로는 내가 미친 게 아니었다는 사실에 묘한 안도감이 들었다. 내가 느꼈던 고통은 환상이 아닌 실재하는 것이었으니까.

10월에는 로비에게 중고 모터보트 한 척을 선물했다. 바다를 유난히 좋아하던 그였고, 배 안에는 침대와 소파가 넉넉해 우리 가족이 함께 하룻밤을 보내기에도 충분했다. 선체에는 전 주인이 남긴 '더 르네상스'라는 이름이 짙은 청색 필기체로 새겨져 있었다. 이름을 바꿔도 된다는 내 말에 로비는 '더 르네상스'야말로 우리에게 완벽한 이름이라며 거절했다. 우리 가족에게 가장 필요한 건 다름 아닌 '부활'이라는 의미였다. 그의 속뜻을 잘 알고 있었다. 로비는 내가 삶의 활력을 되찾기를 간절히 바랐고, 나 또한 하루하루 마음을 추스르며 노력하고 있었다. 언제나 그랬듯 나는 음악에서 위안을 얻었다. 알렉스는 계속해서 자신이 만든 곡들을 들려주었고, 나는 그런 아들이 대견해 가슴이 벅차올랐다.

전사

그 무렵 나는 사라 바렐리스의 노래 '브레이브Brave'에 매달렸다. 아버지를 마지막으로 배웅하던 시기에 처음 접했던 곡이다. "가끔은 어둠이 이기기도 하죠." 내 깊은 절망을 어루만지던 가사는 이내 나를 일깨웠다. "당신을 가둔 그 감옥에서 나갈 방법이 있을 거예요 / 머지않아 빛을 들여보낼 수 있을지도 모르죠 / 당신의 용기가 얼마나 거대한지 보여주세요."

2022년 11월 8일, 나는 2019년에 명예훼손 혐의로 소송을 제기했던 하버드대학교 명예교수이자 엡스타인의 측근, 앨런 더쇼비츠와의 합의 소식을 알렸다. 공동 성명서에서 나는 이렇게 진술했다. "나는 제프리 엡스타인이 나를 앨런 더쇼비츠에게 넘겼다고 오랫동안 믿어왔다. 하지만 당시 나는 너무나 어렸고, 그 모든 상황은 감당하기 힘든 스트레스와 트라우마의 연속이었다. 더쇼비츠 씨는 초기부터 줄곧 혐의를 부인해왔으며, 이제 나는 그를 가해자로 지목하는 과정에서 내 기억에 오류가 있었을 가능성을 인정한다."

2019년 내가 더쇼비츠를 고소한 이유는 그가 내 고발에 대해 명예훼손에 해당하는 비난을 퍼부었기 때문이었다. 그는 7개월 뒤 맞고소로 대응했고, 이번 합의를 통해 두 건의 법정 공방은 비로소 마침표를 찍었다. 양측 사이에 오간 금전적 대가는 없었으며, 우리는 공동 성명서에 합의된 내용 외에는 서로에 대해 침묵하기로 뜻을 모았다(성명서에서 더쇼비츠는 이렇게 말했다. "나는 그녀가 나를 지목했을 당시, 본인의 주장이 사실이라고 진심으로 믿었음을 인정한다. 그녀는 제프리 엡스타인에게 크나큰 고통을 당한 피해자이며, 인신매매의 해악과 싸우는 그녀의 행보에 경의를 표한다.").

이튿날, 애니 파머 박사에게서 이메일이 도착했다. 애니와 그녀의 언니 마리아는 살아남은 자매 중에서도 가장 오랜 시간 정의를 위해 싸워온 이들이었다. 지난 세월을 함께하며 깊은 유대를 쌓아온 애니였기에, 내 마음을 꿰뚫어 보는 듯한 그녀의 진심 어린 위로는 그 무엇보다 소중하게 다가왔다.

버지니아. 지난 며칠간 겪은 일이, 그리고 긴 법정 공방이 당신에게 얼마나 버거운 일이었을지 짐작할 수 있어요. 내가 늘 당신 곁에 있다는 것, 그리고 온 마음을 다해 응원하고 있다는 걸 전하고 싶었어요. 당신은 수년 동안 타인의 아픔을 돌보고 이 싸움의 선두에서 단호한 목소리를 내왔어요. 앞으로도 그 걸음은 계속되겠지만, 이제는 소송의 압박에서 잠시 벗어나 온전히 쉬고 치유하며, 가족들과 함께 평온한 시간을 누릴 수 있기를 진심으로 바랍니다.

사랑을 담아, 애니.

전사

내게는 안식이 절실했다. 우리 가족도 마찬가지였다. 그리고 이제야 비로소, 우리는 그토록 오래 잃어버렸던 평온을 되찾기 위한 발걸음을 내디딜 수 있게 되었다.

제38장
그 누구의 것도 아닌 소녀

이 책의 집필을 막 착수했을 무렵, 아들 녀석 중 하나가 집에 새 친구를 데려왔다. 아이를 데려온 학부모와는 초면이었지만, 나는 예의를 갖춰 그녀를 집 안으로 안내했다. 주방 식탁에 마주 앉아 시원한 음료를 건네던 찰나, 그녀가 나를 알아보고는 나지막이 탄성을 내뱉었다. "세상에, 당신이군요." 나는 그저 미소 띤 얼굴로 고개를 끄덕여 보였다. 처음 있는 일은 아니었으니까.

그 여자가 불편해하고 있다는 게 눈에 보였다. 그녀의 눈동자는 갈 곳을 잃은 채 이리저리 흔들렸고, 무슨 말을 꺼내야 할지 몰라 망설이는 기색이 역력했다. 내가 성학대 피해를 딛고 일어선 유명한 '생존자'라는 사실이 우리 사이의 공기를 어색하게 메웠다. 그러자 그녀는 친절을 베풀 듯 조심스럽게

전사

입을 뗐다. "괜찮아요. 굳이 그 이야기를 할 필요는 없죠. 아마 당신에게는 수치스러운 일일 테니까요."

순간적으로 미소를 유지하는데는 성공했지만 가슴 한복판에서는 해묵은 통증이 다시 고개를 들었다. '왜 내가 부끄러움을 느껴야 할까? 그저 어린아이였던 나를 짓밟은 건 파렴치한 어른들이었는데.'

나는 담담히 대답했다. "아니요, 수치스럽지 않아요. 오히려 우린 더 이야기해야 해요. 지금 이 순간에도 어디선가 일어나고 있는 일이고, 우리가 침묵한다면 이 비극은 영원히 멈추지 않을 테니까요." 내 말이 자칫 훈계처럼 들리지 않도록, 나는 나중에 아이들 몰래 술이나 한잔하며 못다 한 이야기를 나누자고 덧붙였다.

성 착취 인신매매라는 범죄는 어두운 그늘에 숨겨둔 채 쉬쉬하거나 침묵해야 할 금기가 아니다. 그것은 영혼을 파괴하는 참혹한 범죄이며, 이 고리를 끊어내기 위해 우리는 끊임없이 목소리를 내야 한다. 내가 이 책을 집필하며 매 페이지마다 모든 걸 투명하게 드러내려 애쓴 이유도 여기에 있다. 나 역시 완벽한 인간은 아니었기에 실수를 저질렀고 후회스러운 순간도 있었지만, 그런 흠결조차 내 이야기를 전하는 데 걸림돌이 되지는 않았다.

원고를 갈무리하던 무렵, 공동 집필자가 미국의 음식 에세이 작가인 헬렌 로스너의 글귀를 보내주었다. "회고록이란 지나온 길에 빛을 비추어, 삶의 매듭을 하나씩 풀어헤치며 그것이 어떤 모양으로 엮였는지 살피는 예술이다." 내가 평생을 걸고 시도한 일도 바로 이것이었다. 피해자의 경험에 낙인을 찍는 세상을 바꾸기 위해 내 삶을 낱낱이 파헤치는 것. 결국 세상 밖으로 터져 나오는 외침만이 우리 자신을 구원하고 타인을 움직이게 할 수 있다고 믿기 때문이다.

가슴 아픈 고백이지만, 그 많은 일을 겪고도 세상이 변하기 위해서는 아직 갈 길이 멀다. 훨씬 더 많은 행동이 필요하다. 여전히 사람들은 엡스타인 사건을 그저 운 나쁘게 불거진 유례없는 일로 치부하려 든다. 하지만 그건 착각이다. 그가 사냥한 피해자의 수가 워낙 막대해 독보적인 괴물처럼 보일 뿐, 그는 결코 유일한 존재가 아니다. 여성을 소모품처럼 여기고 함부로 다루는 그 오만한 시각은, 법망을 피할 수 있다고 믿는 권력자들 사이에서 너무나 흔하게 발견되는 현실이다. 그들 중 다수는 지금도 아무런 제약 없이 일상을 영위하며, 견고한 권력의 울타리 안에서 평온을 누리고 있다.

엡스타인의 측근들이 내뱉는 "몰랐다"라는 비겁한 변명에 속아 넘어가서는 안 된다. 그와 단 얼마라도 시간을 보낸 사람이라면 누구나 보았을 것이다. 소름 끼치는 남자가 불결한 태도로 어린 소녀들을 주무르는 모습을 말이다. 감히 당신의

전사

딸이라면 절대 손도 대지 못하게 막았을, 추악함이 덕지덕지 붙은 꼴을. 아이들을 유린하는 줄은 몰랐다고 발뺌할지 모르나, 그들의 눈이 멀었던 건 아니다(그가 성범죄로 유죄 판결을 받은 뒤에도 수많은 권력층이 그와 유착 관계를 이어갔다는 사실은 공공연한 비밀이다). 엡스타인은 맥스웰과 함께 사냥한 여성들을 그가 수집한 권력 무리에 성 노리개로 상납했다. 내가 그 지옥을 직접 살아냈기에 단언할 수 있다. 엡스타인이 건네는 추잡한 호의를 거절한 이들조차 벽에 걸린 나체 사진과 수영장을 배회하던 알몸의 소녀들을 못 본 척할 수는 없었을 것이다. 엡스타인은 자신의 만행을 감추기는커녕, 타인에게 전시하며 기괴한 우월감을 즐겼다. 그럴 힘이 있었으니까. 이른바 엘리트라 불리는 과학자들, 명문대학교에 막대한 돈을 기부한 자선가들, 재계의 거물들은 그 광경을 목격하고도 철저히 방관했다. 그들에게 소녀들의 고통 따위는 안중에도 없었다.

엡스타인은 사라졌지만, 그가 마음 놓고 괴물이 될 수 있었던 토양은 여전히 비옥하다. 미투 운동의 거센 물결 속에서 몇몇 유력 인사가 몰락하고 감옥에 가기도 했다. 하지만 소수의 상징적인 사건에서 승리했다고 해서 우리 사회의 뿌리 깊은 병폐가 치유된 것은 아니다. 소녀의 가치를 오직 남성의 시선에 맞추어 재단하고, 남성들에게는 어린 소녀가 가장 탐스러운 존재이며, 엡스타인이 지껄였듯 '어릴수록 더 좋다'라고 부추기는 저열한 문화는 여전하다. 이런 뒤틀린 문화가 모든 남성을 잠재적 범죄자로 만든다는 말은 아니다. 다만 이러한 사회 분위기 탓에 포식자가 그 추악한 얼굴을 드러내도 많은 이들이 고개를 돌려 외면한다는 것은 확실하다.

내가 엡스타인과 맥스웰의 흔적을 기록하는 와중에도, 세상은 여전히 그들의 이름으로 소란스러웠다. 엡스타인이 남긴 호화 부동산들의 매각 소식이 꼬리에 꼬리를 물었다. 팜비치의 저택은 1,850만 달러에 팔려 형체도 없이 허물어졌고, 주소마저 바뀌어 재개발되고 있다. 이제 엘 브릴로 웨이 358번지라는 번지수는 영원히 지워질 것이다. 5,100만 달러에 팔린 맨해튼 타운하우스와 6,000만 달러에 낙찰된 카리브해의 두 섬도 새 주인을 찾아갔다. 섬을 사들인 이는 그 자리에 대규모 리조트를 세울 계획이라고 한다. 뉴멕시코의 광활한 목장은 액수조차 밝히지 않은 익명의 구매자에게 넘어갔고, 파리의 아파트 역시 불가리아 투자자의 손에 들어갔다. 이 거대한 거래들로 만들어진 자금은 엡스타인의 유산 재단으로 흘러 들어갔고, 그중 일부는 피해자들의 상처를 보듬기 위한 보상금으로 사용되었다.

탤러해시의 여성 교도소에 수감된 맥스웰은 예상했던 대로 항소 절차를 밟았다(결국 2024년 8월, 항소는 기각되었다). 그녀는 옥중에서도 뻔뻔하게 거짓을 되풀이했다. 앤드루 왕자

637

전사

가 내 허리에 팔을 두르고 있는 그 사진이 가짜라고 주장한 것이다. 그러자 2011년 호주에서 내 원본 사진의 앞면과 뒷면을 모두 검증한 뉴질랜드의 사진작가 마이클 토머스가 단호하게 일축했다. "그 사진은 결코 조작된 것이 아닙니다. 예전에도, 지금도 진본입니다." 그의 결연한 태도를 보며 나는 생각했다. 세상의 모든 남자가 괴물은 아니라고 말이다.

앨런 더쇼비츠와의 합의 소식이 전해지자, 언론은 일제히 앤드루 왕자가 나와의 합의를 파기하려 들지도 모른다는 보도를 내보냈다. 영국의 〈더 선〉은 추문에 휩싸인 왕족이 미국 변호사들과 접촉하며 "진술 번복이나 사과"를 노리고 있다고 전했다. 하지만 나의 변호인 보이스는 〈데일리 메일〉과의 인터뷰를 통해 단호하게 응수했다. "합의를 파기하고 싶다면 언제든 환영합니다. 내게 연락하면 됩니다. 그리고 증언 출석과 정식 재판 절차를 재개합시다." 하지만 지금까지 보이스에게 그 전화를 걸어온 이는 아무도 없었다.

한편 앤드루 왕자는 2023년 5월에 열린 찰스 3세의 대관식 참석을 허가받았지만, 공식적인 역할도 없이 셋째 줄에 앉는 신세가 되었다. 트래펄가 광장에는 대관식 행렬을 기다리는 왕실 지지자들 틈에 수백 명의 군주제 반대 시위대가 섞여 있었고, 나는 온라인에 올라온 그들의 피켓 사진들을 찾아보며 즐거웠다. 많은 이들이 "나의 왕이 아니다Not My King"라고

제4부

적힌 팻말을 들고 있었는데, 그중 한 시위자의 큼지막한 손글씨 현수막 하나가 눈길을 사로잡았다. 거기에는 투쟁의 문장이 적혀 있었다. "신의 가호가 버지니아 주프레에게 있기를 God Save Virginia Giuffre."

엡스타인이 남긴 추악한 유산에 대한 법정 공방은 현재진행형이다. 2023년 3월, 법원은 엡스타인을 주요 고객으로 관리해온 도이치방크와 JP모건 체이스를 향해 준엄한 판결을 내렸다. 두 은행은 그의 인신매매 범죄를 묵인하며 이익을 챙겼다는 혐의로 재판대에 섰고,. 결국 각각 7,500만 달러와 2억 9,000만 달러라는 막대한 합의금을 내놓았다. 은행의 방조 아래 엡스타인에게 유린당했던 40여 명의 여성 피해자들을 위한 보상 재원이었다(나 또한 JP모건 집단 소송의 원고로서 그 싸움에 동참했다). JP모건은 미국령 버진아일랜드 정부와의 소송에서도 7,500만 달러를 지불하고 인신매매 근절을 위해 전력을 다하겠다는 서약을 하고서야 합의에 이를 수 있었다. 이 과정에서 JP모건의 전직 고위 임원 제스 스테일리의 추잡한 민낯이 드러났다. 엡스타인은 스테일리에게 젊은 여성들의 사진을 보냈고, 두 사람은 디즈니 캐릭터를 암호 삼아 은밀한 메시지를 주고받았다. 2010년 7월, 당시 쉰세 살이었던 스테일리가 엡스타인에게 보낸 이메일에는 이런 구절이 적혀 있었다. "즐거운 시간이었어. 백설공주에게도 인사 전해줘."

전사

"다음엔 어떤 공주로 할까?" 당시 쉰일곱이었던 엡스타인이 물었다.

스테일리는 "미녀와 야수"라고 답했고, 이에 엡스타인은 이렇게 대꾸했다. "그래, 둘 중 하나는 늘 준비되어 있으니까."

엡스타인의 의도를 짐작하기란 어렵지 않았다. 그의 곁에는 언제든 상납할 준비가 된 '미녀들'이 대기하고 있었으니까.

❖

얼마 전, 엘리를 배구 연습장에 데려다주던 차 안에서였다. 엘리는 오디오를 조작하더니 세일럼 일리스의 '매드 앳 디즈니Mad at Disney'를 선곡했다.

"엄마, 이 노래 잘 들어봐." 엘리가 재생 버튼을 눌렀다.

"난 디즈니에 화가 나 / 그들은 나를 속였어 / 별똥별을 보며 소원을 빌게 했단 말이야." 엘리는 터져 나오는 음악에 맞춰 가사를 목청껏 따라 불렀다. "요정 할머니가 경고했지 / 신데렐라의 이야기는 / 결국 비참한 이혼으로 끝나는 거래." 노래는 계속 이어졌다. "왕자는 잠든 적이 없어 / 잠자는 숲속의 공주를 / 백마에 태워 모텔로 데려갔을 뿐."

순간 엘리가 나를 슬쩍 곁눈질했다. 열세 살의 딸은 내가 짐작하는 것보다 훨씬 넓은 세상을 읽어내고 있었다. 어린 시절의 나는 신데렐라를 수없이 반복해 보며, 여성이 갖춰야 할 태도나 소녀가 꿈꿔야 할 행복의 전형을 무의식중에 받아들였다. 엘리를 임신했을 때만 해도 유아용품점에 들러 "공주님에게 어울릴 만한 건 전부"라고 말하던 철부지 엄마였다. 그러나 이제 사춘기 딸을 둔 엄마가 되어 보니, 사회가 소녀들에게 씌우는 굴레와 고정관념을 날카롭게 의심할 줄 아는 내 딸이 나보다 훨씬 대견하고 안심이 된다.

세상은 언제나 우리에게 '착한 소녀'가 되라고 강요한다. 내가 이 책을 쓰며 결코 하고 싶지 않았던 일은, 그 강요의 무게를 누군가에게, 특히 나와 같은 생존자들에게 덧씌우는 것이었다. 대가를 치르더라도 옳은 일을 택하는 이들을 경외하기에 그간 '용기'에 대해 수없이 이야기해왔지만, 이제는 분명히 말하고 싶다. 가해자를 지목하는 용기만큼이나 소중한 것은 바로 자신을 보호하는 일이다. 독자들은 내가 이 책에서 일부 가해자들의 실명을 언급하면서도, 나를 유린했던 남성들 모두를 밝히지는 않았다는 점을 눈치챘을 것이다. 여전히 이름을 모르는 이들도 있지만, 이름을 입 밖에 내는 것 자체가 두려운 이들도 있기 때문이다. 엡스타인과 맥스웰 곁을 떠나기 직전 나를 무참히 짓밟았던 남자, 내가 진술서에서 '전직 총리'라 명명했던 그가 바로 그런 존재다. 나는 그의 이름을 알고, 그 또한 자신이 내게 저지른 만행을 똑똑히 기억하

전사

고 있을 것이다. 비록 세상 앞에서는 뻔뻔하게 모든 사실을 부인했을지라도 말이다. 나는 그가 두렵다. 이 책에 그의 이름을 올리는 순간, 그가 어떤 방식으로든 나를 해치려 들 거란 공포가 나를 짓누른다.

나를 유린했던 가해자 중에는 또 다른 비열한 방식으로 나를 옥죄는 이들이 있다. 소송을 무기로 나를 경제적 파멸로 몰아넣겠다고 협박하는 자들이다. 이미 여러 법정 문서에 수차례 이름이 오르내린 한 남자는, 내가 대중 앞에서 자신을 언급하는 순간 그가 가진 막대한 재력을 동원해 내 남은 평생을 법정 싸움에 저당 잡히게 하겠다고 내 변호인들을 위협했다. 비록 선서 증언과 연방수사국 조사에서는 그의 실명을 밝혔으나, 이 책에서 다시 그 이름을 입 밖에 낸다면 내 가족이 짊어져야 할 심리적, 경제적 짐이 너무나 가혹하기에 나는 망설일 수밖에 없다. 엡스타인의 강요 아래 수없이 몸을 섞어야 했던 또 다른 남자에 대해서도 나는 같은 공포를 느낀다. 그는 심지어 엡스타인과 직접 성적인 행위를 나누는 모습까지 내게 보였던 자다. 당장이라도 그의 정체를 세상에 소리 높여 알리고 싶다. 그러나 그는 너무나 부유하고 막강한 권력을 쥐고 있다. 그 이름을 기록하는 순간 시작될, 내 삶을 송두리째 앗아갈 끝없는 소송전이 나는 무엇보다 두렵다.

진실 일부를 가슴에 묻기로 한 것은 절대 가볍게 내린 결정이 아니다. 내면의 한쪽에선 나를 유린했던 모든 남자의 이름을 세상 가장 높은 곳에 서서 사방에 외치고 싶어 한다. 누군가는 내가 가해자들의 실명을 밝히길 주저하는 모습을 보며 비겁하다고 손가락질할지도 모른다. 진정한 정의를 위해 싸우는 투사라면서 왜 그들의 면면을 낱낱이 공개하지 않느냐고. 그 물음에 대한 내 답은 명확하다. 나는 한때 누군가의 딸이었고, 올가미에 매인 죄수였으며, 고통을 이겨낸 생존자이자 전사였다. 하지만 지금 내게 무엇보다 중요한 이름은 바로 '엄마'다. 나는 그 무엇보다도 먼저 내 아이들의 부모이기에, 내가 감당할 수 있는 한 내 가족을 사지로 몰아넣는 일은 절대 하지 않을 것이다. 언젠가 먼 훗날에는 그 남자들의 이름을 담담히 말할 수 있는 날이 올지도 모르겠다. 하지만 적어도 지금은 아니다.

하지만 멈춰 있을 수는 없다. 아직 우리에겐 완수해야 할 중요한 과업들이 남아 있기 때문이다. 타인의 영혼을 짓밟는 자들이 합당한 처벌을 받는 세상을 만드는 일 말이다. 시그리드와 나는 생존자들이 가해자를 단죄하려 할 때 발목을 잡는 공소시효라는 벽을 허물기 위해 싸우고 있다. 뉴욕주는 이미 희망적인 변화를 보여주었다. 아동 성범죄 피해자들이 과거의 고통을 소송으로 제기할 수 있도록 길을 열어주었고(소급 제소 기간), 2022년 11월에는 '성인 생존자 법Adult Survivors

전사

Act(뉴욕주에서 2022년 11월 23일부터 1년간 시행된 특별법으로, 성인 피해자여도 공소시효가 지나 소송이 불가능했던 성범죄 피해에 대해 1년간 소급해 민사소송을 제기할 수 있도록 한 제도-옮긴이)'까지 통과시켰다. 성인이 된 후에 겪은 참극이라 할지라도, 시간이 얼마나 흘렀든 가해자에게 법적 책임을 물을 수 있는 1년의 시간이 생긴 것이다. '아동 피해자 법'의 기회가 주어졌을 때 쏟아졌던 1만여 건의 소송 중에는 나의 외침도 포함되어 있었다.

다른 주들 역시 변화의 걸음을 떼기 시작했다. 2020년, 내 고향인 플로리다주에서는 '도나 법Donna's Law'이라는 새로운 법안이 발효되었다. 1970년대 초 고등학교 교사에게 유린당했던 올랜도의 소녀 도나 헤드릭의 비극을 반복하지 않기 위해 제정된 법이다. 이 법은 18세 미만 아동을 대상으로 한 성범죄의 공소시효를 완전히 폐지했다. 하지만 한계는 명확했다. 법적 효력이 2020년 7월 1일 이후 발생한 범죄에만 국한되었기 때문이다. 과거의 사건을 단죄할 수 있는 소급 적용의 길은 열리지 않았다.

연방 차원에서도 2000년에 제정된 '인신매매 피해자 보호법TVPA'에 수많은 개정이 이루어졌다. 2022년 조 바이든 대통령은 '아동 성범죄 피해자의 사법적 제약 제거에 관한 법률 Eliminating Limits to Justice for Child Sex Abuse Victims Act'에 서명했다. 이로써 성학대, 인신매매, 강제 노동, 아동 포르노의 제물이 되었던 미성년 피해자들이 '인신매매 피해자 보호법'에 근거해 제기하는 소송에서 손해배상청구권 소멸시효라는 장벽이 완전히 없어졌다. 바이든 대통령의 결단 이후 더 많은 주가 소멸시효를 폐지하기 시작해 캘리포니아를 비롯한 다른 주의 입법자들도 같은 취지의 법안을 발의했다(현재 캘리포니아에서는 18세 이전에 성학대를 당한 경우, 마흔 살이 되기 전까지만 민사소송을 제기할 수 있다).

변화의 필요성에 대한 사회적 인식이 점차 확산되고 있다. 앤드루 왕자의 합의금이 지급됨에 따라, 나는 아직 걸음마 단계인 나의 재단 '소어'를 전문적인 조직으로 키워나가기 위한 길고 신중한 과정을 시작했다. '소어'의 목표는 가해자 처벌, 피해자 보호, 그리고 범죄 예방에 집중하는 단체들을 지원함으로써 인신매매에 정면으로 맞서는 것이다. 나아가 대중이 주변에서 벌어지는 인신매매의 징후를 더 쉽게 포착할 수 있도록 돕고, 피해자들의 회복을 뒷받침하는 기금을 마련할 계획이다. 왕실에서 나온 그 돈이 세상에 선한 영향력을 퍼뜨리는 데 쓰일 날을 간절히 고대한다.

하지만 솔직히 고백하자면, 이제는 쉬고 싶다. 이 책의 마침표를 찍어가는 과정에서도 고통은 쉼 없이 나를 찾아왔다. 부러진 목을 수술했지만 통증은 여전하고, 의사들은 또다시 수술대에 올라야 할지도 모른다고 말한다. 마음의 병 또한 수시로 나를 무너뜨렸고, 어쩌면 이 어둠은 평생 나를 따라다닐지도 모르겠다. 최근에는 외상후스트레스장애의 늪에서 벗어나기 위해 케타민 치료를 시작해 다행히 조금씩 차도를 보이지만, 나는 여전히 내가 결코 온전히 '괜찮아질 수 없음'을 겸허히 받아들이는 법을 배우고 있다. 트라우마라는 괴물은 이토록 잔인하다. 사람을 한없이 무력하게 만들고, 끝내 나 자신을 가장 증오하게 만드니까. 내 안에는 여전히 정서적 시한폭탄이 살아 숨 쉰다. 그래서 지독한 기억들과 난도질당하던 끔찍한 잔상들이 다시는 터지지 않도록 붙드는 것만이 지금 나의 유일한 목표다. 그러나 때로는 그 목표를 지탱하는 것조차 버거워 손을 놓아버리고 싶을 때가 있다.

물론 이 고통스러운 투쟁 속에도 선물 같은 순간은 있었다. 어머니와 영상통화를 하며 화면 너머로 얼굴을 마주하고 더 깊은 대화를 나누게 된 일이다. 어머니는 평생 처음으로, 어린 시절 아버지가 내게 저지른 만행에 대해 미안하다고 고백했다. "그때 내가 네 곁을 지켰어야 했는데…." 눈물 섞인 사과를 받아들이며 마침내 내 상처를 인정하는 어머니의 눈동자를 마주하는 것은 내가 상상했던 것보다 훨씬 강력한 구원이었다. 하지만 그 모든 위로에도 불구하고, 나는 자꾸만 깊은 곳에서 들려오는 영원한 안식을 향한 갈망을 완전히 떨칠

제4부

수가 없다.

최근 앤드루 왕자와 BBC 에밀리 메이틀리스의 인터뷰를 다룬 두 번째 드라마가 아마존 프라임 비디오를 통해 공개되었다. 메이틀리스의 회고를 바탕으로 제작된 3부작 미니시리즈 〈베리 로얄 스캔들〉은 그 역사적인 인터뷰가 어떻게 성사되었고 어떤 결과를 낳았는지를 세밀하게 조명한다. 드라마를 보며 새롭게 알게 된 사실도 몇 가지 있었다(다만 제작진이 내 실제 인터뷰 영상을 삽입하고, 극의 대미에 열일곱 살 무렵의 내 얼굴을 클로즈업했을 때는 나도 모르게 미간이 찌푸려졌음을 고백해야겠다). 하지만 마지막 회에서 내 마음을 거칠게 흔들어놓은 장면은 따로 있었다.

왕자와의 대담을 성공적으로 마친 메이틀리스는 전 세계의 찬사를 한 몸에 받는다. 그러나 이어지는 장면에서 그녀는 적막이 감도는 어두운 주방에 홀로 앉아, 노트북에서 흘러나오는 자신의 목소리를 듣고 있다. 자신의 삶을 처참하게 파괴했던 스토커에 관해 방송사와 인터뷰하며 답변하는 목소리다. 그자는 8년 형을 선고받고 감옥에 가기 전까지 그녀의 일상을 지옥으로 몰아넣었다. 그때 주방으로 들어선 남편이 노트북에서 흘러나오는 소리를 듣고는 의아한 듯 묻는다. 대체 왜 그 고통스러운 기록을 다시 들여다보고 있느냐고.

그녀가 담담히 말을 잇는다. "내 잘못이 아닌 일로 누군가

전사

에게 답변해야 한다는 게 어떤 기분이었는지 잊지 않으려고. 엡스타인의 피해자들에게 닥친 일은 결코 그들의 잘못이 아니었어. 하지만 피해자들은 제 발로 증언대에 서야만 했어. 그 가냘픈 정의 한 조각을 얻어내기 위해 자신의 상처를 사람들 앞에 낱낱이 파헤쳐 전시해야만 했다고. 물론 내가 겪은 일이 그들의 고통에 비할 바는 아니라는 걸 알아. 결코 그럴 수 없지. 하지만 과정만큼은 똑같이 닮았어. 누군가 이 비극을 진지하게 들여다봐 줄 때까지, 그 지긋지긋한 이야기를 수천 번씩 되풀이하며 고통을 증명해 보여야 했잖아. 당신, 기억나?"

남편은 조용히 고개를 끄덕인다. 그도 전부 기억하고 있다.

"자신이 당한 모욕을 세상에 고발하는 모든 여성이 짊어져야 할 숙명이겠지." 배우 루스 윌슨이 분한 메이틀리스가 말을 이어간다. "언제나 험난한 가시밭길이고, 거친 파도를 거스르는 일이야. 무엇보다 보이지 않는 시선들과 싸워야 하지. '정말일까? 그 사람이 진짜 그랬을까?'라고 묻는 그 의심 가득한 눈빛들 말이야…. 앤드루 왕자와 마주 앉았을 때, 내 목표는 오로지 정곡을 찌르는 질문을 던지는 것뿐이었어. 그가 어떻게 나올지, 무슨 말을 내뱉을지는 예측할 수 없었으니까. 하지만 그의 태도는 오만함과 선민의식으로 가득했어. 그자는 비대한 자아를 억누르려는 노력조차 안 했어. 어떤 비뚤어진 욕망을 품었든 간에, 자기 권리가 당연하다고 믿는, 한 치의 의심도 하지 않는 그런 부류의 남자였어. 그 비틀린 욕구며 탐욕, 통제할 수 없던 충동이 지금도 선연해."

그 대사를 듣는 순간 나는 나지막이 읊조렸다. "맞아, 그랬어"라고.

2011년부터 무려 14년이라는 세월 동안, 나는 또 다른 피해자가 나오지 않기를 바라는 마음으로 내 치부를 낱낱이 세상에 공개해왔다. 메이틀리스의 말처럼, 누군가 귀 기울여줄 때까지 그 끔찍한 기억을 끝없이 되살려 말하며 내 상처를 전시해온 셈이다. 후회는 한 점도 없지만, 그 시간을 버티고 기록을 이어가는 과정은 형언할 수 없는 고통이었고 뼈아픈 소모였다. 이제 이 책을 세상에 내놓으며, 나는 마침내 내 삶을 짓눌러온 과거에서 자유로워지려 한다. 앞으로 내가 겪은 일의 진실이 궁금한 이가 있다면, 그저 이 책《노바디스 걸》을 조용히 펼쳐보길 바랄 뿐이다.

이제 나는 미래로 시선을 돌리려 한다. 언젠가 나의 모든 '살아남은 자매들'과 다시 한자리에 모이는 날을 기분 좋게 상상해본다. 팬데믹이 닥치기 직전, 나는 우리 모두를 위해 아스펜(미국 콜로라도주의 스키 휴양지-옮긴이)에 집 한 채를 빌려두었었다. 비행기 표가 부담스러운 자매들에겐 기꺼이 표를 사줄 테니 주말 동안 함께하자고 손을 내밀기도 했다. 코로나19로 인해 그 계획은 물거품이 되었지만, 나는 여전히 그 꿈을 포기

전사

하지 않았다. 옛 상처를 다시 끄집어내려는 것이 아니다. 우리는 이미 할 만큼 했으니까. 그저 세상 누구도 온전히 가늠할 수 없는 내 아픔을 유일하게 이해해주는 그녀들과 함께, 아무런 근심 없이 며칠만이라도 웃으며 보내고 싶을 뿐이다.

하지만 무엇보다 내게 절실한 일은 가족 곁에 온전히 존재하는 것이다. 최근 몇 달 사이, 로비와 나는 함께 더 건강한 삶을 꾸려가기 시작했다. 육체적 통증과 마음의 고통을 잊으려 진통제에 너무 깊이 의존했던 나는 로비에게 약을 건넸다. 그는 내 부탁대로 약을 금고에 넣고 비밀번호까지 바꿔버렸다. 그렇게 하루하루를 보내다 보니, 짙은 안갯속을 헤치고 나와 시야가 탁 트인 들판에 들어선 기분이 들었다. 그동안 남편은 장보기와 요리, 청소는 물론 아이들 등하교 뒷바라지까지 집안의 온갖 궂은일을 혼자 감당해왔다. 그런 남편을 위해 나는 다시 아침 일찍 일어나기 시작했다. 얼마 전 로비가 격투기 연습을 제대로 해보고 싶다고 하길래, 오전엔 마음 편히 체육관에 다녀오라고 말해주었다. 아이들 도시락을 싸고 엘리를 데려다주는 일 정도는 이제 내가 충분히 할 수 있으니까(알렉스와 타일러는 이제 직접 운전할 줄도 안다). 정말 오랜만에 남편은 나를 기댈 수 있는 사람으로 느끼는 듯하다. 나에겐 이보다 큰 찬사가 없다. 로비가 나를 '보살펴야 할 사람'이 아닌, 당당한 인생의 동반자로 다시 바라봐주고 있기 때문이다.

아이들의 근황은 이렇다. 벌써 열여덟 살이 된 알렉스는 고등학교를 졸업했다. 평생 옆에 끼고 보내주지 않을 거라고 아들을 놀려대곤 하지만, 녀석은 벌써 자기 사업을 운영하며 독립적인 삶을 꾸려갈 계획을 세우고 있다. 열일곱 살이 된 타일러는 최고 난도의 고등학교 수업을 거뜬히 해내고 있는데, 대입 시험 성적이 잘 나와서 건축가가 되겠다는 꿈도 곧 현실이 될 것 같다. 그리고 우리 딸 엘리는 내가 본 10대 소녀 중 가장 당차고 멋진 아이다. 나는 매일 딸에게서 무언가를 배운다. 엘리는 화재나 홍수, 지진 같은 재난 상황에 대처하는 법을 배우는 응급 구조대 프로그램도 수강하고 있다. 아이는 사람을 살리는 구급대원이나 고생물학자가 되고 싶어 한다. 어느 쪽이든 헬리콥터 조종법은 꼭 배우겠다고 한다. 내 어린 시절의 선머슴 같던 기질을 닮아서인지(어쩌면 그 반작용인지), 한때는 딸아이를 발레 학원이나 치어리더팀에 보내려고 애썼던 적도 있었다. 그때도 엘리는 내게 이렇게 말했다. "싫어, 엄마. 난 남의 집 지붕 위로 올라가거나 위험에 빠진 강아지를 구하는 사람이 될래." 내가 발을 들였던 어떤 곳보다, 내 아이들이 머물 세상은 더 나은 곳이 될 거라는 확신이 나를 버티게 한다. 엄마로서 이보다 더 바랄 게 무엇이 있을까.

가끔은 엘리와 함께 말 농장을 운영하며 상처 입은 사람들을 돌보는 꿈을 꾼다. 예전 빈세레모 센터에서 내가 받았던

651

전사

그 귀한 치유를, 이제는 우리가 다른 이들에게 나누어주는 거다. 어쩌면 그 꿈이 곧 이뤄질지도 모르겠다. 얼마 전 로비와 나는 퍼스 외곽에 아주 넓은 농장을 하나 마련했다. 벌써 양 세 마리에 벌통도 세 개나 들였고, 로비는 닭들을 위해 대궐 같은 닭장까지 지어주었다. 그곳에 머물 때면 기괴하면서도 정겨운 쿠카부라(호주 물총새) 소리에 잠이 깨고, 우리 집 앞마당을 제집처럼 드나드는 캥거루와 에뮤를 지켜보며 평온을 느낀다. 로비는 이제 마당 한가운데 작은 섬이 있는 연못을 만들어주겠다며 의욕을 불태우고 있다. 그러고 나면 예전에 메추리 부화장으로 쓰던 건물을 고쳐서 말 네 마리가 지낼 마구간을 만들 생각이다. 다친 목 때문에 다시는 말을 타지 못할지도 모르지만, 그래도 상관없다. 그저 말들 곁에 머무는 것만으로도 내 마음은 충분히 평온해질 테니까.

여기까지 읽어준 당신의 마음속에 내 이야기가 깊은 파동을 일으켰기를 바란다. 끔찍한 굴레를 끊어낼 용기를 얻었거나, 도움이 절실한 누군가를 위해 기꺼이 일어서거나, 혹은 피해자를 바라보던 시선이 조금이라도 바뀌었다면 좋겠다. 우리 각자가 세상을 긍정적으로 변화시킬 수 있다는 사실을 나는 추호도 의심하지 않는다.

나는 꿈꾼다. 약탈자들이 비호받는 대신 죗값을 치르고 상처 입은 이들이 수치심 속에 숨는 대신 따뜻한 연민으로 보호받는 세상, 막강한 권력을 쥔 자들도 여느 누구와 다름없이 엄중한 법의 심판을 받는 세상을. 가해자가 피해자보다 큰 낙인이 찍히는 세상, 착취의 늪에 빠졌던 이들이 마음의 준비가 되었을 때 시간이 얼마나 흘렀든 자신을 망가뜨린 이들의 눈을 똑바로 마주하며 책임을 물을 수 있는 세상을 갈망한다. 안타깝게도 현실은 아직 우리 기대에 미치지 못한다. 나는 묻고 싶다. 연방수사국이 엡스타인의 집에서 압수했던 그 수많은 비디오 테이프는 대체 어디로 사라졌을까? 왜 그 확실한 증거 기록이 더 많은 가해자를 단죄하는 결과로 이어지지 않았을까?

그럼에도 나는 언젠가는 달라질 수 있다고 믿는다. 변화는 상상으로부터 시작되니까. 나는 도움을 바라는 어린 소녀가 아주 쉽게 도움의 손을 맞잡는 풍경을 머릿속에 그려본다. 어린 시절의 아픔을 이겨낸 여성이, 자신을 난도질했던 자들에게 맞서 싸울 힘이 이미 그녀 내면에 있었음을 깨닫는 모습도 상상해본다.

고로 이 책이 우리를 그토록 간절히 바라는 현실로 단 한 걸음이나마 더 다가서게 할 수 있다면, 그리하여 단 하나의 삶이라도 지켜낼 수만 있다면, 나는 나의 소명을 다한 셈이다.

전사

사진 저작권

257쪽 위: Courtesy of Virginia Roberts Giuffre

257쪽 아래: Courtesy of Virginia Roberts Giuffre

258쪽: Courtesy of Virginia Roberts Giuffre

259쪽: Patrick McMullan via Getty Images

260쪽: Courtesy of Virginia Roberts Giuffre

261쪽 위: LAFARGUE/ LENHOF/Gamma‐Rapho via Getty Images

261쪽 아래: Courtesy of Virginia Roberts Giuffre

262쪽: Photo by Mathew Olsen. Courtesy of Virginia Roberts Giuffre

263쪽 위: Courtesy of Virginia Roberts Giuffre

263쪽 아래: Courtesy of Virginia Roberts Giuffre

264쪽 위: Emily Michot, *Miami Herald*, via Getty Images

264쪽 아래: Kevin C. Downs/Redux, FILE

노바디스 걸

1판 1쇄 발행 2026년 3월 4일

지은이·버지니아 로버츠 주프레
옮긴이·김나연
펴낸이·주연선

(주)은행나무
04035 서울특별시 마포구 양화로11길 54
전화·02)3143-0651~3 | 팩스·02)3143-0654
신고번호·제 1997 — 000168호(1997. 12. 12)
www.ehbook.co.kr
ehbook@ehbook.co.kr

ISBN 979-11-6737-629-9 (03840)